LES OPTIMISTES

Rebecca Makkai

LES OPTIMISTES

Traduit de l'anglais (États-Unis)
par Caroline Bouet

LES ESCALES

Titre original : *The Great Believers*
© Rebecca Makkai Freeman, 2018.

Édition française publiée par :
© Éditions Les Escales, un département d'Édi8, 2020
92, avenue de France
75013 Paris – France
Courriel : contact@lesescales.fr
Internet : www.lesescales.fr

ISBN : 978-2-36569-420-9
Dépôt légal : janvier 2020
Imprimé en France

Couverture : Hokus Pokus créations

Mise en pages : Nord Compo

« Au plus profond de nous-mêmes,
nous partagions cette croyance.
[...] Je n'ai jamais eu plus d'affection
que pour ceux qui connurent
avec moi les premiers printemps,
qui virent la mort en face,
obtinrent un sursis et traversent
aujourd'hui le même long été d'orages menaçants. »

F. Scott Fitzgerald,
« Ma Génération »[1]

« le monde est merveilleux
mais les parts sont petites. »

Rebecca Hazelton,
« Slash Fiction »

---

1. « Ma Génération », dans *La Fêlure et autres nouvelles* de F. Scott Fitzgerald, Gallimard. Traduction de Marc Chénetier. *(Toutes les notes sont de la traductrice.)*

1985

À trente-deux kilomètres d'ici, à trente-deux kilomètres au nord, l'enterrement débutait. Yale consulta sa montre tandis qu'ils remontaient Belden Avenue. Il demanda à Charlie :

— À ton avis, elle est déserte comment, cette église ?

— On s'en moque, répondit Charlie.

Plus ils approchaient de la maison de Richard, plus ils apercevaient d'amis convergeant dans la même direction qu'eux. Certains étaient bien habillés, comme s'il s'agissait véritablement de l'enterrement, et d'autres étaient en jean et veste en cuir.

À l'église, il n'y aurait certainement que la famille, les amis des parents, le prêtre. Si des sandwichs étaient disposés dans une salle de réception, la plupart seraient perdus.

Yale retrouva dans sa poche le bulletin de la veillée qui s'était tenue la nuit précédente, et le plia en quelque chose rappelant les cocottes en papier que ses copains confectionnaient dans le bus quand il était enfant – celles qui vous disaient la bonne aventure (« Célèbre ! » ou « Assassin ! ») lorsque vous souleviez un rabat. Pas de rabats sur cette cocotte-ci, mais sur chaque quadrant, des mots, certains à l'envers, tous tronqués par les plis : « Le Père George H. Whitb » ; « fils et frère aimé, repose en » ; « Tout ce qui est brillant et » ; « ni fleurs ni couronnes, mais des do ». Ces phrases, pensa Yale, énonçaient bel et bien des vérités sur le sort de Nico. Nico avait été brillant et beau. Les fleurs ne seraient d'aucun secours.

Dans cette rue, les maisons étaient imposantes, richement ornées. On voyait encore des courges sur chaque perron, mais peu de visages sculptés – plutôt des arrangements habiles de calebasses et d'épis de maïs. Des grilles en fer forgé, des portails automatiques. Lorsqu'ils s'engagèrent dans l'allée menant à la maison de Richard (une noble *brownstone* partageant ses murs avec de nobles voisins), Charlie murmura :

— C'est sa femme qui s'est chargée de la déco. À l'époque où il était *marié*. En 72.

Yale rit au pire moment, au moment où ils passaient devant un Richard au sourire grave qui leur tenait la porte pour qu'ils puissent entrer. Non, mais, l'imaginer en train de mener une vie d'hétéro dans le quartier de Lincoln Park aux côtés d'une femme férue de décoration ! La scène qui vint à l'esprit de Yale était digne d'un vaudeville : Richard planquant un homme dans un placard tandis que son épouse revenait en coup de vent à la maison pour récupérer sa pochette Chanel.

Yale se ressaisit et se tourna vers Richard.

— C'est beau, chez toi, complimenta-t-il.

Une vague de gens arriva derrière eux, poussant Yale et Charlie dans le salon.

À l'intérieur de la maison, le décor ne criait pas tant 1972 que 1872 : canapés en chintz, fauteuils en velours dotés de bras sculptés, tapis d'Orient. Tandis qu'ils s'enfonçaient dans la foule, Yale sentit Charlie lui serrer la main.

Nico avait été très clair : il fallait qu'il y ait une fête. « Si jamais j'ai la possibilité de rester sous forme de fantôme, vous croyez que j'ai envie de voir des sanglots ? Je viendrai vous hanter. Pleurez, et je balancerai une lampe à travers la pièce, c'est compris ? Je vous flanquerai un tisonnier dans le cul, et pas pour vous faire du bien. » S'il était mort deux jours avant, ils n'auraient pas eu le cœur de suivre ses instructions. Mais Nico les avait quittés trois semaines plus tôt, et sa famille avait retardé la veillée et l'enterrement pour permettre à son grand-père, celui que personne n'avait vu en vingt ans, de faire le voyage en avion depuis La Havane. La mère de Nico était le fruit d'un bref mariage pré-Castro entre la fille d'un diplomate et un musicien cubain – et voilà que ce vieillard cubain était crucial à l'organisation de l'enterrement, alors que l'homme qui partageait la vie de Nico depuis trois ans n'était même pas le bienvenu à la messe de ce soir. Yale ne devait pas y penser, car cette idée le rendait fou – et ce n'était pas ce que souhaitait Nico.

En tout cas, ils avaient passé trois semaines à pleurer, et voilà que la maison de Richard débordait de réjouissances forcées. Par exemple, Julian et Teddy les saluaient depuis la balustrade du premier étage qui entourait la pièce. Au-dessus d'eux, il y avait un autre étage, et un puits de lumière tarabiscoté dominait tout l'espace. L'endroit ressemblait plus à une cathédrale que l'église de la veille. Quelqu'un hurla de rire bien trop près de l'oreille de Yale.

— J'imagine qu'on est censés s'amuser, remarqua Charlie.

L'accent britannique de Charlie, Yale en était convaincu, ressortait plus encore dans le sarcasme.

— J'attends les go-go dancers, dit Yale.

Richard avait un piano, et quelqu'un jouait « Fly Me to The Moon ».

Mais, que foutaient-ils tous, bon sang ?

Un homme très maigre que Yale n'avait jamais vu auparavant étreignit Charlie. Quelqu'un qui habitait ailleurs, devina-t-il, qui avait vécu ici mais était parti avant que Yale n'entre en scène.

— Je rêve ou tu as rajeuni ? s'exclama Charlie.

L'homme se lança dans une histoire qui, visiblement, ne pouvait attendre, au sujet d'un homme que Yale ne connaissait pas non plus. Charlie était le centre de bien des univers.

Une voix dans l'oreille de Yale :

— On boit des Cuba Libre.

C'était Fiona, la petite sœur de Nico, et Yale se tourna vers elle pour la serrer dans ses bras, sentir ses cheveux au parfum citronné.

— Absurde, tu ne trouves pas ?

Nico avait été fier de l'aspect cubain, mais s'il avait su le chaos que causerait l'arrivée de son grand-père, il aurait opposé son veto au choix de cette boisson.

La nuit dernière, Fiona leur avait annoncé à tous qu'elle n'irait pas à l'enterrement – qu'à la place, elle viendrait ici –, mais c'était tout de même perturbant de la voir, de savoir qu'elle s'y était tenue. Certes, elle avait fait une croix sur sa famille aussi catégoriquement que celle-ci avait fait une croix sur Nico quelques années avant la maladie. (Jusqu'à ce que, dans ses derniers jours, ils le revendiquent, insistent pour qu'il meure en banlieue, dans un hôpital mal équipé aux murs tapissés de beau papier peint.) Son mascara avait coulé. Elle s'était débarrassée de ses chaussures, mais chancelait comme si elle portait encore des talons.

Fiona tendit à Yale son propre verre – à moitié plein, avec un arc rose sur le bord. Elle posa son doigt sur la fente au-dessus de sa lèvre supérieure.

— Je n'en reviens toujours pas que tu l'aies rasée. Je veux dire, ça te va bien. T'as l'air, euh...

— Plus hétéro.

Elle rit.

— Oh, s'écria-t-elle aussitôt. Oh ! Ne me dis pas qu'on t'y oblige ? À la Northwestern ?

Fiona afficha l'air inquiet le plus convaincant que Yale ait jamais vu – ses sourcils se rapprochèrent à la hate, ses lèvres disparurent dans sa bouche –, mais il se demandait comment elle pouvait avoir la moindre émotion en réserve.

— Non. C'est... Enfin, je suis chargé du développement. Je suis en contact avec pas mal d'anciens étudiants d'un certain âge.

— Pour obtenir de l'argent ?

— De l'argent et des œuvres. Je ne sais pas trop sur quel pied danser pour l'instant.

Yale avait pris son poste à la nouvelle galerie Brigg de l'université Northwestern en août, la semaine où Nico était tombé malade, et l'étendue de ses responsabilités ne lui paraissait pas encore très claire.

— Je veux dire, ils sont au courant pour Charlie. Mes collègues le sont. Ce n'est pas un problème. C'est une galerie, pas une banque.

Yale goûta le Cuba Libre. Un cocktail peu approprié à un 3 novembre. Quoique, l'après-midi avait été chaude pour la saison, et c'était exactement ce dont il avait besoin. Peut-être même que le soda le réveillerait.

— T'avais vraiment un air de Tom Selleck. Je déteste quand les blonds se laissent pousser la moustache. Ça ressemble au duvet des pêches. Les bruns, par contre, alors là, j'adore. Tu aurais dû la garder ! Enfin, ça va, parce que maintenant, tu ressembles à Luke Duke. Mais dans le bon sens du terme. Non, à Patrick Duffy !

Yale n'arrivait pas à rire. Fiona pencha la tête et le considéra gravement.

Il eut envie d'enfouir son visage dans ses cheveux et de sangloter, mais ne le fit pas. Toute la journée, il avait cultivé une sorte de torpeur, s'y accrochant comme à une corde. Trois semaines plus tôt, ils auraient pu pleurer ensemble, tout simplement. Mais depuis, une croûte s'était formée, et désormais, il y avait, en plus de tout, cette idée de *fête*, cette obligation d'aller bien, coûte que coûte. D'être joyeux.

Et qu'avait été Nico pour Yale ? Un bon ami, voilà tout. Pas un membre de sa famille, pas un amant. Nico avait été, à vrai dire, le premier véritable ami que Yale s'était fait lorsqu'il s'était installé ici, le premier avec qui il s'était assis simplement pour discuter, et pas au comptoir d'un bar, pas en criant par-dessus de la musique. Yale avait adoré les dessins de Nico. Il l'invitait à manger des crêpes, l'aidait à réviser pour les examens du GED[1] et lui disait qu'il avait du talent. Charlie ne s'intéressait pas à l'art, et Terrence, l'amant de Nico, non plus. Et donc, Yale emmenait le garçon à des expositions dans des galeries, à des conférences, lui présentait des artistes. Il n'empêche : si la petite sœur de Nico tenait aussi bien le coup, Yale ne se devait-il pas encore plus de faire bonne figure ?

— C'est dur pour tout le monde, dit Fiona.

Leurs parents avaient coupé les vivres à Nico lorsque celui-ci avait quinze ans, mais Fiona lui apportait en douce de la nourriture, de l'argent et des médicaments contre ses allergies à l'appartement qu'il partageait avec quatre autres types sur Broadway, prenant seule le train de banlieue puis l'El depuis Highland Park. À onze ans. Lorsqu'il présentait Fiona, Nico disait toujours : « Voici la femme qui m'a élevé. »

---

1. *General Educational Development* : examen permettant aux personnes n'ayant pas obtenu de diplôme à la sortie du lycée de valider leurs acquis en vue de poursuivre des études supérieures ou de trouver un emploi.

Les mots qui venaient à l'esprit de Yale ne valaient pas la peine d'être prononcés.

Fiona lui recommanda d'aller faire un tour à l'étage à l'occasion.

— C'est Versailles, là-haut.

Yale ne trouva pas Charlie dans la foule. Ce dernier était à peine plus grand que la moyenne, pourtant il dégageait une prodigieuse impression de hauteur – et Yale était toujours surpris, en pareille circonstance, de ne pas voir dépasser de la masse sa tête coiffée en brosse, sa barbe bien taillée et ses yeux tombants. Mais Julian Ames était à ses côtés, il était descendu.

— On picole depuis midi ! Je suis bourré !

Il était dix-sept heures, le ciel commençait à se parer d'encre. Julian s'appuya contre Yale en gloussant.

— On a fouillé les salles de bain de fond en comble. Il n'a rien, ou alors il le cache. Bon, quelqu'un a trouvé des vieux poppers au fond du frigo. Mais ça sert à quoi, les poppers, si tu baises pas ?

— Non. La vache ! Des poppers ?

— Je te pose la question sérieusement !

Julian se redressa. Une boucle de cheveux noirs lui tombait sur le visage et lui donnait, maintenait Charlie, des airs de Superman. (« Ou de licorne », ajoutait Yale.) Il la dégagea de ses yeux et fit une moue. Julian était trop parfait, à vrai dire. Il s'était fait refaire le nez quand il avait quitté Atlanta – c'était mieux pour sa carrière d'acteur –, et Yale le déplorait. Il aurait préféré un Julian imparfait.

— Je te réponds sérieusement. Ça ne sert absolument à rien de prendre des poppers quand on se réunit en mémoire de quelqu'un.

— Mais ce n'est pas un enterrement, c'est une fête. Et c'est comme...

Julian était de nouveau proche de lui, lui parlait à l'oreille tel un intrigant.

— ... Ça me rappelle cette nouvelle de Poe, la *Mort rouge*. La mort est là, dehors, mais ici, on va passer un excellent moment.

— Julian.

Yale vida son Cuba Libre et recracha un bout de glaçon dans son verre.

— Ce n'est pas ce que dit la nouvelle. Ce n'est pas comme ça que se termine l'histoire.

— Je n'ai jamais été du genre à finir mes devoirs.

Julian appuya son menton sur l'épaule de Yale – une habitude qu'il avait, et qui faisait toujours craindre à Yale que Charlie les regarde juste à ce moment-là. Yale avait passé les quatre dernières années à rassurer Charlie sur le fait qu'il ne comptait pas partir avec quelqu'un comme Julian, ou Teddy Naples, lequel, penché dangereusement par-dessus la rambarde sans que ses pieds touchent terre, interpelait un ami en contrebas. (Teddy était tellement petit que quelqu'un pourrait certainement le rattraper s'il tombait, mais Yale ne put malgré tout s'empêcher de grimacer et de détourner les yeux.) Les inquiétudes de Charlie ne se fondaient sur rien hormis la beauté de ces deux hommes et leur propension à draguer. Sur rien hormis ce manque de confiance en soi que Charlie ne dépasserait jamais. C'était Yale qui avait proposé la monogamie, mais Charlie qui pensait sans cesse à son échec possible. Et il avait choisi de fixer ses angoisses sur les deux plus beaux hommes de Chicago. Yale haussa les épaules pour chasser Julian, qui lui adressa un sourire groggy avant de s'éloigner.

Le volume sonore de la pièce avait augmenté – le son se réverbérait sur les étages du dessus, les gens continuaient à affluer. Deux hommes très mignons et très jeunes circulaient parmi les convives avec des plateaux chargés de petites quiches, de champignons farcis et d'œufs mimosa. Yale se demanda pourquoi la nourriture n'était pas également cubaine pour s'accorder avec les boissons, mais Richard avait certainement une seule et même approche pour toutes les fêtes : on ouvre les portes, on ouvre le bar et on fait entrer des garçons avec des quiches.

En tout cas, cette fête était bien mieux que la veillée étrange et fausse de la nuit précédente à l'église. À part l'odeur d'encens, peu de choses auraient plu à Nico. « On ne l'aurait jamais traîné ici, même mort », avait sorti Charlie. Et puis, prenant conscience de ce qu'il venait de dire, il avait tenté de rire. Les parents avaient pris le soin d'inviter le compagnon de Nico à la veillée, arguant que ce serait « un moment approprié pour que ses amis lui rendent un dernier hommage ». Sous-entendu : ne venez pas à la vraie messe demain. Sous-entendu : ne venez même pas à la veillée, mais voyez comme nous sommes magnanimes. Sauf que Terrence s'y était rendu la nuit dernière, tout comme huit amis. Qui étaient essentiellement là pour entourer Terrence, et soutenir Fiona, laquelle, s'avéra-t-il, avait convaincu ses parents de lancer cette invitation. Elle leur avait dit que si les amis de Nico n'étaient pas conviés, elle se lèverait pendant l'office et le ferait savoir. Néanmoins, de nombreux amis avaient passé leur tour. Asher Glass avait affirmé que son corps se révolterait s'il mettait les pieds dans une église catholique. (« Je me mettrais à parler de capotes en gueulant. Je le jure devant Dieu. »)

Tous les huit s'installèrent épaule contre épaule au fond de l'église, formant une phalange de costumes autour de Terrence. Si seulement celui-ci avait pu se fondre dans la masse. Mais à peine furent-ils assis que Yale entendit une femme d'un certain âge le désigner à son mari : « Celui-là. Le monsieur noir à lunettes. » Comme s'il y avait un autre Noir dans cette église, un type sans problème de vue. Cette femme ne fut pas la seule à jeter sans arrêt des coups d'œil derrière elle pendant l'office, à observer avec un intérêt anthropologique ce spécimen de gay noir pour voir quand il se mettrait à pleurer – si cela se produisait.

Yale tint la main de Charlie assez bas – pas pour affirmer son identité, mais parce que Charlie était vraiment allergique aux églises. « Quand je vois des prie-Dieu et des livres de cantiques, cinq tonnes de culpabilité anglicane me tombent sur la tête », avait-il coutume de dire. Et donc, bien en dessous du champ de vision de tout le monde, Yale frotta son large pouce sur celui, osseux, de Charlie.

Les membres de la famille de Nico partagèrent des anecdotes qui ne concernaient que son enfance, comme s'il était mort à l'adolescence. Il y en avait une bonne, que raconta son père, stoïque et cendreux : un jour, quand elle avait sept ans, Fiona avait demandé vingt *cents* pour s'acheter quelques bonbons Swedish Fish disposés dans une boîte sur le comptoir à l'épicerie du coin. Leur père lui avait fait remarquer qu'elle avait déjà dépensé son argent de poche. Fiona s'était mise à pleurer. Et Nico, qui avait onze ans, s'était assis au milieu de l'allée du magasin et, pendant cinq minutes, il avait fait tourner sa molaire qui bougeait à peine, avait tiré dessus jusqu'à ce qu'elle se détache. Cela avait saigné – et leur père, orthodontiste, s'était inquiété en voyant la racine dentelée encore attachée à la gencive. Mais Nico avait rangé la dent dans sa poche et déclaré : « La petite souris va m'apporter vingt-cinq *cents* ce soir, n'est-ce pas ? » Devant Fiona, le Dr Marcus ne pouvait pas le contredire. « En attendant, tu peux me faire un prêt ? »

La foule rit en entendant cette anecdote, et le Dr Marcus n'eut pas vraiment besoin de préciser que Nico donna immédiatement l'argent à sa sœur, et qu'il dut attendre plus d'un an pour que sa dent définitive pousse.

Yale cherchait désormais Terrence dans la foule. Il lui fallut une minute pour le trouver, mais il était là, assis au milieu des escaliers, trop entouré pour que Yale puisse encore lui parler. À la place, Yale saisit une mini-quiche sur un plateau qui passait, et la lui glissa à travers la balustrade.

— T'as l'air coincé, plaisanta Yale.

Terrence enfourna la quiche, tendit de nouveau la main et dit :

— Raboules-en d'autres !

Fiona avait voulu duper ses parents, échanger les cendres de Nico contre des cendres de cheminée afin de remettre les vraies à Terrence. Difficile de savoir si elle était sérieuse. Mais Terrence n'aurait pas les cendres, ni autre chose d'ailleurs, hormis le chat de Nico qu'il avait accueilli chez lui quand ce dernier avait fait son premier séjour à l'hôpital. La famille avait clairement laissé entendre que lorsqu'ils démantèleraient l'appartement de Nico le lendemain, Terrence serait exclu. Nico n'avait pas laissé de testament. Sa maladie avait été soudaine, rapidement invalidante – d'abord, pendant quelques jours, ce qu'ils avaient pris pour un simple zona, puis, un mois plus tard, la fièvre de cheval et la démence.

Terrence avait enseigné les mathématiques à des quatrièmes jusqu'à cet été, quand Nico avait eu besoin de lui vingt-quatre heures sur vingt-quatre et qu'il avait lui-même appris qu'il était contaminé. Et comment Terrence allait-il passer l'automne, l'hiver, sans Nico, sans travail ? Ce n'était pas qu'une question financière. Il adorait enseigner, il adorait ces gamins.

Terrence avait certains des premiers symptômes vagues, il avait perdu un peu de poids, mais rien de sérieux pour l'instant, rien qui justifie d'être déclaré inapte au travail. Il avait fait le test quand Nico était tombé malade – par solidarité, peut-être, ou juste pour *savoir*, Yale l'ignorait. Ce n'était pas comme s'il existait de remède miracle. Yale et Charlie furent parmi les premiers à faire le test au printemps. Le journal de Charlie militait en faveur du test, de la prévention, des rapports protégés, et Charlie avait le sentiment qu'il fallait joindre le geste à la parole. Mais en plus, Yale voulait pouvoir passer à autre chose. Ne pas savoir, pensait-il, était en soi mauvais pour sa santé. Dans les cliniques, on ne le pratiquait pas encore, mais le Dr Vincent, si. Yale et Charlie débouchèrent le champagne lorsqu'ils reçurent leurs bons résultats. Ce fut un toast sinistre – ils ne terminèrent même pas la bouteille.

Julian était de retour à l'oreille de Yale.

— Ressers-toi un coup à boire avant le début de la séance diapos, lui conseilla-t-il.

— Il y a une séance diapos ?

— C'est *Richard* !

Au bar, Yale trouva Fiona en pleine discussion avec quelqu'un qu'il ne connaissait pas, un type à la mâchoire bien carrée qui avait l'air hétéro. Elle enroulait ses boucles blondes autour de l'un de ses doigts. Elle buvait trop vite, car le verre qu'elle avait dans la main était vide. Elle l'avait pris après avoir donné à Yale son cocktail à moitié entamé, et Fiona pesait une cinquantaine de kilos à peine. Il toucha son bras. Lui demanda :

— Tu n'oublies pas de manger ?

Fiona laissa échapper un rire, regarda le type et rit de nouveau.

— Yale !

Elle déposa un baiser sur sa joue, un baiser bien ferme qui laissa probablement une trace de rouge à lèvres. Ensuite, s'adressant à l'autre homme, elle dit :

— J'ai deux cents grands frères.

Elle semblait sur le point de tomber par terre.

— Mais comme tu peux le constater, c'est lui le plus BCBG.
Et regarde les mains de Yale ! Regarde-les !

Yale examina ses paumes : il ne voyait pas où était le problème.

— Non, dit-elle. Le dos ! Elles ressemblent à des pattes, non ?
Elles sont recouvertes de fourrure !

Fiona promena un doigt à travers l'épaisse forêt de poils qui
recouvrait le côté rosé de sa main. Elle chuchota, mais fort,
au type :

— Même chose sur ses pieds !

Et puis, à Yale :

— Hé, t'as parlé à ma tante ?

Yale balaya la pièce du regard. Les femmes étaient peu nombreuses, et rares étaient celles de plus de trente ans.

— À la veillée ?

— Non, elle ne conduit pas. Mais vous avez dû discuter,
parce que je lui en ai parlé. Je lui en ai parlé il y a genre des
mois. Et elle m'a dit qu'elle t'avait parlé.

— Ta tante à toi ? demanda-t-il.

— Non, la tante de mon père. Elle aimait Nico. Yale, il faut
que tu le saches. Elle l'aimait.

Yale s'adressa alors à l'inconnu :

— Allez lui chercher quelque chose à manger.

L'homme hocha la tête. Fiona tapota la poitrine de Yale et
tourna les talons, comme si c'était sa logique à lui qui était
difficile à suivre.

Il reprit un verre, du rhum quasi pur, et essaya de trouver
Charlie. Était-ce son menton barbu là-bas, sa cravate bleue ?
Mais le rideau de convives se referma de nouveau, et Yale n'était
pas assez grand pour surplomber la foule. Et voilà que Richard
baissait les lumières et déroulait un écran de projection, et Yale
ne voyait plus rien que les épaules et les dos qui l'enserraient.

Richard Campo, si on considérait qu'il avait un travail, était
photographe. Yale ignorait d'où venait son argent, mais celui-ci
lui permettait de s'acheter de nombreux beaux appareils photo
et lui laissait le loisir d'errer à travers la ville pour prendre des
clichés candides en plus de couvrir de temps à autre un mariage.
Peu de temps après son installation à Chicago, Yale alla prendre

un bain de soleil à Belmont Rocks avec Charlie et les amis de celui-ci, à l'époque où ils n'étaient pas encore en couple. C'était le paradis, même si Yale avait oublié d'apporter une serviette et qu'il était sujet aux coups de soleil. Des hommes qui se roulaient des pelles en plein jour ! Un espace gay à l'abri de la ville mais grand ouvert sur l'étendue immense du lac Michigan. Un ami de Charlie, un homme aux cheveux ondulés et prématurément gris vêtu d'un slip de bain vert citron, passa son temps à les mitrailler avec son Nikon, à changer de pellicule, à les mitrailler de nouveau. Yale demanda : « C'est qui, le pervers ? », et Charlie répondit : « Peut-être un génie. » C'était Richard. Bien entendu, Charlie voyait le génie chez tout le monde, poussait les autres à lui révéler leurs passions et les encourageait ensuite à les développer, mais Richard avait réellement du talent. Yale et lui n'avaient jamais été proches – c'était la première fois qu'il mettait les pieds chez ce type –, mais il avait fini par s'habituer à lui. Richard était toujours en périphérie, observant, mitraillant. Une bonne quinzaine d'années de plus que tout le monde dans leur clique : paternel, gaga d'eux, toujours prêt à payer sa tournée. Il avait financé le journal de Charlie à ses débuts. Et ce qui avait commencé comme une habitude bizarre était devenu, ces derniers mois, quelque chose d'essentiel. Yale entendait le « clic » de l'appareil photo et pensait : « Au moins, ça, il l'a pris. » Autrement dit : Quoi qu'il arrive – dans trois, vingt ans – cet instant subsistera.

Quelqu'un trifouilla le tourne-disque, et au moment où apparut la première diapositive (Nico et Terrence trinquant l'année dernière à l'occasion du vingtième anniversaire de Fiona), la musique commença : l'intro acoustique du morceau « America » de Simon and Garfunkel, la version de leur concert à Central Park. La chanson préférée de Nico, qu'il voyait comme un hymne rebelle et non comme une banale chansonnette au sujet d'un *road trip*. L'année dernière, la nuit où Reagan avait été réélu, Nico, fou de rage, l'avait passée en boucle sur le jukebox du Little Jim's Tavern, jusqu'à ce que tout le bar reprenne d'une voix avinée les paroles où il était question d'être égaré, de compter des voitures et de chercher l'Amérique. Et aujourd'hui, tous chantaient exactement de la même façon.

Yale n'avait pas le courage de se joindre à eux, et même s'il ne serait pas le seul à pleurer, rester était au-dessus de ses forces. Il parvint à s'extraire de la foule et gravit quelques marches des escaliers de Richard, observant les têtes de là-haut. Les convives, captivés, regardaient tous les diapositives. Mais quelqu'un d'autre partait. Devant la lourde porte d'entrée de Richard, Teddy Naples remettait sa veste de costume, tournait doucement la poignée. Habituellement, Teddy était une petite boule d'énergie cinétique, qui rebondissait sur ses orteils, claquait des doigts au rythme d'une mélodie que personne d'autre n'entendait. Mais là, il se déplaçait tel un fantôme. Peut-être était-ce une bonne idée. S'il ne s'était pas retrouvé piégé de ce côté-ci de la foule, Yale en aurait certainement fait de même. Il ne serait pas parti, mais serait sorti pour respirer un peu d'air frais.

Les diapositives : Nico en short de course, un numéro épinglé sur la poitrine. Nico et Terrence adossés à un arbre, faisant tous les deux un doigt d'honneur à l'objectif. Nico de profil avec son écharpe orange et son manteau noir, une cigarette entre les lèvres. Soudain, Yale apparut, pelotonné au creux du bras de Charlie, avec Nico de l'autre côté : la soirée de fin d'année du journal en décembre dernier. Nico avait été le graphiste d'*Out Loud Chicago*, dans lequel il publiait régulièrement une BD. Dernièrement, il avait également commencé à concevoir des décors de théâtre. Il était absolument autodidacte dans ce domaine. Cette période était censée être le prologue de sa vie. Nouvelle diapositive : Nico riant de Julian et de Teddy, l'année où ils s'étaient déguisés en Sonny et Cher pour Halloween. Nico qui ouvrait un cadeau. Nico tenant une coupe de glace au chocolat. Nico, en gros plan, les dents étincelantes. La dernière fois où Yale l'avait vu, son ami était inconscient, et de l'écume – une espèce d'écume blanche abominable – s'était soudain mise à déborder de sa bouche et de ses narines. Terrence s'était précipité dans le couloir en hurlant pour que les infirmières viennent, s'était blessé au genou en percutant un chariot de ménage, et ces satanées infirmières s'étaient montrées plus inquiètes de savoir si Terrence avait perdu du sang que de ce qui arrivait à Nico. Et voilà que sur la diapositive, il y avait le beau visage plein de Nico. Ce fut trop. Yale gravit à la hâte les quelques marches qu'il lui restait.

Il craignait que les chambres soient remplies de types ayant pris du poppers, mais la première, au moins, était vide. Il referma la porte derrière lui et s'assit sur le lit. Dehors, la nuit était tombée, et les rares lampadaires de Belden Avenue éclairaient à peine les murs et le sol. Richard avait certainement refait au moins cette pièce après le départ de l'épouse mystérieuse. Deux fauteuils en cuir noir flanquaient le lit de chaque côté. Il y avait une petite étagère de livres d'art. Yale posa son verre par terre et s'allongea. Il contempla le plafond en respirant lentement comme le lui avait enseigné Charlie.

Pendant tout l'automne, il avait mémorisé la liste des donateurs réguliers de la galerie. Il mit en sourdine le brouhaha du rez-de-chaussée et fit ce qu'il avait l'habitude de faire à la maison quand il ne parvenait pas à trouver le sommeil : il récita la liste des donateurs dont le nom commençait par un « A », de ceux dont le nom commençait par un « B ». Bon nombre de ces gens étaient ceux avec qui il avait travaillé ces trois dernières années à l'Art Institute, mais il y avait des centaines de nouveaux noms – d'anciens élèves de la Northwestern, des gens du quartier huppé de North Shore – qu'il devait être en mesure d'identifier immédiatement.

Ces derniers temps, Yale trouvait cette liste déconcertante – elle lui inspirait un malaise gris et terne. Il se souvint qu'à l'âge de huit ans, il avait demandé à son père qui d'autre, parmi leurs voisins, était juif. (« Est-ce que les Rothman sont juifs ? Les Andersen ? »). Son père s'était frotté le menton et avait dit : « Ne jouons pas à ce jeu-là, fiston. Historiquement, il se passe de sales trucs quand on se met à lister les juifs. » Yale ne comprendrait que bien plus tard que son père était le seul à avoir ce blocage, un symptôme de la haine de soi dont il souffrait. Mais Yale était jeune et impressionnable à l'époque, et peut-être était-ce pour cette raison que réciter les noms le contrariait.

Ou non, la vraie raison était peut-être la suivante : ces derniers temps, il avait dans la tête deux listes parallèles – la liste des donateurs et celle des malades. Les gens susceptibles de donner des œuvres ou de l'argent, et les amis susceptibles de tomber malades ; les gros donateurs, ceux dont on n'oublierait jamais le nom, et les amis qu'il avait déjà perdus. Mais jusqu'à ce soir, cela n'avait pas touché des amis proches. Il y avait eu des connaissances, des amis d'amis comme l'ancien coturne de Jonathan, un couple de galeristes, un barman, le type de la librairie. Ils étaient, quoi, six ? Six personnes dont il avait entendu parler, des gens qu'il avait salués dans un bar, des gens dont il était incapable de vous donner le deuxième prénom, voire le nom de famille. Il avait assisté à trois commémorations. Mais voilà qu'il avait une nouvelle liste : un ami proche.

Yale et Charlie s'étaient rendus à une réunion d'information l'année dernière. Un intervenant venu de San Francisco leur avait dit : « Je connais des types qui n'ont perdu personne. Des groupes qui n'ont pas été touchés. Mais je connais également des gens qui ont perdu vingt amis. Des immeubles entiers dévastés. » Et Yale, bêtement, dans un élan de désespoir, avait pensé que, peut-être, il entrerait dans la première catégorie. Cela n'aidait pas qu'à travers Charlie il connaisse pratiquement tout Boystown. Cela n'aidait pas que ses amis soient tous des surdoués – et qu'ils semblent être en train de se démarquer également dans ce nouveau domaine terrifiant.

Yale et Charlie devaient leur salut à l'époque à laquelle ils s'étaient rencontrés, et au fait d'être tombés amoureux aussi vite. Ils étaient ensemble depuis février 1981 et formaient un couple exclusif depuis l'automne de la même année – un choix qui avait laissé perplexe pratiquement tout le monde. 1981, ce n'était pas trop tôt pour l'attraper, loin s'en fallait, mais ce n'était pas San Francisco, ce n'était pas New York. Les choses, Dieu merci, évoluaient plus lentement ici.

Comment Yale avait-il pu oublier qu'il détestait le rhum ? Cet alcool jouait sur son humeur, le déshydratait, lui donnait chaud. Lui retournait l'estomac.

Il trouva des toilettes de la taille d'un placard à l'extérieur de cette chambre, s'assit sur la cuvette froide, et mit sa tête entre ses jambes.

Sur sa liste de gens susceptibles de l'attraper, qui ne faisaient pas assez attention, qui étaient peut-être déjà malades : Eh bien, Julian, évidemment. Richard. Asher Glass. Teddy – bon sang,

Teddy Naples qui prétendait avoir réussi à ne pas sortir du sauna Man's World pendant cinquante-deux heures, se contentant de somnoler (malgré les gens qui baisaient et la musique tonitruante) dans les chambres privées que divers hommes d'un certain âge avaient louées pour leurs aventures, et se nourrissant de Snickers qu'il achetait au distributeur.

Teddy était contre le test, car il redoutait que l'on associe des noms aux résultats d'analyse, et que ces informations soient utilisées par le gouvernement, comme ces fameuses listes de juifs. Du moins était-ce ce qu'il soutenait. Peut-être était-il simplement terrifié, comme tout le monde. Teddy terminait son doctorat de philosophie à l'université de Loyola, et avait tendance à emballer, dans des théories élaborées, des sentiments fort banals. Il arrivait que Teddy et Julian sortent ensemble, mais la plupart du temps, Teddy naviguait simplement entre Kierkegaard, les bars et les clubs. Yale le soupçonnait toujours d'avoir au moins sept groupes d'amis distincts, et de ne pas tenir celui-ci en très haute estime. Pour preuve, son départ de la fête. Peut-être que les diapos étaient trop pour lui, comme elles l'avaient été pour Yale ; peut-être sortait-il juste faire un tour dans le quartier. Mais Yale en doutait. Teddy était attendu ailleurs, il était invité à d'autres soirées, plus excitantes que celle-ci.

Et puis il y avait la liste des connaissances qui étaient déjà malades, qui cachaient des lésions sur leurs bras mais pas sur leur visage, qui toussaient horriblement, maigrissaient à vue d'œil, attendaient que leur état s'aggrave – ou qui étaient allongées à l'hôpital, qui avaient pris l'avion pour mourir auprès de leurs parents, et au sujet desquelles on écrirait dans les journaux qu'elles étaient mortes de pneumonie. Pour l'instant, seuls quelques noms étaient inscrits, mais il y avait de la place sur cette liste. Bien trop de place.

Quand Yale bougea enfin, ce fut pour prendre de l'eau au lavabo, s'en asperger le visage. Dans le miroir, il avait une mine terrible : des cernes sous les yeux, la peau olivâtre. Son cœur battait bizarrement, mais bon, son cœur battait toujours bizarrement.

La séance de diapositives était sans doute terminée. S'il jetait un coup d'œil en bas, il verrait Charlie dans la foule. Ils pourraient s'échapper. Prendre un taxi, même, et il pourrait s'appuyer contre la vitre. Une fois chez eux, Charlie lui masserait le cou, insisterait pour lui préparer un thé. Yale se sentirait bien.

Il ouvrit la porte qui donnait sur le couloir et entendit un silence collectif, comme s'ils retenaient tous leur souffle, écoutaient un discours. Sauf qu'il n'entendit pas vraiment de discours. Il regarda en bas, mais il n'y avait personne dans le salon. Ils étaient allés quelque part.

Il descendit doucement, pour éviter de sursauter. Un bruit soudain, et il vomirait.

Mais en bas, dans le salon, il n'y avait que le bruissement du disque, qui continuait de tourner alors que la dernière chanson était terminée et que le bras de lecture avait retrouvé son support. Des bouteilles de bière et des verres de Cuba Libre, encore à moitié pleins, jonchaient les tables et les bras des canapés. Les plateaux d'amuse-bouche avaient été laissés sur la grande table. Yale pensa à un raid, à un raid de la police, mais il s'agissait d'une résidence privée, ils étaient tous adultes, et rien de bien illégal ne s'était produit. Quelqu'un avait peut-être de l'herbe, mais bon...

Combien de temps était-il resté là-haut ? Peut-être vingt minutes. Peut-être trente. Il se demanda s'il avait pu s'endormir sur le lit, s'il était deux heures du matin. Mais non, à moins que sa montre se soit arrêtée. Il n'était que dix-sept heures quarante-cinq.

Il s'inquiétait pour rien – ils étaient dehors dans le jardin. Il y avait un jardin à l'arrière de maisons comme celles-ci. Yale traversa la cuisine déserte, un bureau aux murs recouverts de livres. La porte était là, mais elle était fermée au moyen d'une serrure à pêne dormant. Il plaça ses mains en coupe autour de ses yeux et se colla à la vitre : un auvent rayé, un tas de feuilles mortes, la lune. Personne.

Yale se retourna et se mit à crier :

— Hé ! Richard ! Les gars ! Y a quelqu'un ?

Il alla jusqu'à la porte d'entrée – laquelle, bizarrement, était aussi équipée d'une serrure à pêne dormant – et se débattit avec la poignée jusqu'à ce qu'il parvienne à ouvrir. Il n'y avait personne dans la rue sombre.

Il lui vint l'idée fumeuse et absurde que la fin du monde était arrivée – qu'une forme d'apocalypse s'était abattue et n'avait oublié que lui. Il rit de lui-même, et pourtant : aucune tête ne s'agitait aux fenêtres des voisins. Il apercevait de la lumière dans les maisons en face, mais ici aussi, les lumières étaient allumées. Au bout de la rue, le feu passa du vert, au jaune, puis au rouge. Il entendit vaguement la ruée de voitures au loin, mais c'était peut-être le vent, non ? Ou même le lac. Yale espéra entendre une sirène, un klaxon, un chien, un avion traverser le ciel nocturne. Rien.

Il rentra dans la maison et ferma la porte.

— Hé, les gars ! cria-t-il de nouveau.

Désormais, il avait l'impression d'être victime d'une plaisanterie. Peut-être allaient-ils sortir en bondissant de leur cachette et éclater de rire. Mais il s'agissait d'une cérémonie en mémoire de quelqu'un, non ? On n'était plus au lycée. Les gens ne passaient plus leur temps à chercher à le blesser.

Il tomba sur son propre reflet dans la télé de Richard. Il était toujours là, toujours visible.

Sur le dos d'une chaise se trouvait un coupe-vent bleu qu'il identifia comme étant celui d'Asher Glass. Ses poches étaient vides.

Il ferait mieux de partir. Mais pour aller où ?

Des mégots de cigarettes remplissaient les cendriers. Aucun n'était à moitié fumé, écrasé à la hâte. Des photocopies de certaines planches de Nico avaient été disposées sur des tables d'appoint, sur le bar, mais étaient désormais éparpillées – sans doute plus une manifestation de la fête qu'un signe de la fin de celle-ci – et Yale ramassa l'une des feuilles par terre. Une drag-queen du nom de Martina Luther Kink. Une blague dont la chute vaseuse faisait référence au fameux « rêve ».

Yale traversa toutes les pièces au rez-de-chaussée, ouvrant chaque porte – placard, vestiaire, cagibi à aspirateur – jusqu'à ce qu'il soit salué par un mur d'air frais et des marches en béton qui menaient au sous-sol. Il trouva l'interrupteur et commença à descendre. Des lave-linges, des boîtes, deux vélos rouillés.

Il remonta, puis se rendit jusqu'au deuxième étage – un bureau, une petite salle de gym, un débarras – avant de redescendre au premier et de tout ouvrir. Des bureaux en acajou sculpté, des lits à baldaquin. Une grande chambre vert et blanc. Si c'était l'œuvre de l'épouse, ce n'était pas mal. Une photo de Diane Arbus sur un mur, celle du garçon avec une grenade à la main.

Il y avait un téléphone à côté du lit de Richard. Yale souleva le combiné avec soulagement. Il écouta la tonalité – rassurante – et, lentement, se mit à composer son propre numéro. Pas de réponse.

Il avait besoin d'entendre une voix, humaine, n'importe laquelle, alors il raccrocha et fit le numéro des renseignements.

— Nom et ville, s'il vous plaît, demanda la femme.

— Allô ?

Il voulait s'assurer qu'il ne s'agissait pas d'un enregistrement.

— Ici les Renseignements. Connaissez-vous le nom de la personne que vous souhaitez appeler ?

— Oui, il s'agit de... Marcus. Nico Marcus, sur North Clark Street, à Chicago.

Il épela les noms.

— J'ai un N. Marcus sur North Clark Street. Souhaitez-vous que je vous mette en relation ?

— Non. Non, merci.

— Restez en ligne pour le numéro.

Yale raccrocha.

Il fit le tour de la maison une dernière fois avant de se planter devant la porte d'entrée.

— Je m'en vais ! Je pars ! cria-t-il à l'intention de personne.

Et sortit dans le noir.

2015

Quand ils commencèrent à survoler l'Atlantique, le type assis côté hublot se réveilla en sursaut. Il dormait depuis l'aéroport O'Hare de Chicago, et Fiona avait essayé de se changer les idées en fantasmant sur lui. Le magazine de la compagnie aérienne était ouvert sur ses genoux depuis une heure, et elle s'était contentée de rouler étroitement le coin de la page des mots croisés encore et encore. L'homme avait un corps de varappeur, et en avait également les vêtements, les cheveux et la barbe, tous négligés – ses cheveux bouclés lui arrivaient au menton et son short était taché d'encre bleue. Il avait dormi le front appuyé contre le fauteuil devant lui, et lorsqu'il se redressa et regarda autour de lui, hébété, Fiona se rendit compte qu'elle n'avait pas encore vu son visage. Elle lui en avait inventé un, si bien que celui-ci, qui était pourtant beau et buriné, lui sembla clocher. Elle savait déjà, après observation des muscles de ses jambes nues et de la chair de ses bras, qu'il était trop jeune pour elle. Une petite trentaine d'années.

Il récupéra son sac à dos qui se trouvait sous ses pieds et se mit à farfouiller à l'intérieur. Il tâta ses poches, le siège autour de lui. Il fouilla de nouveau son sac à dos, en sortit des choses : des chaussettes roulées en boule, un sachet en plastique avec du dentifrice et un flacon de bain de bouche, un petit journal. Il se tourna vers Fiona.

— Hé, quelque chose à boire ?

Elle n'était pas certaine d'avoir bien entendu. Peut-être avait-il proposé de lui offrir un cocktail, mais le ton était pressant, pas séducteur.

— Pardon ?

— Est-ce que j'ai acheté quelque chose à boire ? Sur ce vol ?

Sa voix était légèrement engourdie.

— Oh, vous dormiez.

— Merde ! jura-t-il, et il pencha tellement la tête en arrière que sa pomme d'Adam pointa vers le plafond.

— Un problème ?

— J'ai laissé mon portefeuille au bar.

Il murmurait, comme s'il craignait que ça devienne réel s'il le formulait à voix haute.

— À O'Hare.

— Tout votre portefeuille ?

— Un gros machin en cuir. Vous ne l'auriez pas vu, par hasard ?

Soudain inspiré, il regarda devant lui, dans la pochette qui servait à ranger les magazines, puis dans celle de Fiona.

— Merde ! Au moins, j'ai mon passeport, mais fait chier !

Elle était horrifiée pour lui. C'était le genre de choses dont elle aurait été capable pendant ses folles années. Laisser son sac dans un club, se retrouver du mauvais côté de la ville sans moyen de rentrer chez elle.

— Voulez-vous qu'on appelle une hôtesse ?

— Elle n'y pourra rien.

Il secoua la tête, abasourdi. Ses boucles rebondissaient sur sa barbe. Il laissa échapper un petit rire amer.

— Putain d'alcoolisme ! Fait chier, merde !

Fiona eut du mal à savoir s'il plaisantait. Quel alcoolique parlait de son mal aussi ouvertement ? Mais en même temps, qui sortirait un truc pareil, si ce n'était pas vrai ?

— Avez-vous des amis à Paris qui sont en mesure de vous aider ?

— Je vais chez quelqu'un ce week-end. Je ne pense pas qu'elle m'hébergera plus longtemps que ça.

Et soudain, Fiona comprit : c'était une arnaque. Une histoire pour attendrir les gens. Elle était censée le regarder avec une inquiétude maternelle, lui donner cent dollars et dire : « Cela vous aidera peut-être. » Si elle avait eu le même âge que lui, il aurait essayé en plus de la séduire.

— Quel cauchemar, répondit-elle.

Elle se força à prendre un air empathique avant de tourner la page de son magazine. Elle aurait pu dire : *J'ai de plus gros problèmes que toi, mec.* Ou : *On peut perdre des choses bien pires.* Quand les lumières de la cabine s'éteignirent, Fiona se pelotonna côté couloir, contre son mince oreiller.

Jamais elle ne fermerait l'œil, mais c'était agréable de faire comme si elle allait vraiment dormir. Elle avait un million de décisions à prendre à Paris, et la semaine précédente n'avait été que planification frénétique. Mais par chance, pendant les huit heures qui allaient suivre, Fiona ne pourrait rien faire. Les voyages en avion, ou même simplement en car, étaient les moments où un adulte se rapprochait le plus de la merveilleuse impuissance de l'enfance. Fiona avait toujours éprouvé une jalousie irrationnelle lorsque Claire tombait malade. Elle lui apportait des livres, des mouchoirs en papier, de l'eau chaude aromatisée à la gélatine et lui racontait des histoires tout en rêvant d'échanger les rôles. En partie pour épargner à sa famille la douleur de la maladie, mais aussi pour se sentir maternée. C'étaient les seules fois où Claire acceptait que Fiona la gâte, les seules fois où elle se blottissait sur ses genoux pour dormir – son corps dégageant une chaleur fébrile, les petits cheveux souples autour de son front et de son cou bouclant et collant à sa sueur. Fiona caressait sa petite oreille chaude, son mollet bouillant. Plus tard, quand Claire fut plus grande, les choses évoluèrent – elle voulait rester seule avec un livre ou son ordinateur portable –, mais elle laissait Fiona lui apporter de la soupe, la laissait s'installer une minute sur le matelas à côté d'elle. Et c'était quelque chose.

Elle avait dû dormir un peu, mais avec le décalage horaire, les lumières des cabines et le fait qu'ils avançaient à contresens du soleil, elle ne savait pas trop si elle s'était assoupie trente minutes ou cinq heures. Son voisin ronflait, la joue calée contre son épaule.

L'avion fit un soubresaut, et une hôtesse passa en touchant avec deux doigts tous les compartiments à bagages. Aucun danger. Fiona voulait vivre dans cet avion pour toujours.

Son voisin ne se réveilla pas avant que le petit déjeuner soit servi. Il commanda un café d'un air piteux.

— Ce que je veux, confia-t-il à Fiona, c'est un whisky.

Elle ne lui proposa pas de lui en acheter un. Il releva le cache-hublot. Toujours nuit.

— Je n'aime pas ces avions, dit-il. Les 767.

Elle mordit à l'hameçon.

— Pourquoi ?

— Ben, dans une autre vie, j'en pilotais. Dans l'une de mes nombreuses autres vies. Je n'aime pas l'angle du train d'atterrissage.

Était-ce l'un des rouages de son arnaque ? Le début de son récit de malchance – comment il avait perdu son travail, et peut-être même sa femme ? Il ne semblait pas assez âgé pour avoir eu des vies antérieures, ou une vie antérieure assez longue pour piloter un avion de cette taille-là. Ne fallait-il pas avoir quelques heures de vol à son actif pour être aux commandes d'un tel engin ?

— C'est dangereux ? demanda-t-elle.

— Vous savez, c'est à la fois dangereux, et absolument pas dangereux. On fonce dans les airs, pas vrai ? Vous vous attendez à quoi ?

Il semblait suffisamment sobre pour ne pas lui vomir sur les genoux, ou y poser ses mains. Il parlait juste un peu fort. Allant à l'encontre de son propre jugement, Fiona continua la discussion. Ça l'occupait. Et elle était curieuse de savoir ce qu'il allait lui dire ensuite, de la tournure que prendrait son arnaque.

Il lui raconta qu'il avait l'habitude de donner un nom à tous les avions qu'il pilotait, et elle lui raconta que sa fille, quand elle était petite, baptisait absolument tout : sa brosse à dents, ses personnages Lego, les stalactites qui se formaient devant la fenêtre de sa chambre.

— C'est dingue ! dit-il, ce qui semblait exagéré.

Une fois sur la piste d'atterrissage, il lui demanda si elle était déjà venue à Paris.

— Une fois seulement, répondit-elle. Au lycée.

Il rit.

— Ça va être autre chose alors, pas vrai ?

31

Elle ne se souvenait plus trop de ce voyage, si ce n'était de ses camarades du Club de français et du garçon qu'elle avait espéré embrasser, et qui à la place avait été surpris au lit avec Susanna Marx. Elle se rappelait avoir fumé de l'herbe et s'être nourrie exclusivement de croissants. Avoir envoyé à Nico des cartes postales qui ne lui parviendraient qu'à son retour. Avoir senti qu'elle aurait dû éprouver un émoi plus profond tandis qu'elle faisait la queue pour visiter le Louvre et la tour Eiffel. Elle avait choisi le français uniquement par rébellion contre sa mère qui voulait qu'elle apprenne l'espagnol.

Fiona lui retourna la question, avant d'ajouter :

— J'imagine que si vous avez été pilote...

Elle avait oublié parce qu'elle ne le croyait pas.

— Deuxième meilleure ville au monde ! répondit-il.

— Quelle est la première ?

— Chicago, dit-il comme s'il s'agissait d'une évidence. Y a pas les Cubs à Paris. Vous séjournez rive gauche ou rive droite ?

— Oh, entre les deux, je dirais ? Mon ami habite sur l'île Saint-Louis.

Fait qui donnait un côté glamour et non désespéré à son voyage, ce qui lui plaisait bien.

L'homme siffla.

— Sympa, l'ami.

Elle n'aurait peut-être pas dû dire cela, donner l'impression qu'elle était friquée et bonne à arnaquer. Mais parce qu'elle se sentait vraiment bien et au chaud dans cette version de l'histoire, elle continua.

— En fait, c'est... Avez-vous entendu parler du photographe Richard Campo ?

— Ouais, bien sûr.

Il la regarda en attendant la suite.

— Quoi ? C'est lui, votre ami ?

Fiona hocha la tête.

— On se connaît depuis des années.

— Eh ben, ça ! s'exclama l'homme. Vous êtes sérieuse ? Je suis fana d'art. Je le confonds souvent avec Richard Avedon. Mais c'est Campo, les clichés de gens sur leur lit de mort ?

— C'est lui. Plus cru qu'Avedon.

— J'ignorais qu'il était encore en vie. La vache !

— Je ne lui répéterai pas.

En réalité, elle ne savait pas dans quel état se trouvait Richard. À quatre-vingts ans, il travaillait encore, et quand il était passé à Chicago quelques années auparavant pour son expo au MCA, il était voûté mais énergique, s'extasiait devant son attaché de presse français de vingt-neuf ans qui était apparemment l'amour de sa vie.

L'avion mit du temps à atteindre la porte. Son voisin lui demanda si elle avait prévu de faire la tournée des musées avec Richard Campo, et Fiona lui répondit qu'à vrai dire, elle était venue pour rendre visite à sa fille. Ce qui était vrai, si l'on envisageait les choses sous un jour très optimiste.

— Et sa fille aussi. Ma petite-fille.

Il rit avant de se rendre compte qu'elle ne plaisantait pas.

— Vous n'avez pas l'air...

— Merci.

À son grand soulagement, le signal « Attachez vos ceintures » s'éteignit. Plus de temps pour des questions auxquelles elle n'avait pas de réponse. (Quel arrondissement ? Quel âge a la petite-fille ? Comment s'appelle-t-elle ?)

Fiona attendit d'avoir la place de se lever.

— Votre portefeuille n'est pas dans votre valise, par hasard ?

Elle fit un geste en direction des compartiments à bagages.

— Je l'ai mise en soute à O'Hare.

Elle le croyait un peu plus, à présent, mais pas assez pour lui proposer de l'argent.

— Je peux partager mon taxi, si ça peut vous aider.

Il sourit. Il avait de belles dents. Carrées et blanches.

— C'est le seul truc que j'aie : quelqu'un qui vient me chercher.

Fiona put enfin se lever. Ses genoux craquèrent lorsqu'elle se mit debout.

— Bonne chance, lui dit-elle.

Et même s'il ignorait à quel point elle en avait besoin, il lui dit :

— Pareil pour vous.

Elle souleva son bagage à main. De l'autre côté du hublot en forme de gélule, un soleil rose se levait.

1985

Yale regarda avec soulagement une voiture descendre Belden Avenue en vrombissant. Quelqu'un déverrouillait la porte de la maison d'en face.

S'il pressait le pas, il ne lui faudrait qu'une demi-heure pour arriver chez lui – mais il marcha le plus lentement possible. Il ne voulait pas entrer dans un appartement vide ou, pire encore, y trouver Charlie prêt à lui révéler l'horrible raison qui les avait tous poussés à quitter la maison. Un appel d'urgence, un autre décès. Peut-être avaient-ils allumé la télévision, vu des images venues de Russie qui étaient tellement alarmantes qu'ils s'étaient rués chez eux pour faire des préparatifs.

Il tourna dans Halsted Street : un long chemin tout droit jusqu'à son lit. Il s'attarda devant des vitrines, attendit au feu que le signal l'autorise à traverser même quand la voie était libre. Il laissa des gens le dépasser. Peut-être pensait-il que tous les convives de tout à l'heure arriveraient derrière lui et lui diraient qu'ils avaient fait la tournée des bars en se demandant où il était.

Il marcha bien plus que nécessaire, au-delà de sa rue. Il regarda à l'intérieur de chaque bar devant lequel il passa – ouvrant la porte quand les vitrines étaient des miroirs ou peintes en noir –, balayant les lieux des yeux pour retrouver Charlie, Fiona ou n'importe lequel d'entre eux.

Dans une entrée froide et humide, un homme était appuyé contre un distributeur de cigarettes, la main posée sur la braguette.

— Hé ! le héla l'inconnu.

Il était bourré, la voix débordante de salive.

— Hé, beauté ! J'ai un truc pour toi.

Dans le bar suivant, qui était presque désert, curieusement, un téléviseur accroché au mur diffusait le magazine d'information *60 minutes* à la place des vidéos porno et clips habituels. Le tic-tac du chronomètre géant, qui comptait à rebours. Pas de guerre nucléaire, au moins. Pas de flash spécial d'information.

Yale avait les jambes fatiguées, et il était tard. Lorsqu'il arriva devant le poste de police, il s'arrêta et repartit dans l'autre sens en prenant le trottoir d'en face, jusqu'à l'angle de Briar Place. Il s'engagea dans sa rue et chercha de la lumière au dernier étage du bâtiment composé de trois appartements. Il n'y en avait pas.

Il n'entra pas. Il marcha vers l'est, lentement, pendant quelques centaines de mètres, jusqu'à la petite maison bleue aux volets noirs, à la porte d'un noir brillant. La plupart des demeures dans cette rue étaient aussi grandes que l'ancienne maison de maître à la structure douteuse dans laquelle se trouvait leur apparte-ment, mais Yale avait toujours adoré cette petite bicoque prise en sandwich entre deux géants de pierre. Elle était compacte, coquette et pas trop chic, ce qui expliquait que depuis qu'il avait remarqué le panneau « À vendre » planté devant, il se posait la question folle de savoir si lui et Charlie auraient les moyens de l'acquérir. Qui donc achetait une maison ? Mais peut-être en avaient-ils les moyens. Posséder un bout de la ville, avoir quelque chose à eux, d'où personne ne pourrait les chasser sous un prétexte ou un autre – ce serait vraiment quelque chose. Cela lancerait peut-être une mode ! Si Charlie le faisait, d'autres types qui pouvaient se le permettre suivraient.

Il jeta un coup d'œil derrière lui, vers l'endroit d'où il venait. Pas de Charlie en vue, pas de horde de fêtards éméchés. Il pou-vait très bien attendre ici. C'était mieux que dans l'appartement vide. Il se rapprocha du panneau pour ne pas avoir l'air louche.

Ils pourraient organiser des soirées où les gens se mettraient sur la véranda pour fumer et discuter. Ils iraient dans la cuisine chercher plus de bières, les sortiraient, puis s'installeraient là, sur une grosse balancelle en bois.

Soudain, il eut envie de hurler le nom de Charlie, de le crier si fort à la ville que tout le monde l'entendrait. Il enfonça fermement son pied dans le trottoir et respira par le nez. Il regarda la belle maison.

Yale pourrait mémoriser le numéro de l'agent immobilier – les trois derniers chiffres étaient des 2 – et appeler cette semaine. Ainsi, ce ne serait pas seulement le soir où ils n'étaient pas allés à l'enterrement de Nico, le soir où Yale s'était senti atrocement seul. Ce serait le soir où ils avaient trouvé leur maison.

Il commençait à avoir froid. Il rebroussa chemin et monta à l'appartement. Tout était plongé dans l'obscurité et le silence, mais il alla regarder le lit. Vide. La couverture bleue formait toujours des plis du côté de Charlie. Il nota le numéro de l'agent avant de l'oublier.

Il était dix-neuf heures, ce qui expliquait les gargouillements de son ventre. Il aurait dû se gaver d'amuse-gueules abandonnés avant de quitter la maison tout à l'heure.

Et soudain, une nouvelle théorie lui vint : une intoxication alimentaire. Il avait été un peu malade, non ? Elle avait pu frapper tous les autres beaucoup plus sévèrement, les obligeant à s'entasser dans leurs voitures pour se rendre à l'hôpital. C'était la première théorie raisonnable qu'il imaginait. Il se félicita de ne pas avoir pris d'œuf mimosa quand le plateau était passé près de lui.

Il se prépara un sandwich double fromage – trois tranches de provolone et trois de cheddar, moutarde brune, laitue, oignon, tomate, pain de seigle –, s'assit sur le canapé et mordit dans son casse-croûte. C'était une version améliorée de ce dont il s'était nourri à l'université du Michigan, au snack du campus où les garnitures des burgers, fromage inclus, étaient gratuites. Le matin, il mettait dans son sac à dos deux tranches de pain, et les bourrait d'aliments à midi.

Il composa le numéro de la mère de Charlie. Teresa était originaire de Londres – l'accent que Charlie avait un peu perdu était chez elle amplifié en quelque chose d'éclatant –, mais elle vivait désormais à San Diego, où elle buvait du chardonnay et sortait avec des surfeurs vieillissants.

— Comment ça va ? lui demanda-t-elle.

Et il sut à sa légèreté et à sa surprise que Charlie ne l'avait pas appelée ce soir depuis un hôpital ou une prison.

— Bien, bien. Mon nouveau boulot est parfait.

Il n'était pas inhabituel que Yale téléphone à Teresa indépendamment de Charlie. Elle était, comme elle le savait, sa seule mère au vrai sens du terme. Sa mère biologique était une ancienne enfant star qui avait essayé de se ranger en s'installant dans une petite ville du Michigan avant de s'enfuir lorsque Yale avait trois ans pour renouer avec sa carrière d'actrice. Il avait grandi en la regardant en douce, d'abord dans le feuilleton *Haine et passion*, puis dans *Les Feux de l'amour*, où elle faisait encore de rares apparitions. Son personnage était, semblait-il, désormais trop âgé pour des intrigues régulières, mais le fils de son personnage, qui, à vrai dire, ressemblait un peu à Yale, jouait toujours un rôle central. Elle revenait donc pour pleurer chaque fois qu'il était enlevé ou avait un cancer.

Depuis qu'elle était partie, Yale avait vu sa mère en tout et pour tout cinq fois, toujours à l'occasion de passages-éclair en ville au cours desquels elle arrivait avec des cadeaux tardifs pour les occasions qu'elle avait ratées. Elle ressemblait beaucoup aux personnages qu'elle incarnait dans les feuilletons : distante, maniérée. Sa dernière visite remontait au quatorzième anniversaire de Yale. Elle l'avait invité à déjeuner et avait insisté pour qu'il prenne un milk-shake en dessert. Yale était repu, mais elle s'était montrée si véhémente qu'il avait cédé. Il avait ensuite passé des semaines à se demander s'il elle l'avait trouvé trop maigre ou s'il avait vraiment été important pour elle de donner à son fils quelque chose de sucré, susceptible de le rendre heureux. Cela ne l'avait pas rendu heureux, et Yale ne pouvait toujours pas voir un milk-shake sans que l'image des ongles rouges de sa mère en train de tapoter nerveusement sur la table n'apparaisse. La seule partie de son corps échappant à son contrôle. « Cela va être tellement intéressant de découvrir ce que tu vas devenir », lui avait-elle dit ce jour-là. Pour ses vingt ans, elle lui avait envoyé un chèque de trois mille dollars. Rien pour ses trente ans. Teresa, en revanche, avait pris l'avion pour lui rendre visite et l'avait invité au restaurant Le Français, qui était au-dessus de ses moyens. Elle lui envoyait des coupures de presse, des articles de magazine sur l'art, la natation, l'asthme, les Cubs ou n'importe quel autre sujet lui rappelant Yale.

— Raconte-moi, lui demanda Teresa. Tu courtises les riches, c'est ça ?

— Notamment. Nous essayons de constituer une collection.

— Tu sais que tu as un don pour charmer les autres. Attention, je ne dis pas que tu es superficiel. Tu es adorable, comme un chiot.

— Pouah ! répondit-il en riant.

— Oh, Yale, apprends à recevoir un compliment.

Il parvint à la garder au téléphone pendant vingt minutes en lui parlant de l'espace de la galerie, des donateurs, de l'université. Elle lui dit que les lapins aimaient ses laitues, ou qu'en tout cas, quelqu'un les mangeait – c'était bien le genre des lapins de faire une chose pareille, non ? Yale passa le chiffon à poussière sur le téléviseur, les cadres photo, l'antique miroir de barbier qu'il avait placé là, sur l'étagère de la bibliothèque, la boîte en bois qui accueillait la collection de billes que Charlie s'était constituée lorsqu'il était enfant.

— Ce coup de fil doit te coûter une fortune, remarqua-t-elle. Charlie est là ?

— Il est sorti, répondit Yale, d'un ton aussi joyeux que possible.

— Bon. Tu lui diras qu'aux dernières nouvelles, sa vieille mère avait deux fils, et que ça fait des semaines qu'elle n'a pas entendu la voix de celui qu'elle a porté dans son ventre.

— On t'aime, Teresa, dit-il.

Ce fut au beau milieu de la nuit, Yale le sut sans se tourner vers son réveil, qu'il entendit la porte d'entrée puis celle du frigo, qu'il vit la lumière du couloir à travers ses paupières.

— Charlie ? appela-t-il.

Comme il n'obtint pas de réponse, il s'assit et fit basculer ses pieds hors du lit. Il vit la silhouette de Charlie, appuyé contre l'encadrement de la porte. Soûl.

Yale aurait crié s'il avait été plus réveillé, mais il arrivait à peine à parler.

— Qu'est-ce qui s'est passé, bordel ?

— Je pourrais te poser la même question.

— Non, tu ne pourrais pas. Non, certainement pas. Je vais... je vais à l'étage cinq minutes. Putain, il est quelle heure ?

Yale prit son réveil et tourna les chiffres rouges vers lui : 3 h 52.

— Que t'est-il arrivé ?

— Je suis sorti après.

— Après quoi ?

— Le raid.

— Là-bas... Les flics ont débarqué ?

C'était la première hypothèse qu'il avait envisagée, mais il avait repoussé cette idée très rapidement.

— Quoi ? Non. Après être allé chez Nico.

Yale balaya la pièce du regard. Il voulait être sûr d'être vraiment réveillé.

— Écoute, je ne sais pas à quel moment tu as disparu, mais quand on est partis chez Nico, tu n'étais plus là. J'espère que tu as passé un bon moment. J'espère que c'était grandiose, dit Charlie.

Yale répéta bêtement :

— Vous êtes allés chez Nico.

— On a fait un raid chez lui.

— Ah !

— On est allés... Tu sais que ses parents comptaient empêcher Terrence d'y retourner. Mais Terrence avait une clé et il était... T'étais déjà parti à ce moment-là ?

Charlie était toujours appuyé contre le chambranle de la porte. Former une phrase – voire simplement assembler des consonnes – semblait lui demander un gros effort.

— Il avait la clé et l'a montrée à Richard, et Richard a décrété qu'il fallait qu'on y aille tous immédiatement. Et c'est ce qu'on a fait. Fiona nous couvrira. On a pris ses affaires. Regarde.

Il commença à dérouler quelque chose qui se trouvait autour de son cou. Comme Charlie était à contre-jour, Yale ne voyait que le long dévidage de cette chose.

— C'est l'écharpe de Nico ?

Yale tenta de reconstituer les événements. Ils avaient tous abandonné leur verre pour se rendre à pied jusqu'à Clark Street et se répartir les affaires de Nico. Qu'ils avaient pillées de la meilleure façon qui soit. Lui n'avait pas été là.

Nico portait cette écharpe orange à rayures partout où il allait. C'était grâce à elle qu'on le reconnaissait à l'autre bout d'une rue en hiver.

— Et les serveurs ? Les garçons avec la nourriture ?

— J'imagine qu'ils se sont barrés. On a juste déplacé la soirée. Mais tu étais déjà occupé à je ne sais trop quoi.

— Charlie, j'étais couché. Pendant genre cinq minutes, à l'étage.

Peut-être était-ce plutôt une demi-heure, mais cela ne revenait-il pas au même ?

— Je sais où tu étais. Cela a été un formidable sujet de conversation.

— Et personne n'est venu me chercher ?

— On ne voulait pas t'interrompre.

Charlie semblait furieux – bouillonnant, retenant à grand-peine quelque chose.

— Pendant que j'étais allongé et que j'avais la nausée ?

— Tout le monde t'a vu monter avec Teddy.

Teddy ?

Yale eut envie de rire mais se retint. Il ne voulait pas donner l'impression d'être sur la défensive.

— Teddy est parti. Il est sorti par la porte de devant quand le diaporama a commencé.

Charlie se taisait. Peut-être était-il en train de réfléchir. Ou alors sur le point de vomir.

— Même s'il était resté, qu'est-ce que j'aurais foutu avec lui, putain ? Écoute. Je suis monté parce que j'avais besoin d'être seul.

Charlie dit, lentement, d'un ton mal assuré :

— Je l'ai vu. Je l'ai vu pendant le diaporama.

— Tu veux parler de la photo ? Teddy déguisé en Cher ? Charlie, viens t'assoir.

Il ne le fit pas.

— Écoute, je me sentais vaseux, et je suis redescendu peut-être cinq ou dix minutes plus tard. Quinze maximum. Et j'ai pensé... je ne sais même pas ce que j'ai pensé. Tout le monde était parti, et j'étais le seul qui restait. La vache, ça a été le moment le plus bizarre de ma vie. Je ne comprends toujours pas pourquoi tu rentres à la maison dix heures plus tard.

— Je… on est sortis après.

Bizarrement, la voix de Charlie exprimait de la déception – comme s'il avait consacré tellement de colère à l'idée que Yale soit avec Teddy qu'il se retrouvait désormais démuni.

— Fiona a dit que tu étais avec Teddy.

— « Tout le monde », c'était Fiona ?

— Principalement.

— Fiona était complètement torchée. Et bon sang, elle est dévastée !

— Vous manquiez tous les deux à l'appel. Vous avez disparu tous les deux en même temps.

— Et elle nous a vus faire quoi ? Elle l'a vu me porter à l'étage comme une jeune mariée ?

— Non, elle a juste… j'ai demandé où tu étais, et elle m'a répondu que tu étais à l'étage. Et j'ai dit : « Pourquoi il serait monté ? » Et elle m'a répondu : « Je crois que Teddy est là-haut aussi. »

Charlie s'arrêta, comme s'il venait d'entendre à quel point ses propos étaient absurdes.

— D'accord, je vois.

— Mais elle n'a pas arrêté de le répéter.

— Eh bien, elle était soûle.

— Retourne te coucher, dit Charlie. J'arrive dans une minute.

Yale ne pensait pas se rendormir, mais lorsqu'il se tourna vers le réveil, il était six heures et Charlie était roulé en boule à côté de lui. Deux grands verres remplis d'eau et un flacon d'aspirine étaient posés sur la table de nuit de Charlie, à côté de la vitamine B et du ginseng qui s'y trouvaient tout le temps. Il s'attendait à se réveiller avec la gueule de bois. C'était le genre de spectacle dont Yale se passait volontiers en temps normal, mais ce jour-là encore plus. Au moins, le journal de Charlie avait été bouclé tôt dans la semaine afin qu'ils puissent tous assister à la fête. Les livreurs le distribueraient dans la journée tandis que l'équipe ferait la grasse matinée ou aurait la tête penchée au-dessus des toilettes.

Il regarda les côtes de Charlie monter et descendre à travers sa peau pâle. Des taches de son recouvraient ses épaules, son visage, ses bras, mais sa poitrine était d'un blanc ivoire éclatant. Il était doux, comme si sa peau n'avait jamais été exposée aux éléments, et lorsqu'un os – coude, genou, côte – saillait, on aurait dit un corps étranger qui s'enfonçait dans un morceau de soie.

Yale se doucha et s'habilla en faisant le moins de bruit possible. Il n'avait pas envie de prendre son petit déjeuner.

L'écharpe orange de Nico gisait sur le sol avec les vêtements de Charlie. Et sur le plan de travail de la cuisine, dans un sac de courses, il y avait d'autres choses encore : une bouteille de vodka à moitié entamée, les chaussures bateau de Nico, une carte postale vierge de Vancouver, des menottes en étain dans une boîte de velours, *Feuilles d'herbe*. Yale regrettait de ne pas avoir été là. Pas forcément pour repartir avec un souvenir, mais simplement pour tout toucher, pour penser à Nico, pour apprendre à son sujet des choses qu'il n'avait jamais entendues. Si vous appreniez de nouveaux détails au sujet de quelqu'un qui n'était plus, alors cette personne n'était pas en train de disparaître. Elle devenait plus grande, plus réelle. Les énormes pieds de Charlie n'entreraient jamais dans les chaussures bateau ; il avait dû les prendre pour Yale. Tellement typique de Charlie : alors même qu'il était furieux, qu'il pensait que Yale avait peut-être baisé avec quelqu'un d'autre, il lui avait ramené un cadeau.

Yale ôta ses mocassins et enfila les chaussures de Nico. Elles étaient justes pour lui, ses orteils appuyaient contre le cuir cousu et plissé, mais il aimait que ses pieds soient serrés de la sorte par Nico. Elles n'allaient pas très bien avec son pantalon en toile, mais ne juraient pas franchement non plus.

Il prit l'El de Belmont à Evanston, et appuya l'arrière de sa tête contre la vitre. Ce qui un jour avait été le centre d'un épi se transformait en petite tonsure – injuste ! Il n'avait que trente et un ans ! –, que cachaient heureusement les boucles noires qui l'entouraient. S'il trouvait le bon angle, la fraîcheur de la vitre pénétrait dans son cuir chevelu, rafraîchissait tout son corps. Hier, il faisait trop chaud pour porter un manteau ; aujourd'hui, sans, vous aviez froid. Malgré tout, l'atmosphère était agréable, tonifiante. Et marcher dans le froid de la station de métro à la galerie était également plaisant. Il était tout juste sept heures, seuls les joggeurs étaient de sortie.

La Brigg était au rez-de-chaussée d'un bâtiment autrefois occupé par des salles de classe. Un couloir réaménagé faisait office de galerie. Le chauffage était capricieux et les voix traversaient les murs, mais l'endroit avait du caractère. Pour l'instant, le lieu ne pouvait accueillir que de petites expositions. On espérait que la galerie ait besoin de plus d'espace dans les prochaines années et, c'est là que Yale intervenait, qu'on ait l'argent nécessaire à cette expansion. Une part de cet argent proviendrait de levées de fonds, une autre serait obtenue en cirant les pompes du président et du conseil d'administration de l'université.

Le bureau de Yale paraissait plus exigu à cause des étagères qui tapissaient les quatre murs, et cela lui plaisait ainsi. Il avait ramené des livres à lui, un carton à la fois, mais la plupart des rayonnages restaient tout de même vides. Ou plutôt, étaient remplis de poussière et de vieilles tasses à café. Yale était censé embaucher un stagiaire au trimestre suivant, et imaginait demander à cette jeune personne dynamique de garnir les rayonnages de catalogues d'enchères, d'écluser les librairies proposant des ouvrages d'occasion en quête de livres d'art potables.

Son projet personnel de la semaine était de créer son Rolodex, et c'est ce qu'il essayait de faire en ce moment : cartes roses pour les collègues, bleues pour les donateurs antérieurs, vertes pour les donateurs potentiels, jaunes pour les collectionneurs, blanches pour les autres contacts. Il disposa avec précaution chaque carte dans la machine à écrire, copia les adresses. Mais ce qu'il imaginait être une tâche machinale s'avéra, à sa plus grande frustration, complexe. Les fichiers dont il avait hérité ne portaient pour la plupart pas de date, et parfois, lorsqu'il y avait deux adresses, il était impossible de savoir laquelle était encore valable. Il tapa à la machine quatre numéros de téléphone différents sur une même carte, puis s'arrêta, se rendant compte qu'il ferait tout aussi bien d'essayer d'appeler, de se présenter. Mais il était trop tôt, alors il mit la carte de côté.

À neuf heures, il commença à entendre des pas et à sentir l'odeur du café. À neuf heures trente, Bill Lindsey toqua d'un doigt à la porte de Yale. Le directeur de la galerie avait de longues oreilles et des yeux humides sans cesse en mouvement. C'était un universitaire à l'ancienne, qui aimait les nœuds papillon et les coudières. Yale était presque certain qu'il était gay et ne sortirait jamais du placard.

— Le monde vous appartient !

— Pardon ?

— Vous êtes là de bonne heure.

— Oh, je voulais en finir avec le week-end.

— Avez-vous rencontré...

Bill entra dans le bureau et baissa le ton.

— Avez-vous rencontré Cecily Pearce ?

— À plusieurs reprises.

Sa question était absurde. Cecily était la responsable du don planifié à l'université – un poste à la fois parallèle à celui de Yale et infiniment plus ambitieux.

— Elle a appelé vendredi, après votre départ. Je pense qu'elle va passer. Bon, avec Cecily, voici l'approche que je vous conseille : si vous êtes en désaccord avec elle, ne le dites pas. Contentez-vous de lui poser une question. Par exemple : « Craignez-vous que cela résulte en ceci et cela ? » Je vous le dis parce que j'ignore pourquoi elle vient vous voir. Elle a parfois de grandes idées.

— Merci pour le tuyau.

Les yeux de Bill balayèrent la pièce.

— À votre place, je... euh... Il n'y a pas de photos personnelles de vous ici, n'est-ce pas ?

— Quoi, de Charlie ? Bien sûr que non !

Qu'avait donc en tête Bill ? Un portrait de Charlie pris chez un photographe ? Yale tâcha d'afficher un sourire neutre.

— Tant mieux. C'est juste que... Elle est sympa, je ne sous-entends pas le contraire. Je ne sais jamais ce qui peut mettre le feu aux poudres. Ce n'est pas une personne facile.

À midi, juste au moment où Yale s'apprêtait à partir déjeuner, Cecily Pearce fit son apparition devant sa porte en compagnie de Bill. Cecily avait une coupe de cheveux façon princesse Diana – une masse souple et volumineuse. Elle était bien plus âgée que Lady Di, puisqu'elle avait certainement plus de quarante ans – mais avec quelques perles et un diadème, elle ferait un sosie convaincant. Et pourtant, il y avait en effet quelque chose de terrifiant chez cette femme. Peut-être était-ce sa façon de vous toiser rapidement telle une directrice d'école guettant chez vous des entorses aux règles vestimentaires.

— Monsieur Tishman, dit-elle avant de s'avancer jusqu'à son bureau en lui tendant une main sèche. J'espère que vous êtes disponible demain.

— Oui. À quelle heure ?

— Toute la journée. Et peut-être aussi toute la nuit.

Pas le moindre signe d'embarras. Soit elle ne se rendait pas compte de ce qu'elle venait de dire, soit elle avait déjà complètement percé Yale à jour. Derrière elle, dans l'embrasure de la porte, Bill penchait la tête d'un air perplexe.

— Je m'occupe de la voiture, dit-elle. À moins que vous en ayez une. Avez-vous une voiture ?

— Non, je...

— Mais vous conduisez ?

— J'ai mon permis.

— Partons vers neuf heures.

Yale n'était pas certain d'avoir le droit de demander où ils allaient.

— Quel genre de tenue dois-je porter ? s'informa-t-il.

— Je vous recommande des vêtements chauds. Elle habite dans le comté de Door.

Yale connaissait le comté de Door, cette partie du Wisconsin qui formait une pointe en s'avançant dans le lac Michigan. Dans son esprit, c'était un endroit où les familles de vacanciers partaient à la cueillette aux fruits.

— Nous rendons visite à un donateur ? s'enquit-il.

— C'est une urgence, sinon je ne vous préviendrais pas à la dernière minute.

Elle tira un dossier qui était calé sous son bras et le lui tendit.

— J'ignore complètement si les œuvres sont intéressantes. Elle a clairement de l'argent, au moins. Mais c'est à vous qu'elle souhaite s'adresser. Nous pourrons évoquer des stratégies demain. Il faut quatre heures et demie pour se rendre là-bas.

Yale ouvrit le dossier après son départ, après que Bill Lindsey lui eut adressé un regard compatissant et eut accompagné Cecily vers la sortie. Le premier document était la photocopie d'une lettre rédigée à la main qui remontait au mois de septembre précédent ; la cursive était penchée et maniérée. « Cher Monsieur Tishman », commençait-elle. Cecily avait donc gardé pendant deux mois une lettre qui lui était personnellement adressée à lui. Elle datait d'après son embauche mais d'avant sa prise de fonction. Était-ce Bill qui l'avait remise à Cecily ? Et voilà qu'elle lui balançait ça la veille pour le lendemain. Yale en parlerait à Charlie en rentrant à la maison. La colère juste était une manière fiable de briser la glace. Le courrier poursuivait ainsi :

Mon mari était le Dr David Lerner, promotion Northwestern de 1912. Il est décédé en 1963, après avoir servi dans l'armée, obtenu son diplôme de médecine à la faculté John Hopkins et fait une carrière en oncologie. Il évoquait avec affection les années où il avait été membre du club sportif universitaire des Midwestern Wildcats, et souhaitait faire un geste pour son école. J'avais cette idée en tête lorsque j'ai rédigé mon testament. Ma petite-nièce, Fiona Marcus, m'a encouragée à vous contacter. J'espère que vous allez bien. J'ai cru comprendre que la galerie Brigg se constituait une collection permanente.

Il s'agissait donc de la tante que Fiona avait évoquée la veille. Cette coïncidence le troublait. Fiona lui en avait parlé des mois après l'expédition de la lettre, et voilà que celle-ci atterrissait instantanément sur son bureau. Est-ce que Teddy Naples allait lui aussi atterrir sur son bureau, sortant comme par magie de l'esprit ivre de Fiona ?

J'ai en ma possession un certain nombre d'œuvres d'art moderne, dont la plupart datent du début des années 1920. Parmi les toiles, esquisses et dessins au trait se trouvent des œuvres de Modigliani, Soutine, Pascin et Foujita. Elles n'ont jamais été exposées, et n'ont jamais fait partie d'aucune collection hormis la mienne. Elles me viennent directement des artistes. Je ne dispose malheureusement d'aucun document officiel, mais je peux me porter personnellement garante de leur authenticité. En tout, je possède une vingtaine d'œuvres susceptibles de vous intéresser, ainsi que quelques objets associés.

Ma santé est mauvaise et je suis dans l'incapacité de voyager, mais je souhaiterais rencontrer une personne en mesure de m'expliquer comment veiller à la conservation de ces œuvres. Je veux qu'elles trouvent un foyer où elles seront exposées, appréciées et préservées. Je vous invite à venir me rendre visite ici, dans le Wisconsin, et j'espère correspondre avec vous afin de convenir d'un rendez-vous.

Recevez, monsieur, mes salutations les plus sincères,
Nora Marcus Lerner
(Mme David C. Lerner, Northwestern '12)

Yale regarda le papier en plissant les yeux. La phrase « Elles me viennent directement des artistes » était un peu suspecte. Les hommes que Nora Lerner citait n'étaient pas, pour la plupart, du genre à se mettre au coin de la rue pour vendre leurs œuvres à la criée à des Américains de passage. Et toute cette histoire était potentiellement un cauchemar logistique. Prouver l'authenticité d'une seule de ces œuvres – sans document officiel, sans entrée de catalogue – pourrait prendre des années. Pour le calcul de ses impôts, il faudrait que cette femme fasse authentifier toutes ces œuvres, et soit celles-ci se révéleraient être des croûtes, soit cette dame se rendrait compte de tout ce qu'elle donnait et changerait d'avis. Pendant les derniers mois de Yale à l'Art Institute, un homme avait été prêt à faire don au musée d'un Jasper Johns (des chiffres empilés dans un joyeux bazar de couleurs primaires), jusqu'à ce qu'il apprenne la valeur actuelle de l'œuvre et que sa fille le persuade de la lui léguer à elle. Yale était côté finances, pas côté art, ou du moins n'était-il pas censé l'être, mais il s'était permis de tomber amoureux de ce tableau. Il savait bien qu'il ne fallait pas. Un fermier ne devrait jamais donner de nom à ses animaux. Peut-être, mais la raison qui avait poussé Yale à accepter ce travail était la possibilité de bâtir quelque chose tout seul. Il devrait être aux anges.

Une petite part de lui, lâche, espérait qu'en arrivant dans le comté de Door, les œuvres seraient des contrefaçons si flagrantes que la Northwestern pourrait refuser cette donation. Cela valait mieux, à certains égards, que de tomber sur un possible van Gogh – une invitation au chagrin. Mais non, en réalité, ce qu'il trouverait sur place n'y changerait rien. Yale devrait faire des courbettes à cette femme même si les œuvres avaient été calquées à partir d'images trouvées dans un livre d'art, uniquement pour ne pas compromettre une dotation.

Le reste du dossier ne l'aida pas à y voir plus clair. Il y avait d'autres lettres, bien plus ennuyeuses, dans lesquelles étaient évoquées des heures de rendez-vous, et un collègue de Cecily avait constitué un dossier sur les Lerner. David Lerner avait réussi décemment dans la vie, et avait fait des dons peu remarquables à la Northwestern de son vivant, mais rien ne suggérait qu'ils avaient les moyens de se payer des millions de dollars d'œuvres d'art. Cependant, on ne savait jamais d'où les gens tiraient leur argent – ni où ils le cachaient. Yale avait appris à ne pas poser de questions. Et Fiona et Nico n'avaient-ils pas grandi à North Shore ? C'était une banlieue aisée, même si Nico et Fiona étaient toujours fauchés, même si Yale ne les avait jamais entendu parler de quelque millionnaire que ce soit.

Tout en bas de l'une des notes se trouvait un gribouillis écrit à la main : « Cecily, doit-on déjà impliquer les gens de la Brigg ? » Cette note avait été rédigée deux semaines auparavant. Yale aurait dû en être indigné, mais il comprenait la position de Cecily. Il était nouveau, la galerie elle-même était relativement nouvelle, et il s'agissait potentiellement d'une donatrice majeure. Au moins, Cecily l'impliquait maintenant. Sauf qu'une part de lui aurait préféré qu'elle s'en dispense. Il était sans doute simplement fatigué, mais la seule chose qu'il ressentait était une sorte de peur, comme avant une visite chez le dentiste.

Yale ne savait pas dans quel état il trouverait Charlie. Peut-être serait-il doux et contrit, ou bien toujours en colère sans raison. Ou peut-être était-il parti, s'était-il plongé corps et âme dans le travail pour éviter toute cette situation.

Mais avant que Yale n'ouvre la porte, il entendit des voix. Un soulagement : qu'il y ait du monde était bon signe. Charlie et deux membres de son équipe, Gloria et Rafael, étaient assis autour de la table basse, et étudiaient de près d'anciens numéros.

C'était une habitude de Charlie d'inciter en douce son équipe à faire des heures supplémentaires en les invitant à la maison le lundi pour fêter la sortie de l'hebdo. Tout en les nourrissant, il les faisait encore travailler, là, dans le salon. En tant que propriétaire du journal, Charlie aurait pu se retirer totalement des affaires courantes, mais il s'impliquait dans toutes les décisions, de l'appui du conseil municipal à la publicité. Il avait une agence de voyage dont le bureau se trouvait sur Belmont Avenue, et dont il investissait les recettes dans *Out Loud Chicago* depuis la fondation de l'hebdomadaire, trois ans auparavant. Charlie ne s'intéressait pas spécialement au voyage, et sa vocation n'était pas non plus d'aider les autres à parcourir le monde. Il avait acheté l'agence en 1978 à un amant plus âgé que lui qui avait été particulièrement sensible à ses charmes, et qui était prêt à partir à la retraite. Ces derniers temps, Charlie ne s'y rendait qu'une fois par semaine, histoire de s'assurer que les locaux n'avaient pas pris feu, ou pour rencontrer les quelques clients qui avaient explicitement sollicité son attention. Il n'avait aucun mal à laisser travailler en parfaite autonomie les employés de l'agence, en revanche, il pensait que ses rédacteurs et ses journalistes avaient besoin de sa supervision constante. Cela les rendait fous.

Yale les salua de la main, alla se chercher une bière et disparut dans la chambre pour préparer sa valise. Il ne remarqua le lit qu'au bout de quelques minutes : Charlie avait écrit « pardon » avec des M&Ms du côté de Yale. Brun clair pour le « p », jaunes pour le « a », etc. Il sourit, amputa le « n » de trois bonbons orange. Les excuses de Charlie étaient toujours tangibles et perfectionnées. Yale, lui, laissait au mieux un mot faiblard.

Il choisissait un pull quand Gloria l'invita à revenir dans le salon. Gloria était une minuscule lesbienne dont les deux oreilles étaient percées sur toute la longueur. Elle lui tendit un vieux numéro qu'elle avait laissé ouvert sur des rangées de mecs musclés qui faisaient de la pub pour un bar, une vidéo ou un service d'escorte.

— Vas-y, feuillette, lui demanda-t-elle. Dis-moi quand tu vois une femme. Ou autre chose qu'un homme jeune et blanc, d'ailleurs.

Yale sortit bredouille de la section publicités. Sur une photo d'une soirée d'Halloween à Berlin, il trouva deux drag-queens.

— J'imagine que ça ne compte pas, dit-il.

— Écoute, intervint Charlie, qui était énervé. Les pubs occuperont toujours l'espace visuel, quoi qu'on fasse. Et tu voudrais qu'on demande aux saunas de nous montrer quoi ? La femme de ménage ?

— Ouais, mais *Out and Out*... commença Rafael avant de ravaler ses propos.

Out and out était un nouveau journal créé par trois anciens membres de l'équipe qui avaient quitté l'hebdomadaire de Charlie l'année précédente, ne supportant plus qu'*Out Loud Chicago* persiste à reléguer les sujets spécifiquement lesbiens tout à la fin du journal, sur quatre pages aux codes couleurs spécifiques. Yale ne pouvait qu'être d'accord – c'était de toute évidence rétrograde, et les gros titres étaient roses. Malgré tout, les quelques journalistes lesbiennes qui continuaient à travailler avec Charlie préféraient la maîtrise éditoriale que ce traitement leur octroyait. Le nouveau journal pâtissait d'une qualité d'impression médiocre et n'était pas bien distribué, mais cela incita tout de même Charlie à réagir en passant au niveau supérieur. Il y avait toujours des photos de soirées mais davantage d'activisme, d'éditoriaux, de critiques de pièces de théâtre et de films.

— *Out and Out* n'a pas ce problème parce qu'ils n'arrivent pas à vendre de la pub même le couteau sous la gorge, déclara Charlie.

Yale attrapa une poignée de bretzels dans le paquet qui se trouvait sur la table, et Rafael hocha la tête d'un air affable. Il avait été nommé rédacteur en chef après le départ des trois membres de l'équipe, mais il n'avait pas encore appris à gueuler plus fort que Charlie. Et il allait devoir le faire. Marrant, car Rafael était tout sauf timide. Quand il avait un coup dans le nez, il était connu pour venir vous mordre au visage. Il avait débuté comme chroniqueur de la vie nocturne – il était jeune et mignon, avec sa tignasse hérissée, et avait été danseur –, mais il se révéla un excellent rédacteur, et en dépit de sa déférence à Charlie, en dépit de son équipe plus réduite, le journal se portait mieux que jamais. Et était plus tendance, aussi.

— Gloria, je ne vois jamais trop de photos de bars lesbiens, remarqua Yale, la bouche pleine. Tu pourrais couvrir un peu plus le terrain ?

— On n'aime pas poser autant que vous, les mecs ! répondit-elle, et quand Charlie, exaspéré, leva les bras, elle rit pour se moquer d'elle-même.

— Tu sais quoi, proposa Charlie, on va faire un nouveau quart de page pour mon agence, et on mettra deux femmes sur la photo. Deux femmes qui marchent côte à côte en portant une seule valise, ou un truc du genre.

Gloria hocha la tête d'un air apaisé.

— Difficile de lui faire la gueule très longtemps, dit-elle en s'adressant à Yale.

— C'est l'histoire de ma vie !

Yale parvint à retourner dans la chambre pour terminer de préparer ses affaires. Il sortit les chaussures bleues de Nico, qui seraient son porte-bonheur. Il récupéra les M&M's et les mit dans la poche de sa veste pour le lendemain.

Il composa le numéro de Fiona sur le téléphone à côté du lit. Il voulait juste prendre de ses nouvelles, savoir si elle mangeait, si elle était bien rentrée. Il se faisait du souci pour elle. Elle n'avait plus de famille, plus vraiment. Elle était proche de Terrence, mais quand Terrence mourrait à son tour, Yale imaginait pléthore de fins atroces à son histoire – drogue, ruelles, avortements ratés, hommes violents.

Yale lui poserait aussi des questions sur cette grand-tante, la remercierait de les avoir mis en contact. Égoïstement, il voulait également orienter la conversation sur la nuit dernière. Il voulait savoir pourquoi Fiona avait raconté une chose pareille sur lui et Teddy. Mais il pouvait imaginer ce qui s'était passé. Elle était alors soûle, paumée, effondrée. Il n'y avait aucune malice là-dedans. Il lui pardonnait. Et si elle répondait à son coup de fil, Yale le lui dirait. Mais elle ne décrocha pas.

Il faisait une grille de mots croisés au lit lorsque Charlie entra dans la pièce. Le salon avait enfin été déserté. Charlie regarda la valise sans rien dire. Il resta longtemps dans la salle de bain, et lorsqu'il en sortit, il lança, d'un ton neutre :

— Tu me quittes.

Yale se redressa dans le lit et posa son crayon.

— Bon sang, Charlie !

— Je suis censé penser quoi ?

— Que je m'absente une nuit. Pour le travail. Pourquoi donc je te quitterais ?

Charlie se frotta la tête, regarda son pied donner des petits coups dans la valise.

— Parce que j'ai été atroce avec toi, répondit-il.

— Viens te coucher.

Charlie obtempéra, s'étalant sur les couvertures.

— Avant, tu ne pétais jamais les plombs comme ça.

Au début de leur relation, pendant quelques mois, ça n'avait pas été exclusif entre eux. Yale venait tout juste d'arriver à Chicago, et Charlie prenait un plaisir pervers à choquer Yale en lui faisant découvrir les possibilités qu'offrait la ville, les choses qu'ils n'avaient pas vues à Ann Arbor. Il l'emmena à The Unicorn – c'était la première fois que Yale mettait les pieds dans un sauna gay. La pruderie de Yale amusa beaucoup Charlie, qui se moqua de sa façon de croiser les bras sur son ventre, de demander si tout cela était légal. Finalement, ils se contentèrent de se peloter dans un coin, dans la faible lumière rouge, avant de partir pour rejoindre l'intimité de l'appartement de Charlie. Une autre fois, Charlie l'emmena au Bistro et pointa son doigt vers des hommes sur la piste de danse. Il faudrait qu'un jour Yale leur roule des galoches, lui dit Charlie en forçant son accent britannique, car il savait à quel point Yale était sensible à celui-ci.

— J'ai l'impression d'être dans un reportage télé, lui avait dit Yale ce soir-là. Tu vois comment, dans les reportages du style « Qui sont les gays ? », il y a toujours le même genre d'images disco toutes faites en arrière-plan ? On vient juste d'entrer dans ce genre de séquence gay clichée.

— Eh bien, t'es en train de gâcher la séquence en restant planté là avec ton air effarouché, avait répliqué Charlie.

Yale se souvenait que quand la chanson « Funkytown » s'était terminée, Charlie s'était écrié « Regarde ! ». Les canons à confettis aux coins de la piste avaient été actionnés, et les hommes torse nu qui ressemblaient déjà à des mannequins de clubs de gym étincelèrent soudain de paillettes bleues, roses et vertes. Elles collaient à leur sueur, définissaient leurs épaules.

— Lui, là, avait dit Charlie en pointant son doigt vers un danseur luminescent. Donne ton numéro de téléphone à cet homme, maintenant !

Même si à cet instant précis Yale n'aspirait qu'à être seul avec Charlie, l'idée du Bistro l'avait carrément emballé. À Ann Arbor, il y avait un vrai bar gay, mais rien de comparable à cet endroit – pas de boîte de nuit gay, pas de lieu où tout le monde était heureux à ce point. Le bar à Ann Arbor était crasseux, avec son jukebox tout triste et ses fenêtres encombrées de géraniums moribonds censés obstruer la vue depuis la rue. Les gens semblaient toujours faire la tête, comme si toute joie était en quelque sorte usurpée. Ici, la musique était à fond, il y avait trois bars, des lèvres en néon et de nombreuses boules à facettes. Le côté excessif des lieux avait quelque chose de jubilatoire. Cinq ans plus tôt, il n'y avait pas grand-chose dans Halsted Street – les bars commençaient tout juste à émerger, les gens commençaient tout juste à s'installer dans le coin, et Boystown (personne n'avait encore donné ce nom au quartier) commençait tout juste à prendre forme –, et ce fut donc dans cet endroit tout là-bas, vers le fleuve, que Yale tomba pour la première fois amoureux de cette ville.

Au Bistro, Yale sentit qu'il avait droit à la joie. Même s'il se contentait d'observer à distance, un verre à la main. Voici une ville dans laquelle de bonnes choses se produiraient, disait en substance le Bistro. Chicago allait dérouler devant lui sa carte, lui révélant une rue prometteuse à la fois, un lieu enivrant à la fois. Cette ville allait l'intégrer à son quadrillage, allait abreuver son gosier de bière et ses oreilles de musique. Elle allait le garder.

Leur relation devint sérieuse à l'automne – ivre, Yale murmura à l'oreille de Charlie qu'il était amoureux, et Charlie lui murmura en retour : « J'ai besoin que tu le penses vraiment. » Et à partir de là, les choses cheminèrent – pendant environ un an, Charlie exprima tout haut ses inquiétudes : Yale n'avait pas fait l'expérience des libertés offertes par la ville, n'avait pas connu assez d'hommes, et un jour, il se réveillerait et déciderait qu'il avait besoin de vivre plus. Charlie disait : « Tu vas regarder en arrière et te demander pourquoi tu as gâché ta jeunesse. » Yale avait vingt-six ans à l'époque, et bizarrement, Charlie imaginait que leur différence d'âge était pratiquement générationnelle, même s'il n'avait que cinq ans de plus que lui. Mais Charlie avait commencé alors qu'il était étonnamment jeune, à Londres. Yale se posait encore des questions en deuxième année de fac à l'université du Michigan.

Les choses finirent par s'arranger. Yale était fait pour les relations durables, au point que Teddy trouvait très drôle de le traiter de lesbienne, de lui demander comment se passait la vie dans la communauté. Il était resté une année avec chacun de ses deux premiers amants. Il détestait les drames – détestait non seulement la fin des histoires mais aussi leurs débuts cahoteux, le fait de douter de soi, la nervosité. Il était las de rencontrer des hommes dans des bars, et aurait préféré lécher un trottoir plutôt que de chercher le frisson dans un parking près de la plage. Il aimait avoir des projets stables avec quelqu'un. Il aimait aller au cinéma et regarder vraiment le film. Il aimait faire ses courses. Pendant deux ans, les choses furent simples.

Et puis, après que le virus eut frappé Chicago – des tsunamis venus des deux côtes au ralenti –, soudain, Charlie, de façon inexplicable, se mit à s'inquiéter tout le temps. Pas au sujet du sida : il se mit à craindre que Yale le quitte pour quelqu'un d'autre. En mai dernier, avant de prendre toute la mesure de son insécurité, Yale accepta un week-end de pèlerinage avec Julian et Teddy à l'hôtel Madison – une excursion à laquelle Charlie ne put se joindre car il refusait de s'absenter de la rédaction du journal, même pour trois jours. Ils explorèrent la ville et dansèrent dans les différents bars de l'hôtel. Yale passa presque tout son samedi à écouter le match des Cubs à la radio, mais à leur retour, Charlie l'interrogea pendant une heure. Il voulut savoir où chacun avait dormi, quelle quantité d'alcool ils avaient bue, voulut connaître le moindre des faits et gestes de Yale – et ensuite, il ne lui adressa pratiquement pas la parole pendant une semaine. Charlie prétendait avoir désormais compris que rien ne s'était passé là-bas, mais l'idée de Yale avec Julian ou Teddy, voire les deux en même temps, avait pris son imagination en otage. Charlie s'inquiétait surtout au sujet de Julian, à vrai dire. Julian était le flirt, celui qui vous offrait un bout de son gâteau avec sa propre fourchette. Tout le truc autour de Teddy était bizarre, spécifique à la nuit dernière.

Yale se tourna vers Charlie et décida d'appliquer le conseil que Bill Lindsey lui avait donné pour s'adresser à Cecily Pearce. Il s'exprima sous forme de question :

— Est-ce que tu penses que la maladie, tous ces enterrements et autres... ont créé chez nous un sentiment d'insécurité ? Parce que c'est nouveau chez toi. Et je ne t'ai jamais donné de raison de t'inquiéter.

Charlie répondit en regardant la fenêtre.

— Je vais dire quelque chose de terrible, Yale. Et je ne veux pas que tu me juges.

Puis il ne dit rien.

— Entendu, répondit Yale.

— En fait, la part de moi la plus égoïste est contente qu'il y ait cette maladie. Parce que je sais que tant qu'il n'y aura pas de remède, tu ne me quitteras pas.

— C'est tordu, Charlie.

— Je sais.

— Non, c'est vraiment tordu, Charlie. Je n'arrive pas à croire que tu aies dit ça tout haut.

Yale sentit une veine palpiter dans sa gorge. Pas impossible qu'il se mette à hurler contre Charlie.

Mais celui-ci tremblait.

— Je sais.

— Viens là.

Il fit rouler Charlie jusqu'à lui comme un rondin.

— Je ne sais pas ce qui t'arrive, mais je ne cherche personne d'autre.

Yale lui embrassa le front, lui embrassa les yeux et le menton.

— Tout ça nous met à cran.

— C'est peu de le dire.

— On commence par avoir peur d'une chose, et ensuite, on a peur de tout.

2015

Tandis que le taxi approchait du cœur de la ville, Fiona se rendit compte qu'il était trop tôt. Elle avait imaginé des problèmes de circulation, mais voilà qu'ils arrivaient alors qu'il n'était que sept heures vingt-deux, et qu'elle avait dit neuf heures à Richard. Elle demanda au taxi de s'arrêter et de lui montrer, sur son plan pliable de la ville, où elle se trouvait – elle ne voulait pas mettre la batterie de son téléphone à plat tant qu'elle n'était pas sûre que l'adaptateur acheté à l'aéroport fonctionnait –, puis elle sortit et se mit à marcher d'un pas décidé sur le large trottoir, même si elle n'était pas certaine du tout d'être partie dans la bonne direction.

Une fois au coin de la rue, elle consulta de nouveau le plan (le visage plongé dans la carte, sa valise à côté d'elle telle la touriste de base qui se fait agresser à l'étranger), et estima la distance à environ cinq kilomètres. En marchant, elle pouvait rester aux aguets, bien plus que dans un taxi. Elle perdrait moins son temps qu'en restant assise chez Richard à attendre l'heure d'ouverture des bureaux pour rappeler le détective privé. (Un détective privé ! On parlait bien de sa vie, là ?) Elle avait réservé le premier vol abordable qu'elle avait trouvé, et les bagages bouclés à la hâte ainsi que l'organisation pour faire garder le chien avaient donné des airs de course à toute cette histoire, mais une heure de plus, qu'est-ce que cela changeait ? La vidéo remontait à deux ans. Pourtant, marcher lui semblait une perte de temps. Il fallait qu'elle arrive et qu'elle agisse.

Elle serait plus sereine si elle voyait la Seine. Il suffisait de la suivre en direction de l'ouest. Fiona se souvenait des deux îles qu'elle avait vues lors de son voyage scolaire au lycée ; ils avaient fait une halte à Notre-Dame, sur la plus grande, et un camarade de classe avait lu dans un guide d'horribles statistiques sur le suicide.

Elle dépassa un homme qui portait son petit garçon sur les épaules. Le gamin avait dans les mains une figurine de Buzz l'Éclair, qu'il faisait voler à toute vitesse devant les lunettes de son père.

Le fait qu'elle séjourne au milieu du fleuve était un coup du hasard. Sur la vidéo, ne voyait-on pas Claire sur un pont ? Il avait été impossible de déterminer duquel il s'agissait – l'image était granuleuse et ne révélait pas grand-chose de l'arrière-plan –, cependant, après avoir consulté des photos sur Internet, Fiona en avait éliminé quelques-uns. Le grillage de celui-ci était tapissé de cadenas, mais apparemment, c'était le cas de bon nombre de ponts désormais.

Elle passa devant des bouquinistes qui ouvraient leurs boîtes vertes remplies de livres de poche et de pornographie d'époque. Elle s'arrêta à chaque pont pour le comparer à celui de Claire, pour voir si Claire s'était retrouvée figée sur place comme par magie. C'était une journée splendide, et elle ne s'en était même pas rendu compte. Et mon Dieu, elle était à Paris. Paris ! Mais elle ne parvenait pas à s'émerveiller outre mesure. Sa fille était peut-être toujours – ou pas – membre du collectif Hosanna, et était probablement encore sous l'emprise de Kurt. Sa fille était peut-être – ou pas – la mère de la petite fille qu'on voyait sur la vidéo, l'enfant aux boucles blondes comme celles de Fiona. Toutes ces choses lui paraissaient plus étrangères que la simple réalité de Paris. Paris n'était qu'une ville. N'importe qui pouvait atterrir ici. Mais qui aurait jamais pensé que son bébé serait un jour mêlé à une secte ? Qui aurait jamais imaginé ainsi son expérience de Paris – partir à la recherche de quelqu'un qui ne souhaitait pas être retrouvé ?

Il était fort possible qu'elle se soit lancée dans une quête désespérée. Ses tentatives pour retrouver Claire n'avaient-elles pas toujours échoué ?

Récemment, Fiona avait repensé à la fois où ils étaient allés à la plage en Floride quand Claire avait sept ans – elle et Damian étaient encore mariés, mais à peine. Fiona avait annoncé qu'il était l'heure de partir, et que Claire s'était déjà vu accorder du temps supplémentaire pour terminer son château de sable. Claire se mit à pleurer, et au lieu de la laisser tranquille, au lieu de la laisser vivre les choses à sa façon, Fiona décida de la serrer dans ses bras. Claire la repoussa et se précipita vers l'eau, se jetant dans la mer sans enlever sa robe d'été.

— Laisse-la pleurer, ça va la calmer, dit Damian, mais au bout de vingt mètres, Claire reprit du poil de la bête et s'avança dans l'océan jusqu'aux cuisses, jusqu'à la taille.

— Elle ne va pas s'arrêter, dit Fiona.

— Elle se la joue à la Virginia Woolf, répondit Damian en riant.

Et c'était vrai. Alors Fiona se rua vers elle, en sachant très bien qu'il valait mieux ne pas l'appeler, car Claire risquait de se jeter sous les vagues en l'entendant. Quand elle arriva au niveau de sa fille et l'attrapa par-derrière, Fiona avait de l'eau jusqu'à la poitrine et les pieds de Claire n'avaient pas touché le sable depuis longtemps. Cette histoire n'était qu'un exemple. Claire avait fait ce genre de choses et pire encore à des milliers d'autres occasions. Mais l'incident avait pris tout son sens récemment : la première fois que Claire s'était élancée loin du continent.

Fiona traversa jusqu'à l'île Saint-Louis. Elle passa devant un glacier, et l'odeur de gaufrette des cônes lui rappela qu'elle mourait de faim. Elle passa devant des magasins qui vendaient des sacs en cuir rutilants, du vin, des masques vénitiens. Elle arriva enfin au pied de l'immeuble en pierre de Richard, trois étages au-dessus de la boutique d'un cordonnier. « Campo/ Thibault », lut-elle à côté de l'une des cinq sonnettes noires. Il était désormais neuf heures moins le quart – presque l'heure, ça ferait l'affaire. Elle sonna, et une minute plus tard, ce ne fut pas Richard qui descendit mais un jeune homme mince vêtu d'une veste de motard.

— T'es arrivée ! s'exclama-t-il. Je suis Serge, l'ami de Richard. « Ri-chaaard » prononça-t-il en insistant sur la deuxième syllabe.

— Je te fais monter, OK ? Tu pourras t'installer. Richard est sous la douche. Il nous rejoindra ensuite.

Serge prit la valise de Fiona comme si elle était vide, et elle le suivit le long des escaliers sombres.

L'appartement était chic et dépouillé, mais les lumières, les fenêtres et les balustrades en fer forgé de l'autre côté de la porte vitrée semblaient merveilleusement anciennes ; les détails sur les murs – les moulures représentant des feuilles de vigne, et même les plaques des interrupteurs – avaient été adoucis par d'innombrables couches de peinture. Fiona se rappelait l'appartement de Richard à Lincoln Park, les teintes sirupeuses rose et pêche. C'était tout l'inverse ici : des toiles monochromes brillantes au-dessus de meubles gris tout droit sortis d'un magazine d'architecture. Serge lui montra sa chambre – une pièce tapissée de livres avec un lit blanc et une plante verte –, puis l'emmena dans la cuisine où il lui servit un verre de jus d'orange. Elle entendit que la douche de Richard était finie, et Serge cria à l'intention de ce dernier que Fiona était arrivée. Richard lui cria en retour quelque chose qu'elle ne comprit pas, et il lui fallut un moment pour saisir qu'il avait répondu en français.

Une minute plus tard, il était là, interrompant le tour du propriétaire de Serge. Il avait plaqué les quelques touffes de cheveux humides qu'il lui restait contre son crâne, et il portait une chemise repassée trop grande pour lui, comme s'il avait rétréci récemment.

— Fiona Marcus en chair et en os ! s'écria-t-il avant de lui saisir les bras et de lui faire la bise sur les deux joues sans les toucher.

Même si elle n'utilisait plus son patronyme depuis des décennies, elle ne le corrigea pas. C'était un cadeau, ce nom venu de sa jeunesse, que lui rendait quelqu'un qu'elle associait à une époque où elle était optimiste et où rien ne l'encombrait. Certes, elle associait aussi Richard aux années qui avaient suivi, celles où Nico les avait quittés, celles où les amis de Nico, qui étaient devenus les seuls amis qu'elle avait, mouraient un par un, puis deux par deux, et, en un clin d'œil, par paquets abominables. Et pourtant, pourtant, cette époque lui manquait. Elle y serait retournée sans hésitation.

— Bien, le truc, ma chérie, ça va être de te garder éveillée pour le reste de la journée. Interdiction de dormir. Caféine, mais seulement à dose régulière. Et pas de vin, pas une goutte, jusqu'à ce que tu sois réhydratée.

— C'est un expert, dit Serge. Avant de le rencontrer, je n'avais jamais traversé l'Atlantique.

— Et maintenant ? Combien de fois ? Vingt ? demanda Richard.

— *Alors, beaucoup de temps**, dit Fiona en parlant français sans raison.

Soudain, elle était certaine d'avoir dit « beaucoup de météo ». Elle avait le tournis, se sentait stupide, et ressentit un besoin impérieux de s'allonger, malgré les conseils de Richard.

— En parlant de café..., dit-elle.

Quelques instants plus tard, ils étaient affalés sur le mobilier gris de Richard. Fiona avait envie d'ouvrir l'emballage résistant de l'adaptateur et de recharger son téléphone, d'appeler le détective même s'il manquait encore sept minutes pour que ce soit l'heure. Mais elle s'obligea à rester assise et à dire à quel point elle leur était reconnaissante de lui offrir un toit, de leur accueil chaleureux. Cela faisait du bien, en réalité, de se reposer quelques instants, d'être à nouveau Fiona Marcus, d'avoir à nouveau vingt ans, d'être une fois de plus gâtée par Richard Campo. Cela la comblait.

Serge lui avait préparé un *latte*, là, dans la cuisine, avec une machine qui aurait davantage eu sa place dans un cockpit. Elle sirotait l'épaisse mousse.

— Tu me dis tout sur ce type quand il était jeune, hein ? Il me faut des scandales ! demanda Serge.

À ces mots, Richard se rendit jusqu'à une étagère basse près des fenêtres et en sortit un album photo qu'il avait visiblement trimballé jusqu'à Paris, jusqu'à ce nouveau siècle. Il s'installa entre Fiona et Serge sur le long canapé et se mit à le feuilleter. Comme il était étrange de voir le travail de Richard Campo sous forme d'instantanés, de polaroïds jaunis et de tirages Kodak. À l'époque, il travaillait aussi sur des sujets plus sérieux, mais ces clichés n'étaient pas conservés dans des pochettes en cellophane bon marché.

---

* *Les mots en italiques suivis d'un astérisque sont en français dans le texte.*

— Nico est quelque part là-dedans, dit Richard.

Et puis il avait dû trouver une photo, parce qu'il tendit l'album à Serge, en tapant du doigt sur une page.

— Oh, comme j'ai été amoureux de lui !

— Tu étais amoureux de tout le monde, observa Fiona.

— C'est vrai. Tous ces garçons. Ils étaient plus jeunes, et tellement ouverts, pas comme ma génération. Je les enviais. Ils faisaient leur *coming out* à dix-huit, vingt ans. Ils n'avaient pas gâché leur vie.

— Toi, on ne peut pas dire que tu aies gâché la tienne, déclara Fiona.

Il lui tendit l'album ouvert.

— J'essayais sans cesse de rattraper le temps perdu.

C'était Nico, cheveux châtains bouclés, longues dents, le visage bronzé et moucheté de taches de rousseur, qui regardait juste un peu au-delà de la caméra en riant. Une blague, cristallisée à jamais. Elle avait un tirage de cette photo, mais agrandie et rognée. Sur cette version, la date était estampillée en orange : 6/6/82. Il restait trois ans avant qu'il ne tombe malade. Et cette version ne montrait pas seulement Nico, mais les deux hommes qui l'encadraient. L'un d'eux était Julian Ames. Le beau Julian Ames. L'autre, elle ne le connaissait pas ou ne se souvenait pas de lui, mais en étudiant son visage, elle remarqua au-dessus de son sourcil gauche une petite tache oblongue violacée. Elle laissa échapper un « Putain ! », mais Richard était occupé à raconter à Serge à quoi ressemblait Chicago au début des années 1980, lui expliquait que Boystown était peu étendu et hésitait encore à l'époque entre ghetto gay et Mecque gay. Qu'aucun lieu ne ressemblait à ce quartier, ni à San Francisco ni à New York. Fiona essaya de frotter le cliché pour faire disparaître la tache, au cas où celle-ci serait sur la cellophane – en vain. Elle observa ces hommes malades, qui ignoraient l'être, la tache qui n'était encore, cet été-là, qu'une éruption cutanée. Elle rendit l'album à Richard qui poursuivit son récit. Fiona fit semblant de regarder le volume posé sur ses genoux tandis qu'il le feuilletait, mais en réalité, elle laissa le décalage horaire s'emparer de sa vue, laissa les photos devenir floues. C'était trop.

— Là, c'est Asher Glass, expliqua Richard. Grand activiste, une vraie dynamo. Une voix sublime, une voix d'avocat qui porte. Et ces épaules ! À l'époque, on disait de lui qu'il était bâti comme des chiottes en briques. Je ne suis pas sûr qu'on dise comme ça en français... Celui-là, je ne sais pas du tout qui c'est. Mignon, en tout cas. Lui, c'est Hiram quelque chose. Il était propriétaire d'un magasin de disques sur Belmont. Belmont, c'était genre, je ne sais pas. Quel serait l'équivalent ?

Serge rit.

— Tout Paris ?

— Non, chéri, comme une rue du Marais. Nous n'étions pas si provinciaux. Là, c'est Dustin Gianopoulos. Teddy Naples. Une pédale de poche, comme tu peux le voir. Il bougeait tout le temps. Celui-ci, je ne m'en souviens pas non plus. Il ressemble à un lamantin.

— Un quoi ? demanda Serge.

— Un gros morse, expliqua Fiona sans regarder la photo.

— Là, c'est Terrence, le mec de Nico. Yale Tishman et Charlie Keene. Une vraie saga, ces deux-là. Regarde comme ils sont choux. Lui, là, c'est Rafael Peña. Tu te souviens de lui ?

La question s'adressait à Fiona, de toute évidence, et elle dut faire un effort pour hocher la tête.

Elle déclara, apparemment à Serge, mais en réalité à l'intention de Richard, d'une voix dure à laquelle elle ne s'attendait pas :

— Ils sont tous morts.

— C'est faux ! répondit Richard. Pas tous. Peut-être la moitié. L'exagération n'a jamais servi à rien.

— C'est une manie que vous avez, vous, les Américains. Vous exagérez, remarqua Serge.

— Ne l'écoute pas. Ils ne sont pas tous morts.

— J'ai besoin d'un couteau tranchant, dit Fiona.

Elle ne se rendit compte du manque d'à propos de sa remarque que lorsque les deux hommes se mirent à rire, et s'aperçut alors qu'elle n'avait pas encore parlé de l'adaptateur, de la double coque en plastique qui l'entourait. Après qu'elle eut expliqué son problème, Serge s'absenta quelques secondes. Il revint avec de très grands ciseaux, se débarrassa rapidement de l'emballage, et, l'instant d'après, son téléphone se rechargeait sans difficulté.

— Il y a deux choses dont je ne t'ai pas parlé, dit Richard. L'une d'elle est un peu enquiquinante, et l'autre, ce n'est rien du tout.

— Ce n'est pas du tout rien du tout, intervint Serge. C'est un gros truc.

— Mais cela n'aura pas d'impact sur toi. Je ne t'ai pas dit, quand tu m'as écrit, que les prochaines semaines, ce serait un peu la course pour moi. Je monte une expo.

— Au centre Pompidou, précisa Serge. Un truc énorme.

— Mais tout est bouclé, tout mon boulot, jusqu'à, tu sais, la veille. J'ai quelques interviews prévues, cela dit, et certains journalistes vont gentiment se déplacer jusque chez moi pour me poser des questions. Alors toi, fais comme s'ils n'étaient pas là, point.

— Mais tu viens au *vernissage**! Si tu es encore là, ajouta Serge.

— L'avant-première, expliqua Richard. Pour la presse et les VIP. Ils voulaient en faire deux, mais je leur ai dit que non, j'étais vieux.

— C'est le 16, précisa Serge.

Dans plus d'une semaine. Fiona ne s'était pas projetée aussi loin.

— Et une grosse soirée dans deux jours !

— Je... ouais, dit-elle d'un ton qu'elle espérait vague.

— L'autre truc est plus embêtant. Ils sont en train de tourner une espèce de film dans notre rue. Une production américaine, une comédie romantique, je crois. Ou en tout cas, ils ont promis qu'il n'y aurait ni explosion ni courses-poursuites. Ça concerne notre coin et deux pâtés de maison plus loin. Je ne sais même pas quand ça commence, mais c'est bientôt. Désolé, je pense que tu viens de mettre les pieds dans un beau bazar.

— Ça pourrait être intéressant, dit Fiona.

Elle repensa au fait que Claire voulait devenir réalisatrice, elle se souvint qu'elle était capable de réciter des passages entiers d'*Annie Hall* et de *Cluedo*. Peut-être que ce n'était plus vrai maintenant, mais la Claire de l'époque aurait voulu suivre de près le tournage, rester derrière les barrières pour observer ce qui se passait.

— Ce qui nous mène à la troisième chose, poursuivit Serge.

— Il y a une troisième chose ?

— Oh, c'est une surprise, chut ! Fais-moi confiance, dit Richard pour la tranquilliser, même si Fiona ne pensait pas que son scepticisme se lisait sur son visage. Une bonne surprise. Très bonne, même. Écoute, ma chérie, ça me fait plaisir que tu sois ici. Je sais que les circonstances ne sont pas idéales, mais ça me fait rudement plaisir de te voir.

— À moi aussi.

Vraiment, elle n'avait jamais vu cette version de Richard auparavant, cette version sensiblement âgée. Tout le monde n'atteignait pas la vieillesse au même moment. Mais dans le temps écoulé depuis leur dernière rencontre, Richard était devenu vieux.

Il était neuf heures sept. Fiona s'assit par terre, à côté de son téléphone en charge, et composa le numéro du détective privé. Une femme décrocha. Elle mitrailla des mots en français, et Fiona paniqua.

— Allô ? dit-elle, et la femme se répéta, plus rapide encore.

Fiona tendit le téléphone à Serge, telle une patate chaude.

— Allô ?

Serge expliqua ensuite qu'il appelait de la part de Fiona Marcus (Blanchard, corrigea-t-elle), qu'elle était arrivée et disponible pour un rendez-vous. En tout cas, Fiona imaginait que c'était ce qu'il racontait.

— *Bien**, dit Serge, et, couvrant le micro, il murmura : Quelle heure ?

Fiona haussa les épaules d'un air désemparé. Serge prononça des mots qu'elle ne comprit pas et raccrocha.

— Dans une demi-heure, café Bonaparte.

— Oh !

C'était une bonne nouvelle, une nouvelle formidable, mais Fiona ne se sentait pas prête, ne s'était pas changée, ni regardée dans une glace, ne pensait pas rencontrer le type avant cette après-midi, ignorait complètement où se trouvait ce café.

— Pas de panique. Je te dépose en moto, la rassura Serge.

1985

Cecily et sa Mazda couleur gold étaient déjà devant la galerie quand Yale arriva, essoufflé. Il bruinait, et il n'avait pas de parapluie.

— J'ai apporté du café, dit-elle.

Assis, trempé, sur le siège passager, tenant un gobelet chaud de chez McDonald's, il essaya donc de se réchauffer en commençant par les paumes tandis que Cecily roulait en direction du nord.

— La première chose que vous devez savoir est que la petite-fille de Nora veut être dans la boucle, tout comme son avocat. Mais il n'y a pas de conseiller en gestion de patrimoine, ce qui est soit un don du ciel, soit un très mauvais signe.

Yale se demandait quelle était la place de Fiona dans toute cette histoire. La petite-fille était vraisemblablement sa cousine. Non, sa petite-cousine. Enfin, il n'en était pas sûr.

— Il y a de la musique dans le vide-poches.

Yale trouva des cassettes de musique classique et des compilations, ainsi que les deux albums *Greatests Hits* de Billy Joel. Il choisit le premier des deux volumes. Ça commençait au milieu de la chanson « She's Always a Woman ».

— Donc, on fait peut-être tout ça pour rien.

— Eh bien, on peut *toujours* faire ça pour rien. On travaille parfois avec des gens pendant des années, on investit beaucoup d'argent, franchement, pour qu'à la fin, ils lèguent tout à une association qui stérilise les chats.

— D'accord, alors je dirais que... les artistes qu'elle mentionne dans cette lettre ? C'est vraiment très peu probable.

Surtout Modigliani. C'est mauvais signe que son nom apparaisse. Tout le monde pense détenir un Modigliani, et personne n'en a.

— Hum.

L'une de ses mains lâcha le volant pour tripoter sa boucle d'oreille.

— Mais les bonnes contrefaçons coûtent très cher. Les faussaires vont vers les gens qui ont de l'argent à jeter par la fenêtre.

Il ne voulait pas que Cecily se tracasse pendant tout le trajet. Et, s'aperçut-il, il ne voulait pas qu'elle fasse demi-tour. La réconciliation sur l'oreiller avec Charlie avait été agréable – même si elle ne justifiait pas la dispute –, mais il n'avait pas envie d'être chez lui en ce moment. Il voulait rentrer à la maison le lendemain après-midi, épuisé, avec des histoires à raconter, et voulait que Charlie aussi soit épuisé et dise : « Allons acheter un truc à bouffer », ce à quoi Yale répondrait : « Tu lis dans mes pensées », et ils s'assiéraient sur le canapé pour manger chinois avec des baguettes jetables en regardant ce qui passait en première partie de soirée à la télévision. S'il rentrait ce soir, cela n'arriverait pas.

Ils traversèrent la frontière du Wisconsin, passèrent devant l'épicerie fine Mars Cheese Castle, puis devant le panneau marron indiquant la sortie vers le parc Bong Recreation Area.

— Je parie que les étudiants des fraternités passent leur temps à voler ce panneau « Bong ».

— Comment ça ?

Elle avait eu le temps de le lire ; elle l'avait devant les yeux.

— Je veux dire, pour l'accrocher dans leur cave. Ils volent des panneaux « Stop ». Je me suis dit qu'un panneau « Bong », ça leur plairait.

— Je ne vous suis pas.

— Oh, c'est juste un mot amusant.

— Hum...

Ils achetèrent des Yoplait et des Pringles dans une station-service, et Yale relaya Cecily au volant. Il n'avait pas beaucoup conduit depuis qu'il s'était installé à Chicago, mais il avait appris au lycée, avait même passé deux étés à livrer des pizzas dans la voiture de son père – une fois qu'il eut compris comment marchait l'embrayage, tout ne fut plus qu'une affaire de mémoire procédurale. Cecily ouvrit un dossier sur ses genoux.

— Nous espérons un legs pur et simple. Elle n'a rien donné au fonds annuel depuis 1970, et n'avait fait que de petits dons jusqu'alors. Ce qui, si on veut voir les choses sous un jour favorable, signifie peut-être juste qu'elle est un peu radine. Parfois, ces gens-là sont ceux qui font les legs les plus importants, pour des raisons évidentes. Si elle ne suit pas de près ses finances, nous pourrions viser un pourcentage plutôt qu'un montant en liquide. Les gens comme ça tendent à sous-estimer la somme d'argent dont ils disposent réellement. Elle pense avoir cinq millions, nous en laisse un, alors qu'en réalité elle a sept millions et demi, et vingt pour cent, ça représente bien plus.

— Mais elle n'a fait que...

Yale laissa sa phrase en suspens, se rappela de poser une question.

— Pourquoi, à votre avis, la lettre ne parlait-elle que des œuvres d'art ?

— Peut-être est-ce là ce qu'elle a en tête. Peut-être a-t-elle promis à ses proches de leur léguer son argent, mais ne souhaite pas que sa collection soit disséminée.

Visiblement, cela n'était qu'un désagrément mineur à ses yeux. Cecily avait sans doute l'habitude de récupérer des parts d'héritage. Soudain, Yale se rendit compte que Fiona se trouvait peut-être dans le testament de cette vieille dame. Fiona n'avait-elle pas dit que Nora avait nourri une affection toute particulière à l'égard de Nico ? Et la suite logique n'était-elle pas qu'elle ait également de l'affection pour Fiona ?

Yale apprit, tandis qu'ils roulaient, que Cecily avait un fils de onze ans et un ex-mari, un petit appartement sur Davis Street et un diplôme de Skidmore. Elle ne lui posa aucune question personnelle.

Lorsqu'ils arrivèrent à Sturgeon Bay, tout en bas de la pointe que dessinait le comté de Door, Cecily déplia une carte géante du Wisconsin et posa un doigt dont l'ongle était recouvert de vernis transparent sur les deux routes qui remontaient de part et d'autre de la péninsule.

— J'ai l'impression qu'elles se rejoignent à Sister Bay, qui est notre destination de toute façon.

— Y a quoi à voir par ici ? demanda Yale. Quelle est l'attraction touristique majeure ?

— Les phares, je crois. Les jeunes mariés en lune de miel.

— C'est vrai que c'est beau.

Elle leva soudain la tête et regarda par-delà Yale, de l'autre côté de sa vitre, comme si elle venait de remarquer le paysage.

— Oui. Très.

— Donc, c'est vous qui mènerez la danse ?

— Si cela ne vous ennuie pas.

Si, sur le principe, cela l'ennuyait. Cette lettre lui avait été adressée à lui. Mais c'était une question de hiérarchie. Et il serait finalement content qu'il n'y ait pas que l'art en jeu si les œuvres s'avéraient des contrefaçons.

Il avait choisi l'itinéraire ouest, et Cecily lui indiqua de prendre la route ZZ.

— Je me demande s'ils disent la route double Z ou bien juste Z, s'interrogea Cecily.

— Ou « Zee-zee », comme dans ZZ Top.

Cecily se mit à rire – un vrai petit miracle. Mais ensuite, tandis qu'elle regardait à travers sa vitre, Yale vit ses épaules se tendre, son visage se décomposer. Il n'y avait pas de belles demeures. Les grands domaines de tout à l'heure avaient cédé la place à de modestes fermes, des maisonnettes au milieu de vastes champs. Magnifique, en réalité, mais on n'était pas au pays des millionnaires.

Ils se garèrent devant une maison blanche dotée d'une véranda vitrée. À l'étage, il n'y avait qu'une seule fenêtre sous le pignon. Des paniers de fleurs étaient suspendus, des marches en ciment bien entretenues menaient à la porte de la véranda. Deux vieilles Volkswagen étaient stationnées devant un garage indépendant en mauvais état.

Cecily vérifia sa coiffure dans le rétroviseur.

— On s'est fait baiser, dit-elle.

— Elle est peut-être sénile, répondit Yale. Elle délire peut-être ?

À peine étaient-ils arrivés devant la porte qu'une jeune femme apparut sur les marches. Elle les salua de la main, sans enthousiasme.

Cecily et l'inconnue se serrèrent la main. C'était Debra, la petite-fille. Elle présenta ses excuses : Nora était habillée et prête à les recevoir mais l'avocat n'était pas encore arrivé. Elle ne ressemblait ni à Fiona ni à Nico. Cheveux noirs, cernes noirs sous les yeux, peau qui était à la fois bronzée et blafarde. Peut-être à cause du maquillage – mauvaise nuance de poudre.

Ils la suivirent, traversant la véranda avant d'arriver au salon qui rappela à Yale la maison où il prenait des cours de piano lorsqu'il était enfant. Comme son professeur de musique, Nora avait recouvert chaque centimètre d'étagère et de rebord de fenêtre d'objets choisis avec soin – figurines en verre, coquillages, plantes, photos encadrées. Les livres semblaient avoir été lus, et, à côté de la cheminée, se trouvait une caisse remplie de disques. L'arrière du canapé était effiloché. Cela aurait pu être la maison d'un professeur d'université ou d'un thérapeute à la retraite, quelqu'un aux moyens modestes qui n'avait que faire de meubles prétentieux. Mais ce n'était pas, non, la maison d'un grand collectionneur.

Nora – ce devait être elle, même si, alors que son dossier lui donnait quatre-vingt-dix ans, elle ne paraissait pas en avoir plus de soixante-quinze – apparut avec un déambulateur dans l'embrasure de la porte située face à eux. Elle ne parla pas tout de suite, ses lèvres bougeant en silence avant que le son ne sorte.

— Je suis ravie que vous ayez pu venir.

Sa voix était étonnamment assurée, vive, et tandis qu'elle parlait, Yale s'aperçut que ce n'était ni son esprit ni sa bouche qui l'avaient arrêtée tout à l'heure, mais autre chose.

— Bien, Debra va nous apporter du thé, dit-elle. Et Stanley, c'est mon avocat, Stanley ne devrait pas tarder. En attendant, nous pouvons faire connaissance !

Elle s'installa, avec l'aide de Debra, sur un fauteuil qui était marron au niveau des plis du cuir mais couleur mastic sur les zones exposées au soleil. Pendant tout ce temps, elle regarda Yale, et Yale seulement, intensément, et il commença à se demander si c'était à cause de lui qu'elle avait marqué un temps d'arrêt à la porte, qu'elle avait hésité. Peut-être que Fiona l'avait prévenue, lui avait expliqué comment Yale trouvait sa place dans le monde de Nico. Soudain, il prit conscience de ses chaussures, eut peur qu'elle les reconnaisse.

Yale et Cecily s'assirent sur un canapé bas bleu dont la gravité les attira tous les deux vers le centre. Yale dut se battre pour ne pas glisser dans cette direction et entrer en collision avec Cecily, laquelle s'était arrimée au bras du sofa. Elle n'avait pas ouvert la bouche depuis qu'ils étaient entrés, et il la sentait qui bouillonnait à ses côtés.

— Je veux bien aller chercher le thé, mais pouvez-vous ne pas discuter de tout ça pendant mon absence ? demanda Debra.

Yale la rassura, et Nora, quand sa petite-fille eut le dos tourné, fit une grimace — un roulement d'yeux de gamine dans le dos du prof remplaçant.

Nora portait un survêtement rose en velours et des mocassins dont les coutures s'effilochaient. Yale se demanda si c'était sa coiffure qui la rajeunissait. À la place des traditionnelles bouclettes arborées par les vieilles dames, ses cheveux blancs et lisses étaient coupés en un carré bien raide. Elle avait le même genre de physionomie que Fiona — petite et menue. Certaines personnes âgées vous donnent l'impression de ne jamais avoir été jeunes, alors que d'autres retiennent sur leur visage une trace de ce qu'elles étaient à vingt-cinq ans. Nora était d'un autre genre encore — elle appartenait à la catégorie de celles qui semblaient avoir retrouvé leur visage d'enfant. En regardant Nora, Yale vit la gamine de cinq ans qu'elle avait été, une petite fille espiègle et précoce aux yeux bleus. Son sourire y était peut-être pour quelque chose aussi, sa façon de poser tous ses doigts sur ses joues.

Comme Cecily restait assise sans rien dire, Yale remplit le silence.

— Vous êtes la grand-tante de Fiona.

Nora fit un grand sourire.

— Comment ne pas l'aimer, hein ? Mon frère Hugh était son grand-père. Le sien et celui de Nico. Nico et moi étions les artistes de la famille. Tous les autres sont tellement terre à terre, tous autant qu'ils sont. Bon, on attend encore de savoir pour Fiona. On verra bien ce que ça donne. Vous ne vous inquiétez pas un peu pour elle ? Mais Nico était un véritable artiste.

— Nous étions proches, dit Yale.

Il ne voulait pas se laisser emporter par l'émotion maintenant. Que penserait Cecily s'il s'effondrait là, sur le canapé ? Cette vieille dame ne ressemblait pas beaucoup à Nico, mais elle était belle, et Nico aussi l'avait été. N'était-ce pas suffisant ?

Nora vint à sa rescousse.

— Parlez-moi de la galerie.

Elle toussa dans le Kleenex roulé en boule qu'elle avait dans la main depuis le début.

Yale se tourna vers Cecily, qui haussa les épaules. Et même si Yale ne nourrissait plus aucune illusion sérieuse au sujet de la collection d'œuvres de cette femme – les seules choses encadrées dans la pièce étaient des photos et des portraits de famille réalisés en studio –, il se mit à parler.

— Nous l'avons lancée il y a cinq ans. Pour l'instant, nous ne faisons que des expositions temporaires, que nous organisons nous-mêmes, ou bien des projets portés par des institutions semblables. Mais nous sommes en train de mettre sur pied une collection permanente. C'est mon travail.

— Oh ! s'exclama Nora qui, agitée, impatiente, se mit à secouer la tête rapidement. Je n'avais pas compris que vous étiez un *Kunsthalle*.

Yale fut surpris d'entendre ce mot, et Cecily sembla perplexe, agacée.

— C'est un lieu d'exposition temporaire, expliqua-t-il à Cecily.

Il aurait peut-être mieux fait de se taire. Cette explication donnait l'impression qu'elle n'y connaissait pas grand-chose.

— Mais nous sommes en train de monter une collection permanente, poursuivit-il à l'intention de Nora. Nous avons la force de frappe d'une université de rang mondial derrière nous, nous disposons d'un vivier de donateurs potentiels grâce à notre réseau d'anciens élèves, et la ville dans laquelle nous nous trouvons est l'une des capitales mondiales de l'art.

Yale parlait comme un robot qui faisait de la levée de fonds, pas comme quelqu'un ayant dansé avec la petite-nièce de cette femme au réveillon de l'année précédente, quelqu'un qui, au-dessus du lit de mort de Nico, avait juré que, quoi qu'il arrive, lui et Charlie prendraient soin de Fiona. Nora cligna des yeux. Elle en attendait davantage.

— Nous sommes déjà bien pourvus en matière de tirages photo et de dessins. J'ai cru comprendre que parmi les œuvres se trouvaient des esquisses ?

Il s'arrêta car Debra arrivait avec un plateau et un service à thé vraiment vieillot : des tasses toutes fines ornées de petites fleurs et une théière fumante.

Nora regarda Cecily et lui demanda :

— Et vous êtes son assistante ?

Yale était tellement vexé pour Cecily qu'il faillit répondre lui-même à la question – mais cela n'aurait fait qu'aggraver la situation. Il se contenta donc de servir le thé à tout le monde pendant que Cecily expliquait son rôle.

— J'ai pensé que je pourrais vous offrir une perspective sur la question plus vaste du don planifié.

— Debra, aurais-tu la gentillesse de te mettre devant la porte pour faire signe à Stanley ? Il va toujours trop loin et est obligé de faire demi-tour, demanda Nora à sa petite-fille.

Debra enfila un manteau par-dessus son pull ample. Elle était presque chic, de façon désinvolte, et trop jeune pour paraître aussi fatiguée qu'elle semblait l'être. Elle devait avoir le même âge que Yale, une petite trentaine d'années, mais avait tout le charme d'une ado renfrognée.

Lorsque Debra eut franchi le seuil de la porte, Nora se pencha vers eux.

— Il faut que vous sachiez que ma petite-fille ne voit pas tout cela d'un bon œil. Elle pense que si nous décidons plutôt de vendre les œuvres, elle n'aura jamais à travailler. J'ignore quand elle est devenue aussi gâtée. Bon, mon fils, son père, donc, a une nouvelle épouse, plus jeune que Debra, et ils ont déjà deux jeunes enfants, gâtés pourris. Ça ne me plaît pas du tout de dire que le problème vient de mon fils, mais il est le dénominateur commun, n'est-ce pas ?

Il y avait un sifflement dans sa voix, comme si elle poussait ses mots dans un couloir étroit.

Yale se posait des milliers de questions – sur sa famille, ses finances, les œuvres, leur origine, la santé mentale de Nora –, mais il n'était pas là pour la cuisiner.

— Je vous ai ramené des brochures de la galerie, dit-il.

Il en déplia une sur la table basse.

— Oh, mon petit, c'est que je n'ai pas mes lunettes de lecture. Pourquoi ne pas m'en parler ? Est-ce un lieu que les étudiants fréquentent ? Où ils vont volontiers ?

— Non seulement les étudiants fréquentent ce lieu, mais nos troisièmes cycles et étudiants en art ont la possibilité de...

Mais on entendait déjà des voix dans la véranda. Yale et Cecily se levèrent pour accueillir l'avocat. Stanley était un homme grand aux cheveux grisonnants et aux sourcils broussailleux dont le visage aurait pu être celui d'un présentateur de journal télévisé.

— La dame que je préfère ! s'exclama-t-il à l'intention de Nora.

La voix tonitruante était assortie au bonhomme. Il aurait été parfait pour annoncer que le cours des actions était au plus bas et que quinze personnes avaient péri dans le Sinaï.

Alors qu'on les présentait, Yale sentit la blague venir, et il ne s'y trompa pas. Stanley lui mit une grande claque dans le dos et lui dit :

— Sans blague ? C'est là que vous avez étudié ? Ce serait énorme : Yale à Yale ! Ou bien étiez-vous plutôt un gars de Harvard ? Yale étudie à Harvard !

— À l'université du Michigan, répondit Yale.

— Quelle déception pour vos parents !

— C'est un nom qui court dans la famille.

En réalité, Yale devait son nom à sa tante Yael, un détail qu'il apprit vers ses six ans et garda pour lui.

Stanley se tourna alors vers Cecily et la toisa de la tête aux pieds de façon ostentatoire. Elle ne lui laissa pas le temps de la complimenter :

— Cecily Pearce, responsable du don planifié à l'université Northwestern. Merci de vous être libéré pour nous.

Stanley leur expliqua qu'il vivait plus au sud, à Sturgeon Bay, et était un ami depuis des années. Il prit une tasse de thé, qui, entre ses grosses paluches, avait des allures de dé à coudre. Les droits de succession étaient son domaine, ce qui sembla contrarier Cecily. Yale savait que la toute petite partie d'elle qui espérait encore aurait voulu qu'il soit spécialisé dans les divorces ou soit le genre d'avocat à proposer ses services aux victimes d'accidents.

Et puis, alors qu'ils s'asseyaient tous, Stanley finit d'achever Cecily, pas forcément Yale, en disant :

— C'est Mlle Nora ici présente qui donne tout son sens au mot *bono* de l'expression *pro bono*.

— Stanley ! se récria Nora en rosissant, flattée.

Yale sentit le canapé bouger : Cecily ne s'agrippait plus au bras, elle lâchait l'affaire.

— J'aimerais beaucoup que nous parlions des œuvres, dit-il alors.

Debra devança sa grand-mère.

— Déjà, il n'y a rien ici. Tout se trouve dans un coffre-fort à la banque.

— C'est une bonne chose. Très sensée.

— Et elle refuse de faire estimer les œuvres.

Debra semblait furieuse. Et il y avait de quoi. Une grand-mère qui acceptait qu'un avocat travaille gratuitement pour elle n'avait certainement pas grand-chose à léguer hormis les breloques qui les entouraient, et peut-être la petite maison. Et, visiblement, une fortune en œuvres d'art qui ne lui reviendrait pas.

— D'accord. Et les œuvres n'ont pas été authentifiées non plus ?

— Je n'ai pas besoin de les faire authentifier, intervint Nora. Je les tiens directement des artistes. J'ai vécu à deux reprises à Paris, je ne sais pas si je l'ai mentionné dans ma lettre. Une première fois quand je n'étais qu'une adolescente, entre 1912 et 1914, et une autre après la guerre, jusqu'en 1925. J'ai attendu la fin des combats.

Elle laissa échapper un petit rire.

— Et, reprit-elle, croyez-le ou pas, j'étais étudiante en art, j'étais jolie, et il n'était pas si difficile que cela de rencontrer ces artistes. J'ai commencé à poser pour eux après la guerre, ce qui aurait scandalisé mes parents, car c'était considéré comme de la prostitution. Ces œuvres, pour la plupart, furent ma rétribution pour mon travail de modèle. Bon, certaines toiles dont je ne parle pas dans ma lettre ne valent peut-être pas un clou. Et puis j'en ai donné beaucoup au fil des ans. Quand l'un des artistes mourait, j'envoyais une esquisse à sa veuve, par exemple.

Elle s'arrêta pour reprendre son souffle.

— Tous n'étaient pas des génies, et je ne faisais pas la fine bouche. Mais certains étaient déjà de grands noms de la peinture, même à l'époque. Oh, comme je les admirais ! En revanche, elles sont signées, presque toutes. C'était ma seule condition. Et ils n'acceptaient pas toujours, notamment pour les esquisses réalisées à la va-vite. Mais c'était mon prix.

Yale était pour le moins intrigué. Nora servait peut-être de couverture pour un réseau de contrefaçons (on avait déjà vu plus étrange), peut-être perdait-elle complètement la tête, mais elle-même n'avait pas été victime de faussaires. Or, bien souvent, dans ce genre de situation, c'était ce qui se passait – et vous étiez obligé de rester pendant qu'on expliquait à un millionnaire que le de Chirico qu'il exhibait depuis des années était un faux.

— Les œuvres sont-elles assurées ? demanda-t-il.

Debra s'empressa de répondre :

— Pas à hauteur de leur valeur.

Assise avec dans la main une tasse de thé qu'elle ne buvait pas, elle fusillait du regard la table basse.

— Mais ne pouvez-vous pas l'authentifier vous-même ? demanda Nora. Au musée ?

Et d'ajouter, car dehors, il s'était mis à pleuvoir des cordes :

— Oh mon Dieu, regardez-moi ça !

Yale répondit avec douceur.

— Si les musées avaient le droit d'authentifier leurs propres œuvres, tout le monde aurait des centaines de Picasso. Écoutez, si nous avons des raisons de croire que ces œuvres correspondent bien à ce que vous affirmez, nous serons peut-être en mesure de vous aider financièrement à les faire authentifier. Nous ne pouvons pas payer directement, mais un autre donateur pourrait s'en charger.

Il n'était pas certain de ce qu'il avançait, mais pour l'heure, cela passait.

Nora le regarda bizarrement.

— Si ces œuvres correspondent bien à ce que j'affirme !
s'offusqua-t-elle.

— Je ne remets pas en question ce que vous dites.

Il scruta les visages de Debra et de Stanley. Ils avaient l'air
sérieux – et de ne pas se moquer de cette femme.

— J'essaie de garder la tête froide, car cela serait une aubaine
incroyable, pas seulement pour notre université, mais pour
le monde de l'art. Et je n'ai pas envie d'avoir le cœur brisé,
expliqua Yale.

C'était la vérité.

À ce moment-là, Cecily intervint, mais Yale était occupé à se
demander si c'était le facteur qui gouvernait sa vie : la peur qu'on
lui brise le cœur. Ou plutôt, le besoin de protéger les lambeaux
restants de son cœur, ceux que chaque rupture, chaque échec,
chaque enterrement, chaque journée passée sur terre déchiraient
un peu plus. Était-ce pour cette raison que, comme le suggére-
rait un psy, il était en couple avec Charlie, alors que Chicago
regorgeait d'hommes ? Yale briserait peut-être le cœur de Charlie
– il le faisait presque quotidiennement –, mais Charlie, même
s'il était possessif, ne briserait jamais celui de Yale.

La pluie essayait de démolir la maison.

— Mettons que toutes les œuvres soient authentifiées.
Pouvez-vous garantir qu'elles seront mises en valeur comme il
se doit ? Que vous ne retournerez pas votre veste et ne finirez
pas par les vendre ? demanda Stanley.

Yale lui assura qu'il y aurait une rotation régulière des œuvres.
Que si l'espace s'agrandissait, on pourrait les exposer de façon
permanente.

— Bon, dit Nora en se penchant pour regarder Yale droit
dans les yeux, comme si ce qui allait suivre était la chose la plus
importante au monde. Je ne veux pas de favoritisme. Je veux
que toute la collection soit exposée.

— Cette décision ne...

— Il y a quelques inconnus dans le lot, notamment Ranko
Novak. Pour des raisons sentimentales, je me suis attachée à
son œuvre. C'est du bon travail, n'allez pas imaginer d'atroces
croûtes, mais il n'est pas connu. Je ne veux pas que vous mon-
triez Soutine et que Ranko soit relégué au placard.

Elle pointa un doigt vers lui.

— Vous connaissez Foujita ?

Yale hocha la tête avec honnêteté. Il s'y connaissait bien plus en art que la moyenne des types rattachés aux services financiers, ce qui était un immense atout. Il avait une blague bien rodée : il avait dû choisir entre avouer à son père qu'il était gay ou qu'il étudiait l'art, et il avait choisi de révéler son homosexualité parce que cela lui paraissait moins prise de tête. En réalité, pendant tout le trajet en voiture jusqu'à chez lui aux vacances de Noël, Yale avait répété en silence son annonce : qu'il laissait tomber la finance pour l'histoire de l'art – mais cette nuit-là, son petit ami avait téléphoné à la maison et avait confondu la voix de son père avec la sienne. « Tu me manques, chéri », avait-il dit, ce à quoi son père avait répondu : « Vous pouvez répéter ? », et Marc, comme à son habitude, était entré dans les détails. Et donc le reste des vacances fut accaparé par cette bombe, par leur évitement mutuel et leurs tête-à-tête silencieux autour de restes de spaghettis. Yale avait prévu de parler à son père du professeur avec qui il avait la possibilité de mener une étude indépendante à l'automne suivant, de lui expliquer qu'il n'avait pas eu le même coup de cœur pour la finance, qu'avec ce diplôme, il pourrait enseigner, écrire des livres, restaurer des tableaux ou même travailler dans une salle des ventes. Il avait prévu de lui expliquer que le *Saint Jérôme* du Caravage lui avait fait ressentir des vibrations jusque dans ses bras, avait éclipsé le reste du monde. La lumière du Caravage, bizarrement, pas ses célèbres ombres. Mais le coup de fil de Marc avait tout gâché ; il aurait été bien trop humiliant pour Yale de lui dire tout cela au même moment. Pas juste qu'il était gay, mais un étudiant en art gay. Il retourna à la fac en janvier et mentit à sa tutrice, lui raconta qu'il avait changé d'avis. Mais entre deux cours de finance, il assista en auditeur libre à toute une kyrielle de cours, assis au fond d'amphis où la seule lumière était celle des diapositives montrant des Manet, des Goya ou des Joaquín Sorolla.

— Je suis *ravie* que vous le connaissiez, dit Nora. Parce que Stanley et Debra n'ont aucune idée de qui il s'agit. Dès que Fiona m'a parlé de vous, j'ai su que c'était écrit. J'avais l'habitude de rendre visite à Nico, vous savez. J'ai vu ce quartier, ces garçons, et je ne pourrais décrire à quel point cela m'a rappelé... Tous mes amis, à Paris, nous étions des étrangers. Nous avions tous échoué là au gré des marées.

Yale se demanda si Cecily avait compris. Il s'efforça de ne pas bouger les mains, de ne pas la regarder.

— Je ne dis pas que le quartier de Nico est comme Paris, ne vous méprenez pas, mais tous ces garçons venus de partout qui atterrissaient là, c'était la même chose ! Nous n'avions pas conscience qu'il s'agissait d'un mouvement quand nous étions jeunes. Pourtant, aujourd'hui, on parle d'« École de Paris », et ce terme désigne toute la racaille qui s'est retrouvée là au même moment. Des gens nés dans un *shtetl* paumé, et qui arrivaient au paradis.

Yale profita de la fin de sa phrase pour changer de sujet.

— J'aimerais vraiment voir les œuvres.

— Ah !

Nora laissa échapper un soupir théâtral.

— Bien, c'est de la faute de Debra, n'est-ce pas ? Nous avions prévu d'aller à la banque avec son polaroïd, mais il manquait quelque chose.

— Voilà ce qui arrive quand tous les magasins de souvenirs ferment pour l'hiver. J'avais la pellicule mais pas de flash, expliqua Debra.

— J'aurais pu vous en trouver un à Sturgeon Bay, remarqua Stanley, ce qui sembla contrarier Debra.

— Voici ma proposition, dit Nora. Je vous enverrai des clichés polaroïd par courrier. Je sais bien qu'une photo, ce n'est pas idéal, mais cela vous donnera une idée.

Parce que la possibilité qu'ils aillent tous à la banque sous la pluie n'avait pas été évoquée, Yale se garda de suggérer cette idée. Il ne voulait pas que Debra et Stanley le trouvent trop agressif, qu'ils déconseillent à Nora de faire appel à lui. Sa mission était de gagner sa confiance, pas de toucher les œuvres.

— En échange, je vous enverrai des photos de la galerie. Je vais vous redonner mon adresse afin que le colis me parvienne directement.

Yale jeta un regard à Cecily, mais elle avait décroché depuis un moment déjà. Il tendit une carte à Nora, et une autre à Stanley.

— Il y a ma ligne directe.

Ils laissèrent à Stanley de la documentation concernant les donations en nature et les legs, et sortirent sans parapluie. Tandis qu'ils couraient vers la voiture, Cecily se protégea en tenant au-dessus de sa tête son porte-documents, se moquant visiblement que celui-ci se retrouve trempé. Debra, qui les avait accompagnés jusqu'à la porte, les regardait sans les saluer.

— Vous lui avez clairement tapé dans l'œil, dit Cecily.

Elle essayait d'actionner les essuie-glaces.

— Ça pourra nous être utile, répondit Yale.

Il n'avait pas envie de parler de Nico, d'expliquer que Nora ne s'était pas du tout entichée de lui à cause de la galerie.

— Quel fiasco !

Les essuie-glaces se mirent en marche à toute berzingue, projetant des cascades d'eau de chaque côté du pare-brise.

— Vous trouvez ?

— Dites-moi que vous avez juste cherché à être poli.

— Pas forcément.

— Quelque chose chez cette femme, dans cette maison, vous a-t-il porté à croire que son Modigliani est un vrai ?

— Eh bien, en fait... oui. J'ai du métier. Je pense qu'on a nos chances.

— Alors je vous souhaite bien du courage ! Vous allez avoir du mal à passer outre la petite-fille. Et le fils, d'ailleurs. Quand un testament est rédigé aussi tardivement, celui-ci est toujours l'objet de contestation. « Oh, elle était sénile ! L'avocat a profité de sa faiblesse ! » Bref, bonne chance.

Tandis que Cecily s'engageait à toute allure sur la route ZZ, Yale se rendit compte qu'elle était mauvaise perdante. Sans doute était-ce pour cette raison qu'elle était si douée dans son domaine : comme Charlie, elle était consumée par l'ambition. Et Yale admirait cela chez les autres. C'était Nico qui l'avait présenté à Charlie. Lorsque ce dernier avait tourné le dos pour saluer quelqu'un qui venait d'arriver au bar, Nico avait murmuré : « Ce sera lui, le premier maire gay. Dans vingt ans. » Et si Charlie était aussi doué pour gérer les gens, pour les motiver, pour trouver des lecteurs à son journal, c'était parce qu'il vivait très mal l'échec. Il absorbait celui-ci en ne se couchant pas avant cinq heures du matin, en passant des coups de fil et en remplissant de notes des carnets jusqu'à ce qu'il trouve un nouveau plan d'action. Il n'était pas facile à vivre, mais Yale n'imaginait plus son existence sans le ronronnement de l'horloge de Charlie en son centre.

— J'avais envie de prendre des ciseaux pour tailler les sourcils de cet homme, dit Cecily. Cet avocat.

Elle roulait trop vite pour la pluie. Au lieu de lui demander de ralentir, Yale sortit :

— Je suis affamé.

Ce qui était vrai. Il était quinze heures, et ils n'avaient rien mangé depuis l'en-cas à la station-service.

Ils s'arrêtèrent à un restaurant qui proposait du poisson frit le vendredi et avait des chambres à l'étage. À l'intérieur, ils trouvèrent des nappes dépareillées et un long bar en bois.

— On reprend la route après, ou bien on noie notre chagrin dans l'alcool ? demanda Cecily.

La question ne se posait même pas.

— Je suis sûr qu'ils ont des chambres disponibles, répondit Yale.

Ils pourraient rouler le lendemain sous le soleil.

Cecily s'assit au bar et commanda un martini ; Yale demanda une bière et promit de revenir tout de suite. Il n'y avait pas de téléphone à pièces dans le hall, mais l'hôtelier l'autorisa à emprunter celui de l'établissement.

Charlie décrocha au bout de dix sonneries.

— On passe la nuit ici, lui annonça Yale.

— Vous êtes où, déjà ? demanda Charlie.

— Dans le Wisconsin. La pointe.

— T'es avec qui ?

— Putain, Charlie. Avec une nana qui ressemble à la grande sœur de Lady Di.

— OK. Tu me manques. Ces derniers temps, tu passes ton temps à disparaître.

— Ce que tu dis est profondément ironique.

— Écoute, ce soir, je sors au Niles.

Yale s'y perdait un peu dans les manifestations auxquelles Charlie participait, mais il lui semblait qu'il s'agissait là d'un bar régulièrement visé par la police. Lorsqu'ils s'étaient mis ensemble, Yale lui avait signifié qu'il ne prendrait jamais part à aucune de ces manifestations ; il avait les nerfs trop sensibles pour les coups de matraque et le gaz lacrymo.

— Sois prudent, lui dit-il.

— J'aurais de la gueule avec un nez cassé. Admets-le !

Dans la salle du restaurant, le barman racontait à Cecily qu'Al Capone était un habitué des lieux. Que ses hommes transportaient des cargaisons d'alcool en traversant le lac gelé en voiture. Cecily avala sa dernière gorgée de martini.

— Ils sont bons, mes martinis, gloussa le barman. J'en fais aussi un à la cerise, le Door County Special. Ça vous tente ?

Oui, ça la tentait.

Ils restèrent assis assez longtemps pour que la salle du restaurant se remplisse petit à petit. Des familles, des agriculteurs et les quelques derniers vacanciers. Cecily était ivre, et toucha à peine à la tourte qu'elle avait commandée, trop grasse à son goût. Lorsqu'elle commanda son troisième martini, Yale eut la bonne idée de demander plus de pain.

— Je n'ai pas besoin de pain, dit-elle. Ce qu'il me faut, c'est un avocat avec de la faisselle. C'est ça, le vrai régime. Vous avez déjà mangé de l'avocat ?

— Oui.

— Évidemment ! Enfin, sans sous-entendu aucun.

— Je ne vois pas bien quel pourrait être le sous-entendu.

Yale regarda autour de lui, mais personne n'écoutait.

— Vous savez, vous autres, vous êtes plus civilisés. Attendez, civilisés ou civils ? Civilisés ! Mais écoutez.

Elle posa deux doigts sur la cuisse de Yale, près du pli que son pantalon en toile formait vers son entrejambe.

— Voici ce que j'aimerais savoir : est-ce que vous vous éclatez encore ?

Yale n'en revenait pas. Le barman, en passant, leur adressa un clin d'œil. Sans doute formaient-ils un couple crédible, même si elle avait quelques années de plus que lui. Une femme WASP carriériste et son petit ami juif plus jeune qu'elle. Il murmura sa réponse, en espérant qu'elle s'exprimerait elle aussi avec discrétion :

— Est-ce que vous parlez de moi en particulier ou de tous les gays ?

— Ah, vous voyez ! Vous êtes gay !

Pas trop fort, Dieu merci. Elle ne déplaça pas sa main. Ce n'était peut-être pas un geste sexuel, après tout.

— Oui.

— Mais ce que je disais, c'était... je disais que les hommes gays... Enfin, désolée d'être partie du principe que vous en étiez, mais je le pensais, et à raison... Avant, les gays s'amusaient plus que tout le monde. Avant, je vous enviais. Et maintenant, vous êtes tous tellement sérieux, vous ne sortez plus de chez vous à cause de cette stupide maladie. Quelqu'un m'a emmenée au Baton Show un jour. Au Baton Club ? Enfin, vous voyez... Et c'était incroyable.

Personne n'écoutait leur conversation. Un tout petit enfant piqua une colère près de la fenêtre, balançant son sandwich au fromage grillé par terre.

— Je dirais que nous nous sommes bien amusés pendant une bonne dizaine d'années. Écoutez, je suis ravi d'entendre que vous connaissez des gens qui se montrent plus raisonnables. Ce n'est pas le cas de tout le monde.

Cecily enfonça ses doigts dans la cuisse de Yale et se pencha vers lui. Il avait peur qu'elle tombe de son siège.

— Mais ça ne vous manque pas, de vous amuser ?

Il déplaça doucement la main de Cecily et la posa sur ses genoux à elle.

— Je crois que nous n'avons pas la même définition du verbe « s'amuser ».

Elle sembla vexée, mais s'en remit rapidement.

— Ce que je suis en train de vous dire, murmura-t-elle, c'est que j'ai de la C-O-K-E dans mon sac.

Elle pointa son doigt vers le sac à main jaune pâle sous son tabouret de bar.

— Vous avez quoi ?

Il avait dû mal entendre. Elle n'avait même pas saisi la blague autour du bong tout à l'heure.

— C-O-C-A-Ï-N-E. Quand on montera, on pourrait s'éclater.

Plusieurs pensées traversèrent en même temps l'esprit de Yale, notamment que Cecily serait horrifiée le lendemain matin par son comportement de la veille. Il était tellement gêné pour elle qu'il avait envie de dire oui, de se faire une ligne juste là, sur le bar. Mais ces derniers temps, son cœur avait du mal à supporter plus d'un café par jour. Il n'avait même pas fumé d'herbe depuis un an.

Yale regarda Cecily aussi gentiment que possible et dit :

— On va demander un grand verre d'eau, et vous allez manger du pain. Vous pourrez dormir autant que vous voudrez, et quand vous serez prête, je conduirai jusqu'à Chicago.

— Oh, vous croyez que je suis soûle !

— Oui.

— Je vais très bien, merci.

Il poussa vers elle le pain et l'eau.

Cecily lui ferait peut-être payer, elle essayerait peut-être de l'arnaquer lors de futurs legs à la Brigg... Mais non, vraiment, maintenant, il disposait d'informations compromettantes à son sujet. Il n'aurait pas recours au chantage, rien de tel, mais cet incident les mettrait sans doute un peu plus sur un pied d'égalité.

— Lorsque vous vous réveillerez, n'y pensez plus. Ce fut un bon voyage, non ?

— Oui. Pour vous.

Le lendemain matin, Yale commanda des crêpes et du café. Il avait écrit un mot à Cecily la veille au soir, au cas où elle ne se rappellerait plus le programme, et l'avait posé sur sa commode en la raccompagnant jusqu'à sa chambre. *Retrouvez-moi en bas quand vous serez prête.*

Il lut le *Door County Advocate* et le *Tribune*. Dans celui-ci, il trouva deux articles susceptibles d'intéresser Charlie : l'un évoquait la législation contre les *happy hours*, l'autre était un éditorial sur les dépenses dérisoires du Congrès américain pour le sida. C'était un tout petit miracle que les gens en parlent encore, que le *Tribune* accorde une place au sujet. Charlie avait eu raison de dire qu'il leur faudrait la mort d'une grosse célébrité. Et *pouf*, Rock Hudson était parti, sans avoir eu le courage de sortir du placard, même sur son lit de mort, et finalement, alors que la crise durait depuis quatre ans, il y avait une faible lueur de quelque chose, là. Ce n'était pas suffisant, cependant. Charlie jura un jour que si Reagan daignait faire un discours sur le sida, il gratifierait les Républicains d'un don de cinq dollars. (« Et en commentaire, dit Charlie, j'écrirai : *J'ai léché l'enveloppe avec ma grosse langue gay.* ») Au moins, à présent, Yale entendait des gens en parler dans le métro. Il avait surpris la blague de deux adolescents dans le hall d'un hôtel où il était venu chercher un donateur. (« Comment fait-on pour transformer une tante en légume ? ») Une femme avait demandé à une autre si elle devait continuer à aller chez son coiffeur gay. Ridicule, mais c'était mieux qu'avoir l'impression de vivre dans un univers parallèle où personne ne vous entendait crier au secours. Désormais, on avait le sentiment que les gens entendaient. C'était juste qu'ils s'en fichaient. Mais n'était-ce pas un progrès ?

Cecily finit par arriver à dix heures trente, maquillée, coiffée, vêtue d'un pantalon et d'un pull impeccables.

— Il fait vraiment meilleur dehors !

— Vous vous sentez bien ?

— Très bien ! À vrai dire, je n'ai même pas la gueule de bois. Je n'étais pas du tout soûle. C'est adorable de vous être inquiété pour moi.

Yale prit le volant. Cecily appuya sa tête contre la vitre côté passager. Il tâcha d'éviter les secousses, d'aborder les virages avec douceur. Ils ne parlèrent pas beaucoup, à part de stratégie, si jamais les œuvres s'avéraient authentiques. Yale servirait d'intermédiaire avec Nora et sa famille jusqu'à ce qu'on arrive vraiment au legs – à ce moment-là, Cecily pourrait intervenir de nouveau si nécessaire.

Yale jeta un coup d'œil au sac jaune au pied de Cecily. Il savait désormais qu'il contenait un sachet de cocaïne – à moins qu'elle l'ait consommée ce matin, ce qui ne semblait pas être le cas. Si on leur demandait de se ranger sur le bord de la route, si un flic fouillait la voiture, ils seraient arrêtés tous les deux. Il roula encore plus doucement.

Il fouilla dans la poche de sa veste et en sortit les M&M's. Il en offrit à Cecily, qui se contenta de n'en prendre qu'un.

— Vous connaissiez son neveu, dit-elle.

— Son petit-neveu. C'est le premier véritable ami que je me suis fait dans cette ville.

— J'espère que cela n'entame pas votre jugement.

2015

Avant de se retrouver assise en face de lui à une table ronde du café Bonaparte en compagnie de Serge, Fiona ne s'était pas rendu compte qu'elle avait des idées préconçues au sujet du détective. En regardant ce petit homme calme, elle comprit qu'elle avait imaginé un individu maladroit en imperméable, un ancien gendarme moite de sueur qui s'était avéré un génie. Mais Arnaud (« Vous pouvez m'appeler Arnold », proposa-t-il dans un anglais britannique impeccable, comme si Fiona n'était pas capable de prononcer un « o » tout bête) évoquait un crayon fraîchement taillé, avec son nez pointu qui était le trait principal de son petit visage mat. Non pas qu'elle ait besoin d'un détective de cinéma. Il n'y avait pas de quoi faire un film, ici. Si Claire était vraiment à Paris, il ne serait pas difficile de la trouver. La convaincre d'un rendez-vous était une autre paire de manches.

Arnaud accepta le chèque qu'elle lui tendait, le plia et le rangea dans la poche contre sa poitrine. Penché au-dessus de sa salade de fruits, il mangeait tout en posant ses questions rapidement.

— Elle parle bien français ? Votre fille ?

Fiona contempla son omelette au fromage. Tout à l'heure, elle mourait de faim, mais à présent, elle était incapable de prendre la première bouchée de son plat.

— Elle l'a étudié en *high school*.

— Au lycée, clarifia Serge.

Serge, après avoir conduit Fiona jusqu'ici (elle s'était agrippée à sa taille et avait gardé les yeux fermés), était resté, avait commandé un expresso, et semblait désormais ressentir le besoin de justifier sa présence.

Lorsque Claire était en 6ᵉ, Fiona avait tenté la même approche que sa mère des années plus tôt. « Tu es en partie cubaine, tu sais. Tu ne penses pas que l'espagnol... » Claire lui rétorqua : « Je suis française aussi. Et je partage 99 % de mon ADN avec une souris. Est-ce que c'est une raison pour que j'apprenne à couiner ? »

— Mais j'ignore depuis combien de temps elle vit ici, poursuivit Fiona. Trois ans, peut-être.

— Trois ans, ça correspond au moment où elle a quitté la secte ?

— Oui. Mais...

Fiona ne savait pas comment terminer sa phrase. Elle voulait dire qu'on ne quittait jamais vraiment une secte. Qu'il y avait la secte en soi, et puis la secte privée de Claire, sa dévotion à Kurt Pearce. Un gourou et un disciple.

— Et maintenant, vous pensez qu'elle se trouve à Paris.

— Eh bien...

Soudain, elle ne se souvenait plus pourquoi elle avait été si convaincue que cette vidéo montrait Paris. Y avait-il la tour Eiffel en arrière-plan ? Non, mais... c'était une vidéo sur Paris. Elle était trop fatiguée. Lorsqu'elle tourna la tête, sa vue ne suivit pas tout de suite.

— Vous avez regardé la vidéo ? demanda-t-elle.

Elle lui avait envoyé le lien lorsqu'ils avaient échangé pour la première fois un peu plus tôt cette semaine.

Il hocha la tête, sortit un ordinateur portable très fin du sac qui se trouvait à ses pieds et, en un geste fluide, l'ouvrit et cliqua pour lancer la vidéo. Le fait qu'un café français ait le Wi-Fi détonait. Aux yeux de Fiona, cette ville, c'était toujours 1920. C'était toujours tante Nora à Paris, l'amour tragique et les artistes phtisiques.

— Troisième minute, dit-elle.

Dix jours auparavant, l'ancienne colocataire de fac de Claire, Lina, lui avait envoyé un lien YouTube accompagné des quelques mots très prudents : « Quelqu'un m'a fait suivre ça en se demandant si ça pouvait être Claire, à la troisième minute. Je ne sais pas – tu en penses quoi ? » Et comme son abruti d'ordinateur ne parvenait pas à mettre la vidéo en avance rapide, Fiona s'était coltiné plusieurs minutes de « Suggestions de voyage pour les familles » à l'intention de touristes de la classe moyenne supérieure cherchant à traîner leurs enfants en France. Les manèges, les chocolats chauds chez Angelina, les petits voiliers sur le bassin du jardin du Luxembourg. Et puis la présentatrice aux cheveux coupés à la garçonne se mettait à marcher à reculons sur un pont, à parler des artistes « qui captaient le décor pour vous afin que vous puissiez repartir avec dans vos bagages ». Et là, derrière elle – et à nouveau ici, sur l'écran d'Arnaud – se trouvait une femme sur un tabouret pliant, qui plissait les yeux en regardant une petite toile, donnant des coups de pinceau comme si on lui en avait donné l'instruction. Est-ce que cette personne ressemblait à Claire ? Oui. Mais en un peu plus corpulent. Elle avait un élégant foulard noué autour de ses cheveux. « Et regardez ! gazouillait la présentatrice. Parfois, ils sont même accompagnés de leurs *enfants*' ! » Elle disait cela à cause de la fillette, enfin, du bébé, qui s'amusait avec un petit jouet rouge aux pieds de la femme.

— C'est elle ? demanda Arnaud, en tapotant sur le visage de Claire à l'écran.

— Oui.

Inutile de préciser qu'elle en était *presque* sûre, que ses cauchemars étaient peuplés de femmes sur des ponts qui, lorsqu'elles se retournaient, révélaient un visage en décomposition, bestial, qui n'était pas du tout celui de Claire. Si cet homme partait vraiment à sa recherche, Fiona voulait qu'il croie qu'il allait la retrouver.

— Le foulard ne me paraît pas à caractère religieux.

— Non, mais ce n'était pas ce genre de secte, de toute façon.

— Je connais ce pont, remarqua Arnaud.

— Est-ce le pont des Arts ?

— Quoi ? Non, non. C'est le pont de l'Archevêché. Juste à côté de Notre-Dame. Vous voyez, les voitures qui circulent ? Pas le droit de rouler sur le pont des Arts.

Cela devait se voir qu'elle avait envie de bondir, de voler la moto de Serge et de foncer là-bas tête baissée.

— Les artistes n'ont pas l'habitude de se mettre sur ce pont. J'imagine qu'on l'a installée là pour les besoins du film, dit-il en regardant Serge comme pour obtenir confirmation.

— Mais elle se trouve peut-être dans ce quartier. Ou peut-être que le réalisateur la connaît !

Arnaud hocha gravement la tête.

— Petite maison de production américaine basée à Seattle. Est-il possible qu'elle vive là-bas ? Peut-être faisait-elle partie de l'équipe de tournage, et qu'on lui a demandé de poser sur le pont ?

Et même si c'était possible – Claire adorait la réalisation cinématographique –, Fiona envisagerait cette hypothèse plus tard.

— La peinture me semble plus probable que les films. Sa secte était anti-technologie. Enfin... Je n'en sais rien...

— Mais elle a quitté la secte.

Arnaud referma son ordinateur et prit sa fourchette, ce que Fiona interpréta comme un signal : le moment était venu de livrer toute l'histoire, celle qu'elle n'avait fait qu'évoquer succinctement dans ses e-mails.

— En fait, c'est moi qui l'ai présentée à ce type. Kurt. Il est plus âgé. C'est un genre d'ami de la famille. Il doit avoir quarante et un an aujourd'hui.

— J'ai les photos, dit Arnaud, une fraise aux lèvres.

— Je ne voulais pas qu'ils sortent ensemble, simplement, elle passait l'été dans le Colorado pour y bosser comme serveuse et visiter la région, et il habitait là-bas. C'était en 2011, juste après sa première année d'études. Et voilà que, ni une, ni deux, elle est amoureuse et ne veut pas reprendre la fac en automne. Elle veut rester à Boulder et travailler dans une espèce de ranch. Ensuite, je n'ai plus de ses nouvelles, plus du tout, et il n'y a pas de téléphone là-bas, pas Internet, juste le courrier, alors je finis par lui écrire en lui disant que je vais venir lui rendre visite, et elle me répond que c'est impossible. Et à ce moment-là, je panique.

Ce n'était pas la première fois que Claire l'excluait de sa vie. Pendant tout un semestre de lycée, elle avait refusé de parler à ses deux parents. Et un jour, à l'époque de la première séparation entre Fiona et Damian, alors que Claire avait neuf ans, elle s'était réfugiée dans l'église en bas de la rue. Hormis pour un mariage, Claire n'avait jamais mis les pieds dans une église, mais Fiona lui avait toujours dit qu'en cas d'urgence, elle pouvait s'y rendre et demander de l'aide. Cependant, au moment de la disparition de Claire, Fiona avait oublié qu'elle lui avait prodigué ce conseil.

Lorsque la secrétaire de l'église épiscopale finit par téléphoner, Claire avait disparu depuis cinq heures, et Fiona et Damian passaient les rues de la ville au peigne fin avec un policier. C'était une semaine après le 11-Septembre, et les gens sur le trottoir regardaient encore les voitures de patrouille d'un air inquiet. Bizarrement, cela réconforta Fiona – que sa crise fasse partie d'un traumatisme général. Ils trouvèrent Claire dans le bureau de l'église, assise en train de boire du lait chocolaté en compagnie de deux femmes qui fusillèrent clairement Fiona et Damian du regard. Fiona ne sut jamais ce que Claire leur avait raconté à leur propos, au sujet du divorce. Elle tendit un billet de vingt aux deux femmes et attrapa le bras de Claire avant de l'escorter dehors tandis que le policier et Damian restaient à l'intérieur pour poser des questions.

Ce soir-là, une fois Claire couchée, Fiona regarda Damian assis sur le canapé qui avait un jour été à lui aussi, et lui demanda enfin :

— À ton avis, pourquoi s'est-elle enfuie ?

Elle s'efforçait de parler d'une voix agréable, mais en réalité, elle avait déjà une réponse.

Damian lui répondit en riant :

— C'est peut-être génétique. Je veux dire, pourquoi toi et ton frère, vous avez fugué ?

— J'ai quitté la maison quand j'avais dix-huit ans. Et Nico a été mis à la porte. Et je t'interdis de parler de nouveau de lui.

Damian leva les mains pour se rendre, voire s'excuser.

— Et mes parents... ma mère a montré le carnet de croquis de mon frère au prêtre ! C'était... Bon, je ne vais pas discuter de ça avec toi. Tu crois, Damian, qu'elle a pu entendre ce que tu as dit ?

Et Damian, plutôt que de la regarder, posa les yeux sur le tapis, parce que bien sûr, c'était ce qui s'était passé. La nuit précédente, après avoir déposé Claire, il était resté pour discuter

– pour se disputer, en réalité –, et Claire ne dormait pas encore lorsqu'il s'était mis à crier sur Fiona, ce qui n'arrivait quasiment jamais. C'était à propos de l'homme divorcé avec qui Fiona couchait, ou, plus exactement, au sujet du fait que ce type avait deux enfants et que Fiona avait passé un week-end avec eux cet été. Cela ne lui suffisait pas de l'avoir trompé ? Cherchait-elle à remplacer toute leur famille ?

— Je vais lui parler, dit Damian.

Et, bêtement, elle l'avait laissé entrer dans la chambre de Claire. Peut-être parce qu'il était le seul à pouvoir revenir sur ses propos, puisque c'était lui qui les avait tenus. C'était elle qui aurait dû y aller. Pourquoi ne l'avait-elle pas fait ?

Fiona ne relaya pas toutes ces informations à Arnaud, mais lui raconta le voyage à Boulder en 2011. C'était l'hiver, suffisamment longtemps après que Claire avait arrêté les cours pour que son propre retard soit, avec le recul, impardonnable. À l'époque, pourtant, cela lui avait semblé sensé – respecter l'espace de sa fille. Damian vivait alors à Portland, et elle ne lui parlait que quand il y avait une crise autour de Claire. Début janvier, ils finirent par se dire qu'ils étaient tous les deux sans nouvelles, et Damian lui apprit que Claire avait encaissé le chèque que lui et sa femme lui avaient envoyé pour Noël, mais n'avait jamais écrit pour les en remercier. Tant qu'elle s'inquiétait toute seule dans son coin, Fiona avait réussi à se convaincre que c'était juste la façon d'être de Claire, qu'elle avait besoin de temps, de comprendre par elle-même que l'école lui manquait. Mais en entendant Damian dire, alors qu'il ne paniquait jamais, qu'il n'aimait pas ça, que quelque chose ne lui semblait pas normal, soudain, il devint évident qu'en effet, ce n'était pas normal. Fiona prit l'avion la semaine suivante. Elle loua une voiture à Denver et roula, dépassa Boulder, en suivant son GPS.

Ce n'était clairement pas la bonne adresse. Ce n'était pas un ranch. Une route étroite et accidentée menait à travers bois à une sorte de terrain de camping au rabais – des caravanes et des petites bicoques entouraient une maison jaune délabrée, sans qu'aucun lac ou autre site naturel n'explique leur convergence.

Fiona eut envie de partir, d'étudier attentivement une carte pour trouver l'emplacement réel du ranch, mais elle ne pouvait pas s'en aller sans frapper à une porte, sans s'assurer que sa fille n'était pas retenue prisonnière à l'intérieur. Elle appela Damian histoire qu'il y ait un témoin si quelque chose d'horrible se produisait, et ce fut donc avec lui à l'autre bout du fil, le téléphone collé contre la poitrine, qu'elle s'approcha de la porte.

— Le type qui m'a ouvert, raconta-t-elle à Arnaud, était habillé comme le veulent leurs coutumes. Je n'ai pas compris sur le coup. La barbe, les cheveux longs, les sabots. Ils ressemblent beaucoup à des hippies, surtout les hommes.

Les hommes s'en sortaient mieux que ces pauvres femmes, qui portaient des manches longues, de longues robes, pas de maquillage.

— Et donc, même quand il s'avéra que Claire était bel et bien là, quand ils l'appelèrent pour qu'elle vienne à la porte, j'ai cru que c'était une communauté hippie. J'imagine que ça n'existe plus vraiment.

Elle lui raconta comment Claire, en la voyant, avait d'abord eu un mouvement de recul, avant de la serrer contre elle comme vous pourriez le faire en tombant sur un ex alors que vous avez tous les deux un rencard avec quelqu'un d'autre. Damian était toujours en ligne, mais Fiona ne pouvait pas lui raconter tout ce qui se passait. Claire prit un manteau et sortit pour discuter dans l'allée. Kurt ne tarda pas à les rejoindre, resta debout à ses côtés comme un garde du corps.

— Il avait l'air possessif, dit Fiona. Il avait la main posée dans son dos.

Comment Fiona avait-elle pu oublier à quel point il était grand ? Sa taille l'avait frappée la première fois qu'elle l'avait vu adulte – il dominait sa mère de toute sa hauteur. Il devait mesurer près de deux mètres, et désormais, il avait aussi de la bedaine. Son visage était tanné par le soleil et le vent, et ses cheveux blonds lui arrivaient aux épaules.

— Ils ne m'ont pas menti au sujet de cet endroit, pas à proprement parler. Ils m'ont dit que c'était une communauté, et m'ont donné le nom de Collectif Hosanna, lequel, eh bien, laisse tout de suite deviner qu'il ne s'agit pas juste d'une ferme bio, n'est-ce pas ?

Fiona ne se souvenait plus en détail de leur discussion. La situation l'avait troublée et elle avait été contrariée, et même si elle leur avait posé des questions sur les gens avec qui ils vivaient, c'était surtout le comportement de Claire qui l'avait inquiétée – son regard vide et son pied qu'elle n'avait cessé de remuer –, plus que leurs réponses. Elle se rappelait sa remarque maladroite :

— À Chicago aussi, il existe des églises que vous pourriez essayer.

Kurt secoua la tête et lui répondit :

— L'église chrétienne moderne est la Putain de Babylone.

Claire refusa de partir, refusa même de monter dans la voiture pour aller dîner en ville, refusa de prendre le téléphone pour parler à son père, refusa de s'éloigner de Kurt Pearce.

— C'est réellement une intrusion, dit celui-ci.

Calmement, comme si c'était lui, la voix de la raison dans cette histoire.

— Maman, tout va bien. Tu ne t'es pas inquiétée pour moi quand j'étais à la fac, et c'était l'enfer pour moi, là-bas. Je suis bien plus heureuse ici.

— Je me suis inquiétée pour toi quand tu étais à la fac. Mais au moins, je savais ce qui se passait là-bas.

— Non, c'est faux.

Fiona ne savait pas trop quel fait Claire réfutait. Trois adultes et un enfant les regardaient depuis la véranda de la grande maison. Ils attendaient.

Fiona savait qu'il était inutile de forcer le passage, d'ouvrir la porte avec son coude.

— Je reviendrai demain matin, dit-elle. J'apporterai des beignets.

— Non, je t'en prie.

Lorsque Fiona revint le jour suivant, une barricade en bois bloquait le bout de la longue allée. Un homme avec une queue-de-cheval lui arrivant à la taille était appuyé contre la barrière, et tandis que Fiona roulait dans sa direction, il lui signifia de faire demi-tour d'un mouvement du doigt. Et elle s'exécuta, car Damian était déjà dans l'avion, et qu'il valait mieux revenir avec lui, de toute façon.

Pendant la semaine d'insomnie qui suivit, passée à interroger les habitants de Boulder et à écumer Internet, ils découvrirent tous les deux ce que Fiona racontait désormais à Arnaud : le collectif Hosanna était une petite ramification autoritaire d'une secte déjà assez autoritaire basée à Denver. Le collectif était ostensiblement judéo-chrétien, mais aussi imprégné d'astrologie, végétarien, anti-technologique et à dominance masculine. D'après eux, il fallait que l'Église retrouve l'état de pureté décrit dans certains chapitres des Actes des apôtres, et ils pensaient que depuis Paul, tout n'avait été que corruption. Ils appelaient Jésus « Yeshua » et ne célébraient aucune fête hormis Pâques. Ils ne possédaient pas d'argent, et la vie en communauté était rendue possible par le travail quasi constant des femmes et des enfants. Les hommes vendaient du miel et de la vinaigrette sur des marchés de producteurs, et travaillaient occasionnellement sur des chantiers de construction en ville, reversant tout leur salaire au groupe.

Fiona et Damian allèrent voir la police, mais il n'y avait rien d'illégal. Damian lui rappela ce qu'elle savait déjà : plus ils poursuivraient Claire, plus elle les exclurait. Ils essayèrent une autre fois d'y retourner en approchant cette fois-ci du camp à bord de la voiture de police d'un agent compatissant – Fiona était tellement convaincue que Damian se souvenait comme elle de leur patrouille désespérée dans les rues de Chicago neuf ans auparavant qu'elle n'eut pas besoin de l'évoquer –, mais l'homme qui l'avait accueillie la première fois devant la barricade sortit et déroula une succession impressionnante de termes légaux au policier. Et non, ils n'avaient pas de mandat.

Fiona et Damian, des poches sous les yeux, s'assirent à un bar de l'aéroport de Denver. Ils pleuraient, s'arrêtaient, se remettaient à pleurer. Les autres voyageurs devaient les prendre pour deux amants se disant adieu. Lui, une alliance au doigt, elle non. « Nous devrions rester », dit Fiona. Mais il existait des façons plus productives de mettre leur temps et leur argent à contribution. Damian parlerait à des avocats. Fiona se mettrait en contact avec les amis de lycée et de fac de Claire, leur proposerait même de leur payer le déplacement en avion. Elle retrouverait Cecily Pearce et lui demanderait d'essayer de ramener un peu son fils à la raison. Arnaud hochait la tête en écoutant son récit mais ne prenait pas de notes. Fiona redoutait qu'il lui demande pourquoi elle n'avait pas refusé de quitter Boulder, pourquoi elle n'avait pas défoncé la porte. C'était parce qu'elle ne croyait pas que Claire puisse vraiment rester longtemps avec ces gens. Et parce que, dans une certaine mesure, elle voulait que sa fille en tire une leçon à la dure, et de quelqu'un d'autre qu'elle. Pour une fois, elle voulait qu'elle revienne à la maison en rampant, blessée, plutôt que de fuir sa mère en arguant avoir été gravement blessée. Du moins était-ce ce que Fiona avait compris depuis en travaillant avec sa psy. Mais peut-être était-ce plus compliqué que cela. Peut-être en avait-elle en quelque sorte fini avec les combats impossibles à gagner. Après le bain de sang qui avait marqué ses vingt ans, après que tous les gens qu'elle aimait furent morts ou l'eurent quittée. Après que son amour même fut devenu un poison.

Presque tous les jours, Fiona écrivait des lettres dans lesquelles elle disait à Claire qu'elle pouvait toujours rentrer à la maison, que personne ne la jugerait. Au bout de quelques semaines, les lettres se mirent à lui revenir. Elles n'avaient pas été décachetées.

Et puis, quand presque une année se fut écoulée, une année passée à parler à des policiers, à des avocats et à des groupes de soutien aux rescapés de sectes, Damian et Fiona retournèrent là-bas ensemble. Avec un garde du corps qu'ils avaient recruté à Boulder. Pas de voiture de patrouille, pas de policier. Ils n'avaient pas l'intention de la kidnapper, ils voulaient juste l'obliger à discuter. Mais Claire et Kurt, apprirent-ils de la bouche de la femme couverte d'eczéma qui leur ouvrit la porte, étaient partis un mois auparavant. Non, elle ne savait pas du tout où ils étaient allés ; personne ne le savait.

Damian se rendit au marché des producteurs de Boulder où certains hommes des Hosanna avaient un étal. Il leur raconta, l'air de rien, qu'il avait fait affaire la dernière fois avec un type prénommé Kurt. Était-il là aujourd'hui, par hasard ? « Frère Kurt n'est plus ici », leur répondit l'un d'eux. Un autre roula des yeux.

Et Fiona pensa, *Eh bien au moins, ils sont partis. Même si elle est encore avec lui.* Elle se dit qu'elle aurait peut-être bientôt des nouvelles de Claire. Cela n'arriva pas. Ils engagèrent un détective privé à Chicago, qui n'hésita pas à prendre leur argent mais ne trouva rien. Ils envisagèrent de faire un signalement de disparition, mais un adulte qui refusait juste d'être en contact avec vous n'était pas une personne disparue.

Au lieu de chercher à savoir pourquoi Fiona n'en avait pas fait plus, Arnaud lui demanda :

— Est-ce que cela ressemblait à votre fille ? De s'attacher à différentes religions ?

— Non, répondit Fiona. C'était ça, le plus bizarre. Elle avait toujours été rebelle. Elle avait arrêté les scouts, arrêté l'ensemble musical, elle ne sortait jamais plus d'un ou deux mois avec la même personne. Jusqu'à Kurt.

— A-t-elle une raison de vous éviter ?

Fiona planta sa fourchette dans l'omelette puis l'enleva et regarda le fromage suinter des quatre trous.

— Nous avions nos désaccords. Mais il n'y a jamais eu de grosse dispute.

Elle aurait pu développer un peu plus leurs prises de tête, lui expliquer que Claire avait toujours été plus proche de son père, mais ensuite, après le divorce, Claire ne fut plus proche de personne ; Fiona aurait pu parler de la culpabilité avec laquelle elle vivait au quotidien, du fait qu'elle essayait tout le temps de deviner ce qui se passait dans la tête de sa fille – mais cela n'aurait fait que les détourner du sujet principal.

— Certaines personnes sont difficiles de naissance. C'est dur de dire une chose pareille.

Elle ne se sentait pas très bien. Elle avait soif, mais l'eau qu'on leur avait servie était pétillante, et elle détestait ça. Elle avala une toute petite gorgée qui était pire que la soif.

— Il est violent, le petit ami ?

C'était Serge qui posait la question, et même si celle-ci était légitime, Fiona lui en voulut de s'immiscer dans le raisonnement d'Arnaud.

— Je ne pense pas. D'après les histoires que nous avons lues sur Internet au sujet des Hosanna, j'ai cru comprendre que

95

certains frappaient leurs enfants. Pour des histoires de discipline. Et je suis sûre que cela allait plus loin que cela. Mais je connais Kurt depuis longtemps. Depuis qu'il est gamin. Il est du genre gentil avec les animaux, vous voyez ? Je ne pense pas qu'on puisse frapper une femme et être gentil avec les animaux. Les animaux le sentiraient.

Arnaud hocha lentement la tête.

— Partons du principe qu'elle a quitté la secte quand elle a découvert qu'elle était enceinte.

Fiona était impressionnée. Elle et Damian en étaient arrivés à la même conclusion, mais des jours après avoir trouvé la vidéo, après avoir veillé bien au-delà de minuit, chacun dans une ville différente, en élaborant des plans et des théories au téléphone à grand renfort de vin. Ils ne s'étaient jamais aussi bien entendus en quinze ans, mais qu'est-ce que cela pouvait faire, maintenant ? Parfois, elle entendait la femme de Damian derrière lui, et alors il disait : *Karen pense qu'on devrait faire ci ou ça* – mais ses suggestions n'étaient jamais vraiment très pertinentes.

On venait de diagnostiquer à Karen un cancer du sein – curable. Elle commençait les rayons la semaine suivante, ce qui, en plus de ses cours, expliquait l'absence de Damian.

— Et la famille du copain ? s'enquit Arnaud. Ils ont eu des nouvelles ?

— Je ne connais que sa mère. Elle ne veut pas vraiment... elle ne veut plus du tout avoir affaire à lui.

Elle sentit une oppression dans sa poitrine, et sa tête se remplit d'un bruit gris. Elle sentit la main de Serge sur son bras et elle se rendit compte qu'elle était bien trop près de son omelette. Elle avait basculé en avant.

— Elle est arrivée ce matin, expliqua Serge.

— Elle n'a pas mangé, dit Arnaud.

— Je vais la ramener à la maison.

— Je vous entends, intervint Fiona. Je suis là.

— Je vais chercher ma moto.

— Non, protesta-t-elle. Nous n'avons pas encore fini !

Arnaud plia sa serviette en un triangle bien net et la glissa sous le bord de son assiette :

— Et pourtant si. Maintenant, je cherche.

1985

Dans les semaines qui suivirent la fête en mémoire de Nico, personne n'eut le cœur à grand-chose. Les gens, lorsque vous les appeliez, étaient en train d'apporter de la nourriture à Terrence, quand ce n'était pas vous qui le faisiez. Ou alors ils étaient malades, juste banalement malades – ils toussaient à cause de la chute des températures. Ceux qui avaient une famille rentraient chez eux en avion pour Thanksgiving afin de jouer les hétéros auprès de leurs nièces et neveux, d'assurer à leurs grands-parents qu'ils avaient quelqu'un, personne en particulier, quelques filles sympas. Afin d'assurer à leurs pères, qui les avaient pris à part dans des garages et des couloirs, que non, ils n'allaient pas attraper cette nouvelle maladie. Étant britanniques, Charlie et sa mère ne s'investissaient pas du tout dans cette fête, malgré les protestations de Yale qui arguait que c'était une journée pour les immigrants. Les immigrants britanniques notamment ! Yale se retrouva à cuisiner du poulet des Cornouailles pour lui et Charlie, ainsi que pour Asher Glass, Terrence et Fiona. Teddy et Julian passeraient pour le dessert.

Asher arriva le premier, et après avoir donné la miche de pain qu'il avait confectionnée lui-même (encore chaude, enveloppée dans une serviette), il remit d'un geste brusque une enveloppe kraft à Yale.

— Ne me laisse pas leur imposer ça avant la fin de la soirée, dit-il. Garde-la loin de moi. Tant que je n'ai pas un café entre les mains, OK ?

Yale ne comprit pas, mais posa l'enveloppe au-dessus du frigo, puis trouva un couteau dentelé pour le pain. Asher avait un

accent new-yorkais, et sa façon de prononcer certains mots
– « café », par exemple – donnait envie à Yale de les répéter
dans son sillage.

Charlie servit d'office un gin tonic à Asher.

— T'as vraiment raccroché. Pas de retour en arrière possible ? lui demanda-t-il.

Le centre médical Howard Brown, dont ils avaient tous deux
intégré le conseil d'administration, avait fini par décider, après
de nombreux débats, de proposer à partir du mois suivant le test
HTLV-III, celui que les médecins prescrivaient depuis le printemps. Asher avait démissionné à grand bruit. Charlie raconta
que, pour appuyer son propos, il avait enfoncé dans la table un
stylo bille, qui avait éclaté, si bien que lorsqu'il avait fini par
quitter la réunion en claquant la porte, ses mains étaient bleues.

Depuis des années, Yale nourrissait pour Asher un béguin qui
s'avérait de temps à autre impérieux. C'était assez spécifique :
le sentiment flambait généralement quand Asher s'emportait
à propos de quelque chose, qu'il prenait une voix de stentor.
(Parmi les premiers amours de Yale, le plus ridicule avait été
l'avocat Clarence Darrow tel que le dépeint la pièce de théâtre
Inherit the Wind qu'il avait lue en classe de seconde. Pendant
deux semaines, Yale s'était abstenu de prendre la parole en
classe, terrifié à l'idée de rougir en parlant de l'œuvre.) Curieux,
car lorsque Charlie s'agitait de la sorte, Yale avait envie de se
boucher les oreilles avec du coton. Et le pouvoir d'attraction
d'Asher augmentait encore davantage quand ses cheveux noirs
étaient plus touffus, ce qui était le cas à présent. Cela lui donnait des allures de Marlon Brando jeune, hirsute. Plus costaud
et maladroit que l'acteur, mais tout de même.

Asher avait établi son cabinet d'avocat dans son appartement d'Aldine Street, et après avoir brièvement travaillé dans
le domaine du droit au logement, il s'était spécialisé dans les
batailles juridiques autour des testaments et des assurances.
C'était le genre d'ami qu'on voyait en journée, pas quelqu'un
avec qui on traînait dans les bars la nuit. Sa vie amoureuse était
en réalité un mystère. Yale ne savait pas trop si Asher abordait
le sexe avec la même intensité qu'il mettait dans son travail, ou
si, ayant dépensé toute sa passion dans les combats qu'il menait

le jour, il préférait faire appel aux services d'un *escort boy* une fois par semaine. Ces derniers temps, Asher avait beaucoup évoqué la différence entre l'activisme et la plaidoirie, et Yale ne se souvenait plus en faveur de quoi Asher était, ou s'il voulait que tout le monde se consacre aux deux. Ses épaules étaient comme des tonneaux, il avait de longs cils noirs, et Yale devait déployer un vaillant effort pour ne pas regarder fixement ses lèvres quand il parlait.

La voix d'Asher retentissait déjà, assez fort pour que Yale s'inquiète que Terrence l'entende si quelqu'un lui avait ouvert et qu'il se trouvait déjà dans le couloir.

— Écoute, on est tous condamnés à mort. Pas vrai ? Toi et moi, on ne sait pas quand ce sera. Un jour, cinquante ans ? Tu veux réduire la perspective ? Tu veux te donner des sueurs froides ? C'est tout ce que ce test t'apporte. Je veux dire, qu'on me dise où se trouve la file pour le remède miracle, et je ferai ce putain de test, je pousserai tout le monde à le faire. Mais en attendant, quoi ? T'as envie de te retrouver dans un fichier gouvernemental ?

— Tu connais mon avis sur la question, répondit Charlie.

— Oui, en effet. Écoute.

Les mains d'Asher volaient, le gin débordait de son verre. Yale s'appuya contre l'évier, regarda ces mains comme s'il s'agissait d'un spectacle pyrotechnique.

— Si ta priorité, ce sont les relations protégées, le test n'est pas d'un grand secours. La moitié de ces types en sortent avec une impression trompeuse de sécurité, l'autre sait qu'elle va mourir. Ils sont déprimés, se bourrent la gueule et à ton avis, qu'est-ce qu'ils font ? Ils ne se ruent pas dans un magasin de capotes !

Charlie riait encore à cause de ce « magasin de capotes », s'amusant à trouver des noms comme Helmet Hut ou Trojans R Us[1], quand Terrence et Fiona sonnèrent à l'interphone. Pendant le temps qu'il leur fallut pour monter à l'étage, Asher s'éclaircit la voix et eut la bonne idée de s'énerver sur un autre sujet : l'absence de restaurants chinois potables à Chicago. D'après

---

1. Helmet et Trojan sont des marques américaines de préservatif.

Yale, il suffisait d'aller à Chinatown et d'être prêt à manger des pattes de poulet.

Terrence et Fiona entrèrent. Ils se donnaient le bras. Terrence tendit à Charlie une bouteille de vin. Et de sa meilleure voix d'homme blanc, il dit :

— Madame et moi sommes restés coincés dans un embouteillage monstre en venant de Sheboygan. Dieu merci, nous sommes en train de réparer cette infrastructure grâce au fameux ruissellement et tout le toutim, que Dieu bénisse l'Amérique.

Ils semblaient tenir le coup, les deux proches endeuillés de Nico, mais que voyait-on vraiment, de l'extérieur ? Les boucles blondes de Fiona lui conféraient toujours une vitalité, une vivacité qui compensaient n'importe quel genre de fatigue. Quant à Terrence, il paraissait mince, mais s'il n'y avait pas eu le test, impossible de deviner qu'il était malade. Et quels avaient été les bénéfices de cet examen ? Peut-être buvait-il moins. Peut-être dormait-il plus. C'était toujours ça de pris.

— Cette enveloppe, murmura Asher à Yale. Pas avant le café.

Pendant toute la soirée, Yale eut la bougeotte, peina à se concentrer. C'était en partie parce qu'on était fin novembre : il était toujours plus agité quand le soleil s'enfonçait dans l'hibernation à grands coups de grisaille. Et la présence d'Asher y était sans doute pour quelque chose, même si, généralement, le trouble qu'il provoquait était agréable. Peut-être était-ce parce que Teddy devait les retrouver plus tard, et ce serait la première fois qu'ils se reverraient depuis la commémoration, lorsque l'être fantôme de Yale avait disparu à l'étage en compagnie de l'être fantôme de Teddy.

Et derrière toute cette fébrilité, il y avait aussi le fait que Yale attendait toujours l'arrivée des polaroïds, et que, à peine s'était-il emballé pour ce projet, celui-ci avait calé. Il avait adressé à Nora un mot gentil, dont il avait transmis une copie carbone à l'avocat. Puis, dans un autre envoi, comme promis, il lui avait envoyé des photos de la galerie. Et ensuite, plus rien. Il avait merdé ; il pensait avoir le numéro de Nora, mais voilà que Cecily lui disait qu'elle ne l'avait jamais eu, qu'ils avaient échangé exclusivement par courrier. Le service des renseignements ne l'avait pas non plus. Il écrivit à l'avocat pour lui demander s'il avait eu des nouvelles de Nora, et laissa entendre qu'il aimerait beaucoup connaître son numéro. Stanley répondit que l'expérience lui avait appris à ne pas déranger Nora, mais qu'elle donnerait certainement suite à son courrier. Pas de numéro de téléphone. Celui de Stanley figurait sur l'en-tête du papier, et Yale l'appela, mais sa secrétaire expliqua qu'il avait commencé à prendre sa retraite et ne travaillait donc pas tous les jours. Et non, elle ne pouvait deviner quand il passerait, mais elle prendrait le message de Yale. Il la rappela, et elle lui promit de transmettre de nouveau son message. Il craignait de paraître trop insistant, que l'avocat dise à Nora que ces gens de la Northwestern ne lui inspiraient pas confiance.

Et donc, pendant le plat de résistance, alors que tout le monde discutait du Live Aid, au sujet duquel Asher chicana en usant d'arguments ésotériques, Yale parla de Nora avec Fiona.

— Elle est incroyable, non ? dit Fiona. Plus tard, c'est elle que je veux être ! Elle a eu des liaisons avec tellement d'artistes ! Sérieux.

— Si tu le voulais, tu pourrais te précipiter dehors et coucher avec des artistes, là, tout de suite.

— Arrête, tu vois ce que je veux dire ! Elle a vécu, tu comprends ? C'est la seule personne de la famille à ne pas avoir exclu Nico. Elle lui envoyait un chèque de cinquante dollars tous les mois.

Nico n'avait même pas eu à révéler son homosexualité à Nora : celle-ci l'avait su depuis le début. Mais non, Fiona n'avait pas son numéro. Elle l'avait vue lors d'un mariage d'un membre de la famille en août, dans le Wisconsin, et tandis qu'elles parlaient d'art, de Paris, Fiona avait évoqué le poste de Yale, avait conseillé à Nora de lui écrire prochainement. Nora l'avait appelée pour lui dire que Yale lui plaisait vraiment beaucoup.

— Je pense qu'elle t'adore, parce que c'est la première fois qu'elle me téléphone, dit Fiona.

Son père avait peut-être son numéro. Elle promit à Yale d'essayer de l'obtenir pour lui. Yale ne s'attendait pas à ce que Fiona donne suite.

Au bout de la table, Terrence racontait qu'il pratiquait depuis peu la méditation, qu'il avait des cristaux, des cassettes de relaxation, et Asher riait en secouant la tête.

— Écoute. Toi, occupe-toi de sauver le monde, et moi, je m'occupe d'essayer de gratter quelques mois de vie supplémentaires. S'il faut que je les bouffe, ces cristaux, je le ferai.

— J'ai bien une autre idée ou deux de l'endroit où tu pourrais foutre tes cristaux.

Fiona lui donna un coup dans le bras, assez fort pour qu'Asher grimace. Elle lui demanda de bien se tenir.

Fiona aida Yale à débarrasser, ou tout du moins tint-elle la porte battante qui séparait la minuscule cuisine de la pièce principale. Les autres migrèrent vers le salon afin que Terrence puisse suivre la deuxième mi-temps du match des Cowboys.

Une fois que Yale eut ouvert le robinet, il demanda tout bas à Fiona :

— Hé, est-ce que tu as raconté à Charlie que j'étais monté avec Teddy ? Après la commémoration ?

— Oh ! Oh, mince, Yale ! Je voulais te présenter mes excuses.

Elle se hissa sur le plan de travail et s'y installa, laissant pendre ses pieds.

— Tu sais comment c'est, quand tu as trop bu et que tu es vraiment convaincu de quelque chose ? J'étais soûle et il ne te trouvait pas, je t'avais vu monter à l'étage, quelqu'un d'autre a dit avoir vu Teddy s'y rendre aussi, et je n'arrêtais pas de répéter : « Yale est en haut avec Teddy », parce que je croyais rendre service. Apparemment, ce n'était pas le cas.

— C'est bien ce que je pensais. C'est ce que je me suis dit. Teddy n'était même pas là. Il est parti au début de la séance diapo.

— Oh, Yale. Je ne voulais pas t'attirer d'ennuis. Plus tard, j'ai appris que Charlie… Oh, bon sang !

— Ce n'est pas grave. C'est la chose la moins importante qui se soit produite ce soir-là.

Fiona rejoignit les autres dans le salon tandis que Yale resta dans la cuisine à racler les assiettes. S'il ne s'en chargeait pas maintenant, pendant que Charlie était occupé à jouer les hôtes et à faire semblant de comprendre les règles du football américain, ce dernier voudrait ensuite laver seul toute la vaisselle.

Quand Yale retourna enfin dans le salon, la conversation s'arrêta brusquement.

— Quoi ? demanda-t-il.

— Je te raconterai plus tard, dit Charlie.

— Non, quoi ?

— Les Cowboys sont en train de gagner, dit Terrence.

Asher voulut boire, mais son verre était vide.

— Dis-lui, insista Fiona.

Charlie tapota le canapé, se mordit la lèvre et regarda fixement l'écran.

— Je crois que j'ai vu ta mère.

— Ah.

— Enfin. Je l'ai vraiment vue. Elle jouait le rôle d'une infirmière dans une pub pour du Tylenol. Elle avait une réplique. De rien du tout.

— On ne savait pas que ta mère était une star de cinéma, dit Asher.

Yale avait le tournis.

— Ce n'est pas le cas.

Il ne s'était pas retrouvé confronté à ce genre de traquenard depuis des années. Il y avait eu, cela faisait un moment déjà, une publicité pour du café instantané dans laquelle elle jouait le rôle d'une serveuse. Elle avait été réceptionniste dans un épisode de la série *Simon et Simon*. Yale détestait – et Charlie l'avait sans doute confié à leurs amis, parce que sinon, comment expliquer cette façon qu'ils avaient de le regarder ? –, détestait au plus profond de ses tripes l'humiliation de n'avoir droit qu'aux mêmes plans de deux secondes de sa mère que ceux auxquels tout le reste du pays avait droit. Il détestait ce besoin qu'il avait de regarder, de ne pouvoir détourner les yeux avec indifférence. Il détestait avoir raté son apparition, détestait qu'ils l'aient vue sans lui, détestait qu'ils aient pitié de lui, détestait détester autant tout cela.

Quand Yale avait sept ans, son père l'avait emmené voir *Diamants sur canapé* – et Yale, qui savait qu'elle était actrice, et que les actrices se déguisaient pour les besoins de leurs rôles, acquit la certitude que c'était sa mère qui interprétait le personnage de Holly Golightly. Il voulait que ce soit elle qui interprète « Moon River » parce que cela lui semblait être exactement le genre de chanson que sa mère lui chanterait si elle était toujours là. Le fantasme ne dura pas bien longtemps, mais pendant des années, lorsqu'il avait du mal à s'endormir, il imaginait qu'Audrey Hepburn chantait pour lui.

— Ravi d'apprendre qu'elle est toujours en vie, dit Yale.

Il prit son bloc-notes qui se trouvait sous l'étagère de la table basse. Dans la matinée, il avait écrit le brouillon d'une lettre pour la campagne annuelle de dons. Il attrapa un stylo et se mit à entourer des choses sans raison.

— Ça va ? demanda Fiona.

Il hocha la tête, et quand le match reprit, Charlie enroula l'une des mèches de Yale autour de son doigt. Asher prit le magazine télé et le feuilleta comme s'ils allaient peut-être bientôt changer de chaîne.

Et puis, heureusement, on sonna à l'interphone.

Teddy était seul.

— Julian a une répétition de dernière minute. Ne me demandez pas ce que ça veut dire, annonça-t-il. Il s'excuse. Eh bien, quelle odeur délicieuse !

Teddy parlait toujours comme s'il venait de prendre du *speedball*, alors que c'était juste son état normal.

— Il ne vient pas du tout ? demanda Charlie. Il a dit quoi, exactement ?

— J'espère que cette « répétition de dernière minute » est chaude comme la braise, plaisanta Terrence.

Teddy se comportait normalement. Il jeta son manteau sur le dossier du canapé, serra tout le monde dans ses bras. Bon, pas étonnant. Il ne savait pas que quelque chose d'étrange s'était produit le soir de la fête en mémoire de Nico. C'était comme lorsque vous rêvez que vous couchez avec quelqu'un et que vous croisez cette personne le lendemain. Vous avez l'impression que l'autre est *forcément* au courant – il était dans ce rêve, comment les choses entre vous pourraient-elles être comme avant ? Pourtant, rien ne changeait.

Des vaguelettes de cheveux dorés coupés court auréolaient la tête de Teddy. Avec sa peau toujours hâlée même en plein hiver, on aurait dit une statue en bronze ou une représentation du dieu Hermès dans un livre de mythologie pour enfants. Il avait une cicatrice au milieu de la lèvre supérieure à cause d'un bec-de-lièvre opéré dans la petite enfance, un léger trait qui aurait pu gâter son visage mais qui, au contraire, le rendait irrésistible à quiconque nourrissait un penchant pour les éphèbes. Ce qui n'avait jamais été le cas de Yale. Teddy était bâti comme un adolescent, et ne devait pas mesurer plus d'un mètre soixante-cinq.

Charlie s'occupa en servant le *trifle* qu'il avait préparé, et évita de regarder Teddy et Yale. Il semblait perturbé : il se trompa dans le nombre de bols, et oublia ensuite dans la cuisine la cuillère pour servir. Yale eut envie de l'arrêter, de lui masser le cou, mais il ne voulait pas attirer l'attention sur l'embarras de Charlie. Il ne voulait même pas insister dessus auprès de Charlie, qui avait juré avoir désormais compris, à cent pour cent, qu'il ne s'était rien passé ce soir-là.

Le *trifle* était l'une des seules recettes de Charlie, et il se vantait de l'inonder de sherry. Yale avait appris à compter chaque part comme une boisson.

— Chapardeuse ! s'exclama Teddy à l'attention de Fiona quand ils commencèrent à manger. Est-ce que t'as l'âge requis pour un truc pareil ?

Elle prit un air offensé.

— J'ai vingt et un ans révolus ! Depuis le 3 septembre.

— Tu ne m'as pas invité à ta soirée !

— C'était réservé aux gens sympas.

Yale se disait qu'elle n'avait pas dû le fêter du tout, au beau milieu de cet été abominable. Pour son vingtième anniversaire, on avait dansé chez Nico sous les lumières stroboscopiques. Elle avait sans doute passé celui-ci dans une salle d'attente.

— Je n'ai que dix minutes, annonça Teddy. Un dîner complet m'attend chez mon directeur de thèse.

— C'est ton apéritif, ça ?

En guise de réponse, Teddy engouffra la cuillère à l'envers dans sa bouche et l'en sortit d'un geste théâtral.

— Je bois pour faire de la place ! J'ai déjà mangé chez ma mère. Bon, qu'est-ce que vous pensez de l'affaire Howard Brown ? Et comme sa question fut suivie d'un silence gêné, il précisa :

— Ils vont faire le test.

— Ils sont au courant je crois, dit Terrence.

— Je veux dire, vous savez, je suis toujours contre le test, mais peut-être que là, ce sera réellement anonyme. Bon, si je cherche vraiment l'anonymat, j'irai faire le test à Cleveland ou autre.

— Teddy, c'est Thanksgiving, intervint Fiona. On ne devrait pas...

— Mais oui, bien sûr ! répondit Asher. Ils donneront anonymement à tout le monde une impression fallacieuse de sécurité.

Terrence avait les yeux baissés sur son dessert. Il lissait la crème fouettée.

— Asher préfère que tout le monde meure d'un ulcère. À force de boire à cause du stress, lança Charlie.

Yale lui donna un coup de pied sous la table. Mais Charlie était lancé.

— Cela veut dire que tu vas faire le test maintenant ?

— Putain, non ! Je ne pense même pas que ce truc marche. Comment sait-on que ces tests ne font pas partie de la même conspiration gouvernementale qui a concocté le virus ? Je dis juste que...

— Assez !

Fiona posa brutalement son verre sur la table.

Teddy ouvrit la bouche, se ravisa.

— Bon... Hé, comment appelle-t-on un Noir qui étudie les pierres ? demanda Terrence.

Fiona fut la seule à émettre un son, un gloussement étonné.

— Je ne sais pas, comment ? demanda-t-elle.

— Un géologue, bande de racistes.

Fort heureusement, après les éclats de rire, la discussion s'orienta dans trois directions frivoles.

Yale se leva pour mettre un nouveau disque.

Teddy s'excusa, prit sa veste et partit.

— C'est l'heure du café ? demanda Yale.

La question s'adressait à Asher, car en réalité, il parlait de l'enveloppe. Asher hocha la tête, se leva et alla la récupérer sur le frigo, mais personne ne se dirigea vers la cafetière.

— Faisons cela de manière festive, déclara Asher. Je propose une petite cérémonie.

Il sortit les papiers, demanda un stylo à Charlie.

— Devrais-je mettre un genou à terre ? demanda Terrence à Fiona.

Yale regarda Charlie pour voir s'il savait ce qui se passait.

— Procuration, articula silencieusement celui-ci.

Pas étonnant. Les parents de Nico avaient géré n'importe comment ses soins – ils l'avaient transféré dans un hôpital qui ne voulait même pas de lui –, et puis, ils s'étaient également approprié l'enterrement. D'après ce que Yale avait compris, Terrence ne souhaitait pas confier à sa famille les décisions médicales. Il n'avait pas vu sa mère depuis des années, n'était pas retourné dans la maison où il avait grandi à Morgan Park, dans le sud de Chicago, depuis qu'il avait quitté le lycée. Malgré tout, c'était beaucoup demander à Fiona. Elle n'était encore qu'une gamine.

— Les parties concernant les restrictions sont renseignées, mais prends le temps de les relire. Et il faut que tu paraphes l'une de ces trois propositions, dit Asher en pointant son doigt vers la feuille.

Il enleva le capuchon d'un stylo qu'il tendit à Terrence.

— Ce que je veux, c'est la première, n'est-ce pas ? *Je ne veux pas que l'on cherche à prolonger ma vie ?*

Asher se racla la gorge.

— C'est ce dont nous avons parlé. Mais parcours le document tranquillement.

Terrence prit un long moment pour lire la page.

— Ah ! s'exclama Fiona.

Et puis elle dut réfléchir à ce qu'elle allait sortir, à quelque chose pour combler le silence.

— Je vais vous raconter une histoire trop mignonne !

Elle leur raconta que l'une des gamines de la famille qu'elle gardait, qui était âgée de trois ans, entendait les lions et les loups du zoo de Lincoln Park la nuit par sa fenêtre. Du coup elle avait cru, jusqu'à récemment, que les créatures erraient la nuit à travers la ville. Fiona avait demandé à la mère de la petite de l'emmener là-bas après l'heure du coucher pour qu'elle puisse voir que les animaux étaient bien enfermés dans leur cage.

— Avant, je draguais au zoo, dit Charlie.

Terrence trouva cela hilarant. Il posa son stylo.

— C'est vrai ! Tu te souviens de Martin ? C'est là que je l'ai rencontré. Enfin, à côté du zoo.

Lorsque Yale avait rencontré Charlie, ce dernier fréquentait un immense barbu prénommé Martin qui jouait de la batterie dans un très mauvais groupe de new wave. Comment Charlie pouvait passer d'un type comme Martin à un type comme lui – petit, prudent – lui avait toujours échappé. Plus il fréquenta le couple cet été-là, plus il devint évident que c'était Martin qui courait après Charlie. Il posait une main sur l'épaule de celui-ci dès que Yale débarquait, la laissant traîner le plus longtemps possible. Quand Charlie, dans les vestiaires de la piscine de Hull House, lui proposa pour la première fois d'aller boire un verre, Yale sut que Charlie était disponible. Sur le plan émotionnel, à défaut de l'être sur le plan logistique.

C'était marrant : Yale nageait à Hull House justement parce que ce n'était pas un lieu fréquenté par les gays ; le seul ami qu'il voyait là-bas était Asher, qui avait probablement choisi de venir ici pour des raisons similaires. L'endroit était froid, humide, et pas sexy pour un sou. Et puis Charlie avait commencé à fréquenter cette piscine.

Ce jour-là, Yale et Charlie étaient tous les deux mouillés car ils s'étaient baignés, et Yale ne fut pas mécontent de pouvoir mettre la rougeur qui s'empara de son corps sur le compte de l'effort. Il apprit plus tard que Charlie détestait nager, avait avalé du chlore afin d'avoir l'occasion de tomber sur Yale sur la terrasse de la piscine. Ils étaient déjà amis, mais il y avait quelque chose de différent – même de la façon la plus innocente qui soit – dans l'intimité des vestiaires. (Plus tard, quand les gens leur demandaient comment ils s'étaient rencontrés,

ils détestaient raconter, confesser ce qui ressemblait au pré-
lude d'un film porno.) Après être allés boire quelques verres
ensemble, ils se rendirent chez Charlie, et Martin ne fut bientôt
plus qu'un lointain souvenir, à l'exception des rares fois où il
apparaissait dans des bars et passait devant Yale d'un air furieux.
Mais, à cause de la taille de Martin, Yale avait toujours eu le sentiment d'être très petit quand il était avec Charlie, plus que de
raison. Charlie l'emportait de cinq pouces sur lui – cinq pouces,
cinq ans, cinq points de QI, disait Yale pour plaisanter –, mais
ç'aurait pu être dix fois plus.

Asher demanda à Terrence s'il avait des questions, et ce
dernier secoua finalement la tête avant de parapher les documents. Il signa la dernière page en un geste ample et théâtral,
le coude levé.

— Il faut que tu sois sûre de toi, dit Asher à Fiona.

— Je le suis !

— Si quelque chose se passe mal, si quelqu'un conteste cet
arrangement, je serai là pour remettre les pendules à l'heure.
D'accord ? Mais écoute, réfléchis bien à ce qui pourrait se passer
si la famille débarque.

— On verra ça le moment venu, si ça se présente,
répondit-elle.

— Très bien.

— Mais ce « on » n'inclura pas forcément Terrence, s'il est
inconscient, observa Asher en s'exprimant lentement, avec précaution.

Yale resservit du vin à Terrence. Il aurait voulu qu'Asher se
taise. Ce que Terrence craignait par-dessus tout, Yale le savait,
c'était l'éventail de maladies qui pourraient le transformer en
légume ou, pire encore à ses yeux, le faire errer dans les rues
de la ville en délirant. Tout le monde savait que vers la fin, un
ami de Julian, Dustin Gianopoulos, était entré dans la librairie
Unabridged Books en milieu de journée, alors que la diarrhée
qui s'écoulait de son short dégoulinait sur ses jambes, et qu'il
était resté là, dans un état second, à s'acheter des magazines
sans se rendre compte de rien. Et que, parce que c'était l'automne 1982 et que personne n'avait encore jamais vu ça, les
gens racontaient qu'il était défoncé à la coke. Yale et Charlie

avaient ri comme tout le monde, jusqu'à ce qu'on apprenne, deux semaines plus tard, que Dustin avait succombé à une pneumonie.

— Asher, je suis bien rodée.

Fiona signa les deux exemplaires du document avant d'approcher les feuilles de sa bouche comme pour les embrasser, y imprimer l'empreinte de son rouge à lèvres.

— Non ! l'arrêta Asher.

— J'déconne ! Oh là là...

Elle éclata de rire et cala le stylo derrière son oreille.

Asher demanda si Yale et Charlie voulaient bien signer en tant que témoins. Oui, bien entendu.

— Et vous deux, vous y avez pensé ? les interrogea-t-il ensuite.

Voilà des lustres qu'Asher les harcelait pour qu'ils signent de la paperasse, mais le test était sorti et avait rendu cela moins urgent.

— On devrait vraiment, répondit Yale. La prochaine fois, d'accord ?

Terrence avait sombré dans le silence. Fiona avait ouvert une autre bouteille de vin et Yale avait perdu le compte de celles qu'ils avaient déjà descendues, mais il était sûr que Fiona avait bu plus que tout le monde. Elle laissa échapper sa cuillère, qui s'écrasa dans son bol vide. Elle se mit à rire, et tout le monde l'imita, à l'exception de Yale.

Il lui demanda comment elle comptait rentrer chez elle. Elle pointa un doigt vers lui en plissant les yeux.

— Abracadabra, dit-elle.

Quand le mois de décembre arriva, Charlie était occupé comme jamais, et sa consommation de café inquiétait Yale. Il avait été enrôlé dans le comité d'organisation du gala de bienfaisance d'avant Noël dont les bénéfices iraient au nouveau service d'écoute téléphonique sur le sida proposé par Howard Brown, et c'était lui qui était en charge de toute la promotion de l'événement. Une vente aux enchères silencieuse et une tombola seraient organisées à l'étage du restaurant Ann Sather dans

Belmont Street, un progrès comparé aux sermons écœurants dans des appartements privés auxquels ils étaient habitués. Yale s'en réjouissait à l'avance, vraiment. Il aimait bien Noël, qu'il n'avait jamais fêté avant de sortir avec Charlie, et il était impatient de revoir tout le monde.

Un soir, alors qu'ils étaient tout au fond d'un restaurant vietnamien de Uptown, bien emmitouflés dans leurs pulls, Yale proposa une idée à Charlie.

— Pourquoi ne pas demander à Richard de faire un reportage photo sur la fête ? Pour l'hebdo ? Quelque chose d'*arty* et de journalistique, pas juste des photos de soirée normales. La main de quelqu'un sur un verre, tu vois le genre.

Charlie posa ses baguettes sur ses nouilles de riz et leva les yeux vers Yale.

— Oh, bon sang, mais oui !

Yale se sentit soulagé, comme s'il venait de marquer un point et d'égaliser, de se rattraper pour quelque chose. Charlie se mordit la lèvre, ce qui était un code : *Attends voir quand on sera à la maison.*

Pourtant, une fois chez eux, Charlie se sentit fatigué et voulut aller se coucher directement. Il avait eu de la fièvre avant Thanksgiving. Une fièvre de cheval au début, qui sembla ensuite persister sous une forme plus atténuée. Un an auparavant, tous deux y auraient vu un mauvais présage. Le fait qu'une fièvre puisse n'être qu'une simple fièvre, une toux, une simple toux et des rougeurs, de simples rougeurs – voilà ce que leur offrait le test. C'était là qu'Asher se trompait : savoir était, dans certains cas, une bénédiction. Yale apporta de la tisane au lit à Charlie, lui conseilla de prendre sa journée le lendemain.

— Ah ça, non. S'ils font tout un numéro sans moi, ils vont s'y croire.

Le lendemain, en fin d'après-midi, Cecily Pearce appela Yale pour lui demander de la retrouver chez Clarke's, un endroit placardé de néons dont il sortait toujours avec un mal de crâne. Il y avait une telle agitation dans sa voix qu'en se rendant là-bas, Yale développa une théorie paranoïaque : Cecily avait tout oublié de la nuit qu'ils avaient passée dans le comté de Door un mois auparavant, et elle ne s'était souvenue que ce matin de lui avoir proposé de la cocaïne, d'avoir posé une main sur sa cuisse. Peut-être s'était-elle souvenue de cette partie mais pas de la suite, pas de la confirmation des penchants sexuels de Yale, du fait qu'il l'avait laissée devant la porte de sa chambre.

Il arriva avec cinq minutes d'avance. Cecily attendait déjà, lui avait déjà commandé un café à emporter.

— Je ne suis pas d'humeur à rester assise, lui dit-elle.

Yale était content de pouvoir s'abriter du froid, mais elle boutonnait son manteau et se dirigeait vers la porte. Il la suivit sur le trottoir et parvint à leur faire prendre la direction du campus avant que Cecily ait pu obliquer vers le lac glacial. Elle ne protesta pas. Ses gants étaient assortis à son bonnet et à son écharpe : d'un blanc crème qui lui donnait un air fragile.

— Nous avons un problème, annonça-t-elle. Avez-vous eu des nouvelles de notre amie Nora ?

— Pas un mot.

— OK. Tant mieux. Honnêtement, je souhaite que tout cela disparaisse.

Cecily s'arrêta et regarda d'un œil vide des mannequins sans tête de l'autre côté d'une vitrine.

— Il y a un donateur. À vrai dire, il fait partie de notre conseil d'administration. Il s'appelle Chuck Donovan. Promo 1952. Il donne systématiquement dix mille dollars à notre collecte annuelle, mais un legs de deux millions est en cours. Ce n'est pas notre plus gros donateur de tous les temps, mais nous avons besoin de lui. Nous ne pouvons pas jeter aux orties des gens comme ça.

— Bien sûr.

Yale sentait qu'on le réprimandait, mais ne voyait pas ce qu'on lui reprochait.

— Je vous plante le décor. On a affaire à un homme qui, je n'invente rien, a offert un Steinway à la faculté de musique, et qui un jour, parce qu'il avait une dent contre le doyen de là-bas, est allé enlever la petite plaque sur laquelle son nom était inscrit. À l'aide d'un minuscule tournevis.

Yale rit – il ne put s'en empêcher – et Cecily en fit autant. Cela n'avait certainement pas dû être drôle sur le coup, quand elle avait dû se coltiner les appels téléphoniques du bonhomme.

Elle se remit en route, et Yale esquiva des étudiants pour marcher à son allure.

— Bref, j'ai reçu un coup de fil de Chuck Donovan hier. Il a parlé à Frank Lerner. Frank est le fils de Nora. C'est le propriétaire de la maison.

— Le père de Debra.

— Exact. Ils travaillent tous les deux dans le matériel médical, et j'imagine qu'ils jouent ensemble au golf.

— Donc Frank nous en veut, et en a parlé à Chuck ?

Le café de Yale était trop chaud et lui brûla le milieu de la langue. Les aliments n'auraient aucun goût ce soir.

— Ha. Oui. Et pire encore. J'ai eu le droit à un petit discours. « Vous pouvez avoir les œuvres de cette femme ou mon legs, mais pas les deux. » Apparemment, il a promis à Frank de mettre un terme à toute cette histoire – « parole de gentleman », m'a-t-il dit. Cela n'est peut-être plus d'actualité, si on n'entend plus parler d'elle. Et même si les œuvres sont authentiques, elles ne vaudront jamais deux millions, si ?

Sa question était rhétorique, mais Yale inspira une longue bouffée d'air glacé.

— Enfin, tout dépend de ce qu'elle a. Mais avec les Modigliani, le Soutine, il est fort possible, si ce sont des vrais, s'il y a des tableaux dans le lot et si tout est en bon état, que l'on dépasse les deux millions.

Cecily se trouvant à quelques pas de lui, Yale ne voyait pas son visage. Mais sa voix lui parvenait.

— Ce n'est pas ce que j'ai envie d'entendre.

— Je ne vais pas vous mentir.

— Oui mais voilà, Yale. Au début, il était juste question de parier sur des œuvres, peut-être d'impliquer un autre donateur dans le processus d'authentification. Et maintenant, nous risquons de devoir payer deux millions de dollars pour ces œuvres. Car cela revient grosso modo à les acheter pour ce prix-là. Alors que le pari n'est même pas sûr.

— Bon, bon. Il est sérieux, ce Chuck ? Vous ne pensez pas qu'il pourrait bluffer ? Cette histoire m'échappe. Il n'a aucun investissement personnel là-dedans, n'est-ce pas ? Il veut juste se donner de l'importance ?

— Toute sa vie est une affaire d'amour-propre. C'est le donateur le plus difficile à qui j'aie eu affaire, confia-t-elle.

Yale dit prudemment :

— Est-il possible, cependant, qu'il souhaite autant aider le fils de Nora parce qu'il sait que les œuvres sont authentiques ? S'il s'agissait de faux, ou de gribouillis faits à la va-vite, il ne jouerait pas les gros bras pour aider son pote de golf.

— Chuck Donovan n'y connaît rien en art, répondit Cecily. Et à mon avis, le fils de Nora non plus. Et puis écoutez. Si nous étions face à un Rembrandt avéré, je ne dis pas. Mais je dois rendre des comptes à des gens. Vous comprenez.

— Oui, je comprends.

Le soleil s'était couché pour de bon, et Yale regrettait de ne pas avoir de bonnet.

— Sans vouloir vous vexer... Si ces œuvres sont authentiques, pourquoi diable voudrait-elle nous les confier à nous ? demanda Cecily.

— Bonne question.

Certes. Pourquoi ne pas assurer un avenir tranquille à sa famille ? Pourquoi ne pas s'adresser à l'Art Institute ?

— Mais imaginons que nous puissions voir ces œuvres et qu'elles soient réellement prometteuses. Qu'elles vaillent bien plus de deux millions... Et n'oubliez pas que l'art a tendance à prendre de la valeur. Alors le jeu en vaudrait la chandelle, n'est-ce pas ?

Son propos contrariait Cecily. Elle pressa le pas, les yeux rivés sur ses pieds.

— Pourquoi ne pas attendre que tout soit réellement authentifié ? demanda-t-elle.

— Cela pourrait prendre des années. Nous attendons. Nora meurt. Le fils traficote un truc et tout le plan tombe à l'eau.

— Je ne suis pas votre chef, Yale. Et d'un point de vue technique, je ne peux pas vous dire quoi faire. Mais Chuck Donovan donne du fil à retordre à bien des gens, et il pourrait vous en donner à vous aussi.

Une femme et son golden retriever passèrent comme des flèches entre eux deux. Le chien renifla la jambe de Yale et se débrouilla pour laisser une traînée de bave boueuse sur son pantalon en y frottant son museau. La propriétaire s'en excusa et Yale consulta sa montre. Lui et Charlie avaient des places pour une pièce de théâtre, et il allait désormais devoir faire un saut chez lui pour se changer. Il était déjà dix-sept heures cinq.

— Je comprends ce que vous me dites. Et peut-être est-ce une discussion que vous devriez avoir avec Bill également.

— Ah, Bill..., répondit-elle. Tout ce qu'il fait, c'est poser des questions. Avec lui, j'ai toujours l'impression d'être un problème qu'on gère. Je vous en parle parce qu'il y a de l'argent en jeu. Et je vous demande de ne pas me la faire à l'envers. OK ? J'ai un enfant à charge, et mon poste ne tient toujours qu'à un fil. Cette année plus que jamais, pour des raisons que je ne prendrais même pas la peine de vous expliquer.

Quelque chose avait changé dans sa voix. Et que cela soit intentionnel ou pas, une manipulation prudente, Yale sentait qu'elle lui ouvrait une porte. Qu'elle était, en fait, désespérée.

— Oui. Non. Je comprends. En définitive, j'ai un chef, et c'est Bill. Je vais l'informer de la situation. Avec un peu de chance, ce seront des contrefaçons. Point. Et dans le cas contraire... Nous en rediscuterons.

— Je vous laisse ici, j'ai quelques courses à faire.

Et au lieu de lui serrer la main, elle lui pressa le biceps.

Sur le chemin du retour vers la galerie, le vent, plus cinglant, frappait Yale de face. Tête baissée, il avançait tel un taureau qui charge. Il ne savait pas trop ce qu'il venait de promettre – si tant est qu'il ait promis quoi que ce soit. À vrai dire, il ne s'était engagé qu'à une discussion future. Comme il était absurde d'être réprimandé et mis en garde à propos de ce qui n'était, somme toute, qu'une chimère. Yale était désolé pour Cecily, vraiment, mais il sentait de l'acide brûler sa gorge. Le vent tiraillait sa peau.

Yale et Charlie avaient des places pour aller voir Julian dans *Hamlet* au Victory Gardens depuis longtemps. « Bon, leur avait expliqué Julian en les invitant. Ce n'est pas tant au Victory Gardens que *dans* le théâtre. Genre, les soirs de relâche. »

Le spectacle était monté par la Wilde Rumpus Company, qui procédait toujours de la sorte – en jouant dans des théâtres qui appartenaient à d'autres, les soirs où, sinon, les établissements seraient restés dans le noir.

Ce fut le dernier spectacle pour lequel Nico créa des décors. Il venait tout juste de terminer les ébauches quand il était tombé malade, et la compagnie avait exécuté ses idées aussi fidèlement que possible. C'était Julian qui avait introduit Nico dans le monde du théâtre, qui l'avait mis en relation avec la compagnie. Il faut dire que Nico était le genre d'individu pour qui on avait envie de faire des choses. Il souriait toujours avec tant de sincérité, semblait si agréablement surpris quand quelqu'un acceptait de lui rendre un petit service.

Yale quitta Evanston et se dépêcha de rentrer à la maison, troqua son pantalon souillé de boue contre un propre, tout cela pour découvrir que, soudain, Charlie n'avait plus du tout envie d'y aller. Allongé sur le lit, il contemplait le plafond.

— Tu as vu ce qu'ils ont écrit dans le *Reader* ? Que le spectacle était perturbant.

— C'est *Hamlet*, répondit Yale. Bien sûr, que c'est perturbant.

— Tu sais combien de temps dure cette pièce ? On aura des cheveux blancs avant la fin du spectacle.

Yale avait ôté ses mocassins et glissait ses pieds, une fois de plus, dans les chaussures de Nico. Elles s'étaient un peu détendues. Le cuir gardait l'empreinte de ses orteils.

— Ah, dit Charlie. Ton père a appelé, je crois.

Le père de Yale téléphonait toujours au tout début du mois. Suffisamment régulièrement pour que Yale pense qu'il planifiait ce coup de fil, que celui-ci était une entrée dans une liste de choses à faire, au même titre que vérifier les piles du détecteur de fumée. Ce n'était pas insultant – c'était juste ainsi que fonctionnait le cerveau de comptable de son père. Mais quand Charlie décrochait, Leon Tishman ne laissait jamais de message, bégayait qu'il avait dû se tromper de numéro. Cinq ans auparavant, lorsque l'amour que Yale ressentait pour Charlie était si neuf qu'il ne pouvait s'empêcher de le crier sur les toits, il avait tenté de dire à son père qu'il était en couple. Son père avait sorti quelque chose comme « Pe-pe-pe-pe-pe », un effet sonore destiné à couvrir la voix de Yale, à l'obliger à se taire.

— Il n'avait pas encore appelé, remarqua Yale.

— Oui, mais il n'a rien dit. Ce n'était pas comme d'habitude. Il s'est contenté de respirer.

— C'est peut-être ton admirateur secret. Il respirait fort ?

Mais Charlie ne trouva pas la blague amusante.

— Ça pourrait être quelqu'un d'autre ? Parce que c'était bizarre, dit-il.

Yale n'aimait pas la tournure que prenait cette conversation. Il aurait pu se mettre sur la défensive, ou simplement rassurer Charlie, mais choisit une tout autre réplique :

— Nico avait promis qu'il viendrait nous hanter.

Charlie roula sur le ventre, enfouit sa tête dans l'oreiller.

— Je n'ai vraiment pas envie d'y aller ce soir, dit-il d'une voix étouffée.

— Allez, lève-toi. On peut ne rester que pour la première moitié, comme ça tu pourras dire que tu as vu les décors.

— Je veux voir les décors. Mais pas la pièce.

— C'est quoi le souci ? C'est à cause de Julian ? Parce que je ne comprends pas. On ne peut pas, tout à coup, ne plus avoir d'amis juste parce que tu traverses une phase parano.

— Ne commence pas, dit Charlie.

Yale était sur le point de répliquer que ce n'était pas vraiment lui qui avait commencé, mais Charlie s'était assis et ouvrait le tiroir pour changer de chaussettes.

Le spectacle était exclusivement masculin. Ophélie et Gertrude étaient des travestis, et non seulement Guildenstern et le Rosencrantz de Julian étaient explicitement en couple, mais Hamlet et Horatio également. Yale trouva l'ensemble sombrement hilarant – des répliques telles que « Quel chef-d'œuvre que l'homme ! » prenant soudain une tout autre dimension dans ce contexte. Mais Charlie ne se dérida pas, et passa son temps à plier et déplier son programme.

Le décor de Nico était sinistre et post-apocalyptique. Apparemment, Hamlet ne vivait pas dans un château, mais dans une ruelle où il n'y avait que des escaliers de secours et des bennes à ordures. Le lieu, même s'il semblait plus adapté à *West Side Story*, était empreint d'une beauté étrange. Si Nico avait été là pour superviser les choses, Yale imaginait qu'il aurait sans doute ajouté plus de couleurs, de graffitis, de lumière.

Sur scène, Julian semblait, comme à son habitude, dans son élément. Ses cheveux noirs brillaient telle de la peinture humide.

Au lycée, Yale aurait aimé avoir la passion du théâtre. Les retombées sociales ne l'intéressaient pas. En revanche, il voulait désespérément avoir un sujet de discussion avec les types qui montaient sur scène et qui, sans complexe apparent, parvenaient à chanter et danser dans des comédies musicales comme *Guys and Dolls* et *Camelot*. Mais la simple idée d'être sur les planches le terrifiait au-delà du stigmate. Il aurait été parfaitement incapable d'ouvrir la bouche sur une scène.

Il en parla, l'air de rien, au psy qu'il voyait lorsqu'il était à l'université du Michigan, et qui lui laissait entendre parfois qu'il n'était pas tant *homosexuel* que seul. « Ce désir pourrait-il être en lien avec votre mère ? Serait-ce un désir de vous connecter à votre mère, à travers le théâtre ? » Yale balaya cette piste d'un geste de la main, affirmant que cela n'avait rien à voir. Mais depuis, il s'était demandé si l'explication n'était pas encore plus simple : peut-être possédait-il un gène du théâtre latent qui n'émergerait jamais mais le titillerait de temps à autre.

Ce ne fut qu'au milieu du premier acte que Yale aperçut, deux rangs devant eux, Asher Glass. Les lumières de la scène filtraient à travers ses oreilles, les rendait translucides au point que Yale voyait les veines filiformes qui les constellaient.

À l'entracte, ils trouvèrent Asher dans le hall, en train de regarder les livres et les T-shirts que la compagnie vendait.

— C'est pas mal, non ? demanda Yale.

— Bon sang, je n'en sais rien. Je ne sais pas pourquoi je suis ici. Je n'arrive pas à me concentrer, et toi ?

— Ce n'est pas grave de laisser son esprit vagabonder, je crois.

Asher le regarda d'un œil vide.

— Non, je veux dire Teddy. Je pense à Teddy.

— Quoi, il est... malade ? demanda Charlie d'une voix grêle.

Asher laissa échapper un petit éclat de rire étrange.

— Quelqu'un lui a pété le nez. Hier soir.

— Quoi ?

— Ils lui ont écrasé la tête contre le trottoir. Il était sur le campus à Loyola. Il enseigne aux premières années, tu sais ? Après les cours, alors qu'il rentrait, quelqu'un...

Là, il mima le geste sur sa propre tête, attrapant ses cheveux et se projetant en avant.

— Sur le trottoir, poursuivit-il. Ce n'était même pas pour le voler.

— Est-ce qu'il est...

— Il va bien. Il a un bandage, deux points de suture et un œil au beurre noir. Il est chez lui, si vous... Mais il va bien. C'est plus l'agression en soi. On ne sait pas du tout qui a fait ça. Une personne, cinq. Des étudiants, des voyous, un connard qui passait par le campus.

— Tu l'as vu depuis ? demanda Charlie.

— Ouais, ouais. Je l'ai accompagné chez les flics. Tu sais comment ils sont. Même s'ils choppent quelqu'un, le mec invoquera la « panique homosexuelle[1] », accusera sa victime d'avoir mis sa main sur son pantalon. Tu vas en parler dans ton journal, pas vrai ?

— En général ? demanda Charlie. De la violence ?

— Non, de ça. Est-ce que tu vas parler de Teddy ?

Charlie tira sur sa lèvre.

— Si Teddy veut bien. Et mon rédac chef.

— Tu vas le faire. On en reparle demain.

Le moment était venu de regagner sa place.

---

1. En anglais, on parle de *Gay panic* : ligne de défense utilisée dans des affaires d'homicide aux États-Unis, et qui permet à des personnes accusées d'avoir agressé une personne homosexuelle d'alléger leur peine en soutenant avoir agi sous l'effet d'un état psychiatrique appelé « panique homosexuelle » après avoir subi des avances d'une personne du même sexe.

Yale essaya de se concentrer, mais il n'arrêtait pas de voir le visage de Teddy heurter le trottoir. Comme les scénarios possibles étaient nombreux, il fut obligé de tous se les représenter : un étudiant qui le suivait après le cours, des ados à vélo, une impulsion soudaine. Teddy était tellement petit. Yale ferma les yeux, délogea de force l'image de son esprit.

Plusieurs fois, il jeta un regard à Charlie, essaya de déchiffrer son visage. Charlie tambourinait de ses doigts sur l'accoudoir, mais il avait fait la même chose tout au long du premier acte.

Une fois la pièce terminée, Yale eut envie de se joindre au groupe qui attendait pour féliciter Julian – Asher et les types de la sandwicherie où Julian travaillait, et le comptable potelé avec qui Julian était sorti – sauf que Charlie devait aller travailler.

— Tu peux rester, si tu veux, dit-il.

Mais Yale n'était pas stupide.

Ce vendredi étant la veille de Hanoukka, lorsqu'il arriva au travail et que Bill Lindsey lui annonça en souriant que quelque chose l'attendait sur son bureau, Yale redouta qu'il s'agisse d'une menora. Soit Bill portait un intérêt démesuré au judaïsme, soit il se servait d'un intérêt factice pour cette religion pour flirter maladroitement avec Yale. Mais celui-ci trouva une grande enveloppe, et l'adresse de l'expéditeur était à Sturgeon Bay, dans le Wisconsin. Il sentit l'adrénaline se propager dans ses cuisses, comme si la situation pouvait nécessiter de piquer un sprint.

Bill ne l'avait pas suivi dans son bureau, ce qu'il aurait aisément pu faire. Il aurait également pu ouvrir l'enveloppe. Yale devait le reconnaître : Bill savait laisser de l'espace aux gens.

Yale ne lui avait pas encore parlé de sa discussion avec Cecily. Il avait espéré faire disparaître le problème en l'oubliant. Bill connaissait les grandes lignes de leur déplacement dans le nord, et savait qu'il était intrigué par les œuvres. C'était le mot que Yale avait employé : *intrigué*, et non *emballé*. Notamment parce qu'il n'était pas de son ressort de s'enthousiasmer pour des œuvres ou d'estimer leur valeur.

Il déchira le paquet et étala les polaroïds – plus d'une douzaine – sur le bureau. Un méli-mélo de couleurs, de traits et de reflets. Il y avait également une lettre, mais elle pouvait attendre. Il s'assit, ferma les yeux et, à l'aveugle, piocha une photo qu'il brandit pour l'exposer à la lumière de la fenêtre. C'était un Foujita, ou en tout cas c'était censé être un Foujita, se corrigea-t-il, et le moins que l'on puisse dire était que le dessin se révélait immédiatement identifiable comme tel. Et il ne lui était pas familier, il ne s'agissait pas de la copie d'une œuvre célèbre. Une jeune femme de profil, un simple dessin à l'encre, dont certains détails seulement – ses cheveux, sa robe verte – étaient colorés à l'aquarelle. D'une incomplétude charmante, et pourtant parfaitement réalisé. Signé, dans un coin, à la fois en japonais et en lettres romaines.

— D'accord. D'accord.

Il allait parler tout seul, comme cela lui arrivait parfois. Il remettrait les photos à Bill cette après-midi, mais pour l'heure, elles étaient à lui. Il posa ses mains à plat sur le bureau. Il ne voulait pas de la répercussion à deux millions de dollars, ne voulait pas de la bataille légale que leur déclarerait peut-être la famille de Nora, ne voulait pas passer le coup de fil à Cecily, ne voulait pas risquer son emploi à cause de cette histoire, ne voulait même pas se mettre à hyperventiler, là, tout de suite, à cause de l'excitation qui s'emparait de lui. Et pourtant, si ces œuvres s'avéraient authentiques, ce serait la découverte de sa carrière. C'était la version rêvée de son travail. Ce qu'Indiana Jones était à l'archéologue lambda, Yale l'était en cet instant au responsable du développement d'une modeste galerie.

Il fut ensuite saisi par les dessins de Modigliani. En fait, « dessins » n'était pas le bon terme. C'étaient de simples esquisses, peut-être des ébauches pour autre chose, ou, comme l'avait suggéré Nora, des œuvres réalisées pour payer un modèle. Tout semblait avoir été tracé au pastel bleu. Trois des quatre croquis étaient signés. Tous étaient des nus. S'ils étaient authentiques, ils vaudraient bien plus que les esquisses au crayon que Yale avait imaginées.

Il examina trois autres dessins au trait de Foujita – une femme en peignoir, une autre qui tenait une rose devant sa poitrine nue, une pile de fruits –, ainsi qu'un tableau représentant une chambre à coucher vide et une étude au crayon au tracé hésitant figurant un homme vêtu d'un gilet. Ces deux œuvres ne semblaient correspondre au style d'aucun des artistes que Nora avait listés à l'origine. Lorsqu'il prit entre ses mains un Soutine magnifiquement flou – bon sang, c'était un tableau, tourbillonnant, vertigineux et sauvage –, Yale se leva mais dut se rasseoir immédiatement car ses genoux flanchaient. L'œuvre montrait très clairement la même femme que sur les Foujita : une blonde avec de petites oreilles et une poitrine menue, qui avait quelque chose d'espiègle dans le regard. Nora, présumat-il. S'il penchait la tête, la femme ressemblait même un peu à Fiona. Il était fou ou quoi ? Cette femme ressemblait terriblement à Fiona ! Les Modigliani, tout en tendons et ovales pointus, étaient trop abstraits pour que l'on puisse faire un rapprochement avec Nora.

Sur l'une des photos, point d'œuvre mais une boîte à chaussures remplie de papiers. Et donc, après avoir trié et examiné chacun des polaroïds, Yale s'intéressa à la lettre, tapée à la machine sur du papier dont l'en-tête était celui d'un cabinet d'avocat, pour voir si elle lui fournissait une explication.

Cher monsieur Tishman,

Tous mes vœux pour les fêtes ! Vous trouverez ci-joint dix-neuf (19) photographies polaroïd documentant la collection de Nora Marcus Lerner. Mme Lerner souhaite vous rappeler que les œuvres sont celles des artistes Chaim Soutine, Amedeo Modigliani, Jeanne Hébuterne, Tsuguharu Foujita, Jules Pascin, Jean Metzinger, Sergey Mukhankin et Ranko Novak, réalisées entre 1910 et 1925. En plus de cela, un (1) polaroïd montre la collection de correspondance, de photographies personnelles et autres souvenirs amassés par Mme Lerner pendant son séjour à Paris.

Mme Lerner et moi-même sommes ravis de l'intérêt que la galerie Brigg porte à la collection, et attendons avec impatience de vos nouvelles.

Cordialement,
M. Stanley Toynbee

Les jambes encore flageolantes, Yale alla voir Bill, mais celui-ci s'était absenté. Il laissa un Post-it sur la porte : *J'ai une bonne et une mauvaise nouvelle.* Il retourna dans son bureau et rédigea à l'intention de Nora une ébauche de lettre – il attendrait l'autorisation de Bill pour l'envoyer – dans laquelle il s'extasiait sur les photos, écrivait que plus vite ils commenceraient à travailler ensemble, plus vite ces œuvres recevraient l'attention du public qu'elles méritaient. Il ajouta qu'il serait peut-être préférable que dorénavant, Nora garde toute leur correspondance privée ; il espéra qu'elle comprendrait le sous-entendu : mieux valait ne pas en parler à son fils. Il appela Fiona et lui laissa un message. « Grâce à toi, mon année est faite. Grâce à toi et à ta tante, la croqueuse d'artistes. » Il ne téléphona pas à Cecily. Comme elle l'avait souligné, elle n'était pas sa supérieure hiérarchique. Et lorsque Bill revint, lorsque, debout à côté de lui, il s'extasia devant les polaroïds comme s'il s'agissait de chatons tout juste sortis du ventre de leur mère, lorsque Yale lui parla de Chuck Donovan, de ses menaces, de ses deux millions de dollars et de la plaque qu'il avait dévissée du Steinway, Bill gonfla les joues sans cesser de contempler les photos.

— Cela vaut beaucoup plus que deux millions, Yale, dit-il. Et encore, je reste très prudent. Enfin, regardez-moi ça ! Et ça ! Vous vous débrouillerez avec Cecily, j'en suis certain. Vous êtes mon faiseur de miracles.

En rentrant chez lui, Yale acheta des fleurs et une tarte aux pommes. Il sourit à des inconnus dans l'El, et ne sentit pas le froid.

2015

Fiona dormit bien entre le moment où Serge l'avait ramenée à la maison et trois heures du matin. Elle resta longtemps allongée sans bouger, ne souhaitant pas faire de bruit et réveiller Richard. N'était-il pas, en dépit de tout, un vieil homme ? Et puis elle se rendormit et rêva que son voisin dans l'avion nageait avec elle dans une piscine. Il avait un objet appartenant à Claire, et quand Fiona la retrouverait, pourrait-elle le lui remettre ? De la poche de son maillot de bain, il tira doucement, comme un magicien, l'écharpe orange de Nico.

Lorsque Fiona sortit enfin de sa chambre pour aller dans la cuisine, Richard était attablé pour le petit déjeuner, et le soleil du matin illuminait son ordinateur, ses mains. Il tapait rapidement en articulant silencieusement des mots.

— Les e-mails, dit-il. Tu t'étais dit un jour, toi, qu'on croulerait littéralement sous des montagnes d'e-mails ?

Elle se coupa une banane et demanda si Serge était déjà debout. Richard rit.

— La question serait plutôt : est-il déjà rentré ? Mais oui, il est là. Il s'est effondré dans le lit vers quatre heures.

Serge avait de nombreux petits amis, lui apprit-il, mais personne de sérieux.

— Italiens pour la plupart. Il s'en choisit des vraiment mignons.

Fiona se garda bien de demander à Richard si cela le dérangeait. Tout cela, la jeunesse et l'énergie de Serge, semblait le titiller. Il s'étira avec délice, tel un lion en robe de chambre, un roi soleil sur son trône. Il referma son ordinateur et dit :

— Regarde-moi ce temps magnifique, rien que pour toi. J'aimerais que tu puisses profiter de Paris. Ce sera le cas quand tu reviendras. Je ne sais pas à quel moment je suis mort, mais cet endroit est mon Valhalla.

Il lui expliqua qu'ils avaient bouclé la rue des Deux-Ponts pendant la nuit pour les besoins du tournage. Fiona regarda par la fenêtre. Pas encore de foule, pas de star de cinéma, mais des camions. Les klaxons furieux des automobilistes apprenant qu'ils ne pouvaient pas franchir la zone. Richard lui conseilla de traverser le pont pour trouver un taxi. Mais elle ne voulait pas prendre de taxi. Même si elle avait mal aux jambes, elle voulait marcher de nouveau. Seulement si Serge l'accompagnait, dit Richard. Il ne voulait pas qu'elle se perde. (Il avait peur qu'elle s'évanouisse, omit-il de préciser.)

Fiona eut beau protester, Serge se leva, enfila sa veste et sortit avec elle, se traînant derrière elle tel un somnambule la moitié du temps, et sinon, marchant à toute vitesse devant elle et décidant de quel côté aller. Elle s'habitua à l'arrière de sa tête – ses cheveux noirs et souples, son long cou rougeaud.

La veille, à l'arrière de sa moto après le café, elle avait insisté pour qu'il emprunte le pont de l'Archevêché, large et quasiment désert. Une jeune mariée et son époux posaient pour un photographe, mais pas de Claire en vue. Bien sûr, ce pont – ou n'importe quel autre d'ailleurs – serait le dernier endroit où ils la trouveraient. Dans la vie, les choses ne marchaient pas de cette façon.

Ils longeaient désormais les quais. Fiona montrait la photo de Claire à chaque artiste qu'elle croisait – à ceux qui vendaient des toiles de la taille d'une fiche bristol, à l'homme qui dessinait des caricatures, et même à un clown tout maquillé assis en train de manger son sandwich. Serge se mettait en retrait pour envoyer un texto, allumer une cigarette, même s'il aurait pu lui servir d'interprète. « *Elle est artiste*' », parvint-elle à dire chaque fois, mais elle regrettait de ne pouvoir développer davantage, de ne pouvoir expliquer que sa fille n'était ni une adolescente enceinte ni une fugueuse malheureuse. Tous secouèrent la tête, perplexes.

Serge l'emmena chez Shakespeare and Company. Fiona savait qu'il s'agissait d'une librairie. Il y avait aussi des lits à l'étage pour les « étrangers esseulés », lui expliqua-t-il. Cette formulation évoquait un bordel, mais lorsqu'ils se rendirent en haut, Fiona vit les petits lits de camp. Ils étaient pour de jeunes célibataires qui dormaient quatre heures par nuit, buvaient du café pour chasser leur gueule de bois et se lançaient dans de brèves liaisons passionnées. Pas le genre d'endroit où séjourner avec un conjoint et un enfant. Dans d'autres circonstances, Fiona serait tombée amoureuse de ce lieu, avec son parquet qui craquait et ses tunnels précaires de livres, mais vu le contexte, elle n'avait qu'une envie, avancer.

Tandis que Serge regardait par-dessus son épaule, Fiona montra la photo de Claire à un jeune homme à la caisse qui avait une moustache en guidon de vélo façon Brooklyn et un accent du sud des États-Unis. Il appela une fille.

La photo avait été prise alors que Claire était en première année de fac à Macalester, lors du week-end avec les parents. Elle était debout, la main posée sur sa commode encombrée, souriant à moitié, agacée mais tolérante. Fiona avait choisi ce cliché car c'était celui sur lequel on se rapprochait le plus de la Claire de la vidéo, son visage rond à cause des kilos qu'elle avait pris cet automne-là. Fiona se souvenait avec dégoût du soulagement qu'elle ressentait chaque fois qu'elle renvoyait Claire à la fac cette année-là. Elle ne souhaitait pas son départ, non, loin de là, mais elle imaginait que ce serait de cette façon qu'elles s'entendraient le mieux. Claire aurait son espace, et quand elle rentrerait à la maison, elles feraient des courses ensemble, mangeraient, échangeraient les dernières nouvelles, et bientôt, peut-être, elles partageraient une bouteille de vin, discuteraient comme des adultes. Il en irait ainsi jusqu'à la fin de ses études, et plus tard également, lorsque Claire s'installerait dans une autre ville – Fiona avait toujours su que cela se produirait –, et lui rendrait visite deux fois par an. Mais à Noël, sa fille annonça qu'elle passerait l'été dans le Colorado. Elle revint à la maison pour une semaine en juin, puis Fiona la conduisit à l'aéroport, et alors qu'elle s'apprêtait à descendre de la voiture et à en faire le tour pour serrer Claire dans ses bras, celle-ci lui dit : « Les gens vont klaxonner. » Elle déposa ensuite un baiser rapide sur la joue de sa mère.

Et voilà. Ce fut tout.

La fille de la librairie secoua la tête.

— Enfin, elle ressemble un peu à Valeria.

— Elle est tchèque ? demanda l'homme.

Fiona répondit que non, leur expliqua qu'elle avait une petite fille.

— Je vais chercher Kate, dit le type. Elle connaît tous les jeunes qui viennent ici.

Ni une ni deux, Kate était là, grande et britannique, et examinait la photo.

— Je ne suis pas sûre...

— Elle est plus âgée, maintenant, précisa Fiona.

— Elle ressemble à l'actrice qui joue dans *American Bluff*.

Derrière eux, un client attendait pour acheter une pile de livres de poche, alors ils se déplacèrent, entrèrent un peu plus dans la librairie. Serge prit la photo, la tint par les bords.

— Tu dois lui manquer.

Fiona ne savait pas quoi répondre à cela.

— Tu restes pour l'expo de Richard, d'accord ? Ses amis comptent tellement pour lui.

— Je vais essayer.

— Non, non, promets-le !

Il sourit, d'un sourire si soudainement éblouissant qu'il avait dû lui permettre de traverser sans peine sa vie entière en formulant ce genre de demande.

— Je pense que j'aurai abusé de votre hospitalité d'ici là.

— Eh bien on te fout dehors et on te prend un hôtel ! Promets !

— D'accord. Je promets.

Fiona n'était pas certaine d'être sincère, mais cela ne coûtait rien de le dire. Neuf jours de plus sans être à la boutique solidaire, c'était beaucoup trop long, mais d'ici là, soit elle aurait retrouvé Claire, soit elle la chercherait encore – dans tous les cas, serait-elle en mesure de rentrer ?

Avant de partir, Fiona prit un livre sur l'histoire de Paris, juste pour ne pas partir les mains vides. Le personnel était attristé pour elle. Le libraire moustachu vantait les mérites des lecteurs DVD américains auprès d'un client. Quelque chose en lien avec le nombre d'images par seconde.

— Les Américains s'en foutent ! C'est pour ça que je suis venu m'installer à Paris, dit-il en levant les mains vers le ciel.

Fiona se retint de rire. Cela ne pouvait pas être vrai, n'est-ce pas ? Que quelqu'un se déracine aussi facilement ? Tous les gens autour d'elle qui avaient quitté l'Amérique avaient de solides raisons de s'en aller : le travail, l'amour, la politique. Pour étudier, comme Nora. Claire et Kurt avaient fui l'emprise du collectif Hosanna – même si Fiona n'excluait pas la possibilité que Claire soit partie pour la fuir elle, sa mère, à cause de quelque chose qu'elle aurait vécu comme un traumatisme d'enfance. Mais se pouvait-il que Claire fasse cela uniquement pour rigoler ? D'abord la communauté, ensuite Paris, prochaine étape, un élevage de moutons en Bulgarie ? Et si Fiona n'avait tout simplement pas réussi, tant elle était accaparée par d'autres sujets dans les premières années de Claire, à ancrer sa fille solidement dans le monde ?

Le type regarda le prix du livre. Trois euros. Cadeau de la maison ! dit-il à Fiona.

Lorsqu'ils retournèrent chez Richard en début d'après-midi, le tournage avait débuté.

Il était difficile de voir ce qui se passait : les gens s'étaient agglutinés comme pour assister à une parade. Au bout de la rue, une grue se dressait dans le ciel, et d'énormes spots sur trépied projetaient une lumière éblouissante.

Fiona laissa Serge derrière elle, se fraya un chemin à travers la foule – l'un des avantages quand on était petit était qu'on ne vous reprochait jamais de boucher la vue – et ne tarda pas à se retrouver tout devant, les mains posées sur la barrière en bois.

L'action se déroulait à une cinquantaine de mètres de là, à l'angle où se trouvait une devanture de restaurant pourpre, mais les badauds n'avaient pas le droit d'avancer au-delà de cette limite. Fiona distingua un méli-mélo de chaises, d'échelles et de gens. Et devant le restaurant, une femme parlait à un homme.

Il la serra dans ses bras et elle s'éloigna. Elle ne fit que quelques pas, puis s'arrêta, revint, recommença. Chaque fois, deux types équipés de bâches réfléchissantes blanches la précédaient en courant. Une caméra sur roulettes suivait.

— Je le connais, lui, murmura une femme à côté de Fiona. Comment il s'appelle déjà ? C'est ce type-là, Dermott McDermott. Elle, par contre, jamais vue.

L'homme qui était avec elle se mit à rire trop fort.

— Dermott McDermott. J'adore.

Un agent de sécurité passa à côté d'eux.

— On va avoir des ennuis, murmura la femme.

Non, vraiment, le murmure ambiant était très faible, et pourrait certainement être coupé au montage si les micros le captaient.

Fiona passa en revue les gens sur le trottoir d'en face. Personne n'y ressemblait à Claire. Personne avec une petite fille. Personne comme Kurt. Mais la foule changeait sans arrêt de visage.

Avant de laisser tomber la fac, Claire avait évoqué vouloir étudier les médias et la communication. Au lycée, elle allait le samedi au cinéma d'art et d'essai le Music Box, et enchaînait trois séances. À la fin de son année de terminale, elle était sortie avec un garçon qui voulait devenir scénariste. Claire était censée réaliser ses films. Fiona n'aimait pas du tout ce petit ami, qui avait de longs ongles et évitait le contact visuel, mais il se serait certainement amélioré avec le temps ! Il aurait fini par être tellement mieux que Kurt Pearce !

Le jour où Kurt entra dans sa boutique, Fiona n'était plus en contact avec lui ni avec Cecily depuis quelques années seulement. Il lui expliqua qu'il militait contre la faim à Chicago, et suggéra qu'ils se revoient. Après cette visite, il l'invita à quelques événements, auxquels elle ne put que rarement assister. Et Fiona ignorait complètement que pendant tout ce temps-là, Kurt se battait contre son addiction, qu'il volait de l'argent à Cecily, qu'en fait, il volait de l'argent aux associations contre la faim pour lesquelles il travaillait pourtant sans relâche. Que Cecily lui avait donné une dernière chance, et puis une autre après celle-là, avant de faire une croix sur lui pour de bon. Toutes ces informations, Fiona ne les obtint que plus tard, après lui avoir présenté sa fille, après qu'il eut gâché sa vie.

L'action dut marquer une pause lorsqu'un avion passa. Fiona se souvint qu'un jour, Julian Ames lui avait confié qu'il préférerait crever de faim en montant sur les planches jusqu'à la fin de sa vie plutôt que de gagner un million de dollars en tant qu'acteur de cinéma. Pour un comédien, tourner dans des films était abrutissant, lui expliqua-t-il. Julian payait son loyer en travaillant dans cette sandwicherie aux murs bleus sur Broadway, où Terrence, après avoir invité Fiona à s'asseoir, lui avait annoncé que Nico était malade. Impossible que Julian ait été présent – elle se serait rappelé sa présence au moment où elle s'était mise à gémir, si elle avait attrapé toutes les serviettes en papier du comptoir devant lui – et pourtant, dans sa tête, c'était lui qui était à la caisse ce jour-là. Sa main à jamais dans le pot à pourboire. Cette mèche de cheveux noirs à jamais dans ses yeux.

L'actrice recommença sa boucle, et Fiona son inspection.

Il fallait qu'elle retourne voir Serge pour le rassurer. Et alors qu'elle partait, qu'elle venait juste de s'extraire de la foule, elle sentit quelqu'un lui tapoter l'arrière du crâne. Elle se retourna et, en levant la tête, vit un homme qui lui souriait. Un visage qu'elle était censée reconnaître sans pourtant tout à fait y parvenir.

— Je savais que j'allais tomber sur vous, chuchota-t-il.

Fiona devait avoir l'air perdu parce qu'il précisa :

— Jake. De l'avion ?

— Ah !

Un pas en arrière.

— Ravie de vous revoir. Jake.

Il semblait sobre, mais sa barbe et ses cheveux, ainsi que l'odeur boisée de ses vêtements, donnaient l'impression qu'il avait dormi dans les bois la nuit dernière.

Vraiment, elle était en colère. Si les lois de la probabilité devaient lui autoriser une rencontre fortuite dans les rues de Paris, pourquoi était-ce avec son voisin de siège ? La foudre ne frappait jamais deux fois au même endroit.

— J'erre dans les rues de la ville. Mon truc n'est pas avant ce soir.

— Votre truc.

Lui avait-il expliqué de quoi il s'agissait dans l'avion ?

Cette rencontre n'était absolument pas fortuite, comprit Fiona. Elle lui avait dit où elle séjournait, et l'île était toute petite. Elle chercha Serge, mais il avait disparu. Elle fit signe au type de la suivre, et ils se faufilèrent dans une rue adjacente – assez loin pour qu'ils puissent parler normalement, mais pas assez pour que personne ne les entende si elle se mettait à crier.

— Tout va bien ? demanda-t-elle.

— Quoi ? Ah, ouais ! Ouais. Non, ils ont carrément retrouvé mes affaires à O'Hare. Ils me les envoient.

— Comme ça ?

Il haussa les épaules.

— J'ai un portefeuille boomerang. J'ai dû le perdre genre, douze fois. Et chaque fois, quelqu'un me le rapporte.

— C'est… incroyable.

— Pas vraiment. Pour les gens, c'est clairement un test moral. Ils voient un portefeuille, et se demandent : suis-je une bonne ou une mauvaise personne ? Ils veulent croire qu'ils sont bons. Alors qu'ils voleraient sans problème au boulot, vous voyez ? Mais ils renvoient un portefeuille parce que ça leur donne bonne conscience.

Il avait raison. Mais comment osait-il ? Comment osait-il semer ses affaires aux quatre coins du globe avec la conviction qu'elles lui reviendraient ?

— Ce film, c'est tripant !

— Vous êtes venu ici pour voir le tournage, Jake ?

Son ton était ouvertement sarcastique.

— Non. Je vous cherchais. Pas… pas comme un pervers. Désolé. Je voulais vous demander quelque chose.

S'il n'était pas aussi séduisant, Fiona aurait immédiatement pris ses jambes à son cou. Elle aurait attrapé le bras du premier homme venu en s'écriant : « Voici mon mari ! » Au lieu de quoi, elle resta plantée là, les yeux levés vers le visage de Jake, à attendre.

— Je m'en suis voulu, après être sorti de l'avion, de ne pas vous avoir posé davantage de questions au sujet de Richard Campo. À vrai dire, sans vouloir passer pour un fan harceleur, je pourrais vraiment faire quelque chose avec lui. Je pourrais vraiment leur vendre l'idée facilement.

Fiona leva une main pour l'arrêter.

— Il me manque des informations.

— Pardon, je ne me souviens plus de ce que je vous ai dit dans l'avion. J'écris des articles culturels, essentiellement pour des magazines de voyage. Vous lisez le *National Geographic* ? L'été dernier, ils ont publié un papier à moi sur un festival de danse maya au Guatemala.

— OK.

Ça tenait la route – le pilote qui avait été, quoi, viré parce qu'il buvait ? Ou qui avait décidé qu'il n'était pas fait pour cette vie-là, qu'il y avait de meilleures façons de voir le monde ?

— Il a donné des tonnes d'interviews ces derniers temps. Je ne sais pas si cela joue en votre faveur ou non.

— Ce ne serait pas vraiment sur son œuvre, en fait. Ça parlerait de la vie ici, vous voyez. Ce serait le regard que porte un artiste expatrié sur cette ville. Ou ça pourrait être sur son œuvre. Je ne sais pas. À lui de décider.

Pourquoi donc envisageait-elle même de l'aider ? Peut-être était-ce un peu comme avec le portefeuille : elle voulait avoir bonne conscience. Peut-être étaient-ce ses beaux yeux. Peut-être que cela lui offrait une distraction, et que cela ne pourrait pas lui faire de mal. Elle sortit son téléphone de son sac.

— Je peux vous donner le numéro de son attaché de presse.

Elle parlait de Serge.

Jake ajusta son sac à dos, se gratta la barbe.

— Ce serait sensationnel.

Fiona avait toujours son téléphone dans les mains, finissait de donner à Jake le numéro de Serge, quand son portable se mit à vibrer.

— Oh, merde. Je dois répondre !

Elle s'éloigna et se mit à marcher vite sans raison.

Friture dans l'oreille. Arnaud s'éclaircit la voix avant de dire :

— Eh bien, c'était facile de les retrouver. M. et Mme Kurt Pearce. Et j'ai une adresse.

Elle enfonça sa main dans son jean pour arrêter de trembler.

— Vous êtes sûr que c'est eux ?

Monsieur et madame !

— Ah, oui ! Je n'ai pas eu de mal à le retrouver parce qu'il a été arrêté l'année dernière. Pas de prison, ne vous inquiétez pas.

— Mince, arrêté pour quelle raison ?

— Larcin, répondit-il avant que l'esprit de Fiona ait le temps de penser meurtre, infanticide, terrorisme conjugal. C'est… au vu de l'amende, c'était sans doute du vol à l'étalage.

— Attendez, attendez ! Non. On a dû l'expulser, n'est-ce pas ?

— Ah ! Bien. Non, pas vraiment. Et il se trouve aussi qu'il est citoyen européen. Ils auraient pu, mais…

— Depuis quand ?

Arnaud l'ignorait. Mais le père de Kurt n'était-il pas irlandais, ou quelque chose comme ça ? Peut-être avait-il la double nationalité depuis le début. On comprenait mieux qu'ils se soient installés en France.

Serge était en face, dans la petite rue, et lui faisait signe de la main. Il trotta jusqu'à elle et resta à ses côtés pour suivre l'échange.

— Vous ne lui avez pas parlé, si ?

— J'ai une adresse dans le 4ᵉ arrondissement, juste aux abords du Marais. C'est une rue abordable pour le quartier, mais pas dangereuse, ni rien. Vous connaissez le coin ?

Richard avait laissé entendre que c'était le quartier gay, se souvint Fiona. Elle crut se souvenir aussi cependant que c'était le quartier arabe. Ou juif orthodoxe ? Sûrement pas les trois en même temps, l'équation ne pouvait fonctionner, si ?

— Pas bien, répondit-elle.

— Je vais surveiller les lieux. Comme dans les films, d'accord ? Simple mission d'observation.

— Je peux venir ?

Arnaud gloussa.

— Ce n'est pas une bonne idée.

— Alors, quand ? Ce soir ? Vous y allez ce soir ?

— Sauf changement de programme. Je prendrai des photos.

— Je fais quoi, en attendant ?

— Profitez de Paris. Votre ami, à la moto, il peut vous sortir, non ? Allez jouer les touristes.

Jouer les touristes. Bon sang !

— Promettez-moi de vous reposer. Hier, vous avez failli
vous évanouir dans votre omelette. Gardez des forces, elles vous
seront bientôt nécessaires, d'accord ? Pour l'instant, on attend.
Buvez du vin, reposez-vous, détendez-vous.

Se reposer. Ça ne paraissait pas si mal, comme programme.
Et elle était tellement, tellement fatiguée.

1985

Hanoukka passa, et les bords du lac devinrent blancs à cause du gel. La mère de Charlie ne put les rejoindre pour Noël parce que son nouveau petit ami l'emmenait à l'opéra. Elle viendrait les voir plus tard, dit-elle, et Yale éprouva un léger soulagement. Il adorait Teresa, mais Charlie avait déjà suffisamment de pression comme cela.

À la banque, Yale tomba sur Teddy. Son œil au beurre noir était devenu violet en s'estompant, mais il avait toujours un pansement sur le nez, un bout de ruban adhésif blanc. Teddy prétendait que cela avait été libérateur, de savoir qu'il pouvait survivre à une attaque. Yale ne le croyait pas une seconde.

— Tu sais qu'on voit vraiment des chandelles ? J'ai toujours cru que c'était une connerie de dessin animé.

— Oui, répondit Yale. En fait, je me suis déjà pris des coups de poing.

Dans la rue, il tomba sur Fiona. Elle lui raconta que sa famille avait fini par vider l'appartement de Nico, sans remarquer qu'il manquait des affaires.

— Notamment parce qu'ils ne savaient pas ce qu'il y avait chez lui au départ. Mes cousins ont récupéré tout le matériel électronique. C'est la seule chose qui les intéressait. Ma mère a pris sa planche à dessin, mais elle l'a foutue dans un carton, et je ne sais même pas ce qu'elle va faire avec. Mon père portait des gants. Il portait de vrais gants en caoutchouc.

Yale la serra si fort contre lui qu'il la souleva.

Dans une friperie, il tomba sur Julian qui essayait un pantalon en velours jaune pétant. Le vêtement était trop petit pour lui, alors il obligea Yale à le passer.

— Dans ce fute, ton cul ressemble à deux petits pains ronds à hamburger. Et ce n'est pas une critique.

Il recula pour le toiser.

— Il ne met pas en valeur le devant, par contre. Et on m'a parlé de ce qu'il y avait là, pourtant.

Yale sentit qu'il rougissait jusque dans son cou.

— Quoi ? demanda Julian. Tu crois que Charlie sait garder un secret ?

Julian s'acheta une affreuse veste en cuir blanc à franges. Il expliqua à Yale que lui et un ami acteur se servaient des techniques de maquillage qu'ils avaient apprises pour le théâtre afin d'enseigner à des hommes atteints de sarcome de Kaposi à camoufler leurs lésions.

— De loin, ça rend bien, dit-il.

Par une grise journée de neige fondue, Yale alla visiter la maison de Briar Place avec l'agent immobilier. Quand il la retrouva sur le trottoir, elle tapa dans ses mains comme si un spectacle merveilleux allait commencer.

Le prix sur l'annonce équivalait à trois fois le salaire annuel de Yale. Mieux que ce à quoi il s'attendait. Tout de même un peu cher, mais réalisable s'il gardait son travail, si ses revenus augmentaient à mesure que la galerie s'accroissait, ce qui était censé se produire. C'était à peu près ce que Charlie avait déboursé l'année dernière pour équiper le journal d'un appareil de photocomposition. Un montant exorbitant pour une machine de la taille d'un frigo, mais plutôt raisonnable pour une maison. L'achat de cet appareil avait laissé Charlie sur la paille, mais grâce à cette acquisition, ses employés n'avaient plus à se rendre la nuit dans un atelier de photocomposition de Downtown qu'ils ne quittaient qu'à six heures du matin tels des zombies. En théorie, le journal rembourserait Charlie au fil des ans grâce aux publicités pour des bars. Mais il était plus probable qu'il se serve de cet argent pour augmenter les maigres salaires de ses employés plutôt que pour se remplir les poches.

Charlie n'achetait jamais rien pour lui, pas même à manger. Sans Yale, il se nourrirait de thé et de *ramen*.

Il n'avait pas encore parlé de la maison à Charlie. Celui-ci aurait peut-être des réticences à cause du prix, ou peut-être même parce que Yale devrait en assumer presque entièrement le poids financier, mais le projet contribuerait à le rassurer. Forcément, s'ils étaient tous les deux propriétaires de la maison. Ils pourraient aussi prendre un chien ensuite, et Charlie avait toujours voulu un chien.

Lors de la visite, Yale eut un coup de cœur pour le salon, son parquet en bois, ses alcôves accueillant des livres autour de la cheminée, la fenêtre en saillie. La cuisine ne ressemblait pas à grand-chose, mais ils pourraient investir là-dedans plus tard. Il avait toujours voulu apprendre à carreler une pièce. La lumière de l'après-midi inondait l'étage, et rien qu'en restant debout dans la chambre vide à regarder le petit jardin derrière la maison, Yale eut la sensation de flotter. Une maison ! Il imaginait déjà les taquineries – Teddy les traiterait de lesbiennes séparatistes –, mais quelle importance ? Regardez un peu ce vitrage épais aux fenêtres, ce parquet massif !

La rumeur du monde était la même que celle qu'il entendait depuis son appartement – le bourdonnement du trafic, une portière de voiture, la stéréo de quelqu'un –, mais bizarrement, tout semblait nouveau. Comme s'il ne s'agissait pas seulement d'une nouvelle maison, mais d'une nouvelle ville. C'était la même excitation que celle qu'il avait ressentie lorsqu'il s'était installé ici pour la première fois, lorsqu'il avait passé des journées entières à explorer des quartiers, à étudier des cartes, à noter dans son carnet des phrases comme « Dire aux taxis de prendre par Ashland, pas par Clark », à y répertorier des noms de restaurants (BELDEN DELI, écrivit-il la première semaine, comme s'il s'agissait d'une trouvaille à lui), à y consigner des choses dont il avait entendu parler mais qu'il n'avait jamais eu l'intention d'aller voir – par exemple, que les toilettes au cinquième étage du magasin Marshall Field's accueillaient un salon de thé. Il voulait juste savoir que ces endroits étaient là, voulait tout le temps ressentir exactement la même chose que ce qu'il avait ressenti dans ce taxi filant sur Lake Shore Drive.

Et pour une raison qu'il ignorait, dans cette chambre aux murs blancs de cette petite maison, le cœur de la ville battait à nouveau autour de lui.

— À votre avis, j'ai combien de temps ? demanda-t-il à l'agent. Honnêtement ?

— Oh, là, là, je ne sais pas. J'imagine qu'elle partira vite.

Si la donation de Nora se déroulait bien de bout en bout – et quand le saurait-il ? dans un mois ? un an ? –, il aurait le sentiment, au moins, que son travail était stable. Il serait prêt. Et si la maison était toujours sur le marché à ce moment-là, il prendrait cela comme un signe.

Yale la raccompagna jusqu'à Halsted Street, et l'agent lui demanda s'il savait qu'avant, le théâtre au coin de la rue était une écurie. Oui, il le savait. Ils restèrent debout à regarder le porche voûté qui avait dû être construit pour que les calèches puissent circuler.

— Vous imaginez ! s'exclama l'agent immobilier.

Le soir du dîner de bienfaisance pour Howard Brown, le vent et le froid étaient si vifs que Yale et Charlie évoquèrent, en plaisantant, de prendre un taxi pour parcourir les quatre cents mètres entre leur appartement et le restaurant. En août, quand ils avaient commencé à organiser l'événement, le fait qu'il s'agisse d'un restaurant suédois servant des boulettes de viande et de la purée leur avait paru incongru, mais aujourd'hui, le menu semblait parfait. Yale avait bu un verre de scotch à la maison histoire de se réchauffer en vue de la marche, et l'alcool frétillait agréablement à travers ses mains et ses pieds.

Ces derniers temps, Yale était plus sensible qu'à l'accoutumée – il attendait des nouvelles de Nora, sursautait chaque fois que son téléphone sonnait au bureau car il redoutait que ce soit Cecily. Et à présent, dans la rue avec Charlie, libéré de tout souci jusqu'à lundi, cette énergie nerveuse s'était muée en véritable euphorie. Il était ravi de marcher aux côtés d'un bel homme en manteau de laine noire, de donner un dollar à un jeune punk assis par terre sur une couverture.

Tous les jours de cette semaine, Bill Lindsey passa voir Yale dans son bureau pour lui raconter qu'un expert de Pascin ou de Metzinger lui avait dit, officieusement, que les œuvres qu'il décrivait avaient peut-être de la valeur. « Je m'en moque, de l'argent, disait Bill. Mais plus l'estimation dépasse les deux millions, mieux je me porte. »

Bill se décrivait comme un « homme qui aimait le crayon et le papier » – il employait cette expression de la même façon que l'oncle de Yale parlait d'un « homme qui aimait les gambettes et les nichons » –, et s'enthousiasma plus que Yale pour les dessins. Le tableau de la chambre, qui était censé être l'œuvre de Jeanne Hébuterne, le séduisit aussi tout particulièrement. Hébuterne, qui avait été la concubine de Modigliani, était elle-même artiste, même si après sa mort prématurée, sa famille n'avait pas permis qu'on expose ses œuvres. L'authentification de cette œuvre serait particulièrement difficile, mais l'existence d'une telle toile étayerait peut-être celle des Modigliani. Yale aussi aimait beaucoup la chambre, ses murs tordus, ses ombres.

Ranko Novak et Sergey Mukhankin étaient des inconnus, mais en creusant un peu, Yale découvrit qu'un dessin de Mukhankin assez similaire à celui que possédait Nora – tous deux étaient des nus au fusain noir –, avait été acquis pour une coquette somme chez Sotheby's en 1979. De toute façon, Bill s'était épris de cette œuvre.

Les œuvres de Novak, celles que Nora voulait absolument qu'ils exposent, étaient les seules déceptions. Elles étaient au nombre de cinq : deux petites toiles grossières et trois croquis. Des curiosités, mais sans valeur. Yale n'avait rien contre le tableau représentant un homme en gilet à losanges, contre la façon qu'avaient les lignes des losanges de sortir des limites de ses vêtements, contre la profondeur ténébreuse de ses yeux, mais Bill détestait cette toile, tout comme celle figurant une petite fille triste, ainsi que les croquis, qui montraient tous des vaches.

— Ne lui promettez pas que nous mettrons ces choses au mur, l'avertit Bill.

Voyant que Yale faisait la grimace, il ajouta :

— Bon, peut-être que, euh... elle nous aura quittés d'ici là. Et qu'elle ne saura jamais. Mais écoutez, hormis les vaches, la collection tient la route. Je suis un homme heureux. Il y a un équilibre, du contraste, une histoire, et l'ensemble est exactement de la taille qu'il faut. Vous savez, on tient une exposition. Quelqu'un nous offre une exposition, s'extasia-t-il en donnant une claque dans le dos de Yale comme si celui-ci avait créé toutes ces œuvres.

Et donc, bien que l'air froid se soit immiscé dans chaque pore de sa peau, Yale était sur un nuage.

Le restaurant, déjà joyeusement suédois avec ses murs ornés de peintures folkloriques, s'était transformé en pays enchanté scandinave grâce aux illuminations de Noël et aux guirlandes végétales. Ils gravirent les escaliers, en retard, comme tous les gens à la mode – Charlie, malgré son rôle d'organisateur, n'avait absolument pas pris part aux préparatifs –, et à peine eurent-ils ôté leur manteau qu'une douzaine de personnes se précipitèrent vers eux. Ou plutôt, vers Charlie. Ce n'était pas qu'ils ne voulaient pas voir Yale, que celui-ci n'était pas leur ami. Mais tout le monde avait des choses urgentes ou désopilantes à confier à Charlie. Katsu Tatami, un ami de Teddy et conseiller à Howard Brown, traversa la pièce en bondissant comme une gazelle. Katsu, bien que japonais, avait des yeux couleur noisette.

— On a bien deux cents personnes ! On va manquer de tickets de tombola !

Katsu alla leur chercher une bière à tous les deux parce que Charlie n'arriverait jamais au bar sans être arrêté en chemin une vingtaine de fois.

C'était plus ou moins les mêmes têtes que d'habitude. Ce qui était réconfortant, et néanmoins toujours un peu décevant. Ce serait chouette de voir un jour des gens qui n'étaient pas là à la dernière soirée de bienfaisance, ni à l'avant-dernière. De croiser un conseiller municipal, un médecin hétéro ou deux.

Les articles de la vente aux enchères silencieuse occupaient les quatre coins de la pièce – des paniers garnis avec du vin et des places de concert qu'on leur avait offerts, une nuit d'hôtel gratuite en plein Chicago aimablement proposée par l'agence de voyage de Charlie –, mais la foule était telle que Yale n'arriva pas à circuler pour tout voir.

Yale aperçut Fiona et Julian en grande conversation. Fiona parlait avec ses mains. Des mains oiseau, lui avait-il dit un jour, et ses doigts avaient voleté jusqu'à son visage, avaient battu contre ses joues. Yale se demanda s'il ne fallait pas qu'il parte à sa rescousse ; Fiona, pourtant elle-même du genre passionnée, trouvait Julian épuisant. « C'est comme avoir la bouche pleine de bonbons pétillants. Et j'adore les bonbons pétillants, vraiment ! C'est sympa, et il est sympa. Je ne dis pas ça pour être méchante. Mais à petite dose. »

Richard prenait des photos comme Yale l'avait suggéré : des clichés sur le vif de gens qui mangeaient, riaient et parlaient. Son appareil était tellement une sorte d'appendice permanent chez lui que personne ne le remarquait vraiment – la clé, selon Richard, pour réaliser de très bonnes photos.

Teddy vint féliciter Charlie pour l'organisation avant de se tourner vers Yale. Il lui demanda si aujourd'hui, il faisait plus froid à Evanston qu'à Chicago.

— Tu es tellement au nord du lac ! s'exclama-t-il.

Il n'arrêtait pas de faire tourner sa pinte de bière dans sa main. Son visage semblait s'être remis. Son nez aussi – une cicatrice juste sur l'arête pour aller avec celle qu'il avait sur la lèvre supérieure.

— Tu as vu Terrence ? lui demanda-t-il alors.

En réalité, il lui chuchota cette phrase. Yale balaya la pièce du regard pour essayer de repérer la silhouette dégingandée de Terrence, ses lunettes à monture métallique.

— Ça ne va pas, dit Teddy.

Et puis Yale l'aperçut, et Charlie probablement aussi, car il laissa échapper un petit cri de surprise avant de s'empresser de détourner les yeux. Yale avait imaginé que Terrence aurait l'air morne, aurait peut-être perdu du poids depuis la dernière fois qu'ils s'étaient vus à Thanksgiving. C'était quand, deux semaines auparavant ? Mais Terrence était adossé au mur tel un épouvantail, le crâne totalement rasé, les joues creusées. Sans ses lunettes, Yale ne l'aurait peut-être pas reconnu. Sa peau, jadis chaude et riche, était de la couleur d'une coquille de noix. Il semblait à peine en mesure de soulever sa tête.

— Putain, murmura Charlie.

— Enfin, il est malade, dit Teddy. Il l'a toujours été, mais maintenant, il est *malade*. Ses lymphocytes T sont, genre, foutus. Il a traversé le Rubicon. Il devrait être à l'hôpital. Je ne sais pas ce qu'il fout ici.

— Il allait bien ! Il y a deux semaines, il allait bien ! s'écria Charlie.

— Il y a deux semaines, il avait l'air d'aller bien, corrigea Yale.

— Et maintenant, on dirait Gandhi. Oh mon Dieu ! Oh mon Dieu ! jura Charlie.

Yale pensait que Charlie irait le voir, mais celui-ci ne le fit pas tout de suite. Il se dirigea vers le bar avec son verre vide.

La bière était bonne. Il ne fallait pas qu'il oublie de manger. Il fallait qu'il parle à Terrence, qu'il prenne de ses nouvelles, mais Yale ne se sentait pas prêt à traverser la pièce jusqu'à l'endroit près du mur où son ami était assis sur une chaise, flanqué de Julian d'un côté et d'un vieux de l'autre. Il ne savait pas s'il serait capable de garder une expression neutre, ne savait pas comment ne pas avoir l'air horrifié. Alors il retourna au bar, où il rentra dans une femme en robe violette qui était dos à lui. Elle se retourna.

— Yale ! s'exclama-t-elle, et il inspira ses effluves de bière.

C'était Cecily Pearce. Près de deux centimètres de plus que lui grâce à ses talons, de l'ombre à paupières bleue qu'elle n'avait jamais portée au travail.

— Ça me fait plaisir de vous voir ! J'aurais dû m'en douter !

Il n'était pas certain de comprendre exactement ce qu'elle entendait par là, alors il dit :

— Mon compagnon fait partie du comité d'organisation.

— Ah, il est ici ? Je suis venue avec des amis, mais ils sont en train de se rouler des pelles dans les vestiaires, alors je ne connais personne.

Ayant eu affaire à la Cecily sobre et à la Cecily ivre, Yale était quasiment certain de se trouver face à la seconde. Ou en tout cas une version éméchée. Peut-être existait-il un entre-deux sympathique, une Cecily Pearce idéale qui ne le menacerait pas au sujet de donations, pas plus qu'elle ne lui ferait des avances. Charlie était à l'autre bout de la pièce. Il parlait à des gens que Yale ne connaissait pas. Juste à ce moment-là, Julian arriva et passa un bras autour de la taille de Yale, posa son menton sur son épaule.

— Salut ! Je m'appelle Cecily, et je travaille à la Northwestern ! s'écria-t-elle un peu trop vivement. Ravie de faire enfin votre connaissance !

Elle serra la main de Julian et ajouta :

— Vous devez être si fier !

Fier de son conjoint ou de la soirée ? Yale l'ignorait.

Il sentit le menton de Julian s'enfoncer dans son épaule tandis qu'il répondait, sa barbe de trois jours bouger contre son cou.

— Je suis très fier, répondit Julian. Oui. Vraiment. Fier.

Et parce que Yale voyait que cela pouvait rapidement mal tourner – il imaginait bien Cecily lancer avant de quitter la soirée, alors que Charlie se trouvait à portée de voix, qu'ils formaient vraiment un joli couple –, il clarifia la situation.

— Julian aime juste s'appuyer sur les gens. Charlie Keene est mon compagnon. Il est quelque part par là. Il a une barbe.

— Je déteste cette barbe, je lui ai dit, remarqua Julian. Pourquoi cacher un si joli visage ?

Cecily trouva cela hilarant, ou du moins fit-elle semblant. Elle riait avec l'air désespéré d'une personne qui ne veut pas que la conversation tombe à plat de peur de se retrouver seule sans personne à qui parler. Yale aperçut Gloria, la journaliste de Charlie avec plein de boucles d'oreille, et lui fit signe de le rejoindre.

— Gloria a étudié à la Northwestern, expliqua-t-il.

Les deux femmes se mirent à discuter, et une minute plus tard, Yale et Julian se défilaient.

— Toilettes, murmura Julian derrière l'oreille de Yale.

L'idée ne semblait pas si mauvaise. Yale avait la vessie pleine de bière.

Il n'y avait personne aux toilettes. Julian, au lieu de se diriger dans l'une des deux cabines, s'aspergea le visage d'eau, et puis resta planté là comme pour faire la causette. Il torsada la mèche qui tombait sur son front. Le jour où Julian deviendrait chauve, il faudrait qu'il trouve un autre moyen d'occuper ses mains.

— Cette femme n'est pas à proprement parler ma chef, mais elle n'est pas pas ma chef.

— Elle ne m'a pas semblé si terrible que ça.

Une part de la beauté de Julian tenait à sa façon de vous regarder. Si vous aviez les yeux rivés sur le sol, Julian se baissait et captait votre regard par en dessous, comme pour vous ramener vers le haut. Il frottait son oreille avec ses doigts et rougissait, et ce geste aussi était étrangement beau.

Yale se dirigea vers le box. Pas d'urinoirs ici, fort heureusement.

La voix de Julian :

— As-tu déjà vu un danseur de serpents ?

— Un charmeur ? Avec un panier ?

— Non. Généralement, ce sont des femmes, comme celles qui font la danse du ventre, mais elles laissent un python se balader sur elles pendant qu'elles dansent. Bref, le sauna Club Baths fait venir un mec, genre un bodybuilder, qui pratique cette danse.

Yale rit en remontant sa braguette.

— Je ne vois pas ce qui pourrait mal tourner !

— T'es pas marrant.

— Désolé. C'est sans doute ce qui se passe de moins dangereux là-bas.

Yale sortit et se lava les mains. Julian regarda le miroir.

— Ça te dérangerait pas qu'ils ferment tous.

— Sincèrement, Julian, ouais. Je pense que ce serait préférable. Pendant un temps. Je ne les accuse pas de tous les maux, contrairement à certaines personnes, mais les saunas n'ont certainement pas aidé. Et ce n'est pas une histoire de honte, de retour en arrière ou autre. C'est juste que, par exemple, s'il y avait une épidémie de salmonellose dans un restaurant, tu ne continuerais pas à aller manger là-bas, si ?

Julian secoua la tête. Il ne semblait pas enclin à quitter les toilettes.

— Tu ne sais même pas de quoi tu parles. J'ai entendu plus de propagande pour le préservatif dans les saunas que nulle part ailleurs. Tu ne fais que répéter ce que dit Charlie.

— Charlie ne dit pas que des conneries.

— Mais Yale, quand ils auront découvert comment guérir cette maladie, il n'y aura plus aucun endroit où aller.

À cet instant, Yale eut l'impression d'avoir cent ans de plus que Julian – lequel était en fait en train d'examiner les pores de son front dans le miroir –, mais au lieu de dire ce qu'il pensait, à savoir qu'il n'y aurait jamais de traitement, il répondit :

— Quand on saura guérir cette maladie, nous ouvrirons de nouveaux lieux. Et ils seront encore mieux, OK ?

Julian se tourna vers lui et lui adressa un beau sourire triste.

— T'imagines la fête que ce sera ? Quand ils trouveront un traitement ?

— Ouais.

Et Julian ne détourna pas les yeux. La pièce était exiguë, ils n'étaient qu'à cinquante centimètres l'un de l'autre, et plus ils s'attardaient dans cet endroit, plus Yale avait l'impression que lui et Julian étaient entrés en contact physique, torse contre torse, cuisse contre cuisse. Le fait que ce ne soit pas le cas, que la pièce embaume l'urine, était hors sujet. Ce n'était probablement qu'un reliquat de culpabilité de toute cette affaire ridicule et imaginaire autour de Teddy, mais tout de même, ni lui ni Julian ne bougeait depuis un moment, et vraiment, il y avait autre chose. Par le passé, il lui avait fait des avances comme ça, l'air de rien – à qui Julian n'avait-il pas fait d'avances ? –, mais il y avait quelque chose de dangereusement sincère dans le fil qui reliait leurs yeux et qui ne se brisait pas. Yale ressentit un choc : c'était le regard de quelqu'un qui était désespérément amoureux.

— Yale, dit Julian.

Yale jeta un coup d'œil vers la porte, certain que Charlie allait entrer en trombe, le dispenserait d'avoir à réfléchir. Mais il n'y avait personne, et quand il se tourna de nouveau vers Julian, celui-ci avait fait un pas en avant, avait réduit de moitié la petite distance qui les séparait. Les yeux de Julian étaient humides, ses lèvres entrouvertes.

— Il faut qu'on y retourne, dit Yale.

Tandis qu'il rejoignait la fête suivi de Julian, Yale constata avec stupéfaction que Charlie avait peut-être eu du flair, après tout. Et il n'aurait jamais dit « Julian est amoureux de toi », parce que cela n'aurait fait qu'aggraver les choses. Quel mortel ne succomberait pas à cela, ne serait-ce qu'un petit peu ? Savoir que quelqu'un vous désirait était l'aphrodisiaque le plus puissant qui soit. Alors Charlie avait déplacé le problème sur Yale, sur le fait qu'il ne pouvait pas avoir confiance en lui. Tout à coup, tout s'éclairait. Dans les six mètres entre la porte des toilettes et le bar, son monde venait de changer d'axe.

Yale eut juste le temps de remplir de nouveau son verre et de s'installer à côté de Charlie avant le début des discours. Cecily se matérialisa à côté de son coude, ce qui était parfait. Il pouvait passer du temps avec elle, applaudir en même temps qu'elle, trinquer avec elle sans avoir à parler, sans prendre le risque d'une nouvelle discussion au sujet du fils de Nora et du donateur en colère. Quelqu'un évoqua l'histoire de Howard Brown, et puis quelqu'un vint parler de la permanence téléphonique. Yale s'efforça de ne pas bâiller. Il chercha Terrence pour voir s'il tenait le coup, mais il n'était plus sur la chaise près du mur. Nico avait dû le ramener à la maison.

Non.

Non, Nico ne l'avait pas ramené à la maison.

Et voilà comment au beau milieu d'un discours ennuyeux sur les objectifs de la collecte de fonds, Yale se retrouva soudain, enfin, à sangloter comme quelqu'un qui a trop bu.

N'était-ce pas au départ pour cette raison qu'il était monté lors de la soirée en mémoire de Nico ? Pour ne pas pleurer ?

Il aurait mieux valu qu'il pleure un bon coup ce soir-là. Il n'aurait pas été dans un tel état maintenant, il n'aurait pas fait de frayeurs à Charlie, ils ne se seraient pas disputés, il aurait pu aller chez Nico et aurait choisi un vieux disque ou autre.

Charlie ne remarqua pas qu'il pleurait, et Yale essaya de se retirer avant qu'il s'en aperçoive, avant que toute la soirée soit gâchée. Cecily le vit, en revanche, lorsqu'il se tourna, Fiona aussi, et le temps qu'il arrive en haut des escaliers, toutes deux se trouvaient à ses côtés, chacune lui tenant un bras.

— Sortons, dit Fiona. Sortons.

Une fois dans la rue, Cecily lui tendit la serviette en papier qui entourait son verre. Yale s'en servit pour moucher son nez, qui coulait de façon encore plus gênante que ses yeux.

— Vous allez mourir de froid, dit-il.

— J'ai grandi à Buffalo, répondit Cecily.

Fiona s'assit sur le trottoir et tira Yale vers elle. Elle prit ses mains dans les siennes :

— Respire ! lui dit-elle.

Ce qu'il fit, calant son souffle sur le sien. Fiona portait d'immenses créoles en argent qui effleuraient ses épaules. Nico lui disait toujours qu'un jour ses boucles se prendraient dans quelque chose, un panneau « stop » ou un homme d'affaires qui passait par là. Yale voulut lui rappeler cette anecdote, mais à la place, il se décomposa encore un peu plus. Nico avait été un grand frère tellement génial ; sa voix était différente en présence de Fiona, elle se faisait plus grave, plus assurée. Yale enfouit son visage contre la clavicule de son amie. Il essaya de ravaler la morve et les larmes, mais il l'inondait.

— Tenez, dit Cecily en lui tendant un verre d'eau fraîche rempli de glaçons qui était arrivé là on ne savait trop comment.

Yale le but à petites gorgées.

— Je suis désolé, s'excusa-t-il. J'ai gardé les choses en moi.

— Ce n'est rien, le rassura Cecily.

— Ce n'est rien, confirma Fiona.

Et parce que Yale était un peu ivre et déversait déjà des choses dans tous les sens, il confia à Fiona :

— Je n'ai jamais pu aller dans son appartement. Je n'ai jamais pu... Tout le monde est parti.

— Et c'était de ma faute, répondit Fiona. Je n'arrête pas d'y penser. Je suis désolée, Yale.

— Est-ce pour cela que vous êtes triste ?

— Non, Cecily, je suis triste parce que j'ai trente et un ans et que tous mes amis sont en train de mourir, putain !

Il regretta tout de suite sa phrase, mais bon, ce n'était pas pire que de gueuler comme un môme ou que d'avoir de la cocaïne dans son sac lors d'un déplacement professionnel, si ?

Fiona passa sa main dans les boucles de Yale sans rien dire. Cecily se tut, ce qui fut tout à son honneur, et Yale se ressaisit. Il se leva.

— Ça te tente d'aller faire un petit tour ? proposa Fiona.

— Non, il pèle, répondit Yale.

Sans compter que Charlie se demanderait où il était.

Ils se dirigèrent vers l'entrée du restaurant, et Fiona se glissa à l'intérieur la première. Yale posa sa main sur l'épaule de Cecily.

— Je n'ai jamais eu l'intention de vous attirer des ennuis. Jamais.

Bon sang, il était soûl. Assez sobre pour entendre ses mots, assez sobre pour s'en souvenir le lendemain matin, mais assez soûl pour dire des choses qu'il n'avait pas prévu de dire. Il envoya un message à son moi futur, à son moi du lendemain matin : *Tu ne lui as pas parlé des œuvres. Tu n'as rien dit de mal.*

Dans les escaliers, Cecily lui confia :

— Écoutez, Yale. Je vous aime bien. Vraiment. Je veux être votre amie.

Yale ne se voyait pas ami avec Cecily, en train de se balader en ville ou de faire ce qu'elle imaginait qu'ils puissent faire ensemble, mais il était néanmoins flatté. Presque aussi flatté que par Julian dans les toilettes, pour être honnête. C'était quand, la dernière fois que quelqu'un était devenu son ami à lui, plutôt que son ami à lui *et* à Charlie ?

— Vous êtes quelqu'un de bien, dit-il.

La vache, qu'est-ce qu'il était niais quand il buvait ! Pourquoi l'alcool rendait-il certaines personnes méchantes ? Lui, avec un coup dans le nez, il aimait tout le monde.

De retour à l'étage, les discours étaient terminés, et Charlie, qui faisait de grands gestes, tenait le crachoir au centre d'un groupe attentif.

— Là-bas, c'est mon compagnon.

— Oh, l'angliche ! s'exclama Cecily. J'ai fait sa connaissance tout à l'heure.

— Je ne suis pas étonné.

— Vous formez un couple parfait !

Cela n'avait pas de sens : Cecily ne les avait même pas vus côte à côte.

Et bien sûr que non, ils ne formaient pas un couple parfait. Cela n'existait pas. Vraiment – et c'était là une pensée d'ivrogne, Yale le savait –, Charlie ne se trompait pas sur la raison qui les poussait à rester ensemble. À un certain niveau, au moins. Sans ce monstre, là, qui fauchait les hommes couchant à droite et à gauche, Yale et Charlie ne seraient-ils pas partis chacun de leur côté ? Certaines disputes auraient eu raison de leur couple. Il y avait eu le stress des derniers mois. Mais non, non. Ils se seraient réconciliés. Ils se réconciliaient toujours. Charlie aurait enfoui son visage dans ses mains et aurait demandé ce qu'il pouvait faire pour changer, ses yeux auraient été désespérés, et Yale n'aurait eu qu'une envie : le serrer dans ses bras, faire en sorte que plus rien ne puisse le blesser à nouveau.

— La raison pour laquelle nous ne connaissons pas tous les noms, les noms des cent trente-deux personnes qui sont mortes à Chicago, disait Charlie, c'est que... écoutez, la moitié de ces gens étaient des hommes mariés, des types jamais sortis du placard qui habitaient en banlieue. Des gays banlieusards. Ils convainquent leur médecin de raconter à leur femme que c'est un cancer. OK, on ne les connaît pas, et moi, personnellement, ça ne me dérange pas. Ce sont des hypocrites, pas vrai ? Ils votent contre leurs propres intérêts, putain. Mais il n'empêche qu'ils sont quand même en train de mourir. La souffrance reste la souffrance. Et ils sont quand même en train de répandre la maladie.

Une nouvelle bière s'était matérialisée dans la main de Yale, ce qui était bien la dernière chose dont il avait besoin.

Les gens autour de Charlie ressemblaient à des marionnettes : ils hochaient la tête, encore et encore. Si quelqu'un tirait sur la bonne ficelle, ils applaudiraient.

Yale passa le reste de la soirée à pester en silence contre Charlie, sans aucune raison valable. Pour ne pas avoir deviné, comme par magie, qu'il avait pleuré dehors. Ou peut-être en voulait-il à Charlie d'avoir vu juste au sujet de Julian. Ou peut-être Yale lui en voulait-il depuis longtemps, une colère qui ne faisait surface que lorsqu'il était sentimental et ivre, comme les vers de terre après la pluie.

La soirée se termina, et tandis qu'ils rentraient chez eux à pied, Yale bouillait en silence.

— Ça a été un carton, non ?

— Carrément.

— Je veux dire, vraiment.

— C'est ce que j'ai dit.

À la maison, Charlie s'effondra sur le lit.

— Il faut que je regarde les recettes publicitaires.

— Non, mauvaise idée quand t'es bourré, remarqua Yale.

Il se changea et enfila un jean.

— Je n'ai pas assez mangé. Je vais voir si je trouve un resto ouvert.

Yale s'attendait plus ou moins à ce que Charlie l'interroge, s'assure qu'il n'allait pas rejoindre Teddy, ou Julian, ou les deux, ou tous les gays de la ville. Mais Charlie se contenta de marmonner quelque chose à son oreiller.

Et tout bien réfléchi, qu'est-ce qui pouvait l'empêcher d'aller chez Julian ? Yale remonta Halsted Street. Il arriva à une cinquantaine de mètres de son appartement sur Roscoe Street. Cet attrait, savoir que quelqu'un avait envie de vous, était une force puissante. Il pourrait se précipiter à l'intérieur du Sidetrack – il entendait la musique d'ici –, mais il était déjà bien assez ivre comme cela. Il tourna dans Roscoe Street. L'immeuble de Julian se trouvait là, sur sa gauche. Il pourrait revenir à l'angle de la rue jusqu'à la cabine téléphonique et l'appeler. Lui dire : *Je suis dehors, tu n'es pas couché ?* Il était presque sûr de connaître le numéro de Julian. Ou bien il pourrait simplement sonner à l'interphone. Mais que se passerait-il ensuite ?

Il avait bien deux ou trois idées.

Il savait qu'il ne passerait pas à l'acte. Il se tenait juste au bord du précipice pour voir quel effet ça faisait. Il se souvint qu'une fois, au lycée, alors qu'il assistait à une réunion de tous les élèves, il avait eu la conviction qu'il était susceptible de se lever et de se mettre à hurler à tout instant. Pas parce qu'il en avait envie, juste parce que c'était la seule chose qu'il n'était pas censé faire. Mais ce n'était pas arrivé. Et c'était pareil aujourd'hui, semblait-il. Il se contentait de caresser une idée dangereuse.

Il poursuivit son chemin.

Yale s'acheta un cheeseburger et longea Roscoe Street en le mangeant. Il passa devant la porte de Julian une nouvelle fois, se dit qu'il allait finalement le faire, et sut ensuite que cela ne se produirait pas.

2015

Fiona ne tenait pas en place et voulait ressortir pour passer le Marais au peigne fin, mais ce serait une très mauvaise idée.

— Ne me laisse pas quitter l'appartement, demanda-t-elle à Richard. Je foutrais tout en l'air.

— On t'enferme, alors, répondit-il. Et on te nourrit de force.

Serge cuisinait pour la journaliste qui venait dîner. Elle travaillait pour *Libération*. Fiona proposa d'émincer quelque chose, et Serge l'installa devant la planche à découper avec un couteau et six petits oignons.

— Les femmes préfèrent toujours les vauriens. Pourquoi ? lui demanda-t-il.

— Peut-être que les hommes bien n'existent pas. Je ne pense pas ce que je viens de dire, s'empressa-t-elle de préciser.

Serge lui demanda si l'arrestation de Kurt la surprenait. Sans doute, oui.

— En fait, je suis contente, répondit-elle. Est-ce que c'est bizarre ? C'est... Peut-être est-ce gratifiant. Qu'il se soit attiré des ennuis.

Elle ne voulait pas spécialement que Kurt soit malheureux, mais que Claire voie qu'elle s'était attachée au mauvais adulte.

Richard s'excusa et se retira pour faire la sieste. Serge mit du Neil Diamond et servit à Fiona un verre de vin rouge qu'elle n'avait pas demandé.

Fiona se vantait de ne jamais pleurer en coupant des oignons. Une aptitude qu'elle tenait de la famille Marcus, d'après son père, et en effet, Claire s'était elle aussi révélée insensible à ce légume. C'était peut-être la seule chose qu'ils avaient tous en commun. Nora affirmait toujours qu'il y avait deux branches génétiques distinctes chez les Marcus – la branche artistique et la branche analytique –, et qu'on héritait des gènes soit de l'une soit de l'autre. Il était vrai que le père de Nico, qui aurait certainement bien aimé un jour pouvoir transmettre son cabinet d'orthodontie à l'un de ses enfants, ne savait absolument pas quoi faire de Nico, même avant que sa sexualité n'entre en jeu. Lloyd Marcus essaya de faire de son fils un joueur d'échecs, de lui apprendre à compter les points au base-ball. Tout ce qui intéressait Nico, c'était de décalquer la BD du journal du dimanche, de dessiner des vaisseaux spatiaux et des animaux. À sa manière inefficace, leur mère avait essayé de rappeler à Lloyd que sa tante Nora était après tout une artiste, et n'y avait-il pas eu un poète dans l'arbre généalogique de la famille, côté cubain ? Mais il incomba à Nora d'envoyer un appareil photo à Nico pour Noël, un coffret de stylos-feutres à pointe fine, un livre de photos d'André Kertész. Nora regardait son travail et en faisait la critique.

Fiona, pour sa part, n'avait pas de talent artistique – sa force était de savoir répondre à la multitude d'impératifs logistiques de la boutique solidaire –, mais quand Claire arriva, quand elle se mit à dessiner des chevaux réalistes à l'âge de cinq ans, quand à neuf ans elle dessina la ligne d'horizon de Chicago de mémoire, Fiona comprit que sa fille appartenait à l'autre catégorie de Marcus. Le problème était que Nora et Nico n'étaient plus là, et que le soi-disant poète était tombé dans l'oubli depuis longtemps. Le week-end, elle ne pouvait envoyer Claire chez personne pour une leçon de dessin. Fiona fit de son mieux, lui acheta des crayons fusain et des gommes mie de pain, l'emmena au musée. Mais elle n'était pas en mesure de lui offrir ce que Nico avait reçu de Nora. Si Richard était resté à Chicago, peut-être aurait-il rempli ce rôle.

— Richard est content que tu sois là, dit Serge. Il pense que tu vas lui porter chance pour l'expo.

Fiona racla la planche et versa les oignons émincés dans le bol posé près de la plaque de cuisson.

— C'est toi, sa chance, Serge. Richard a l'air heureux.

— Ah ! Jamais content. Pose-lui des questions sur son travail, tu verras. Jamais content.

— Peut-être, dit Fiona. Mais il semble satisfait.

Elle n'était pas certaine que Serge avait saisi la nuance en anglais, mais il hocha néanmoins la tête. Il empila des assiettes d'un côté, de l'argenterie de l'autre.

— Peux-tu prendre cinq sets de table ? lui demanda-t-il en montrant un tiroir près de la hanche de Fiona.

— Cinq ?

— Richard a ajouté un autre journaliste, quelqu'un qui a appelé aujourd'hui. Il a téléphoné alors que j'avais déjà acheté les ingrédients. Un Américain... Je ne sais pas.

— Merde, s'écria Fiona, parce qu'elle pensait savoir, elle.

On ne sonna à la porte que deux heures plus tard – ce que Serge préparait était un plat mijoté marocain qui nécessitait visiblement des années de préparation –, et oui, la vache, il s'agissait bel et bien de Jake, qui tendit à Fiona une bouteille en lui adressant un sourire fiérot, comme s'il avait chassé le vin lui-même dans les bois. Elle eut envie de dire qu'elle n'était pas la maîtresse de maison, que ce n'était pas son idée à elle, que ce n'était pas ce qu'elle avait en tête quand elle lui avait donné le numéro de Serge, mais elle ne tarda pas malgré tout à jouer les maîtresses de maison parce qu'il fallait que Serge touille son plat, que Richard n'était pas encore prêt et que l'autre femme était en retard.

Elle s'assit et plaça son téléphone sous sa cuisse afin de le sentir s'il vibrait. Arnaud n'avait pas promis d'appeler ce soir, avait en fait laissé entendre qu'il la contacterait le lendemain matin, mais il ne manquerait certainement pas de téléphoner s'il voyait quelque chose de bon ou quelque chose de mauvais, non ?

Jake – « Jake Austen, comme l'écrivain, mais, vous savez, avec un K. Ma mère était professeure de lettres » – avait accepté le cocktail transparent offert par Serge, et Fiona s'assit aussi loin de lui que possible sur le canapé, buvant ostensiblement de l'eau à petites gorgées. Elle ne flirterait pas avec Jake Austen, ne serait-ce que par principe. Elle ne voulait pas qu'il pense pouvoir entrer ici comme ça et s'attendre à ce qu'elle soit ravie de le voir, à ce qu'elle soit flattée comme une jouvencelle par sa façon de complimenter son collier.

— Ce sont des oiseaux ? Sur les côtés ?

— Oh, c'est profondément symbolique – puisqu'on parle de cours de lettres. En fait, non. C'est un porte-bonheur.

— Vous ne portez pas d'autre bijou.

Il avait donc observé ses oreilles, ses mains. Peut-être était-ce une allusion au fait qu'elle ne portait pas d'alliance.

Si Fiona avait été à Paris pour une tout autre raison, si elle en avait eu le temps et s'était ennuyée, elle aurait peut-être envisagé la possibilité d'une aventure. Qu'est-ce que cela pouvait faire qu'il soit alcoolique, que ce soit un arnaqueur, si elle allait se servir de lui ? Et à sa façon de regarder les jambes de Fiona, il ne semblait pas gêné par leur différence d'âge.

Après le divorce, Fiona était sortie avec tellement d'hommes que, pour plaisanter, ses amis avaient imaginé pour elle une émission de téléréalité. Mais c'était il y a bien longtemps. Par la suite, elle avait été accaparée par la boutique, entre autres choses. Et depuis la disparition de Claire, elle et Damian passaient beaucoup de temps ensemble au téléphone. Ce n'était pas romantique, mais cela comblait un besoin. Une épaule, bien qu'à plus de trois mille kilomètres d'elle, sur laquelle pleurer. Il lui arrivait encore parfois de fréquenter des hommes, mais les rendez-vous étaient répétitifs, et le sexe aussi.

Elle devait avouer qu'elle trouvait plutôt agréable d'écouter Jake assis là lui raconter qu'il avait besoin de s'acheter de nouvelles chaussures de randonnée. Cela lui plaisait qu'il pense qu'elle était ici en vacances. Et quand Serge entra et troqua presque de force le verre d'eau de Fiona contre le verre de vin qu'elle avait laissé sur le plan de travail de la cuisine, quand elle regarda par la fenêtre et vit les murs d'une rue parisienne s'assombrir, elle put presque croire que c'était vrai.

Il était dix-neuf heures. Il était fort probable qu'à cette heure-ci, Arnaud soit en planque. Fiona ôta sa montre et la rangea dans sa poche afin de ne pas passer la soirée à la consulter.

— Racontez-moi l'histoire de votre vie, lui demanda Jake.

— Ma vie ! dit-elle en riant.

Elle n'avait jamais été douée pour ça. Sa vie avait été tumultueuse, mais le résumé de base lui paraissait toujours barbant.

Elle lui confia qu'elle avait un diplôme de psychologie, qu'elle avait commencé la fac à vingt-quatre ans, qu'elle avait épousé son professeur puis avait divorcé. Qu'elle gérait une boutique solidaire. Elle omit de dire que les bénéfices aidaient des malades du sida à se loger ; cela ne faisait pas partie de la version romantique et insouciante de l'histoire, et elle n'avait vraiment aucune envie d'entendre les questions qu'il lui poserait.

— Le diplôme de psychologie vous aide à gérer la boutique ?

Fiona crut sentir son téléphone, mais lorsqu'elle regarda, l'écran ne montrait rien. Un bourdonnement fantôme, les vibrations de ses propres nerfs.

— J'étais encore étudiante quand ma fille est née. Alors j'ai terminé mes études, mais les choses m'ont échappé.

— Je comprends, dit-il. Je comprends.

Même si ce n'était pas possible.

Lorsque la sonnerie de l'interphone retentit de nouveau, Richard sortit à la hâte de sa chambre pour répondre.

La journaliste, Corinne, avait apporté un bouquet de dahlias et une tarte aux pommes. Elle avait une chevelure argentée, un bracelet de perles vert clair. Le genre de femme qui semblait intégralement composée d'écharpes. Elle connaissait déjà Richard et Serge, les embrassa chaleureusement sur la joue. Elle avait un enregistreur numérique, mais sinon, on aurait pu croire qu'elle n'était là que pour le plaisir.

— Nous parlerons anglais, lui annonça Richard. En partie pour Fiona et, euh, Jacob, qui est là, mais surtout... Tu comprends, si on cite mes propos, je veux avoir l'air intelligent. Je le suis plus dans ma langue natale.

Il adressa un clin d'œil à Fiona.

Corinne se mit à rire.

— Oui, mais ensuite, quand je traduirai tes propos en français ? Tu es à ma merci !

— Il y a pire, n'est-ce pas, que d'être à la merci d'une belle femme ?

— Regardez-moi ça ! s'exclama Serge. Il flirte pour avoir une belle interview !

Lorsqu'ils se retrouvèrent autour de la table, tandis que Serge apportait un panier rempli de petits pains, Richard expliqua que le mari de Corinne était un éminent critique d'art, et que le papier qu'elle écrirait pour *Libération*, tout en dressant un bilan de sa carrière, se voulait ouvertement personnel.

— Ça, c'est parce que je t'aime beaucoup, observa la journaliste.

Jake, heureusement, ne disait rien. Fiona se serait sentie personnellement responsable s'il s'était couvert de ridicule. Il sirotait encore son cocktail, remarqua-t-elle avec soulagement.

Discrètement, Fiona avait pris son téléphone avec elle, l'avait de nouveau calé sous sa jambe. Il était pratiquement vingt heures. De l'autre côté de la pièce, la porte du balcon était entrouverte. À la fin de la journée, la température était montée, et à présent, une brise agréable venait les rafraîchir.

Corinne questionna Richard sur ses travaux les plus récents, les images monumentales qui constitueraient apparemment la moitié de l'exposition. La photographie d'une bouche occuperait, comprit Fiona, un mur entier. Elle était surprise – elle croyait qu'il s'agissait d'une rétrospective.

Le plat marocain de Serge contenait de l'agneau et des abricots, et vous ne sentiez les épices qu'après avoir avalé votre bouchée.

Jake, qui avait pris un carnet de notes mais l'avait oublié sur le canapé, intervint pour poser quelques questions – intelligentes – à propos de l'âge de Richard, qu'il ne formula cependant pas aussi frontalement. En quoi son travail avait changé, ses limitations physiques, l'étendue de sa carrière.

— C'est drôle, dit Richard. Quand j'avais votre âge, je pensais que passé cinquante ans, c'était la dégringolade. Eh bien, l'âgisme est le seul préjugé que l'on parvient à corriger soi-même, n'est-ce pas ?

Sous la table, Fiona consulta rapidement ses e-mails. Un message de Damian, qui demandait s'il s'était passé quelque chose ces quatre dernières heures. La personne qui gardait le chien qui donnait des nouvelles.

Jake se tut à nouveau. Il écouta Richard évoquer les préparatifs de l'exposition, écouta avec révérence Richard et Corinne se souvenir. Jake était la seule personne de la pièce pour qui c'était *Richard Campo*, l'homme du documentaire, le talent derrière cette photo emblématique de la petite fille juchée sur le mur de Berlin, la présence scandaleuse derrière la série de clichés *Defiling Reagan*[1]. Les choses étaient tellement différentes lorsque vous connaissiez la personne avant qu'elle soit célèbre.

Fiona se demanda ce que penserait Damian s'il la voyait assise là en train de se détendre – se demanderait-il pourquoi elle ne cherchait pas plutôt leur fille, ou bien serait-il content qu'elle prenne soin d'elle-même et laisse le détective faire son travail ? En ce moment même, l'enquête progressait, même si ce n'était pas elle qui était à l'origine de ces avancées.

Elle tendit l'oreille pour écouter l'échange entre Richard et Jake :

— Vous voulez être mon assistant ? Je cherche tout le temps de nouveaux assistants, plaisanta Richard.

— Parce que c'est impossible de bosser avec lui ! dit Corinne.

— Et je peux vous assurer que ça paie très mal. Encore moins bien que le journalisme !

Serge expliqua à Fiona que Corinne – ou plus exactement son mari – organisait une soirée en l'honneur de Richard le lendemain, chez eux, à Vincennes.

— Tu viendras, dit Richard à Fiona.

Celle-ci hocha la tête. Elle n'avait pourtant pas l'intention d'y aller.

— Pourrais-tu me parler des installations vidéo ? demanda Corinne à Richard. J'ai envie d'écrire quelque chose à leur sujet. Le monde ne connaît pas bien ton travail de vidéaste.

— C'est la faute du monde ! lança Serge.

— Eh bien, répondit Richard en regardant Fiona, comme si c'était elle qui avait posé la question. Ironiquement, la matière première est assez ancienne. Ce sont des vidéos que j'ai enregistrées sur VHS dans les années 1980. À Chicago. Tu sais que c'était un cauchemar de bosser sur de la VHS.

---

1. *Defiling Reagan* : « Souiller Reagan », « profanation de Reagan ». La sonorité de *defiling* rappelle le mot *defying* : « défier Reagan ».

Fiona comprit enfin où il voulait en venir, et pencha la tête sur le côté. Les années 1980 à Chicago. La vidéo.

Richard ajouta à l'intention de Corinne :

— Elles sont optimistes, je crois. Pleines de vie. Je les ai éditées avec un œil contemporain, mais le sujet remonte à vingt, trente ans. Les...

Il hésita, et Fiona repensa, bizarrement, à Christopher Plummer dans *La Mélodie du bonheur*, étreint par l'émotion devant ces sales nazis alors qu'il est sur scène et essaie de chanter un air évoquant son pays natal.

— Tu devrais interviewer Fiona tant qu'elle est là. Moi, tu peux me poser des questions quand tu veux. Mais son frère et ces autres garçons, ils sont...

Richard s'arrêta, cligna rapidement des yeux, agita une main devant son visage. Il se rendit dans la cuisine.

— Qui veut de la tarte aux pommes ? leur demanda-t-il depuis le plan de travail.

— Il voulait t'en parler, dit Serge à Fiona.

— Il y a quoi, des images ?

— Non, pas des images, de l'art.

— OK.

Fiona sentit son pouls battre dans ses joues. Elle était venue ici pour chercher Claire, mais une minute retrouvée avec Nico, avec Nico et Terrence, avec... C'était quelque chose. N'était-ce pas également une forme de sauvetage ?

— Je veux voir ça.

Corinne se mit à rire.

— Le monde également ! Nous devrons attendre plus d'une semaine. Et vous aussi.

Il était près de vingt-deux heures, et Fiona se fit une raison : Arnaud n'avait pas plaisanté, il l'appellerait bel et bien le lendemain.

Richard servit la tarte avec de la crème glacée à la vanille. Ils emmenèrent tous les cinq leur petite assiette jusqu'à la balustrade du balcon et mangèrent debout, en regardant la rue barricadée en contrebas.

1985, 1986

L'université et la galerie seraient fermées pour le nouvel an, mais Yale et Bill Lindsey souhaitaient tous deux profiter de la venue en ville des Sharp pour les fêtes. Allen Sharp faisait partie du conseil consultatif et, après les Brigg, lui et sa femme Esmé étaient les plus gros donateurs de la galerie. Des gens adorables, qui avaient les pieds sur terre et préféraient dîner chez Bill plutôt que de festoyer aux frais de la princesse au Perroquet[1]. Yale les connaissait de l'époque où il avait travaillé à l'Art Institute, où ils s'étaient toujours montrés prompts à financer les fêtes ou les événements éducatifs, et il les soupçonnait d'avoir glissé un mot en sa faveur lorsqu'il avait postulé à la Brigg. Ils avaient insisté pour que Charlie soit également présent ce soir, et donc, en ce 30 décembre, alors que la température avoisinait les -18 °C, Yale et Charlie étaient devant la maison de Bill à Evanston avec une bouteille de merlot – et dix minutes d'avance. Ils avaient marché jusqu'ici en sortant du métro.

— Faisons un tour du pâté de maisons, proposa Charlie.

Mais il portait un manteau bien chaud et des gants épais. Yale opposa son veto et ils sonnèrent.

Dolly Lindsey – Yale l'avait rencontrée une fois, brièvement – ouvrit la porte comme si elle avait attendu ce moment avec une impatience immense et effrénée. La pièce derrière elle était cependant impeccable, et une odeur de sauce tomate flottait dans la maison. Elle était prête depuis des heures. Dolly était petite et boulotte, et son visage était encadré de bouclettes

---

1. Véritable institution de Chicago, ce restaurant a fermé ses portes en 1991.

serrées. Si Yale ne s'y trompait pas et que Bill n'était effectivement pas sorti du placard, alors il avait choisi sa femme de façon prévisible : banale mais bien habillée, assez gentille pour probablement pardonner beaucoup de choses. Yale n'avait pas fait part de ses soupçons à Charlie. Il n'avait aucune envie que celui-ci se mette à craindre une liaison au travail.

— Ne restez pas dans le froid ! s'exclama Dolly.

Et ensuite, comme si elle disait sa réplique dans la pièce de théâtre de l'école, elle lança :

— Et ce doit être votre ami Charlie. C'est un plaisir.

Charlie n'était pas ravi d'être là. Il avait le sentiment de négliger son travail ce soir, et s'inquiétait pour Terrence, qui avait certes été hospitalisé au Masonic pour une simple infection des sinus – mais on ne savait jamais.

— Votre parquet est magnifique, je n'ai pas envie de ramener de la neige fondue.

— Oh, il a vu pire !

Dolly souriait, rougissait. Il avait fallu deux phrases à Charlie pour la conquérir. Le fait que son accent évoque immédiatement un chapeau haut de forme et un monocle y était pour beaucoup.

Yale fut placé sur le canapé à côté de Charlie avec « un verre de vino », comme disait Bill, à regarder ce dernier choisir des disques. Les décorations de Noël étaient encore là : bougies, anges et brins de houx.

— J'espère que vous aimez le veau *parmigiana*.

Charlie ne mangeait pas de mammifères, et tous deux avaient un problème avec le veau, mais ils hochèrent la tête, dirent que cela semblait délicieux.

— Si le goût est fidèle au fumet, je m'installe ici ! déclara Charlie.

Dolly rougit encore plus, laissant échapper un gloussement aigu qui aurait pu être agaçant s'il n'était pas sincère.

— J'ai cru comprendre que c'était une période excitante à la galerie ! dit-elle à Yale.

— Au moins, nous nous amusons.

Avant les vacances de Noël, la situation était déjà au point mort : plus de nouvelles de Nora, pas de coup de fil furieux de Cecily. Et plus Yale était convaincu de l'authenticité des tableaux – plus lui et Bill examinaient les photos, plus ce dernier se précipitait dans son bureau avec de nouveaux éléments d'enquête, la preuve que, oui, Foujita avait utilisé exactement cette nuance de vert, regardez-moi ça ! –, plus il se rendait compte qu'il n'allait pas uniquement à l'encontre de Cecily et de son donateur égocentrique, mais aussi de la famille de Nora, une famille qui pourrait facilement bloquer la transaction, enfermer la vieille dame dans sa maison et intercepter son courrier.

— Eh bien, tout cela a l'air merveilleux !

Bill avait mis un album de Miles Davis, et voilà qu'il hochait maladroitement la tête en rythme. Il s'installa dans le gros fauteuil jaune en face de Yale.

— Roman ne va pas tarder, annonça-t-il.

Roman était l'un des deux doctorants qui commenceraient comme stagiaires rémunérés à la galerie après le nouvel an grâce à des bourses de la Mellon Foundation. Yale ne l'avait pas encore rencontré, mais Bill avait été son directeur de mémoire en maîtrise deux ans auparavant, à l'époque où il occupait un poste universitaire. Roman travaillerait de nouveau avec lui au prochain semestre en tant qu'assistant de conservation ; l'autre stagiaire, une femme prénommée Sarah, épaulerait Yale.

— Il a téléphoné. Il n'a plus d'eau chez lui et a dû foncer prendre une douche à son club de gym. Ah, la vie de l'étudiant en troisième cycle, hein ? Ça ne me manque pas. Charlie, avez-vous fait un troisième cycle ?

— Jamais de la vie ! répondit Charlie, sans préciser qu'il avait laissé tomber la fac.

D'après la reconstitution que Yale avait pu faire de cette période, Charlie avait arrêté les cours mais traîné encore trois années sur le campus de King's College et aux alentours, passant son temps à galvaniser les gens, à prendre la tête de manifestations et à être, globalement, le prince héritier des étudiants gays. Charlie n'allait certainement pas expliquer tout ceci à Bill, et Yale fut soulagé lorsqu'il s'excusa et alla donner un coup de main à Dolly aux fourneaux. Charlie n'était pas cuisinier, mais n'avait pas son pareil pour trouver des casseroles à récurer.

— Je crois qu'il va tout bonnement falloir que nous nous rendions de nouveau dans le comté de Door. Vous et moi, cette fois-ci. Vous pourrez parler à Nora, et moi à l'avocat.

Yale redressa son verre trop rempli. Il avait bien failli éclabousser le bras du canapé blanc crème.

— Ce n'est pas comme si on risquait de ne pas la trouver chez elle. Ce n'est pas comme si elle recevait sans cesse du monde.

— Donc, nous débarquons sans prévenir ?

— Elle a quatre-vingt-dix ans. Il n'y a pas de temps à perdre.

Bill soupira, jeta un coup d'œil autour de lui comme si quelqu'un était caché dans un coin et les espionnait.

— Je veux que vous compreniez dans quoi vous mettez les pieds, dit-il.

— C'est le cas. Le pire des scénarios est vraiment très mauvais.

Dans ce scénario, ils essayaient d'obtenir les œuvres mais échouaient, ou, moins probable et cependant possible, se procuraient les œuvres qui s'avéraient des faux. Dans les deux cas, la Northwestern perdrait l'argent de Chuck Donovan pour rien.

— Si Cecily a vent de notre opération, ou si celle-ci se termine mal, elle fera remonter ça très, très haut, uniquement dans le but de se couvrir. Il n'y a que deux millions en jeu, mais elle... Les choses ne se passent pas très bien pour elle depuis quelque temps, dit Bill avant de rapprocher de Yale sa chaise, dont les pieds arrière, en se prenant dans la bordure du pâle tapis oriental, firent un pli. Cela ne me dérange pas d'essayer de porter le chapeau en cas de problème, parce qu'ils ne vont pas me virer. Parce qu'en fait, je suis toujours titulaire. Mais je ne peux garantir ce qui va se passer. Ils pourraient chercher à virer quelqu'un pour prouver quelque chose, et dans ce cas, cette personne, ce serait vous.

Yale ne savait pas trop qui était ce « ils », mais hocha tout de même la tête.

— Je doute qu'ils soient prêts à sacrifier toute la galerie, quoique...

Charlie passa une tête par la porte.

— On m'a demandé de vérifier où en étaient vos verres de vin !

Yale leva le sien, qui était plein, et but une gorgée. Bill pointa ostensiblement son pouce vers le haut. Il devait être clair qu'ils parlaient affaires car Charlie disparut en silence.

— Dolly me harcèle déjà pour que je prenne ma retraite. Je crois que j'ai encore deux années au plus. Et puis écoutez, je suis prêt à mettre la fin de ma carrière en jeu pour cette affaire, et volontiers. Mais vous, vous êtes jeune, Yale. Vous en êtes au tout début. Et nous visons la lune.

Un an plus tôt, Yale se serait peut-être laissé décourager sur toute la ligne, mais aujourd'hui, il se sentait prêt. Ces dernières semaines, il débordait d'une énergie qu'il n'aurait su nommer. Peut-être que la façon qu'avait eue Julian de le regarder lors de la soirée de collecte y était pour quelque chose, que cela lui avait donné le sentiment d'être choisi – ou peut-être était-ce à cause de tout ce qui, autour de lui, prouvait que la vie était brève, qu'il ne rimait à rien de miser sur l'avenir plutôt que sur le présent.

— Je veux le faire, déclara-t-il.

— Petite digression. Parlons des stagiaires, dit Bill en pointant un long doigt vers Yale. Vous verrez, ce n'est pas sans rapport avec notre sujet. Donc, nous avons Sarah, et nous avons Roman. Tous deux excellents. Vous deviez avoir Sarah, mais j'ai réfléchi, et je pense que nous allons échanger. À la place, je veux que vous ayez Roman.

Yale était perplexe.

— C'est un historien de l'art, n'est-ce pas ? Il ne voudra pas travailler au développement.

— Mais bien sûr que si. Nous en avons discuté. L'administration des musées l'intéresse. Qui sait, ce sera peut-être sa prochaine formation ? C'est un éternel étudiant.

— D'accord, je...

— Il consacre sa thèse à Balthus, alors il... Bon, ce n'est pas exactement la période de Nora, non, mais on s'en approche. Il est naïf. Un jeune homme charmant. Je veux que vous le preniez.

Dolly était revenue dans la pièce avec un bol contenant un mélange de noix.

— Roman est merveilleux ! s'exclama-t-elle.

— Merci, dit Yale à Bill.

Il ne comprenait pas trop ce qui venait de se passer, mais il lui sembla que les remerciements étaient de rigueur.

— Et moi, je prendrai Sarah.

Dolly parut absolument ravie. À l'opposé de la réaction de la plupart des épouses en apprenant que leur mari allait avoir une jeune stagiaire.

Elle disparut dans la cuisine, et Bill ajouta :

— Et si cela vous semble utile, nous pouvons l'emmener dans le Wisconsin.

Lorsque les Sharp arrivèrent en laissant échapper des petits cris et des rires à cause du froid, Yale se sentit immédiatement plus à l'aise. Esmé le serra dans ses bras et s'exclama que Charlie était exactement comme elle se l'était représenté. Yale avait désormais une excuse pour se lever, pour se déplacer dans la pièce. Les Sharp n'avaient qu'une quarantaine d'années, mais Allen détenait le brevet du système de fermeture de presque tous les embouts à essence au monde, et ils partageaient désormais leur temps entre le Maine, Aspen et un petit appartement dans les Marina Towers. Ils étaient des donateurs atypiques, qui voulaient vivement aider la Brigg à se constituer une collection – Allen avait étudié à la Northwestern et Esmé avait une formation d'architecte –, mais ne possédaient pas d'œuvre à eux. Ils étaient beaux avec leurs cheveux châtains et leur nez grec. « Je sais que nous devrions commencer à monter une collection, lui confia un jour Esmé. Mais je ne vois pas l'intérêt de m'accaparer une œuvre. » Yale aurait aimé être adopté par les Sharp, qu'ils leur laissent, à Charlie et à lui, une chambre dans leur petit coin de gratte-ciel.

Bill étala les photos sur la table basse et Yale raconta toute l'histoire aux Sharp. Bill lui avait expressément demandé de laisser de côté les œuvres de Ranko Novak – et comme de toute façon, il n'était pas possible de les authentifier, Yale ne voyait pas quel mal il y avait à cela. Elles n'apportaient rien à la discussion. Charlie et Dolly écoutèrent attentivement aussi, et Yale se rendit compte qu'il n'avait pas expliqué les choses à

Charlie, pas de façon aussi détaillée. Cela dit, Charlie avait été très occupé.

— C'est incroyable, dit Allen. J'ai honte d'avouer que je ne connais pas Foujita.

Et comme Bill ne s'engouffra pas dans la brèche, Yale expliqua :

— C'était une figure du Paris des années 1920, une célébrité. Pas loin d'être le seul Japonais de France à l'époque. Pendant la guerre, il y a eu une période malheureuse au cours de laquelle il est rentré au pays et a fait de la propagande. Mais de nos jours, plus personne ne se soucie de ça.

Allen rit.

— Vous croyez ? Je pense que mon paternel, si.

Yale se pencha vers lui, comme pour lui confier un secret.

— Eh bien, l'un de ses dessins vient juste de partir pour 400 000 dollars à Paris. Visiblement, cette histoire n'a pas dérangé l'acquéreur.

Charlie jeta un regard à Yale que celui-ci finit par déchiffrer : il était impressionné, fier. Charlie le voyait rarement à l'œuvre. Si Yale avait une femme, il la traînerait à tous les dîners avec des donateurs, à tous les événements avec les anciens étudiants. Elle porterait des robes courtes, flatterait l'ego des hommes et, une fois à la maison, elle imiterait leurs épouses. Ou bien non. Peut-être que s'il était hétéro, il aurait choisi une personne comme Charlie, trop occupée à mener sa propre vie pour se plier au jeu des hochements de tête et des sourires.

La sonnette retentit. Bill et Dolly se précipitèrent tous les deux pour ouvrir.

Yale avait imaginé qu'une personne du nom de Roman serait bâtie comme un soldat. Mais le jeune homme à moitié gelé qui entra dans la maison était petit et blond, et portait des lunettes à la Morrissey qui lui grossissaient les yeux. Il était vêtu d'un col roulé noir et d'un pantalon assorti.

— Je suis vraiment navré d'être en retard, s'excusa-t-il en tendant à Dolly un petit poinsettia, certainement en solde après Noël chez Dominick's.

On aurait dit un étudiant en licence, alors que Yale ne tarda pas à apprendre qu'il avait vingt-six ans, et avait commencé une maîtrise en peinture avant de changer pour l'histoire de l'art. Roman déclina le verre qu'on lui proposa et, juché maladroitement tout au bout du canapé, il se mit à discuter avec les Sharp des recherches qu'il avait menées à Paris l'été précédent. Il avait une voix calme, gardait les mains collées à ses genoux.

— Ma mère avait peur que je ne revienne pas.

— C'est vrai, ça, pourquoi être revenu ? demanda Esmé en riant.

— Eh bien, comment dire, je... mes études et mes...

— Ma femme vous taquine, intervint Allen. Bon sang, Esmé, tu as traumatisé le gamin !

Roman était adorable, et dès le début, Yale supposa qu'il était gay – comment expliquer, sinon, le comportement étrange de Bill ? –, mais du genre qui s'ignore. Yale aurait pu finir comme ça si, en deuxième année à l'université du Michigan, il n'avait pas eu Mark Breen comme prof assistant en macroéconomie – plus âgé que lui, beau, sûr de lui, persuasif. Au bout de cinq minutes dans l'appartement de Mark, Yale ne se souvenait plus de son propre passé ni de tout ce qu'il avait pu ressentir jusque-là.

Dolly demanda à Roman s'il était rentré chez lui pour Noël.

— Oui, eh bien, nous... J'ai six frères et sœurs. Alors nous convergeons tous vers la maison. En Californie du Nord.

— Sept enfants ! s'exclama Esmé.

Il s'avérait que sa famille était mormone. Yale sentait que Charlie aussi jaugeait Roman. Ce n'était pas son genre d'homme, mais il avait un faible pour les lunettes. Avant que Charlie ne devienne aussi méfiant, ils jouaient souvent à « Qui baiserais-tu ? », à la plage ou à l'aéroport. L'un d'eux désignait trois hommes, l'autre devait choisir avec lequel il pourrait coucher – une seule réponse –, et l'autre devait deviner lequel il avait choisi. Charlie optait toujours pour les hommes à lunettes. Yale le taquinait souvent au sujet de son obsession fétichiste pour Clark Kent.

— Donc vous travaillerez à la galerie ? demanda Charlie.

— En fait, répondit Bill, il travaillera sous la supervision de Yale.

Dolly les invita tous à table, et lorsque Charlie alla se laver les mains, Yale le suivit dans le couloir et toucha son bras devant la salle de bain. Il chuchotait.

— Bill vient juste de me l'annoncer. Le truc du stagiaire.

Charlie lui adressa un léger sourire.

— Je me demande si c'est Dolly qui lui a demandé de changer, poursuivit Yale.

Dans la salle à manger, tout le monde prenait place à table, s'extasiait sur le délicieux fumet.

— T'en penses quoi ? C'était tellement soudain. C'était bizarre.

— Ça va, t'inquiète, répondit Charlie en chuchotant aussi. Tu as peur que je pète un plomb ?

Oui. En effet.

— Je ne suis pas un monstre, OK ? Je ne vais pas péter un plomb chaque fois que tu entres en contact avec quelqu'un.

— Je sais. Je n'ai pas dit ça pour ça.

À table, quand les Sharp eurent tous les deux bu une bonne dose de vin, eurent questionné Charlie sur le journal, lui eurent demandé des recommandations de voyage et eurent chanté les louanges de la cuisine de Dolly, Yale attendit le bon moment. Il réorienta la conversation sur la donation et sur le projet qu'ils avaient de retourner voir Nora (omettant de préciser qu'ils n'avaient pas été invités, omettant de parler de la famille de Nora, de Chuck Donovan et du bureau du développement), et dit :

— J'ai envie de proposer quelque chose de pas très orthodoxe.

— J'adore ce qui n'est pas très orthodoxe ! s'écria Esmé.

— Cette donatrice ne dispose d'aucun capital en dehors de cette collection. Elle ne peut payer l'authentification, elle ne peut pourvoir à l'entretien des œuvres. Il existe des bourses pour la restauration, mais pas pour l'authentification. Parce que...

Esmé hocha la tête.

— Parce que c'est un pari, dit-elle.

Allen posa sa fourchette sur son assiette.

— J'ignore totalement si elle accepterait, poursuivit Yale, mais elle ne semble pas avoir de problème d'ego. Si quelqu'un voulait financer l'authentification, nous pourrions apposer deux noms à cette collection. Il ne s'agirait pas d'une contrepartie, mais, voyez-vous, plutôt d'un geste « En l'honneur de votre générosité ».

— La collection Lerner-Sharp, par exemple, dit Bill.

Esmé et Allen se regardèrent.

— Votre histoire nous intrigue, avoua Esmé.

— Nous mettons un peu la charrue avant les bœufs, dit Yale.

Esmé leva son verre.

— Eh bien, trinquons aux charrues ! Et les bœufs n'auront qu'à suivre le rythme !

Alors qu'ils marchaient vers le métro, Charlie déclara :

— Quitte à avoir un stagiaire sexy, autant que ce soit un mormon puceau.

Yale rit.

— Non, attends, poursuivit Charlie. Pas un puceau. Il a une copine, une petite blonde qui habite, pratique, à trois heures de chez lui. Qui porte des twin-sets et des perles. Il la voit un week-end sur deux.

— Elle ne comprend pas pourquoi il ne la demande pas en mariage, renchérit Yale.

— Ils sont républicains. Elle, au moins. Et ses parents. Lui fait semblant. Pour tout dire, il ne vote pas.

— Mais sa thèse sur Balthus ! s'exclama Yale. Tu connais cet artiste ? Toutes ces jeunes filles nues. Vraiment controversé.

— Exactement.

— Exactement quoi ?

— On t'a refilé un spécimen bien paumé !

Yale, parce que la rue était complètement déserte, fit pivoter Charlie et l'embrassa.

Le lendemain, Charlie avait prévu d'inviter son équipe à un déjeuner de fin d'année, juste avant que chacun parte réveillonner. Charlie et Yale comptaient rendre visite à Terrence au

Masonic plutôt que de faire la bringue. Leur ami avait téléphoné la veille : il était prêt à accueillir des visiteurs. Apparemment, dans la nouvelle unité sida du Masonic, les festivités n'étaient pas en reste, mais Terrence ne s'attendait pas à ce qu'ils célèbrent en grande pompe l'arrivée d'une année dont peu d'entre eux verraient la fin. Cependant, le réveillon du nouvel an était l'une de ses fêtes préférées, et il voulait faire les choses bien. Ou en tout cas, du mieux possible. Fiona passerait tôt, et devrait ensuite retourner auprès des enfants qu'elle gardait afin que leurs parents puissent sortir. « J'ai besoin de vous aussi, les gars, leur avait dit Terrence. Pas obligé que ce soit à minuit, je veux juste avoir ma fête. »

Une vraie fête n'aurait pas fait de mal à Yale, qui avait besoin d'évacuer un peu son stress – mais le déjeuner d'équipe comptait, supposa-t-il. Il aimait bien ces gens. Ils s'amuseraient maintenant, et ce soir, lui et Charlie resteraient sobres et se rendraient ensemble à pied au Masonic. Au retour, ils éviteraient des flaques de vomi.

À midi, douze membres de l'équipe plus Yale se retrouvèrent au Melrose autour de tables qu'on avait rapprochées. Ils firent circuler le numéro de la veille, dans lequel se trouvaient les photos de Richard. Le compte-rendu de la soirée de collecte était sorti le lundi précédent, mais Richard avait eu besoin de plus de temps – c'était de l'art, pas un reportage. Tandis que le journal se rapprochait du banc sur lequel Yale était pris en sandwich entre deux personnes, il sentit une inquiétude irrationnelle l'envahir, comme si Richard avait réussi à prendre une photo de lui et de Julian en train de se regarder dans les toilettes. Mais non. À la place, il y avait un cliché en contre-plongée de Yale et de Charlie qui écoutaient les discours. Yale semblait ému. La photo avait dû être prise juste avant qu'il craque. Sur une autre image, on voyait Cecily qui riait en compagnie de deux hommes – probablement les amis avec qui elle était venue.

— C'est quoi, sa came ? demanda Gloria en se penchant pour pointer son doigt vers Cecily. Elle est mignonne.

— Hétéro, répondit Yale. Et perdue. Elle m'a fait du rentre-dedans, une fois.

Tous trouvèrent cela hilarant.

— Avant, les femmes me draguaient tout le temps, cria Charlie à l'autre bout de la table. Et puis j'ai commencé à me dégarnir.

En bons employés, tous s'inscrivirent en faux contre ces propos. Yale connaissait bien la plupart d'entre eux, même s'il y avait eu du mouvement. Nico, déjà. Et deux autres membres de l'équipe originelle étaient désormais malades aussi. « Est-ce abominable que j'aie envie de tous les remplacer par des femmes ? avait demandé Charlie cet automne. C'est une sécurité. Les gouines ne vont pas me claquer entre les doigts. Elles ne prendront même pas de congé maternité. » Yale avait répondu que oui, c'était abominable. « Bénies soient les gouines, avait déclaré Charlie. Elles hériteront de toute notre merde. »

Yale raconta à Dwight, le correcteur, qu'il s'apprêtait à repartir dans le comté de Door, et Dwight, qui avait passé ses vacances là-bas quand il était enfant, avait toutes sortes de conseils pour lui, dont la plupart n'étaient pas adaptés à la saison. C'était un type ennuyeux, mais Yale n'avait pas trouvé une seule coquille dans *Out Loud* de toute l'année. Dwight lui parla aussi des prisonniers de guerre allemands qu'on avait envoyés dans la péninsule pendant la Seconde Guerre mondiale pour cueillir des cerises, de tous ceux qui étaient restés et avaient épousé des filles du cru. Yale nota cette anecdote dans un coin de son esprit en vue de la ressortir lors d'un prochain trajet vers le nord.

Du côté où se trouvait Charlie, quelque chose n'allait pas. Il se tenait la tête entre les mains, était devenu tout blanc et répétait « Merde, merde, merde ».

— Je suis vraiment désolé, disait Rafael. Je pensais que tu l'aurais appris avant moi.

— Quoi ? demanda Yale.

Charlie secoua la tête avec insistance. Il fallait laisser tomber. Un sujet qu'ils aborderaient à la maison. En attendant, personne autour de Yale ne semblait avoir entendu de quoi il s'agissait. Consciencieusement, ils trouvèrent des sujets de conversation pour couvrir le silence gêné. Dwight voulut goûter la soupe à la tomate de Gloria. Mais voilà que Charlie était debout et se dirigeait sans son manteau vers la cabine téléphonique située à l'extérieur. À travers la vitre, Yale le vit composer un numéro, écouter, raccrocher, récupérer sa monnaie, composer le numéro de nouveau. Quatre fois.

Lorsqu'il revint, il ne s'assit pas mais tendit le bras vers Yale à travers la table. Il lui remit sa carte de crédit et murmura :

— Occupe-toi de tout le monde, d'accord ?

Sur ce, il tourna les talons et sortit.

Les gens qui étaient assis tout à l'heure à côté de Charlie ne semblaient pas choqués – juste chagrinés, comme s'ils avaient commis une terrible erreur. Yale parvint à s'extraire du banc, passa devant Gloria et s'installa à la place laissée vacante par Charlie.

— Que s'est-il passé ? demanda-t-il doucement.

Les hommes qui se trouvaient de part et d'autre de Yale – Rafael et un nouveau – commencèrent à parler avant de stopper net.

— C'est Julian Ames, finit par lâcher Rafael.

— Et merde ! s'exclama Yale, qui se sentit soudain faible, qui se sentit pâlir autant que Charlie tout à l'heure. Non ! Merde !

Mais les autres ne le contredirent pas, ne précisèrent pas « Non, on veut juste dire qu'il s'est cassé la jambe. On veut juste dire qu'on l'a tabassé ». Yale les regarda. Ils regardèrent leurs assiettes.

Yale dut faire un effort pour respirer.

Et, détail horrible, une part de son effroi était égoïste. Avait-il vraiment envisagé de monter chez Julian ? Il ne l'avait pas vraiment fait, si ? Était-il possible qu'il soit monté, qu'il l'ait oublié ? Il n'était pas en plein déni ? Non, il n'était vraiment pas monté. Depuis, il avait fait des rêves très évocateurs, mais il n'était pas passé à l'acte.

Non, plus important : Julian, le beau Julian. Julian qui n'arrêtait pas de parler du traitement. Yale se demanda si c'était en réalité ce sujet que Julian avait cherché à aborder dans les toilettes. Une confession sur sa maladie que Yale avait prise pour une confession d'amour.

— Tu le sais de source sûre ? demanda-t-il à Rafael.

— Euh, eh bien... C'est le cadeau qu'il s'est offert pour son anniversaire : le test. Je n'en sais pas beaucoup plus. Je ne le tiens pas de Julian, mais de Teddy Naples.

L'anniversaire de Julian était le 2 décembre. La levée de fonds pour Howard Brown avait eu lieu... c'était encore Hanoukka, non ? Le 13. Alors non, il n'avait pas encore les résultats à ce moment-là. Sauf s'il se sentait déjà mal. Sauf si c'était pour cela qu'il avait finalement fait le test.

— Bon, si c'est juste le virus, il a peut-être encore beaucoup de temps devant lui. Des années ! remarqua le nouveau.

— D'après ce que j'ai compris, il l'a appris la veille de Noël. Le téléphone l'a réveillé, et il a cru que c'était sa mère qui l'appelait pour Noël. C'était une infirmière, qui lui demandait de passer pour avoir ses résultats.

Désormais, toute la table écoutait, assouvissait sa curiosité. Personne ne paraissait personnellement bouleversé. Les gens étaient juste inquiets pour Yale. Soit ils ne connaissaient pas bien Julian, soit Yale et Charlie étaient les derniers à l'apprendre.

Yale attrapa le verre d'eau à moitié plein de Charlie et regarda sa main trembler. Il fallait qu'il appelle Julian, mais c'était clairement ce qu'avait tenté de faire Charlie. Il fallait qu'il parte sur les traces de Charlie, qu'il trouve où il était allé – mais Yale était en charge de la carte de crédit, et les assiettes étaient encore pleines.

— Allez, on sort. Je vous paie une bière.

Charlie n'était pas à l'appartement quand Yale rentra deux heures plus tard. Il en fut déçu, à un point qui l'étonna. Il aurait voulu parler de tout ça, rester au lit avec lui à regarder les murs en lâchant des gros mots et en rabâchant les moindres détails qu'ils avaient pu glaner. De plus, en serrant Charlie contre lui, Yale pourrait commencer à expier d'avoir jamais pensé entamer quelque chose avec Julian. Plus il serrait Charlie contre lui, plus il pourrait chasser ces pensées.

À vingt et une heures, Yale se rendit seul au Masonic avec des magazines et un chapeau de soirée en papier pour Terrence. Il n'était pas encore allé dans la nouvelle unité sida, et prit le mauvais ascenseur, dut rebrousser chemin en passant par le centre de pneumologie, mais finit par arriver à destination. Dans la salle des infirmières, il y avait des illuminations de Noël et des serpentins. Une infirmière qui ressemblait à Nell Carter proposa un verre de cidre à Yale. Il accepta, et elle lui servit à boire dans un petit gobelet en papier.

— Il a un nouveau camarade de chambre aujourd'hui, lui apprit-elle. Un gars pas facile mais qui ronfle à l'heure qu'il est. Terrence est réveillé.

Yale essaya d'apercevoir le nouveau coturne en entrant dans la pièce, essaya de voir s'il le connaissait – mais il faisait sombre de l'autre côté du rideau, et il ne discerna que le bas d'un menton, une barbe de trois jours et des lésions violettes sur une mâchoire inférieure décharnée.

Terrence – une canule à oxygène dans le nez, une intraveineuse scotchée au poignet – mangeait un entremets au chocolat à l'aide d'une cuillère en plastique. Il semblait encore plus mince qu'à la soirée, mais mieux portant également. Plus heureux, en tout cas.

— Salut ! Tu veux manger ça à ma place ?

Sa voix était râpeuse, fatiguée.

— C'est tentant, répondit Yale en s'asseyant. Mais ces arômes artificiels sont bons pour *ta* santé et *ton* rétablissement.

Il lui demanda si Charlie était passé. Terrence répondit que non, juste Fiona.

— Pourquoi ? Qu'est-ce qui ne va pas ?

— Rien. On s'est mal compris, c'est tout. Hé, toi tu ne parles pas, OK ? Je me charge de la discussion. Sérieux, y a un salon avec la télé là-bas ? C'est le Club Med !

— Le Club Mort.

— Non, toi, tu ne parles pas. J'ai fait ton chili végétarien à Noël. Ça se mangeait, mais je ne suis pas un expert.

— Tu sais ce que c'est, le pire, quand t'as le sida ? demanda Terrence.

Cette blague était éculée depuis longtemps, mais Yale rit malgré tout.

— Ouais, convaincre tes parents que t'es Haïtien.

— Non.

Terrence fit un grand sourire.

— En fait, c'est mourir.

Il se mit à rire, puis à tousser. Mais ça allait, ça allait.

Yale s'en souvenait comme si c'était hier : Terrence qui portait Fiona dans le couloir de l'hôpital de banlieue dans lequel les parents de Nico avaient à tout prix voulu le transférer, Terrence la portant comme un bébé tandis qu'elle sanglotait au creux de son cou. Elle avait catégoriquement refusé d'entrer dans la chambre de Nico sans Terrence, et tout ce que l'assistant social avait réussi à négocier fut un changement de la garde toutes les heures : M. et Mme Marcus, à qui Fiona ne parlait plus, passaient une heure au chevet de Nico pendant que Terrence et Fiona restaient assis dans la salle d'attente de l'unité de soins intensifs, puis ils avaient le droit de rester avec lui une demi-heure pendant que les Marcus descendaient à la cafétéria. Yale, Charlie, Julian, Teddy, Asher et une rotation d'autres amis de Nico comblaient les trous. Yale était avec Fiona et Terrence – ils sortaient tous les trois de l'ascenseur –, quand la terrible infirmière aux cheveux hérissés s'approcha d'eux pour dire à Fiona qu'il fallait qu'elle y aille maintenant, que l'heure était venue. « Je peux entrer avec Terrence ? » demanda-t-elle, et l'infirmière, d'un air énervé, proposa de poser la question à l'assistant social qui était en réunion. Fiona lança : « Je n'irai pas sans lui. »

Elle s'assit alors sur le banc, et Yale ne savait pas s'il devait la regarder elle ou regarder Terrence, qui tremblait, les mains posées sur le rebord de la fenêtre, ou s'il devait peut-être simplement partir – si, à compter de ce moment, il ne méritait plus d'être là. Au bout de trente secondes, Fiona se leva et dit : « Je suis vraiment désolée, Terrence », avant de se précipiter dans la chambre de Nico.

Yale se rendit au poste des infirmières et dit : « Oui, appelons l'assistant social. Ce n'est pas normal. Ce n'est pas normal. »

Mais alors qu'ils attendaient ce type, Fiona sortit. Elle avait l'air d'avoir à la fois douze et cent ans, mais pas vingt et un. Elle convulsait, sanglotait tellement qu'elle ne faisait pas de bruit. Derrière elle, Mme Marcus se mit à gémir. Le médecin sortit de la chambre, se dirigea vers Terrence, et Yale, s'attendant à ce qu'il tombe, se prépara à le rattraper. Mais Terrence, quand le docteur confirma ce qu'ils savaient qu'il confirmerait, ne s'effondra pas.

Il dit au médecin d'une voix qui sonnait comme une pierre creuse : « Je reviendrai dans deux heures. Vous allez le nettoyer, n'est-ce pas ? Et ils auront du temps avec lui, comme ça. Et moi je reviendrai dans deux heures. » Il avait toujours mal au genou parce qu'il avait percuté le chariot du ménage ce matin-là, mais il souleva Fiona comme si elle ne pesait rien et sortit de l'hôpital. Yale resta un peu plus pour appeler Charlie et tous les autres depuis le téléphone du poste des infirmières. Il apprit plus tard que Terrence avait porté Fiona pendant vingt minutes, lui faisant faire des tours dehors jusqu'à ce qu'elle soit prête à revenir dans l'hôpital et à commander un taxi. Il apprit que quelqu'un, inquiet de voir un Noir porter une femme blanche qui sanglotait dans le parking, avait appelé la police, et qu'un agent s'était rendu sur place et les avait suivis lentement jusqu'à ce que Fiona se mette à crier que tout allait bien, qu'il n'était pas illégal qu'une personne en porte une autre, non ?

À présent, c'était Terrence dans le lit, et au moins, cet endroit était bien mieux, mais était-ce important, finalement ? Et bientôt, ce serait Julian.

Les yeux de Terrence s'étaient fermés, et Yale resta assis là un long moment à relayer des ragots. D'une voix rauque, il chanta faux « Ce n'est qu'un au revoir », jusqu'à ce que Terrence, du dos de la main sur laquelle il n'avait pas d'intraveineuse, le frappe pour qu'il s'arrête. Pendant tout ce temps-là, Yale crut que Charlie viendrait. Cela n'arriva pas.

Terrence ouvrit les yeux.

— Il est déjà minuit ?

— 23 heures 40. Mais on pourrait regarder descendre la boule de Times Square à New York. Tu peux tenir vingt minutes ?

Yale alluma la petite télé qui se trouvait dans un coin. Elle montrait un Times Square que Terrence ne visiterait plus jamais.

Terrence regarda la boule, puis dit, doucement :

— J'y suis arrivé. 1986, mec !

Il ferma les yeux et s'endormit.

Yale trouvait que ce n'était pas le moment de partir – ou peut-être n'en avait-il pas envie –, alors il s'attarda quelques minutes encore. La porte s'ouvrit, et Yale pensa que c'était peut-être Charlie, mais ce n'était qu'une infirmière, pour s'assurer que tout allait bien.

Yale serra la main frêle de Terrence aussi fort qu'il l'osa.
— Tu ne peux pas mourir d'une infection des sinus, putain.

Charlie n'était pas non plus à la maison.

Yale laissa un long message sur le répondeur de Julian, honteux d'être soulagé qu'il n'ait pas décroché. « Dis-nous ce qu'on peut faire. Il y a des gens... enfin, Nico et Terrence étaient là l'un pour l'autre, tu vois ? Et si tu n'as personne – et ce n'est pas ce que je veux dire –, tu nous as tous. »

Il se demanda comment allait Teddy. Lui et Julian avaient une relation plus ou moins suivie depuis des années, et il devait être terrifié, en plus d'être anéanti. Pourtant Teddy, en dépit de tout le temps qu'il passait dans les saunas, de tout le temps qu'il passait dans les *backrooms* des clubs à se livrer à des actes qui faisaient blêmir Yale lorsqu'il les imaginait, semblait en parfaite santé jusqu'à présent. (Dans sa tête, il entendit Charlie et Asher le réprimander pour ce genre de réflexion. Charlie : *Le sujet, ce n'est pas le nombre de partenaires, mais les capotes.* Asher : *Si nous avions plus de saunas, nous aurions moins de maladies. Tu sais pourquoi ? Il y aurait moins de honte.*)

Un jour, Teddy murmura à Yale d'une voix avinée, comme s'il s'agissait d'un formidable secret : « Tu sais pourquoi je ne l'ai pas attrapé ? Tu peux pas le chopper si c'est toi qui es actif. » Et Yale tenta de lui donner des informations, lui dit que c'était comme les filles qui croyaient ne pas pouvoir tomber enceinte en été. Qu'on ne pouvait appliquer ce genre de règle à un virus aussi aléatoire. « Écoute, t'as déjà eu du savon qui remontait par là ? Ça passe dans les deux sens. » Si Teddy ne savait pas déjà, tout au fond de lui, qu'il l'avait, il devait le savoir maintenant. Ils étaient des dominos humains. Comment Teddy pourrait-il ne pas savoir qu'il serait le prochain domino à tomber ?

Charlie ne rentra pas avant deux heures du matin. Yale dormait en jogging sur le canapé, à la lueur du petit sapin de Noël. Charlie avait le visage crispé, et se déplaçait comme une marionnette désarticulée. Yale demanda, aussi doucement que

possible, où il était passé, et Charlie répondit : « Je marchais. »
Il s'assit sur le canapé. Yale se redressa et posa la tête sur son
épaule. Le corps de Charlie dégageait du froid comme un frigo
ouvert. Yale prit la couverture dans laquelle il était enveloppé
et en couvrit Charlie aussi.

— C'était le coup de trop. Non pas que ce soit un coup fatal.
C'est ça le truc. C'est un coup, et ça m'a cassé, mais je sais que
d'autres viendront.

Et Yale comprit, parce que c'était ce qu'il avait ressenti lors
de la soirée de collecte. Il posa sa main sur le visage de Charlie.
Celui-ci frissonna.

— Désolé, dit Yale. Je ne... Je veux juste être sûr que tu
vas bien.

— Quoi, tu vas bien, toi ?

— Bien sûr que non. Mais j'ai l'impression que ça te touche
encore plus que les autres.

— Les autres ! répéta Charlie en laissant échapper un rire
amer.

C'était plus facile de parler à Charlie tandis qu'ils regardaient
tous les deux le sapin, plutôt que les yeux dans les yeux. Yale
inspira profondément avant de dire :

— Je veux te rassurer. Je l'ai déjà dit et je ne devrais pas avoir
à le dire, mais j'ai des raisons de croire que cela t'a toujours
inquiété. Il faut que tu saches que Julian et moi, on ne s'est
jamais touchés.

Charlie eut un mouvement brusque de recul et considéra
Yale d'un œil hagard.

— Désolé, j'ai cru que... J'ai cru que ça te tracassait peut-être.

Charlie se leva, balançant la couverture comme si elle était
recouverte d'araignées.

— Putain de bordel de merde, Yale.

— D'accord, je n'aurais pas dû aborder le sujet. Reviens.
Viens ici. Viens ici.

Charlie obéit et pleura un moment contre la toison qui recouvrait le torse de Yale. Et puis il s'endormit là.

2015

Arnaud lui avait demandé de ne pas appeler avant dix heures, alors Fiona lui téléphona à dix heures une. Comme il ne répondait pas, elle essaya à nouveau, puis tua le temps en prenant sa douche. À dix heures vingt-six, il décrocha.

— Vous vous êtes un peu reposée ?

— Racontez-moi.

— J'ai des photos, si vous voulez les voir.

— C'était eux ?

— Oui, oui.

— Y avait-il... Avaient-ils... Ils n'étaient que tous les deux ?

— Deux adultes. Écoutez, je peux vous décrire ces photos à l'infini, ou alors vous pouvez venir les voir de vos propres yeux.

Ils convinrent de se retrouver à midi dans un endroit à Saint-Germain qui s'appelait Sushi House — pas vraiment l'idée que Fiona se faisait de Paris, mais au moins, elle le prononça facilement au taxi qui l'emmena là-bas. De plus, quand ils s'assirent et qu'elle s'obligea à regarder le menu, se retenant de plonger par-dessus la table pour ouvrir sauvagement la besace d'Arnaud, la nourriture décrite lui était familière : sushi saumon, ikura, miso.

Arnaud lui raconta être resté posté dans sa voiture jusqu'à vingt-trois heures, et qu'enfin, Kurt et Claire étaient passés main dans la main devant sa vitre.

Il lui tendit son téléphone par-dessus la table.

— Prête ?

Elle ne comprit pas tout de suite. Elle s'attendait à ce qu'il sorte une pile de photos brillantes en 25 × 20. Mais les clichés étaient sur son téléphone, évidemment.

Le premier était un gros plan de Kurt.

— C'est lui, confirma-t-elle.

Elle attendait que la rage l'envahisse à la vue de son visage, mais à la place, elle ressentit un frémissement en le reconnaissant, le même genre de déclic que celui qui se produit quand on tombe sur un vieil ami – ce qu'il était, après tout. Impossible pour Fiona de le voir sans voir aussi le gamin qu'il avait été, le garçon futé et nerveux qui vous mitraillait d'informations sur les sous-marins allemands et les avions espions.

Le téléphone était toujours dans la main d'Arnaud, alors elle lui dit :

— OK. Je suis prête. Suivante ?

Mais sur la photo suivante, Kurt était en compagnie d'une grande brune à l'épaisse chevelure. Ils se donnaient la main, et la femme tenait un sac de courses en plastique. Ce n'était pas Claire.

Fiona lui arracha le téléphone, passa à la photo suivante, puis encore à la suivante. Elles avaient été prises rapidement les unes à la suite des autres, alors on aurait dit un folioscope les montrant tous les deux qui marchaient sur le trottoir.

— Non, s'écria-t-elle. Merde !

Elle en voulait à Arnaud, ce qui ne rimait à rien.

— Non !

Elle se sentit prise au piège dans son box, étouffait sous les lumières jaunes et la musique douce.

— Ce n'est pas elle ?

— Ça ne lui ressemble même pas de loin !

— Elle aurait pu s'être teint les cheveux.

— Et se teindre un nez différent, aussi ? Se teindre en plus grande ?

— OK, répondit Arnaud. Calmez-vous. C'est une bonne nouvelle, non ? Cela signifie qu'elle n'est plus avec lui.

Elle posa violemment le téléphone à côté de la sauce soja, l'écran contre la table, et prit son sac.

— Où allez-vous ? Commandez quelque chose à manger, OK ? Bon, nous n'y sommes pas encore tout à fait. Il faut que nous planifiions les prochaines étapes. Tenez. Buvez de l'eau.

Fiona plaqua le verre contre son front au lieu de le boire, et lorsque la serveuse vint prendre la commande, Arnaud choisit à sa place.

— Montrez-moi de nouveau.

Arnaud déverrouilla son téléphone et le lui redonna.

Les cheveux de Kurt étaient coiffés en chignon, il était rasé. Il avait peut-être encore l'air à moitié Hosanna. Difficile à dire pour la femme. Cheveux longs, raie au milieu. À cause de la lumière des lampadaires qui tombait sur elle, Fiona ne voyait pas si elle était maquillée. Elle portait un manteau, mais ses jambes étaient coupées par le cadrage. Fiona étudia chaque photo une nouvelle fois, comme si des indices étaient tapis en arrière-plan.

— Est-ce que ce groupe pratique la... polygamie ? C'est le terme ?

Il prononça « polygamie » avec un fort accent français.

— Oui. Enfin, je veux dire, oui, c'est le terme. Mais non, ils ne la pratiquent pas. Heureusement !

Était-ce vraiment un soulagement ? Cela signifiait que Claire n'habitait pas dans cet appartement. Qu'elle n'était peut-être même plus à Paris. Mais non, voyons. La vidéo. La vidéo était à Paris, et Kurt était à Paris. Donc Claire était au moins venue à Paris.

— Si Claire l'a quitté, elle a probablement quitté la France aussi, dit Fiona. Elle... Comment ça marche, l'immigration, d'ailleurs ? On ne peut pas juste rester quelque part, n'est-ce pas ? Si on n'est pas un ressortissant du pays ?

Arnaud haussa les épaules.

— Des tas de gens restent illégalement.

Et si, le jour même de l'arrivée de Fiona à Paris, Claire avait décidé de se pointer devant sa porte à Chicago ? Et si elle avait frappé, était partie, revenue, s'était dit que Fiona avait déménagé ? Et si elle s'était rendue à la boutique, avait posé des questions, avait appris que Fiona n'était pas aux États-Unis ? Il fallait que Fiona téléphone à un voisin. Elle aurait dû laisser à Claire un mot bien visible, scotché sur sa porte d'entrée. Mais non, c'était absurde. Pourquoi Claire choisirait-elle précisément ce moment pour rentrer à la maison ? Fiona n'avait pas ressenti cette impériosité un mois auparavant ; c'était juste la vidéo qui avait donné un parfum d'urgence à tout. Elle n'avait pas quitté la ville depuis que Claire avait disparu, mais elle s'était déjà absentée toute une journée à de nombreuses reprises, et certaines nuits aussi, quand elle restait dormir chez un homme ou quand, une fois, elle avait séjourné dans un hôtel de Downtown pour un mariage. Et pour autant, le monde ne s'était pas désagrégé davantage.

Leurs plats étaient arrivés, et Arnaud parla en agitant ses baguettes.

— Je peux, moyennant une petite rallonge, avoir accès à l'appartement. Peut-être trouver plus d'informations.

— Quoi, en forçant la serrure ?

Il y avait un maki avocat devant elle, et elle était si affamée qu'elle le prit avec les doigts.

Arnaud rit.

— Non, je pensais plutôt graisser la patte du propriétaire.

— Pourquoi ne pas simplement approcher Kurt ?

— Parce que s'il ne coopère pas, eh bien, c'est fini. Mais si on jette d'abord un coup d'œil, on en apprend plus, et on aura toujours la possibilité de lui parler plus tard. Je suis sûr qu'on peut réussir à entrer dans l'appartement en soudoyant quelqu'un. Ce n'est pas très casher... D'où la rallonge. Je ne cherche pas à vous saigner, mais pour quelque chose comme ça, il faut un petit extra. Juste une centaine d'euros.

— Je comprends.

— Plus le coût du pot-de-vin. Donc cent cinquante.

— Puis-je venir avec vous ?

Arnaud parut exaspéré. Il enfourna un maki au thon dans sa bouche.

— Désolée. Je sais, je sais, mais vous ne savez même pas quoi chercher. Si je suis là, et que je vois quelque chose ayant appartenu à Claire... je serai en mesure de le reconnaître. Vous, non.

Arnaud souffla doucement. La fumée invisible de la pipe qu'il aurait dû avoir. Ou au moins de sa cigarette. Et un imperméable. Aujourd'hui, il portait un jean et un T-shirt jaune pétant avec un grand col en V.

— Je n'aurais peut-être pas plus de dix minutes en tout et pour tout.

— Est-ce que le propriétaire ne serait pas plus enclin à vous laisser entrer si je viens aussi ? Si on explique que ma fille a disparu ?

— Non. Mais écoutez, d'accord, si j'arrive à entrer, je vous laisserai venir. Vous ne rencontrerez pas le propriétaire, mais vous pourrez entrer dans l'appartement. Entendu ?

Elle promit de garder son téléphone allumé, de se tenir prête à traverser la ville à tire-d'aile. Mais pas tout de suite. Pas tout de suite. Il fallait qu'Arnaud découvre l'emploi du temps de Kurt, trouve le propriétaire, etc. Cela prendrait quelques jours.

1986

Yale avait la galerie pour lui tout seul. Bill Lindsey et le secrétaire administratif de la Brigg étaient tous deux souffrants ; le régisseur et le comptable étaient à mi-temps. Yale mit New Order à fond et mangea un sandwich à la dinde tout mou à son bureau tout en travaillant. Il programma des dîners, chercha des subventions et échangea avec les Sharp. Il appela une nouvelle fois l'avocat de Nora, tomba sur un message qui disait que le cabinet était fermé pendant les fêtes. Bon sang, on était le 7 janvier. Au moment où il s'apprêtait à laisser un message, la bande émit un bip aigu et continu. Il écrivit une lettre à Nora et à son avocat, les informant que, sauf contre-ordre de leur part, ils viendraient leur rendre visite la semaine suivante. Yale se consacra ensuite à repenser la brochure officielle de la galerie.

Le lendemain, toujours personne au bureau. Yale décida d'appeler des gens pour les inviter à venir voir à quoi ressemblait l'espace. Cela l'aiderait à ne pas penser à Julian, au fait qu'il s'était dangereusement rapproché de son appartement ce soir-là. Teddy et Asher étaient les deux seules personnes disponibles, et ils arrivèrent dans l'après-midi. Yale était content qu'Asher ne soit pas seul ; il n'aurait pas su comment se comporter. Et pour des raisons totalement différentes, pour des raisons liées à Charlie, il était soulagé qu'il n'y ait pas que Teddy. Yale leur fit visiter l'exposition en cours – douze portraits d'Ed Paschke qui lui donnaient le tournis chaque fois qu'il passait devant –, puis ils s'installèrent dans son bureau, et Teddy se servit de sa tasse MoMa comme d'un cendrier. Il fumait à une vitesse inquiétante, une bouffée toutes les deux secondes.

Ils parlèrent de Julian, cela valait mieux, déjà, que de penser à lui.

— Il sort tous les soirs, leur apprit Asher.

— Pour faire quoi ?

— Il boit, répondit Teddy. Il cherche d'autres mecs infectés et baise avec.

— C'est lui qui vous l'a raconté ?

— Il a fait des blagues sur la roulette russe.

Teddy aurait pu paraître plus inquiet – il parlait d'un amant ponctuel –, mais sa passion pour les cancans faussait tout.

— Fiona t'a raconté que, la semaine dernière, elle l'avait retrouvé sur son canapé, sans chaussures ni manteau ? Julian les avait échangés contre quatre comprimés de méthaqualone et un joint.

— Et il est allé dans la maison où elle bosse comme baby-sitter, précisa Asher.

Il jouait avec le stylo quatre couleurs de Yale, appuyant sur chaque teinte alternativement.

Yale n'avait rien suivi. Comment cela avait-il pu se passer en une semaine ? Il faut dire qu'à cause du froid, il n'était pas beaucoup sorti. Charlie se jetait encore plus corps et âme dans le journal depuis le nouvel an, comme si les articles sur les lois relatives au logement et les spectacles de travestis allaient générer un vaccin comme par magie. Quand il n'était pas au bureau ou à des réunions, il travaillait à la maison, son Macintosh vrombissant tel un respirateur artificiel. Alors que jusqu'à présent, il avait botté en touche, Charlie s'était finalement joint aux efforts d'Asher qui tentait de trouver des soutiens au vote d'un arrêté anti-discrimination à Chicago. Ils savaient que leur initiative échouerait, que le conseil municipal ne s'intéressait absolument pas à leurs droits, mais c'était un début ; on parlerait d'eux dans le *Tribune* et aux informations du soir. Soudain, Charlie évoquait le sujet avec le zèle d'un converti.

Charlie avait été trop fatigué pour le sexe, ou trop stressé pour le sexe, ou de trop mauvaise humeur pour le sexe. Samedi soir, ils étaient allés voir *La Couleur pourpre*, et en rentrant du cinéma, Charlie n'avait cessé de reprocher à Spielberg d'avoir édulcoré l'intrigue lesbienne en la réduisant à un unique baiser.

« J'ai plus de contact avec mon dentiste », avait-il plaisanté. Yale avait déboutonné la chemise de Charlie, avait essayé de le guider dans la chambre. Charlie avait reboutonné sa chemise et, après avoir plaqué Yale contre le mur, avait fait glisser ses lèvres le long de sa clavicule, puis s'était agenouillé pour lui faire une pipe efficace dont le côté machinal l'aurait troublé n'eût-elle pas été aussi agréable.

Teddy alluma une autre cigarette. Il dit que Julian avait prévu de refuser tout antibiotique, toute vitamine, et même les enzymes de papaye dont Terrence n'arrêtait pas de parler.

— Vous voyez, cette combinaison de deux médicaments en provenance du Mexique ? Je connais un type qui les importe. Et Julian n'en veut pas.

— Je pensais qu'il croyait qu'ils allaient bientôt trouver un traitement, remarqua Yale.

— La croyance est une chose fragile, commenta Asher.

Celui-ci faisait basculer sa chaise en arrière sur deux pieds, et Yale craignait que le siège se renverse.

— Tu as l'air bien. Ton visage. C'est impossible à deviner, dit-il à l'intention de Teddy.

Teddy posa les doigts de sa main gauche sur l'arête de son nez.

— Je veux qu'il poursuive l'école en justice, dit Asher. Il ne m'écoute pas.

— Eh bien ça ne rime à rien ! Tout le monde a envie que je sois plus remonté que je ne le suis. Charlie veut que j'écrive quelque chose, que je raconte ce qui m'est arrivé. Je... D'après moi, cette histoire ne mérite pas tout ce foin.

— Teddy, tu as été attaqué, dit Asher. Ce n'est rien comparé aux gens qui meurent, mais c'est tout de même quelque chose. Et c'est lié. Vraiment.

Teddy se mit à rire.

— Tu te souviens quand Charlie a gueulé contre Nico ? Devant le Paradise ? demanda-t-il.

C'était avant que Nico tombe malade. Il avait sorti : « Je pense qu'on risquera moins de se faire tabasser, tu me suis ? Les gens ont peur du sang. Enfin, ils pourront nous balancer des trucs, mais personne ne va te balancer son poing dans la gueule en sortant d'un bar, hein ? » Et Charlie avait rétorqué : « Tu te fous de moi ? Le nombre d'agressions a triplé. Tu devrais essayer de lire le journal dans lequel tu dessines. Triplé, Nico !» Pendant tout le reste de la soirée, ils avaient passé leur temps à imiter Charlie. *Triplé ! Désormais, ma consommation de bière va tripler, c'est sûr !*

Quelqu'un frappa à la porte de Yale, qui était ouverte. Il sursauta. C'était Cecily. Il n'avait pas refermé la galerie quand il avait fait entrer ses amis.

Yale espéra qu'elle prendrait Teddy et Asher pour des donateurs, ou en tout cas des artistes, mais elle les reconnaissait peut-être de la soirée de collecte, et Teddy, au moins, avec ses Docs rafistolées au scotch, son T-shirt blanc taché et sa cigarette au bec, donnait l'impression de débarquer directement après l'*after* d'un concert de Depeche Mode. Cela ne dérangeait clairement pas Cecily de les interrompre. Elle entra et dit :

— J'espère que vous avez passé d'agréables fêtes.

— Oui, elles furent agréables, et nombreuses. Et vous ?

— Je viens m'assurer que tout va bien.

Asher haussa les sourcils et pointa son doigt vers la porte. Yale secoua la tête.

— Eh bien, c'est à vous de me le dire, répondit-il prudemment. Chuck Donovan s'est-il plaint de nouveau ?

— Pas récemment.

— Rien de neuf non plus du côté du Wisconsin.

Yale parvenait à maîtriser sa voix parce que, techniquement, ce qu'il disait était vrai. Il en aurait été incapable s'il s'agissait d'un pur mensonge. C'était l'une des raisons pour lesquelles la paranoïa de Charlie était si bizarre : Yale était un très mauvais menteur.

— Bien, conclut-elle. Formidable.

Asher passa aux toilettes avant de partir. Il ramenait Teddy dans le sud en Chevette, une voiture tellement bruyante qu'à bord, on ne pouvait discuter qu'en criant. Yale et Teddy l'attendirent dans le hall.

— Tu es au courant ? Terrence va pouvoir rentrer chez lui.

Yale l'ignorait.

— Tu penses que c'est une bonne idée ? demanda-t-il.

Teddy haussa les épaules.

— Bon, Teddy, tu ne vas pas faire le test ? Je veux dire, je sais ce que tu penses de ce test, mais si certaines choses peuvent aider, tu n'as pas envie de tenter ta chance ? Les traitements expérimentaux ? Tu ne prendrais pas les médicaments mexicains, toi ?

Teddy répondit calmement.

— Je l'ai fait, le test. On y est allés ensemble. Pour son anniversaire, il voulait qu'on le fasse tous les deux. J'ai accepté, c'était mon cadeau. Je suis séronégatif. Tu vois, je te l'ai dit. Je te l'ai toujours dit.

— Putain, Teddy ! Je suis content pour toi. Mais putain.

Le lendemain, Bill revint enfin, affichant un bronzage suspect. Au moins, il y avait un peu plus de bruit au bureau. Roman, le stagiaire, commença dans l'après-midi. Il s'assit en face de Yale, sur le fauteuil orné du blason de la Northwestern, et garda son sac à dos noir sur les genoux. Il remuait le pied.

— Je sais que vous vous attendiez certainement à faire plus de travail de conservation. J'espère que vous n'êtes pas trop déçu.

— Non... Je suis partant pour tout. Je n'ai jamais parlé d'argent aux gens, mais j'imagine que c'est bien que j'apprenne, n'est-ce pas ?

Il était hors de question que Roman s'adresse aux donateurs – au mieux, il écouterait les échanges –, mais Yale se garda de le souligner. Déjà, il les accompagnerait dans le Wisconsin la semaine suivante.

— Écoutez, je suis moi-même amateur d'art. Je ne suis pas un financier qui s'est mis à s'intéresser aux musées. Je viens de l'art et je suis doué pour les chiffres.

Roman s'illumina.

— Vous avez fait un troisième cycle en art ?

— Je vais reformuler. Je suis un passionné d'art avec un diplôme de finance.

— Compris, répondit Roman en hochant la tête. Mais bon, il n'est jamais trop tard !

Yale ne put s'empêcher de rire.

— J'ai acquis une bonne culture artistique en chemin.

— Cool, dit Roman. Cool.

Il ôta ses lunettes et les essuya sur son pull.

Yale lui confia le Rolodex, qui n'était toujours pas au point. Il y avait dans le coin, à l'entrée de la pièce, une table qui faisait un bon bureau tant que personne n'ouvrait la porte. Et, Yale devait le reconnaître, la vue était désormais meilleure. Lorsqu'il voulait regarder quelque chose d'agréable, il avait le choix entre la fenêtre derrière lui, et Roman, attelé à la tâche, devant lui. Dans une autre vie, Yale se serait peut-être autorisé à fantasmer qu'il deviendrait un autre genre de mentor pour Roman, quelqu'un lui enseignant des choses au lit et en dehors. Mais en ce moment, cette idée était presque révoltante.

Avant de partir pour le Wisconsin, Yale passa chez le traiteur, remplit un grand sac de courses – salade aux œufs, salade de pâtes, charcuterie –, et rangea les aliments dans le frigo, tout devant, pour Charlie. Il lui fit promettre de dormir assez.

— Je ne te mérite pas, dit Charlie.

Il regardait dans le frigo comme si celui-ci recelait le trésor de Toutânkhamon.

— Souviens-toi de ça la prochaine fois que je laisserai la fenêtre ouverte et qu'il pleuvra.

Pendant tout le trajet en direction du nord, Bill raconta des anecdotes au sujet de stagiaires, à la Brigg et ailleurs – les stagiaires prometteurs, les timides et celui qui avait fait une dépression. Yale eut la nette impression que beaucoup de ces jeunes gens avaient été plus que des stagiaires pour Bill, et que celui-ci voulait que Roman le comprenne. Bill n'était pas le genre d'homme plus âgé que Yale imaginait pour le garçon. Tout d'abord, il avait soixante ans. Et un type qui n'était pas sorti du placard n'était pas vraiment un modèle pour un jeune plein de fougue.

— Donc, dit Roman, assis sur la banquette arrière comme s'il était l'enfant de Yale et de Bill. On va là-bas, et on frappe à la porte, comme ça ?

— C'est l'idée.

Quelles que soient les raisons annexes qui avaient motivé Bill à emmener Roman, l'idée était bonne dans le fond : le garçon pourrait parler du point de vue étudiant, du bénéfice que ce serait pour l'école. Le fait qu'il semble être en licence rappellerait peut-être à Nora son mari, au temps où il fréquentait les bancs de la Northwestern. Et en chemin, Roman s'avéra un copilote débrouillard. Il mit même de l'essence.

— La seule chose que je vous demande, c'est de ne pas parler d'argent. Même si nous nous retrouvons seuls avec Nora. Je ne veux pas non plus entendre des mots comme « valeur » ou « cote », d'accord ? demanda Yale.

— Je ne dis pas ça de façon négative, mais... Pourquoi fait-elle cela ? Enfin, pourquoi nous ?

— Je crois que son mari a adoré étudier à la Northwestern, répondit Yale. Et je connais sa petite-nièce.

Il se sentit coupable de ne pas parler de Nico.

Ils firent une première halte à Egg Harbor pour déposer leurs affaires à la chambre d'hôtes. Yale choisit de façon stratégique la chambre du milieu, sentant qu'il était de son devoir de protéger Roman d'éventuelles avances nocturnes de Bill Lindsey. Ils se retrouvèrent dans le hall d'entrée, et le couple qui tenait l'établissement – lequel était décoré sur le thème de la cerise, avec des tableaux de cerises et de cerisiers, et promettait une tourte à la cerise au petit déjeuner – leur donna pléthore de conseils sur les sites à voir « s'il leur restait un peu de temps ».

Lorsqu'ils se garèrent dans l'allée de Nora, Yale eut la nausée. Même si l'idée était de lui, il détestait profondément prendre les gens au dépourvu. Il avait dit à Charlie qu'il ne lui organiserait jamais d'anniversaire surprise parce que ce serait trop de pression pour son cœur.

Cette fois-ci, un break jaune était garé à côté des deux Volkswagen. Et avant qu'ils soient sortis de la voiture, un petit garçon déboula d'un coin de la maison, les regarda et repartit comme une flèche.

— Merde, dit Yale.

— Hé, c'est peut-être bien. Ce sera peut-être une bonne chose, le rassura Bill.

Comment était-ce possible ? Une idée traversa l'esprit de Yale : peut-être que Nora était morte, que ces gens étaient là pour une sorte de veillée funèbre. Que lui, Bill et Roman arrivaient cinq jours trop tard.

Des plaques de neige parsemaient la pelouse, réverbérant la lumière du soleil. Ils avaient remonté la moitié de l'allée quand une jeune femme qui n'était pas Debra − rousse, emmitouflée dans une parka bleue − déboucha à l'angle de la maison, en tenant la main du garçon.

— Puis-je vous aider ? demanda-t-elle.

— Nous travaillons à l'université Northwestern, l'informa Yale.

Il s'apprêtait à expliquer, à demander si Nora était là, mais la femme leur demanda d'attendre sous la véranda. Elle disparut à l'intérieur avec l'enfant, et quelques secondes plus tard, un homme chauve et trapu fit son apparition. Il sortit sans manteau, vêtu d'un simple polo, et garda un doigt replié sur le bouton de la porte entrebâillée.

— Le moment est mal choisi, dit-il.

Yale tendit la main.

— Yale Tishman. Êtes-vous le fils de Nora ? Frank ?

Dans le meilleur des cas, Yale parviendrait à apprivoiser le type. À ce que celui-ci mette de l'eau dans son vin.

— Vous ne pouvez pas venir ici pour la harceler.

— Je vous présente mes excuses, dit Yale. Nous n'avions pas de numéro où la joindre, et je savais qu'elle souhaitait rencontrer le directeur de la galerie. Voici Bill Lindsey. (Celui-ci hocha la tête.) Et nous sommes venus avec l'un de nos étudiants doctorants.

Il parlait trop vite. L'homme les toisa. Yale n'imaginait même pas ce qu'il voyait : trois pédés d'âges différents, qui tremblaient, emmitouflés dans leurs beaux manteaux et leurs écharpes élégantes.

À l'intérieur, Nora parlait. Yale comprit : « Alors pourquoi n'ai-je pas entendu la sonnette ? » Il envisagea de l'appeler, de se faufiler sous le bras de Frank et de franchir le seuil de la maison.

Frank baissa la tête vers lui en plissant les yeux. Il était juché sur une marche.

— C'est une violation de propriété. Cette maison m'appartient à moi, pas à ma mère. Si vous partez avant l'arrivée de la police, je ne leur demanderai peut-être pas de vous arrêter.

Sur ce, il referma la porte.

Bill se mit à rire, d'un petit rire impuissant. Ils regagnèrent la voiture.

L'atmosphère autour de Yale avait pris une densité de migraine, telle une brume rose et oppressante. Frank était certainement déjà en ligne avec son ami mécène, qui appellerait ses avocats, Cecily et le président de l'université.

Ils se rendirent dans un café de Egg Harbor, le premier qui était ouvert, pour se regrouper après cette attaque.

— Je suis désolé, dit Yale à Bill. Quelle perte de temps phénoménale.

Cependant, il soupçonnait Bill de ne pas partager son point de vue, à en croire sa façon de montrer des choses à Roman comme un guide touristique, même lorsqu'ils eurent battu en retraite. Bill commanda un café, se demanda s'il avait assez faim pour un sandwich. Il avait prévenu Yale : lui n'avait personnellement rien à perdre dans cette affaire. Et avec Roman à ses côtés, Bill ne sembla pas se rendre compte que Yale était au plus mal, ne remarqua pas la pâleur qui s'était très certainement emparée de son visage.

— Et si... et si nous allions voir l'avocat ? proposa Yale. S'il est rentré de ses très longues vacances. Nous pourrions lui demander d'appeler Nora. Ou de nous donner son numéro. Nous ne pouvons pas partir comme ça.

Il était trop tard pour jeter l'éponge. De toute façon, ils allaient en subir les conséquences quoi qu'il arrive.

Roman avala bruyamment une gorgée de café.

— La boîte aux lettres est au bord de la route, n'est-ce pas ? demanda-t-il.

— Oui. Avec le numéro de la maison.

— Eh bien... Il est quatorze heures, alors peut-être qu'ils ont déjà ramassé le courrier, peut-être pas. La rousse a dû le prendre quand elle était dehors avec le gamin. Mais pourquoi ne pas glisser un mot à Nora ? Faire croire qu'il est arrivé par la poste ? Avec une fausse adresse pour l'expéditeur, ou autre, du moment que Frank ne nous voit pas. On pourrait lui demander de nous appeler à la chambre d'hôtes. Enfin, je ne sais pas... J'ai sûrement vu trop de films d'espionnage, mais je crois que ça pourrait marcher.

— Il est génial, non ? Stagiaire de l'année ! s'exclama Bill.

Yale regarda sa main remuer son café.

— Ce n'est pas une mauvaise idée. Et en attendant, nous pouvons passer voir l'avocat, dit-il.

Ils trouvèrent une boutique de souvenirs qui vendait des cartes de vœux. Ils en choisirent une avec des papillons et sur laquelle on lisait « Je pense à toi ! », et écrivirent un mot pour s'excuser de cette visite impromptue, mais ils n'étaient pas parvenus à la joindre et c'était le meilleur moment pour rencontrer le directeur de la galerie. Ils inscrivirent l'adresse sur l'enveloppe et dénichèrent même un timbre qu'ils badigeonnèrent d'encre afin de donner l'impression que le courrier avait été posté. Ils roulèrent doucement sur la route ZZ, et lorsqu'ils approchèrent de la boîte aux lettres de Nora, Yale baissa la vitre côté passager et enfonça la lettre à l'intérieur, où elle rejoignit les magazines et les factures qui, en fait, étaient toujours là. Ils s'éloignèrent à toute vitesse en riant comme des adolescents qui viennent de balancer des œufs sur une maison.

Bill et Yale déposèrent Roman à la chambre d'hôtes, où il avait pour instruction de rester près du téléphone de la maison au cas où Nora appellerait, et se rendirent dans les locaux de Toynbee, Ball et O'Dell. Ils se trouvaient dans une maison victorienne réaménagée en bureaux, en périphérie du centre-ville de Sturgeon Bay, qui aurait très bien pu accueillir un cabinet d'orthopédie. C'était ouvert, et Stanley paraissait content de les voir. Il portait un pull bleu et un pantalon en toile, et ne semblait avoir aucun engagement urgent.

— Vous avez sans doute bien fait, dit-il. De venir jusqu'ici. Je m'inquiète pour elle, avec cette famille. Ils ne l'enferment pas, rien de tout ça, mais une fois sur deux, quand je téléphone chez elle, on ne me la passe pas. Et elle a toute sa tête. Elle comprend parfaitement la situation.

— Mais elle vit seule, n'est-ce pas ? demanda Yale. Je croyais que les autres ne faisaient que lui rendre visite

Il y avait une immense horloge sur le mur derrière Stanley, qui devait rappeler son tarif horaire à la plupart des gens qui lui rendaient visite, mais qui ne servait à Yale qu'à faire le décompte des heures jusqu'à ce que la chaîne de coups de fil partie de Frank Lerner atteigne Cecily.

— Je pense que Debra n'a pas quitté la maison depuis des mois. Je vais vous parler de son père, le fils de Nora, Frank.

Stanley s'adossa à sa chaise de bureau qui était trop petite pour lui.

— Nora l'a eu à trente-deux ans, ce qui, à l'époque, vous le savez, était tard pour un premier enfant. Un enfant unique, en fait. Elle croit qu'il est tyrannique à cause d'elle, et d'elle seulement. Il a pas mal d'argent, et pense s'y connaître en vin. Un œnophile. Vous connaissez ce mot ? Je viens juste de l'apprendre. À Noël, ma fille m'a offert un calendrier avec un nouveau mot par jour.

Il tapota le petit bloc de papier posé sur un chevalet en plastique sur son bureau et le tourna vers eux. Le mot du jour était « avunculaire ».

— Oui, c'est un sacré œnophile.

Il gloussa.

— On dirait un mot obscène, pas vrai ? Bref, si Nora fait don de ces œuvres, Frank ne mourra pas de faim. Il ne connaissait même pas l'existence de ces tableaux il y a cinq ou six ans.

— C'était sa femme qui était là aujourd'hui à la maison ? Avec les gamins ?

— Un jour, elle se réveillera et se rendra compte qu'elle a épousé un vieil homme. Elle a quoi, la moitié de son âge ? C'est une belle femme, cependant. Phoebe. Une prof d'aérobic.

Il remua les sourcils.

— Quelles sont les chances pour qu'il conteste le testament ? demanda Bill.

— Non négligeables. Mais de là à obtenir gain de cause...
Et je suis de votre côté. Tout ce que Nora veut, je le veux, et
Nora souhaite travailler avec vous.

— Si la donation pouvait avoir lieu de son vivant, nous n'aurions pas à nous préoccuper d'un testament, remarqua Yale.

— On ne peut pas contester une donation faite du vivant
d'une personne, n'est-ce pas ? voulut savoir Bill.

— Eh bien, ça s'est déjà vu, répondit Stanley. Imaginez qu'une
vieille dame atteinte de démence sénile annonce soudain qu'elle
lègue toute sa fortune à son infirmière. Mais vous avez raison,
dans le cas présent, cela nous faciliterait sacrément la tâche.
Quoi qu'il en soit, je vous recommanderais de venir avec votre
avocat. Je suis là, votre avocat est là : c'est béton.

— Nora serait-elle disposée à léguer les œuvres tout de suite ?

Avec un demi-sourire, Stanley balança la tête.

Yale eut une vision ridicule : tous les trois franchissant le seuil
de la Brigg le lendemain, les bras chargés d'œuvres d'art, Cecily
voyant les Modigliani – et le chèque de deux millions de dollars de Chuck Donovan, le piano et autres donations minables
s'évanouissant comme une nuée de moucherons.

La secrétaire qui les avait accueillis frappa du doigt à la porte
entrouverte de Stanley.

— Nous avons un appel pour ces messieurs.

À bout de souffle, Roman s'exclama, fou de joie :

— Elle a appelé. Elle veut nous voir. Elle dit de venir avec
son avocat.

Et donc, une heure plus tard, ils étaient huit autour de la
table de Nora, pour un drôle de conseil d'administration. La tête
auréolée des rayons du soleil couchant, Nora présidait sur son
fauteuil roulant – « Ce n'est pas ma première fois sur ce fauteuil, mais je n'y reste jamais longtemps. » Yale prit place à
côté de Frank et de sa fille Debra, et Bill, Roman et la femme
de Frank se retrouvèrent tous mélangés en face d'eux. C'était
moins antagonique ainsi. Stanley s'installa à l'autre bout de la
table, à l'opposé de Nora. Les enfants de Frank – un garçon
et une fille qui auraient certainement dû être à l'école, mais

peut-être les vacances de Noël n'étaient-elles tout compte fait pas terminées – avaient été envoyés au sous-sol pour regarder la télévision. Yale avait téléphoné à l'avocat de la Northwestern, qui avait promis de prendre le volant pour les retrouver dès qu'il pourrait quitter le travail. Il était peu probable qu'il arrive avant vingt heures. Cependant, même si Nora souhaitait qu'ils s'en aillent avant, ils pourraient tout régler le lendemain matin.

Yale sentait que c'était à lui de donner le coup d'envoi, de casser la tension qui poussait Nora à croiser les bras sur sa poitrine plate, et Roman à taper du pied au sol au point de le faire trembler – mais la vieille dame prit la parole. Après s'être éclairci la voix discrètement, elle dit :

— Je me réjouis de votre présence. Frank, pas un mot ne doit sortir de ta bouche. Je trouve normal que tu connaisses mes intentions, mais je n'ai que faire de tes conseils.

Frank laissa échapper un rire sans joie et fit basculer sa chaise en arrière. Il avait près de soixante ans, et les quelques cheveux qu'il lui restait étaient argentés, mais quelque chose dans ses yeux noirs humides lui donnait des airs d'enfant qui aurait trop grandi.

— Les polaroïds sont remarquables, dit Bill Lindsey. Et, en fonction de leur nature exacte, il n'est pas exclu d'exposer également vos objets, photos de Paris, lettres et autres pièces.

Nora sembla prise au dépourvu, mais s'empressa de préciser :

— Je ne pense pas qu'il y ait des choses très privées là-dedans. Il faudra que je jette un coup d'œil.

— Attends, mamie, tu leur donnes aussi les documents ? fit Debra. On le savait, ça ?

— Eh bien, les documents vont de pair avec les œuvres, ma chérie.

Frank roula des yeux et accompagna son geste d'un son.

— Tout vous a donc plu ? demanda Nora. Les œuvres de Novak aussi ? Parce que je tiens à ce qu'elles soient appréciées à leur juste valeur.

Avant que Bill puisse sortir quoi que ce soit de fort négatif, Yale dit :

— J'aime beaucoup l'homme au gilet à losanges.

Nora rit et ferma les yeux comme si le tableau était à l'intérieur de ses paupières.

— Ranko était son petit ami, murmura Debra assez fort pour que tout le monde l'entende.

— Ah ! s'exclama Bill. Tout s'explique.

Et il décocha un regard à Yale.

La seule information que Sarah, la stagiaire de Bill, avait retrouvée au sujet de Novak, était qu'il avait été l'un des trois étudiants à partager le prestigieux prix de Rome en 1914 – renseignement qui était assorti d'une note de bas de page expliquant que le début de la guerre les avait empêchés de se rendre à Rome cette année-là, et que par conséquent, le prix avait dû être reporté. Mais la piste historique s'arrêtait là, semblait-il.

Bill évoqua une possibilité qu'il avait envisagée pour l'exposition.

— Nous pourrions toujours accepter les œuvres sous forme de prêt et monter quelque chose de temporaire. Mais dans ce cas, nous ne pourrions dégager des fonds pour l'authentification et la restauration.

Il parlait à tort et à travers – jamais il n'avait été question d'évoquer la possibilité d'un emprunt –, et Yale tenta en vain de capter son regard.

— Nous aimerions être en mesure de vous promettre de prendre soin de ces œuvres à perpétuité, dit-il.

Nora se tourna vers son fils.

— Tu comprends, n'est-ce pas, Frank ? Cela est coûteux. Rien n'est encadré, et tout nécessitera un travail de conservation.

Elle se mit à tousser gras dans sa main.

— J'ai le droit de parler ? demanda Frank. Écoute, je connais un type qui bossait dans le milieu de l'art avant, dans une galerie là-haut, à Toronto. Il fera cette authentification gratuitement. Service personnel.

Yale secoua la tête.

— Peut-être avez-vous en tête l'estimation, plutôt que l'authentification. Mais même ainsi…

Yale vit que maintenant, Frank se sentait insulté.

— Écoutez... J'aurais préféré ne pas avoir à le mentionner, mais j'ai un ami proche qui, pour dire les choses simplement, est quelqu'un de très important à la Northwestern, et...

— M. Donovan a contacté le service du développement, intervint Yale. Nous ne sommes pas inquiets pour le moment.

Frank ouvrit la bouche comme pour crier sur Yale, mais à la place, se tourna vers Nora.

— Mère, c'est moi qui paie cette maison. Tu y as pensé ? Tu nous prives, moi et mes enfants, de cet argent, alors que tu es assise ici, dans une maison qui m'appartient à moi !

— As-tu l'intention de m'expulser ? demanda Nora calmement.

Avant qu'il puisse répondre, sa femme posa une main sur son bras.

— Frank, pourquoi tu ne sortirais pas prendre l'air dans le jardin ?

Frank se leva, probablement pour suivre son conseil, mais un cri et des pleurs en provenance du sous-sol le poussa à se précipiter en bas avec Phoebe pour voir ce qui s'était passé ; Roman demanda ensuite où étaient les toilettes, et bientôt, ils furent tous disséminés aux quatre coins de la maison. Ce qui ne dérangea pas Yale. Il suivit Nora qui se rendit dans le salon en fauteuil roulant et l'invita à s'installer sur le canapé où il s'était assis avec Cecily. Cette fois-ci, il prit place au milieu – moins instable, mais aussi moins confortable. Les coutures à l'endroit où se rejoignaient les deux coussins ratatinés s'enfonçaient dans son coccyx. Bill, quand Yale lui adressa un hochement de tête pour lui signifier que c'était une bonne chose, qu'un tête-à-tête avec Nora les aiderait, alla sur la véranda à l'avant de la maison pour fumer, et en sortant des toilettes, Roman s'empressa de le rejoindre. Stanley resta dans la salle à manger, écoutant à distance.

— Je veux que vous sachiez que je suis en train de mourir. Je souffre d'une insuffisance cardiaque congestive. Ce qui signifie simplement que mon cœur est faible et, comme vous pouvez l'imaginer, une opération n'est pas à l'ordre du jour. Il ne me reste sans doute pas plus d'une année à vivre. Les médecins, curieusement, n'en savent pas davantage. C'est drôle, parce que je ne me sens pas particulièrement mal en point, mais apparemment, mon cœur n'est pas de cet avis. Je risque probablement de mourir dans mon sommeil. Ce n'est pas si terrible que ça, n'est-ce pas ? J'ai toujours pensé que j'aurais un cancer du poumon, au lieu de quoi, j'ai cette maladie. Vous ne fumez pas, j'espère ? Nico fumait tout le temps, et je détestais cela, même si j'imagine que cela n'a rien changé au bout du compte. J'ai arrêté à quarante ans, et regardez où j'en suis. Bon, Frank et Debra connaissent mon problème, mais n'aiment pas du tout que j'en parle.

Yale ne savait pas quoi répondre. Il avait vécu cette expérience récemment – quelqu'un qui vous regarde et qui vous annonce être malade –, mais il avait alors toujours pu serrer fort son ami contre lui, avait pu sangloter et s'écrier : « Putain, je suis désolé. » Rien de tout cela ne serait adapté. Il parvint à hocher la tête et à dire :

— Je suis navré de l'entendre. Je vous trouve sensationnelle.

Elle rit.

— Ah, sensationnelle, je ne sais pas... Vous auriez dû me voir à vingt-cinq ans. Bon sang, vous m'avez vue à vingt-cinq ans. N'étais-je pas sensationnelle ?

— Si.

— Bon, maintenant, nous avons du travail tous les deux. Parce que je ne veux pas juste que vous ayez les œuvres, je sais qu'il vous faut une *provenance*, et ma mémoire fonctionne encore parfaitement. Je peux vous dire où et quand chacune de ces œuvres a été réalisée.

— Cela serait inestimable.

Il entendait Frank et Phoebe crier sur leurs enfants au sous-sol. Debra faisait rageusement la vaisselle. Yale parla à Nora des Sharp, de leur détermination à les aider.

— Si nous nous y mettons maintenant, ces œuvres pourraient être accrochées dans la galerie de votre vivant.

— Eh bien, cette idée me plaît. Vraiment. Que faut-il faire pour cela ?

Des pas lourds gravirent l'escalier du sous-sol. Yale s'empressa de dire à Nora qu'il lui fallait des photographies professionnelles des œuvres pour l'authentification, qu'il y avait des experts différents pour chaque artiste.

— Et plus tard, ils voudront les voir de leurs propres yeux. Si vous acceptez de nous confier les œuvres, ils viendront les étudier dans nos locaux. Nous gérerons tout.

Frank se tenait dans l'embrasure de la porte.

— Ça paraît une bonne idée, non ? demanda Nora.

Yale aurait aimé que Bill et Roman reviennent, mais il ne voulait pas rompre l'enchantement. Toute la pièce avait des allures de soufflé qui venait de monter, et que la moindre secousse pourrait détruire.

Frank posa ses deux mains contre l'encadrement de la porte.

— Tu es en train de faire don de millions de dollars.

Sa voix était tel un cyclone dans une bouteille.

— Si tu fais ça, tes petits-enfants ne pourront pas étudier à la Northwestern.

— Stanley, vous voulez bien venir ici ? demanda Nora.

— Je considère cela comme un abus de faiblesse, déclara Frank. Est-ce le terme légal, Stanley ? L'abus de faiblesse ?

Stanley était entré dans la pièce et adressa à Yale un regard circonspect.

— C'est le moment d'avoir votre avocat à vos côtés. Histoire de ne pas devoir résoudre ce genre de problème dans un an ou deux.

Yale consulta sa montre. Il n'était que seize heures.

— Très bien, dans ce cas, je veux que mon avocat soit là aussi, dit Frank.

— Vous êtes tout à fait en droit de le solliciter, répondit Yale.

Roman était revenu. Il neigeait, leur annonça-t-il.

— Vous nous apportez le mauvais temps, monsieur Tishman ! s'exclama Nora.

Yale regarda par la fenêtre en plissant les yeux. Était-ce prévu ? Ils n'avaient pas allumé la radio de tout le trajet. Il neigeait de façon régulière, à gros flocons. Une aubaine, mais pas tant que ça : Frank ne serait peut-être pas en mesure de faire venir son avocat de Green Bay, mais l'avocat de la Northwestern serait sérieusement ralenti. Avocat qui s'appelait – nom d'un chien ! – Herbert Snow[1]. Une blague cosmique.

---

1. *Snow* signifie « neige » en anglais.

— Puis-je emprunter vos toilettes ? demanda Yale, et Roman, qui savait déjà où ils se trouvaient, pointa le doigt vers un endroit à l'autre bout du salon.

Yale passa devant une table lustrée, des vitrines à bibelots, et entra dans la cuisine – le genre de cuisine que toute grand-mère devrait avoir. Il y avait des herbes sur le rebord de la fenêtre, des étagères remplies de livres de cuisine. Une nappe cirée ornée de petits paniers à pique-nique recouvrait la petite table.

Une main, charnue et froide, agrippa l'épaule de Yale.

— Arrêtez-vous là.

— Je comprends votre contrariété. La famille, c'est toujours...

— Mes enfants utilisent ces toilettes.

Yale essaya de suivre le raisonnement de Frank.

— Je sais qui vous êtes. Je sais d'où vous venez. Vous ne descendrez pas votre braguette chez moi.

Sa main était toujours posée sur son épaule, et Yale plia les genoux pour se dégager. Il mesurait une bonne quinzaine de centimètres de moins que cet homme, mais avait un meilleur maintien. Son menton était plus pointu, et il le braqua vers le cou de Frank.

— Je viens de Midland, dans le Michigan, dit-il.

— N'hésitez surtout pas à y retourner.

À ce moment-là, Yale aurait pu sortir des choses terribles. Il imaginait que Terrence, dans la même situation, aurait balancé à Frank qu'il s'assurerait d'utiliser les serviettes réservées aux invités pour se branler. Il imagina Asher ou Charlie l'incendiant, le traitant de lâche, de bigot, ou pire. Mais c'était lui, et il ne pouvait se permettre d'énerver encore plus cet homme, alors il dit :

— Je suis en bonne santé. Si c'est ce que... Je ne suis pas malade.

Mais sa voix se fissura sur le dernier mot, ce qui ne fit qu'aggraver son cas.

Frank sembla révolté, comme si les mots eux-mêmes étaient contaminés.

— Il y a des enfants dans cette maison, se récria-t-il.

Et vous en êtes un vous-même, eut envie de rétorquer Yale.

— Il serait peut-être préférable que nous retrouvions Nora à la banque demain matin pour finaliser les choses, se contenta-t-il de dire. Au coffre-fort.

Debra apparut derrière Frank.

— Tout va bien, papa ?

— Le garçon de la galerie s'en va, répondit-il.

Yale, Roman et Bill mirent leur manteau dans le salon, et Yale prit un crayon dans sa poche pour noter le numéro inscrit sur l'étiquette qui se trouvait sur le téléphone de Nora.

Debra la conduirait à la banque à dix heures. Stanley promit d'y être aussi.

— Avec moi, ça fera trois ! dit Frank, et sa femme lui gratta le cou de ses ongles roses pour le calmer.

À dix-huit heures trente ce soir-là, Herbert Snow les appela à la chambre d'hôtes. Il avait roulé jusqu'à Waukegan et fait demi-tour. Il tenterait à nouveau sa chance le lendemain matin.

— Pouvez-vous être là pour dix heures ? demanda Yale.

Pourquoi donc avait-il fait demi-tour ? Pourquoi n'était-il pas resté où il était pour s'épargner une heure de route le lendemain ?

— Vous devrez partir vers cinq heures trente...

— Je ferai au mieux, répondit-il.

Ils sortirent dîner – « Pour fêter ça », avait lancé Bill, ce qui, aux yeux de Yale, était le meilleur moyen de leur porter la poisse –, et finirent par commander trois bouteilles de vin. Ils furent les seuls clients du restaurant jusqu'à l'arrivée d'un groupe célébrant un mariage. Ils n'étaient pas là pour le banquet, mais simplement pour manger après celui-ci – il n'y avait eu que du gâteau, comme l'apprit et leur rapporta Roman qui était allé féliciter les jeunes mariés en titubant –, et les deux groupes s'éternisèrent tellement que les serveurs, à la fin, se mirent à récurer les mêmes tables attenantes encore et encore en se raclant la gorge. Bill raconta à Yale et Roman une histoire au sujet du père de Dolly, qui avait été pianiste dans un

orchestre et avait fréquenté l'une des filles de Rachmaninov.
Dès que le verre de Roman était à moitié vide, il le remplissait
pour lui. Bientôt, Bill se retrouva ivre et fut le seul à parler, et
comme de toute façon, il s'adressait exclusivement à Roman,
Yale eut tout le loisir de s'adosser à sa chaise et de gamberger.
Il était relativement sobre ; ce serait lui qui conduirait.

Il est encore possible que les œuvres soient des faux, s'obligea-t-il
à garder en tête. Même si tout fonctionnait, il restait la possibilité, aussi lointaine soit-elle, que leurs efforts d'aujourd'hui
pour entrer dans cette maison, que toutes ces protestations,
fassent partie d'une longue et folle escroquerie imaginée par
le cerveau de Frank. Mais qu'est-ce que ces gens avaient à y
gagner ? Pas de l'argent.

Yale n'avait jamais pris avec légèreté la notion de « chance ».
Sa peur d'être piégé remontait au moins à son année de sixième,
au jour où le tableau de service de basket avait été affiché et
qu'un camarade de classe y avait ajouté son nom en imitant soigneusement l'écriture de l'entraîneur. Yale se présenta à l'entraî-
nement sans savoir qu'il n'avait pas été retenu. L'entraîneur le
regarda et, sans trace de méchanceté, lui demanda : « Monsieur
Tishman, que faites-vous ici ? » Derrière lui, l'équipe se mit à
rire, à tousser et à se taper dans le dos. Pendant qu'ils faisaient
des tours de stade en guise de punition, le coach demanda à
Yale s'il voulait être responsable de l'équipement. Il ne parut
pas surpris qu'il décline son offre.

Après cet épisode, les sept années d'école qui suivirent furent
jalonnées d'une multitude d'appâts et de pièges. Et pendant
tout ce temps-là, Yale avait essayé, désespérément, de tromper
son monde sur le plus gros mensonge de tous, espérant coûte
que coûte que l'on goberait son prétendu béguin pour Helen
Appelbaum, que l'on avalerait les regards lubriques qu'il jetait
à l'équipe de volley féminine. Mais personne ne tomba jamais
dans le panneau, et Yale comprit qu'il serait toujours celui qu'on
piège, jamais celui qui piège. C'était pour cette raison qu'une
part de lui avait cru, le soir de la fête pour Nico, qu'il était victime d'un acte de malveillance organisé. Et peut-être était-ce
pour le même genre de raison que Charlie avait imaginé des

choses bien pires ce soir-là. Il en avait bavé encore plus quand il était gamin, les écoles anglaises étant ce qu'elles étaient.

Mais à présent, Yale était un adulte, et même si le monde n'était pas toujours un endroit bienveillant, il se rappela qu'il pouvait désormais se fier à ses perceptions. La réalité était si souvent conforme aux apparences. Prenez Bill Lindsey, là, qui se penchait par-dessus la table vers Roman, lui parlant du professeur d'arts plastiques « qui lui avait vraiment ouvert les yeux, si tu vois ce que je veux dire ». Prenez la neige de l'autre côté de la vitre qui tombait aussi délibérément. Prenez le serveur qui consultait sa montre.

2015

Fiona interrogea autant de personnes qu'elle le put cette après-midi-là. Même si Claire n'habitait plus ici, quelqu'un l'ayant connue à l'époque où elle vivait encore à Paris aurait peut-être des informations à lui fournir. Elle tenta sa chance dans les magasins de fournitures artistiques, dans les studios de yoga, auprès de tous les passants croisés sur le trottoir qu'elle jugea vaguement abordables.

Haussements d'épaules, sourires compatissants, embarras. Deux personnes photographièrent avec leur téléphone le portrait de Claire, enregistrèrent le numéro de Fiona.

Elle ferait mieux de rentrer aux États-Unis, où Claire se trouvait plus probablement. Mais quand ils auraient fouillé l'appartement, elle pourrait coincer Kurt, avec ou sans l'aide d'Arnaud. Peu importait sa taille : si nécessaire, elle s'assiérait sur lui jusqu'à ce qu'il parle.

Fiona termina par le pont de l'Archevêché. Presque désert, cette fois encore. Une bonne partie du pont était recouverte de cadenas comme sur la vidéo, mais quelques pans de la grille avaient été nettoyés et recouverts de contreplaqué. Un sticker de cœur géant était collé sur le trottoir, accompagné d'un message écrit en blanc sur fond rouge : « Nos ponts ne résisteront pas à votre amour ». Sur l'oreillette droite du cœur, un cadenas barré.

De l'autre côté du pont, un homme était penché par-dessus la rambarde pour admirer le passage d'un bateau mouche en dessous.

Fiona s'appuya contre le garde-corps. Elle ne faisait face ni à l'eau, ni à Notre-Dame, mais au pont dans sa largeur. C'était une journée froide, brumeuse et humide. Combien de temps pourrait-elle rester là, à attendre et à regarder, avant que quelqu'un se demande si elle n'était pas suicidaire ?

Quand il n'y eut plus aucun passant alentour, Fiona cria le nom de Claire au fleuve. Parce que cela ne servirait à rien, et n'était-ce pas agréable, pour changer, de faire une chose qui, elle le savait, ne servirait à rien ? Elle était fatiguée et avait de nouveau faim, et il fallait qu'elle retourne à l'appartement pour téléphoner à Damian, certainement debout à cette heure-ci. Il fallait qu'elle appelle le magasin et s'assure que Suzanne gérait les choses sans accroc.

Elle cria le nom de Claire dix fois. C'était un peu comme un chiffre porte-bonheur.

Au début de la classe de cinquième, Fiona avait l'habitude de prendre le train presque tous les samedis pour aller voir Nico. Ses parents pensaient que, pendant ce temps-là, elle était chez les girl scouts. Les animateurs se moquaient bien que vous soyez là ou non, alors elle s'assura juste de se montrer suffisamment souvent (au premier rendez-vous de l'année, au dernier, aux expéditions) pour rester sur le tableau de service de la troupe. Mais la plupart des samedis, elle prenait le train de banlieue Metra jusqu'à Evanston, et de là, l'El, jusqu'à Belmont.

Elle remplissait son sac à dos de choses chapardées dans les placards et le frigo de leur maison à Highland Park. La moitié d'un pot de *cottage cheese*, une plaquette de beurre, un reste de chili, une boîte de biscuits salés Ritz. Des cuillères, une fois, parce que Nico en manquait. Des objets dans sa chambre, au compte-gouttes pour que ses parents ne se rendent compte de rien : chaussettes, photos, cassettes. Elle aurait aimé lui ramener ses disques, mais ils ne rentraient pas dans son sac à dos – et puis ses colocs semblaient en avoir beaucoup. Fiona ne se rendit compte que des années plus tard qu'ils n'avaient besoin d'aucune des choses qu'elle leur ramenait, pas réellement. Ils auraient pu voler des cuillères dans des restaurants. À eux tous, ils auraient pu se payer de quoi manger.

Ils étaient cinq, parfois six ou sept, à vivre dans une pièce au-dessus d'un bar sur Broadway. Presque tous des adolescents. Elle ne découvrit que tardivement, quand Nico était en train de mourir, que certains d'entre eux se prostituaient. Nico gagnait sa vie en emballant les courses des clients d'un supermarché, et entre cet argent, celui de tante Nora et les quelques dollars que Fiona parvenait à lui faire passer en douce (elle volait de la monnaie toute la semaine pour se payer les billets de train et lui donnait ce qui lui restait), il parvint à ne pas se retrouver sur le trottoir. Du moins était-ce ce qu'il avait soutenu jusqu'au bout. Fiona ne voyait cependant pas comment il aurait pu lui raconter le contraire – elle aurait eu le sentiment que c'était de sa faute, qu'elle n'en avait pas fait assez à l'époque où elle n'était qu'une gamine et se démenait pour l'aider.

Elle frappait à la porte et, lorsque Nico lui ouvrait, il s'exclamait : « La petite chapardeuse ! » en l'attirant à l'intérieur. C'était chaque fois Noël de le regarder ouvrir le sac à dos, en sortir chaque chose une à une. Ses colocs s'agglutinaient derrière lui, poussaient des cris de joie en voyant des objets comme les cuillères. Une fois, elle avait réussi à prendre une bouteille de vin. Ils n'en revenaient pas. L'un d'eux – était-ce Jonathan Bird ? – composa une chanson en son honneur. Si seulement elle s'en souvenait.

Nico avait un appartement à lui quand elle s'installa à Chicago après le lycée, mais bon nombre de ces types étaient toujours dans le coin, continuaient à la surnommer « la petite chapardeuse », et adoraient raconter des anecdotes de cette époque devant elle. « Cette gamine, c'était Robin des Bois ! » disaient-ils. James, Rodney, Jonathan Bird. Elle ne se serait peut-être pas souvenue de Jonathan Bird, mais il fut le tout premier à mourir. Tellement tôt qu'il n'était pas mort du sida, parce qu'un tel acronyme n'existait pas – il était mort du GRID[1]. G pour « gay », et le reste, elle avait refoulé. Un jour, Jonathan allait bien, le lendemain, il toussait, une semaine plus tard, il était à l'hôpital, et le jour suivant, il n'était plus là.

Fiona ne s'était jamais dit jusqu'à cet instant, alors que ses mains agrippaient la rambarde froide du pont, que pendant toutes ces années, sa mère avait peut-être su où elle allait tous

---

1. GRID : *Gay-related immune deficiency*, ce qui signifie littéralement « Immunodéficience liée à l'homosexualité ».

les week-ends. Plus tard, quand le scoutisme ne fut plus une excuse valable, Fiona avait inventé des après-midi patin, des séances de révision. Peut-être n'était-ce pas un hasard si sa mère laissait son portefeuille en évidence. En criant une dernière fois le nom de Claire au vent, Fiona se souvint de sa mère qui appelait Nico, encore et encore, dans le jardin, quand ils étaient gamins. Avait-elle jamais cessé de l'appeler ? Avait-elle jamais cessé de laisser traîner de la monnaie dans l'espoir que les pièces arrivent jusqu'à son garçon ?

Après la mort de Nico, sa mère passa vingt années à boire. Fiona la savait anéantie, mais était incapable de lui pardonner. C'étaient eux qui avaient fait ça à Nico, son père et sa mère. Sa mère était restée plantée là, à pleurer, bras croisés, le soir où leur père avait mis Nico dehors, mais elle n'avait rien fait pour l'arrêter. Elle ne lui avait même pas donné d'argent. Elle était allée à la cave et avait retrouvé son sac de couchage, comme s'il s'agissait d'un service qu'elle lui rendait.

Au fil des ans, Fiona leur rendit de moins en moins visite. Ils n'avaient pas le droit de voir Claire.

Et peut-être que Claire se serait mieux portée si elle avait eu des grands-parents, un filet de sécurité, une famille élargie.

Nos ponts ne résisteront pas à votre amour.

Eh merde !

Fiona détacha ses doigts de la rambarde.

Elle retourna chez Richard à pied, grimpa les marches vers le parfum d'ail qui brunit.

1986

Le matin, ils mangèrent leur tourte à la cerise trop sucrée, Bill soigna sa gueule de bois et ils regardèrent la neige tomber.

— Il ne pourra pas venir, n'est-ce pas ? demanda Roman. L'avocat.

— Ce sont plutôt les autres qui m'inquiètent. Ils vont se servir de la neige comme prétexte pour retarder les choses. Si nous poireautons encore trois jours, tout tombera à l'eau, dit Yale.

Même une seule journée de plus les laissait à la merci de l'ingérence de Frank, de l'intervention de Cecily, d'un télégramme de l'université.

— Bon sang, s'écria Bill. Qui a convoqué toutes ces Cassandre ?

Roman bégaya des excuses. Ses cheveux étaient encore mouillés et formaient des espèces de touffes pendantes. L'une d'elles avait laissé une giclée d'eau sur ses lunettes.

— Enfin, personne n'a téléphoné pour l'instant, si ? C'est une bonne chose. C'est bon signe, affirma le garçon.

Ils arrivèrent tous les trois à neuf heures cinquante, et attendirent dans la voiture que la banque ouvre ses portes. À dix heures, ils étaient dans le hall et essayaient de se réchauffer. Yale se maudissait d'avoir mis les chaussures de Nico, qui étaient humides à cause du temps et laissaient passer la neige fondue dans ses chaussettes. Mais la dernière fois, elles lui avaient porté chance, et il était superstitieux. Pourquoi ne s'était-il pas plutôt approprié l'écharpe de Nico ? Elle aurait même pu avoir son odeur, un mélange de parfum Brut et de cigarette. C'était la blague préférée de Nico – essayer de convaincre les gens que c'était de lui, de son écharpe abricot que parlait Carly Simon dans sa chanson « Apricot Scarf ». « Et je suis tellement vaniteux[1] ! » disait-il toujours. « Alors vous savez bien que c'est vrai. » (« Cette écharpe n'est pas abricot, répondait systématiquement Charlie. Elle est orange et grise. » Ce à quoi Nico répliquait que les hommes britanniques étaient connus pour leur daltonisme.)

Yale tâcha de ne pas regarder l'horloge au-dessus du guichet. Malgré la neige, malgré la famille de Nora qui faisait obstruction : si cela n'arrivait pas aujourd'hui, ce serait son échec à lui, sa honte. C'était la même chose, en pire, que ce qu'il ressentait lorsqu'il choisissait un film dans une liste : même s'il ne pouvait contrôler l'action sur l'écran, c'était lui qui l'avait lancé, et donc, si quelqu'un passait un mauvais moment, c'était de sa faute. Plutôt que de simplement regarder le film, il le regardait à travers le prisme de Charlie, jetant des coups d'œil dans sa direction pour observer sa réaction, tendant l'oreille pour entendre des rires. Et dans l'immédiat, il voulait que Bill Lindsey soit ravi. Il voulait offrir à Roman l'expérience de sa vie. Il voulait que ces employés de banque curieux continuent de regarder, avec fascination, l'histoire de l'art en train de s'écrire.

La neige tombait toujours tels d'énormes bouts de dentelle.

— J'ai peur que la circulation soit de plus en plus difficile, remarqua Roman.

Mais c'est alors que Debra fit son entrée, vêtue d'un manteau marron et d'une écharpe bleue qui la couvraient jusqu'aux yeux.

— Il faut que l'un de vous aille aider Stanley à sortir le fauteuil roulant de la voiture.

Yale sentit quelque chose se décrisper dans le bas de son dos, un muscle qu'il n'avait même pas senti se tendre.

Bill sortit et se rendit à la camionnette pendant que Debra parlait à une employée de banque, et lorsque Stanley et Bill passèrent les portes avec Nora et son fauteuil, tout était prêt.

---

1. Le personnage reprend ici une phrase de la chanson dont il est question.

L'ensemble du groupe – Frank n'était pas encore arrivé, bien heureusement – suivit l'employée de banque dans le coffre-fort.

— Notre avocat est en route, expliqua Yale à Stanley. Ils pourraient avancer sans lui, si nécessaire. Mais alors... mais alors, mais alors.

Ils se mirent à empiler leurs manteaux sur la longue table au milieu de la pièce, mais Bill avait besoin de l'espace pour inspecter les œuvres. Il distribua les gants blancs qu'ils avaient, dans un élan d'optimisme, ramenés du musée. Debra refusa ceux qu'on lui tendait.

Nora approcha son fauteuil de la table.

— C'est parfait, n'est-ce pas ? Bon, nous devons avouer que j'ai tout bonnement acheté Debra.

Debra ne répondit pas, se contentant de faire tourner nerveusement son porte-clés. Ses doigts étaient rouges à cause du froid.

— Il n'y a pas que les œuvres dans cette histoire, et nous avons décidé qu'il était temps de céder certains biens. Des bijoux, voyez-vous.

Yale se demanda en quoi cette rétribution était alléchante alors que Debra pouvait tout aussi bien attendre que Nora meure. Mais puisque tout passait par Frank, il risquait peut-être de donner les colliers à sa femme.

Yale redoutait d'aborder le sujet, mais posa malgré tout la question :

— Où est votre père ?

— Nous l'avons tué, répondit Debra. Je l'ai étouffé avec un oreiller.

Nora laissa échapper des gloussements.

— Eh bien, cela résoudrait les choses, n'est-ce pas ? Ne leur fais pas peur, ma chérie, ils vont croire que c'est vrai. Non, Debra a simplement promis à son père que rien ne sera signé avant cette après-midi. Un mensonge, mais pieux.

— Je lui ai promis la même chose, dit Stanley.

— Il fait la grasse matinée, précisa Debra.

Mais il était dix heures et quart, et Yale imagina que lorsque Frank se réveillerait complètement, lorsqu'il se retrouverait dans la maison vide et se figurerait tout le monde à la banque sans lui, il viendrait. Ou pire : il les avait laissés partir afin d'attendre, sur la véranda à l'avant de la maison, l'avocat qu'il avait fait dépêcher de Green Bay. Ou bien était-il en train d'astiquer son fusil. La main de Debra tremblait tandis qu'elle essayait d'enfoncer la clé dans la serrure. Elle ne semblait pas simplement contrariée, mais terrifiée. Comme quelqu'un qui avait arrêté les frais et avait vendu son père, un père à l'esprit plutôt vengeur, pour obtenir sa part du gâteau. Yale peinait encore à trouver une réponse appropriée quand Roman posa une main sur le coude de Debra.

— Vous avez pris la bonne décision, dit-il.

— Bon, il y a deux boîtes, mais je ne me rappelle jamais laquelle est laquelle, dit Debra.

L'employée de banque l'aida à sortir le premier grand bac et à le porter jusqu'à la table. Il contenait la boîte à chaussures – Yale souleva avec prudence le couvercle et vit des bordures d'enveloppes, des feuilles pliées et des photos encadrées de blanc –, ainsi que quelques coffrets à bijoux tapissés de velours et une grande enveloppe qui, quand Debra l'ouvrit, renfermait ce qui ressemblait à des certificats de naissance et de vieux actes de propriété. Yale replaça le couvercle en résistant à la tentation de toucher les objets.

Ils retinrent leur souffle en attendant le second bac, et, lorsque Debra l'ouvrit et plongea une main non gantée à l'intérieur, Bill laissa échapper un son comme un oiseau apeuré.

— Je vous en prie, laissez-moi faire, intervint-il.

Nora, dont le champ visuel se trouvait au niveau de la table, n'avait pas encore pu voir ce qu'il y avait à l'intérieur de la boîte. Elle était assise sans bouger, les mains jointes sur les genoux, et clignait longuement, patiemment des yeux. Yale se demanda quand elle avait vu les œuvres pour la dernière fois. Stanley se tenait à ses côtés, attentionné.

Les dessins et esquisses se trouvaient – ciel ! – dans deux enveloppes kraft qui partaient en lambeaux. En dessous, il y avait, sans protection aucune, l'aquarelle de Foujita représentant Nora en robe verte. Yale observa la qualité du papier, chercha les dommages, les déchirures. Il n'était pas un expert, mais les choses lui parurent à la fois vaguement anciennes et dans un état correct. Les peintures à l'huile attribuées à Hébuterne et

Soutine ainsi que les deux toiles de Ranko Novak étaient enrou-
lées et retenues par des élastiques. Bill fit glisser les élastiques
doucement, en un geste régulier, d'une façon qui évoqua à Yale
un homme maniant avec précaution un préservatif. Il demanda
à Roman de l'aider, et, ensemble, leurs mains gantées dérou-
lèrent la toile à une cadence terriblement lente, avant de tenir
les coins contre le plateau de la table. C'était le Hébuterne, la
chambre à coucher.

— Mon Dieu, on dirait une effraction, vous ne trouvez pas ?
Quelle drôle d'impression, remarqua Nora.

Elle se pencha pour admirer l'œuvre. Yale entendait sa respiration sifflante, rapide, épaisse.

Yale ne savait pas encore comment interpréter la réaction de
Bill, craignait de ne pas dire ce qu'il fallait – et si Bill était en
train de se rendre compte qu'il s'agissait d'acrylique et non de
peinture à l'huile, que le tableau ne pouvait être authentique ?
Pourtant, il fallait dire quelque chose.

— Nora, parvint-il à sortir, nous vous sommes infiniment
reconnaissants.

Bill fit un signe à Yale pour qu'il vienne le relayer, pour être
les mains tenant deux coins de la toile afin que lui-même puisse
faire un pas en arrière et regarder l'ensemble avec du recul. Et
il laissa alors échapper un soupir – un soupir post-coïtal, un
soupir d'immense satisfaction.

— Eh bien, j'aime ce que j'entends, commenta Nora.

— C'est phénoménal, dit Bill.

— Oui, et vous me croyez maintenant, n'est-ce pas ? Votre
scepticisme ne m'avait pas échappé !

Cette remarque s'adressait à Yale.

— Nous ne pouvons vous remercier assez, dit-il.

Mais maintenant que les œuvres étaient là, où se trouvait
l'avocat ? Il était dix heures trente-cinq. Si Herbert Snow n'arrivait pas d'ici midi, décida Yale, il ferait tout de même avancer
la paperasse. Mais peut-être devrait-il le faire avant ? Car que
se passerait-il si Frank déboulait ?

Bill passa rapidement les peintures de Novak – l'homme au
gilet à losanges était plus petit que ce que Yale s'était figuré,

de la taille d'un carnet de notes, alors que la fillette triste était gigantesque –, et s'attarda sur le portrait de Soutine.

— Celui-ci, expliqua Nora, je dois vous dire que je le lui ai dérobé, ce qui explique qu'il ne soit pas signé. Il allait le brûler avec tout un tas d'autres toiles. Et il me représente moi ! Je n'allais pas le laisser me brûler ! Quel homme étrange...

Après les tableaux, Bill n'eut plus besoin de mains pour tenir les coins : tout le reste était plat. Il procédait aussi prudemment qu'un chirurgien, sortant les dessins des enveloppes kraft. Yale s'éloigna un peu, mais garda les gants. Tel Mickey Mouse. Ou un majordome. Bill demanda à Nora des dates pour les œuvres qui n'étaient pas signées.

— Je vais vraiment devoir y réfléchir, répondit-elle. Les œuvres de Ranko sont les plus anciennes. Celles-ci sont les seules qui datent d'avant la guerre. 1919, je dirais. Mais pas le portrait au tricot, évidemment. Personne ne portait de motif à losanges avant la guerre !

Elle rit comme s'il s'agissait d'une évidence.

Bill hocha la tête, perplexe.

Yale alla rejoindre Debra, qui était adossée à un mur.

— Nous apprécions vraiment votre aide, dit-il doucement. Je comprends réellement votre point de vue.

— J'en doute.

Elle ne bougeait jamais beaucoup la bouche quand elle parlait.

— Je sais au moins qu'à votre place, je serais malheureux.

Autour de la table, on s'agitait au sujet d'une inscription à l'arrière d'un dessin, que l'on retourna et souleva quelques centimètres au-dessus du plateau.

— Elle a eu une vie incroyable, murmura Debra. Moi, je m'ennuie à en crever, j'ai renoncé à ma liberté pour m'occuper d'elle alors qu'elle a vécu de folles années à côtoyer genre, Monet, vous voyez ce que je veux dire ? Et elle aurait pu me donner un peu de ça. Mais elle ne l'a pas fait.

Yale devait le reconnaître – il avait pensé qu'elle ne s'intéressait qu'à l'argent, mais ce n'était peut-être pas le cas, après tout.

— Si cela peut vous soulager, il n'y a absolument aucun Monet là-dedans.

— Écoutez, je veux juste savoir. D'après vous, combien ça vaut, tout ça ?

Debra ferma les yeux en attendant qu'il porte le coup.

— Oh, dit Yale. Bon sang, cela... Je l'ignore, cela ne marche pas vraiment comme ça. Le marché de l'art est tellement singulier. Rien à voir avec un diamant, pour lequel vous pourriez dire qu'il y a un certain poids et...

— Mais, genre, combien, à votre avis ?

Il ne pouvait pas répondre à sa question. Notamment parce que cela compliquerait la situation alors qu'ils venaient juste d'obtenir son aide. Et aussi parce qu'il ne voulait pas que cette pauvre femme ressasse cet épisode toute sa vie.

— Ce sont, pour l'essentiel, simplement des esquisses, vous savez ? Une toile de Modigliani, ce serait autre chose, mais... Ce qui a de la valeur à nos yeux ne vaut pas forcément des tonnes d'argent.

— D'accord.

Son visage se détendit. De soulagement, mais peut-être y avait-il aussi une pointe de déception. Yale eut envie de la serrer dans ses bras, d'implorer son pardon.

— Debra, l'appela Nora. Tu peux venir regarder les bijoux quand tu veux !

Yale l'aida à étaler les bijoux sur le bout de table disponible. Il était presque autant fasciné par les colliers et les boucles d'oreille que par les œuvres d'art. Ils ne ployaient pas sous les pierres précieuses, mais tout était Art déco, et chic, lumineux, comme sur une gravure d'Erté. Yale regarda Debra prendre des objets qu'il ne l'imaginait absolument pas porter. Un peigne à cheveux orné de rayons de soleil, des boucles d'oreille chandelier, une broche en forme de scarabée. Un collier était serti d'une pierre qui ressemblait à une vraie émeraude, non pas que Yale s'y connaisse vraiment, et il la posa sur la pile des objets à garder de Debra.

— Celui-ci a peut-être de la valeur, dit-il.

Lorsque les bijoux qui restaient eurent été emballés de nouveau, lorsque les œuvres eurent été replacées dans leurs élastiques et enveloppes (Bill avait omis de ramener des contenants plus appropriés), l'avocat n'était toujours pas arrivé. Il était onze heures vingt. Debra faisait à nouveau tournoyer le porte-clés.

— Devrais-je appeler quelqu'un ? demanda Roman. De la Northwestern ?

Ils lui demandèrent de téléphoner à la chambre d'hôtes depuis l'accueil pour voir s'ils avaient un message. Il revint en secouant la tête.

Mais entre-temps, Nora avait ouvert la boîte à chaussures contenant des papiers et avait commencé à les classer par piles.

— Il y en a plus que dans mon souvenir, observa-t-elle.

— Plus il y en a, mieux c'est, répondit Bill.

— Oui, mais je voulais les passer en revue avec vous – vraiment, il le faut –, et je ne vois pas comment nous en viendrons à bout.

Stanley se pencha au-dessus de la boîte et en tira un centimètre de papiers à mains nues. Bill prit une vive inspiration.

— Asseyez-vous, dit Nora.

Yale, Bill et Roman obtempérèrent, s'installant sur les chaises pliantes en métal froid. Yale avait pris place derrière le coude de Nora. Debra arpentait la pièce.

— Celui-ci, dit Nora. Vous voyez, il est signé Fou-Fou, et je suis sûre que vous aurez deviné qu'il s'agit de Foujita. Mais regardez.

Elle leur montra un petit dessin représentant un chiot misérable à côté de la signature.

— Vous ne pourriez pas deviner que c'était parce qu'il m'appelait « Nora Inu ». Voyez-vous, Nora signifie « errer », en japonais, et il trouvait cela formidable parce que je m'étais égarée et m'étais retrouvée de l'autre côté de l'océan. « Nora Inu » signifie « chien errant ». Cela ressemble à une insulte, j'imagine, mais ce n'en était pas une.

— Incroyable ! s'écria Yale.

Son regard croisa les yeux exubérants de Bill.

— Cela... des détails comme celui-ci seront, je pense, fort utiles pour authentifier les œuvres. Peut-être pourrions-nous vous enregistrer, vos explications...

— Eh bien, oui, quelqu'un devrait prendre des notes. N'est-ce pas à cela que vous servez ? demanda-t-elle à l'intention de Roman.

— J'ai un carnet dans la voiture, répondit-il d'un air impuissant.

Et comme tous le regardaient fixement, Roman bondit hors de la pièce pour aller le récupérer.

— Bon, ce que je cherche à vous dire, poursuivit Nora, c'est que vous allez avoir besoin de ces histoires. Et je ne vois pas comment nous allons procéder si vous ramenez tout à Chicago. Je vais également vouloir classer les choses. Je vois maintenant que tout est mélangé. Ne pourriez-vous pas rester ici une semaine ou deux ?

Mais c'était impossible, pas tout de suite. Ils avaient des réunions, une galerie à gérer – sans compter qu'une fois la paperasse signée, ils voulaient éloigner les œuvres de Frank. Ils eurent l'idée de demander à Roman d'emmener la boîte à chaussures à la bibliothèque municipale cette après-midi avec une cargaison de pièces afin de tout photocopier. Les originaux pourraient rester dans le Wisconsin pour l'instant.

— Mais pas dans la maison, précisa Yale. Il pourrait leur arriver tellement de choses là-bas.

— Oui, oui, répondit Nora.

Inutile de lui faire un dessin.

Ils laisseraient tout à la banque, et la semaine prochaine, Yale et Roman reviendraient et l'aideraient à classer les documents.

Lorsque le garçon revint, essoufflé, Yale sentit qu'on lui cognait le genou. Avec des phalanges. Il comprit qu'il ne devait ni bondir ni demander à Nora ce qu'elle voulait. Il baissa les yeux aussi subtilement que possible vers son poing refermé. Lorsqu'elle le souleva un peu, il plaça sa paume en dessous. Elle lui faisait passer quelque chose. Elle laissa ce quelque chose tomber dans sa main, et il referma les doigts autour d'un objet compliqué, métallique et pointu. Il sentait une chaîne. Un collier.

Il ne comprenait pas, mais il le fourra dans la poche de son pantalon, bougea un peu pour que la partie pointue se retrouve à côté de son entrejambe.

À tous, elle dit :

— Écoutez, je me sens bien aujourd'hui, mais j'ignore comment je me sentirai la semaine prochaine, et je veux au moins que vous notiez tout cela.

Elle pointa le doigt en direction de Roman.

— Tout ce que j'ai lu à propos de Modigliani affirme qu'il est mort à cause de l'alcool. Foutaises. Il est mort de la tuberculose. La boisson ne servait qu'à masquer la maladie, qui était tellement stigmatisante. Pendant une fête, il se mettait à tousser, et faisait semblant de tomber ivre mort avant de se carapater. Bon, il était un peu alcoolique, c'est pour cette raison que sa ruse fonctionnait. Il essayait de sauver sa dignité. Ironique, n'est-ce pas ? Je ne pense pas qu'il imaginait que des décennies plus tard, des gens raconteraient encore qu'il était mort à force d'avoir trop bu. Cela me met terriblement en colère. Avez-vous noté cela ?

Roman lut ses notes :

— Modigliani est mort de la tuberculose, pas à cause de l'alcool.

— Ha. Bon, il vous manque un passage. La prochaine fois, prenez un magnétophone. Il faut maintenant que je vous parle de Ranko, parce que vous ne trouverez rien à son sujet dans les livres.

Mais l'employée de banque se tenait devant la porte.

— Il y a un monsieur à l'accueil qui souhaiterait se joindre à vous.

Yale se leva. L'adrénaline lui jouait de bien vilains tours.

Cependant l'homme qui entra dans la pièce n'était pas Frank. C'était quelqu'un que Yale n'avait jamais vu auparavant : un grand type noir d'âge mûr qui secouait la neige de son manteau et semblait affreusement contrarié.

— Herbert ! s'exclama Bill en se levant pour lui serrer la main bien virilement.

Et pendant que tout le monde regardait de l'autre côté, Nora tapota le bras de Yale.

— Pour Fiona, dit-elle.

Le collier.

Yale hocha la tête et alla saluer Herbert Snow.

— Voici notre avocat, annonça-t-il à tout le monde, à lui-même, à l'univers.

Yale, Bill et Roman poussèrent des cris de joie et chantèrent pendant tout le trajet retour jusqu'à Egg Harbor.

Une fois à la chambre d'hôtes, Yale téléphona à Charlie.

— C'est bien, dit celui-ci. Je suis vraiment content pour toi.

— Tu es vraiment content pour moi ? Attends, c'est énorme ! J'ai l'impression d'entendre ce qu'on dit quand on croise un ex dans la rue. *Ah, t'as un nouveau mec, t'as perdu du poids. Je suis vraiment content pour toi.* C'est géant ! Je veux dire, les œuvres sont littéralement dans la chambre de Bill. Je vais t'emmener dîner. Demain soir, parce que nous devons rester une nuit de plus. On doit faire des photocopies, et les routes sont mauvaises. Où veux-tu aller ? Pour le dîner ?

— Je vais y réfléchir.

Il marqua un temps d'arrêt avant d'ajouter :

— Je suis vraiment heureux pour toi. Je suis juste fatigué.

À ce moment-là, Yale faillit ajouter quelque chose sur la maison, sur le fait qu'il y avait une maison qu'il voulait que Charlie visite, et que ce qui se passait était un signe, c'était le bon moment – mais cela pouvait attendre. Il en parlerait demain, autour d'un verre de vin.

Il appela ensuite Fiona, laquelle poussa des petits cris qu'il trouva gratifiants. Il lui dit qu'il avait quelque chose pour elle, lui proposa de passer à la galerie voir les œuvres.

— Oh, Yale, c'était écrit, tu ne crois pas ?

Le lendemain matin, sur le chemin du retour – les œuvres emballées et protégées dans le coffre, des liasses de photocopies sur la banquette arrière, des papiers signés, datés, en présence de témoins –, ils parlèrent à toute vitesse.

— Je me sens mal vis-à-vis de la famille, confia Yale. Nous ne sommes pas des gens affreux, n'est-ce pas ?

— Ce type aurait confié les œuvres aux mauvais restaurateurs, n'aurait pas choisi les bonnes personnes pour les estimations, on l'aurait saigné, et jamais rien n'aurait été authentifié ni répertorié dans des catalogues. Bon nombre de grandes œuvres de ce monde se sont perdues à cause de gens comme Frank.

— Et cela fera la galerie, dit Yale. Enfin, je veux dire, la galerie se porte déjà très bien…

Bill rit pour le rassurer.

— Mais nous n'avons pas encore quatre Modigliani.

Roman s'écria, du milieu de la banquette arrière :

— Quelle première semaine d'enfer !

À mi-chemin, Yale se rendit compte de quelque chose : si Nora n'avait pas décidé de tout leur léguer, elle aurait certainement pu céder une œuvre à Fiona par voie de testament. Une seule esquisse aurait permis à Fiona de se payer des études universitaires. Et Fiona le savait probablement. Et n'avait jamais rien dit.

2015

Quand Fiona arriva chez Richard, Jake Austen était sur le canapé et discutait avec Serge. Elle voulait se fâcher contre cette invasion, elle s'autorisa la colère, mais peut-être était-elle un peu soulagée également. Personne ne lui demanderait, pour l'instant, comment s'était passée sa journée. Il n'empêche : elle n'avait pas imaginé que ce type s'incrusterait. Il avait les yeux rouges, et il avait un peu trop déboutonné sa chemise.

Elle posa son sac sur le plan de travail, se glissa hors de ses chaussures. Les deux hommes la saluèrent d'un geste de la main, Jake pointa le doigt de façon théâtrale vers son téléphone posé sur la table basse. Il était en train d'enregistrer. Fiona se prépara un thé aussi discrètement que possible.

Serge disait :

— Il trouve l'espace entre l'action et le repos. Il ne veut pas une photo de l'action, et il ne veut pas une photo du repos, d'accord ? Oui ? Il cherche le moment entre les deux.

Fiona n'avait pas trop compris si Serge était l'attaché de presse d'autres artistes, ou si répondre à des interviews sur Richard était devenu sa vie.

Jake tapota sur son téléphone et les deux hommes se détendirent.

— Comment ça s'est passé ? demanda Jake. Ils m'ont, euh, mis au courant, j'espère que ça ne vous embête pas. Tout va bien ?

— Mince, j'en sais rien, répondit-elle.

Bon, exit son fantasme de passer pour une personne normale qui faisait un voyage normal. *Pouf.*

Fiona n'avait pas encore dîné, mais avait envie d'aller se coucher tout de suite. Seulement il fallait d'abord qu'elle appelle Damian, et n'oublie pas de demander comment allait Karen en prenant une voix un tant soit peu inquiète. Il fallait qu'elle appelle Cecily pour lui dire que oui, Kurt était bien à Paris, même si Cecily ne voudrait rien savoir. Ou peut-être cela pouvait-il attendre. Était-ce vraiment de la responsabilité de Fiona de lui annoncer ? Elle avait toujours du mal à déterminer si les gens dépendaient de sa juridiction. Cecily connaissait les motifs de son voyage, lui avait souhaité bonne chance. Fiona ne lui avait cependant pas parlé de la petite fille de la vidéo. Pourquoi le faire, quand rien n'était sûr ?

— Je crois que j'en ai fini pour aujourd'hui, dit-elle.

— Impeccable ! s'écria Serge. Comme ça, tu peux venir à la soirée ! J'ai déjà réussi à convaincre Jake.

— La soirée ?

— Chez Corinne, tu te souviens ? On prend le métro jusqu'à Vincennes à sept heures, OK ? On rentrera tôt, t'inquiète.

— Oh, je...

— Il y aura beaucoup d'artistes importants. Et il faut que tu rencontres le mari de Corinne. Il faut que tu voies sa barbe.

— Sa barbe ?

Serge rit.

— Fais-moi confiance. Je t'assure.

Fiona téléphona à Damian depuis sa chambre, et il voulut qu'elle répète chaque détail trois fois. Cela paraissait moins désespéré quand elle répétait, plus comme une avancée.

— C'est génial ! s'exclama-t-il. C'est énorme !

La radiothérapie de Karen débutait lundi, autrement, il aurait sauté dans un avion. Il espérait qu'elle le savait.

— Je ne suis pas revenu à Paris depuis cette conférence en 1994, dit-il.

— Tu m'avais laissée à la maison avec un bébé. Je ne te l'ai jamais pardonné.

Mais elle savait qu'il l'entendait sourire.

— Je ne sais pas trop quoi faire, avoua-t-elle.

Elle lui parla de la soirée.

— Vas-y ! C'est l'occasion de traîner avec des artistes à Paris !
Vas-y et amuse-toi !

— Je ne vais pas traîner avec des artistes à proprement parler.
On ne va pas au café pour une séance de croquis.

— Écoute, profites-en pour reconstituer le séjour de ta
grand-tante. N'est-ce pas quelque chose que tu as toujours voulu
faire ? Et son petit ami, celui qui est mort ?

— Ranko Novak ?

— Essaie de retrouver sa trace !

— Quoi, sa tombe ?

— Je ne sais pas. Oui.

— T'es mignon, Damian.

— Va à cette soirée.

Il conclut par un « Ciao » – qu'elle trouvait charmant à
l'époque, quand il était son professeur et qu'elle manquait de
jugeote.

Bon, se préparer pour aller à une soirée était une excuse pour
ne pas appeler Cecily. Et elle n'avait vraiment pas le courage de
passer ce coup de fil pour le moment.

Fiona aurait aimé que Jake ne soit pas avec eux, qu'il ne
soit pas en train de tenir la barre du métro à deux doigts et
de la regarder de toute sa hauteur. Richard et Serge étaient
assis derrière eux et parlaient très vite en français, de sorte que
Fiona n'avait personne d'autre avec qui discuter hormis Jake,
et aucune autre façon d'échanger avec lui hormis en flirtant à
moitié. La seule robe qu'elle avait apportée était une robe portefeuille bleu pâle très échancrée – et Fiona avait beau porter
un manteau léger, il ne fermait plus car ses boutons étaient
cassés. Jake zieutait ostensiblement son décolleté.

Lorsqu'ils descendirent à Vincennes et traversèrent les rues
sombres et calmes, passant devant des magasins et des restaurants puis devant de belles maisons étroites, Jake se rapprocha
de son oreille et lui demanda :

— Alors, est-ce que c'est l'Evanston de Paris ?

Elle ne put s'empêcher de rire. Mais elle s'arrêta tout de même afin qu'il ne pense pas qu'il le méritait.

Il sentait le gin, et Fiona se demanda s'il avait bu chez Richard ou avant.

Elle consulta son téléphone, même si elle venait de le faire deux minutes plus tôt et que la sonnerie était activée. Et il n'y avait aucune raison qu'Arnaud l'appelle pour l'instant. Mais elle ne pouvait s'empêcher de rafraîchir sa boîte mail, de cliquer sur sa messagerie vocale vide.

Une idée la frappa : elle pourrait se débarrasser de Jake en couchant avec lui. Ce serait marrant, ça la libérerait une bonne fois pour toutes et inéluctablement, il disparaîtrait gracieusement. S'il s'accrochait, s'il se manifestait le lendemain, elle pourrait toujours prétendre être amoureuse, lui demander quand est-ce qu'ils se reverraient une fois de retour à Chicago. « Tu sais », pourrait-elle dire si la situation devenait désespérée, « il y a une chance pour que je sois toujours fertile. »

Serait-il en mesure de faire quoi que ce soit, s'il était aussi soûl qu'elle le pensait ? Il gardait chaque syllabe un peu trop longtemps. (« Regardez cette luuuune ! »), soutenait son regard trop longtemps, déplaçait ses pieds trop lentement. Pas assez pour que Richard ou Serge le remarquent, apparemment, mais assez pour agacer Fiona. Pourquoi avait-il le droit de vivre sa vie dans l'ivresse ? Pourquoi avait-il le droit d'avoir un portefeuille boomerang ?

Et puis, au cours de cette satanée soirée, elle se retrouva coincée avec lui. Au début, ils restèrent tous les deux à côté de Richard et Serge dans l'entrée, où Corinne (en tunique jaune et avec un collier de perles énormes) les accueillit chaleureusement, s'assura qu'ils avaient à boire, fit signe à son mari, qui se trouvait dans l'autre pièce, de venir. La barbe de Fernand Leclercq était, conformément à ce que Serge avait promis, prodigieuse : elle descendait le long de sa poitrine, et était aussi floconneuse et bouclée que celle d'un père Noël en pâte à modeler animée. Il était auréolé d'une aura d'importance qui emplissait leur foyer telle une vibration.

— N'hésitez pas à regarder, dit-il.

Et Fiona comprit le sens de cette invitation seulement lorsqu'elle vit que la maison regorgeait d'œuvres d'art incroyables, que les convives tendaient le cou pour regarder dans des recoins, des couloirs dérobés et même à l'étage afin d'apercevoir les acquisitions de Fernand et Corinne. Un Basquiat était accroché devant la salle de bain ; un portrait de Julian Schnabel réalisé avec des éclats d'assiettes dominait la salle à manger.

Au début, les gens firent l'effort de lui parler anglais – Corinne, Serge, l'écrivain allemand à qui ils l'avaient présentée –, mais bientôt, tout ne fut plus qu'un tourbillon de français, et elle se retrouva à discuter avec Jake. Ils atterrirent dans un jardin d'hiver à l'arrière de la maison, une pièce qui se remplissait et se vidait toutes les deux ou trois minutes au rythme des allées et venues des invités qui passaient pour s'assurer de n'avoir oublié aucun plateau de nourriture, aucun seau à champagne, aucune œuvre cubiste majeure.

— J'ai étudié ses œuvres en ligne. Celles de Richard. C'est bizarre : il y a tout un tas de photos que je ne lui attribuais pas. Genre, des connues. Ce triptyque, je l'ai toujours admiré. J'ignorais totalement que c'était signé Campo. Et j'ai vu une photo de vous, je crois. Hein ?

Malgré le verre qu'il avait à la main, il semblait plus sobre que tout à l'heure dans le métro. Fiona voulait qu'il disparaisse.

— Je portais une robe à fleurs ?

— Non, vous étiez à côté d'un type... Vous étiez recroque-villée à côté de quelqu'un dans un hôpital.

Fiona essaya de descendre son champagne, même si cela lui brûlait le nez quand elle avalait.

— Vous posez des questions personnelles. C'est de l'art, mais j'y étais. Ces gens étaient mes amis.

— Je, euh... en fait, je ne vous ai rien demandé. Je ne pense pas vous avoir posé de question.

— C'est vrai.

— Quelle question redoutiez-vous ?

Elle réfléchit.

— Vous alliez me demander qui était la personne dans le lit.

— Hé, ça vous dirait de vous asseoir ?

— Non.

Elle regarda le groupe à l'entrée du jardin d'hiver, mais les gens parlaient français et n'avaient pas tourné la tête vers elle.

— Puis-je... Écoutez. J'ai juste une question, et elle ne concerne pas cette photo, mais le triptyque.

— Bon sang... Quoi...

— Pardon, pardon. Allons chercher quelque chose à manger.

Fiona était angoissée à cause de choses qui n'avaient rien à voir avec Jake Austen et son invasion, mais il était bien pratique comme punching-ball. Et donc elle se rapprocha trop de lui, parla trop fort.

— C'était Julian Ames. Dans le triptyque. C'était une belle personne, un acteur, et Richard a pris la première photo quand tout allait bien, la deuxième quand Julian a pété un plomb parce qu'il savait qu'il était malade, la troisième quand il ne pesait plus qu'une cinquantaine de kilos.

— Hé, je suis désolé, je...

— Mon frère est mort dans cet hôpital à la con où mes parents l'avaient mis, dans cet endroit où tout le monde avait peur de lui et où personne n'y connaissait rien, et Julian est venu lui rendre visite tous les jours. Ce n'était pas le type le plus intelligent du monde, mais il était loyal et il était plus sensible que la plupart des gens. Vous, l'alcool vous anesthésie, n'est-ce pas ? Certaines personnes ressentent vraiment les choses. Et il y avait cette infirmière qui passait avec le menu, mais qui refusait d'entrer dans la chambre. De toute façon, il ne pouvait rien manger.

— C'est horrible.

— La ferme. Donc la moitié du temps, ça n'avait aucune importance parce que Nico était à la masse. Nous avons compris à la toute fin qu'il avait un lymphome du système nerveux central, et ces abrutis de médecins sont passés à côté et lui donnaient des stéroïdes, ce qui était la pire chose à faire. Cela a toutefois réduit l'œdème cérébral au début, si bien que, pendant quelques jours, il avait des créneaux de lucidité. Il réémergeait pendant dix minutes avant de repartir. Donc, un jour, alors qu'il est lucide, l'infirmière se pointe et reste plantée sur le seuil. Elle a ce petit air suffisant et se met à lire le menu depuis la porte. Julian est avec moi, et Nico est alerte. L'infirmière dit : « Spaghetti avec boulettes de viande. » Et Julian se lève, se met au pied du lit de Nico et répète ce qu'elle vient de dire en prenant sa voix de théâtre, comme s'il interprétait un roi shakespearien. Et puis il fait... quelque chose entre le mime et la danse libre. Tout un truc autour des spaghetti, qu'il enroule autour d'une fourchette imaginaire et avale à grand bruit. Et l'infirmière a cette expression sur son visage qui semble dire : *C'est pour ça que vous êtes tous malades. Regardez-moi ce comportement de tapette.* Julian va la voir et jette un coup d'œil au menu par-dessus son épaule, et il annonce l'autre plat, une salade de poulet, avant de faire la danse des canards. Il déroule comme ça tout le menu pendant que l'infirmière reste plantée là.

— C'est génial.

— Non, c'était triste et horrible. C'est la dernière fois où mon frère a été conscient.

— Je peux vous demander ce qui lui est arrivé ? À Julian ?

— À votre avis, putain ?

— Fiona, vous...

— C'était un acteur sans famille ni mutuelle, et il aurait pu obtenir un soutien décent si au moins il était resté à Chicago, s'il était resté dans le coin jusqu'à ce que des médicaments arrivent, mais à la place, il s'est barré, et il est mort seul je ne sais où.

— Vous saignez.

— Quoi ?

— Votre main.

Fiona baissa les yeux. La flûte de champagne vide qu'elle serrait entre ses doigts était fêlée. Une goutte de sang coulait le long de son poignet droit et une autre à l'extérieur du verre. Quand elle commença à enlever ses doigts, la coupe se brisa complètement et se fracassa sur le sol.

Les contours de la pièce se grisèrent et des voix se rapprochèrent. Corinne était là et tenait une serviette sous sa main. Elle la guida dans un petit cabinet de toilettes tapissé de papier peint et où les robinets étaient en or, et l'installa sur l'abattant des W-C.

Le mari de Corinne était maintenant agenouillé devant Fiona avec une pince à épiler, et ôtait avec précaution les éclats de verre incrustés sur toute sa paume.

— J'ai tellement honte, dit Fiona quand sa vision redevint normale et que Corinne fut partie nettoyer les dégâts.

— C'est interdit.

Sa voix était voilée et grave. Il y avait quelque chose de royal dans le sommet de sa tête penchée, dans ses cheveux blancs coiffés avec du gel. Fernand, se rappela-t-elle. Fernand, l'éminent critique d'art. Elle n'identifiait rien de tout cela comme étant sa propre vie. Cet homme, cette pièce, ce sang.

Il massa doucement sa paume, regarda sa main à travers ses lunettes.

— Merci, dit-elle. Vous avez déjà fait ça ?

— Je ne fais que trouver les éclats de lumière.

Fiona imagina sa paume parsemée de milliers d'éclats de verre scintillants, des éclats qu'elle pourrait porter sur elle à jamais. Tout son corps devrait être ainsi fait. Sa peau devrait couper la peau de ceux qui la touchaient.

Fiona avait envie de lui dire des mots gentils, mais ne voulait pas rester assise là à lui répéter ses remerciements à l'infini.

— Vous peignez également ? En plus de la critique ? Vos mains sont tellement fermes.

— J'ai étudié la peinture.

Il leva les yeux et sourit, et elle aurait pu rester dans ces toilettes pour toujours, en laissant quelqu'un prendre soin d'elle.

— Très mauvaise idée. Les critiques ne devraient pas savoir peindre.

Jake apparut dans l'encadrement de la porte. Elle n'eut pas l'énergie de le chasser.

À l'aide d'un disque de coton, Fernand badigeonna un peu plus sa peau d'antiseptique.

— J'ai étudié aux Beaux-Arts. Très, euh, vieux jeu.

Fiona leva la tête.

— Vous y êtes toujours ? Vous enseignez ?

— Non, rit-il. Ce n'est pas pour moi.

— Je...

227

Elle s'arrêta, le temps qu'il enfonce la pince à la base de son majeur.

— Ma famille essaie depuis toujours de retrouver la trace d'un artiste qui a vécu ici. Ma grand-tante a entretenu une liaison avec lui, et il est mort jeune.

— Quelle année ?

— Oh, bien avant votre naissance. Je ne voulais pas dire que vous le connaissiez, je... Je ne sais même pas pourquoi je vous pose cette question. Je suis un peu vaseuse. Il a remporté le prix de Rome, mais ensuite il est mort juste après la Première Guerre mondiale.

— Ha, en effet, c'était bien avant moi !

— Il s'appelait Ranko Novak. Nous avons toujours été curieux.

— Vous cherchez quoi, des traces écrites ? Une photo ?

Il se tourna en direction de Jake.

— Vous avez une lampe-torche sur votre téléphone ? demanda-t-il.

Jake alluma la lampe-torche de son téléphone et, avec une grimace, le tint au-dessus de la paume de Fiona.

— Vous savez quoi ? reprit Fernand. J'ai un ami ici. Notez-moi le nom de cet artiste avant de partir ce soir, et je lui poserai la question.

— C'est vraiment gentil !

— Eh bien, vous avez failli vous trancher les doigts chez nous. C'est pour nous éviter un procès !

Fiona garda un verre d'eau glacée dans sa main bandée parce que c'était agréable, même si la condensation mouillait le pansement. Elle avait trouvé Richard dans la salle à manger, qui tenait salon autour de plateaux de poisson fumé.

Elle peinait à suivre la conversation, et encore, ne comprenait que lorsque Richard traduisait ponctuellement des phrases pour elle. (« Marie est son épouse. » « Il est question de la rétrospective Gehry de l'année dernière. » « Elle parle du travail de sa fille. ») Fiona voulait de la codéine. Elle voulait trouver une pharmacie. Et quoi, ensuite ? Peut-être arpenter le Marais jusqu'au petit matin.

— Paul, ici, me demande en quoi la célébrité m'a changé. J'explique que je n'ai été célèbre que pendant un quart de ma vie ! C'est si peu ! lui dit Richard.

Il reprit alors sa conversation en français avec le Paul en question, qui avait un cou de girafe et de toutes petites dents. Puis, s'adressant de nouveau à Fiona :

— Je disais que mon tout premier mécène était une collectionneuse qui s'appelait Esmé Sharp, tu te souviens d'elle ? Elle m'a envoyé un e-mail la semaine dernière pour me demander si elle pouvait jeter un premier coup d'œil à certaines œuvres avant Art Basel au printemps. Rien ne change ! Je travaille toujours pour le même public.

Après avoir disparu un moment, Jake était de retour. Il resta en périphérie du cercle. Il avait remonté ses manches. Ses bras étaient tout en muscle et en veines. Sur son coude gauche, le bas d'un tatouage.

Esmé Sharp. Ce nom disait vaguement quelque chose à Fiona. Quelqu'un qui gravitait autour de Richard lorsque sa carrière avait démarré, quelqu'un qu'elle avait peut-être rencontré lorsqu'elle allait de Madison à Chicago le week-end, enceinte, ou avec Claire qui n'était encore qu'un nouveau-né. Ou peut-être avait-elle fait sa connaissance quand ils étaient revenus s'installer à Chicago en 1993, et que Damian enseignait à l'université de Chicago tandis que Fiona devenait folle, s'ennuyant à mourir dans cette ville qu'elle avait un jour trouvée infiniment trépidante. Le début des années 1990 était flou. Claire était née pendant l'été 1992, et Fiona était en proie à ce que n'importe qui aujourd'hui identifierait sans problème comme une dépression post-partum prolongée, laquelle s'ajoutait au syndrome post-traumatique qu'elle avait ramené des années 1980. Elle avait fait croire à son médecin que tout allait formidablement bien, et il n'avait pas cherché à creuser davantage. Elle tenta de reprendre ses études à DePaul, mais ne parvint pas à terminer la moindre dissertation. Elle regardait les programmes télé du matin, des interviews de célébrités dont les noms ne lui disaient rien. Elle restait assise sur des bancs pendant que Claire gambadait sur des aires de jeux, enfonçait ses doigts boudinés dans des bacs à sable froids et restait coincée en haut de toboggans. Ce ne fut que lorsque Claire entra en maternelle et que Fiona commença à travailler pour la boutique solidaire – à peu près à l'époque où Richard s'installa à Paris – que tout devint clair. On aurait dit que quelqu'un lui avait donné de nouvelles lunettes aux alentours de 1995, avait rehaussé les couleurs, remis le son de la ville jusque-là en sourdine. Juste à temps pour que Fiona se rende compte qu'elle était malheureuse avec Damian, ses petits sermons, sa façon de passer sa langue sur ses dents. Elle se mit à coucher avec un type rencontré au *yoga* – au secours ! –, et même si cette liaison contribua à éroder lentement son mariage, cette expérience l'aida à se réveiller. Mais à ce moment-là, Richard était déjà parti. Esmé, ça devait remonter à cette époque perdue, un bateau dans un port embrumé.

— *Et qu'est-ce que vous faites, dans la vie*˙ ? demanda une femme à Fiona.

— *Je... j'ai une boutique. En Chicago*˙.

Bon sang, elle avait tellement envie de partir ! Richard vint à sa rescousse, se mit à parler rapidement ; il devait sans doute expliquer aux gens que Fiona ne vendait pas de chaussures de luxe. Elle entendit « *le SIDA*˙ », un acronyme qu'elle avait toujours trouvé plus joli que le « AIDS » anglais. À vrai dire, tout ce qui concernait le sida avait été mieux sur toute la ligne en France, à Londres, même au Canada. Moins de honte, plus de pédagogie, plus de financements, plus de recherche. Moins de gens qui vous gueulaient des trucs sur l'enfer pendant que vous étiez en train de mourir.

Fiona se faufila jusqu'à Jake et murmura :

— Aidez-moi à trouver de la gaze.

— Vous voulez que je demande à nos hôtes ?

— Non. Suivez-moi.

Si Fiona était capable de se balader en scooter, ce n'était pas la seule façon qu'elle avait de se comporter comme une adolescente.

Jake la suivit dans le hall d'entrée, vide à l'exception du portemanteau.

— Vous n'avez pas de bons antidouleurs sur vous, par hasard ?

— J'aimerais, répondit-il.

— Vous avez une cigarette ?

— Non, mais ça me ferait du bien.

— Vous avez un préservatif ?

— Un quoi ?

— Écoutez...

Elle consulta son téléphone. Rien. Elle exhuma son manteau de la pile.

— Vous êtes bourré, non ?

— Pas vraiment, répondit-il.

Il la suivit dehors. Personne dans les rues.

— Vous pensez être assez sobre pour retrouver le métro ?

Fiona tourna à gauche, sans trop savoir si c'était le bon chemin.

— Je vous ai dit que je n'étais pas soûl. J'étais un peu pété quand on est arrivés, mais ça s'est dissipé.

— Vous êtes un piètre alcoolique. Même pas bourré.

Fiona marchait vite, et Jake s'efforçait de ne pas se laisser distancer.

— Qui vous a dit que j'étais alcoolique ?

— Un mec dans un avion.

Ils s'arrêtèrent à un croisement, et attendirent que le feu passe au vert pour eux, même si les rues étaient désertes.

— Vous avez quoi, trente ans ? demanda-t-elle.

— Trente-cinq, pourquoi ?

— Je ne veux pas coucher avec un bébé. Trente-cinq, ça devrait le faire.

Son visage montrait clairement qu'il ne savait pas trop si elle plaisantait – et aussi qu'il voulait que ce ne soit pas le cas.

Elle n'avait pas bu la quantité de vin qu'il fallait pour s'auto-analyser. Un verre en plus et elle aurait pu se retrouver assise sur le trottoir à déverser tous les secrets de sa vie, à demander tout haut pourquoi elle avait tendance à se servir du sexe comme d'une arme. Un verre en moins, et elle serait toujours à côté de Richard, à hocher la tête en écoutant une conversation française. Dans le cas présent, Fiona avait bu juste assez pour se rendre compte qu'elle était passée tout près de ces deux possibilités, et aussi juste assez pour s'en moquer. Elle était assez ivre pour vouloir avoir un homme sur elle, mais pas assez pour s'endormir dès qu'elle se retrouverait à l'horizontale. Lorsqu'ils eurent traversé la rue, elle posa sa main sur le derrière de Jake, glissa ses doigts dans sa poche arrière.

Il bascula vers elle et lui adressa un regard mi-vulnérable, miprédateur, puis empoigna la base de son crâne, attira sa bouche contre la sienne, guida sa langue vers la sienne et son bassin contre le sien. Ils marchèrent quelques centaines de mètres et il recommença, puis encore quelques centaines de mètres, et rebelote.

Il sentait la viande fumée, ce qui ne la dérangeait pas. Ils se rendirent dans une pharmacie pour acheter des préservatifs et de l'ibuprofène, puis allèrent chez Richard, et une fois dans son lit tout frais, ils firent l'amour. Fiona ne se dit qu'une seule fois, alors qu'elle était sur lui, qu'elle était certainement la grand-mère de quelqu'un maintenant. Mais elle n'éprouvait quasiment aucun complexe. Jake était tellement beau, avec la peau de ses avant-bras tendus et hérissés de chair de poule, qu'il était aisé de s'abandonner. Elle promena sa main gauche dans la toison qui recouvrait son torse et qui était aussi épaisse que sa barbe, et de sa main bandée, agrippa la structure du lit. Elle aurait encore plus mal le lendemain matin, mais elle s'en moquait. Jake termina avec un long grognement d'homme des cavernes, puis s'allongea à ses côtés et glissa ses doigts entre ses cuisses. Elle ne pensait pas que cela marcherait – jusqu'à ce que cela marche.

Fiona s'attendait à ce que Jake s'endorme après, mais à la place, il se hissa sur un coude et lui parla de sa première petite amie à la fac, une femme qui l'avait attaché au lit et l'avait laissé comme ça pendant une heure – un truc qui l'obsédait encore, et qui le poussait à la détester, mais c'était aussi la raison pour laquelle il n'avait toujours pas tourné la page de leur histoire. Au secours, confessions sur l'oreiller ! Fiona avait envie de le virer, mais il n'était que vingt-deux heures, et Richard et Serge ne rentreraient sans doute pas avant longtemps. Il fallait qu'il soit parti d'ici là ; non pas que Richard la jugerait, mais il ne laisserait pas non plus passer cette occasion de la taquiner. De plus, elle avait cinquante et un ans, ne croyait pas vraiment que Jake en avait trente-cinq, et ne supportait pas l'idée que leur différence d'âge soit un sujet d'intérêt lubrique.

— Parle-moi de ta première fois, lui demanda Jake.

— Quoi ? On fait ami-ami ?

Il rit, pas blessé.

— C'est l'un des meilleurs moments. Je veux dire, il y a les préliminaires, et l'après.

Elle se tourna vers lui. Pourquoi pas.

— J'ai été dépucelée par le prof de sciences de ma cousine. J'avais déjà fini le lycée, tout juste. Pas le même bahut.

— Putain.

— Eh bien... Je traînais avec des gens bien plus âgés que moi. Des amis de mon frère, qui sont devenus mes amis. Dur de m'emballer pour des types avec de l'acné.

— Tu as déjà couché avec des amis de ton frère ?

Fiona laissa échapper un rire qui était honteusement semblable à un gloussement d'oie. S'imaginer, plus jeune, avec Charlie Keene ou Asher Glass ! Elle avait été follement amoureuse de Yale, mais c'était différent. Sans attente, sans espoir, un béguin pouvait demeurer pur et platonique. Cela n'avait jamais été libidineux, jamais égoïste. Elle cherchait toujours des excuses pour le toucher, pour lui parler, pour appuyer sa tête contre son bras.

— Pas vraiment ?

— Pas vraiment.

— Alors ce que je ne comprends pas sur ce triptyque, sur ce type dans le triptyque, c'est que...

— Oh, tais-toi ! Viens là.

Fiona essaya de l'embrasser, uniquement pour l'empêcher de prononcer un mot de plus, mais il recula.

— Est-ce que je ne me suis pas déjà coupé la main à cause de cette histoire ? Tu es assez... vampirique.

— Désolé, dit-il. Désolé. Je me comporte en journaliste. Mais en plus, est-ce que, genre, ce n'est pas quelque chose dont il faudrait que tu parles ? Pour l'élaborer ?

— J'élabore depuis trente ans. J'élabore depuis que tu regardes les dessins animés du samedi matin en pyjama. J'ai un psy pour cela. Je n'ai pas besoin d'un journaliste.

— Sauf que tu ne couches pas avec ton psy. Enfin, n'est-ce pas ? Parce que, sérieusement, quand on parle après le sexe, c'est différent. Je pense que c'est pour ça que Freud demandait à tout le monde de s'allonger.

— Freud couchait avec ses patients ?

— Je crois bien.

Elle roula des yeux.

— Bon. D'accord. Julian est mort... bon sang, je ne saurais même pas dire depuis combien de temps. Tu sais, en fonction de si tu étais proche ou non de quelqu'un... Il y avait les gens qui t'impliquaient, s'appuyaient sur toi, et tu passais plus de temps avec eux pendant ces derniers mois que jamais auparavant. Et il y avait ceux qui, si tu ne faisais pas partie de leur garde rapprochée, t'excluaient. Pas méchamment, c'était juste qu'ils n'avaient pas besoin de toi. Ta présence aurait été une interruption, tu vois ? Et je ne faisais pas partie du cercle proche de Julian. De toute façon, à la fin, il a exclu tout le monde.

Jake n'avait pas l'air d'avoir suivi.

— OK, dit-il.

— Il y avait cette espèce de compétition dans le deuil. Les gens se rassemblaient à l'hôpital et y traînaient pendant des jours, en se mettant un peu en scène. Ça paraît atroce, ce que je décris, mais c'est vrai. Leurs intentions n'étaient pas mauvaises. C'est juste... on veut toujours croire qu'on est important dans la vie de quelqu'un. Et parfois, au final, il s'avère que ce n'est pas le cas.

Jake lui caressa l'oreille avec sa langue, puis la promena le long de sa clavicule.

— Encore une fois, dit-il.

Elle n'aimait pas la façon qu'il avait de la regarder, plongeant ses yeux dans les siens comme s'il essayait de synchroniser la dilation de leurs pupilles. L'idée n'avait jamais été qu'il s'attache davantage à elle, encore moins avec tout ce qui se passait par ailleurs.

Il y eut du bruit dans l'appartement.

— Merde ! s'écria-t-elle. Si c'est juste Richard, il ne tardera pas à aller se coucher. Tu pourras sortir discrètement à ce moment-là ?

— D'accord.

Jake ferma les yeux.

— Je ne suis pas alcoolique. C'était une blague.

— En quoi est-ce drôle ?

— Je ne sais pas. J'étais bourré.

Fiona avait dû s'endormir parce qu'elle était dans un bus à Chicago avec Richard, et cherchait la maison de Corinne. Sa main était en feu.

Lorsqu'elle se retourna au milieu de la nuit, Jake, Dieu merci, était parti.

1986

Bill avait décrété que tout le monde avait son après-midi. Yale traîna son sac dans le métro, alla jusqu'à Briar, puis grimpa les deux volées de marches. Il s'était absenté assez pour éprouver ce merveilleux sentiment de retour à la maison après un long voyage, quand vous êtes frappé par les odeurs de votre propre immeuble, par les dimensions du hall, lesquelles se sont étrangement réajustées pour conférer au lieu une dimension onirique, avec quelques centimètres de plus dans chaque direction. Il avait faim, l'heure du déjeuner était passée. Il pourrait se faire un sandwich toasté au fromage fondu, et peut-être y avait-il de la soupe à la tomate dans le placard.

Lorsqu'il ouvrit la porte, Yale tomba sur la mère de Charlie vêtue d'une robe grise. Elle était nus pieds. Il croyait qu'elle n'arriverait que la semaine suivante.

— Teresa !

Il posa son sac et alla l'embrasser. À ce moment-là, il entendit la porte de la chambre se refermer. Il se dit que Charlie venait le voir, qu'il fermait la porte pour cacher le lit défait à sa mère. Sauf que Charlie ne se montra pas. Il n'était pas sorti de la chambre, mais y était entré.

Et quand Yale se détacha de Teresa, elle faisait vraiment une drôle de tête. Elle souriait, mais seulement avec sa bouche.

— Yale, il faut que nous... Ça te dirait de marcher ?

Il eut l'impression que la pièce allait basculer sur le côté, ou avait déjà basculé.

— Que s'est-il passé ?

Charlie était en dépression. Julian était mort. Le journal avait mis la clé sous la porte. Reagan avait...

Teresa posa les mains sur ses bras. Il avait toujours son manteau, son manteau habillé.

— Yale, nous devrions aller faire un tour.

— Pourquoi ? Teresa, que se passe-t-il ?

Ses yeux s'emplissaient de larmes. Yale s'aperçut à ce moment-là qu'elle avait déjà pleuré, que son visage était dans un sale état.

Il enfonça ses mains dans les poches de son manteau. Le collier de Fiona s'y trouvait, il l'avait transféré de son pantalon, et les ailes poignardaient la paume de sa main. C'était un camée avec des oiseaux de chaque côté, des oiseaux qui tenaient le cadre du camée. Des ailes pointues en métal. Quelque chose ne tournait vraiment pas rond.

Teresa inspira et dit très calmement :

— Yale, je vais t'accompagner à la clinique et tu vas faire le test.

Yale s'apprêtait à dire : Je n'arrive pas à croire qu'il recommence, je n'arrive pas à croire que tu l'écoutes, je n'arrive pas à croire qu'il me croie capable d'une chose pareille, et nous avons fait le test le printemps dernier.

Mais il s'assit par terre et mit sa tête entre ses genoux.

Teresa essayait de lui dire quelque chose d'autre, quelque chose au sujet de Charlie, et Yale n'arrivait pas à assembler les pièces du puzzle. Mais oui, mon Dieu, il comprenait. Des aiguilles plantées dans ses bras, ses jambes, son ventre le clouèrent au présent. Tel un insecte mort sur un carré en mousse.

Il entendait Charlie dans la chambre. Il marchait. Il déplaçait des objets. Yale pressa ses genoux contre ses oreilles. Teresa s'était accroupie en face de lui. Elle posa la main sur sa chaussure. La chaussure de Nico.

— Yale, est-ce que tu m'entends ?

Yale fut choqué de constater qu'il ne pleurait pas, alors que Teresa si. Pourquoi ne pleurait-il pas ?

— Teresa, qu'est-ce qu'il a fait ? murmura-t-il.

— Je ne sais pas.

Elle secoua la tête.

— Il refuse de me le dire. Écoute, Yale. Même s'il a ces anti-corps, cela signifie juste qu'il a été exposé. Il n'a pas forcément le virus.

— Ce n'est pas vrai. Il sait très bien que ce n'est pas vrai. C'est lui qui t'a raconté ça ?

Son besoin compulsif de chuchoter lui venait peut-être de son expérience – ne pas parler de la maladie de quelqu'un alors que le type concerné pouvait entendre. Ou peut-être ne voulait-il pas gratifier Charlie de sa réaction. Il aurait pu crier, n'est-ce pas ? Il aurait pu défoncer la porte de la chambre et le prendre dans ses bras, ou lui cogner dessus, au lieu de rester là à penser à son propre corps, à sa propre santé, à son propre cœur.

Il allait peut-être vomir. Il avait envie de vomir.

Si Charlie était à côté de lui, en train de lui annoncer toutes ces choses, il pourrait penser à lui, à ce que cela signifiait pour lui. Mais tout ce que Yale avait, c'était une porte fermée et ce message, ce messager.

Mais que s'était-il donc passé ? Il regarda le plafond. Incroyable : il n'était toujours qu'un simple plafond blanc.

— Quand t'a-t-il appelée ? Quand es-tu venue ?

— Il a eu les résultats hier. J'ai pris l'avion ce matin.

On était le 16. Donc Charlie avait fait le test quoi, au tout début du mois ? À la toute fin décembre ?

Tout à coup, Yale était debout, se précipitait vers la chambre.

— Charlie, putain, tu as couché avec Julian ? Avec Julian ? Qu'est-ce que t'as foutu, Charlie ? C'est quoi ton problème, merde ?

Il donna un coup de pied dans la porte, puis un autre.

Il avait mal au pied, mais pas assez.

Voici les dominos qui venaient de tomber : Julian, puis Charlie. Et peut-être Yale.

Charlie qui pâlissait au déjeuner. Charlie dans la cabine télé-phonique. Charlie arpentant la ville la veille du nouvel an tandis que Yale se rendait seul à l'hôpital.

Lorsque Yale inspirait trop fort dans son inhalateur, ses mains pulsaient et picotaient. C'était le cas en ce moment – et en plus, elles étaient chaudes.

Teresa l'attrapa par la taille et le tira vers elle, et Yale entendit des sanglots à travers la porte verrouillée.

— Il faut que tu sortes, Yale. Pas la peine de faire le test tout de suite. Nous pouvons juste aller... au pub. Chez un ami.

Julian qui ne venait pas à Thanksgiving. Charlie qui ne voulait pas voir *Hamlet*. Charlie qui cuisinait Yale dès que celui-ci disait avoir vu Julian. (*Il a dit quoi ? Il a fait quoi ?*)

Yale se tourna vers Teresa.

— Faire le test maintenant ne m'apportera rien du tout. Tu comprends ?

Il criait pour que Charlie l'entende.

— Il faut trois mois pour être sûr. Trois mois après avoir été exposé pour la dernière fois.

— Mais ça te soulagerait peut-être, suggéra-t-elle faiblement.

Quand est-ce qu'ils avaient fait l'amour pour la dernière fois ? Il y avait eu la pipe, samedi, mais quand est-ce que Charlie avait ne serait-ce qu'ôté son pantalon, avait laissé Yale lui enlever sa ceinture ? Bon sang, pas depuis le nouvel an. Yale devait lui reconnaître au moins ça. Il l'avait repoussé, encore et encore. Mais avant cette date, oui. À Noël, etc. Et allez savoir quand il avait couché avec Julian, combien de fois, depuis combien de semaines ou d'années.

Il cria si près de la porte qu'il sentit son souffle rebondir et lui revenir sur le visage.

— Ça a duré combien de temps, Charlie ? C'est pour ça que tu étais aussi parano ? Parce que tu te voyais dans un putain de miroir ?

— Arrête, mon chéri, intervint Teresa.

Yale n'aurait pas dû dire ces choses devant elle mais il s'en moquait.

— Tu aurais pu au moins laisser *Teddy* te baiser ! hurla Yale. Il n'est pas malade, lui !

Quelque chose s'enfonça dans la porte.

— Yale, arrête !

Et Yale ne put que l'écouter. Son fils était en train de mourir. Il se laissa de nouveau tomber sur le sol et replaça sa tête entre ses genoux. Il envisagea de se relever et de taper dans les meubles, mais non, il allait rester là et respirer.

REBECCA MAKKAI

Il n'était pas question de Yale, en tout cas pas pour l'instant. Lorsqu'ils avaient fait le test au printemps, Yale avait imaginé que s'ils étaient contaminés, ils se serreraient dans les bras, sangloteraient, puis iraient manger un bon repas et diraient en plaisantant qu'ils allaient grossir ; ils commanderaient la bouteille de vin la plus chère, et la nuit serait terrible mais ils s'engageraient là-dedans ensemble. Le Dr Vincent les avait reçus tous les deux avant le test : « Parlons de ce que signifierait pour vous un résultat positif », et il leur avait expliqué que ces choses se passaient mieux si on réfléchissait bien à sa réaction et aux possibilités qu'on avait en amont, l'esprit clair. Il avait demandé : « À qui demanderiez-vous de l'aide ? » Ils s'étaient montrés mutuellement du doigt. Charlie avait dit : « En plus, nous avons un cercle d'amis soudé. Et ma mère. » Yale sentit tous ces gens s'évanouir sous ses yeux comme de la poussière. S'il n'avait pas Charlie, il n'avait pas Teresa. Et il n'avait pas ses amis, qui étaient avant tout ceux de Charlie. Il était presque sûr de ne pas avoir Charlie. Apparemment, Charlie avait préféré Julian. Et qui sait ce que Charlie avait fait d'autre.

Yale ramassa son sac et y fourra une bouteille de scotch qu'il prit dans le placard. Il embrassa Teresa – ratant son visage, effleurant son oreille –, et lui dit :

— Je suis vraiment navré. Ce n'est pas moi qui lui ai fait ça.

— Je sais, répondit-elle.

Et puis il était dans la rue et ne savait absolument pas où aller. Il erra jusqu'au Little Jim et s'installa, regarda fixement les bouteilles derrière le bar et but des vodka tonic car elles étaient bradées. Il aurait pu les descendre et reposer bruyamment son verre sur le comptoir s'il avait eu envie de bouger les bras, ce qui n'était pas le cas. Malgré sa fréquence cardiaque, malgré les signaux primitifs inutiles qui lui disaient de grimper à un arbre pour se protéger. La grosse télévision diffusait du porno : depuis un muret de douche, un type regardait avec hésitation deux autres hommes en pleine action. La caméra n'arrêtait pas de revenir sur le visage du voyeur. Il n'allait jamais se joindre à eux. Ce n'était pas ce genre de film. Yale ne ressentait rien, en regardant. Ou plutôt, rien qu'il ne sente déjà : la nausée, la paralysie. Il mit en charpie une petite paille en plastique.

Personne ne vint l'importuner. Les gens voyaient sûrement que quelque chose n'allait pas.

Ce n'était pas l'infidélité qui le dérangeait le plus. Il l'exprima, mentalement, dans son verre, y réfléchit en regardant fondre ses glaçons. Et ce n'était pas seulement la maladie, le fait d'avoir été exposé, même si cela constituait une part très importante du problème. Mais ce qui transperçait son cœur tel un pieu en ce moment était de s'être laissé à ce point intimider par les exigences de Charlie. Il avait marché sur des œufs pour cet homme, et pendant ce temps-là, dans son dos, Charlie avait tout bonnement jeté les œufs contre le mur. Yale se sentait surtout stupide.

Lorsqu'il sortit, il était tard, l'heure du dîner était passée depuis longtemps, même si la clinique serait toujours ouverte. Mais pourquoi s'infliger cela maintenant ? Il valait mieux attendre trois mois. Non, trois mois moins... – on était le 16... Trois mois à partir du nouvel an. Du coup, fin mars ? Il n'arrivait pas à compter. Les anticorps pourraient apparaître plus tôt, mais cela n'était pas vraiment rassurant. Soit il s'engageait dans un résultat négatif dépourvu de sens et restait un peu plus au purgatoire, soit c'était une condamnation à mort. Il envisagea d'aller à la galerie, de dormir par terre dans son bureau. Mais l'agent de sécurité ne verrait pas du tout cela d'un bon œil. Il pensa à Terrence, qui était sorti de l'hôpital et était rentré chez lui. Il fallait qu'il y ait quelqu'un chez lui de toute façon. Et cette personne, celle qui prendrait soin de Terrence, ce pouvait être lui.

Il marcha jusqu'à Melrose Street et sonna à l'interphone. Et puis il s'en voulut à l'idée que Terrence soit obligé de se lever pour répondre. Ils n'étaient pas les meilleurs amis du monde ou autre. Il avait été plus proche de Nico. Il n'avait pas le droit aux réserves d'énergie de Terrence. Il s'apprêtait à partir lorsque Terrence dit « Salut ».

— Tu peux monter, Yale, mais je vais être honnête avec toi. Ça pue vraiment.

Terrence n'avait pas exagéré. Son visage s'était creusé, sa peau était brillante et tendue, mais pendant son séjour à l'hôpital, sa barbe avait poussé de façon éparse, et il ne s'était pas rasé depuis. Comment son corps avait-il trouvé l'énergie de produire des poils ? Pourquoi produisait-il une barbe plutôt que des lymphocytes ?

Roscoe, le vieux chat gris de Nico, se frotta contre la jambe de Yale.

— Il a faim ?

— Non, répondit Terrence. Mais je veux bien que tu nettoies sa litière.

Il ne plaisantait pas.

— Je ne suis pas censé le faire sans gants en caoutchouc, et je n'en ai plus. Je ne suis pas censé l'avoir ici, en fait.

La caisse dans la cuisine était répugnante. Yale s'agenouilla sur le sol et se mit à l'œuvre tandis que Roscoe frottait sa tête contre ses fesses. Yale avait le sentiment de faire ce qu'il fallait. Même s'il passait le reste de la soirée à extraire de la merde et des îlots de pisse séchée, il aurait tout de même l'impression de se trouver exactement au bon endroit.

— Tu sais que son médecin ne veut pas de toi ici, murmura-t-il à Roscoe. Et il est allergique à toi, en plus.

Une fois installé sur le canapé de Terrence, un verre de son scotch à la main, Yale sut qu'il ne pouvait rien lui dire de vrai. Il ne pouvait lui dire « Charlie est malade » ou « Charlie m'a trompé ». C'était humiliant, et ce n'était pas à lui d'annoncer la première nouvelle. Il ne pouvait colporter l'idée que Charlie, qui s'était fait le chantre du préservatif dans *Out Loud* avant tout le monde, était un hypocrite. Bien entendu, la plupart des gens ne verraient pas les choses de cette façon, et auraient plutôt tendance à prendre le parti de Charlie, à interpréter tout ce que dirait Yale comme des reproches, comme de la rancune.

Terrence était installé dans son gros fauteuil vert. Sa canne était posée à côté de lui.

— Ça va, Yale ?

Il ne se sentait pas malade, n'avait rien remarqué de bizarre. Il savait qu'avant de se coucher ce soir, il s'inspecterait devant le miroir, serait à l'affût de taches, palperait ses ganglions et vérifierait qu'il n'avait pas de muguet dans la bouche. Avant le test, cela avait été un rituel compulsif tous les soirs, un rituel dont il s'était libéré depuis moins d'un an. Cela allait recommencer. Mais Terrence ne lui demandait pas s'il était malade, seulement s'il était sur le point de fondre en larmes – chose qui n'était pas impossible.

— Charlie vient de me foutre dehors, dit Yale. Je crois que c'est fini entre nous.

Terrence souffla entre ses lèvres mais ne sembla pas surpris. Il rassembla sa couverture râpée autour de ses jambes.

— Attends, Terrence, tu sais des choses ?

— Sur quoi ?

Terrence mentait mal. Ou peut-être n'en avait-il tout simplement pas l'énergie.

Yale n'aurait pas dû le dire, mais ne put s'en empêcher :

— Le... Charlie et Julian.

Terrence fit une grimace puis hocha la tête, doucement.

— Est-ce que tout le monde est au courant ?

— Non. Non. C'est juste qu'après... bon, après la commémoration ?

— Et merde !

— Après la fête, quand on est allés chez Nico, Charlie ne te trouvait pas et était énervé à cause de quelque chose, alors il s'est bourré la gueule. Pas qu'à moitié. Julian l'a accompagné dans les toilettes pour s'occuper de lui. Je me suis dit qu'il était en train de gerber. Mais ils sont restés longtemps là-dedans. Je suis allé voir ce qui se passait, et ils étaient, euh... en pleine action. Un peu plus tard, ils sont partis ensemble. Personne d'autre que moi ne l'a remarqué. J'ai téléphoné à Julian le lendemain, et il était en larmes. Sérieusement, c'était un coup d'un soir. Julian ne voudrait pas te faire de mal. Charlie non plus. Je le sais. Tu le sais.

— Impossible que ce soit un coup d'un soir, répondit Yale. Impossible. Ça ne marche pas comme ça.

C'était l'intrigue d'une vidéo à visée éducative, pas la vraie vie. *Il suffit d'une fois. Ne vous donnez même pas la main, vous pourriez attraper la syphilis.* Mais était-ce possible ? L'univers était-il à ce point vengeur ? Précis ?

Yale se retrouva soudain propulsé en arrière, la nuit de la soirée caritative pour Howard Brown. Bon sang, voilà ce que Julian essayait de lui faire comprendre, debout à côté des lavabos, lorsqu'il avait plongé son regard dans le sien. Julian n'était pas amoureux de lui. Il était désolé. Il pensait peut-être que Yale savait, ou qu'il comprendrait bientôt, ou peut-être essayait-il de soulager sa conscience. Bêtement, Yale s'était senti flatté.

Dans la suite de ces pensées, Yale se reprocha, de façon absurde, d'être allé à l'étage chez Richard après la soirée en mémoire de Nico. S'il n'était pas monté, s'il n'avait pas fait peur à Charlie, peut-être que rien de tout cela ne se serait produit. Si réellement il s'agissait d'un acte isolé, alors au moment où il avait gravi ces marches, il avait tué Charlie. Et il s'était probablement tué lui-même.

Yale eut un frisson, peut-être la moitié d'un sanglot.

— Il a le virus, Terrence. Mais ne le répète à personne.

— Putain ! Oh, Yale.

Terrence semblait vouloir se lever, donnait l'impression que s'il en avait l'énergie, il viendrait s'asseoir juste à côté de Yale afin que celui-ci ne se sente ni si petit ni si seul sur le grand canapé.

— J'étais au courant pour Julian. Mais pas pour Charlie. Cela... Bizarrement, cela ne m'a même pas traversé l'esprit. Je ne sais pas. Peut-être à cause de tout son tintouin sur les capotes, sur le fait de sortir couvert. Yale, si j'y avais pensé, crois-moi, je te l'aurais...

— OK, OK.

— Bon Dieu !

— Écoute, personne n'est au courant, et tu ne dois pas le raconter. C'est à cause de ce test à la con. Sans lui, on ne saurait même pas. On serait en train de dîner au resto en ce moment même.

— Merde. Oui, nous avons besoin de ce test, n'est-ce pas ? Peut-être que tu ne vas pas l'attraper. Grâce au test.

— Je le saurai dans trois mois.

— Écoute, est-ce que t'as eu cette fameuse grippe carabinée ? T'as été malade ? Une grippe intestinale, de la fièvre comme si t'étais passé au rouleau compresseur mais que le rouleau compresseur était plein de loups, et que les loups avaient la salmonelle ?

— Tout le monde n'a pas ces symptômes. Et j'ai dû être malade cet été, mais je ne m'en souviens pas. J'ai peut-être été malade au printemps.

Charlie n'avait pas été en grande forme en décembre. Alors c'était peut-être vrai – peut-être que cela avait été un écart d'une seule fois. Ou peut-être que l'histoire avec Julian avait commencé ce soir-là, et continué après. Yale était pris de vertiges.

— C'est le jeu de logique le plus nul au monde, dit-il.

— Je suis désolé, Yale.

— Arrête, tu n'as pas le droit de te sentir désolé pour moi.

— Je crois que si.

Yale se resservit un verre de scotch. Il n'avait toujours pas dîné, mais il n'allait pas demander à Terrence de lui servir à manger. Roscoe sauta sur le canapé à côté de lui et s'endormit rapidement.

— Tu peux dormir ici ce soir, si tu veux. Mais crois-moi, tu n'auras pas envie de rester plus. Je vais te réveiller avec mes nausées matinales.

Terrence frotta son ventre concave.

— Ce doit être une fille. Elle fait vraiment son cinéma.

— Jusqu'à environ treize heures, dit Yale, c'était le plus beau jour de ma vie.

Et bien que Terrence ait peut-être laissé entendre qu'il avait sommeil, Yale ne put s'empêcher de parler. Il décrivit les œuvres de Nora, du moins dans les grandes lignes. Modigliani, etc. Désormais, cette victoire lui paraissait terriblement creuse. Il avait perdu l'homme qu'il aimait et probablement sa santé, sa vie, mais il avait ramené quelques vieux dessins du Wisconsin à l'Illinois. Des bouts de papier.

— Pendant tout le temps où on était là-bas, je n'ai pas arrêté de penser : *C'est trop beau pour être vrai. Quelque chose m'échappe. J'ai été piégé.* C'était peut-être la voix de mon subconscient. Tu me suis ? Au fond de moi, je savais que quelque chose clochait, que quelque chose n'était pas normal. Des signaux d'alarme. Simplement, j'ai tout mélangé.

Terrence ne dit rien pendant quelques instants, puis demanda :

— Ma question est bizarre, mais est-ce que ce sont les chaussures de Nico ?

Yale avait oublié.

— Oh, la vache, oui. Désolé. Ça t'embête ?

— Non, pas de problème. Enfin, tu pourrais peut-être les laisser devant la porte. Je ne veux pas faire entrer de microbes.

Yale les ôta, les posa sur le paillasson, puis se lava les mains, bien qu'il l'ait déjà fait après avoir changé la litière de Roscoe.

— Demain, avant de partir, j'irai faire des courses pour toi, d'accord ?

— Oui.

Yale s'allongea sur le canapé. Il écouta Terrence s'agiter dans ses draps, gémir alors qu'il était en proie à ses sueurs nocturnes. Il ferma les yeux et se regarda, la nuit de la soirée en mémoire de Nico, depuis un point en hauteur à côté du puits de lumière chez Richard. Il se regarda parler à Fiona, à Julian, en train de siroter son Cuba Libre.

Il se regarda, encore et encore, suivre le début de la séance diapo, puis se retourner et poser le pied sur la première marche. Il se regarda gravir les marches.

2015

Fiona se réveilla tard, pas avec la gueule de bois mais avec un mal de gorge qui irradiait vers sa poitrine et ses sinus. Sa main pulsait de douleur au rythme des battements de son cœur.

Serge l'emmena en taxi chez son médecin, aucun rendez-vous n'était nécessaire (avoir une mutuelle non plus), et l'homme badigeonna sa main d'iode, la banda soigneusement, lui donna des cachets contre la douleur et une ordonnance pour un antibiotique. La facture s'élevait à 23 euros, que Serge insista pour payer.

— Tu prends la journée pour te reposer. Tu promets, dis ? Si t'as envie de sortir, tu peux venir dans l'atelier de Richard, il te fera visiter. Il peut te montrer les vidéos sur son ordinateur, comme ça tu les verras avant l'expo !

Mais Fiona n'en était pas capable, pas encore. Regarder ces vidéos serait quelque chose de formidable à faire demain, mais pas aujourd'hui. Jamais aujourd'hui. En revanche, elle pouvait prendre quelques heures pour se reposer, même si cette idée avait un goût de défaite. Elle pouvait attendre le coup de fil d'Arnaud, voir si ces cachets allaient lui donner très envie de dormir. Si Claire n'était même plus à Paris, mieux valait sans doute chercher sur Internet « Kurt Pearce + arrestation + Paris » (recherche infructueuse), « Comment s'installer France citoyen américain » (moyennement instructif) et « Collectif Hosanna Paris » (recherche infructueuse également) au lieu d'errer dans les rues.

Quand Serge partit pour l'atelier, Fiona lui dit qu'elle était trop fatiguée. Il faisait frais dehors, mais elle ouvrit les fenêtres du balcon, traîna une chaise à l'extérieur et écouta les bruits du tournage. En se penchant comme il fallait, elle parvenait à voir les gens, les éclairages, la grue. Elle voulait connaître le nom du film avant de quitter la ville afin de le voir à sa sortie. Mais elle ignorait complètement combien de temps elle resterait, ou quelle serait la prochaine étape.

Elle avait sur les genoux le livre d'histoire de Paris qu'elle avait acheté. Elle n'avait pas la tête à lire, mais les photos étaient charmantes, évocatrices : des femmes avec des étoles de fourrure, des hommes qui traversaient une zone inondée en marchant sur des chaises de café, l'entrée d'une boîte de nuit qui ressemblait à la gueule béante d'un monstre.

Elle se souvint de ce que Nora lui avait dit un jour : « Pour nous, Paris n'était même pas Paris. Tout n'était qu'une projection. La ville était tout ce que nous avions besoin qu'elle soit. »

C'était au mariage pendant lequel Fiona avait suggéré à Nora de prendre contact avec Yale, avait écrit sur une serviette à cocktail : *Yale Tishman, Northwestern, Brigg.* C'était le mariage de sa cousine Melanie, au nord de Milwaukee, et Melanie avait explicitement invité Nico et Fiona, mais pas leurs parents. Elle n'avait pas inclus Terrence – cela aurait été un peu trop, peut-être, pour le Wisconsin en 1985 –, mais elle s'était montrée loyale envers sa propre génération. Fiona et Nico étaient arrivés ensemble, tel un couple.

Nico avait perdu du poids, mais cela ne choqua pas Fiona. Il dansa avec elle, avec la mariée, avec leur horrible cousine Debra, et il s'assit pour discuter avec Nora. Dans sa voiture lors du trajet retour, il remonta son T-shirt sur le côté pour lui montrer une bande de vilaines bosses rouges qui tirèrent des larmes à Fiona.

— C'est un zona, expliqua-t-il.

Comme Fiona paniquait, il poursuivit :

— Ça gratte à mort, mais c'est comme la varicelle. Tous les gens qui ont eu la varicelle peuvent l'avoir. Le virus vit sous la peau pour toujours.

Nico n'était pas allé consulter son médecin, apprit-elle plus tard, juste aux urgences, où on lui avait donné une lotion à la calamine et une brochure.

Un mois plus tard, alors que Terrence et lui faisaient des courses, Terrence lui demanda quelle somme il avait sur lui en liquide. Nico passa une longue minute à regarder le billet de dix qu'il avait dans une main, celui de cinq qu'il avait dans l'autre, incapable de les additionner. Et six semaines plus tard, c'était fini.

Fiona contempla le pigeon qui s'était posé sur la rambarde. Elle n'était pas prête à visionner les vidéos de Richard, mais peut-être pouvait-elle s'y préparer en feuilletant ses albums photo. Elle referma la fenêtre du balcon, se servit un verre de lait et prit quelques profondes inspirations.

Il y avait une vingtaine d'albums sur l'étagère, ce qui avait échappé à Fiona le premier jour. Des rangées de cuir noir, de cuir marron, de toile colorée. Des boîtes entières de diapositives également, mais elle ne se lancerait pas là-dedans.

Lorsqu'elle prit un gros album rouge sur l'étagère, un papier s'en échappa et atterrit sur le sol. Fiona tenta de maintenir l'album solidement fermé afin que rien d'autre n'en sorte, mais elle laissa tomber tout le volume, et voilà qu'il y avait des papiers partout. Des feuilles couleur crème pliées en deux, de petites cartes, une page bleu lavande avec une photo d'aspect granuleux montrant un homme. Il y avait des livrets de funérailles et des images pieuses. Elle s'agenouilla et les mit en pile. Ce n'était pas du tout un album photo, comprit-elle en l'ouvrant sur une vieille coupure de presse extraite d'*Out Loud Chicago* – une notice nécrologique consacrée à un danseur du Alvin Ailey Theater.

Mon Dieu.

Elle ouvrit l'album au début, et essaya de ranger les papiers là où il y avait de la place. Un homme prénommé Oscar– personne dont elle se souvienne – était mort en 1984. Une coupure consacrée à Katsu Tatami datant de 1986. Le livret de funérailles de Terrence Robinson, le Terrence de Nico. Vraiment étrange – c'était certainement elle qui avait conçu ce livret, mais elle n'en gardait aucun souvenir. Jonathan Bird. Dwight Sumner. Ils étaient si nombreux, si incroyablement nombreux.

Dans sa vie d'aujourd'hui, il arrivait au moins une fois par semaine que quelqu'un se promène dans la boutique, et, en découvrant sa vocation, sorte quelque chose comme : « Oh, je me rappelle cette époque !» Fiona avait appris à maîtriser ses émotions, à enfoncer ses orteils dans le sol afin de garder une expression neutre. « Je connais quelqu'un dont le cousin l'a eu ! poursuivaient ces gens. Vous avez vu *Philadelphia* ?» Ils secouaient ensuite la tête d'un air consterné.

Et comment pouvait-elle répondre ? Tous étaient bien attentionnés, tous. Comment pouvait-elle expliquer que cette ville était un cimetière ? Qu'ils déambulaient chaque jour à travers des rues où un holocauste s'était produit, un massacre de négligence et d'antipathie – lorsqu'ils traversaient une poche d'air froid, ne comprenaient-ils pas que c'était un fantôme, un garçon que le monde avait craché ?

Là, dans sa main, une pile de fantômes.

Elle parcourut le livret de Terrence. Ils avaient lu un Psaume apparemment, bien que le livre et les numéros du verset ne lui disent plus rien. Asher Glass avait chanté. Ça, elle s'en souvenait.

Asher prenait la parole lors des réunions Act Up avec la voix d'un homme politique de film en noir et blanc. Il faisait irruption dans des réunions du conseil municipal avec sa banderole montrant une empreinte de main ensanglantée. Un été, lui et son ami s'enchaînèrent à la grille du gouverneur Thompson, et il fut arrêté pour la énième fois. Asher était toujours de ce monde, Fiona le savait, et il vivait à New York. Il y avait un petit moment de cela, elle l'avait vu dans un documentaire, quelque chose comme « Trois décennies de sida ». Asher avait l'air bien portant, tellement musclé qu'on peinait à croire qu'il était lui aussi atteint du même virus qu'elle avait vu transformer des hommes en squelettes. Ses cheveux étaient gris, il avait des bajoues et était certainement confronté à l'ostéoporose ou à d'autres bombes à retardement frappant les séropositifs de plus de cinquante ans, mais dans ce film, il avait paru prêt à bondir à travers l'écran pour rejoindre Fiona dans son salon et l'aider à soulever des cartons.

Ce n'était pas vrai, ce qu'elle avait dit. Ils n'étaient pas tous morts. Pas tous.

Le 13 octobre, elle avait organisé sa propre commémoration discrète, seule chez elle, en hommage à Nico. Des bougies, de la

musique, et trop de vin. Trente ans. Comment était-ce possible ?
Mais ce n'était alors que le début du pire, quand toute la ville
qu'elle avait connue se transformait en lésions, toux caverneuses
et membres aux allures de fossiles noueux. Et bien que cela soit
complètement absurde, Fiona n'avait jamais pu se débarrasser
du sentiment ridicule et narcissique que toute cette épidémie
était quelque part de sa faute. Si elle n'avait pas materné Nico
(avait-elle pleurniché récemment chez sa psychologue), si elle
ne s'était pas occupée de lui ces premières années, prenant le
métro pour lui apporter des médicaments contre ses allergies,
lui donnant l'occasion de voir qu'elle allait bien – n'aurait-il pas
fini, tôt ou tard, par rentrer à la maison ? Juré de sortir avec
des filles ? Il aurait été malheureux, mais cela n'aurait pas duré
longtemps. Encore quelques années désagréables à la maison,
comme c'était le cas pour un gay sur deux sur terre. Et peut-être
n'aurait-il pas été exposé au virus. Ne serait-il pas mort.

Elle éprouvait une telle culpabilité au sujet de tant d'entre
eux – ceux qu'elle regrettait de ne pas avoir convaincus plus tôt
de faire le test, ceux qu'elle aurait pu dissuader, en voyageant
dans le passé, de sortir une nuit en particulier (« Nous sommes
d'accord que cela n'est pas logique », avait dit sa psy), ceux pour
qui elle aurait pu faire plus lorsqu'ils étaient malades. Cette nuit
où, sans aucune raison, elle avait dit à Charlie Keene que Yale
était avec Teddy. Pourquoi diable avoir agi de la sorte ? C'était
une erreur involontaire due à l'alcool, mais tout le monde savait
ce que Freud pensait des erreurs.

Parfois, elle avait l'impression d'être un horrible dieu hindou
qui transformait tout ce qu'il touchait en cendres.

Les antidouleurs lui donnaient le tournis.

Elle pouvait rester là, avec ce cimetière de papier. Et qui sait
quelles autres mines recelait l'étagère de Richard ?

Ou.

Tout de suite, à dix minutes de marche peut-être, il y avait
une séquence montrant Nico qu'elle pouvait visionner. Nico
vivant. Elle était terrifiée : ce serait tellement plus étrange
qu'une photo immobile. Y avait-il du son ? Quand avait-elle
entendu la voix de Nico pour la dernière fois ? De son vivant,

certainement. Si quelqu'un l'avait un jour enregistré – eh bien, ce serait Richard. Ce seraient les cassettes.

Il fallait qu'elle le fasse.

Serge lui avait dit dans quelle rue se trouvait l'atelier, mais Fiona n'avait pas prêté attention au numéro – et Richard n'avait bien évidemment pas d'enseigne. Elle observa les portes, les devantures des magasins, comme si elle pouvait deviner en plissant les yeux. Rien ne lui semblait correspondre.

Était-elle soulagée ? Au moins partiellement.

Et puis elle aperçut la moto de Serge garée sur le large trottoir, en appui contre la façade d'un immeuble.

Fiona s'arma de courage.

— Bon, allons-y, dit-elle.

Elle sentit son téléphone avant de l'entendre.

— Oui ?

Elle criait mais s'en moquait. Elle mit son écouteur dans son autre oreille.

— Hé, du calme, dit Arnaud.

— Je suis calme. *Quoi.*

— Vous pouvez venir dans le Marais ? Je crois que nous avons une ou deux heures.

Fiona se retourna pour chercher un taxi. Ce coup de fil à ce moment-là, c'était un signe, n'est-ce pas ? Elle n'était pas destinée à entrer là-dedans et à s'appesantir sur le passé. Elle était ici pour Claire, pas pour Nico. Fiona laissa derrière elle l'atelier de Richard comme s'il était en proie aux flammes.

1986

Yale oublia presque de se rendre au travail le lendemain. Curieusement, il avait cru qu'on était samedi, qu'après être allé à l'épicerie et être passé chercher des vitamines pour Terrence, qu'après avoir fait son sac et être sorti sur la pointe des pieds de son appartement, son programme de la journée se résumerait à trouver un endroit où dormir ce soir-là, peut-être à s'acheter une chemise propre. Mais à dix heures, alors qu'il marchait sur Halsted Street avec un mal de crâne, il vit un homme en cravate et se rendit compte qu'on était vendredi.

Au moins, il avait un endroit où être. Il avait déjà son sac sur lui, alors il n'eut qu'à monter dans le métro vêtu de ses habits froissés après une nuit passée sur le canapé de Terrence. Au moment où les portes se refermèrent, un type se précipita vers elles, comme s'il pouvait se faufiler dans l'interstice. Il resta planté sur le quai, l'air affreusement triste, tandis que le train quittait la station. Un homme mince aux cheveux bruns. Pendant quelques instants, Yale crut que c'était Julian – mais ce n'était pas son menton, et à dix heures du matin, Julian ne serait pas encore levé. Yale se demanda ce qu'il ferait s'il le croisait par hasard. Allait-il lui flanquer son poing dans la figure ou le serrer dans ses bras ? En fait, ce n'était pas contre Julian qu'il était en colère. Il n'en voulait qu'à Charlie. À mi-chemin, Yale se dit que s'il voyait Julian, il se contenterait probablement de pleurer sur son épaule.

Roman était déjà dans le bureau de Yale, en train de collationner et de classer les photocopies qu'il avait faites à la bibliothèque lorsqu'ils étaient dans le comté de Door. Le contenu entier de la boîte à chaussures.

Deux messages de Bill Lindsey l'attendaient sur son bureau. Le premier l'informait que les Sharp passeraient après le déjeuner pour voir les œuvres. L'autre disait : « Campo a accepté. Merci ! » Il fallut quelques lentes secondes à Yale pour se souvenir qu'il avait donné à Bill le numéro de Richard Campo dans la voiture la veille au matin, en suggérant qu'il pourrait réaliser les photos en 20 × 25 qu'ils devaient envoyer à New York, que peut-être il le ferait pour pas grand-chose.

Yale alla aux toilettes se raser et se brosser les dents. Il ne l'avait pas fait chez Terrence parce que celui-ci était recroquevillé sur le sol de la salle de bain quand il s'était levé, et de nouveau, ou peut-être toujours, lorsqu'il était revenu des courses. Terrence avait promis qu'il se débrouillerait, qu'Asher passerait plus tard. Yale aspergea d'eau sa chemise afin de repasser les plis avec sa main.

Peut-être le test se trompait-il. N'était-il pas possible de mélanger les dossiers ? Il n'y avait aucun nom sur les tests, simplement, quoi, des chiffres ? Des codes ? Donc le code pouvait se tromper. Charlie n'en serait pas moins un salaud et lui, un idiot, mais tout cela ne serait qu'une broutille si on pouvait défaire les résultats d'une manière ou d'une autre. Et ce test était tellement nouveau. Teddy disait toujours qu'il ne croyait pas que tous les gens porteurs du virus développent le sida. Cela faisait partie d'une plus vaste théorie du complot dont Yale n'avait pas retenu les détails – quelque chose sur l'absence d'étude longitudinale. Bon sang, était-ce la phase de négociation du deuil ? Mais il n'avait même pas encore dépassé la phase de colère ! Il regarda dans le miroir son visage, froissé comme celui d'un enfant. Portrait d'un pigeon.

Une fois de retour derrière son bureau, Yale fixa les yeux sur des journaux qu'il ne parvint pas à lire. Il n'avait rien mangé depuis le petit déjeuner de la veille à Sturgeon Bay – le dîner liquide du soir ne comptait pas. Il aurait dû se prendre une banane lorsqu'il avait fait les courses pour Terrence. S'il était contaminé, le mieux qu'il puisse faire était de se gaver, de grossir tant qu'il le pouvait encore. Manger six hamburgers ce soir.

Peut-être que d'ici le dîner, il aurait retrouvé l'appétit comme par magie.

Mais où dînerait-il ? Dans un restaurant minable. Et quoi, ensuite ? Il ne pouvait pas déranger une nouvelle fois Terrence. Et il ne pouvait pas se rendre quelque part où on lui poserait des questions. Il pensa à la maison de Richard, cette grande chambre d'amis, sauf qu'il eut la nausée rien qu'en revoyant cet endroit. Dans une autre vie, il aurait pu aller dormir chez Nico. Peut-être que son appartement était encore vide, pas loué, mais où était la clé ? Il y avait de vieux amis de l'Art Institute, qui ne connaissaient même pas Charlie, cependant personne dont il puisse abuser de la gentillesse.

Il se sentait malade. Fébrile, il avait des vertiges et ses articulations le tourmentaient. Il s'était dit ce matin en se levant qu'il se convaincrait probablement qu'il était souffrant. Le fait de le savoir n'y changeait pas grand-chose.

À midi, il composa lentement son propre numéro de téléphone. Il imaginait que Charlie était parti travailler – Charlie travaillerait au milieu d'une tornade –, mais peut-être Teresa décrocherait-elle, pourrait lui apporter plus de réponses.

Vraiment, non, ce n'était pas ce qu'il recherchait. Il voulait pleurer dans les oreilles de Teresa, il voulait qu'elle lui dise que tout irait bien. Si elle décrochait, il demanderait à Roman de sortir du bureau. Mais elle ne décrocha pas. Et ils n'avaient pas de répondeur, car Charlie avait la conviction que le jour où ils en prendraient un, il croulerait sous les messages paniqués de ses employés.

Yale téléphona à *Out Loud Chicago* et, d'une voix qu'il espérait différente de la sienne mais pas assez étrange pour attirer l'attention de Roman à l'autre bout de la pièce, il demanda si par hasard le rédacteur était là aujourd'hui.

— Non, répondit un jeune que Yale ne reconnut pas. M. Keene est absent pour des raisons personnelles.

Yale essaya aussi l'agence de voyage, et apprit que Charlie serait de retour mardi.

Ce fut un immense soulagement lorsqu'il fut enfin treize heures. Yale devait faire quelque chose maintenant, il avait un texte à réciter. Quand il entra dans le bureau de Bill, les Sharp n'étaient pas là, mais Richard, si. Yale ne l'avait pas entendu arriver. Dormait-il à ce moment-là ? Il eut l'impression que peut-être. Richard était tout de noir vêtu, à l'exception du pull jaune noué autour de ses épaules, et il se déplaçait tel un chat dans la pièce, s'accroupissant pour régler les lumières qu'il avait apportées. Il avait disposé sur le bureau de Bill l'aquarelle à la robe verte de Foujita.

— La star du moment ! s'exclama Richard avant d'envoyer un baiser à Yale puis de retourner à ses éclairages.

— Merci de te prêter au jeu, parvint à dire Yale.

Il essaya de se souvenir s'il avait vu Richard depuis la nuit de la soirée en mémoire de Nico. Oui, à plusieurs reprises. Lors de la levée de fonds pour Howard Brown, par exemple. Pourtant, Richard semblait tout droit sorti des cauchemars de Yale. L'homme n'avait rien fait de mal. Il avait organisé une excellente fête. Il avait préparé une belle séance de diapositives.

Richard ne parlait pas en travaillant, n'avait pas besoin que Yale lui fasse la conversation, et les Sharp ne tardèrent pas à apparaître dans l'embrasure de la porte, souriant comme des parents qui s'apprêtent à rencontrer leur enfant adoptif.

Bill se chargea des présentations – Esmé, Allen, Richard Campo, Allen, Esmé –, puis ferma la porte.

— Vraiment, c'est la découverte la plus extraordinaire de toute ma carrière, et je peux dès à présent dire que je partirai à la retraite heureux. Nous pourrions mettre cela sur pied à l'automne prochain, voilà ce que j'espère. Bon, peut-être est-ce un peu optimiste. Mais ce sera une exposition spectaculaire.

Bill leur montra le Foujita, qui se trouvait toujours sur la table.

— C'est elle, expliqua Yale. C'est Nora.

— Elle est charmante !

Esmé se pencha au-dessus du papier, subjuguée.

Bill déplia l'un des rabats du carton à dessins géant dans lequel il avait transféré les plus petites œuvres, et Esmé donna le bras à son mari. Richard aussi regarda, de derrière.

— C'est la grand-tante de Nico et Fiona, lui expliqua tout bas Yale.

Le carton était ouvert sur l'un des Modigliani tracés au crayon gras bleu, qui ne ressemblait pas vraiment à quelqu'un en particulier.

Richard, ravi, se mit à rire.

— Il y a des gènes phénoménaux dans cette famille.

Après tout, peut-être pourrait-il demander à Richard de l'héberger ce soir. Un autre lit. Serait-ce si terrible que cela ?

— Je ne veux pas me réveiller un matin et apprendre que j'ai investi dans la restauration de copies, observa Allen.

— Eh bien, nous pourrions patienter jusqu'à ce que l'authentification ait lieu.

Yale parlait d'une voix de fausset.

— Mais nous disposons d'éléments solides corroborant la provenance de ces œuvres, et nous aimerions beaucoup commencer la restauration afin d'éviter qu'il y ait plus de dégâts.

Une peinture était quelque chose qu'on pouvait préserver de plus de dégâts. On pouvait la restaurer, la protéger, l'accrocher au mur.

Bill regarda Yale dans l'expectative. Il était censé ajouter quelque chose, mais séchait complètement. Bill s'éclaircit la voix et vint à sa rescousse :

— Une possibilité serait d'attendre la première authentification. Par exemple, les spécialistes de Pascin vérifient son œuvre.

Il feuilleta les documents jusqu'à trouver le nu de Pascin.

— Cela ne nous rassurerait-il pas sur le reste également ?

Allen agita la tête d'un côté et de l'autre. Évasif.

— Bon, allez chercher Roman. Allez chercher les photocopies ! exigea Bill.

Yale s'exécuta, et tandis que Richard continuait à travailler devant le bureau, ils se rassemblèrent autour de la chaise sur laquelle Roman posa la pile de papiers. Yale écouta d'une oreille distraite Roman lire une lettre que Nora avait adressée à sa famille au sujet de Soutine et de sa façon déplorable de se tenir à table.

Pendant ce temps-là, Bill s'était placé derrière Richard, qui enfilait de nouveau des gants blancs pour sortir les vaches de Ranko Novak du carton à dessins.

— Pas ceux-là, murmura Bill.

Ce n'était pas comme s'il y avait un spécialiste de Ranko Novak à qui adresser les photos.

— L'artiste ne croulait pas sous le talent, remarqua Bill.

Les dessins de vache n'étaient pas mauvais, mais ils étaient pratiquement identiques tous les trois, et ils avaient quelque chose de trop soigneux et de trop simpliste, comme des images tirées d'un livre pour enfants qui s'intitulerait *Apprendre à dessiner des animaux*. Pourtant, le mépris de Bill échappait un peu à Yale. Bon, personne ne devenait directeur de galerie par égalitarisme.

Richard haussa les épaules et passa prudemment au premier dessin de Metzinger.

Allen semblait agité, se grattait derrière l'oreille.

— Écoutez, ça me fait penser à ces têtes qu'ils ont retrouvées dans la rivière, et qui étaient des faux.

Deux étés auparavant, quelqu'un avait dragué un canal en Italie dans l'espoir de trouver des têtes sculptées que Modigliani avait soi-disant jetées dedans dans sa jeunesse parce que des amis les avaient durement critiquées. On avait retrouvé trois têtes qu'on s'était empressé d'exposer, mais quelques semaines plus tard, des étudiants avouèrent avoir sculpté et jeté eux-mêmes les œuvres dans l'eau pour faire un canular.

Bill prit la lettre que Roman avait lue, la replaça dans la pile et garda sa main posée dessus.

— Il est vrai que nous sommes tous aux aguets. Nous avons un sacré obstacle à franchir, notamment pour Modigliani. Mais écoutez. Nous sommes extrêmement confiants. Le problème est que l'authentification peut prendre des siècles. Et pourquoi ne pas faire avancer les choses ?

Un souvenir sorti de nulle part figea Yale sur place : Charlie et Julian qui prenaient la route ensemble pour se rendre à une manifestation à Springfield l'été dernier. Charlie avait prétendu qu'il y avait d'autres personnes dans la voiture de Julian, mais Yale ne l'avait pas vu de ses yeux. Ils avaient raconté qu'ils restaient avec des gens de la National Task Gay Force. Ils avaient raconté que Julian n'avait pas été arrêté lors de la manifestation mais qu'il avait eu une amende pour excès de vitesse.

Yale posa son regard sur Esmé, qui, en retrait afin de ne pas projeter son ombre sur l'œuvre, observait Richard travailler. À son visage, à la façon qu'elle avait de se pencher au-dessus des dessins de Metzinger comme si elle voulait y plonger, il voyait qu'elle était conquise par tout le projet : l'histoire, la collection, l'exposition.

— Comment est-elle passée d'étudiante en art à modèle ? demanda Esmé. Je pose cette question simplement parce que... les modèles n'étaient-elles pas des... belles de nuit ?

— Nous allons retourner dans le Wisconsin pour connaître toute l'histoire, répondit Yale.

Eh oui, voilà où il pourrait aller, pas ce soir, mais prochainement. Il pourrait rester là-bas. Il pourrait faire traîner les choses. Il pourrait quitter cette ville, continuer à rouler en direction du nord, mettre une immense distance gelée entre lui et Charlie.

— Qu'en pensez-vous ? demanda Bill. C'est la collection Lerner-Sharp.

Allen inspira profondément.

— Nous nous fions à votre instinct, à tous les deux.

Yale doutait que quiconque ait intérêt à le suivre où que ce soit, puisqu'il était le plus gros pigeon du monde. Mais il hocha la tête.

— Vous ne le regretterez pas, dit-il.

Quand Yale retourna dans son bureau, Roman posa sur lui un regard plein d'attente, tel un border collie prêt à obéir à un ordre.

— La semaine a été longue. On se voit lundi.

Il se dit, tandis que Roman sortait avec son sac à dos sur une seule épaule, qu'il pourrait le rappeler pour lui demander s'il avait un futon pour l'accueillir. Mais c'était tout bonnement pathétique. Il ne supportait pas l'idée que son stagiaire le considère avec pitié.

Yale tenta de téléphoner à la maison encore deux fois, et personne ne décrocha. Peut-être Teresa avait-elle emmené Charlie chez le médecin, ou peut-être celui-ci écoutait-il le téléphone sonner depuis son lit.

Le temps s'écoula étrangement. Les cinq minutes passées à regarder fixement sa bibliothèque vide lui prirent environ cinq années psychiques, tandis que les vingt de discussion avec Donna, la guide bénévole de la galerie, filèrent. Et voilà qu'il se retrouvait derrière son bureau, à contempler l'infini.

Quand Richard eut terminé, il passa une tête dans son bureau. Il souriait.

— Il ne se souvient pas de moi, chuchota-t-il.

— Qui ?

— La vieille folle. Ton chef. Il traînait au Snake Pit, il y a huit, dix ans. Il se contentait de rester assis à mater tout le monde.

— T'es sérieux ?

Yale était à la fois amusé par cette anecdote et conscient, reconnaissant de la distraction qu'elle lui offrait.

— Pourquoi se souviendrait-il de toi ?

Richard inclina une épaule et se mit à battre des paupières.

— Il y a dix ans, j'étais une vraie beauté !

Yale lui fit signe d'entrer un peu plus dans son bureau et murmura :

— Écoute, est-ce que par hasard je pourrais squatter chez toi ce soir ? La mère de Charlie est de passage, et elle ronfle.

— Eh bien, j'ai un rencard ce soir. On fera bien plus de bruit que la mère de Charlie.

Yale se mit à rire, comme s'il avait posé la question juste pour plaisanter.

— Ça va ? T'as vraiment une sale tronche, remarqua Richard.

Yale s'efforça de faire une tête amusante.

— C'est qu'elle ronfle comme un sonneur.

Le soleil se couchait et Bill était rentré chez lui. Yale sortit sa bouteille de scotch et les pages jaunes. Il y avait des hôtels juste à côté du campus. Il disposait d'environ huit cents dollars sur son compte. Un hôtel les avalerait en un rien de temps, mais il y penserait plus tard.

Quelqu'un frappa à la porte, et il se souvint de Cecily – il se doutait qu'elle lui tomberait dessus aujourd'hui. Ne se le réservait-elle pas toujours pour la fin de journée ? C'était ce qu'il avait le plus redouté deux jours auparavant. Et à présent, ce n'était rien.

— Entrez ! dit-il avant de prendre deux tasses sur l'une des étagères et, sans même la regarder, de leur servir un scotch à tous les deux.

Cecily fixa longuement la tasse qu'il lui tendait avant de la prendre et de s'asseoir. Elle semblait plus épuisée que furieuse, et soudain, Yale se sentit très mal pour elle. Au départ, il avait prévu de l'appeler le matin, ou mieux, de lui faire porter une note, une espèce de mot d'excuse, ou bien des informations, ou les deux, mais quels qu'aient été ses projets de la veille, ils n'étaient désormais plus que poussière sous un train de marchandises. Cecily portait un pantalon jaune qui lui donnait mauvaise mine. Ses cheveux étaient tout plats.

— J'imagine que vous savez à quoi j'ai passé ma journée, dit-elle.

— Comment va Chuck ?

— Il est fou de rage. Yale, ce n'est pas l'argent, le problème. Peut-être que vos œuvres valent vraiment deux millions de dollars, mais ce que je veux dire, c'est que pour moi, il y a des retombées. Chuck est dans les bonnes grâces du président, et il m'a donné une liste de tous les administrateurs auprès de qui il compte se plaindre. Ils ne vont pas revenir sur leurs legs ou autre, mais tout cela est dommageable pour moi, pour mon travail.

— Je suis vraiment navré de la tournure qu'ont prise les choses, dit-il.

— Je pensais que nous étions amis.

Yale ne trouva rien à répondre, alors il tendit sa tasse pour trinquer avec elle. Son visage était certainement trop ravagé pour qu'elle interprète cela comme un toast festif. Elle but son scotch à petites gorgées et s'affala de nouveau contre le dossier de sa chaise.

— Et puis désolée, dit-elle, mais la plupart des administrateurs n'en ont rien à cirer, des œuvres d'art. Elles ne vont pas leur permettre de bâtir une nouvelle salle de gym. D'attribuer des bourses.

— Les médias vont se ruer sur cette histoire. Expliquez-leur que nous venons tout bonnement de donner naissance à cette galerie. Dans cinq ans, ils n'y penseront même plus.

Yale avait le tournis, et était bien content d'être assis. Manger. Il avait encore oublié de manger.

— Ai-je raison de penser que vous ne savez toujours pas si ces œuvres sont authentiques ? demanda Cecily d'une voix plus tranchante, moins empreinte de commisération.

Yale appuya son front contre son bureau, doucement, parce que c'était le seul endroit où son front pouvait aller.

— Si ces œuvres ne sont pas authentiques, c'est moi qu'on virera, pas vous. Pas Bill. S'ils sont très remontés, proposez-leur tout simplement de me licencier. Faites-moi porter le chapeau.

— Vous vous comportez de façon passive-agressive ? C'est quoi, ça ?

— Je démissionnerai s'il le faut, d'accord ? Je signerai un papier. Je leur dirai.

— Yale, ça n'a pas l'air d'aller.

— Je vais m'évanouir, Cecily. Et je n'en ai plus rien à foutre de mon travail. J'ai envie d'aller me coucher maintenant. Pouvez-vous partir ?

Il y eut un long silence suivi d'un « Non ».

Ensuite, il ne se revoyait pas quitter le bureau avec elle, mais il avait dû lui expliquer qu'en effet, il voulait dire se coucher dans son bureau, et que non, il ne pouvait pas rentrer chez lui. Il se souvenait avoir marché dans Davis Street, un bras passé autour de Cecily pour ne pas tomber. Elle lui parlait de son canapé – qui se dépliait mais serait peut-être plus confortable plié.

L'air frais l'avait suffisamment revigoré pour que Yale se demande alors si c'était une très mauvaise idée, si Cecily allait encore lui offrir de la cocaïne et frotter sa cuisse. Mais elle disait quelque chose à propos de son fils, comme quoi il serait déjà rentré. Son comportement dans le comté de Door avait sûrement été la sortie de route d'une mère célibataire à qui une occasion rare de se défouler se présentait. Et si elle n'avait pas compris qu'il était vraiment gay quand il était dehors, lors de la soirée Howard Brown, en train de morver sur l'épaule de Fiona, quelque chose ne tournait pas rond chez elle.

— Vos pieds doivent être gelés. Vous n'avez pas de bottes ?

— C'étaient mes chaussures porte-bonheur pour le comté de Door. Au début, ça a fonctionné. Ensuite, ma chance a tourné.

Il était soulagé que Cecily ne cherche pas à lui tirer les vers du nez. Peut-être avait-elle eu l'impression qu'il avait la larme facile et ne voulait pas qu'il se liquéfie.

— Ça vous tente, un chinois ?

Son ventre parla avant sa tête, un raz-de-marée de faim.

— C'est moi qui paie, répondit-il. Pour le dérangement.

Cecily habitait au premier étage, dans un deux-pièces dont le salon était deux fois plus petit que le bureau de Yale. Son fils, Kurt (« Il a la clé, il doit se débrouiller tout seul », avait-elle expliqué en chemin), était étalé sur le canapé lorsqu'ils arrivèrent, et ses cahiers occupaient la table basse. Il ignora complètement Yale – peut-être Cecily ramenait-elle souvent des hommes à la maison – et dit :

— Maman, j'ai fait tous mes exos de maths pour le week-end. Je peux regarder *Deux flics à Miami* ?

— Je te présente Yale. Il travaille avec moi.

— Alors, je peux ? J'irai me coucher à neuf heures.

— Nous avons un invité.

— Ça ne me dérange pas, la rassura Yale. J'aime bien ce feuilleton.

Et donc, après le dîner – au cours duquel Yale s'enfila des portions entières de porc *mu shu* et de nouilles sautées et fut bien content d'avoir payé –, et après qu'il eut posé distraitement des questions à Kurt au sujet de ses cours, du sport et de ses amis, ils s'assirent et regardèrent Don Johnson et sa barbe naissante poursuivre un trafiquant autour d'une piscine d'un bleu étrange. Kurt poussait des cris pour encourager le héros comme s'il assistait à un match en direct. Voilà à quoi Yale devrait consacrer ses journées s'il voulait que les trois prochains mois passent plus vite. Il faudrait qu'il regarde la télé et aille au cinéma, des divertissements abrutissants qui l'assailliraient en permanence. Plus aucun neurone pour détester Charlie, pour que Charlie lui manque, pour être obsédé par sa santé.

Une fois Kurt couché, Yale sortit de nouveau le scotch et Cecily alla chercher deux verres dans la cuisine, des petits godets rouges ornés de silhouettes d'athlètes grecs sur les côtés. Il lui raconta, en détail, ce qui s'était passé. Parce qu'il avait besoin d'en parler à quelqu'un, parce qu'elle ne faisait pas partie du cercle de Charlie, et parce que, peut-être, cela constituait une sorte d'offrande. Puisqu'il avait gâché la vie de Cecily, la moindre des choses était d'exposer devant elle sur la table les ruines de sa propre vie.

Elle resta assise, hochant la tête, poliment horrifiée dans les pires moments. C'était quelqu'un de bien. Rien ne montrait qu'elle pensait encore à son travail, à sa colère, à son atroce journée. Yale développait une théorie au sujet de Cecily : sa carapace ne servait qu'à protéger un cœur trop tendre.

— Je peux partir, si vous voulez, dit Yale.

— Pourquoi le voudrais-je ?

— Eh bien, vous avez un enfant, et tout. Si j'ai été exposé à la maladie… Vous comprenez.

Cecily sembla offensée.

— Je ne pense pas que vous ayez l'intention de coucher avec mon fils.

Puis elle s'empressa d'ajouter :

— Je plaisante !

— Je sais.

— Du coup, je ne vois pas en quoi ce serait un problème. Je suis bien renseignée sur la question. Je n'ai pas peur de partager un jus de fruit avec vous.

— Merci. Votre gentillesse m'épate.

— Écoutez, je sais l'impression que je peux donner. Pour m'en sortir dans mon boulot, en tant que femme, je dois me comporter d'une certaine façon. Mais je vous apprécie sincèrement.

Cecily lui resservit un scotch. Yale était touché.

— Ça faisait longtemps que je n'avais pas vécu le genre de journée qui scinde votre vie en deux. Vous voyez, hier, j'avais déjà cette petite peau sur mon doigt, que j'avais envie d'arracher. Elle est toujours là aujourd'hui, mais moi, je suis une tout autre personne.

Le scotch lui déliait la langue. Yale ne savait pas trop pourquoi il faisait confiance à Cecily, mais c'était comme ça. Chacun n'avait cessé de se retrouver dans des situations embarrassantes devant l'autre. Bon, n'était-ce pas ce principe qui rapprochait les jeunes dans les fraternités ? Vomir des litres de bière sur son voisin qui vous rend la pareille, ça crée des liens à vie.

— J'en ai connu, des journées comme ça. Rien d'aussi grave, mais des journées avec un avant, et un après.

Yale ignorait comment s'était déroulé le divorce de Cecily, mais il la croyait.

— Changer de décor est une bonne chose. Vous n'êtes pas confronté à des objets qui vous rappellent des souvenirs. Vous savez, s'il était parti...

— Oui.

— Vous vous retrouveriez avec toutes ses affaires.

C'était Charlie qui était entouré de celles de Yale. Charlie était assis sur le lit qu'ils partageaient, et à côté de lui se trouvait l'oreiller de Yale, et dans le placard, il y avait les vêtements de Yale. Mais celui-ci n'éprouvait aucune pitié. Juste une satisfaction. Qu'il se sente malheureux. Qu'il se déteste en publiant des articles hypocrites sur la distribution de préservatifs. Yale n'en arrivait tout de même pas à *Qu'il soit malade*. Bien sûr qu'il ne le souhaitait pas. Peut-être voulait-il que Charlie souffre avant que les médecins reviennent vers lui pour lui annoncer que c'était un faux positif. Il voulait qu'il s'inquiète pendant six mois jusqu'à ce que les chercheurs annoncent qu'ils avaient trouvé un remède.

— Cette maladie a amplifié toutes nos erreurs, dit Yale. La petite bêtise que vous avez commise à dix-neuf ans, la seule fois où vous n'avez pas été prudent. Et il s'avère que c'était le jour le plus important de votre vie. Par exemple, Charlie et moi pourrions surmonter cette épreuve, s'il n'y avait que l'adultère. Je ne le découvrirais sans doute jamais. Ou bien nous nous disputerions et nous finirions par nous rabibocher. Mais à la place, une bombe atomique a explosé. On ne peut pas défaire cette chose.

— Il n'a pas besoin de vous ? demanda-t-elle tout bas. Je veux dire, quand il tombera malade, vous ne pensez pas que cela changera la donne ?

— Je tomberai peut-être malade avant lui. Ce truc ne suit pas un scénario prévisible. Et si je tombe malade avant, je ne sais pas si j'ai envie que ce soit lui qui me tienne la main.

— Je comprends.

Yale n'en était pas conscient avant de le dire tout haut.

— Vous pouvez rester aussi longtemps que nécessaire. Quelques jours, quelques semaines. Ça fera du bien à Kurt d'avoir une figure masculine dans sa vie. Malheureusement, son père n'en est pas vraiment une.

Avant d'aller se coucher, Yale téléphona à la maison. Les cinq premières fois, personne ne répondit. La sixième, Teresa décrocha.

— Je suis sûre que tu as beaucoup de choses à dire, Yale, mais à moins d'appeler pour calmer le jeu, ce n'est pas le bon jour.

— Si, je suis sûr que c'est le bon jour.

Mais il bafouillait à cause de l'alcool.

— La journée a été suffisamment dure comme cela, et il dort, expliqua-t-elle.

Yale craignait qu'à force d'attendre, sa colère atteigne des sommets. Il fallait qu'il gueule sur Charlie maintenant, pas quand il se serait calmé, pas quand il aurait eu le temps de réfléchir. Sauf qu'il ne se calmait pas. Toutes les deux ou trois minutes, sa colère le frappait à nouveau. Toutes les deux ou trois minutes, sa pression artérielle grimpait.

Le lendemain, samedi, Yale alla au cinéma. Il vit *Drôles d'espions* et *Out of Africa*, qui ne s'avérèrent pas aussi distrayants qu'espéré. Il fut plus absorbé par les gens qui l'entouraient, les couples, adolescents et cinéphiles solitaires qui passaient une journée parfaitement normale. Lui-même avait vécu des milliers de journées normales. Comme ce concept de « journée normale » lui paraissait étranger désormais. Se balader avec insouciance, en prenant simplement part au monde. Cela lui semblait insensé que quiconque ait le droit à une journée normale.

Cette nuit-là, il joua à « Touché-coulé » avec Kurt, et insista pour faire la vaisselle. Tandis qu'il récurait les assiettes, Cecily demanda :

— Tu veux que j'appelle mon ami Andrew ? C'était avec lui et son copain que j'étais à la soirée Howard Brown. Il a perdu un amant, et maintenant, il est thérapeute.

— Merci. Je ne suis pas prêt.

Yale avait deux Andrew en tête, et se demanda si c'était l'un d'eux. Andrew Parr n'avait-il pas perdu quelqu'un ? La population d'hommes ouvertement gays à Chicago était déjà bien faible, et voilà qu'une bonne centaine d'entre eux étaient morts. Et qui sait combien encore disparaîtraient cette année. Bientôt, il ne resterait plus qu'un seul gay prénommé Andrew dans toute la ville. Plus besoin de patronymes. Même maintenant, il y avait de grandes chances pour que le Andrew de Cecily connaisse Charlie.

— J'ai du mal à réfléchir, confia Yale. J'ai l'impression que... ma tête est remplie d'huile et de vinaigre, et que quelqu'un a tout remué.

— Ta tête, c'est de la vinaigrette, lança Kurt qui, assis à table, était occupé à peindre un avion miniature.

— C'est ça.

— Tête de salade.

2015

Fiona retrouva Arnaud à la sortie du métro Saint-Paul. Le détective avait déjà récupéré la clé de l'immeuble, et d'un moment à l'autre, espérait-il, la propriétaire leur ouvrirait la porte de l'appartement de Kurt. Elle lui téléphonerait lorsque cela serait fait.

Il consulta ses messages.

— Rien pour l'instant, mais de toute façon, nous avons un peu de marche.

Fiona avait imaginé qu'ils entreraient chez Kurt en pleine nuit, ou bien au moins dans le noir, ce qui était absurde. Ils devaient le faire pendant que lui et sa femme étaient au travail. Et elle s'était dit que la propriétaire voudrait être là pour s'assurer qu'ils ne volaient rien, mais non – il était plus important qu'elle ne soit pas là afin de ne pas être impliquée.

Fiona scruta les visages de tous les passants qu'ils croisèrent, et pas pour trouver Claire, cette fois-ci – c'était Kurt qu'elle guettait, elle voulait s'assurer de ne pas être obligée de se cacher derrière Arnaud, de masquer son visage avec ses cheveux.

— Calmez-vous, lui recommanda Arnaud.

— Ha ! Eh bien... je vais essayer.

Le quartier était plutôt chic à première vue, mais petit à petit, à mesure qu'ils marchaient, les rues – qui regorgeaient en effet de restaurants à falafels et de drapeaux arc-en-ciel –, lui parurent moins avenantes. Il y avait dans cette petite rue en particulier un établissement qui ressemblait à un club libertin ou à un *peep show*. Fiona n'arrivait pas vraiment à déchiffrer les enseignes, mais c'était l'idée. Arnaud s'arrêta à un kiosque pour s'acheter *Le Monde*.

— C'est à l'angle. En attendant, je vous offre un whisky.

— Il n'est même pas quatorze heures !

— Un whisky vous aidera à vous calmer.

— Il est treize heures quarante-cinq ! protesta-t-elle.

Mais elle le suivit tout de même. L'effet de son analgésique était en train de se dissiper, et elle était enrhumée. Or, le whisky n'était-il pas une espèce de médicament ? Ils trouvèrent un café, qui en réalité tenait plus du bar.

Arnaud installa Fiona avec un whisky sur une minuscule table ronde dans le coin. Il lut son journal en buvant une bière. Il avait une trace de mousse sur la lèvre.

L'idée n'était pas si mauvaise que ça. Fiona serait désormais moins susceptible de sauter au plafond si le parquet craquait, ou de pousser un cri en voyant une araignée. Elle tenait le verre dans sa main gauche et garda sa main bandée sur ses genoux. Elle ne parvenait toujours pas à déplier ses doigts sans qu'une douleur cuisante irradie tout son bras.

Elle était assise face à la vitre, et observa la rue tout le temps.

À la seule autre table occupée, un couple se querellait tout bas en français autour d'un expresso. L'homme paraissait bien plus âgé que la femme. Mais quelle Française entre quinze et cinquante ans n'avait pas l'air d'en avoir vingt-six ? C'était sans doute l'image qu'elle et Damian renvoyaient au monde extérieur à l'époque : la jeune étudiante et son professeur, les quinze années qui les séparaient ne constituant pas un écart suffisant pour qu'on pense qu'il s'agissait d'un père et de sa fille. Et comment aurait-on pu le croire, vu la façon qu'avait Fiona de se pendre à son cou ? Un jour, ils dînaient au dernier étage du Edgewater Hotel à Madison, un endroit avec vue sur le lac Mendota. Quais flottants ballottés par les flots et mouettes en furie. Lorsque Damian se leva pour se rendre aux toilettes, un homme aux cheveux blancs s'approcha de la table, et lui demanda avec un accent épais et baveux : « Vous êtes la maîtresse, n'est-ce pas ? » Fiona eut la présence d'esprit de ne pas répondre, même pas de nier son propos ; elle se contenta de faire signe au serveur, qui vint tout de suite, et l'homme s'en alla. Mais elle en rit avec Damian pendant des semaines. Quand elle décrochait le téléphone, il lui disait : « Vous êtes la maîtresse, n'est-ce pas ? » Ce n'était pas le cas. Damian n'avait jamais été marié, n'avait jamais eu l'intention de se marier jusqu'à ce que soudain, l'automne suivant, Fiona se retrouve enceinte. C'était le début de sa quatrième année à l'université du Wisconsin, et elle avait vingt-sept ans.

— Vous ne pouvez pas juste téléphoner à la propriétaire ? demanda-t-elle à Arnaud.

— Vous savez quoi ? Je l'appellerai dans dix minutes. Mais nous aurons de ses nouvelles d'ici là.

Fiona appréciait son assurance autant qu'elle la maudissait.

Le couple à l'autre table, s'aperçut-elle, était passé à l'anglais. Bizarre, car ils le parlaient mal.

— Je paie l'appart, disait l'homme. Je paie, et voilà comment tu me remercies !

Il jeta un regard à Fiona. Elle fit semblant de lire la une du journal d'Arnaud qui se trouvait à quelques centimètres seulement de son visage. Elle imagina que l'homme les croyait tous les deux Français – Le Monde y était sans doute pour quelque chose –, et qu'il pensait que l'anglais était une langue plus sûre pour communiquer sa colère.

La femme répondit dans un anglais approximatif :

— Je suis censée faire quoi, la journée ? Rester assise tout le temps ?

Elle semblait énervée, mais provocatrice également. Était-ce une femme entretenue ? Pire ?

— Oui, répondit-il. Tu restes assise, tu lis un livre, je m'en fous. Tu regardes un film.

Il avait de gros sourcils broussailleux. Il était furieux.

Arnaud s'était figé. Il décala son journal pour mieux observer la scène.

Fiona eut envie d'écrire un mot à la femme (« Quittez-le, tout de suite ! »), mais il était impossible de lui glisser le billet sans que l'homme le remarque. Est-ce que quelqu'un avait vu Claire et Kurt dans ce genre de situation à Boulder, et n'avait rien fait ? Quelqu'un avait-il vu Claire se promener dans les rues de la ville avec d'autres femmes du collectif Hosanna, bras couverts et tête baissée, lors d'une de leurs rares sorties ? Quelqu'un leur avait-il demandé si tout allait bien ? Si elles avaient besoin qu'on les dépose à l'aéroport avec trois cents dollars ?

La femme pleurait, et Fiona parvint à capter le regard d'Arnaud, qui haussa légèrement les épaules. L'homme prit son verre à moitié plein et versa l'eau qui restait dans celui de sa compagne. Il vérifia que le serveur avait le dos tourné, essuya le verre avec sa serviette et le fourra dans le sac à main de la femme.

Elle se mit à chuchoter quelque chose en français, protesta, et il lui répondit en murmurant. Était-ce ainsi qu'ils meublaient son appartement, en dérobant de la vaisselle au compte-gouttes ? La femme se leva, l'air malheureux, récupéra son sac. Ils partirent à la hâte.

— Eh ben ! s'exclama Fiona.

Son whisky avait disparu.

Arnaud plia le journal, secoua la tête.

— Certaines femmes sont vraiment bêtes.

— Pardon ?

— Quoi, vous pensez que c'est un génie ?

— Vous ne savez pas ce que c'est que d'être avec quelqu'un qui vous manipule.

Quoique, elle non plus ne le savait pas. Damian était certes plus âgé, et il se montrait souvent didactique, lui faisant la leçon de façon pontifiante, mais jamais il ne l'avait manipulée.

Damian l'avait soutenue pour qu'elle termine ses études l'année suivant la naissance du bébé. Lorsque Fiona avait cours, elle déposait Claire avec un biberon au bureau de Damian. Claire était la petite princesse du département de sociologie. Quand Fiona revenait deux heures plus tard, la pièce était remplie de doctorants qui, hochet en main, s'extasiaient devant la gamine. Damian avait toujours été attentionné. Elle était entièrement responsable de l'échec de leur mariage. Un jour, elle avait proposé la chose suivante à Damian : si l'une de ses petites amies lui téléphonait, elle témoignerait en sa faveur, expliquerait que c'était elle qui avait du mal à s'engager. Que son cœur était trop abîmé pour quelque chose s'apparentant à de l'amour véritable. Lorsque Damian s'était mis en couple avec Karen, Fiona avait réitéré son offre. « Pas la peine, avait-il répondu. Elle sait. »

— Je vois ça tout le temps, dit Arnaud. Vous pensez que j'enquête sur quoi ? Dans la moitié de mes affaires, des femmes disons, pas futes-futes, ont des ennuis avec un homme. Je refuse chaque semaine des contrats pour des types qui me demandent de suivre des femmes.

Fiona se retint de crier sur Arnaud. Elle avait besoin de son aide.

— J'ai connu des hommes dans le même genre de situation. Des hommes manipulés par des femmes. Ou par d'autres hommes, expliqua Fiona.

Arnaud consulta son téléphone.

— Elle a envoyé un texto.

— Ah ! OK, OK.

Soudain, Fiona était redevenue une boule de nerfs. Elle fit tomber sa chaise en se levant, dut s'agripper au rebord de la table qu'elle faillit renverser également.

Dans d'autres circonstances, cela aurait pu être une aventure. Veiller à ne pas croiser de voisins, se précipiter dans l'appartement. Mais ce fut terrifiant à en avoir la nausée. Dans le pire des cas, ils trouveraient quelque chose d'horrible. Fiona ne voyait pas Kurt faire du mal à Claire, mais pouvait-on savoir ce genre de choses ? Elle se souvint de ce que lui avait dit sa mère l'une des dernières fois où elles s'étaient parlé, juste avant la mort de Nico. Fiona l'avait accusée de ne pas avoir tenu tête à son mari, d'avoir laissé celui-ci mettre Nico à la rue. Elles étaient dans la cafétéria de l'hôpital. « On ne sait que ce qui se passe dans son propre mariage. Et encore, on n'a que la moitié du tableau. »

L'appartement était miteux et à peine meublé. Ça sentait le rat crevé – une odeur douceâtre de pourriture. Une grande pièce avec un lit défait d'un côté, un canapé bleu élimé de l'autre. Un coin cuisine, deux bols vides dans l'évier.

Arnaud lui avait fait promettre de ne toucher à rien, et Fiona resta donc, impuissante, au milieu de la pièce, à tourner en rond tandis que le détective explorait les lieux.

— L'autre placard contient des manteaux, dit Arnaud. Mais ici, il y a des robes.

Il se trouvait devant une porte ouverte à côté du lit.

— Vous reconnaissez quelque chose ?

Le cas échéant, les habits devraient dater de la première année de fac de Claire ou d'avant. Fiona ne croyait plus du tout que sa fille habitait ici avec Kurt, mais l'idée ne pouvait être exclue. La brune n'était peut-être que la maîtresse de Kurt ! Debout à côté d'Arnaud, elle jeta un coup d'œil dans le placard. Des couleurs pastel, ce que Claire détestait. Rien de familier. Mais il y avait des robes d'été et d'autres pour sortir le soir. Pas typiquement Hosanna.

Arnaud prit une robe sur le portant comme s'il était dans un magasin.

— Bien trop longue pour Claire.

Elle traînerait par terre. Et il n'y avait pas de jouets, pas de lit d'enfant.

Sur la table basse, il y avait des factures adressées à Kurt Pearce, et une enveloppe vide de carte de vœux pour une certaine Marie Pearce.

— Marie. Peut-être française, observa Fiona.

— Oui. Mais elle peut aussi être néo-zélandaise.

Fiona regarda dans la salle de bain. Une armoire à pharmacie sans porte. Rien d'anormal à l'intérieur, pas d'antipsychotiques. Des vitamines, des pommades. Une boîte de pilules contraceptives. Les Hosanna ne cautionnaient pas.

À droite de l'évier, Fiona remarqua la photo d'une petite fille protégée par une pochette plastique.

Mon Dieu. Elle devait avoir trois ans. Ce devait être la gamine de la vidéo. À coup sûr.

Fiona ressentit quelque chose s'apparentant à une réaction allergique – sa gorge se serra, sa poitrine aussi –, et ce alors qu'elle avait envie de chanter, d'attraper Arnaud par le bras et de l'entraîner dans une valse au milieu de l'appartement. Des boucles blondes, des yeux... les mêmes que Nico. Elle ne lui rappelait pas tant Claire, qui ressemblait à Damian, même enfant : blême, le regard noir, des lèvres minces et pincées. À l'époque où Damian était son professeur de sociologie, Fiona avait trouvé que son visage suggérait une âme, une vie de sagesse chèrement acquise. Jamais elle n'avait imaginé que cela puisse être une affaire de gènes. Mais la petite fille qu'elle voyait là ? C'était une Marcus ! Au début, Nico avait des cheveux blonds, qui avaient foncé au moment où il avait grandi et que sa voix avait mué. Cette année-là, Fiona était soudain timide en sa présence, ne savait pas comment communiquer avec cet étrange garçon géant. Et à vrai dire, elle n'apprit jamais plus à être sa sœur, car un an ou deux plus tard, elle devint sa complice, sa voleuse, sa mère par intermittence.

Cette gamine : vous lui coupiez les cheveux et lui mettiez des vêtements de garçon des années 1960, et c'était Nico.

À l'aide de sa main gauche qui n'était pas blessée, Fiona décrocha la photo et la sortit de la pochette. Il n'y avait rien derrière. Elle voulait la garder. Mais ne pouvait pas le faire.

— Regardez, dit-elle à Arnaud.

Le détective l'attrapa par les bords.

— Ta-ta-ta-ta ! Pas d'empreintes !

Eh bien, et lui, qui avait mis ses pattes partout ? Il posa le cliché sur le lit et le prit en photo.

— Impossible de ne pas avoir de point lumineux, dit-il.

— Vous m'enverrez une copie ?

— Bien sûr. Bien sûr.

Ils ne trouvèrent pas grand-chose d'autre.

— Il y a dix ans, nous aurions cherché un répertoire téléphonique, dit Arnaud. Plus si simple aujourd'hui.

Il ouvrit le placard au-dessus de la cuisinière, inspecta les emballages en carton et les conserves.

— Vous en pensez quoi ?

Il lui montra une boîte de céréales marron avec le dessin d'un chien penché au-dessus d'un bol de pétales de chocolat. Des Chocapic. « C'est fort en chocolat ! », se vantait le slogan.

— Peut-être pour la petite fille ?

— Bon, répondit simplement Fiona.

Elle ne voulait pas trop s'emballer. Un homme qui vivait dans un tel appartement était capable de manger ce genre de choses au dîner. Et puis elle se rappela que Kurt avait toujours été obsédé par la santé, que le collectif Hosanna croyait aux céréales bibliques. Il avait peut-être quitté la secte, mais c'était bizarre de redécouvrir les céréales au chocolat à quarante ans. Elle ouvrit le frigo, et même s'il n'y avait pas grand-chose, elle ne trouva que des produits sains : yaourt nature, des jus verts en bouteille, un substitut de viande à base de tofu.

— Expire au printemps prochain, dit Arnaud les yeux toujours rivés sur la boîte. Ça ne peut pas être si vieux que ça. C'est une bonne chose, non ?

Les céréales ravivèrent la petite lueur d'espoir que Fiona avait en elle, mais elle ne voulait pas l'admettre.

Arnaud prit d'autres clichés. Pour le spectacle, pensa-t-elle. À quoi servirait une photo de l'évier ?

En partant, Fiona dut résister à l'envie de laisser quelque chose volontairement de travers, de renverser une lampe ou de griffonner un point d'interrogation sur le mur.

— Nous ne sommes jamais venus ici, dit Arnaud.

Il verrouilla la porte derrière eux.

— Au revoir, appartement de Kurt Pearce ! lança-t-il.

Fiona erra longtemps dans le Marais. Elle se sentait américaine, ce qui la mettait mal à l'aise dans ce quartier où les touristes n'étaient pas si nombreux. Avec un léger regain d'optimisme, elle montra la photo de Claire à des serveurs, dans des magasins.

Elle montra la photo à un homme aux cheveux filasses qui attendait au coin d'une rue avec une longue boîte étroite. Il était britannique, et Fiona était quasi certaine qu'il était défoncé.

Il regarda longuement la photo avant de dire :

— Tous les gens ne veulent pas qu'on les retrouve.

Fiona, qui se sentit insultée, s'éloigna. Elle n'avait plus envie de parler à personne.

Elle revint sur ses pas et s'approcha un peu trop de l'appartement de Kurt. Elle se retrouva devant le bar où elle avait bu le whisky tout à l'heure. Elle s'arrêta pour emprunter les toilettes, sentant qu'elle était plus en droit de le faire ici qu'ailleurs.

En sortant, elle espérait tomber sur le couple en train de se disputer dans la rue. En réalité, elle espérait juste voir la femme, seule, en train de pleurer appuyée contre une vitrine. Fiona l'entourerait de ses bras, la ramènerait chez Richard. Elle pourrait sauver une femme, même si ce n'était pas la bonne. Mais la rue était, comme Fiona s'y attendait, déserte.

1986

Dimanche était le bon jour. Charlie travaillerait, même s'il avait posé son vendredi ; *Out Loud* sortait le lundi, ce qui signifiait que le bouclage avait lieu le dimanche soir, tard dans la nuit.

Le dimanche matin de bonne heure, le père de Kurt passa chercher celui-ci pour l'emmener au hockey. Il salua froidement Yale et murmura quelque chose à Cecily. L'ex était un grand gaillard, du genre à avoir du gras et du muscle, et possédait un accent irlandais remarquablement peu charmant. Yale retrouvait l'homme dans le nez en trompette de Kurt, dans sa large bouche. Il se demanda si, dans ce contexte, il valait mieux donner l'impression d'être gay (comme dans : pas en couple avec Cecily) ou hétéro (à moins que le type ne s'imagine des choses tordues sur l'intérêt que Yale pourrait porter au garçon de onze ans). Il essaya d'être naturel, ce qui faisait probablement pencher la balance du côté gay.

Yale lava son linge au sous-sol de l'immeuble, avant de prendre l'El pour se rendre en ville. Ses pieds, Cecily avait raison, mouraient à petit feu dans ces chaussures, même avec des chaussettes. Il y avait de la neige fondue aujourd'hui sur tous les trottoirs, et celle-ci ne tarda pas à s'infiltrer dans ses souliers.

Il était treize heures. Yale marcha jusqu'à Belmont Street avec la détermination insensible que ressentaient d'après lui les assassins, passa la porte à côté du restaurant à tacos, gravit les marches menant au cabinet d'un dentiste, à une compagnie d'assurance et aux locaux d'*Out Loud*. Dwight, qui travaillait à l'accueil, leva les yeux et le salua. Normal.

Charlie discutait avec Gloria dans son bureau. Yale entra comme il l'avait fait des centaines de fois et s'assit sur une chaise près de la porte. Gloria lui adressa un petit salut de la main et continua à parler, ne sembla pas remarquer que Charlie s'était raidi. Yale eut l'impression d'être un fantôme, visible d'une seule personne. Seul Charlie voyait le spectre qui se tenait à côté de la sortie. Seul Charlie ressentait un courant d'air froid.

— Tu veux que je repasse plus tard ? demanda Gloria.

— Continue, répondit Yale. Ça ne me dérange pas d'attendre.

Comme s'il ne faisait que déposer le sandwich de Charlie.

Il n'avait pas revu le visage de Charlie depuis qu'il était parti pour le comté de Door. La dernière fois qu'il avait regardé Charlie, c'était avec la confiance la plus totale.

Charlie écourta son entretien avec Gloria – mieux valait qu'ils se voient une fois la maquette achevée. Il ferma la porte derrière elle.

— Putain, Yale, dit-il doucement.

Il faisait tout pour éviter de croiser son regard.

Yale savait que son silence était une sorte de pouvoir. Il resta assis sur la chaise, bras croisés. Il avait prévu de dire au moins cinq choses, et avait l'intention de réclamer plusieurs réponses, mais pas tout de suite.

Charlie regagna son bureau et s'assit, et pendant un instant, on aurait cru qu'il allait s'effondrer et éclater en sanglots. En un sens, cela aurait été le seul comportement adapté. Mais à la place, il pinça les lèvres, écarta les narines.

— Je ne savais pas comment te joindre.

— Tu aurais pu m'appeler au bureau.

— Non, hier ou aujourd'hui.

— Que voulais-tu me dire ?

Charlie posa son coude sur le bureau, puis colla son front contre sa main.

— Je voulais te dire que Terrence est mort.

Yale cessa de respirer pendant un instant, parce que c'était faux. Qu'est-ce que trafiquait Charlie, bon sang ?

— Non, il n'est pas mort.

— En fait, si.

Essayait-il de prouver que Yale ne le saurait pas si une telle chose s'était produite ?

— Désolé, mais j'étais chez lui très récemment. J'ai passé la nuit là-bas, chez lui. Jeudi soir. Il va bien.

La voix de Charlie se fit soudain patiente.

— C'est peut-être vrai, il n'empêche qu'on l'a emmené à l'hôpital vendredi en fin de matinée. Il est mort vendredi.

Yale ne le crut pas. Mais alors pourquoi se mit-il à pleurer ? Ses larmes étaient chaudes, épaisses, et roulaient en silence dans sa bouche.

— Je suis heureux d'apprendre que tu as passé du temps avec lui, dit Charlie.

Le soir du réveillon, Terrence semblait tellement malade qu'il paraissait sur le point de mourir. Mais pas jeudi. Pas vendredi matin. Il était resté sur le sol de la salle de bain, mais c'était normal. Et Yale l'avait laissé là. Yale l'avait obligé à veiller pour discuter, la nuit précédente. Yale avait ramené des microbes chez lui. Il avait envie de réduire en miettes l'air autour de lui. Il était incapable de réfléchir.

— Où est Roscoe ? demanda-t-il.

— C'est qui, ça, Roscoe ?

— Le chat. Le chat de Nico. Terrence l'avait récupéré.

— C'est ça qui t'inquiète ? Je suis sûr que Fiona l'a repris.

— J'étais avec lui à l'hôpital le soir du réveillon.

— Tant mieux. C'est une bonne chose.

— Tu étais où, toi, le soir du réveillon, putain ?

— Yale, ne commence pas. Je voulais te dire que la cérémonie était à quinze heures.

— Aujourd'hui ?

Combien de jours s'étaient écoulés ? Deux ? Cela paraissait encore moins plausible, cela ressemblait encore plus à une horrible blague que la mort en elle-même.

— Attends. Du coup, il a fait quoi ? Il a appelé une ambulance vendredi ? Ou quelqu'un l'a trouvé ? À quelle heure ?

— Je ne connais pas les détails, Yale.

— Comment ça, c'est aujourd'hui ?

Il posait les mauvaises questions. En regardant le *Hamlet* dans lequel Julian jouait, Yale avait été frappé par la réaction de Laërte lorsqu'il apprenait la mort d'Ophélie. « Oh ! Où donc ? » Mais oui, voyons, c'était juste : les détails, voilà à quoi on se raccrochait.

— C'est Fiona qui a tout organisé.

Bien sûr, la procuration le stipulait : les dispositions concernant la dépouille.

— Ce serait bizarre de ne pas y aller ensemble.

— Tu trouves ?

— Je pense qu'on ne devrait pas ajouter ce poids à Fiona. Tu peux bien t'asseoir à côté de moi. Ça ne te tuera pas.

Yale n'avait jamais frappé quelqu'un de sa vie, pas vraiment frappé, mais à cet instant précis, il en eut envie. Il eut envie d'attraper tous les hebdomadaires gays du pays que Charlie disposait sur ces présentoirs prétentieux derrière son bureau et de les lui écraser dans la face un par un.

Mais Charlie semblait si fatigué. Il avait des gros cernes bleus sous les yeux.

— Tu l'as fait où, ce test, d'abord ?

— Yale, c'est positif. J'ai été exposé, et c'est positif. Un plus un égale deux. Je suis mort.

Il balança ces derniers mots comme une grenade.

Et si Charlie s'était effondré à ce moment-là, si son visage s'était déformé, Yale se serait peut-être adouci, se serait approché de lui, l'aurait tenu dans ses bras même s'il regardait par la fenêtre, déchiré. Mais le visage de Charlie ne changea pas.

Yale était venu ici dans l'intention de crier, et le fait qu'il ne crie pas était déjà une concession en soi.

— Pourrais-tu juste t'asseoir à côté de moi dans cette foutue église histoire qu'on n'ait pas à raconter notre vie à tout le monde ?

À vrai dire, Yale non plus n'avait pas envie de raconter sa vie.

— Il me faut un costume. Merde ! Teresa est à l'appartement ?

— Je peux l'appeler et l'envoyer faire une course.

— Oui, s'il te plaît.

— C'est à l'église unitarienne. Tu as quoi, deux heures ?

C'était la même église que celle où l'on avait célébré la messe pour l'ami d'Asher, Brian. Une église tolérante à l'égard des gays, et qui par conséquent était récemment devenue un centre funéraire.

— Je ne comprends pas. Je ne...

Yale se tut et s'essuya le visage à l'aide de sa manche.

— Je suis navré que tu sois si bouleversé à cause de *Terrence*.

— OK, Charlie.

Au lieu de hurler, Yale sortit du bureau. Il ferma la porte en croyant vraiment que Charlie allait essayer de le retenir, se précipiterait derrière lui. Était-ce réellement leur première et unique conversation depuis que Yale l'avait appelé, fou de joie, du Wisconsin ? Il avait parlé tant de fois à Charlie dans sa tête que cela ne lui paraissait pas vrai.

Et comment avait-il pu partir sans demander à Charlie de lui présenter des excuses, d'implorer son pardon, de s'expliquer ?

Sa colère monta tandis qu'il marchait. Il s'était senti tout dégonflé dans le bureau, mais l'air frais, le soleil, chaque pas qui l'éloignait de Charlie le remplissaient à nouveau d'indignation. Pas un instant Charlie n'avait manifesté d'inquiétude pour Yale, pour sa santé.

Cependant, Yale avait-il dit, au moins : « Je suis désolé que tu sois contaminé » ? Peut-être étaient-ils tous les deux des personnes affreusement orgueilleuses. Peut-être se méritaient-ils mutuellement.

Yale essaya d'imaginer quel genre d'homme, découvrant que son amant jaloux se payait en réalité sa tête et l'avait allègrement exposé à une maladie mortelle, dirait que ce n'était pas grave, garderait son calme, le soutiendrait et signerait pour des mois ou des années d'assistance à son chevet et d'anéantissement. Qui agirait ainsi ? Un saint, peut-être. Un pigeon. Il avait fallu des lustres à Yale pour apprendre à se défendre – après que ces garçons de l'équipe de basket l'eurent piégé, ne s'était-il pas, dès le lendemain, courageusement assis à leur table ? –, mais apparemment, à un moment donné, il avait su comment s'y prendre.

Il frappa d'abord pour s'assurer que Teresa était partie, et tourna la clé lentement dans la serrure. Il détestait la dernière vision qu'il avait de lui à cet endroit : prêt à partager les détails de son extraordinaire voyage, sans se rendre compte de l'embuscade qui l'attendait. Il détestait se dire que si le Yale d'il y a trois jours voyait le Yale de maintenant, il interpréterait la scène de travers, penserait qu'il rentrait d'un déjeuner, un peu dépenaillé mais heureux, normal.

Tout était légèrement déplacé. Le pilulier de Teresa était posé sur la table à côté d'un exemplaire du *New Yorker* qu'il n'avait pas encore vu. Un tas de cassettes audio était en équilibre sur le bras du canapé, comme si Charlie avait fait du classement ou avait cherché les paroles d'une chanson. Yale trouva son courrier empilé proprement à côté du téléphone. Une lettre d'une amicale d'anciens élèves, une carte postale de son cousin à Boston. Pas de facture d'un service public, heureusement, sinon, il l'aurait déchirée et aurait laissé les bouts de papier par terre. Yale payait habituellement le loyer, mais l'appartement était au nom de Charlie qui habitait déjà ici lorsqu'ils s'étaient rencontrés.

Yale enfila un costume, trouva ensuite une boîte de la bonne taille au-dessus du frigo – Charlie avait acheté un carton de jus de pamplemousse juste après le nouvel an pour une levée de fonds –, et la remplit : son passeport, la montre de son grand-père, deux chemises, un pantalon en toile. Son chéquier, une tasse remplie de jetons de transport de la ville de Chicago. Il plaça les chaussures de Nico à l'intérieur, mais fourra tous les autres vêtements qu'il avait portés dans le panier de linge, aux bons soins de Charlie ou de Teresa. Il mit ses belles chaussures dedans aussi pour plus tard, sortit ses bottes de neige du placard de l'entrée. Il remplit le reste du carton de chaussettes et de sous-vêtements, et drapa le tout d'un pull. Il aurait bien pris une valise, mais la seule de taille conséquente appartenait à Charlie.

Dans le frigo, il trouva la charcuterie qu'il avait achetée avant son voyage. Elle aurait dû être expirée depuis longtemps, dater d'une autre décennie, mais elle était toujours fraîche, toujours bonne. Il se prépara un sandwich à la dinde et au munster, qu'il mangea debout devant le plan de travail.

Tout paraissait trop normal – comme si Charlie était à l'autre bout du couloir, prêt à sortir de la douche avec une serviette autour de la taille et que tout allait bien. Yale pourrait poser sa main sur la poitrine de Charlie, sentir son cœur à travers sa peau humide et chaude. À vrai dire, Charlie manquait à son corps – ou le corps de Charlie lui manquait. Sa simple présence. Pas sexuellement, pas encore, même si cela allait certainement s'accentuer lors de nuits d'insomnie solitaires. Les muscles tendus des cuisses de Charlie, la façon qu'il avait de mordiller les oreilles de Yale, son goût, la douceur incroyablement glissante sous son prépuce. Eh bien voilà : le désir, le manque. Le genre d'amour le plus inutile qui soit.

Yale était en train de rincer son assiette quand la porte s'ouvrit.

— Je pensais que tu serais parti, dit Teresa.

— Je peux. Je devrais.

Elle posa son sac sur le plan de travail et s'avança jusqu'à lui comme si elle avait l'intention de le serrer dans ses bras, ce qu'elle ne fit pas. Elle avait une mine affreuse, son visage était desséché et creusé de profonds sillons. Son menton et sa mâchoire s'étaient affaissés. Ses paupières étaient gonflées.

— Ça va, Yale ? Tu as fait le test ?

— Cela ne servirait à rien.

— Tu te sentirais mieux. Charlie se sentirait mieux.

— Je me moque bien de ce que Charlie peut ressentir.

Teresa sembla attristée.

— Je ne comprends pas pourquoi vous vous disputez, les garçons. Vous vous aimez.

Yale se demanda si c'était vrai. Teresa prit sa main dans la sienne, la caressa.

— Si tu rentrais à la maison, je pourrais m'occuper de vous deux. J'ai cuisiné, tu sais. Et pas juste de la bouffe anglaise trop cuite. Je t'ai dit que j'avais pris des cours de cuisine italienne cet automne ? J'ai une très bonne recette de boulettes de viande maintenant, sauf que Charlie ne mange pas de bœuf.

— Je vais bien, répondit Yale. Ça va aller pour moi.

— Il a commis une erreur. C'est la première chose qu'il m'a dite lorsqu'il m'a appelée. Il m'a dit qu'il avait commis une erreur, et qu'il ne pouvait pas la réparer.

— C'est vrai. Il ne peut pas la réparer.

— Yale. J'ai peur qu'avec la contrariété, il tombe malade plus vite. Il va s'épuiser à s'inquiéter.

Yale fut stupéfié par cette logique, par l'idée que c'était lui, désormais, qui rendait Charlie malade. Il pouvait rester là afin d'expliquer à Teresa des choses sur le sida qui lui donneraient le tournis. Il pourrait dire que Charlie n'avait pas proféré le moindre mot d'excuse, mais à quoi bon ? Il expliqua à Teresa qu'il allait retrouver Charlie à l'enterrement, ce qui sembla l'apaiser.

— Sois gentil avec lui, tu veux bien ?

Afin de ne pas descendre Halsted Street avec le carton, Yale tourna à l'est et prit un chemin plus long – un détour qui l'obligea à passer devant la maison qu'il avait visitée. Il aurait dû poursuivre sa route, mais s'arrêta pour regarder. Un acte masochiste. Parce que même s'il n'était pas malade, qu'il obtenait une énorme augmentation et pouvait se la payer tout seul, jamais il n'achèterait une maison qui se trouvait à une rue de chez Charlie. Même si celui-ci n'était plus de ce monde, il ne pourrait pas habiter aussi près de l'endroit où ils avaient vécu heureux ensemble, passer devant leur ancien appartement sur le chemin du métro.

Mais croyait-il vraiment que Charlie allait mourir un jour ? Cela était toujours hypothétique dans son esprit, comme une tornade s'abattant sur la ville. Croyait-il, aussi sottement que Julian le crut un temps, que quelqu'un était sur le point d'annoncer avoir trouvé un remède ? Non, sans doute pas. C'était juste un caillou qui ne s'était pas encore enfoncé dans l'eau, qui n'avait fait qu'effleurer la surface de la mare.

Le panneau à VENDRE était toujours là, le numéro de téléphone scintillait dans le soleil de fin de journée, telles des runes dont le sens s'était perdu au fil du temps. Derrière la fenêtre de la maison voisine, un chat dormait. Quelqu'un jouait du piano.

Yale esquiva les gens qui se rassemblaient à l'entrée de l'église et se faufila dans un couloir pour trouver un endroit où poser son carton. Il le mit derrière un pouf en forme de poire, dans une pièce sans doute réservée aux groupes de jeunes et dont les murs étaient ornés de marguerites, de grenouilles et de paroles de chansons des Beatles peintes par les enfants.

Après quoi, Yale ajusta son costume, se mouilla les cheveux dans les toilettes pour les coiffer, trouva Fiona et l'aida à porter les fleurs. Il lui donna le collier que Nora lui avait confié, lui dit qu'il ne fallait surtout pas qu'elle le porte devant sa cousine Debra, et Fiona souleva ses cheveux bouclés afin que Yale puisse tenter de manier maladroitement le fermoir derrière son cou.

— Je n'avais jamais fait ça avant, confia-t-il.

Pour une raison étrange, Fiona trouva cela désopilant. Yale l'aida à disposer bien les chaises dans le sanctuaire. Il était content de voir des chaises : moins tape-cul que les bancs d'église, moins susceptibles d'exhumer des souvenirs d'enfance négatifs.

Quand Charlie arriva, l'avant de l'église s'était rempli. Dans son sillage se trouvaient certains membres de son équipe – Gloria, Dwight, Rafael, Ingrid. Ils avaient dû se changer au bureau avant de venir ici à pied ensemble. Ils repartiraient ensemble aussi, alors que Yale errerait seul. Il croisa le regard de Charlie, et une minute plus tard, celui-ci était là, à ses côtés, dégageant un parfum d'after-shave.

Le pasteur, bien conscient de son auditoire et manifestement coutumier de ce genre d'événement, parla de communauté et d'amitié, et de la « famille que l'on se choisit ». À combien de ces enterrements avait-il personnellement officié ? Fiona se leva et raconta une anecdote sur le jour où Nico l'avait présentée à Terrence.

— Il m'avait prévenue : Terrence avait un sacré sens de l'humour. J'étais donc terrifiée. Je m'attendais à ce qu'il pose un coussin péteur sur ma chaise ou autre. Mais il ne m'a pas fait pas la moindre blague. À la fin du déjeuner, il m'a regardée et m'a dit : « Tu as pris soin de ton frère toute ta vie et je... »

La voix de Fiona s'était heurtée à un mur. Elle tenta à nouveau, mais aucun son ne sortit.

— Ç'aurait été plus simple s'il avait dit quelque chose de drôle, poursuivit-elle.

Tout le monde rit, pour qu'il y ait d'autres voix dans la pièce, pour aider Fiona à traverser cette épreuve.

— Il m'a dit : « Tu as pris soin de ton frère toute ta vie, et je veux que tu saches qu'à partir de maintenant, je prends le relais. » Et il l'a fait. Il ne savait pas dans quoi il s'engageait, mais il est resté avec Nico jusqu'à la toute fin. Et maintenant, il s'occupe à nouveau de lui.

Fiona eut du mal à sortir ces phrases. Une amie l'aida à quitter le lutrin, lui caressa le dos.

Un collègue enseignant de Terrence lut un poème sur lequel Yale ne parvint pas à se concentrer. Le pasteur invita toute l'assemblée à méditer avec lui. Asher, qui était un baryton de formation classique, chanta le « Pie Jesu » du nouveau requiem de Webber – un chant dont Yale n'avait entendu qu'un enregistrement soprano, mais qui fonctionnait tout aussi bien pour le timbre d'Asher, pour le violoncelle que Yale imaginait loger dans la gorge de celui-ci. Yale, qui n'était pas plus catholique qu'Asher, se délectait des sonorités du latin, de ces voyelles pures et liturgiques, du crissement des « q » et des « c ». Ce chant n'était pas une simple lamentation – il vous essorait. Yale était un gant de toilette humide, et quelqu'un était en train d'extraire ce qu'il avait en lui en le pressant au-dessus d'un lavabo.

Il ne regarda pas Charlie. Il l'entendait respirer, se moucher. À la veillée de Nico, ils s'étaient donné la main.

Yale jeta un œil aux rangées derrière lui. Sept adolescents étaient assis ensemble, sans parents. Yale imagina que c'étaient des élèves qui avaient appris la nouvelle. Derrière eux, il vit Teddy et Richard. Teddy tambourinait sur le dos de la chaise avec sa main gauche. Certains membres de la famille de Terrence étaient installés au fond. Ou du moins pensait-il qu'ils étaient de sa famille. Un grand jeune homme qui ressemblait remarquablement à Terrence, et trois jeunes femmes noires. Personne ne semblait avoir l'âge d'être le père ou la mère de Terrence, mais une dame pouvait être sa grand-mère.

Quand ce fut fini, Yale et Charlie sortirent de l'église ensemble et, chacun leur tour, ils serrèrent Fiona dans leurs bras.

Yale aperçut Julian à l'autre bout du hall de l'église. Il ne l'avait pas vu à l'intérieur du sanctuaire, mais il se trouvait maintenant près du portemanteau, les yeux écarquillés et vitreux. Il avait perdu du poids. Yale n'imaginait pas que c'était à cause du virus – les probabilités pour que Julian tombe malade juste au moment où il apprenait qu'il était contaminé étaient faibles.

Yale se rendit compte que Charlie aussi regardait Julian fixement, et pendant un instant, ils étaient tous les deux de nouveau alignés, communiquaient par télépathie.

Yale chuchota à Charlie :

— Tu lui as dit ?

— Non.

Ils furent ensuite de nouveau séparés, chacun pensant à des choses totalement différentes, et Yale sut que Charlie se rappelait ce qu'il avait fait avec Julian, des souvenirs dont il était à jamais – bien heureusement – exclu. Il se précipita dans le couloir pour récupérer son carton dans la pièce réservée aux jeunes de l'église.

Mais lorsqu'il l'eut repris et se retourna, Charlie était là, dans l'encadrement de la porte. Il le regardait, tout simplement.

— Ça vaut ce que ça vaut, mais je suis désolé que tu sois malade. Au-delà de ça, j'ai très peu de sympathie pour toi en ce moment.

La pièce était plongée dans le noir. La lumière des lampadaires filtrait à travers les fenêtres, mais c'était tout.

— Je crois que j'ai compris pourquoi j'ai fait ça, dit Charlie.

— Ha, raconte-moi.

Yale tenait le carton devant lui, une barrière.

— Peut-être que ça paraît absurde, mais je pense l'avoir fait parce que j'en avais assez d'avoir peur.

— Tu étais terrifié par une maladie, alors tu as décidé de l'attraper ?

— Non. Non. J'avais peur que tu me quittes, que tu me trompes avec quelqu'un de plus jeune, de plus beau, de plus intelligent. Je sais que c'est complètement tordu, mais quelque part, dans mon esprit, je me disais que si je faisais le pire truc auquel je pouvais penser, alors chaque fois que je te verrais flirter avec un autre, j'espérerais presque que tu cèdes à la tentation, pour qu'il y ait un point partout.

— C'était réfléchi de A à Z.

— Non, pas sur le coup. J'étais cuité, Yale. Et Julian avait ces poppers qu'il avait volés chez Richard.

— Le poppers, ça dure dix secondes en tout.

— Ce n'est pas ce que j'ai voulu dire. Je parle de ce qu'on a fait au lit, ça ne serait pas arrivé si...

— Putain, Charlie !

— Je ne l'aurais pas laissé faire.

— Je pense que ta petite auto-analyse est à côté de la plaque. Je crois que tu cherchais à tout prix à tomber malade.

Yale hurlait et s'en moquait.

— Pourquoi ? Telle est la question. Mais c'est à toi de trouver la réponse. Peut-être que tu te détestes. Peut-être que tu me détestes. Peut-être que tu veux avoir l'attention des autres. Il n'y a pas de bonne raison, n'est-ce pas ? Quand on connaît les risques. Tu n'es pas naïf. Tu es le tsar de la capote à Chicago, putain !

Charlie secouait la tête. Il ne semblait jamais verser de vraies larmes, mais ses yeux devenaient roses et bouffis. Il n'était pas vraiment entré dans la pièce, il se tenait près de la porte, comme s'il allait peut-être partir en courant.

— On s'est protégés, dit-il. Vraiment. Au début, on était dans l'appartement de Nico, quand les choses... tu sais... Et on était dans la salle de bain, il faisait noir, et avant de sortir, j'ai demandé à Julian s'il avait un préservatif, et il m'a dit : « Je suis sûr qu'il y en a un quelque part ici. » Et il a cherché à tâtons dans l'armoire à pharmacie et en a mis un ou deux dans sa poche. Ensuite, on est retournés chez lui. Mais plus tard, au moment de partir, j'ai vu l'emballage, et c'était une capote en peau d'agneau.

— Putain de merde, Charlie ! En plus, elle devait être périmée !

— Sûrement.

— Je ne te crois même pas. Vraiment. Vous vous êtes protégés, mais il faisait noir et, oh, zut, c'était une capote en peau d'agneau ? Pourquoi Nico aurait ce genre de faux préservatif ? Pour quelle raison ? Pour éviter une grossesse ? Tu peux trouver mieux, comme histoire. Combien de fois il t'a baisé, en vrai ? J'étais prêt à te croire. J'étais presque prêt à te croire. Et toi tu me sors cette histoire de capote en peau d'agneau ?

— C'était juste une fois.

— Juste un coup post-enterrement. Pourquoi pas deux ? Il est là. Vas-y, te prive pas !

— Yale !

— Teddy se tape toute la ville et ne choppe rien, mais la seule fois où toi tu déconnes, avec une capote, tu tombes malade, comme par magie ! Tu devrais aller témoigner dans des émissions de télé. Tu devrais aller dans les lycées pour leur servir l'un de ces discours flippants. Va raconter ça aux Républicains ! Ils vont t'adorer !

— Yale, arrête !

Charlie criait aussi maintenant.

— Tu sais bien que ça ne marche pas comme ça. Tu sais bien que c'est plus aléatoire.

— Tu te rends compte que tu ne m'as même pas présenté tes excuses ? Ça t'a traversé l'esprit ? Tu inventes des prétextes et des histoires de peau d'agneau, tu inventes des théories sur ce qui a motivé cet acte, et pas une seule fois tu ne m'as demandé si j'allais bien. Pas une seule fois tu n'as reconnu avoir pulvérisé toute ma vie.

Charlie ouvrit sa bouche, mais Yale poursuivit.

— Tu passes cinq ans à jouer le jeu de la monogamie, tu me mets une putain de laisse, et pendant ce temps-là, tu fais tout ce dont tu as envie. Tu sais quoi ? Tu es quelqu'un d'avide. Notre relation tournait autour de toi. La connerie que tu as commise, là, c'était toi, et ton refus de considérer autre chose que tes propres sentiments en ce moment même, c'est encore toi.

Charlie posa une main sur sa tête.

— C'est peut-être vrai, mais je ne peux pas envisager de gérer tes besoins émotionnels pour l'instant. Ma mère me vide déjà bien assez comme ça.

Yale le poussa pour passer avec le carton, enfonçant le coin de la boîte dans la poitrine de Charlie.

— Au moins, tu as ta mère. Moi, je n'ai personne.

Il longea le couloir et dépassa une femme qu'il ne connaissait pas, puis Teddy et Asher, qui étaient assez proches pour les avoir entendus crier.

Chez Cecily, toutes les lumières étaient éteintes. Elle avait donné une clé à Yale, et il ouvrit la porte doucement, le carton en appui sur la hanche. Un gamin qui avait la clé, comme Kurt. Il se changea dans l'unique salle de bain de l'appartement. Le maquillage de Cecily, ses crèmes pour le visage et son fer à friser occupaient tout un côté du lavabo ; sur l'autre, il n'y avait que la brosse à dents rouge de Kurt et un sablier. Yale ôta sa chemise et inspecta sa poitrine, son dos, la peau pâle et douce à l'intérieur de ses avant-bras. Il existait évidemment des milliers d'autres manifestations possibles du virus ; celui-ci pouvait évidemment attendre, invisible, pendant des années. Quand Terrence avait reçu son diagnostic, il avait dit : « C'est comme quand tu mets une pièce dans un distributeur à jouets à l'épicerie. Tu connais les possibilités, mais tu ne sais pas du tout sur quoi tu vas tomber. Par exemple, est-ce que tu vas avoir une pneumonie, Kaposi, de l'herpès ou autre ? » Il avait mimé quelqu'un en train d'ouvrir des boules en plastique. « Oh, regarde ! La toxoplasmose ! »

Combien de fois lui et Charlie avaient-ils fait l'amour entre la fête en mémoire de Nico et le réveillon du nouvel an ? Juste un peu moins que d'habitude. Peut-être dix fois. Peut-être que Charlie avait vraiment eu foi en cette capote en peau d'agneau – si cette histoire était vraie. Ou avait cru que Julian n'était pas malade. Julian paraissait si bien portant. Tout de même, Charlie aurait pu trouver des excuses, aurait pu prétexter un mal de dos. Il aurait pu faire le test, même s'il attendait probablement le délai de trois mois, comme Yale en ce moment. Mais quand il avait appris pour Julian, il l'avait fait. Et, surprise, anticorps précoces.

Yale enfila son T-shirt, et lorsqu'il émergea de la salle de bain, Cecily était dans la cuisine, sortant un sachet de thé de sa tasse. Elle était en peignoir et en chaussons et, sans maquillage, elle était une tout autre personne.

Elle lui demanda comment il se sentait. Puis elle dit :

— Je crois malheureusement qu'il y a un problème.

— Ha !

— C'est mon ex... Tu sais, l'autre soir, j'ai parlé de mon ami Andrew devant Kurt. Kurt est vraiment très intelligent, et il remarque plus de choses que je ne le crois. Il a mal compris, et a cru que c'était toi qui étais malade. Il s'en moque. Il connaît Andrew, et tout, et...

— Il a raconté à ton ex que j'avais le sida.

— Je lui ai expliqué que c'était faux. En gros, je lui ai dit la vérité, à savoir que tu avais été exposé au virus. Mais Bruce a paniqué. Il n'arrive pas à croire que tu restes chez nous, que tu manges avec nous. C'est ridicule, mais il est comme ça.

— Ça ne rime à rien que je lui parle, n'est-ce pas ?

— Le problème, c'est que nous n'avons pas toujours été d'accord sur les détails de la garde, et il pourrait se servir de ça au tribunal.

Cecily se mordit la lèvre supérieure avec ses dents d'en bas. Soudain, Yale se sentit épuisé.

— J'ai compris. Honnêtement, il pourrait certainement se servir de cet argument. Devant le bon juge.

Yale regarda son pantalon de survêtement, ses pieds nus.

— Est-ce que tu crois que ça ira, si je reste une nuit de plus ?

Il se sentait affreusement mal de poser cette question. Il avait compromis la carrière de Cecily, et à présent, il perturbait sa famille. Cette femme était extrêmement fragile, et Yale piétinait sa vie.

— Bien sûr. Mais ensuite...

— Je ficherai le camp demain matin.

— Je suis désolé, Yale. Et Kurt s'en veut terriblement. Il sait qu'il a déconné. C'est drôle, parce que ça ne le dérangeait pas du tout. Il trouve juste ça intéressant. Il en entend parler aux infos.

— Il n'a pas déconné. Pourras-tu lui dire ?

— Tu n'avais vraiment pas besoin de ça.

— À mes yeux, ce qui est important, c'est de savoir que tu étais prête à m'héberger, pas que quelqu'un ne veut pas de moi ici.

— Kurt s'inquiète pour toi. Je lui ai expliqué que tu n'étais pas malade, mais il a peur que les gens soient méchants avec toi.

— Eh bien, je vais peut-être tomber malade.

Cecily hocha la tête d'un air sérieux.

— Tout ira bien pour toi, je le sens vraiment.

— Et toi ? Est-ce que ça va ? Ton poste ?

Elle hésita.

— Tant que ces toiles sont authentiques, je ne crains probablement rien.

Son visage était blême. Yale n'était pas certain qu'elle lui ait livré toute l'histoire.

— Et dans le cas contraire, ce n'est qu'un boulot, Yale. Tout cela me l'a rappelé, tu comprends ? Il y a des choses plus graves.

Le lendemain matin, Yale était habillé, rasé et dehors avec ses affaires avant que le réveil de Cecily et de Kurt ne sonne.

2015

Elle n'avait pas la permission d'Arnaud pour le faire, mais elle se moquait bien d'Arnaud, non ? Arnaud voulait que les choses traînent. Arnaud était payé.

De plus, quand Jake débarqua chez Richard tard cette après-midi-là, elle voulut l'entraîner dehors au plus vite. S'il était venu pour importuner Richard, il fallait qu'il parte, et s'il était venu pour l'importuner elle, il pouvait le faire ailleurs. Et donc, avant que Serge ait eu le temps de l'inviter à s'asseoir, de lui offrir un verre, Fiona attrapa Jake par le bras et dit :

— J'ai besoin de ton aide pour un truc.

Et l'emmena dehors.

— Je sais où il vit maintenant. Le type, celui qui l'a embrigadée dans la secte. On va y retourner ensemble.

— On ?

— Tu es plus grand que moi. Tu n'es pas aussi grand que lui, je préfère te prévenir. Mais il n'a rien d'un athlète.

— Ah. Génial.

Il la suivit tout de même, entra dans le taxi.

— Bon, tu n'es vraiment pas alcoolique ? lui demanda-t-elle.

— Je ne sais pas. J'ai fait des tests sur Internet. Verdict : en Amérique, je suis considéré comme un gros buveur, alors qu'en France, je suis parfaitement dans la norme.

Fiona rit, tâtant sa poche pour s'assurer qu'elle n'avait pas oublié son téléphone chez Richard.

— Si je t'envoyais dans les années 1980 dans mon groupe d'amis, tu serais un moine.

— Beaucoup de soirées ?

— On avait tous un problème avec l'alcool. Chacun de nous, sans exception. Enfin, sauf ceux qui étaient accros à la drogue.

— Et tu as survécu ! Tu es toujours là !

Bon sang, elle le détestait à cet instant.

— Écoute, une fois là-bas, ne parle pas. Tu seras plus effrayant si tu ne dis rien.

— OK, moi, c'est les gros muscles.

Fiona chassa la main de Jake avant même qu'elle n'entre en contact avec son genou.

Fiona espérait, tandis qu'elle frappait à la porte et que son ventre se contorsionnait douloureusement, que la femme leur ouvrirait. Qu'elle les inviterait à entrer, et que Kurt, en revenant du travail, les trouverait tous installés sur le canapé en train de boire du thé. Mais ce fut Kurt qui leur ouvrit et les regarda, abasourdi. Il regarda plus Jake que Fiona jusqu'à ce qu'enfin, il tourne la tête vers elle et écarquille les yeux. Sa main alla tripoter sa queue-de-cheval.

— Ohhh ! Hé. Je... Oh... Ouh là ! Fiona.

— Nous allons entrer, le prévint Fiona, et elle se faufila sous son bras, arrivant dans un appartement qui, avec des sacs de courses posés sur le plan de travail et un ordinateur portable ouvert sur le canapé, semblait bien plus habité et chaleureux que la veille.

Fiona avait consacré une partie disproportionnée de sa vie adulte à deux fantasmes chroniques. L'un d'eux, particulièrement prégnant ces derniers temps, était un exercice qui consistait à essayer de ressusciter la ville telle qu'elle était en 1984-1985 alors qu'elle marchait dans les rues de Chicago. Elle commençait par imaginer des voitures marron dans la rue. Des voitures marron garées à touche-touche, dont le silencieux se détachait. À la place du Gap, le magasin Woolworth's dans lequel il y avait un snack. À la place du cabinet du chirurgien-dentiste, le disquaire Wax Trax ! Records. Et si elle parvenait à visualiser tout cela, alors elle voyait sur les trottoirs ses garçons vêtus de vestes bombers, qui se hélaient et se dépêchaient de traverser avant que le feu passe au vert. Elle voyait Nico au loin, qui se dirigeait vers elle.

Dans l'autre fantasme, Nico l'accompagnait partout en s'interrogeant sur les drôles de choses qu'il découvrait. Il était Rip Van Winkle, et il incombait à Fiona de lui expliquer le monde moderne. Elle l'avait fait à l'aéroport O'Hare à l'aller. Alors qu'elle était complètement obnubilée par Claire, concentrée sur son arrivée à Paris, soudain, Nico était à ses côtés sur le tapis roulant qui passait à ce moment-là devant une publicité pour un « pare-feu pour votre *cloud* ». Elle ne savait même pas par où commencer. Et une fois dans sa tête, Nico la suivit partout dans le terminal – commandant à manger sur l'iPad au comptoir pizza, sursautant en entendant la chasse d'eau automatique, lisant le texte qui défilait en bas du bulletin CNN en demandant ce qu'étaient les Bitcoins. Il demanda pourquoi tout le monde avait les yeux rivés sur une calculatrice. « Tu vis dans le futur, murmura-t-il. Chapardeuse, c'est le futur ! » Et lorsque Fiona remarquait quelque chose qu'il pouvait comprendre parfaitement – un bébé qui pleurait parce qu'il avait laissé tomber sa tétine, un McDonald's, un mur entier de téléphones publics (était-ce encore possible ?) – elle avait le sentiment que le monde tournait un peu plus rond.

Et parfois aussi, elle se contentait de se raconter à elle-même ce qui se passait autour d'elle, et son récit, quand on l'entendait, aurait pu venir d'une autre époque. En ce moment, par exemple, elle se disait qu'elle était assise avec Kurt Pearce, et qu'elle et Kurt Pearce discutaient ensemble. Que Richard était dans son atelier, et qu'il faudrait qu'elle passe un coup de fil à Cecily plus tard. Une description qui n'aurait absolument pas détonné en 1988.

Sauf que Kurt aurait été un adolescent, pas cet homme gigantesque assis en face d'elle dont les jambes occupaient la moitié de l'espace. Jake n'aurait pas été appuyé contre le mur, les bras croisés sur la poitrine pour tenter d'avoir l'air d'un garde du corps.

Kurt paraissait sobre, lucide. Il parlait doucement, d'une voix incroyablement grave.

— Je ne sais pas ce que je peux te dire. Je ne sais pas si tu vas tenter quelque chose.

— Tenter quelque chose ! s'exclama Fiona avant de se taire. Il ne fallait pas qu'elle laisse ses émotions prendre le dessus.

— Je l'ai toujours trouvée trop dure avec toi. Tu as fait au mieux. Et là, tu fais un effort. Je comprends.

Il paraissait si jeune. Pendant tout ce temps, elle l'avait détesté parce qu'il était plus proche en âge d'elle que de Claire – alors qu'il n'était qu'un gamin, une andouille hippie.

— Écoute, j'aurais bien aimé que les choses se passent autrement, poursuivit-il. J'ai vraiment déconné à plein bloc pendant un temps. Mais tout le monde va bien. On va tous bien. Hé, qu'est-il arrivé à ta main ?

— Elles sont ici, à Paris ?

— Je peux te dire que tout le monde est en sécurité et en bonne santé. Mais pour le reste, ce n'est pas à moi de te le révéler. J'ai de la chance d'avoir à nouveau une place dans leur vie. J'ai de la chance que Claire me l'autorise.

Fiona elle-même n'espérait que cela – avoir droit à nouveau à une place dans leur vie. Elle n'avait pas autant déconné que Kurt – elle n'avait pas été arrêtée, au moins –, mais peut-être avait-elle déconné plus longtemps. Et peut-être était-il plus difficile de pardonner à sa mère qu'à un homme. Fiona s'était toujours dit qu'avec le temps, Claire comprendrait de plus en plus ses manquements, qu'une adulte serait bien plus en mesure de comprendre une liaison – une erreur tellement banale ! – que ne le serait une enfant. À l'heure qu'il était, Claire avait certainement compris que le cœur humain était un beau bordel, non ?

Fiona avait beaucoup trop de questions à poser à Kurt, et aucun point de départ acceptable. Et il ne fallait pas révéler qu'elle l'avait épié, qu'elle était venue dans cet appartement hier.

— J'ai cru comprendre que tu étais marié, se lança-t-elle.

Le regard de Kurt oscilla plusieurs fois entre Fiona et Jake.

— Ouais, on s'est vraiment trouvés. C'est sain, comme relation.

— Eh bien, je suis contente pour toi. Je t'ai toujours souhaité le meilleur, et j'espère juste...

Elle ne parviendrait pas à exprimer l'affection qu'elle avait toujours éprouvée à son égard, ou du moins envers son souvenir, alors que dans le même temps, elle le haïssait de tout son être pour lui avoir enlevé sa fille.

— Tu n'as plus de lien avec le groupe, n'est-ce pas ? Les Hosanna ?

Kurt rit.

— Tu peux dire « la secte ». Car c'en est une. Ouais, je suis bien content d'avoir mis un océan entre nous.

— Donc tu ne les apprécies plus.

— Hé, tu veux une bière ?

Fiona secoua la tête.

— Et toi ? demanda-t-il à Jake, qui, heureusement, déclina cette offre.

Il n'aurait pas eu l'air aussi efficace avec une bouteille à la main. Kurt se leva pour aller s'en chercher une, revint s'asseoir.

— Non, c'est elle qui a cessé de les apprécier. Moi, je n'ai jamais été un grand fan, mais j'étais amoureux.

— Je ne vois pas le rapport entre être amoureux et rejoindre une secte.

— C'était ce qu'elle voulait ! Elle... Au début, ils étaient plus importants à ses yeux que je ne l'étais, c'était évident. Si je lui avais demandé de choisir, je sais qui elle aurait choisi, et ce n'aurait pas été moi.

Fiona jeta un regard à Jake, mais il n'avait pas bougé. Cette histoire ne tenait pas debout.

— C'est toi qui habitais à Boulder. C'est toi qui... tu as trouvé cette secte.

— Non, non, non et non. Elle a rencontré ce type dans les cuisines du restaurant où elle bossait, et je savais au moins qu'il ne lui avait pas tapé dans l'œil parce qu'il avait une peau dégueulasse et qu'il était assez émacié, mais il l'a invitée à une soirée au camp, et elle m'a traînée là-bas. J'ai trouvé tout ce truc ridicule. Tambours et tambourins, tu vois ? Une fille qui s'appelle Fish[1], non mais je te jure, se met à coller Claire, lui parle toute la nuit. Ils me filent de l'herbe mélangée à autre

---

1. *Fish* signifie « poisson ».

chose. Ils n'étaient pas du genre à boire, mais par contre, putain, ils chargeaient leurs joints. Et on finit par dormir par terre. Ça semblait plutôt cool, comme endroit, jusqu'à ce qu'ils plantent leurs griffes. Et tous les soirs, Claire voulait y retourner. Elle allait perdre son appartement à la fin du mois, et je lui avais proposé de venir s'installer chez moi, mais Fish lui a alors appris qu'il y avait une chambre qui pouvait nous accueillir tous les deux. Vraiment, ça... Je veux dire, moi aussi, ils m'ont séduit au bout d'un moment, je ne prétends pas le contraire, ils sont doués pour ça, mais c'est Claire qui m'a entraîné dans cette spirale infernale. Je ne dis pas ça pour passer pour le gentil.

Fiona se rendit compte qu'elle croyait Kurt, mais voulait tout de même hurler qu'il mentait, que sa fille ne tomberait jamais dans un tel panneau, parce que les gens qui se faisaient duper par les sectes n'avaient jamais vraiment eu de famille au départ, étaient des gens qui, dans d'autres circonstances, auraient pu rejoindre un gang. Ou du moins était-ce ce que vous vous disiez pour expliquer que l'enfant de quelqu'un d'autre avait des ennuis, et vous rassurer sur le fait que le vôtre n'aurait pas de problème. En revanche, une femme battue, ça, Fiona pouvait comprendre. Une femme tellement sous l'emprise d'un homme dominateur qu'elle n'avait d'autre choix que de le suivre. Même si elle n'avait jamais souhaité une chose pareille à Claire, cette histoire ne permettait-elle pas à Fiona de s'en tirer à bon compte ?

— Et tu leur as donné toutes tes économies ?

— Je n'avais pas vraiment d'économies. Et en réalité, ils m'ont aidé à résilier mes cartes de crédit. Je ne devais que deux mille dollars, mais ils ont tout payé pour que je puisse m'en débarrasser. Et à l'époque, je me suis dit... c'est bon à prendre !

La facture pour la MasterCard arrivait toujours dans la boîte de réception de Fiona, qui avait continué à payer les frais annuels pendant tout ce temps en espérant que, tôt ou tard, Claire achèterait quelque chose, laissant ainsi échapper un indice sur l'endroit où elle se trouvait. Cela ne s'était jamais produit.

Fiona était maintenant prête à poser la question.

— Pourquoi l'ont-ils choisie elle ? Comment ont-ils su que cela marcherait ? Parce que quatre-vingt-dix-neuf pourcent des gens se barrent dans ce genre de situations.

Kurt haussa les épaules.

— J'imagine qu'ils ont l'œil. Écoute, si on regarde les choses d'un point de vue psy, déjà, elle a été attirée par un homme plus âgé, non ? Elle cherchait des figures parentales.

Fiona avait voulu qu'il dise cela tout haut pour pouvoir le haïr.

— Damian a toujours été très présent dans sa vie. Et toi, tu étais un enfant du divorce aussi. Or, à l'époque, c'était moins banal. Ça ne veut pas dire que tu es marqué à vie.

Kurt se leva. Il s'étira, posant les mains à plat sur le plafond.

— Sans vouloir juger, l'une des premières choses qu'elle m'ait racontées à Boulder, c'était que le jour de sa naissance avait été le pire de ta vie. Que c'était toi qui le lui avais dit.

— Ce n'est pas vrai.

Était-il possible que ce soit ça, le caillou dans la chaussure de Claire ? Que ce ne soit pas la liaison de Fiona, le divorce, etc. ? Sa main palpitait, s'accaparant toute la douleur qui aurait dû se trouver dans sa tête, dans ses tripes.

— Elle a grandi en sachant qu'elle avait gâché ta vie, poursuivit Kurt. À ton avis, ça fait quoi à quelqu'un, ça ?

Fiona se leva également, et Jake s'avança d'un pas, comme s'il se tenait prêt à plonger entre eux deux.

— Déjà, je ne lui ai JAMAIS dit cela. C'est Damian qui lui a raconté ce truc, en plein divorce, pour lui monter la tête contre moi. Ensuite, oui, ça a été l'une des pires journées de ma vie, même si j'en ai connu pas mal, mais Claire n'y était pour rien. Ce n'est pas un grand secret. Ça a été un jour terrible, un cauchemar. Cela ne signifie pas que je ne voulais pas d'elle, et cela n'a pas changé ma façon de l'élever.

— Hé, je ne suis pas en train d'insinuer... Je me souviens aussi de cette journée. J'étais...

— Tu ne trouves pas ça un peu tordu, de te souvenir du jour de la naissance de ta copine ?

— Ce n'est pas ma copine.

Il leva les mains, tel un bouddha inattaquable.

— J'essaie de t'aider, là. Si tu veux arranger les choses avec elle, va falloir que tu passes par là, OK ? Claire est... ce n'est pas quelqu'un d'heureux. Je ne pense pas qu'elle l'ait jamais été, quoi que tu aies fait. C'est un peu comme si elle avait un mauvais horoscope, ou un truc dans le genre. Claire est un être humain foncièrement en colère. Tu n'as pas été une mauvaise mère.

Mais pourquoi cela faisait si mal, si ce n'était pas vrai ?

— Écoute, je vais devoir te demander de partir avant le retour de ma femme. Elle n'est pas très fan du psychodrame Claire.

— Elle la connaît ? demanda Fiona.

Kurt ouvrit la bouche pour parler, mais se reprit à temps. Il avait compris son petit manège.

— Est-ce qu'au moins, tu peux lui transmettre un message ?

Il secoua lentement la tête. Fiona s'attendait vraiment à ce qu'il accepte.

— Je ne suis pas dans ses petits papiers. Si je le fais, elle me le reprochera peut-être. Si elle découvre que je t'ai parlé, que je t'ai laissée entrer...

— Et une adresse mail ? demanda Jake.

Son intervention ne dérangea pas Fiona. Il était temps de travailler en équipe.

Kurt se dirigea vers la porte, l'ouvrit. Fiona ne bougea pas.

— Voici ce que je te propose : tout le monde va bien, personne n'est en danger. Tu veux me laisser ton numéro ? Je peux te promettre de t'appeler s'il arrive quelque chose.

— Tu me préviendras si elle meurt ? Quelle délicate attention.

— Ce n'est pas ce que...

— Écoute, et la petite fille ? Elle est de toi ?

Kurt posa une énorme main non pas sur l'épaule de Fiona, mais sur celle de Jake, et le guida sans effort hors de chez lui. Comme s'il dirigeait un petit bateau pour enfant. Fiona attrapa à la hâte dans son sac un stylo et sa vieille carte d'embarquement, nota son numéro.

Avant de sortir, elle dit :

— Tu es père. Essaie de comprendre ce que je ressens. Sers-toi de ton imagination. Je sais que tu en avais une, avant.

Une fois dans la rue, Jake serra Fiona dans ses bras. Il pressa sa barbe et ses lèvres contre son front.

— Je vois bien que tu es une bonne mère.

Fiona eut peur qu'il lui demande où elle allait, qu'il lui demande s'il pouvait la suivre, mais elle lui dit qu'elle avait besoin d'être seule – elle avait l'habitude de repousser les hommes –, monta dans un taxi et lui demanda de l'emmener à Montparnasse. Elle n'avait pas envie de retourner chez Richard, ça, elle le savait, même si elle avait l'impression que sa main était en contact avec du fil barbelé électrifié, et qu'elle avait oublié ses analgésiques. « Promettez-moi de prendre soin de vous », lui avait demandé sa psy avant son départ, et Fiona ne pensait pas qu'Elena voulait dire par là : « Tapez-vous d'anciens pilotes vagabonds ». Elle pouvait se faire un bon dîner – c'était à sa portée.

Elle atterrit à La Rotonde, l'endroit dont parlait tante Nora. L'endroit, si la mémoire de Fiona était bonne, où Ranko Novak avait perdu la raison. Ou bien était-ce Modigliani ? Dans tous les cas, elle s'assit à l'intérieur, où il faisait chaud, et commanda une *soupe à l'oignon gratinée** en regrettant d'être entourée de tant d'anglophones. Autour d'elle, nul artiste dépenaillé et ivre, nul modèle en train de boire de l'absinthe, nul grand poète expatrié.

Comment le savait-elle, après, tout ? Peut-être que la table, là-bas, dans le coin en était remplie ?

Elle avait demandé un jour à Nora si elle avait rencontré Hemingway. « Si je l'ai rencontré, il ne m'a pas fait grande impression », lui avait-elle répondu.

Mais Fiona imaginait qu'au cours des décennies qui s'étaient écoulées depuis, l'avant-garde avait changé de lieu de rendez-vous.

Si Ranko Novak avait bel et bien perdu la tête ici, Fiona trouvait l'endroit mal choisi. Tout était chaleureux, rouge, magique, et la soupe était délicieuse.

Ceci dit, quand on était malheureux, on pouvait l'être n'importe où. Fiona le savait depuis des années : elle savait qu'on pouvait mourir de faim à un banquet et pleurer en regardant la plus drôle des comédies.

Le serveur lui demanda si elle souhaitait un dessert. Fiona choisit plutôt de commander une autre soupe, exactement la même que la première.

1986

Après la fermeture de la galerie, Yale se brossa les dents dans les toilettes. Il se rasa de nouveau pour être présentable le lendemain matin, et changea de chemise. Il laissa ses affaires sous son bureau.

Evanston n'était pas le genre de ville où l'on trouvait des endroits ouverts toute la nuit, et, pensant qu'il aurait plus de chance à Chicago, Yale reprit le métro. Il projetait de rester bien au sud de Clark Street, afin de ne pas risquer de croiser Charlie. Il commença par le Inner Circle, qui était mort, avant de se diriger vers le Cheeks pour voir si le barman chauve et mignon travaillait ce soir. Yale était à quelques centaines de mètres du bar lorsqu'il aperçut devant lui sur le trottoir Bill Lindsey, reconnut ses grandes enjambées. Il se figea et envisageait de rebrousser chemin lorsque son chef regarda par-dessus son épaule, s'arrêta et le héla, lui adressant un salut géant que Yale ne pouvait prétendre ne pas avoir vu.

Quand Yale se trouva à sa hauteur, Bill lui demanda :

— Vous habitez dans le coin, hein ? Je ne connais pas trop le quartier.

— J'habite plus au nord.

— Eh bien, quel heureux hasard ! J'ai quelque chose dans ma voiture que j'ai oublié de ramener au bureau aujourd'hui. Vous n'allez pas en revenir !

Et donc Yale se retrouva à suivre Bill jusqu'à sa Buick, la voiture dans laquelle ils étaient triomphalement rentrés du Wisconsin. Elle était garée juste devant le Cheeks. Bill ne semblait pas du tout gêné. Il parlait juste plus rapidement qu'à l'accoutumée.

— Regardez, lui dit-il en lui lançant un énorme livre.

Yale le posa sur le capot de la voiture.

Pascin : Catalogue raisonné : Peintures, aquarelles, pastels, dessins. Tome 2.

— Page soixante. Que voyez-vous ?

— Oh !

Une femme assise sur une chaise, des boucles blondes avec une raie très décalée sur le côté, une chemise de nuit qui tombait de ses épaules et drapait son giron. C'était exactement la même pose que celle de Nora dans l'étude attribuée à Pascin. Exactement le même visage. La seule différence était qu'ici, le modèle était vêtu.

— C'est une excellente nouvelle, dit Yale.

Il avait envie de rire. Parce qu'il avait beaucoup de chance, mais uniquement au travail.

— Je peux en discuter avec Nora. Je peux aller la voir avec cet ouvrage, proposa-t-il.

— Voici ce que je veux que vous fassiez avant de collecter toutes ses histoires, et je sais que c'est ce qu'elle souhaite : lui demander si elle se rappelle quels tableaux ont pu être réalisés à partir des croquis. Parce que celui-ci, par exemple... Yale, c'est le musée d'Orsay ! Peut-être seront-ils intéressés par l'ébauche ? Pour l'exposer à côté de l'original. Pas le vendre, ajouta-t-il en voyant la tête de Yale, mais le prêter ou l'échanger. Les catalogues peuvent vous suivre dans le Wisconsin. Bien sûr, il n'y a pas de catalogue Hébuterne, ni Sergey machin-chose. Et pas non plus de catalogue consacré à Ranko Novak, ha-ha ! Mais nous allons remplir votre coffre de livres.

— Et vous êtes sûr de ne pas vouloir venir ?

— J'ai tant de travail pour les polaroïds.

L'exposition Polaroïd ne débutait que fin août, mais Bill devait gérer des prêts d'œuvres d'Ansel Adams et de Walker Evans, et chaque fois qu'il parlait de cette exposition, il finissait toujours par agiter les mains en signe de frustration.

— Je veux que vous retourniez là-bas très bientôt. Vous et Roman. C'est un beau spécimen, non ?

Yale ne sut absolument pas quoi répondre.

— Il a l'air d'apprendre vite, dit-il.

En montant dans sa voiture, Bill lui adressa un clin d'œil.

Yale se laissa tomber sur un tabouret de bar dans le recoin le plus sombre du Cheeks, décolla ses pieds du sol poisseux et commanda un Manhattan. C'était un endroit sûr où passer du temps. Ils ne fermeraient pas avant quatre heures, et Yale ne cessa d'apercevoir des visages vaguement familiers. Le réceptionniste du dentiste de Broadway Street qui acceptait les patients gays, l'ex de Katsu Tatami, le grand Canadien qui avait obsédé Nico à une époque. Le garçon avait une longue lésion violette sur la pommette gauche. Un ancien employé de Charlie vint le saluer, ainsi qu'un ami comédien de Julian qui avait interprété le rôle de Fortinbras dans *Hamlet*. Le bar était curieusement plein pour un lundi – à croire que les gens s'étaient passé le mot par ultrasons. Le barman mignon n'était pas là, mais celui qui travaillait ce soir servait généreusement. Un type basané laissa tomber une pochette d'allumettes sur les genoux de Yale, et en l'ouvrant, celui-ci découvrit un numéro de téléphone sur le rabat. Il prit conscience du fait qu'il était désormais célibataire, qu'il pouvait suivre un homme chez lui, profiter d'un lit chaud et d'une douche, d'un divertissement. Sauf que Yale n'était pas certain de savoir encore comment draguer. Cela faisait trop longtemps. Sans compter qu'il n'avait plus que les microbes et les fluides corporels en tête. Tout le bar lui apparaissait comme une boîte de Petri.

Il y avait foule, mais tout le monde semblait maussade. On se contentait de vaguement secouer la tête au rythme de Bronski Beat et de traîner par petits groupes. Peut-être était-ce dû au froid qui régnait dehors et qui s'engouffrait chaque fois que la porte s'ouvrait. Draguer torse nu, ça marchait vraiment mieux à LA.

Quelqu'un serra sa nuque, et en levant la tête, Yale vit Richard. Les ondulations argentées de sa chevelure captant les lumières du bar. Il se rapprocha de l'oreille de Yale, parla fort :

— C'est un spectacle des plus rares ! Yale, ici, dans le sud profond, s'encanaillant avec mes semblables !

— J'avais juste besoin d'un endroit où aller.

Richard hocha la tête comme s'il comprenait.

— C'est pour cette raison que les musées devraient rester ouverts toute la nuit. On pourrait errer dans le Field Museum. Personne n'oserait agresser quelqu'un devant un sarcophage.

— On devrait transférer tous les musées à Boystown.

Richard se mit à rire.

— Si on transférait tous les musées à Boystown, ils se transformeraient en bars. C'est pour ça que moi, je ne m'installe pas dans le quartier.

— Tu te transformerais en bar ?

— Non, en grand alcoolique.

Yale raconta à Richard sa rencontre avec Bill Lindsey.

— Si tu commences à le chercher, je suis sûr que tu le verras tapi dans un coin chaque fois que tu sors.

Il balaya la salle du regard.

— Je veux tourner une vidéo ici. C'est si viscéralement louche.

— T'es malade ! Tu serais banni à jamais !

— Monsieur Détail Technique !

— C'est mon boulot. D'aspirer l'âme des œuvres d'art.

— Soit il faut que tu boives plus, soit que tu boives moins. On te prend autre chose ?

La porte s'ouvrit de nouveau et un vent glacial envahit une fois de plus la salle. Un petit groupe turbulent entra, déjà bien éméché. Julian se trouvait parmi eux. Bien entendu.

Yale espérait qu'il ne le verrait pas, mais Richard lui faisait signe de les rejoindre – le photographe avait toujours eu un faible pour Julian, lui demandait tout le temps de poser – et voilà qu'il se dirigeait droit vers eux. Il passa ses deux bras autour du cou de Richard et resta suspendu ainsi tel un énorme collier ivre.

Il portait un chapeau et un pull mais pas de manteau. Il sortit d'une voix traînante quelque chose qui ressemblait à : « Richard, je peux vivre dans ta maison. » Mais peut-être était-ce autre chose. Il parlait comme un vieillard qui a oublié son dentier.

— Julian, tu carbures à quoi ? lui demanda Richard.

Julian tomba entre Richard et Yale, se rattrapa au bar.

— Un truc que prennent les gamins. On était au Paradise !
Allez, on retourne au Paradise ! Je ne voulais pas partir. Oh, Yale.
Il tendit la main et toucha son menton.

— Yale, il fallait que je te dise un truc.

— Non, non.

Yale voulait le détester, mais en était incapable. Il était tellement pathétique. Comment pouvait-il détester quelqu'un d'aussi
pathétique ?

Julian leva un bras et ôta son chapeau. Yale fut si surpris qu'il
fut saisi d'une quinte de toux difficile à contenir. La tête de
Julian était complètement rasée. Mal rasée. Ses beaux cheveux
noirs — sa mèche de licorne — réduits à un duvet clairsemé et
à des croûtes.

Horrifié, Richard passa ses doigts sur le crâne de Julian.

— Pourquoi t'as fait ça ? demanda Yale.

Julian émit un son glaireux, un bruit d'animal malade.

— Oh là, s'exclama Richard. Hé, faut qu'on te ramène
chez toi.

— J'ai perdu ma clé.

— Yale, tu peux le ramener chez toi ?

Yale souffla et faillit sortir : « Je t'ai parlé des ronflements. »

— Charlie et moi, on s'est séparés, répondit-il à la place.

Parce qu'il faudrait bien qu'il le dise tôt ou tard. Charlie ne
pouvait pas l'obliger à s'asseoir à ses côtés à chaque événement,
à ce qu'ils renvoient l'image illusoire d'un couple.

Yale regarda, horrifié, Julian se mettre à pleurer. Il posa la
tête contre sa poitrine. Il ne la mouilla pas, se contentant de
peser à cet endroit. Tout son corps tremblait.

— Je ne savais pas, Yale. Je suis désolé. Il peut... Julian, ne
pleure pas. Julian, tu peux venir chez moi, d'accord ?

Et Julian hocha la tête, sans détacher son visage de Yale.

— Yale, tu crèches où, toi ? Ça va ?

— Je n'en sais rien. Je veux dire, je vais bien. Je pensais rester
assis ici jusqu'à quatre heures du matin.

— Oh, Yale. Viens avec nous, alors. C'est pour ça que tu
m'as demandé l'autre jour ? Quel abruti je fais !

— Mais non ! Et je ne devrais pas. Je ne peux pas.

Pas si Julian était là. Il ne pourrait pas se réveiller sobre le lendemain et manger des œufs en sa compagnie. Il ne pourrait pas prendre soin de Julian qui vomirait toute la nuit.

— Un ami à moi a un petit hôtel sur Belmont Street. Dans une jolie demeure ancienne. On t'accompagne là-bas à pied, OK ?

C'était une solution comme une autre.

Richard fit une accolade au propriétaire, un type d'un certain âge affublé d'une cravate texane et de lunettes aviateur, lui donna un billet de cinquante dollars et lui demanda de prendre soin de Yale. Tandis que l'homme expliquait à ce dernier le système complexe de clés (il y en avait une pour la porte d'entrée, une pour accéder au couloir du haut et une autre pour la chambre), Richard et Julian s'en allèrent.

Le matin, il y avait du café et des beignets recouverts de sucre glace. Un petit chien vivait au rez-de-chaussée – une boule de poils blancs qui s'appelait Miss Marple –, et un téléviseur proposait deux chaînes. Yale revint le lendemain avec son sac et son carton, et réserva la chambre pour le reste de la semaine. Cela viderait son compte courant, mais s'il fallait qu'il tape dans ses économies, il le ferait. Pourquoi diable économiser, exactement ?

Vendredi, Yale se rendit au Lavomatic et tomba sur Teddy qui sortait ses affaires du sèche-linge, séparait ses chemises collées par l'électricité statique. Il le salua – froidement, jugea Yale –, et retourna à sa besogne. Mais alors que Yale lançait une machine, Teddy s'approcha et se planta devant lui, les bras chargés de vêtements. Bien sûr, il ne pouvait se contenter de tenir son ballot : il le berçait dans ses bras comme un bébé.

— Écoute, dit-il. Je dois te dire un truc.

— Oui ?

— Après ton départ, samedi, à l'église, Asher et moi, on est allés dans cette pièce et on a trouvé Charlie en miettes. Alors tout d'abord, je veux te dire que je sais ce qui se passe. Je sais qu'il est malade.

— D'accord.

Comme Teddy n'ajoutait rien, Yale balaya la pièce du regard, et voyant que personne n'écoutait, il murmura :

— Eh bien non, il n'est pas malade. Il a juste le virus. Sais-tu comment il a attrapé le virus ?

— Non, et je m'en moque. C'est comme ça qu'on se met à juger et à trouver des coupables, et je ne veux pas m'engager là-dedans. M'enfin, quoi ? On va faire un arbre de la propagation de l'épidémie ? Un diagramme ? Arrête. Tout le monde l'a attrapé de quelqu'un. C'est Reagan qui nous a tous contaminés, pas vrai ? Quitte à accuser quelqu'un, autant être productif et pointer du doigt l'ignorance et la négligence de ce connard de Ronald Reagan ! Accusons Jesse Helms[1]. Et le pape, alors ? Je vais te dire ce que je sais. Ton partenaire depuis, quoi, cinq ans, est mort de trouille, et toi, tu ne trouves rien de mieux à faire que de te casser en le laissant seul avec sa mère qui flippe, et de lui gueuler dessus à l'enterrement de votre ami, bordel !

— Attends, attends, c'est lui qui m'a viré !

Enfin, était-ce la vérité ? Que s'était-il vraiment passé, d'ailleurs ?

— Ouais, il risque de se comporter de façon irrationnelle pendant quelque temps. Enfin !

Yale eut envie de demander si Asher lui en voulait aussi beaucoup, si chaque gay de Chicago avait entendu la version des faits de Charlie, si son nom, Yale, circulait à travers la ville en étant mis dans le même panier que celui de Helms ou du pape.

— Teddy, il ne veut pas de moi là-bas. Et c'est lui qui devrait revenir en rampant vers moi.

— Les malades n'ont pas à ramper.

— C'est une doctrine philosophique ?

Yale essaya de baisser d'un ton, car la femme à l'accueil les regardait maintenant.

— Carrément.

---

1. Sénateur républicain de Caroline du Nord, figure de proue du conservatisme américain, Jesse Helms était connu pour son homophobie et son opposition au financement de la recherche contre le sida.

— Donc toi, tu prends soin des malades ? Tu arpentes les rues et tu distribues des piqûres de morphine ? Tu participes à l'opération seringues neuves ?

— En fait. (Eh, mince ! Yale avait tapé dans le mille.) En fait, Julian vient d'emménager chez moi. Je m'occupe de lui.

Teddy et Julian n'étaient plus en couple, plus vraiment, depuis un an ou deux, mais cette possibilité avait toujours été là, en pointillé.

— Quand ?

— Il y a deux jours. Richard m'a appelé mercredi matin. Il m'a raconté que vous étiez tous les deux en train de draguer quand vous êtes tombés sur lui.

— Putain. Je n'étais pas en train de draguer. Je n'avais plus de toit.

— En tout cas, Julian est chez moi, et ce dont je m'aperçois, c'est que je l'aime énormément, que je l'ai toujours énormément aimé. Lorsque tu es sur le point de perdre quelqu'un, tu vois les choses sous un jour nouveau.

— Vous vous êtes remis ensemble ?

— Eh bien non, pas physiquement. Pas encore, mais ça pourrait arriver. Ce que je veux dire, c'est qu'on doit veiller sur les gens qu'on aime.

Yale envisagea de balancer que c'était Julian qui avait contaminé Charlie, mais à quoi bon ? La rumeur circulerait, blesserait des gens. Et si Teddy était tellement heureux de prendre soin de Julian, pourquoi lui mettre des bâtons dans les roues ?

— Tu dois être une meilleure personne que moi, Teddy. Je te souhaite tout le bonheur du monde, dit Yale.

2015

Fiona n'avait fait qu'entrebâiller la porte quand Serge l'ouvrit en grand. Il prit son bras et l'attira à l'intérieur.

— Une heure que je te cherche ! Ton téléphone est, euh... HS.

Fiona le sortit de son sac. Comment avait-elle pu laisser la batterie se décharger ?

— Il est ici ! dit Serge.

— Qui ?

— Ton détective. Il est tout... excité ! Oui ?

Richard apparut derrière lui.

— Serge a sillonné les rues à ta recherche. Ton type nous a trouvés ! Quand même, c'est un bon détective, il nous a localisés !

Le regard de Fiona oscillait entre eux deux. « Excité », ça pouvait signifier « agité », venant de Serge dont l'anglais était approximatif. Ça pouvait signifier « alarmé » ou « paniqué ». Ou « content ».

— Il est aux toilettes ! Une seconde ! s'exclama Serge avant de disparaître dans le couloir.

— Quoi ? Dis-moi ! demanda-t-elle à Richard.

— Eh bien, je risque de déformer son message. Un peu de patience.

Arnaud arriva alors, remettant sa chemise dans son jean.

— Ah, bonjour ! Oui ! Votre téléphone était éteint toute la journée ! Mais j'ai une double bonne nouvelle. Elle est prête à vous rencontrer.

— Elle... quoi ? Qui ? Claire ?

310

— Ha. Je suis bon, pas vrai ? Rapide. Elle est ici, en ville. En fait, elle habite à Saint-Denis, pas une super banlieue. Mais elle travaille dans un bar-tabac du 18e arrondissement.

Fiona s'appuya contre le mur.

— Comment avez-vous fait ?

Ce fut la première question qui lui vint.

— J'ai tranché le nœud gordien. J'ai interrogé la femme de Kurt. J'ai fait le pied de grue dans sa rue ce matin, et quand elle est sortie, je lui ai demandé : « Êtes-vous Claire Blanchard ? » Elle m'a répondu non, alors je lui ai raconté que Claire avait une amende impayée. Savait-elle où Claire travaillait ? Et donc, elle m'a envoyé là-bas.

— Oh mon Dieu ! Vous y êtes allé ? demanda Fiona.

Elle avait vaguement conscience que Serge et Richard lui souriaient de toutes leurs dents. Kurt n'avait certainement pas parlé de leur visite à sa femme, qui, sinon, aurait été sur ses gardes.

— Oui. Il y a quelques heures. Elle va bien. Un peu mince, mais ça va. Elle n'avait pas l'air, euh... de faire partie d'une secte. Un peu de rouge à lèvres, vous savez. Pas trop mal.

— Et la petite ?

— Non, enfin, je ne l'ai pas vue. Mais oui, il y a une fille. J'ai vérifié. L'enfant qu'elle a eue avec Kurt Pearce. C'est elle qui a la gamine.

— C'est elle !

— Nicolette. Je ne l'ai pas vue, mais elle m'a parlé d'elle.

Fiona sentit des picotements sur tout son visage.

— Comment s'appelle-t-elle, vous dites ?

— Nicolette, prononça-t-il clairement. Voulez-vous que je vous l'épelle ?

— Nous...

Impossible de parler. Impossible de regarder Richard.

— Qu'est-ce que je suis censée faire ? parvint-elle enfin à dire.

— Eh bien. Vous me payez. Ha ! Et je vous donne l'adresse. Ensuite, c'est à vous de voir.

Cependant, Claire ne voulait pas qu'elle passe avant le lendemain.

— Elle veut du temps, vous comprenez. Pour se préparer. Elle était un peu sous le choc.

— Elle ne va pas partir, d'après vous ? Et si elle s'enfuyait ?

— Eh bien, je n'en sais rien. Mais ce n'est pas l'impression que j'ai eue.

Fiona eut envie de se rendre immédiatement à l'adresse qu'Arnaud venait de lui communiquer, mais pourquoi ? Cela ne ferait que causer des dégâts.

Arnaud devait s'en aller ; ce n'était pas sa seule affaire, et il avait consacré sa journée à essayer de retrouver Claire. Serge prit le téléphone des mains de Fiona pour le recharger, lui dit qu'il allait lui apporter de quoi manger dans sa chambre. Fiona avait les jambes en coton, et cela devait se voir.

Il était trop tôt pour téléphoner à Damian à Portland, mais pas pour appeler Cecily.

Cecily devait avoir soixante-dix ans maintenant. Dans l'esprit de Fiona, pourtant, elle ressemblait toujours à la femme qu'elle avait été au milieu des années 1980. Épaulettes, gel dans les cheveux, visage éclatant et sans rides. Elle n'avait vu Cecily qu'une seule fois depuis que Kurt et Claire avaient rejoint le collectif Hosanna. À l'époque, Cecily était dans les cartons car elle s'apprêtait à quitter sa maison d'Evanston pour emménager dans la partie nord de la péninsule, et elle s'assit avec Fiona à la table de sa cuisine qui autrement était vide. Elle manifesta de l'inquiétude à l'égard de Claire, de Fiona, mais expliqua avoir tiré un trait sur Kurt depuis longtemps. « J'aurais pu te le dire. Je te l'aurais dit. Si j'avais su que tu les mettais en relation. C'est son père tout craché. Non, en fait, il est plus intelligent que son père. Mais cela n'aide pas. Il réfléchit en boucle et agit impulsivement. J'ai essayé, Fiona, vraiment. Il est adulte, et j'ai commis des erreurs que je ne peux plus corriger. » Fiona apprit à cette occasion que Kurt avait volé plus de vingt mille dollars à sa mère, qu'il avait menti pendant toute sa cure de désintoxication, menti aux thérapeutes que Cecily avait payés.

Et aujourd'hui, Fiona écoutait le téléphone sonner chez Cecily, et lorsqu'elle tomba sur le répondeur, elle essaya à nouveau.

Serge entra dans la chambre avec un plateau : des tartines, du raisin, des tranches de fromage à pâte molle. Un grand verre fin rempli d'eau.

Cecily décrocha enfin. Sa voix était sèche, fatiguée.

— Bon, j'ai des nouvelles.

— Des nouvelles qui vont me plaire ?

— Oui, répondit Fiona.

Serge posa le plateau sur la petite table de chevet et s'assit au bout du lit pour suivre l'échange. Cela ne dérangeait pas Fiona – ainsi, elle avait quelqu'un à regarder pendant qu'elle parlait.

— Kurt va bien. Je lui ai même parlé. Il m'a semblé *clean*. Je veux dire sobre. Et en bonne santé, et tout.

Elle lui rapporta qu'il vivait avec quelqu'un, pas Claire, mais ne précisa pas qu'il était marié. Elle n'évoqua pas son arrestation.

— Nous avons retrouvé Claire, ajouta-t-elle ensuite. Je la vois demain. C'est peut-être prématuré, mais tu devrais commencer à regarder les vols.

Cecily soupira – un long soupir las. Fiona l'imagina en robe de chambre.

— Je comprends pourquoi toi, tu as besoin d'être là-bas. J'aime Kurt, mais il est adulte, et je ne me considère plus comme une mère, pas comme avant. Il y a eu une saison pour ça, et la saison est passée.

— Oui. Mais j'ai besoin de ton aide.

Fiona enfonça ses ongles dans son genou.

— Et nous avons une petite-fille.

1986

Ce fut un soulagement pour Yale de partir pour le Wisconsin lundi, avec toutes ses affaires dans le coffre et Roman sur le siège passager. Les routes étaient glissantes, les arbres noirs sur fond de ciel blanc. À bord d'une Nissan de location qui sentait le pin artificiel, ils roulaient vers le Paris des années 1920. Yale essaya d'imaginer que chaque heure de voyage les ramenait quinze ans en arrière. Ils arriveraient à Sturgeon Bay à temps pour le crash du Hindenburg. Ils se gareraient non pas devant la maison de Nora, mais devant un café éclairé par des réverbères à gaz.

Yale avait entouré la date du 26 janvier dans son agenda de poche – il ne se rappelait pas l'avoir fait, ce qui signifiait qu'il était sans doute ivre à ce moment-là –, et il avait recommencé le calcul plusieurs fois ces dernières semaines. Et aujourd'hui, on était le 27. Douze semaines entières et un jour depuis la fête en mémoire de Nico. Si c'était réellement ce soir-là que Charlie avait été contaminé, alors Yale avait pu l'être juste après. Il pouvait attendre jusqu'à la fin mars, trois mois entiers depuis la dernière fois où il avait couché avec Charlie, ou bien il pouvait appuyer sur la gâchette maintenant. Parce que même s'il n'avait pas été contaminé avant leur dernière fois, les anticorps avaient, d'après deux interlocuteurs différents de la permanence téléphonique de Howard Brown qui lui avaient répondu deux soirs différents, quatre-vingts pour cent de chances de s'être d'ores et déjà manifestés. Et certains médecins pensaient que les taux de transmission étaient plus élevés tout de suite après la contamination – Yale le savait grâce à plusieurs articles instructifs

314

publiés dans le journal du connard qui l'avait probablement assassiné.

Yale essaya de faire parler Roman, lui posa des questions sur son enfance.

— On est loin de l'image qu'on se fait de la Californie, expliqua le garçon. Truckee, c'est là que l'expédition Donner[1] est restée bloquée.

— C'était en Californie ? s'étonna Yale.

L'idée lui parut absurde.

— Les cannibales et le ski. Voilà nos richesses.

Yale lui demanda s'il se considérait mormon, et Roman hésita en grimaçant.

— Ils font tout pour vous empêcher de partir. Un peu comme quand vous cherchez à résilier votre abonnement à Columbia House.

— Ha ! Ils vous envoient des autocollants ?

— Ouais. Pour seulement un dollar, vous avez le droit à onze années de culpabilité.

Yale lui demanda ce qui pourrait lui donner envie de quitter cette église, mais Roman se contenta de hausser les épaules.

— Certaines choses me posent problème.

Yale estima qu'il ne fallait pas creuser. Il se souvenait de ce que cela faisait de sentir que quelqu'un avait des doutes sur vous alors que vous étiez incapable de vous avouer la vérité à vous-même, et il ne voulait pas infliger cela à Roman. Il y avait eu une vieille dame à la caisse de l'épicerie qui, quand Yale était adolescent, le regardait comme s'il était la chose la plus triste au monde. Il se posait des questions sur ses achats – est-ce que le chewing-gum lui donnait l'air gay ? –, et au bout d'un moment, il trouva des prétextes pour se rendre en voiture dans un magasin situé à dix kilomètres au sud à la place. Et il y avait aussi eu M. Irving, son conseiller d'orientation, qui, prudemment, le front plissé, avait demandé à Yale s'il avait l'intention de chercher une université avec un « profil cosmopolite ».

---

1. Groupe de pionniers qui fut bloqué par la neige dans la Sierra Nevada en se rendant en Californie pendant la conquête de l'Ouest. Pour survivre, certains d'entre eux mangèrent leurs morts.

L'appréciation de ces deux personnes lui avait fait plus de mal que le jugement de ses pairs qui le traitaient tout bêtement de « tapette », qui collaient des serviettes hygiéniques sur son casier. Parce que cela arrivait à d'autres jeunes. Tout le monde pouvait retrouver ses sous-vêtements dans la piscine, tout le monde pouvait être obligé d'utiliser, chaque soir, un manuel de chimie imbibé de pisse. Mais seuls les vrais pédés avaient droit au regard empli de pitié des adultes. Et donc, même si Roman n'était plus vraiment un adolescent – il n'avait en réalité que quelques années de moins que lui –, Yale n'insista pas.

— Notre principale priorité, dit-il lorsqu'ils s'arrêtèrent pour prendre de l'essence à Fish Creek, en plus d'établir un lien avec des tableaux existants, ce sont les dates. Il faudrait essayer de l'aider à retrouver l'année, au moins, des œuvres non datées. Je sais qu'elle a envie de nous raconter des choses, mais Bill sera contrarié si nous revenons sans chronologie.

De nombreuses œuvres étaient signées, mais très peu étaient datées. Les Modigliani, par exemple – ce qui était frustrant.

— Il faut que je sois rentré d'ici vendredi, dit Roman.

On était seulement lundi. Et même si Yale souhaitait rester pour toujours dans le Wisconsin, loin de Chicago, loin de Charlie, il répondit :

— Deux jours devraient suffire. Des grands projets pour le week-end ?

— Est-elle vraiment en train de mourir ?

Roman passait la raclette sur le pare-brise tandis que Yale faisait le plein. Le garçon portait un manteau noir et un jean noir – la seule couleur que Yale l'ait jamais vu porter – et sorti du contexte de la ville, il paraissait étrange, déprimé.

— Lorsque l'on souffre d'insuffisance cardiaque congestive, apparemment, on attend son heure. Nous devons partir du principe que chacune de nos visites pourrait être la dernière. Donc, priorité à la vision d'ensemble. Les détails pittoresques dans un deuxième temps.

Une fois de retour dans la voiture, Roman lui demanda :

— J'aimerais savoir comment vous avez fait pour qu'elle vous accorde sa confiance aussi rapidement.

Yale envisagea de feindre l'ignorance. Mais se ravisa.

— Je crois que je lui rappelle son petit-neveu. Nous étions de bons amis. Il est mort en octobre.

— Ah...

— Il avait le sida.

Roman regarda de l'autre côté de sa vitre.

— Toutes mes condoléances.

Ils dînèrent à Egg Harbor avant de retrouver la chambre d'hôtes. Nora leur avait confié être « au sommet de sa forme » le matin. Et donc, sans l'influence de Bill Lindsey et de ses sempiternelles bouteilles de vin, ils se couchèrent de bonne heure. De l'autre côté du mur de sa salle de bain, Yale entendait Roman se brosser les dents, cracher de l'eau. Les lavabos devaient être dos à dos. Il pouvait lui souhaiter bonne nuit à travers la cloison, mais pourquoi créer un malaise ?

Ils trouvèrent Nora devant un maigre feu. Elle tenait un pulvérisateur en plastique, aucun fauteuil roulant en vue.

— Nous allons vous servir un café, dit-elle.

À ces mots, Debra se rendit d'un pas lourd dans la cuisine telle une serveuse sous-payée.

— Roman, dit Nora en insistant sur la deuxième syllabe de son prénom comme s'il était espagnol, auriez-vous l'obligeance de me donner un coup de main pour ça ?

Elle parlait du pulvérisateur.

— Debra pense que cela ne servira à rien. C'est de l'eau à la menthe poivrée, pour les souris.

Yale et Roman balayèrent tous deux la pièce du regard. Yale ne vit aucun rongeur.

— C'est un répulsif. Pourriez-vous en pulvériser le long des lattes du parquet ? Sur le rebord des fenêtres aussi.

— Je... bien sûr.

Roman laissa son carnet de notes et son stylo sur le canapé à côté de Yale.

Yale avait voulu aborder les choses doucement, logiquement ; il avait pensé à plusieurs façons d'articuler la discussion – bombarder des rongeurs avec de la menthe n'avait jamais fait partie de ses plans. Il chercha la liste des œuvres dans sa pochette, mais Nora parlait déjà.

— J'ai été dans tous mes états, confia-t-elle avant de s'arrêter pour regarder Yale comme s'il était censé savoir exactement pourquoi. Ces papiers que nous avons signés. J'aurais dû demander à Stanley de m'expliquer un peu plus les choses.

— Oh, y a-t-il...

— Tout ce que nous avons dit sur le fait de s'assurer que toutes les œuvres étaient exposées équitablement, ce n'est pas écrit là-dedans.

Debout devant la cheminée, Roman tripotait l'embout du pulvérisateur pour essayer de régler la vaporisation. Yale entendait dans la cuisine le café qui passait, et Debra faire du boucan.

— Bien, bien. Pas d'inquiétude. Il arrive que quelqu'un demande un contrat sur mesure lors d'une donation, un document détaillé, mais cela constitue un véritable casse-tête. Je peux vous assurer que je n'ai pas oublié vos volontés.

— Écoutez. Je ne suis pas idiote. Je sais qu'en temps normal, vous n'exposeriez pas les œuvres de Ranko. Mais elles ne sont pas mauvaises.

— J'aime beaucoup les deux tableaux ! intervint Roman.

Il était occupé à pulvériser le produit à proximité de l'étagère à disques.

— La perspective est complètement fausse, n'est-ce pas ? continua-t-il. À la fois hésitante et incohérente. Mais d'une bonne façon, comme s'il était sur le point de découvrir quelque chose.

Roman n'avait jamais exprimé cette opinion auparavant, et Yale se demanda s'il mentait ou si, simplement, il avait gardé cela pour lui parce qu'il connaissait l'opinion de Bill sur ces œuvres.

— Il me plaît, votre stagiaire, dit Nora. Votre patron, beaucoup moins.

— Je suis votre avocat dans toute cette affaire, dit Yale, qui s'apprêtait à ajouter quelque chose lorsque Nora reprit la parole.

— Je vais vous parler de Ranko. Je sais que vous avez un programme, mais des informations sur Soutine, vous en trouverez à la bibliothèque. Les historiens de l'art peuvent vous en apprendre plus que moi sur la plupart de ces œuvres. Vous ne trouverez pas grand-chose sur Ranko, en revanche, et je dois vous parler de lui tant que je le peux encore.

Puis, comme si elle y pensait après coup :

— Et de Sergey Mukhankin aussi.

— Nous pourrions passer les œuvres en revue chronologiquement, et lorsque viendrait le tour de Ranko, vous pourriez nous fournir ces détails. J'ai quelques catalogues dans la voiture qui...

— Non.

Nora secoua la tête telle une gamine récalcitrante. Qui aurait le pouvoir de décision.

— Je vais vous raconter les histoires les plus importantes d'abord, puis les autres. Et la première histoire remonte à avant la guerre, quand Ranko était enfermé au moment du prix de Rome.

— Enfermé ?

— Ne déplacez pas les meubles, dit-elle à l'intention de Roman. Mais si vous visez sous le canapé, ça devrait aller.

Yale souleva les pieds tandis que Roman s'exécutait.

— Il était serbe. Mais né à Paris, où il avait grandi.

Roman était censé prendre des notes, mais puisqu'il était occupé, Yale attrapa le carnet. L'air embaumait désormais la menthe poivrée, un parfum agréablement antiseptique.

— Nous étions dans des écoles différentes. En fait, mon père était français, et lorsque j'ai décidé d'étudier l'art, il a pris les choses au sérieux. Il a pensé qu'étudier à Philadelphie n'avait aucun intérêt.

Nora parlait vite mais s'arrêtait entre ses phrases pour reprendre son souffle – une nageuse qui remontait à la surface pour avaler une bouffée d'oxygène.

— La grande école à Paris, comme vous le savez certainement, c'étaient les Beaux-Arts, mais elle n'était pas ouverte aux femmes. De toute façon, même si cela avait été le cas, leur enseignement était poussiéreux. J'ai écrit à deux établissements, dont l'un était l'Académie Colarossi. Et... (Elle se mit à rire.) Vous savez ce qui m'a le plus impressionnée ? Ils m'autoriseraient à dessiner à partir de modèles vivants masculins. C'était l'excuse pour empêcher les femmes d'intégrer la plupart des écoles, vous savez. *Nous ne pouvons accepter les femmes. Il y a des hommes nus, ici !* Il a donc été décidé que j'irais à Colarossi...

Elle épela le nom pour Yale, qui l'avait déjà vu mais avait deux phrases de retard.

— Mon père m'a accompagnée là-bas. Nous étions en 1912, et j'avais dix-sept ans.

Roman s'accroupit pour pulvériser du produit sur le seuil de la salle à manger. L'arrière de son T-shirt se souleva.

— J'étais censée habiter chez la tante de mon père, Alice. Elle était sénile et alitée en permanence. L'idée était que son infirmière veille à ce que je reste dans le droit chemin, mais la pauvre femme ne savait absolument pas comment s'y prendre. Elle me préparait des tartines le matin, et sa supervision s'arrêtait là. Cet automne-là, il y a eu à Colarossi un cours d'anatomie ouvert au public. Vous savez, le fonctionnement interne d'un genou, tout ça. Les Beaux-Arts avaient le même genre de cours. Mais c'était une formule spéciale, un intervenant extérieur dispensait le cours, alors quelques étudiants des Beaux-Arts se sont joints à nous.

Roman était revenu, et tel un coureur de relais, attrapa le stylo. Yale retourna à sa liste, aux blancs optimistes réservés aux dates à côté de chaque œuvre, mais il s'aperçut qu'il n'avait rien à ajouter à la chronologie hormis *1912 : arrivée à Paris.*

— Et à côté de moi se trouvait un homme aux cheveux noirs bouclés. Un peu comme vous, Yale, même si son visage était plus allongé. Et, alors qu'il était assis juste là, il s'est confectionné une couronne avec des trombones. Il les a attachés les uns aux autres pour former un cercle qu'il a posé sur sa tête. Il faisait comme si tout cela était parfaitement normal. Les rayons du soleil se réverbéraient sur lui. J'ai eu envie de le peindre, cela a été ma première pensée, mais l'instant d'après, j'étais folle amoureuse. Avant, je ne comprenais pas que les artistes s'éprennent de leur muse. Je pensais que ce n'était qu'un tas d'hommes incapables de garder leur engin dans leur pantalon. Mais il y avait quelque chose dans ce besoin de le peindre et de le posséder – c'était la même impulsion. Je ne sais pas si ce que je raconte vous parle, mais voilà ce que j'ai ressenti.

Yale essaya de formuler quelque chose, mais ne sut pas par où commencer. C'était au sujet d'une promenade qu'il avait faite un jour autour du Lincoln Park Lagoon avec Nico et Richard. Ces derniers se partageaient le Leica de Richard. Yale fut frappé ce jour-là de constater qu'ils avaient la même façon d'interagir avec le monde, une façon simultanément égoïste et généreuse. Ils s'emparaient de la beauté pour la refléter en retour. Les bancs, les bornes à incendie et les plaques d'égout que Nico et Richard photographièrent en prenant le temps de s'arrêter étaient plus beaux parce qu'ils les avaient remarqués. Une fois qu'ils s'en éloignaient, ces objets gardaient cette beauté en eux. À la fin de la journée, Yale voyait les choses dans des cadres, voyait comment la lumière touchait les piquets des clôtures, voulait laper les ondulations du soleil sur la vitrine d'un magasin de disques.

— Je comprends. Vraiment, répondit-il.

Pendant ce temps-là, Roman, le visage luisant, transpirait. Yale se demanda si le sujet de l'amour qui avait été abordé le rendait nerveux. Ou bien s'il était en train de tomber malade. La façon qu'il avait de s'agiter sur le canapé fit pencher Yale pour la première hypothèse. Bon, une histoire d'amour était bien la dernière chose dont Yale avait besoin en ce moment.

— Ranko organisait un pique-nique le lendemain et m'y a invitée. Et voilà, j'étais perdue. Son parfum était le bon – il avait une odeur de placard sombre. Le sexe passe tellement par l'odorat. Je le crois vraiment. Lui aussi, s'était épris de moi.

Elle s'arrêta, leva un doigt, sembla se concentrer sur sa respiration. Yale fut tenté de lui poser une question, juste pour meubler le silence, mais Debra arriva avec de grosses tasses blanches pour lui et Roman. Pas de sucre, pas de crème : juste du café, tellement lavasse qu'on voyait le fond de la tasse à travers. Roman prit maladroitement la sienne, la posa sur la table basse. Debra s'appuya contre l'encadrement de la porte, bras croisés, statue d'impatience lasse.

— Encore Ranko ?

Yale hocha la tête.

— Nous en sommes aux trombones, précisa Roman.

— Il est la raison pour laquelle elle vous a donné ces œuvres. Vous le savez, n'est-ce pas ?

— Je ne le nie pas, dit Nora avant que Yale ait à décider quoi répondre.

Roman demanda à Debra ce qu'elle sous-entendait par là, mais la jeune femme laissa échapper un rire sonore.

— Soixante-dix ans à être obsédé par quelqu'un, c'est vraiment très long. Vous ne trouvez pas ? Enfin, je suis sûre que c'était un type formidable, mais il est mort depuis des plombes, et elle le fait encore passer avant sa famille.

— Je ne comprends pas en quoi cela la pousse à léguer à la Brigg..., commença Roman.

— Debra, intervint Yale avant de se taire.

Il se rendit compte qu'il ne savait absolument pas comment poursuivre. Il voulait juste casser à tout prix la tension, changer de sujet.

— Auriez-vous du sucre ? demanda-t-il.

Et lorsque Debra repartit en trombe dans la cuisine, Yale se leva pour la suivre en signalant à Roman de continuer à prendre des notes.

Elle ouvrit le frigo et regarda à l'intérieur. Ce n'était certainement pas là qu'était rangé le sucre, mais de toute façon, Yale n'en voulait pas. Il avait espéré que Debra ne le détesterait plus autant. Elle lui serait d'une aide précieuse après la mort de Nora.

— Cela doit être vraiment stressant de s'occuper d'elle.

Debra ne répondit pas.

— D'un point de vue affectif et financier. Écoutez, si vous souhaitez une estimation de ces bijoux, je serais ravi de vous présenter les bonnes personnes. À votre place, je n'irais pas dans n'importe quel magasin des environs. Si la valeur monétaire vous intéresse... euh, vous seriez sans doute surprise. Je connais quelqu'un à Chicago qui serait même prêt à venir ici en voiture. Pour me rendre service.

Debra se retourna. Pour une raison étrange, elle avait un flacon de moutarde dans les mains. Elle avait les larmes aux yeux, mais elles remontaient sans doute à tout à l'heure.

— C'est adorable, dit-elle d'une voix monocorde.

— C'est normal.

— Vous savez, je ne vous en ai jamais voulu personnellement. Ce serait plus facile de vous haïr si vous étiez un salaud. C'est comme ça que vous obtenez des choses, n'est-ce pas ? Vous êtes gentil. Et ce n'est même pas un masque.

Avant, Yale croyait qu'il était quelqu'un de gentil, mais Charlie pourrait le contredire. Teddy également.

— Non, ce n'est pas un masque, répondit-il avec un haussement d'épaules.

À son plus grand étonnement, Debra lui sourit.

Quand ils retournèrent dans le salon, Nora racontait à Roman qu'elle avait emménagé avec une camarade de l'Académie divorcée.

— Nous habitions dans un petit appartement au-dessus de l'échoppe d'un cordonnier dans la rue de la Grande Chaumière. Oh, mon cher, parlez-vous français ? demanda-t-elle à Roman.

— Eh bien, il se trouve que oui. Je... consacre ma thèse à Balthus, et j'ai...

— Ha ! Ce pervers ! Eh bien tant mieux, cela signifie que vous saurez épeler les mots. Son ex-mari l'entretenait toujours, lui envoyait chaque mois de l'argent. Avec quelques francs, j'ai acheté le silence de la bonne de ma pauvre tante, laquelle était trop sénile pour remarquer que j'étais partie.

Yale s'assit, essaya de parcourir les notes de Roman, mais celui-ci n'avait pas écrit grand-chose. Debra ramena une chaise de la salle à manger.

— Voilà pour mes années étudiantes. Dessiner, peindre, passer du temps avec Ranko. Ces dessins de vache datent de cette époque, d'un voyage que nous avons fait en Normandie. En mars 1913, je crois.

Yale griffonna la date à côté des trois vignettes représentant les œuvres de Ranko Novak. De toutes les informations qu'on lui avait demandé de rapporter de cette visite, ce détail était le moins important. S'il rentrait uniquement avec les dates des dessins de vache, Bill croirait à une plaisanterie.

— Nous voulions nous marier mais devions attendre, car en avril, Ranko a intégré le prix de Rome. Il ne s'agissait pas uniquement d'un prix, mais d'une compétition pour étudiants d'une durée d'un an, au cours de laquelle on éliminait un candidat à la fois. C'était comme Miss Amérique, qui renvoie à chaque tour ces pauvres filles éplorées. Et, devinez quoi ? Le concours n'était ouvert qu'aux hommes célibataires. Il fallait être français, et bien entendu, un autre étudiant a objecté que Ranko ne l'était pas vraiment – une ineptie, sans doute parce qu'il ne s'appelait pas René. Malgré tout, on l'a autorisé à participer. Cela l'a tout de même contrarié.

» Il était assez fragile. Et étrange ! Bon, s'il y a bien quelqu'un qui n'aurait pas dû faire cette école, c'était lui ! Les Beaux-Arts incarnaient l'ordre établi, vous savez, et ils voulaient le dompter. C'était une époque bohème, et personne ne voulait être adoubé par les représentants des valeurs anciennes. Ranko passait son temps à gommer sa singularité pour eux. Malheureusement, cela a fini par fonctionner. Il a décapé toutes les aspérités de son œuvre jusqu'à ce qu'elle leur plaise.

— Les deux tableaux ne manquent pas d'aspérités, remarqua Roman.

— Non, tout à fait. Ses professeurs n'ont jamais vu ces deux œuvres. Celle de la petite fille – il l'a réalisée à peu près à cette époque, l'a bâclée. C'était censé me représenter. Il m'a peinte telle qu'il m'imaginait enfant. Il est passé complètement à côté, je dois dire, mais cette toile a quand même une âme. Les œuvres qu'il a réalisées pour les Beaux-Arts, en revanche, étaient lisses, plates et religieuses. Et il était athée !

» Il a avancé, et avancé dans le concours, et pour clore le supplice, on vous séquestrait au château de Compiègne pendant soixante-douze jours. Soixante-douze ! Vous imaginez ? On vous donnait un thème à peindre. D'abord, vous aviez douze heures pour dessiner, puis dix semaines pour peindre, et vous n'aviez pas le droit de diverger de votre ébauche. Qui diable a décidé qu'un artiste n'avait pas le droit de changer d'avis ? Et donc, pendant soixante-douze jours, Ranko était enfermé, et moi, je l'attendais en me languissant de lui.

— Était-il autorisé à vous écrire ? demanda Roman.

— Non ! Cela a été la pire période de ma vie. Bon, je dis cela, mais j'étais de plus en plus amoureuse de lui. Quoi de plus romantique que d'attendre un amant enfermé dans un château ? J'ai perdu dix kilos.

» Je ne me rappelle plus le thème proposé, mais Ranko a produit une pietà empesée. On aurait dit une mauvaise reconstitution historique de Pâques. Et il a gagné. Trois étudiants ont gagné, en réalité, ce qui était un scandale. Ils n'avaient pas remis de prix l'année précédente, et l'année d'avant, le gagnant avait dû rendre son prix pour quelque raison absurde. Par conséquent, il y avait trois places disponibles à la Villa Médicis de Rome. C'est là qu'on envoyait les lauréats. Honnêtement, une autre année, Ranko n'aurait pas gagné. Tout le monde savait qu'il avait la troisième place. Lui aussi le savait.

» Je vous laisse imaginer. L'amour de ma vie se séquestre pendant des mois, et le prix qu'il remporte, ce sont trois à cinq années à Rome. Et nous ne pouvons plus nous marier maintenant, parce qu'il n'y a pas de place là-bas pour une épouse... Lui était aux anges, et moi, tout bonnement anéantie.

— C'est bien le problème, intervint Debra. J'aurais pu comprendre que tu dévoues ta vie à la mémoire d'un grand homme, mais ce type était naze.

Yale ne put qu'être d'accord. Ranko n'avait peut-être pas été un sale type – ce prix était certainement la chance d'une vie –, mais si la jeune Nora avait demandé des conseils amoureux à Yale, il lui aurait recommandé de limiter les dégâts et de passer à autre chose.

— Et puis cet été-là, deux événements se sont produits. Vous en connaissez un : cet affreux bonhomme n'a rien trouvé de mieux à faire que de tuer l'archiduc et de donner le coup d'envoi à la guerre. J'aurais pu lui botter le derrière. Et puis il y a eu la mort soudaine de mon père. Et donc, en un clin d'œil, les voyages de Ranko à Rome ont été reportés, et moi, il fallait que je rentre au pays.

Roman émit un petit son de sympathie, souligna le mot « mort » dans ses notes.

— Vous imaginez bien que tout n'était que chaos. Je n'allais pas partir, j'allais rester avec Ranko. J'étais presque contente qu'il y ait la guerre, d'une façon horriblement égoïste. Mais vivre à Paris devenait dangereux, et avec la mort de mon père, je n'avais plus d'argent pour continuer l'école. Et puis, en août,

Ranko m'a annoncé sa mobilisation. Cette possibilité ne m'avait même pas effleuré l'esprit.

» J'ai pleuré pendant deux jours entiers, et me suis décidée à partir. J'ai eu le plus grand mal à quitter le pays, car tout le monde voulait son billet. Je suis retournée à Philadelphie où vivait ma mère, et j'ai enseigné le dessin à des enfants insupportables.

— Mais vous êtes revenue, intervint Roman. Toutes les autres œuvres datent d'après, n'est-ce pas ?

— Oui, répondit-elle avant d'être prise d'une quinte de toux profonde et grasse qui secoua tout son corps.

D'un bond, Debra quitta sa chaise et se précipita dans la cuisine. Yale se leva également sans savoir quoi faire. Il s'était habitué à la toux typique des pneumopathies, un aboiement sec qu'il avait entendu dans les rues et dans les bars, et qui lui rappelait un autre fléau plus médiéval. Il se souvint de ce que disait Jonathan Bird, l'ancien colocataire de Nico : « Si seulement cette toux sèche me faisait recracher quelque chose ! » Alors que Nora semblait être en train de se noyer. Debra était revenue avec de l'essuie-tout et un verre d'eau.

Yale alla dans la salle à manger et fit signe à Roman de le rejoindre. La moindre des choses était de laisser un peu d'espace à Nora.

Roman murmura :

— Il est mort à la guerre, n'est-ce pas ? Ranko Novak ?

Yale haussa les épaules.

— Enfin, je n'ai pas l'impression que cette histoire finisse bien.

— C'est tellement beau, dit Roman. L'amour tragique.

— Vous trouvez ? répondit Yale en riant.

Et puis, impossible de s'arrêter de rire. Ce qui était horrible, parce que Nora toussait encore et que Roman semblait vexé. Mais l'expression lunaire sur le visage du jeune homme, sa voix, avaient fait mouche aux tréfonds les plus sombres de son humour. Comme c'était beau, l'amour tragique ! Comme c'était magnifique et atmosphérique, cette façon de s'abandonner entre amants. Les belles guerres dans lesquelles nous périssons, la poésie de la maladie ! Yale aurait voulu pouvoir passer un coup de fil à Terrence pour lui dire : « Vous étiez comme Roméo et Juliette ! Roméo et Juliette meurent en vomissant leurs tripes. Des Tristan et Yseult pesant quarante-cinq kilos, et complètement chauves. C'est beau, Terrence. C'est beau ! »

— Ça va ? lui demanda Roman.

La toux de Nora se calmait enfin.

— Nous devrions peut-être partir, ajouta le jeune homme.

Et puis Debra se trouvait dans l'embrasure de la porte et leur suggérait la même chose.

— Je n'aurais jamais dû la laisser en faire autant, dit-elle. Demain ?

Cela semblait parfait : la garantie d'une autre nuit ici, loin de la ville, loin de tous les gens qu'il connaissait. Si seulement il pouvait prolonger son séjour et rester d'abord une semaine, puis un mois. Ici, aucune affiche ne l'exhortait à faire le test. Il pourrait rester chez Nora, permettre à Debra de vivre sa vie.

Dans la voiture, Yale dit :

— Si elle meurt ce soir dans son sommeil, tuez-moi, d'accord ?

— Maintenant que vous l'avez dit, cela n'arrivera pas.

Les sièges étaient gelés, et Yale sentait la froideur qui se dégageait du volant à travers ses gants.

— Je ne suis pas certain d'avoir ce genre de pouvoir sur l'univers, répondit-il.

— Quand on pense qu'une mauvaise chose va arriver, elle ne se produit jamais. Je ne dis pas que quand vous pensez qu'il va pleuvoir il ne pleut pas. En revanche, quand vous pensez que votre avion va s'écraser, ça n'arrive pas.

Yale secoua la tête.

— J'aimerais tellement vivre dans le même monde que vous. Un monde où la tragédie est belle et où l'on peut contrôler son destin.

C'était certainement un système de croyance dont Roman avait désespérément besoin. Pourquoi le perturber ? Yale ne pouvait rien lui dire que le monde ne finirait par lui enseigner de toute façon.

Ils s'arrêtèrent pour un repas tardif dans le même restaurant que la veille, et Yale commanda le même poisson pané plus deux bières.

Lorsqu'ils arrivèrent à la chambre d'hôtes, Mme Cerise se précipita vers eux en agitant les mains.

— C'est horrible, n'est-ce pas ? Bon, vous avez NBC et CBS dans vos chambres, mais ABC ne passe pas bien. Vous avez aussi PBS, je crois, mais ils ne diffusent pas toujours les informations. Moi, j'essayerais CBS.

Yale ouvrit la bouche pour avoir des précisions, pour lui dire qu'ils n'avaient pas été à proximité d'un téléviseur de toute la journée, mais Roman demandait déjà sur quelle chaîne ils pouvaient trouver CBS, et hochait la tête tandis que Mme Cerise répétait que c'était vraiment horrible. Elle ne semblait pas si bouleversée que cela, cependant – ce n'était sûrement pas la fin du monde.

— Bon, j'ai une question pour vous. Buvez-vous du vin ? Un jeune couple est parti ce matin, et ils ont laissé une bouteille entière par terre. Ne bougez pas, je vais la chercher.

Ils eurent tout juste le temps d'échanger un regard perplexe avant qu'elle revienne avec du vin de fraises local, d'un rouge rappelant la couleur d'un sirop pour la toux. Quand elle la remit entre les mains de Yale, curieusement, la bouteille était déjà poisseuse.

— Sinon, vous pouvez la ramener pour votre famille, ajouta-t-elle.

Yale la remercia, lui assura qu'ils aimaient en effet le vin et en feraient bon usage.

Tandis qu'il se dirigeait vers sa chambre, Roman, à deux portes de là, l'appela.

— Vous ne voulez pas savoir ce qui se passe sur CBS ?

Si, sans compter que Yale n'avait pas envie d'apprendre la nouvelle seul si c'était quelque chose comme une déclaration de guerre de la Russie. Il entra dans la chambre de Roman avec la bouteille de vin.

— Qu'est-ce qui sera pire ? Le vin ou la nouvelle ? plaisanta-t-il.

Sur le bureau, il y avait un panier avec un tire-bouchon, des serviettes et des gobelets en plastique. Yale leur servit à chacun un verre – difficile d'évaluer la quantité de vin avec ce genre de récipient – et ils trinquèrent. Yale s'attendait à boire une gorgée de sirop, mais une acidité brute se déployait sous le sucré, si bien que la boisson était à la fois trop douce et pas assez.

Il s'installa au bout du lit de Roman. La valise de ce dernier, qui était posée par terre, déversait une lave de vêtements noirs.

Roman s'était dirigé vers le téléviseur pour l'allumer – il se trouvait à moins d'un mètre du lit, perché sur le bureau – mais masquait l'écran. Yale ne voyait que son dos et son derrière.

— Oh, s'exclama Roman. Oh, waouh.

— Quoi ?

— La, euh… navette spatiale. Elle a explosé.

— Merde. Poussez-vous.

Roman s'assit à côté de lui en tailleur. Il ôta ses lunettes avant de les remettre.

Dan Rather annonçait, en studio, qu'il y avait eu un incident une minute et douze secondes après le décollage. En direct de Cap Canaveral, un homme installé à un bureau en extérieur essayait d'expliquer ce qui s'était produit, racontait que de gros morceaux de l'engin étaient tombés dans l'océan. Ils montraient le décollage de la navette ce matin, et tout se passait bien pendant suffisamment longtemps pour que Yale espère presque qu'il n'arriverait finalement rien. Et puis la navette explosait en une boule de fumée, deux panaches partaient en spirale sur les côtés.

— Mon Dieu, il y a une enseignante parmi eux, dit Yale.

— Quoi ?

— Vous savez, il y a eu un concours pour envoyer un prof dans l'espace. La femme. Oh, mon Dieu…

— Oui, euh, je ne regarde pas trop le journal télé.

Yale ne l'aurait pas su lui-même si Kurt Pearce n'en avait pas parlé l'autre jour – d'après lui, nous allions désormais faire des aller-retours dans l'espace tout le temps, et il prévoyait de vivre sur la lune quand il aurait vingt ans.

Le genou gauche de Roman touchait le genou droit de Yale, ou du moins le tissu de son jean noir effleurait-il son pantalon.

Yale se demanda si c'était intentionnel, s'il blesserait le garçon en s'éloignant.

— Eh bien, quelle catastrophe. Putain ! s'exclama Yale.

— Est-ce qu'ils ont d'autres navettes ? demanda Roman.

— Comment ça ?

— Eh bien, est-ce qu'ils ont une flotte de navettes, ou bien n'y a-t-il que cet engin ?

— Il y a...

Sa question semblait simple, et pourtant Yale se rendit compte qu'il n'était pas certain de la réponse.

— Il y a une navette à la fois, non ? C'était celle du moment.

Yale engloutit son vin. Ce n'était que l'après-midi, mais on avait l'impression qu'il était plus tard. Les rideaux de Roman étaient tirés, et derrière, les stores étaient baissés.

Roman se laissa tomber en arrière sur le lit, jambes toujours croisées, le genou toujours appuyé contre celui de Yale. Il maintenait son verre en équilibre sur son ventre à l'aide d'un doigt posé sur le rebord du gobelet.

Il fallut du temps à Yale pour formuler cette pensée en mots : il ne coucherait pas avec Roman. Ni maintenant, ni jamais. Pas maintenant parce qu'il avait peut-être été contaminé. Ni jamais parce qu'il était censé être le mentor de ce type. Il ne savait pas trop quelles règles existaient au sujet des étudiants doctorants et des professeurs à la Northwestern, mais il imaginait qu'il y en avait, et qu'elles s'appliquaient à son cas également. Ni jamais parce que cela ne l'intéressait pas d'aider un puceau déboussolé à comprendre sa sexualité. Ni jamais parce que Roman, en dépit de son doctorat imminent, n'était pas une lumière, et qu'aux yeux de Yale, ce genre de choses comptait.

— C'est de l'hybris, déclara Roman. Voilà ce que c'est. Écoutez ce que décrit Nora. C'est vraiment récent. Elle voyageait en paquebot. Et maintenant, on pense qu'on peut envoyer des bus dans l'espace, comme ça.

Yale eut envie de lui demander si les astronautes auraient pu éviter le désastre en craignant qu'il se produise, mais cela aurait été méchant. C'était affreusement triste. Tout était affreusement triste.

— Vous savez ce qui est encore pire qu'une tragédie ? C'est quand quelque chose était censé être vraiment bien, quand tout le monde s'attendait à ce que ce soit formidable, et qu'à la place, tout tourne mal. Pourquoi est-ce tellement pire ? demanda Yale.

Le présentateur annonça que Reagan avait annulé son discours sur l'état de l'Union prévu pour le soir mais ne manquerait pas d'aborder le sujet de la catastrophe. Soudain, Charlie manquait à Yale. Il lui manquait désespérément. Il voulait que Charlie soit là et crie à l'intention du téléviseur que les sujets que Reagan « ne manquerait pas d'aborder » n'étaient pas toujours logiques. Quelques astronautes morts et Reagan pleure avec la nation. Treize mille hommes gays étaient morts et Reagan était trop occupé pour en parler.

Yale profita de la coupure publicitaire pour se lever du lit, baisser le son, remplir de nouveau son verre et se rasseoir un peu plus loin de Roman.

La télévision montra ensuite les écoliers venus assister au lancement de la navette. On voyait l'équipe au sol donner une pomme à l'enseignante. Il était dur de détourner le regard, plus dur encore de regarder. Le vin l'affectait plus qu'il ne l'aurait pensé. Bon, le vin plus la bière. Et l'obscurité de la pièce, les horribles panaches de fumée.

— Quand je commence à penser à la mort, je me mets à tout remettre en question, déclara Roman.

Yale n'avait pas envie de parler de la mort.

— Parfois, c'est bien de remettre les choses en question, dit-il.

— Je n'arrête pas de penser à Ranko. Comme c'était romantique. Il était littéralement enfermé dans un château. Et elle, à l'extérieur, qui l'attendait.

— Honnêtement, ça avait l'air horrible.

— Et pourtant, vous n'enviez pas ce que Nora avait ? Il y avait tant de catastrophes, mais elle avait sa place, vous voyez ce que je veux dire ?

Yale répondit avec prudence.

— Eh bien, vous pouvez... vous pouvez trouver cela à Chicago. Cette place.

— C'est peut-être mon problème. Je suis coincé à Evanston à regarder des tableaux.

— Je ne suis pas arrivé en ville avant mes vingt-six ans, confia Yale.

Soudain, il eut une inspiration : il fallait qu'il présente Teddy à Roman. Teddy n'était pas malade, après tout, et il verrait en Roman un projet amusant. Un chiot à dresser.

— Écoutez, il faut venir à... à Lakeview. Vous auriez bien plus en commun avec les gens qui vivent dans ce quartier qu'avec ceux d'Evanston. De bons bars, des gens marrants. C'est plus décontracté là-bas.

— Ce plafond est bizarre, déclara Roman.

Sans en donner l'ordre à son corps, Yale s'allongea à côté du garçon, les jambes toujours pendantes au bout du matelas. Le plafond n'avait rien de particulièrement bizarre. Il était juste en stuc. Roman avait terminé son vin ; il jeta le gobelet en plastique par terre.

— Je suis tordu, dit le garçon.

— Mais non.

Yale tourna la tête vers lui, espérant que Roman verrait dans ses yeux qu'il était sérieux.

Roman tendit le bras, et du bout des doigts seulement, il toucha le cou de Yale, son pull vert. Celui-ci cessa de respirer, se contentant de regarder le visage du garçon, bleu et jaune dans la lueur vacillante du téléviseur. Il devrait lui demander d'arrêter. Il devrait se lever. Mais peut-être était-ce la première fois que Roman se permettait un geste aussi osé. Peut-être que si Yale le rejetait, ce serait la dernière. Et tandis qu'il restait allongé là, paralysé, les doigts de Roman descendirent le long de son bras et le long de la couture extérieure de son pantalon. Yale se sentit cloué au lit par le sucre, l'alcool et la langueur de l'après-midi. Et aussi, il fallait l'avouer, par une érection qui pressait contre son caleçon et sa cuisse gauche.

Roman semblait terrorisé, et si jeune, alors Yale souleva sa main de sa jambe, mais au lieu de la lâcher, il la tint dans la sienne, entrelaça ses doigts avec ceux, longs et pâles, de Roman. Désormais, ils se faisaient face, et Yale se rendit compte que personne ne l'avait touché, pas vraiment, depuis que sa vie s'était effondrée. Teresa l'avait serré dans ses bras lorsqu'il était rentré du Wisconsin ce jour-là. Fiona l'avait embrassé à l'enterrement de Terrence. C'était tout. Et le besoin d'être touché était le point faible de Yale, l'avait toujours été. Les gens plaisantaient parfois en disant qu'on ne les avait pas assez portés quand ils étaient enfants, mais dans le cas de Yale, c'était terriblement littéral, comme une carence en vitamines.

— Je ne sais pas ce que je veux, chuchota Roman.

Il tremblait. Ou en tout cas, sa main tremblait. Ses lunettes, soulevées par l'oreiller, encadraient son visage de façon bancale.

À peine un quart d'heure auparavant, Yale avait eu des raisons pour que rien ne se passe, mais lesquelles ? Bon, il pouvait être contagieux. Il y avait ça. Mais est-ce que cela excluait tout ?

Yale voulait que la télévision soit éteinte. Au moins, ça, il le savait. Cela nécessitait qu'il bouge, ce qu'il fit. Il laissa retomber la main de Roman, se hissa hors du lit, appuya sur le bouton du téléviseur avec son pouce moite de sueur.

Ses pieds lui semblaient instables sur la moquette. Il se souvint de la nuit de décembre au cours de laquelle il n'avait cessé de passer devant chez Julian. Cela lui avait peut-être – peut-être – sauvé la vie.

Et pourtant, en cet instant, Yale avait envie de faire tout le contraire de ce qu'il avait fait auparavant. Il regarda la porte et pensa qu'il allait se diriger dans sa direction – au lieu de quoi, il était assis au bord du lit, de côté, une jambe sur le matelas, une jambe par terre. Roman se redressa, s'appuya contre lui de sorte que l'arrière de sa tête se retrouva sous son menton. Yale fit glisser sa main sous la chemise de Roman, trouva sa braguette. Juste sa main, sa main droite, sortant son membre par-dessus son slip, et ensuite sa main gauche sur la poitrine de Roman, le maintenant en place, sentant son cœur battre dans sa cage thoracique. Il le frotta doucement, jusqu'à ce que Roman se mette à se soulever pour accompagner ses mouvements, puis Yale accéléra, serra plus fort.

Quand est-ce qu'il avait fait une branlette à quelqu'un pour la dernière fois ? Charlie n'aimait pas trop ça, bien qu'il ait certainement été le dernier, mais cela pouvait remonter à un an ou deux. Sous cet angle – Roman serré tout contre lui, haletant, s'étouffant presque, leurs épaules et leurs hanches alignées – ce n'était techniquement pas très différent de se la faire à lui-même.

— Détends-toi ! murmura-t-il, et Roman s'appuya un peu plus contre lui.

L'érection de Yale pressait contre la base de la colonne vertébrale de Roman, mais vraiment, ce n'était pas le sujet. Le sujet était que Roman semblait en avoir besoin – à quel point, Yale ne pouvait le savoir, mais il pouvait le deviner –, et lui aussi en avait besoin.

Roman y était presque, et, les mains sur les genoux de Yale, avec un gémissement grave, il jouit sur la façade de la commode, sur les tiroirs peu profonds et les poignées en laiton, juste sous la télévision.

Et puis, avant que l'un ou l'autre ait le temps de souffler, Roman se leva d'un bond, attrapa un T-shirt noir par terre et se mit à essuyer les tiroirs comme s'il était terrifié à l'idée que quelqu'un entre et voit.

— Assieds-toi, lui dit Yale.

Il prit le T-shirt des mains de Roman et se mit à essuyer lui-même.

Quand il eut terminé – roulant le vêtement en boule avant de le caser dans un coin de la valise –, Roman était allongé sur le ventre, le visage contre le matelas, les bras étendus façon crucifixion.

— Tu préfères que je reste ou que je parte ? demanda Yale.

Il ne savait absolument pas ce que lui-même aurait choisi, mais Roman répondit dans les draps :

— Je crois que je veux être seul.

Yale retourna dans sa chambre et tourna le robinet de la douche. Il envisagea vaguement de se branler, mais le temps que l'eau chauffe, il n'en avait plus envie. Il tâta son aine pour voir s'il avait des ganglions, décida qu'il avait trop le tournis pour être sous la douche, s'allongea sur le lit et envisagea d'essayer de trouver une chaîne de télévision qui n'allait pas montrer la tête géante de Reagan. Il s'endormit sans avoir dîné.

Yale était installé à une table ronde de la salle du petit déjeuner – il avait la gueule de bois, la bouche pâteuse et les tempes qui palpitaient –, quand Mme Cerise salua Roman à la porte et le guida directement jusqu'au siège en face de lui. Roman baissa les yeux vers le sol, prit le *Door County Advocate* et se cacha derrière.

Yale avait passé la matinée à se demander ce qui ne tournait pas rond chez lui, ce qui lui était passé par la tête, mais s'était dit qu'il était de son devoir d'agir normalement, de signaler que tout allait bien, que les jeunes gays n'avaient pas à se réveiller le lendemain matin en se consumant de haine de soi.

— Il faut que nous obtenions nos informations aujourd'hui, déclara-t-il. Aussi fascinantes que soient les anecdotes autour de Ranko.

Peut-être aurait-il dû ajouter quelque chose, une remarque plus gentille. Peut-être Roman pensait-il que Yale évitait le sujet également. Mais il se rendait compte que le reste de ce séjour et le trajet retour seraient longs, que la semaine suivante, ce serait très gênant de travailler ensemble. Yale avait été tellement distrait par des questions de contamination, si satisfait des réponses qu'il avait trouvées, qu'il en avait oublié, la nuit dernière, les sujets plus prosaïques : le remords, l'attachement, l'attente, la gêne.

Mme Cerise leur ramena du pain grillé.

— N'était-ce pas beau hier soir, ce que le président a dit ? C'était de la poésie à l'état pur, s'émerveilla-t-elle.

— Je vous crois, répondit Yale.

— Vous n'avez pas regardé ?

— Moi si, répondit Roman. Vous avez raison. De la poésie.

Pendant tout le trajet jusqu'à chez Nora, Roman regarda de l'autre côté de sa vitre. Yale envisagea de présenter ses excuses. Mais il pouvait ainsi laisser entendre qu'il avait abusé de son pouvoir. Et pire encore : cela ne ferait que renforcer les idées de Roman selon lesquelles le sexe était une chose dont il fallait avoir honte, pour laquelle il fallait s'excuser. Cela risquait de faire perdre cinq ans au gamin.

Était-ce l'inexpérience et la culpabilité de Roman qui avaient attiré Yale ? Ou bien aurait-il succombé à n'importe qui à cet instant-là ? Non. Il n'aurait pas été tenté par quelqu'un susceptible de le blesser.

C'était drôle que Charlie ait pensé qu'il ne craignait rien avec Roman justement parce qu'il était très virginal. Peut-être que Charlie ne connaissait pas du tout Yale.

— Vous ne pouvez pas trop la faire parler aujourd'hui, les avertit Debra.

Yale lui assura qu'ils ne voulaient que les détails manquants. Debra se retira et alla se jucher sur le palier des escaliers avec du tricot. On l'apercevait à peine à travers l'embrasure de la porte. Yale regrettait d'avoir autant mangé au petit déjeuner. Ou peut-être aurait-il dû manger encore plus pour absorber le vin de fraises qui clapotait encore dans son estomac.

Nora semblait en effet fatiguée. Sa peau, toujours pâle, avait un reflet bleuté, et ses yeux étaient roses. Lorsque Yale lui dit qu'il fallait vraiment qu'elle leur donne une chronologie pour les autres œuvres, elle n'émit aucune objection.

— Je dirais que tout date d'avant 1925. À la fin, je ne posais plus beaucoup pour les artistes. En 1925, j'étais fiancée à David.

Roman s'assit sur le canapé avec Yale, mais aussi loin de lui que possible. Il avait le classeur avec les photocopies, et avait passé la semaine précédente à collationner, étiqueter, dater, bâtir un index. Nora suggéra de classer les lettres par correspondant.

— Ensuite, je pourrai vous proposer des assemblages.

Donc, pendant que Roman parcourait les documents afin de retrouver en premier les quelques lettres de Modigliani, Yale prit le carnet de notes et le stylo et demanda à Nora si elle se souvenait de la date exacte à laquelle elle était revenue à Paris.

— Je dirais courant printemps 1919. J'avais vingt-quatre ans, et je me sentais terriblement adulte. À Philadelphie, on me considérait comme une vieille fille.

— Qu'est-il arrivé à Ranko ? demanda Roman, et Yale eut envie de l'étrangler.

Lui aussi voulait savoir, mais pas avant que tout le reste ait été résolu. Il lui revint progressivement que la nuit dernière, il avait rêvé de Ranko, que celui-ci était enfermé dans un château. Yale essayait de lui téléphoner, essayait de le faire sortir pour qu'il puisse voir Nora avant qu'elle ne brûle ses tableaux. Le numéro qu'il avait composé, comprit-il, était celui du bureau d'*Out Loud*.

— Eh bien, dit Nora, telle était la question. Je n'avais aucune nouvelle, pas une seule lettre. J'en venais à espérer qu'il soit mort, parce que cela aurait voulu dire qu'il ne m'avait pas rejetée, et puis j'espérais qu'il me déteste, pour qu'il ne soit pas mort. N'allez pas imaginer que je suis restée amoureuse de lui pendant tout ce temps. J'ai eu quelques amis à Philadelphie, quoique personne que j'aie envie d'épouser. Les garçons avec qui j'avais grandi étaient partis à la guerre, alors il ne me restait plus que... Oh, bonté divine, il y avait un vendeur de chaussures ! Après tous ces jeunes artistes... Je m'ennuyais à mourir.

Yale s'apprêtait à lui demander de lui raconter ses débuts en tant que modèle, mais il fut trop lent – le brouillard qui pesait sur son cerveau n'aidait pas –, et elle était repartie.

— Vous devez comprendre que nous ne savions pas qui était vivant et qui était mort. Mes amis de Colarossi, même les professeurs. Et en plus de la guerre, il y avait la grippe ! Parfois, vous receviez une lettre : *Untel a été blessé au combat*. Vous appreniez plus tard qu'il était mort à l'hôpital de campagne, et vous ignoriez si c'était des suites de ses blessures ou de la grippe espagnole. La plupart du temps, cependant, on n'avait pas de nouvelles. Vous ne trouverez pas grand-chose de Modi là-dedans, très cher, dit-elle en s'adressant à Roman.

Celui-ci continua malgré tout à chercher. Yale se demanda s'il se cachait derrière le classeur pour éviter de croiser son regard.

— Je suis retournée à Paris, et Paris avait disparu. Pas la ville, juste le... je ne suis pas sûre de pouvoir l'expliquer. Les garçons, nos camarades de classe, n'étaient plus là – ou alors il leur manquait des membres. Un étudiant en architecture est revenu en un seul morceau. Simplement, il avait perdu sa voix à cause du gaz moutarde. Il n'a plus jamais prononcé un seul mot. Ce printemps-là, les gens erraient, c'est tout. Lorsque vous tombiez sur une connaissance dans un café, même si vous n'étiez pas proches, vous vous jetiez sur cette personne pour l'embrasser, pour faire le point sur les morts. Je ne sais pas comment vous pourriez comparer cela à quoi que ce soit d'autre. Je ne vois vraiment pas.

Yale avait dû rater quelque chose.

— Comparer quoi ? demanda-t-il.

— Eh bien, vous ! Vos amis ! Selon moi, on ne peut comparer cela qu'à une guerre !

Roman se figea – Yale le voyait dans sa vision périphérique, les doigts de Roman qui s'immobilisaient sur les pages – et Yale eut envie de lui assurer qu'il n'avait rien pu attraper par le truchement de sa main. Ou peut-être Roman craignait-il que le « vous » de Nora l'inclue également.

— C'est pour cette raison que je vous ai choisi, que je voulais que vous ayez tout ceci ! Dès que Fiona m'a parlé de vous, j'ai su. J'ai compris que M. Lindsey était aux manettes, mais c'est vous qui ferez en sorte que les œuvres soient traitées comme il se doit.

Rien n'était officiellement vrai dans ce qu'elle affirmait, mais Yale hocha la tête.

— Bien sûr, dit-il.

— Parce vous, vous comprendrez : c'était une ville fantôme. Certains de ces garçons étaient des amis proches. J'avais étudié à leurs côtés pendant deux ans. Nous étions sortis ensemble, avions fait les quatre cents coups comme tous les jeunes. Je pourrais vous donner leurs noms, mais ils ne vous évoqueraient rien. Si je vous dis que Picasso est mort à la guerre, vous comprenez. Pouf, adieu Guernica. En revanche, si je vous dis que Jacques Weiss est mort dans la Somme, vous n'avez pas idée de ce que vous ratez. Cela... Vous savez quoi ? Cela m'a préparée à la vieillesse. Tous mes amis meurent, ou sont morts, mais je suis déjà passée par là.

Yale n'avait pas spécialement pensé aux amis actuels de Nora. Curieusement, à ses yeux, les amis étaient des gens que l'on rencontrait tôt et avec qui on restait à jamais lié. Peut-être était-ce pour cette raison que sa solitude le frappait de plein fouet. Il ne se voyait pas sortir pour sélectionner une toute nouvelle cohorte d'amis. Il trouvait inimaginable que Nora ait vécu encore sept décennies, qu'elle ait connu le monde aussi longtemps sans les premiers amis qu'elle s'était faits adulte, sans ses compatriotes.

— Toute ma vie, chaque fois que je me suis rendue dans une galerie par la suite, j'ai pensé aux œuvres qui n'y étaient pas. Des tableaux fantômes, vous savez, que personne ne voit à part vous. Mais il y a tous ces jeunes gens autour de vous et vous comprenez que non, ils ne sont pas en deuil. Ils ne voient pas les espaces vides.

Yale aurait aimé que Roman ne soit pas dans la pièce, que lui et Nora puissent s'asseoir ensemble et pleurer. Elle le fixait de ses yeux humides, soutenait son regard comme pour le presser.

— Et Ranko n'était pas là ? intervint Roman.

Nora cligna des paupières.

— Eh bien, personne ne savait où il était. Certains de mes amis étaient toujours à Colarossi, mais je n'avais pas l'argent nécessaire pour y retourner. Je n'avais économisé que pour le voyage. J'ai habité avec une Russe, une ancienne camarade. Une très mauvaise influence.

» Quelques cours du soir payants étaient ouverts au public, et certains professeurs nous laissaient nous faufiler discrètement pour y assister. Je pensais parcourir la ville et peindre des choses, mais j'étais tellement paumée. Je voulais peindre des garçons qui avaient perdu leurs bras, sans parvenir à m'y résoudre. Et donc, au milieu de tout ce chaos, je m'asseyais là et je dessinais des fruits. Les mêmes exercices stupides que j'avais donnés à ces gamins de Philadelphie.

— Et c'est à ce moment-là que vous avez rencontré ces artistes ? l'orienta Yale. Cette année, ou plus tard ?

— Cet été et cet automne.

Roman prit le carnet des mains de Yale et le feuilleta en revenant en arrière.

— Modigliani est revenu à Paris au printemps 1919, dit-il.

Il avait fait une chronologie avec des codes couleur et tout le toutim.

— En compagnie de Jeanne Hébuterne et de leur fille, ajouta-t-il.

De là où il se trouvait, Yale pouvait sentir la transpiration de Roman – pas une odeur désagréable, mais une odeur dont il avait été proche hier et qui l'accostait aujourd'hui avec sa familiarité.

— Formidable. Eh bien, en janvier de l'année suivante, il était mort. Cela vous donne une chronologie, non ?

Nora semblait contente d'elle-même.

— Modi avait étudié à Colarossi, et il revenait pour se montrer. Il ressemblait au méchant dans un opéra, et il était déjà connu. Une haleine abominable, des dents qui l'étaient tout autant, mais lorsque je l'ai vu, sa célébrité m'a impressionnée. Il était dans le couloir avec notre professeur, et j'ai trouvé une excuse pour lui poser une question. Il a été le premier à me demander de poser.

» Voyez-vous, je voulais être une muse. Parce que mes propres créations n'exprimaient pas ce sentiment de perte que je ressentais. Et si je ne pouvais peindre tout cela moi-même, alors peut-être que quelqu'un pouvait peindre mon âme. Bien sûr, je visais l'immortalité.

Yale avait un million de questions, l'une d'elles étant : est-ce qu'être la muse d'un artiste impliquait forcément de coucher avec lui. Mais il demanda plutôt :

— Était-ce le printemps ? L'été ?

Il essaya de s'imaginer quelqu'un qui, dans soixante ans, l'interrogerait sur les moindres détails de sa vie. *Qu'est-ce qui est arrivé en premier ? Le test ou la branlette ? Qui est mort en premier, Nico ou Terrence ? Où vivait Jonathan Bird lorsqu'il est tombé malade ? Quand Charlie est-il mort, exactement ? Où étiez-vous lorsque vous avez appris la nouvelle ? Quand Julian est-il mort ? Et Teddy ? Richard Campo ? Quand avez-vous ressenti les premiers symptômes ?* Il serait l'homme le plus chanceux au monde d'être là, après tout ça, d'être le survivant, qui essayait de se souvenir. Le plus malchanceux aussi.

C'est alors que Roman se mit à hurler. Un cri perçant, en plusieurs morceaux, une rafale rapide de cris sans fin. Yale comprit dès que les jambes de Roman ne furent plus sur le sol et qu'il le vit agenouillé sur le canapé. Debra avait dû comprendre aussi parce qu'elle était au pied des marches avec un balai dans la main.

— Où est-elle allée ? demanda-t-elle, et Roman agita le bras en direction du mur, de l'étagère, de la salle à manger.

— Je suis désolé, dit-il. Mais je hais les souris.

Yale aussi, mais la réaction excessive de Roman lui permettait de réagir en sourdine, de demander calmement s'il pouvait faire quelque chose. Tandis que Debra regardait autour d'elle, donnait un coup de manche à balai dans l'étagère à disques pour voir si quelque chose sortait en se carapatant, Roman dit :

— Je ne sais pas pourquoi j'ai fait ça. Je n'ai pas dormi de la nuit.

— Laisse cette pauvre bête, ma chérie, demanda Nora à Debra.

Mais maintenant que Roman affirmait être presque sûr de l'avoir vue se précipiter derrière le coffre de la salle à manger, Debra réquisitionna l'aide de Yale pour déplacer le meuble et le décoller du mur.

Yale, toujours aux prises avec sa gueule de bois, eut le tournis en se levant. Il avait envie d'être chez lui en train de dormir. Enfin, d'être quelque part en train de dormir.

— Placez vos doigts sous le rebord, lui conseilla Debra.

Le coffre était haut et affreusement lourd, et Yale ne trouvait pas de bonne prise.

Il avait lu quelque part que la gueule de bois accentuait les sentiments de honte – qu'avec la gueule de bois, tout ce que vous aviez fait la nuit précédente vous paraissait encore pire. Il espérait que c'était vrai, parce que rien qu'à l'idée de rentrer ce soir à la chambre d'hôtes, de dormir sous le même toit que Roman, il était submergé par une vague de nausée. Ou peut-être était-ce parce qu'il soulevait quelque chose de lourd. Ils déplacèrent le coffre d'une trentaine de centimètres, un côté à la fois. Derrière, il y avait beaucoup de poussière, mais pas de souris en vue, pas de nid. Dans le salon, Roman s'était calmé ; lui et Nora parlaient d'une voix qui semblait normale.

— Laissez, je vais passer l'aspirateur, dit Debra.

Elle refit sa queue-de-cheval qui s'était détachée.

— Heureusement que les œuvres ne sont pas ici. C'est une porcherie.

Yale avait besoin d'un verre d'eau. Il avait besoin d'aller aux toilettes.

— Ha, les moutons de poussière ne sont pas très dangereux, en revanche, des souris à proximité d'œuvres à deux millions de dollars, mauvaise idée, confirma-t-il.

Les mains de Debra s'immobilisèrent dans ses cheveux.

— Pardon ?

Yale était tellement à côté de la plaque, avait tellement la tête ailleurs, qu'il la crut vexée parce qu'il avait parlé de la souris qu'elle avait poursuivie.

— Vous avez bien dit deux millions de dollars ?

— Oh, j'ai juste...

Il essaya de répondre que c'était simplement le montant que Chuck Donovan avait évoqué, mais sa pensée n'allait pas assez vite pour former une réponse cohérente, sans compter qu'il n'avait aucune raison de lui mentir.

— Oui. Plus ou moins.

Le visage de Debra devint si rouge, se crispa tellement qu'il crut qu'elle allait lui cracher dessus. Elle se mit à chuchoter, ce qui était pire que si elle criait.

— J'étais de votre côté. Pendant environ une minute, vous m'aviez de votre côté, putain.

— Nous sommes du même côté, dit-il bêtement.

— Je vous ai défendu auprès de mon père. Elle le sait ? Ma grand-mère connaît-elle le montant de ce qu'elle vous donne ? Je pensais qu'il était question de centaines de milliers de dollars. C'était déjà bien assez grave comme ça. Vous m'avez menti.

Yale avait en lui un côté roublard qui apparaissait parfois spontanément, comme par magie, dans des situations professionnelles périlleuses, et il l'attendait, là, espérait que des mots apaisants allaient sortir de sa bouche.

— Partez, ordonna Debra. Cette maison appartient à mon père. J'étais prête à ne pas lui parler de cette visite, mais partez, tout de suite.

Elle croisa les bras sur son ventre — un sens interdit en pull gris.

— Bien sûr, répondit Yale, d'une voix quasi inaudible.

Nora et Roman ne semblaient pas avoir entendu leur échange.

— Nous parlions de ces malheureux astronautes, expliqua Nora lorsque Yale apparut à la porte.

— Ils vont partir, dit Debra. Comme ça, tu pourras te reposer.

— Oh, mais ils reviendront demain ?

— Demain, tu vas chez le médecin.

Debra avait déjà leurs manteaux.

— Ils rentrent à Chicago.

Yale ne regarda pas Debra. Il avait envie de jurer, de hurler contre lui-même, de se taper la tête contre le mur.

— Nous reviendrons, dit-il.

Il ne voyait pas comment cela pouvait être vrai. Mais ils trouveraient une solution, peut-être de simples conversations téléphoniques.

Nora se leva et les rejoignit doucement près de la porte d'entrée.

— Je crains que mon tableau ne soit incomplet. Si seulement il y avait une machine à voyager dans le temps. Je vous emmènerais faire une visite merveilleuse !

— En venant ici, je pensais justement au voyage dans le temps, dit Yale en se débattant avec ses boutons.

Nora rit.

— C'est si simple de voyager dans le temps ! Terriblement simple ! Il vous suffit de vivre assez longtemps !

Roman s'arrêta, le bras à moitié enfoncé dans sa manche.

— Écoutez. Quand je suis née, les routes n'étaient même pas pavées.

Yale essayait encore de se le représenter quand Roman dit :

— Mais Ranko. Nous n'avons jamais entendu le dénouement.

Debra ouvrit la porte, laissant l'air glacial s'engouffrer à l'intérieur de la maison.

— Il a refait surface, il ne pouvait plus trop se servir de sa main, et il s'est tué, résuma-t-elle. Point final.

Yale et Roman laissèrent échapper un « Oh ! » en même temps – celui de Roman une octave plus aigu.

— Sous mes yeux, malheureusement, ajouta Nora.

Debra ouvrit la bouche, et avant qu'elle puisse aggraver les choses, avant qu'elle puisse annoncer l'erreur colossale que Yale avait commise, celui-ci sortit en s'assurant que Roman le suivait.

Aux environs de Milwaukee, Roman éteignit la radio et déclara :

— C'est très bien qu'il se soit tué.

— C'est du sarcasme ?

— L'histoire est encore meilleure, comme ça ! Et plus l'histoire est bonne, plus Bill est susceptible d'inclure les œuvres de Ranko. Si c'est un type comme un autre, ce ne sont que des dessins de vache. Mais s'il s'agit de son amour et qu'il s'est suicidé, alors c'est, genre, la star de la collection. À notre retour, nous aurons les détails ! Vous pensez qu'il s'est tiré une balle ? Sûrement, hein ?

Yale avait l'estomac en vrac, et avait besoin de fermer les yeux et de dormir. Il ne voulait pas annoncer à Roman qu'il n'entendrait sans doute jamais la fin de l'histoire de Ranko Novak, en tout cas pas de première main.

— Saviez-vous que lorsque Jules Pascin s'est ouvert les veines, il s'est servi de son sang pour écrire un message à sa maîtresse ?

— Comme c'est romantique.

Une minute plus tard, Roman ajouta, plus bas :

— Vous savez, ce n'est pas... La nuit dernière... je ne fais pas ce genre de choses habituellement.

— D'accord.

Yale garda les yeux rivés sur la route, s'efforça d'agir de façon parfaitement neutre.

— Mon Dieu, je suis vraiment paumé.

— Je ne pense pas.

Yale essaya de se rappeler pourquoi il avait laissé tout cela arriver, qui avait commencé. La chaleur moite et lourde de cette chambre était toujours avec lui, mais plus rien de tout cela n'avait de sens.

Roman détournait complètement la tête. Que pourrait-il apporter de bien à ce gamin, de toute façon ? On était le 29 janvier, trois jours après la date entourée sur son calendrier, et il retournait en ville pour retrouver la vie réelle, avec, dans le coffre de la voiture de location qu'il devait rendre avant ce soir, tous les biens qu'il possédait encore. Il avait griffonné quelques dates pour Bill, mais ne ramenait aucun scoop sur aucun des artistes hormis Ranko Novak. Et il venait peut-être de brûler le seul pont les menant jusqu'à Nora. Il ne savait absolument pas où il allait passer la nuit. Roman avait peut-être besoin d'un modèle, mais Yale n'était certainement pas un exemple à suivre.

— Si cela ne te dérange pas, je vais remettre la radio, dit-il.

2015

À partir de ses huit ans, Claire vint aider Fiona au dépôt-vente le samedi. Fiona avait été nommée gérante depuis peu, et à l'époque, les bilans, la paye et l'antique ordinateur capricieux lui demandaient deux fois plus de temps qu'ils ne le feraient les années suivantes. Elle récupérait Claire à son cours de danse classique et retournait au magasin alors qu'il fermait. Claire errait dans la boutique, chassant la poussière et remettant les choses en place. Elle allait voir Fiona pour l'avertir qu'une ampoule avait grillé, et Fiona lui remettait un carnet afin qu'elle note laquelle.

Parfois, Claire était là avec une copine, une fille surexcitée à l'idée de se balader dans un magasin désert à l'heure où les lampadaires s'allumaient dans la rue, et qui imaginait être prise au piège dans une vieille demeure.

Le magasin était chic, dépouillé et bien organisé avec ses deux étages de salons, salles à manger et placards savamment agencés. Parfois, Fiona demandait à Claire de ranger les chaussures pour femmes, et lorsqu'elle sortait de son bureau une heure plus tard, elle trouvait les souliers classés par couleur qui formaient en arc-en-ciel. Tout aussi souvent, Claire était assise sur l'un des canapés, et regardait à mi-distance sans avoir accompli aucune des tâches que Fiona lui avait confiées. Cela n'avait pas grande importance – toutes ces missions étaient inventées –, mais d'après les enseignants de Claire, la petite fille faisait la même chose à l'école : parfois elle travaillait, et parfois elle ignorait les instructions, se contentant de rester assise sans rien dire à dessiner des arbres, se moquant qu'on la menace d'être privée de récréation.

Une fois, cette année-là, il y avait eu une terrible tempête de neige, et Sophia, la copine qu'elles avaient emmenée au magasin après le cours de danse, avait peur de ne pouvoir rentrer chez elle. Ou du moins elle et Claire s'amusaient-elles à faire semblant d'avoir peur. « Tu peux dormir sur le lit rayé en haut, dit Claire. Moi, je dormirais sur le Plus-Mou. » C'était le surnom qu'elle donnait à un canapé en cuir particulier qui était dans le magasin depuis plus d'un an. Sophia ajouta : « Il nous faudra de nouveaux vêtements le matin. On va devoir choisir des tenues. »

Sophia n'habitait vraiment pas loin, en fait, et à dix-neuf heures, Fiona appela Mme Nguyen pour lui dire que cela ne la dérangeait pas du tout de raccompagner sa fille à pied. Elle annonça aux petites qu'il était temps de partir. Sophia chouina un peu, mais Claire demeura silencieuse. Ce n'est que lorsqu'elles eurent déposé Sophia devant chez elle et qu'elles furent de nouveau sur Clark Street que Claire plongea sur le trottoir enneigé en criant « Je te déteste ! ». Sans pleurer, juste en fulminant telle une petite boule rouge de colère.

La liaison que Fiona avait entamée avec Dan du yoga était, à cette époque-là, à son point le plus confus. Dan continuait de lui envoyer un e-mail chaque jour à l'heure du déjeuner, et quand il ne le faisait pas – comme ce fut le cas ce jour-là –, Fiona inventait toutes sortes de scénarios dans lesquels il s'était soudain réconcilié avec sa femme dont il était en train de divorcer, ou s'était soudain, au beau milieu de la matinée, lassé d'elle. Elle était convaincue de l'aimer, de n'avoir jamais aimé quelqu'un davantage, et pourtant lorsqu'elle le voyait, lorsqu'il parvenait à se glisser hors de la maison dans laquelle il habitait encore avec son ex et leurs enfants pour la retrouver dans un hôtel ou au magasin – dans lequel, lumières éteintes, ils faisaient l'amour sur une couverture posée sur ce même canapé que Claire adorait –, elle se souvenait qu'il n'avait rien de si spécial. Un type aux cheveux châtains avec de jolis yeux et doté d'une intelligence moyenne. Il aurait pu être commercial dans une compagnie d'assurance. Cet hiver-là, cependant, il la maintenait dans un brouillard constant, et quand Claire s'effondra sur la chaussée, Fiona se contenta de la regarder fixement.

Si elles avaient été à la maison, Fiona aurait pu lui dire de surveiller son langage. Mais ici, Claire, contrariée, pouvait décider de se précipiter au milieu de la rue ou de foncer dans un bus. Fiona resta longtemps entre Claire et la route. Les rares passants qui croisèrent son chemin lui adressèrent des sourires compatissants. Le vent jetait de la neige dans le visage de tout le monde.

Fiona finit par poser la main sur le dos de Claire, et celle-ci se mit à hurler. Comment avait-elle pu la sentir à travers sa parka ? « Laisse-moi tranquille pour toujours ! » hurla-t-elle.

Quelqu'un s'était arrêté derrière elles, une femme qui se pencha et demanda à Claire, avec un accent jamaïcain, si Fiona était bien sa maman.

La gamine, prise au dépourvu, répondit que oui.

La femme se redressa et dit : « Prenez-la et portez-la. C'est la dernière fois qu'elle est assez petite pour ça. »

Et même si Fiona s'attendait à ce que Claire lui donne des coups de pied et la morde, elle se courba et la souleva par en dessous, une masse compacte. Claire serra ses jambes contre son torse mais ne chercha pas à lutter. Une centaine de mètres plus loin, elle sanglotait contre sa poitrine, et le temps d'arriver à la maison, sa fille tremblait si fort que Fiona redouta une espèce d'attaque.

Pourquoi n'avait-elle pas eu elle-même l'idée de la porter ? Pourquoi avait-il fallu que ce soit une inconnue qui le lui souffle ?

Elle posa Claire sur le lit, baissa la fermeture Éclair de leurs manteaux et se pelotonna contre elle. Claire ne lui donna pas de coup de coude pour la repousser, ne fit pas, pour une fois, comme si Fiona la touchait avec des mains de glace.

À l'hôpital, à la naissance de Claire, Fiona avait été tellement submergée par les hormones, la panique, le chagrin, la culpabilité et la révulsion, que quand Damian lui avait tendu le bébé, terriblement petit et étranger, son corps rose vif, Fiona lui avait demandé de l'emmener ailleurs, de la mettre en sécurité, loin d'elle. Elle eut une vision horrible et fébrile d'une mère animale étouffant son petit, le dévorant. En fait, Fiona avait de la fièvre, et lorsqu'elle émergea de son brouillard, cinq heures s'étaient écoulées, et on avait donné un biberon à Claire à la pouponnière. Fiona était furieuse – tous les livres disaient de ne pas faire cela –, mais quand on lui amena Claire pour un allaitement encadré, rien ne marchait comme il fallait de toute façon. Le bébé ne prenait pas le sein, et Fiona n'avait pas encore de lait. Elle pleurait tellement, transpirait tellement qu'elle n'imaginait pas que son corps puisse un jour sécréter autre chose que du sel.

« Tant de choses se passent en même temps, dit Damian. Je suis sûr que c'est en partie dans la tête. »

Ses propos se voulaient rassurants, mais firent à Fiona l'effet d'une accusation. C'était de sa faute, pas juste un échec de son corps.

Et en réalité, l'allaitement ne marcha jamais, en dépit de tous les efforts déployés par trois spécialistes en lactation. Claire maigrissait, Fiona saignait, ses seins étaient dangereusement infectés, et à la fin, il fut dans l'intérêt de tout le monde de mettre un terme à ces tentatives.

Et cela n'aurait pas dû être un problème ! Des générations entières se portaient bien après avoir été nourries au biberon. Fiona n'avait pas adhéré à tout le discours de la Leche League sur le lien mère-enfant. Mais allongée sur le lit avec Claire alors âgée de huit ans, ce dont elle ne se souvint que trop clairement fut sa résignation à l'idée que ce bébé ne serait jamais en mesure de trouver en elle du réconfort – qu'il ne subsistait rien d'elle, ni ce premier jour, ni après, qu'elle puisse donner.

Et ce dont elle se souvenait en ce moment, en regardant le soleil de l'après-midi à travers la fenêtre de Richard, était le sentiment absurde qu'elle avait eu à cette époque, quand Claire avait huit ans, qu'elles avaient déjà raté le bateau pour toujours. Que le mal avait été fait à un moment du passé, pas dans le présent, et qu'elles vivaient dans le sillage de ces ravages. Que le mieux qu'elles puissent espérer était de bien cicatriser.

1986

Yale ne parla pas à Bill du lapsus catastrophique qu'il avait fait devant Debra. Il lui expliqua que Nora avait donné quelques dates générales, leur avait fourni un peu de contexte, mais que pour les détails, elle n'avait pas vraiment su les aider.

— Roman tapera tout ça à la machine pour vous. Et il y a notamment beaucoup d'anecdotes au sujet de Ranko Novak !

Yale s'en voulut de dire cela sur le ton de la plaisanterie. Il avait commencé à s'attacher à Ranko.

Un message d'Esmé Sharp l'attendait sur son bureau, et quand il l'appela, il finit par lui avouer qu'il n'avait nulle part où aller. Et donc, parce qu'elle insista, il passa la nuit au cinquante-huitième étage des Marina Towers, dans leur appartement qui demeurait vide tout l'hiver pendant qu'ils étaient à Aspen.

— Restez autant que vous le souhaitez, dit Esmé. Vous pourrez arroser l'arbre de jade.

C'était suffisamment loin de Boystown pour ne pas risquer de croiser Charlie. Yale voulait le voir prochainement, lui balancer en hurlant toutes les choses qu'il ne lui avait pas encore balancées, mais pas avant de s'y être préparé. Il n'avait pas envie de tomber sur lui au distributeur de billets.

Esmé insista pour qu'il prenne la grande chambre, mais Yale choisit la chambre d'amis, plus petite, qui avait son propre balcon demi-lune et une étagère de livres d'architecture. Dans la cuisine, il y avait un casier avec des bouteilles de vin – « Il vaudrait mieux qu'elles aient été bues à mon retour », l'avertit Esmé. Dans le salon, la meilleure installation stéréo que Yale ait jamais utilisée, et un rayonnage de CD de musique classique, d'opéras, de comédies musicales de Broadway et de Sinatra. Si cela n'avait tenu qu'à lui, il aurait écouté les Smiths, ce qui ne lui aurait pas été d'un grand secours. Et puis, s'il s'avérait qu'il ne lui restait plus que quelques années à vivre, ne devrait-il pas écouter du Beethoven ? De ses fenêtres, il voyait le fleuve et la Sears Tower. La nuit, la ville en contrebas se transformait en constellations de jaune et de rouge.

À l'époque où Charlie l'avait emmené pour la première fois au Bistro, juste là, dans la rue, Yale avait trouvé fascinant de pouvoir admirer les deux tours de Marina City d'aussi près, de voir que chaque pétale de fleur en saillie était réellement un balcon incurvé. Et à présent, de l'intérieur, il était terrifié de constater à quel point les garde-corps du balcon étaient bas, à quel point il était facile pour quelqu'un de grand de perdre l'équilibre et de basculer, facile de faire un pas en avant et de sauter.

Il ne le ferait pas, même s'il était séropositif. Parce que cela ne signifiait pas qu'il tomberait malade cette année ou la suivante. Si Yale devenait un jour aveugle, alors peut-être qu'il mettrait un terme à son existence. Si pas une journée ne se passait sans qu'il chie dans son froc. L'été dernier, lui et Charlie avaient rencontré un type dans un bar qui leur parla de son amant – il leur raconta que celui-ci avait juré de se tuer le jour où il ne pourrait plus danser. Et quand il n'avait plus été en mesure de danser, il avait dit qu'il le ferait quand il ne pourrait plus manger. Et quand il n'avait plus mangé, il avait dit : « Quand je ne pourrai plus parler. »

« Il n'est jamais passé à l'acte », leur confia le type. « Il s'est battu jusqu'à son dernier souffle. Et qu'est-ce que ça nous dit ? Qu'est-ce que ça nous dit ? » Yale et Charlie n'avaient pas proposé de réponse. L'homme non plus.

Plus les jours passaient, plus la probabilité qu'un test sanguin soit fiable augmentait. Une bonne nouvelle ne serait toujours pas définitive, mais une mauvaise nouvelle commençait peut-être à poindre. Et puis au moins, il saurait. C'était une décision pour laquelle il aurait vraiment aimé avoir l'avis de ses amis, si ceux qui étaient au courant pour Charlie ne le détestaient pas, et que ceux qui ne l'étaient pas pouvaient l'apprendre. Il n'avait vu personne, réellement, depuis qu'il était tombé par hasard sur Teddy au Lavomatic. Un soir, alors que Yale sortait de chez le dentiste sur Broadway – un rendez-vous qu'il avait pris dans une autre vie –, il croisa Rafael d'*Out Loud* qui marchait dans la rue avec un ami. Rafael, qui était soûl, déposa un baiser sur l'une des joues de Yale, et lui mordit l'autre. Mais ils ne discutèrent pas vraiment.

Roman continua à venir comme d'habitude – les lundis, mercredis et vendredis après-midi –, et heureusement, la première fois qu'il entra dans le bureau de Yale, Janice, la femme de ménage, passait l'aspirateur, rendant impossible tout autre salut qu'un geste de la main silencieux. Roman vaqua à ses occupations habituelles, avec certes plus de nervosité. Environ deux fois par heure, il posait le front sur son bureau, et Yale n'osa lui demander si c'était à cause d'un sentiment de frustration en lien avec la transcription des lettres de Nora, avec les dossiers de bourse – ou si c'était l'expression d'une crise existentielle plus vaste, en lien avec Yale, en lien avec l'âme de Roman. Dans tous les cas, Roman était la dernière personne sur terre à qui Yale ferait part de sa peur d'être contaminé.

Dimanche soir, Yale vit Julian au Treasure Island. Il aurait pu faire ses courses chez Jewel juste à côté de Marina City, mais il détestait devoir décrypter l'agencement d'un nouveau magasin. Et peut-être espérait-il tomber sur quelqu'un, finalement. Julian achetait un sandwich au rosbif emballé dans du plastique. Il semblait plus en forme que deux semaines auparavant, ou du moins avait-il meilleure mine. Il se figea en apercevant Yale, resta planté sur place comme s'il venait de se prendre un coup de poing dans le ventre, et ce n'est que lorsque Yale s'approcha de lui et lui serra l'épaule qu'il se détendit, le salua.

— Teddy te nourrit. Tu as l'air de bien te porter.

Julian jeta un œil dans l'allée du magasin. Il murmura :

— Teddy m'étouffe. T'as remarqué qu'il n'arrêtait jamais de bouger ? Genre jamais. Et il ne me lâche pas. Par exemple j'ouvre

les yeux le matin, et il est là ! Écoute, n'en parle à personne tant
que ce n'est pas fait, mais je me casse. Je quitte le pays.

Yale n'était pas certain de le croire. Julian avait en effet tendance à exagérer. Mais il semblait sincère.

— Où ? demanda-t-il.

— J'ai mon passeport depuis deux ans, et je ne l'ai jamais utilisé. Sérieux, je ne retourne pas là-bas. J'ai mes affaires sur moi.

Julian se retourna pour montrer à Yale son sac à dos.

— Je ne sais même pas où aller. J'ai rendu mon appartement.

— Tu ne vas pas en Thaïlande ou autre, hein ? Tu feras
attention ?

— Écoute, j'ai entendu dire que tu avais un appart. Et si...
J'ai juste besoin de genre trois nuits pour organiser mon mer-
dier avant de partir. Si je reste chez Teddy, il va me droguer
et m'attacher au lit, je t'assure. Je sais que tu me détestes, là,
tout de suite. Je le sais. Tu as toutes les raisons de me détester.
Moi-même, je me déteste. Tu devrais... tu devrais m'héberger
et ensuite me balancer par la fenêtre. Tu as le droit de me dire
non. Je ne veux pas retourner chez Richard. C'est trop bizarre
chez lui. Je pourrais te payer.

Quelle humiliation pour Yale de répondre « oui » avec autant
de joie. Julian était pratiquement la dernière personne avec qui
il avait envie de passer du temps, mais c'était quelqu'un, et
les deux ou trois prochaines soirées, Yale ne serait pas seul,
les yeux rivés sur la télévision. Il se demanda s'il allait devoir
beaucoup jouer les baby-sitters, quelles drogues Julian avait dans
son sac à dos – malgré tout, sa requête était pour Yale comme
un triomphe. Un an auparavant, il aurait pensé aux microbes,
mais c'était derrière lui.

— Tu as d'autres affaires à récupérer ?

— Je ne remettrai pas les pieds là-bas. Pas une seule seconde.
Et tu ne peux révéler à personne où je suis, OK ?

Et donc Julian aida Yale à porter ses sacs de courses dans le
métro jusqu'à River North, jusque dans l'ascenseur ultra-rapide
qui montait et jusque dans l'appartement.

Ils dégustèrent de la pizza en buvant des bières sur la table
de la salle à manger, et éteignirent les lumières pour contempler
la ville à travers les vitres.

— On se croirait dans les *Jetson*. Tu t'attends à ce qu'une voiture volante passe te chercher devant la fenêtre.

Voilà près de deux semaines que Julian s'était rasé la tête, et au moins, on ne voyait plus des portions de crâne blanc. Pourtant, ça n'allait pas du tout. Ses oreilles ressortaient trop, son front semblait large et pâle.

— Je veux que tu saches que je ne suis pas en colère contre toi. C'est après Charlie que j'en ai, après le monde, le gouvernement, mais toi, c'est difficile de t'en vouloir.

— Ça, c'est parce que je suis complètement pathétique. Non, vraiment. Je l'ai compris récemment. Quand tu n'es qu'un pauvre tas de merde, les gens n'éprouvent pour toi que de la pitié.

— Je ne te trouve pas pathétique, répondit Yale.

— Attends que je pèse quarante kilos. Enfin, tu ne le verras jamais parce que je serai parti. C'est à ça que je veux en venir. Je déteste qu'on ait pitié de moi. Si seulement tu pouvais être furax contre moi. J'aimerais que tu me donnes un coup de latte dans la gueule. Personne ne veut être en colère après moi, à part Dieu.

— Ah non, pitié, répliqua Yale. Je veux bien t'héberger toi, mais pas Jerry Falwell[1].

— Je n'arrête pas de penser que Dieu m'a bouté hors de Géorgie et m'a conduit jusqu'ici. J'ai essayé de faire en sorte que ma vie soit parfaite, je suis arrivé et tout était beau, tellement bien, et j'aurais dû m'en douter. J'aurais dû m'y attendre.

— Je comprends, n'empêche que... tu es en train d'intérioriser pas mal de conneries.

— Je t'ai déjà parlé de Disney World ? Pas de l'époque où j'y travaillais, mais de la première fois où j'y suis allé.

Yale répondit que non, leur resservit de la bière.

— Ils ont une soirée spéciale pour les gamins qui s'apprêtent à terminer le lycée. Le parc reste ouvert toute la nuit pour eux. Et Valdosta est tout près de la frontière avec la Floride, alors l'association des parents d'élèves a réservé des cars et acheté des tickets pour tout le monde. On pouvait monter dans n'importe quel car, il n'y avait pas de ligne, et dedans, des groupes jouaient

---

1. Télévangéliste américain particulièrement homophobe.

de la musique. L'idée, c'était de veiller toute la nuit. Tout le monde avait une gourde.

» Au début, je suis resté avec mes copines, toutes ces filles du théâtre qui pensaient qu'elles m'épouseraient un jour, et puis j'ai remarqué ces trois mecs d'un autre bahut. Tellement beaux. Et tellement gays, genre ça suintait de leur corps. Je n'avais jamais vu ça en Géorgie. On fait la queue derrière eux pour Space Mountain, et l'un d'eux, un gamin avec une boucle d'oreille, commence à me parler, me dit qu'ils vont se chercher de quoi manger après, est-ce que ça me tente. Donc après l'attraction, je suis ces types, je mange des glaces avec eux, et mes potes ne sont plus là. Le type à la boucle d'oreille veut qu'on fasse le PeopleMover. Ce n'est pas vraiment un manège : on va dans une petite boîte qui remonte le long de rails surélevés, mais doucement. Donc, ses amis grimpent dans un véhicule, et lui et moi, on prend celui de derrière, même si on aurait pu tous tenir dans l'autre en se serrant bien. Et à ce moment-là de ma vie, me retrouver simplement dans le même espace que ce type est la chose la plus excitante que j'aie jamais faite. Je suis terrorisé.

» Bon, on passe dans plusieurs bâtiments, et à un endroit, on est plongés dans l'obscurité. Ce n'est censé durer que quelques secondes, mais la voiture reste coincée. Dans le noir. Tout le monde pousse des cris et rigole.

Ne sachant pas trop si l'histoire allait prendre un tour pornographique, romantique ou horrible, Yale se contenta d'émettre un « La vache ! » qui couvrait ces trois possibilités.

— Qu'est-ce que t'as fait ?

— Rien ! Le gamin s'est foutu à genou, a baissé ma braguette et m'a sucé. Ces deux minutes ont été les plus incroyables de ma vie. Je veux dire, je flippais qu'on rallume les lumières, mais je n'avais pas réellement d'espace mental pour cette possibilité. La voiture s'est remise en marche genre une demi-seconde après que j'ai eu remonté ma braguette.

— C'est… waouh !

— Eh bien, oui. Et ce que cette histoire m'a appris, hormis que j'étais vraiment gay, c'est qu'il y a de bons et de mauvais endroits dans le monde. Disney World était un bon endroit, et Valdosta, un mauvais endroit, et il fallait que je retourne à

Disney World le plus vite possible. Ce que j'ai fait. Et au bout de deux ans, il fallait que j'aille dans une vraie ville, alors j'ai tenté Atlanta, et ensuite, il s'agissait de quitter le sud, de rejoindre une ville plus grande, une scène théâtrale plus importante. Comme si plus je m'éloignais de Valdosta, plus j'étais en sécurité. C'était une échelle qui montait, montait, montait, n'est-ce pas ? Et elle aboutissait à une espèce de grande baraque à San Francisco. Mais regarde où j'en suis. Je me sens tellement bête. D'avoir pensé un jour que je pourrais avoir une vie vraiment belle.

— Ta vie sera meilleure si tu restes ici que si tu pars. Il faut que tu restes là où il y a des gens qui t'aiment. N'es-tu pas en train de tomber encore une fois dans le même piège ? En pensant que quelque part, l'herbe est plus verte ?

— Eh bien, en tout cas, quelque part, il fait plus chaud. C'est déjà ça. Quitte à mourir, j'aimerais sentir le soleil sur mon visage au moment où ça m'arrive.

— C'est clair.

Yale s'assura que Julian avait des serviettes à sa disposition dans la grande chambre. Il imagina les Sharp qui rentraient chez eux le mois suivant et trouvaient au cinquante-huitième étage tout un camp de réfugiés composé de gens ayant reçu leur diagnostic depuis peu. Sacs de couchage, lits de camp, vitamines et mélanges protéinés.

Lundi matin, le chauffage dans le bureau était en panne. Yale repartit directement prendre le métro, soulagé de ne pas être obligé de voir Roman, mais redoutant une journée vide, une journée qui ne lui fournissait aucune excuse pour ne pas se débarrasser du test. Cependant, lorsqu'il descendit de la rame, il resta planté devant le téléphone public, parce qu'il ne savait pas vraiment où aller.

Il envisagea d'appeler le Dr Vincent, mais il avait l'impression que Charlie en avait hérité après leur rupture, de la même façon qu'il avait hérité de la plupart de leurs amis. Il n'imaginait pas se rendre là-bas et tenter maladroitement de comprendre ce que le Dr Vincent savait déjà. Et peut-être que le Dr Vincent savait depuis des mois, des années, que Charlie le trompait. Peut-être le soignait-il pour une gonorrhée, lui recommandait-il d'être prudent. Yale ne se sentait pas capable de se retrouver face à lui, à ses yeux doux et humides. Il envisagea d'appeler Cecily, mais il lui avait causé bien assez de stress comme cela, et il voulait que personne en lien avec l'université ne le soupçonne d'être malade. Il envisagea de retourner aux Marina Towers, mais voir Julian risquait de le dissuader pour de bon de faire le test. À part ruiner la vie de ce dernier, à quoi avait servi cet examen ? Il envisagea d'appeler le service d'écoute téléphonique de Howard Brown, mais imaginer une lesbienne sympa lui expliquer les possibilités s'offrant à lui – lui lisant de la doc, choisissant ses mots prudemment – le rendait malade. Pire, Katsu, l'ami de Teddy, pourrait répondre, reconnaître la voix de Yale. Sans compter que la ligne n'ouvrait pas avant le soir, et il n'était même pas dix heures du matin. Et donc, même s'il savait que ce n'était pas forcément une bonne idée, même s'il savait qu'elle était la dernière personne qui devait revivre ce genre de choses, Yale appela Fiona Marcus.

Après trois sonneries, il commença à espérer qu'elle n'était pas à la maison, mais elle décrocha. Elle s'apprêtait à habiller chaudement les enfants qu'elle gardait pour les emmener au zoo. Il voulait venir ? Oui, ça le tentait.

Ils se retrouvèrent près des enclos des félins, Fiona vêtue d'une parka bleu pétant qui lui donnait l'air plus robuste qu'elle ne l'était réellement. Les deux fillettes l'encerclaient, tournant, criant. Fiona rappela à Yale que la petite avec le bonnet rose était Ashley, et que celle de cinq ans était Brooke. Leur père avait un poste haut placé chez United Airlines, et leur mère, à en croire ce que racontait Fiona, passait le plus clair de son temps à faire bronzette. Brooke décréta qu'elle voulait aller voir les pingouins et les ours polaires.

— Parce que ce sont des animaux d'hiver, expliqua-t-elle.

— Attends, dit Yale à Ashley. D'abord, je vais remettre tes oreilles comme il faut.

Il tira doucement une oreille vers le haut, et l'autre vers le bas.

— C'est beaucoup mieux ! s'exclama-t-il, et les filles gloussèrent, visiblement conquises.

C'était son unique numéro pour les enfants, mais il marchait à tous les coups.

— Comment ça va ? demanda Fiona. J'ai entendu des rumeurs contradictoires. Je veux dire, je suis au courant pour Charlie. Mais j'ai décidé de ne rien croire d'autre tant que je ne l'aurais pas entendu de ta bouche.

— Merci. C'est rafraîchissant.

— Balance.

Le zoo était quasi désert, hormis une poignée de promeneurs derrière des poussettes qui étaient bien protégés du froid et un joggeur solitaire.

Yale lui raconta toute l'histoire, plus encore que ce qu'il avait confié à Cecily, en partie parce qu'il y avait plus de choses à dire maintenant. Il lui parla de la dispute à l'enterrement de Terrence, de Roman, même, et du cercle sur le calendrier datant d'une semaine et un jour. Il n'évoqua pas la maison de Richard. Pourquoi la faire culpabiliser alors que de toute façon, Charlie avait peut-être menti ?

— Ta cousine Debra me déteste, maintenant.

Yale ne mentionna cependant pas les sommes d'argent en jeu. Il lui apprit que Julian logeait sous le même toit que lui.

— Eh ben, c'est déprimant, dit Fiona.

Elle ne faisait pas référence aux problèmes de Yale : ils étaient devant l'enclos des pingouins, et la vitre était tellement crasseuse qu'on voyait à peine au travers.

— Si ça se trouve, ils ne sont même pas là.

— Là, là, là !

Ashley pointait son doigt vers un petit oiseau tout rabougri à leurs pieds. Sans la vitre, Yale aurait sans doute piétiné la créature. Les filles faisaient des aller-retours devant l'oiseau dans l'espoir qu'il les suive.

— Du coup, le stagiaire, il te plaît ? demanda Fiona.

Yale savait qu'elle essayait de commencer par la partie la moins stressante de ce qu'il venait d'exposer. Mais penser à Roman le rendait aussi nerveux que tout le reste.

— Euh, non, pas vraiment. Il est tellement jeune. Pas litté-ralement parlant : c'est un adulte. Il est juste jeune. Je pourrais dire que ce n'était que pour le sexe, mais ce n'était même pas du sexe. Et même si cela avait été le cas – eh bien, le sexe ne sera plus jamais « seulement » du sexe.

Fiona rit.

— Bienvenue au club.

— Je ne parle pas de trucs émotionnels.

— Putain, Yale, moi non plus. Nous, les femmes, on vit ça depuis la nuit des temps. Les bébés peuvent te tuer ou gâcher ta vie. Et y a tout un tas de trucs qui te filent le cancer quand tu es une nana. Un mec, quand son entrejambe le démange, on lui donne une poudre. Quand t'es une femme, c'est tout de suite un cancer. Ou alors tu ne peux plus concevoir, ou, si tu peux encore, ton bébé devient aveugle à cause d'une saloperie qu'un connard t'a refilé le soir du bal de terminale. Et ce n'est pas comme si on ne pouvait pas attraper le sida. Pas comme si ce n'était pas un problème aussi. Oh, Yale. Quoi. Je suis désolée.

Yale se rendit compte qu'il affichait une expression abominable.

— Non, juste je... Je me disais que...

— Écoute, je suis désolée. Je me doute bien de ce que tu vis, OK ? Je ne suis pas une connasse qui ne pige rien.

Il savait que c'était vrai.

Les filles étaient prêtes à passer à autre chose, et Fiona s'arrêta pour remettre les scratchs sur les bottes d'Ashley.

— Il faut beaucoup marcher pour aller voir les ours polaires. Vous êtes sûres de vouloir ?

— Allez, Fiona ! s'exclama Brooke en la tirant par la main comme si elle était un chien désobéissant.

— Courez jusqu'à cette poubelle. On vous rejoint là-bas.

Elle ne détachait jamais son regard des filles, même lorsqu'elle parlait avec Yale. Cette vigilance devait être éprouvante.

— Je suis désolée, répéta-t-elle.

— Il y a quelques mois, quelqu'un m'a dit qu'avant, on savait vraiment s'amuser.

Ses mains étaient enfoncées tout au fond de ses poches.

— Et c'est vrai. On a eu cette minuscule parenthèse pendant laquelle on a été plus en sécurité, et plus heureux. Je croyais que c'était le début de quelque chose. Alors qu'en réalité, c'était la fin. Julian aussi... Je pensais qu'il était vraiment naïf. Et je viens de me rendre compte qu'on est pareils.

— Tu es carrément plus intelligent que Julian.

— Il fait semblant d'être con. Je ne sais pas... Je n'arrête pas de penser qu'ils recommenceront tout, tu vois ? La prochaine génération de bébés gays, quand on ne sera plus là. Mais peut-être pas, parce qu'ils repartiront de zéro. Et ils sauront ce qui nous est arrivé, et Pat Robertson[1] parviendra à les convaincre que c'était notre faute. J'ai vécu pendant l'âge d'or, Fiona, et je l'ignorais. Il y a six ans, je me promenais, je vivais ma vie, je me crevais le cul au boulot, et j'ignorais que c'était l'âge d'or.

— Qu'aurais-tu fait si tu l'avais su ?

Il n'en avait aucune idée. Il n'aurait pas couru dans tous les sens et couché avec tout le monde. En 1980, il était parfaitement libre de le faire, et la promiscuité ne l'avait pas vraiment tenté. Yale rit.

— J'aurais inventé une chanson pour en parler, ou un truc du genre.

Ils marchèrent lentement en direction du nord, suivant les filles, et chaque fois qu'ils les rattrapaient, Fiona les envoyait quelques mètres plus loin, leur demandant d'attendre à côté d'un arbre ou d'un banc.

— Tu seras une excellente maman.

— Ouais, c'est ça ! C'est peut-être la prochaine étape, pour moi.

Il y avait une terrible amertume dans sa voix. Yale n'aurait pas dû parler de famille. La mort de Nico n'avait pas rapproché Fiona de ses parents, et voilà que même Terrence était mort. Elle avait les filles, mais seulement jusqu'à ce qu'elles entrent à l'école. Un mari et un bébé – ce serait la seule manière pour Fiona de retrouver une famille. Yale n'était pas mieux loti. Qui avait-il donc, hein ? Mais Fiona était auréolée d'une telle solitude – ses mains gantées calées sous ses aisselles, le vent qui rabattait ses cheveux sur son visage. Il s'était senti coupable de l'appeler, de se reposer sur elle, alors que c'était peut-être une bonne chose. Peut-être lui rendait-il service.

---

1. Télévangéliste américain connu pour ses prises de position contre les gays.

Yale ne s'était jamais rendu à l'extrémité nord du zoo, n'avait pas vu les ours polaires. On pouvait les admirer de la surface, mais on pouvait également descendre, ce qu'ils firent tous les quatre afin d'observer à travers la vitre ce qui se passait dans l'eau. En bas, il faisait sombre et chaud, il n'y avait pas de vent, alors Fiona débarrassa les filles de leurs bonnets.

— Il y a Thor ! cria Brooke. C'est lui, Thor !

— Comment le sais-tu ? demanda Fiona.

Un autre ours était allongé sur un rocher là-haut, en dehors de l'eau.

— C'est celui qui est sympa ! C'est celui qui nage toujours !

De l'autre côté de la vitre, l'ours en question passa à toute vitesse telle une torpille de fourrure.

— J'ai un truc à dire, annonça Fiona.

Ils se trouvaient tous deux derrière les filles, au-dessus d'elles, ce qui leur donnait l'impression qu'une conversation entièrement privée était possible.

— Je n'ai jamais aimé Charlie, lâcha-t-elle.

Yale éclata de rire tant cela était absurde. Tout le monde adorait Charlie. Tous les gens lui répétaient en permanence qu'ils adoraient vraiment Charlie.

— Il a été super avec Nico, il fait tout ce boulot formidable, et il est, tu sais... c'est quelqu'un d'important. Je pense que c'est l'un de ces individus qui... Il est tellement présent, et ça parle aux gens. Mais je n'ai jamais l'impression qu'il m'écoute. Il attend juste de reprendre la parole.

Un mois auparavant, Yale aurait été obligé de feindre d'être profondément vexé par ce genre de propos, alors même qu'il reconnaissait la vérité qu'ils contenaient. Mais aujourd'hui, il était capable de hocher la tête.

— Comment le sais-tu alors que les autres l'ignorent ?

— Peut-être qu'ils le savent. Peut-être que tout le monde a le même sentiment. Il me rappelle ces filles au collège, celles qui sont archi populaires parce que tout le monde a peur d'elles.

— Tu le compares à une fille de quatrième.

— Non, je dis qu'il est tyrannique. Je... pardon, je ne devrais pas. Mais écoute, je n'ai jamais aimé sa façon de te traiter. Il posait toujours de drôles de questions : où je t'avais vu, avec qui tu traînais… Comme s'il avait besoin de te contrôler.

— C'est juste.

— J'y ai réfléchi, et je me demande si c'est pour cette raison que je lui ai raconté que tu étais avec Teddy, le soir de la commémoration. Ça m'a fait du bien, je crois, de lui balancer enfin un truc à la figure. Mais je n'en sais rien. J'étais bourrée. Je ne veux pas dire que…

— Ne t'inquiète pas.

Yale n'avait pas envie de l'entendre. Il n'avait pas la force d'être en colère contre elle.

— Ça me rend dingue qu'il porte l'écharpe de Nico. Je l'ai vu avec, dans la rue. Et pendant une seconde, j'ai…

— Tu as vu Nico.

— Oui. Et si cela avait été toi, quelqu'un que j'avais envie de voir, cela aurait été différent. Je veux la récupérer.

Thor nagea en direction de la vitre, colla son nez contre celle-ci ainsi qu'une énorme patte aux poils en bataille à quelques centimètres seulement du visage de Brooke et d'Ashley. Les filles se mirent à couiner, et Fiona dut empêcher Ashley de taper son tout petit poing contre la paroi en verre.

— Quel petit rigolo, alors ! s'exclama Fiona. Tu as raison, Brooke, c'est certainement Thor.

— L'autre, c'est sa femme ! expliqua la petite fille.

— Je ne savais pas que les ours polaires pouvaient se marier. Ça me fait du bien d'entendre ce que tu dis sur Charlie. J'avais l'impression d'être la seule personne au monde à voir clair dans son jeu.

— Yale !

Elle se tourna vers lui et posa ses mains sur son biceps, lui adressant un regard faussement sérieux, qui était peut-être vraiment sérieux après tout.

— Tu mérites d'avoir quelqu'un qui t'adore. Tout ce que veut Charlie, c'est un public.

— Mais… Mais… Et s'il était le dernier mec de ma vie ?

— Impossible. Tu survivras à Thor. Tu survivras aux éléphants. Les éléphants sont éternels, non ? Les tortues. Tu les enterreras toutes !

— Les cacatoès vivent soixante ans ! carillonna Brooke.

— Dis donc, tu nous espionnais ? demanda Fiona.

Mais de toute façon, qu'avaient-ils dit qu'un enfant puisse comprendre ?

— Je n'achèterai jamais de cacatoès, remarqua Yale.

— Tu te sentiras mieux après le test. Tu sais quoi, quand tu auras eu tes résultats, je t'emmènerai acheter un poisson rouge. Un de ces gros spécimens qui vivent des dizaines d'années et pour lesquels t'es un jour obligé d'acheter une piscine.

— C'est toi qui as Roscoe, n'est-ce pas ? demanda Yale.

Fiona resta muette, se contentant de regarder fixement Thor à travers la vitre. Elle semblait étrangement figée.

— Le chat de ton frère. Roscoe.

Fiona leva brusquement la tête vers lui, les lèvres entrouvertes.

— Quoi.

— Putain de merde, jura-t-elle. Putain de merde.

— Enfin, Terrence s'est occupé de lui, et après...

— Putain de merde.

— Est-ce que sa famille...

— Non, ils n'y ont pas mis les pieds. Ils n'ont... Oh, Yale, merde !

— Mais le proprio ? Hein ? Ils ont dû enlever ses affaires ?

— Les gens ne se précipitent pas pour toucher les affaires des autres. Ils attendent qu'il y ait eu des fumigations. Et ils ne savent peut-être même pas qu'il est mort. Qui les en a informés ? Pas moi. C'est Teddy qui est allé là-bas récupérer un de ses costumes pour...

Les filles avaient les yeux levés vers eux à présent, ignorant les ours polaires. Fiona déroula son écharpe comme si elle l'étranglait.

On était le lundi 3. Terrence était mort le 17 janvier. Plus de deux semaines. Yale ne s'en serait peut-être pas souvenu aussi précisément s'il n'avait pas passé son temps à regarder son calendrier dernièrement.

— Eh bien... Merde. On peut aller chez lui ? On peut y aller tout de suite. Viens !

Ils rebroussèrent chemin, courant à travers le zoo, passant devant les animaux, devant les panneaux jaunes avec leurs noms, au son des cris des filles qui se plaignaient de n'avoir même pas encore vu les gorilles.

Fiona avait une clé de l'appartement de Terrence, mais elle était chez elle. De toute façon, il fallait qu'elle dépose les gamines – leur mère était à la maison, et sachant ce que Fiona venait de vivre, elle lui laisserait volontiers une heure ou deux de répit. Yale attendit dans la rue tandis que Fiona se précipitait avec les petites à l'intérieur. Lorsqu'elle revint avec les clés, il avait hélé un taxi.

— J'irai en premier, dit Yale. Toi, tu devrais attendre dans le couloir.

— Non, non, non, non. On y va ensemble.

Elle demanda au chauffeur s'il pouvait accélérer. Il fit un geste en direction du feu qui était rouge et marmonna quelque chose en polonais.

Quand ils descendirent enfin du taxi, tandis qu'ils gravissaient les marches du perron, puis celles du premier étage, Yale s'avoua à lui-même que cet épisode lui offrait une distraction bienvenue. Cela faisait si longtemps qu'il n'avait pas eu de plan d'action simple, une décision facile avec une réponse évidente. Ils allaient monter et trouver le chat. Ou mieux encore, ils ne le trouveraient pas.

Fiona gonfla les joues et enfonça la clé dans la serrure de Terrence. Elle s'arrêta soudain et frappa, colla son oreille contre le bois. Yale retint son souffle, espérant qu'elle entendrait de nouveaux locataires, une équipe de nettoyage, des miaulements frénétiques. Mais elle secoua la tête, tourna la clé.

Une odeur atroce flottait dans le salon. Yale ne se souvenait plus si c'était la même odeur atroce – médicaments, vomi, litière pour chat, sueur – que deux semaines auparavant, ou s'il s'agissait de quelque chose de nouveau. Les meubles de Terrence étaient toujours là. Un drap bien plié était posé sur le canapé à l'endroit où Yale l'avait laissé la dernière fois.

— Roscoe ! appela Fiona.

Tout doucement, comme si elle redoutait la réponse.

Yale se rendit dans la cuisine et jeta un œil dans la litière, qui avait en effet était utilisée, mais pas autant qu'il l'aurait souhaité. Roscoe avait une double gamelle en plastique – nourriture d'un côté, eau de l'autre – et les deux moitiés étaient vides. Yale les avait remplies le matin où il était parti – avait volontairement mis le paquet côté nourriture, une montagne de croquettes Meow Mix, de quoi tenir longtemps. L'eau était le gros souci. « Roscoe ? » appela Yale. Il fit couler le robinet pour voir si le bruit attirerait le chat. Il regarda derrière la poubelle, dans les placards, à côté du frigo. Fiona appelait encore l'animal en se déplaçant dans l'appartement.

— L'abattant des toilettes n'est pas baissé ! cria-t-elle, et Yale comprit qu'elle voulait dire que si le chat était assez malin et avait un bon sens de l'équilibre, il avait une source d'eau.

Le long des fenêtres de la cuisine, il y avait des flacons de comprimés. Des analgésiques, des vitamines, encore d'autres vitamines, de vieux antibiotiques. Tous étaient à moitié remplis – Yale en secoua quelques-uns –, inutiles. Il pourrait peut-être les récupérer pour Julian. Ou pour lui. Une plante araignée dépérissait dans un petit pot bleu posé sur le plan de travail. Yale la mit sous le robinet, mouilla la terre. Pourquoi pas.

Il regarda à nouveau derrière la poubelle. Dans la poubelle. Dehors, sur l'escalier de secours.

Fiona se tenait dans l'embrasure de la porte, le visage rouge et humide.

Dans ses bras, elle avait ce qui ressemblait à un animal en peluche dégonflé. Une fourrure. Un animal écrasé.

— Il respire encore, dit-elle. Je crois.

Dans la salle d'attente du vétérinaire, Yale feuilleta un vieux numéro du magazine *Life* qui proposait un article sur la Mafia. Il y avait une boule de Kleenex sur les genoux de Fiona, et bien qu'elle ait arrêté de pleurer, elle avait toujours le hoquet, et toutes les deux ou trois minutes, elle laissait échapper un sanglot solitaire, se penchait en avant dans les mouchoirs en papier. On avait posé une perfusion à Roscoe, et le vétérinaire avait promis de leur donner bientôt des nouvelles. Très clairement, il avait pris Yale et Fiona pour un couple. Il leur avait adressé ses questions à tous les deux, même après que Fiona eut expliqué sans ambages que Roscoe était le chat de son frère. Elle lui avait livré une version courte de cette histoire, avait raconté que son frère était mort et que le chat avait été négligé. « Vous avez fait ce qu'il fallait », leur avait assuré le vétérinaire.

Autour d'eux dans la salle d'attente, des chiens se battaient contre leurs laisses et le sol glissant. Un chat tournait en rond dans sa boîte de transport.

— Bon, la semaine dernière, je suis allée me faire masser, dit Fiona. Et la femme me demande : « Vous avez eu un accident de voiture ? » (Fiona posa cette question en imitant l'accent russe de son interlocutrice.) Et moi, je lui réponds : « Non, je suis juste vraiment stressée en ce moment. » Et genre cinq minutes plus tard, elle revient à la charge. « Mais peut-être il y a longtemps ? Un accident de voiture ? » Touche !

Fiona posa la main de Yale sur sa nuque, et il appuya sur ce qu'il savait déjà être un muscle dur comme du marbre.

— Ce n'est pas bon, ça.

— Moi j'insiste en lui disant que je n'ai même pas eu de petit accrochage, et elle : « Oui, mais parfois, on oublie. »

Quelque chose dans son récit, dans la sagesse de *baboushka* russe, amusa beaucoup Yale. Ou peut-être était-ce parce qu'il s'était senti comme cela pendant tout le mois, comme si quelqu'un avait injecté du ciment dans ses deltoïdes et l'avait enfermé dans un congélateur à viande.

Un assistant sortit et leur annonça que Roscoe allait bien. Ils soupirèrent comme s'il s'agissait de leur enfant.

Yale prendrait le chat avec lui, si celui-ci survivait. Évidemment. Comment pourrait-il imposer à Fiona – surtout à Fiona ! – un souci de plus ? Il lui dit qu'il se débrouillerait, et elle hocha doucement la tête, déjà ailleurs, le visage encadré par une affiche à caractère informatif sur la leucose féline. Sa peau était sèche et tirée ; elle était trop maigre. Yale était sur le point de lui demander si elle prenait soin d'elle-même, si elle envisageait d'étudier l'année prochaine, si le moment n'était pas venu pour elle de faire une pause – mais elle le regarda et lui demanda :

— Et si tu allais voir le Dr Cheng ?

Le Dr Cheng avait été le médecin de Nico, et l'été dernier, au cours des deux ou trois semaines pendant lesquelles celui-ci avait été autorisé à rester à la maison, le médecin lui avait rendu visite chaque jour pour voir comment il se portait. Il était venu une fois quand Yale et Charlie étaient là, et avait commandé une pizza qu'il avait payée : ni pour lui ni pour Nico, qui vomissait immédiatement tout ce qu'il mangeait, mais pour Yale et Charlie qui avaient passé toute l'après-midi là-bas.

— Juste pour lui demander conseil, dit-elle. Ce sera mieux qu'une ligne d'écoute téléphonique. Je peux l'appeler. Il m'adore, je ne sais pas pourquoi. Je pourrais te trouver un créneau aujourd'hui. Vraiment.

L'instinct de Yale lui dictait d'arrêter Fiona, de lui dire qu'elle n'était pas autorisée à prendre soin de lui aussi, qu'elle ne pouvait pas s'infliger cela. Si elle appelait le Dr Cheng, était-ce le début de quelque chose ? Serait-ce elle qui viderait ses bassins hygiéniques à la fin ? Mais il acquiesçait déjà, car imaginer le Dr Cheng, sa voix lente, lui procurait un immense sentiment de réconfort.

Fiona appela directement depuis la réception de la clinique vétérinaire, et ils partirent une heure plus tard – Roscoe devrait rester sous intraveineuse au moins jusqu'au lendemain – pour se rendre à pied au cabinet du Dr Cheng dans George Street. Yale se blâmait de laisser Fiona l'escorter, de lui permettre de se laisser entraîner encore plus dans tout cela. Elle devrait être chez elle, en train de faire la sieste. De manger quelque chose. Mais elle avait très certainement l'impression d'avoir négligé Nico aujourd'hui, d'avoir négligé Terrence. Elle avait pleuré dans la fourrure du chat pendant tout le trajet jusqu'à la clinique vétérinaire. Était-ce mal, vraiment, de lui permettre de bien agir avec lui ?

Le cabinet du Dr Cheng se trouvait dans ce qui était jadis une maison. La salle d'attente embaumait l'encens, et une infirmière contourna le comptoir d'accueil pour serrer très fort Fiona dans ses bras. Il n'y avait personne d'autre, heureusement, nul inconnu aux yeux enfoncés assis tel le fantôme de l'avenir de Yale, nulle connaissance avec qui il serait obligé d'échanger des banalités.

— C'est la journée des salles d'attente, lança Yale.

— Les magazines sont mieux, ici, répondit Fiona.

Sur la table basse, il y avait une pile de vieux numéros d'*Esquire*. Mais Yale devait remplir des formulaires : antécédents, traitements médicaux, opérations.

— Tu n'es pas obligée de rester.

— J'ai envie de passer le bonjour au Dr Cheng. Si je rentre à la maison, je vais devoir m'occuper des gamines. Crois-moi, ça me fait des vacances.

Fiona mentait sûrement. Elle avait dû passer certains des pires moments de sa vie sur ce fauteuil vert fatigué dans lequel elle s'affalait justement.

— Je veux bien que tu restes, mais à une condition.

Fiona prit un air à la fois circonspect et indulgent.

— Que fais-tu pour toi en ce moment ? Quel est ton projet pour l'année prochaine ? Tu as vingt et un ans. Tu es intelligente. Tu ne crois pas que maintenant... Tu n'as pas envie d'aller à la fac ?

— Tu veux dire maintenant que Nico est mort.

— Eh bien... oui. Et Terrence. Tu sais ce que je ne veux pas ? Je ne veux pas que tu m'adoptes, et qu'ensuite, tu adoptes un autre type malade, et puis un autre, et qu'un matin tu te réveilles à cinquante ans, et que tu vives dans une ville fantôme entourée de tous nos vieux vêtements et de nos vieux livres.

— Je ne compte pas adopter n'importe qui. Juste toi. Nico t'aimait, et tu étais tellement gentil avec moi quand j'étais gamine. Tu te rappelles quand tu m'as emmenée visiter l'Art Institute ?

— Oui. Tu as déclenché l'alarme.

— Bon, moi, je sais juste que ça nous ferait du bien à tous les deux d'avoir un ami.

— On est amis, Fiona. Simplement, je...

— Alors on n'a qu'à être meilleurs amis. Te moque pas ! Je ne veux pas dire « meilleurs amis » comme quand on a dix ans. Mais comme de la famille. On n'a qu'à partir du principe que désormais, on est de la même famille. Qu'on s'appelle quand on est tristes. Et je t'offrirai quelque chose à ton anniversaire, etc.

— D'accord.

Yale était incapable de lui dire non.

— Mais on parlait de la fac.

— Oh, Yale, pitié. Je ne me vois vraiment pas m'éclater dans les soirées organisées par les fraternités. Je vais faire quoi ? Suivre des cours avec des mômes de dix-huit ans ?

L'écart entre dix-huit et vingt et un semblait ridiculement petit, mais Yale ne le releva pas – surtout que les vingt et un ans de Fiona équivalaient sans doute à deux cents ans.

— Tu pourrais suivre des cours ici, en ville. Tu ne partirais pas étudier ailleurs, sur un campus, avec genre une résidence universitaire et des mecs bourrés qui joueraient de la guitare pour toi. Il faut que tu penses uniquement aux cours, au diplôme. Tu n'as pas envie d'être nounou toute ta vie, si ?

Il regretta les mots dès qu'ils furent sortis. Mais seule une moitié de son cerveau prenait part à la conversation. Il se demandait s'il laisserait le Dr Cheng le convaincre de faire quelque chose aujourd'hui. Il ne le voulait pas. Il n'était pas prêt.

— Est-ce que tes parents payeraient ? demanda-t-il.

— Oui, mais je n'accepterai pas un centime de ces gens. Ce qu'ils me légueront après leur mort, je le donnerai tout de suite à la recherche sur le sida.

Elle aurait accepté l'argent de Nora, cependant, songea Yale. Elle aurait accepté un croquis. Au moins, ce n'était qu'une affaire de fierté – d'après ce qu'il comprenait, il y avait de l'argent pour elle, si elle en avait vraiment besoin un jour. Mais Fiona était têtue. Elle ne reviendrait jamais en rampant pour demander des faveurs.

— Je suis censée appeler mes anciens profs de lycée pour leur demander des recommandations ? Je n'ai pratiquement pas foutu les pieds à l'école !

— Je suis sûr qu'ils se souviennent de toi. Je suis sûr que ça arrive tout le temps.

L'infirmière se leva, mais seulement pour attraper quelque chose sur une étagère en hauteur. Elle se rassit.

— Je rédigerai une lettre pour toi. Une lettre extra. Je travaille à l'université, techniquement parlant. Je veux dire, je supervise des étudiants.

Fiona éclata de rire en entendant cela, ce qui était l'effet escompté.

C'est alors que l'infirmière appela Yale.

Sur un mur, il y avait un cadre avec une photo du Kilimandjaro, et la pièce sentait plus la soupe que le désinfectant. Le Dr Cheng vous regardait droit dans les yeux quand il vous parlait, s'arrêtait volontairement toutes les trois phrases comme si, en faculté de médecine, on lui avait appris à le faire. Il parcourut les antécédents médicaux de Yale, pratiqua un examen médical succinct. Yale n'eut pas à enfiler une blouse en papier, et pourtant, cela lui sembla trop, comme le début de quelque chose d'officiel. Une idée traversa l'esprit de Yale tandis que le Dr Cheng écoutait ses poumons : cet homme présiderait peut-être à ses derniers jours. En franchissant cette porte, il avait potentiellement choisi le partenariat le plus permanent qui soit. Jusqu'à ce que la mort nous sépare.

— J'ai cru comprendre que vous étiez inquiet.

Yale cracha tout tellement vite qu'il craignit que le médecin le soupçonne de mentir.

Le Dr Cheng répéta lentement l'histoire, écrivit des choses, s'assura d'avoir les bonnes dates.

— Vous avez peur d'avoir été contaminé en décembre dernier, dit-il.

— Ou avant.

— En décembre ou avant. Début janvier, avez-vous ressenti de la fatigue, eu de la fièvre, perdu l'appétit ?

Yale secoua la tête.

— Des démangeaisons, maux de gorge, maux de tête, douleurs musculaires ? Un rhume ?

— Non.

— Avez-vous remarqué que certains de vos ganglions étaient enflés ?

— Je ne les surveillais pas à ce moment-là. Mais maintenant, non.

— J'aimerais que vous me posiez vos questions et que vous me fassiez part de vos inquiétudes au sujet du test, dit le docteur en croisant les mains sur ses genoux.

— Je ne suis pas certain de vouloir faire le test aujourd'hui. Des résultats qui ne veulent rien dire ne m'intéressent pas.

Il enleva un à un les poils de chat qui parsemaient son pull.

— Vous savez, si vous avez été contaminé il y a un mois ou plus, les résultats seront assez sûrs. Est-ce qu'il faudra refaire le test dans trois mois ? Tout à fait. Devez-vous me promettre d'éviter des comportements qui vous mettraient vous ou d'autres en danger ? Oui.

Il se tut et se pencha en avant en attendant que Yale s'exprime.

— Je ne sais pas pourquoi la peur est plus forte maintenant. La première fois, l'année dernière, je crois que nous oscillions entre la certitude de l'avoir attrapé et l'idée que nous étions hors de danger. Mais la plupart du temps, tout au fond de moi, je pensais l'avoir, vous comprenez ? J'inspectais ma langue tous les matins pour voir si je n'avais pas de muguet. Quand nous sommes entrés pour le faire... peut-être était-ce un soulagement. Ce n'est pas ce que je ressens en ce moment.

— C'est plus difficile, seul.

— Certainement.

Yale parvint à maîtriser sa voix.

Le Dr Cheng se rapprocha de lui.

— Écoutez. Vous avez été exposé, oui. Mais cela ne signifie pas pour autant que vous êtes condamné. J'ai traité des types avec lesquels j'avais couché, Yale. Avant le test. Je croyais l'avoir aussi. Et ce n'est pas le cas. Inutile de s'effondrer pour quelque chose qui ne s'est pas encore produit. Vous allez faire le test aujourd'hui. Vous vous sentirez mieux, je pense, en attendant. Et nous conviendrons d'un rendez-vous pour les résultats.

Il fit rouler son fauteuil jusqu'au calendrier qui se trouvait sur son bureau.

— Dans deux semaines à compter d'aujourd'hui, le 17.

— Je croyais que le premier test ne prenait que quelques jours ? Je veux que vous me disiez si c'est positif. Je veux savoir.

Le Dr Cheng secoua la tête.

— Impossible. Un résultat positif ne serait que préliminaire. Si le test ELISA est positif, on le réitère, et ensuite, on demande une confirmation par western blot. De nombreuses raisons peuvent expliquer qu'un test ELISA donne un faux positif. La syphilis, déjà. La consommation de drogues. Les grossesses multiples.

Cela n'aurait pas été drôle si l'explication du Dr Cheng n'était pas aussi pince-sans-rire. Yale se surprit à lever la tête et à sourire. Il voulait bien d'un type comme ça à son chevet.

— Un ELISA négatif est négatif, point à la ligne, mais je ne peux vous promettre de vous téléphoner, parce que si je ne le fais pas... n'est-ce pas ? Vous comprenez.

— Vous avez peur que je me jette du haut d'un pont.

Le Dr Cheng demanda à Yale s'il souhaitait parler à un psychologue – non, pas pour l'instant –, et lui dit qu'on lui remettrait un bout de papier avec un numéro dessus. Le numéro serait attribué à son dossier médical.

— Je ne note même pas que vous faites le test. J'inscris un symbole spécial. Si mes archives étaient saisies, tout ce qu'on trouverait, ce serait de drôles de gribouillis. Que ce soit clair : ce n'est pas une histoire de honte. Parfois, on associe le secret à la honte. Ici, c'est simplement pour vous protéger. Avez-vous des questions relatives à la confidentialité ?

Yale n'avait pas besoin d'une leçon sur la honte, mais cela avait gentiment retardé les choses. Il essaya de penser à une question qui prendrait du temps, en vain.

— Je vais rester dans la pièce pendant que Gretchen vous prélève du sang.

Et c'est ce qu'il fit. Yale détourna le regard. Il avait toujours eu un problème avec son propre sang, à le voir monter dans la fiole.

— Nous avons des petits cadeaux pour les invités, dit le Dr Cheng en présentant à Yale un sac en plastique opaque rempli de préservatifs. Il y en a de cinq sortes différentes là-dedans. Plusieurs de chaque. Savez-vous comment les utiliser ?

Yale répondit que oui. Il en avait déroulé un sur une banane en riant à l'une des réunions que Charlie avait organisées dans leur appartement. Charlie l'avait présenté au groupe comme

son « porte-parole de charme d'application prophylactique ! ».
Mais à vrai dire, Yale n'en avait jamais mis un sur lui. On en
avait utilisé avec lui, avant qu'il soit avec Charlie, et il n'avait
pas spécialement apprécié la sensation. Yale se demanda si ces
préservatifs lui serviraient un jour, ou s'ils dépériraient dans leur
sac tandis qu'il passerait le reste de sa vie, longue ou courte,
chastement.

Gretchen avait terminé. Yale retourna dans la salle d'attente,
la manche toujours relevée, et lorsqu'il vit Fiona − bon sang,
comme il était content de la voir −, il pointa du doigt le pansement au creux de son bras, la boule de coton.

Ses yeux étaient rouges, mais elle dit :

− Je vais t'acheter une sucette. Vraiment ! Il doit bien y en
avoir quelque part dans le coin. Je vais t'acheter une sucette.

2015

Fiona choisit sa tenue avec soin : pantalon gris, chemisier bleu, chaussures noires à talons. Elle aurait pu prendre le métro, mais elle ne voulait pas avoir à réfléchir aux changements de lignes, n'avait pas envie de sentir la transpiration. Alors elle s'éloigna du tournage en traversant le pont et prit un taxi qui la déposa dans le 18e arrondissement, à une adresse qui s'avéra se trouver au pied de la butte Montmartre.

« N'oublie pas que tu as du temps. Tu n'as pas à tout résoudre d'un coup », avait dit Cecily. Mais elle ne connaissait pas Claire – il suffisait parfois qu'une chose se passe de travers pour qu'elle disparaisse. Et Cecily, même si elle avait été avide de connaître les quelques informations que Fiona était en mesure de lui fournir au sujet de leur petite-fille, n'avait pas voulu venir à Paris. « Je ne ferais que compliquer les choses », argua-t-elle. Depuis quand Cecily était-elle experte en quoi que ce soit ?

Le lieu était un *bar-tabac**, et Fiona ne savait pas trop à quoi s'attendre. En réalité, c'était juste un bar. Un rade intime comme on en trouvait à Rogers Park. Affiches de film, petites lumières de Noël qui couraient le long des étagères remplies de bouteilles. Il n'était pas encore tout à fait midi, et les clients, essentiellement des hommes et essentiellement seuls, étaient peu nombreux.

Fiona avait les pieds engourdis.

Elle redressa les épaules et s'approcha de la femme au bar – rien à voir avec Claire.

— *Je cherche Claire Blanchard. Elle est ici ?**

La femme dévisagea Fiona avec des yeux qui semblaient dire « Ah, c'est vous ! », puis mitrailla quelque chose que Fiona ne comprit pas. Elle disparut par la porte à l'autre bout du bar.

Et alors : Claire. Chassant les cheveux de son visage. Prenant une très grosse inspiration pour se préparer. C'étaient les yeux de Claire, ses cils foncés. Le marron marbré de ses iris. L'autre femme était derrière elle, regardait Fiona. Elle demanda doucement quelque chose à Claire, qui hocha la tête.

Elle était mince mais semblait en bonne santé – les joues roses, les cheveux retenus en un chignon négligé –, et paraissait surprise, comme prise au dépourvu. Ce qui ne pouvait être le cas.

Fiona avait imaginé un millier de conversations entre elles, une centaine de dénouements possibles pour cette matinée, mais elle n'avait pas réfléchi à quoi faire de son visage, de son corps. Claire souriait d'un air crispé. C'était un sourire gêné.

Voici ce que Fiona finit par dire :

— Salut.

Claire contourna le bar et la gratifia d'une brève accolade, comme on embrasserait une tante éloignée.

— C'est chouette de te voir, dit-elle.

Fort curieusement, Fiona se sentit en colère et ridicule. D'avoir dépensé autant de temps, d'argent et de désespoir pour retrouver quelqu'un qui l'embrassait avec autant de désinvolture, qui ne s'effondrait pas dans ses bras en demandant qu'on la sauve. Cette étrange adulte debout, là, si calme. Ses cheveux avaient un peu foncé, et son visage avait changé sans rapport avec sa maigreur : ses os s'étaient fixés, ses orbites s'étaient enfoncées. Elle ne ressemblait absolument pas à une étudiante en première année de fac, pas plus qu'à la jeune femme à la peau tannée par le soleil et pixélisée de la vidéo.

— Peut-on aller quelque part pour discuter ? demanda Fiona.

— Je me suis dit qu'on pourrait rester ici.

Elle prononça cette phrase avec fermeté, comme si elle l'avait répétée. Comme si la femme derrière le bar allait veiller à ce que Claire ne soit pas enlevée aujourd'hui.

Elles s'installèrent dans un coin, sous un téléviseur qui diffusait du foot. Les clients épars regardaient dans leur direction, mais c'était le match qui les intéressait, pas elles. Fiona aurait aimé avoir quelque chose à boire ou à manger, quelque chose qui les ancre à la table. Quelque chose conférant à ce rendez-vous la chronologie d'un repas, garantissant qu'il dure plus qu'une minute.

— J'ai besoin de savoir que tu vas bien, dit Fiona.

Elle avait envie de toucher les mains de Claire, de sentir si elles étaient désormais calleuses, ou toujours aussi douces. Elle avait envie de replacer ses cheveux derrière son oreille.

— Nous allons bien, répondit Claire.

— Tu as une petite fille.

Claire sourit.

— Je lui apprends l'anglais, ne t'inquiète pas.

— Je ne m'inquiétais pas vraiment pour ça.

Claire sortit un téléphone du tablier que Fiona venait juste de remarquer – un tablier blanc par-dessus une jupe et une chemise noires.

— Attends.

Claire mania son téléphone avec son pouce, puis le plaça sur la table devant Fiona. Une petite fille sur une trottinette à trois roues, des mèches bouclées que le vent ramenait sur son visage.

Fiona eut envie de saisir le téléphone, de regarder les photos une à une, de voir jusqu'où elles remontaient dans le passé, jusqu'où elles allaient dans le présent.

— Elle est belle, commenta-t-elle à la place.

— Kurt s'est marié. Parfois, quand je travaille, il s'occupe de Nicolette.

Elle prononça « Nicolette » à la française, et Fiona ne trouva pas le courage de lui demander si c'était en hommage à Nico, à cet oncle dans l'ombre duquel Claire avait grandi sans jamais le connaître. Elle redoutait les deux réponses possibles avec autant de force.

— Elle va à l'école ?

— Elle a à peine trois ans.

— Tu l'as eue dans le Colorado ?

Claire se leva et prit une petite serviette à cocktail sur le comptoir du bar pour se moucher. Fiona avait peur qu'elle ne revienne pas s'asseoir, mais elle revint.

— Ouais, bon. Ça a été le début de la fin. Ils ont… c'était un accouchement à la maison, et cela ne s'est pas très bien passé.

— Oh. Oh, mon Dieu. Ma chérie.

— J'ai beaucoup saigné, genre, vraiment beaucoup, et ils m'ont interdit d'appeler une ambulance. Alors Kurt a volé la voiture – il n'y en avait qu'une –, et nous a emmenées à l'hôpital. J'ai failli mourir. J'y suis restée une semaine. Ils nous ont repris après, quand même. Je pense qu'ils ont eu peur qu'on les poursuive en justice.

Une mère était censée être à vos côtés quand vous aviez un bébé, hurler sur les médecins à votre place et s'assurer que vous vous reposiez. Si Fiona avait autorisé sa mère à l'hôpital, les choses se seraient-elles déroulées autrement ? Sa mère aurait-elle insisté pour qu'on pose Claire sur sa poitrine afin que le lien puisse se construire pendant leur sommeil ? Cette pensée frappa Fiona de plein fouet, en plein dans le ventre, tout comme la prise de conscience que Claire lui avait fait exactement la même chose que ce qu'elle avait fait à sa propre mère. Elle n'avait même pas pensé à lui téléphoner avant que Claire ait deux jours. Elle avait – oh, mon Dieu.

— Comment as-tu réglé la note de l'hôpital ?

— Euh... On ne l'a pas payée, en fait. On a quitté la maternité avant qu'ils puissent nous retrouver.

— C'est à ce moment-là que vous êtes partis ?

— Nicolette avait un mois. On a attendu et mis du liquide de côté. Enfin, on n'était pas censés avoir notre propre argent, mais Kurt gérait la caisse du marché des producteurs, alors... Et il a écrit à son amie à Paris qui nous a aidés. Et c'est elle qu'il a fini par épouser.

— Ma chérie, je suis tellement contente que tu sois sortie de tout ça.

Par « tout ça », Fiona sous-entendait la secte et cette relation.

— J'ai travaillé dans un magasin de fournitures de beaux-arts pendant un moment.

Claire sourit.

— Ça t'aurait plu. Il existe depuis deux cents ans. Monet y achetait ses pinceaux.

— Lequel ?

Claire la regarda bizarrement – comment pourrait-elle connaître les noms de ce genre d'enseignes à Paris ? –, et au lieu de lui dire qu'elle les avait tous arpentés pour la retrouver, Fiona ajouta :

— Tante Nora le fréquentait peut-être.

— C'était bien, comme boulot, poursuivit Claire. Et puis Kurt a commencé à voler des trucs dans le magasin. Il venait au moment où je faisais la fermeture, et prenait des articles. C'est arrivé plusieurs fois. Je n'étais pas au courant. N'empêche qu'on m'a virée. Mais on ne m'a pas arrêtée. Lui, si. On s'est séparés à ce moment-là.

— Il se drogue ?

— Il est totalement *clean* maintenant. Je ne le laisserais pas garder Nicolette, sinon.

Fiona la dévisagea.

— M'maaan ! se récria Claire, imitant une ado grincheuse.

Ce qui aurait été plus drôle si Claire n'avait pas été adolescente la dernière fois que Fiona l'avait vue.

— Qu'est-ce qui t'amène à Paris ? demanda-t-elle, sans ironie dans la voix.

— Je me suis juste dit que ce serait marrant de passer trois années à dépenser plusieurs milliers de dollars pour essayer de retrouver ma fille. Oh, et puis j'avais aussi envie de voir la tour Eiffel.

— Ah.

Claire parut ennuyée, mais semblait aussi vouloir cacher que cette réponse lui faisait plaisir.

— T'étais pas obligée de venir jusqu'ici.

— Claire, tu as un enfant, maintenant. Tu ne comprends pas ? Est-ce que toi... si ta fille...

Fiona n'arrivait pas à dire le nom de l'enfant. Ce serait une intrusion, un privilège dont on ne l'avait pas invitée à jouir.

— C'est différent, répondit Claire.

Une accusation, peut-être, mais plutôt que de mordre à l'hameçon, Fiona dit :

— Ton père va bien.

— Je sais.

— Comment ça ?

— Bah, on a Google, ici. On voit quand il donne des cours. Et ta boutique avait l'air de rouler, alors j'en ai déduit que tu allais bien aussi.

Fiona voulait lui demander si elle comprenait que ces trois dernières années, elle avait privé ses parents du droit de savoir si elle était vivante ou morte. Elle voulait au moins en connaître la raison. Mais la réponse à cette question viendrait plus tard. Dans cette conversation, ce sujet serait une bombe.

— Karen a un cancer du sein. C'est pour cela qu'il n'est pas là. Elle commence les rayons.

Claire ne sembla que vaguement inquiète.

— C'est grave ?

— Eh bien, c'est un cancer. Mais il a l'air curable.

— Elle va s'investir à fond dans tous ces trucs de rubans roses, non ? Elle va participer à toutes les marches et en parler non-stop.

Il y a des années, Fiona l'aurait peut-être sermonnée – elle avait toujours veillé à parler de Karen avec respect, à maintenir de bonnes relations –, mais elle s'autorisa à rire, et ce fut une sensation merveilleuse.

Fiona sortit de son sac une enveloppe et écrivit au dos de celle-ci le numéro de téléphone de Damian.

— Il vit des moments difficiles, et je sais que ça l'aiderait d'entendre ta voix.

Claire accepta l'enveloppe avec réserve, la cala sous l'élastique de son tablier.

— Es-tu ici de façon légale ? murmura Fiona.

— C'est compliqué. Je ne risque pas l'arrestation ou autre. Je devrais déjà être partie. Mais je peux trouver une solution.

— Pourquoi ne pas simplement rentrer à la maison ? À Chicago ?

— Rassure-moi : tu n'as pas gardé ma chambre telle quelle ?

Heureusement que ce n'était pas le cas, autrement, cette remarque l'aurait vraiment blessée. Le lit de Claire était toujours là, tout comme sa commode et ses livres, mais juste après son départ pour le Colorado, Fiona avait installé la machine à coudre dans cette pièce, et puis elle s'était de plus en plus étalée.

— Je reste ici encore une semaine ou deux. Tu te souviens de Richard Campo ?

Quelle question idiote. L'une des œuvres les plus emblématiques de Richard était une photo qu'il avait prise de Claire bébé, pleurant dans les bras de Damian. Elle était toujours exposée au MASS MoCa. La dissertation d'admission à l'université de Claire était consacrée à ce cliché.

— Le lancement de son exposition à Pompidou a lieu lundi. Je loge chez lui.

Elle fut tentée de laisser entendre que c'était la raison principale de sa venue, que Claire était secondaire, mais pourquoi ? Par fierté ? Depuis le début, cela avait été son erreur avec sa fille – faire semblant de ne pas l'aimer autant qu'elle l'aimait. Essayer de se blinder en prévision d'une peine de cœur, comme avec un petit ami. (La première fois qu'elle et Damian étaient allés consulter un thérapeute pour couples, le psychologue avait fini par demander : « Que craignez-vous qu'il arrive en vous ouvrant complètement à lui ? » Et Fiona, qui pleurait déjà, avait crié : « Il mourrait ! » Ce n'était clairement pas ce que le psychologue s'attendait à entendre. Il n'était pas très doué.)

— Je reste au moins jusque-là, pour assister à l'expo. J'aimerais que tu rentres à la maison avec moi, mais...

Fiona leva la main pour mettre un terme à la protestation qu'elle voyait poindre dans les yeux écarquillés de Claire.

— ... si ce n'est pas envisageable, j'aimerais rester un moment. Peut-être que je peux te donner un coup de main avec le bébé. Est-ce qu'au moins tu me donnerais ton numéro ?

— Ce n'est plus un bébé. Elle va avoir trois ans.

— J'aimerais beaucoup pouvoir t'aider, ma puce.

Claire refusa de lui donner son numéro, mais elles se mirent d'accord pour que Fiona revienne dans deux jours. Ensuite, elles aviseraient.

La femme derrière le bar appela Claire, pointa un doigt vers sa montre, et Fiona se demanda si ce n'était pas convenu à l'avance. *Rappelle-moi au bout de six minutes, sauf si je te fais le signal.*

— Ça ne me dérange pas que tu sois là, mais nous allons bien.

— Je sais que vous allez bien. Ça se voit. J'ai toujours su que tu irais bien.

Une part d'elle-même était vraiment sincère.

1986

Yale aurait vraiment aimé que Julian quitte l'appartement, mais ce dernier ne voulait pas prendre le risque d'être vu. Il voulait rester caché là jusqu'à dimanche, quand son avion partirait pour Porto Rico. Là-bas, un ami du lycée pouvait l'héberger – et ensuite, il ne savait pas trop, hormis qu'il irait dans un endroit où il faisait chaud. « Peut-être en Jamaïque », avait-il dit. « Julian, ils tuent les gens comme nous en Jamaïque », avait répliqué Yale. Et, chose troublante, Julian avait haussé les épaules.

La plupart du temps, Julian était enfermé dans la grande chambre, ou alors faisait de la musculation au club de sport de Marina City dans des vêtements qu'il avait dénichés dans la commode d'Allen Sharp. Pour autant que Yale puisse en juger, il ne se droguait pas – Yale ignorait cependant ce qui se passait la journée. Chaque soir, à dix-huit heures trente, Julian apparaissait dans le salon et mettait *La roue de la fortune*. Yale se demandait s'il aimait réellement cette émission. Il n'essayait jamais vraiment de trouver la réponse. Lorsque, après chaque manche, le gagnant choisissait des articles dans la vitrine, Julian se demandait à voix haute si le candidat allait prendre la statue du dalmatien. Son implication dans le jeu s'arrêtait là.

Mardi, après le travail, Yale vit Asher Glass à la piscine de Hull House. Asher était déjà en train de se sécher quand Yale arriva. Il sauta dans le bassin et lui parla depuis l'eau. Il se sentait maigrichon et pâle à côté d'Asher, et l'eau était un bon moyen de se cacher. Asher avait entendu que Yale habitait plus au sud, à River North.

— Dans les tours en épis de maïs. J'essaie depuis le début de trouver un bon jeu de mots à faire là-dessus, mais je sèche.

Asher ne rit pas. Il le regarda juste d'un air inquiet.

— Si tu as besoin de soutien juridique pour récupérer ce qui t'appartient dans ton ancien appartement, ou pour tout autre sujet financier, je dis ça comme ça, mais c'est mon boulot, et je serais ravi de t'aider.

L'eau adhérait aux épaules d'Asher et aux poils de son torse en formant des sphères parfaites.

— Ça me touche beaucoup, répondit Yale.

Il n'avait pas trop réfléchi à ce qu'il avait laissé chez Charlie. Il portait les pulls d'Allen Sharp depuis plusieurs jours maintenant, ainsi que le peignoir très doux de ce dernier, et pour le moment, il avait toute la musique, tous les meubles et toute la vaisselle dont il avait besoin. Mais le fait qu'Asher propose de l'aider lui plutôt que Charlie – voilà qui réchauffait sa peau dans l'eau fraîche. Après le départ d'Asher, Yale s'enfonça au fond de la piscine et leva les yeux vers les filets de lumière bleu pâle.

Fiona appela Yale au bureau mercredi pour l'informer qu'il pouvait récupérer Roscoe. Yale ne parla pas d'argent, et Fiona n'en fit pas mention. Il paya les trois cent soixante dollars. Il ramena Roscoe dans la boîte de transport en carton fournie par la clinique vétérinaire.

Yale n'avait pas raconté l'épisode du chat à Julian – parce que cette histoire le contrariait et qu'il n'était pas sûr de pouvoir en parler sans évoquer le test –, aussi, lorsqu'il ouvrit la boîte, lorsque Roscoe fit un pas hésitant à l'extérieur, Julian observa la scène depuis le canapé avec des yeux perplexes.

— Tu te souviens de lui ? demanda Yale.

Il ne fallut qu'une seconde de confusion hagarde à Julian pour se retrouver par terre à serrer Roscoe contre lui comme un doudou perdu depuis longtemps.

— Il était où ?

Fort heureusement, Julian ne laissa pas à Yale le temps de
répondre.

— Hé, mon vieux, tu vis dans un appart de luxe, maintenant !
Il va rester ? Il peut rester ?

— S'il n'est pas attendu ailleurs.

Yale eut peur, en voyant comment Julian s'accrochait au
chat, qu'il ne veuille plus jamais partir. Mais il avait son billet,
et son impatience semblait croître au fil des jours. Yale sortit
de nouveau pour acheter une caisse à litière, de la nourriture,
une gamelle et un panier pour chat. Au moment de quitter le
magasin, il fit demi-tour et y retourna pour prendre un jouet,
une balle violette avec une queue en plume.

Jeudi, un spécialiste de Foujita venu en avion depuis Paris
rendit visite à Bill au bureau. Yale eut envie d'écouter à travers
la porte. Il voulait passer le restant de ses jours à reconstituer le
Paris de Nora brique par brique avec des morceaux de sucre. Il
voulait un aller simple pour l'année 1920. Il repensa à la vision
qu'avait Nora du voyage dans le temps. Quel genre de voyage
abominable, qui ne vous emmenait qu'en avant, au cœur de
l'avenir effrayant, toujours plus loin des choses qui vous avaient
un jour procuré du bonheur. Sauf que ce n'était peut-être pas ce
qu'elle avait voulu dire. Peut-être avait-elle voulu dire que plus
vous vieillissiez, plus vous aviez à votre disposition des décennies que vous pouviez revisiter les yeux fermés. Il n'imaginait
pas vouloir un jour revisiter cette année. Quoique. Dans onze
jours, il aurait ses résultats. Et peut-être qu'à ce moment-là, il
regretterait ce purgatoire, l'époque où il pouvait s'asseoir à son
bureau en s'accrochant à une petite lueur d'espoir.

Quand Yale rentra à l'appartement ce soir-là, Julian, qui était
assis derrière la table, lisait le magazine télé même s'il n'était
pas du tout à côté de l'écran. C'était un vieux numéro, datant
du dernier passage des Sharp. Roscoe était sur ses genoux.

— C'est drôle ! Ils ont fait semblant d'interviewer Kermit et
Peggy la cochonne.

— Oui, j'ai vu.

— Lui assure qu'ils ne sont pas mariés, et elle pense qu'ils le sont.

— Hilarant. Ça va ?

— Dans deux jours, je ne serai plus dans tes pattes.

Yale s'assit. Si Julian partait vraiment, il pouvait lui poser la question. Il devrait le faire, avant son départ.

— Je veux te redire que je te pardonne pour ce qui s'est passé avec Charlie. Je devrais empoisonner ton café, mais je ne suis pas fâché contre toi. Par contre, j'ai besoin que tu m'éclaires sur un truc. Il faut que je sache si ça n'est vraiment arrivé qu'une seule fois.

Julian retourna le magazine à l'endroit où il était ouvert, comme pour ne pas perdre la page. Il fit remonter Roscoe sur sa poitrine. Un bouclier.

— OK. Eh bien... Oui, quasiment.

— Quasiment ?

— Il m'a sucé, une fois. Il y a environ un an. Mais en termes de... Si c'est ce que tu me demandes, alors oui, juste une fois.

— Il t'a sucé il y a environ un an.

Yale essayait de faire le calcul dans sa tête, essayait de se souvenir de ce qui se passait dans leur vie l'hiver dernier. Le journal de Charlie était en difficulté. Le test n'était pas encore disponible. Il n'était pas surpris, mais alors pourquoi son cœur battait-il à tout rompre ?

— Écoute, Yale... Tu veux réellement en savoir plus ?

Yale hocha la tête.

— Il allait vraiment voir ailleurs.

Yale contrôla sa respiration.

— Il va falloir que tu sois plus précis.

— Ce qui se passait... il réprimait pas mal les choses. Bon, tu connais mon avis sur la monogamie. Charlie est ce « pilier de la communauté », ou une connerie du genre, et puis tous les six mois environ, il craque. Je ne dis pas que cela arrivait tout le temps, mais tu vois comment c'est, quand tu n'as pas mangé de la journée, et que ton corps prend le dessus et mange un gâteau en entier ? Je sais juste qu'il y avait pas mal de... de sexe dans des recoins obscurs. Dans les toilettes des gares, les réserves forestières, etc. Il mettait des capotes. En tout cas, c'est ce qu'il prétendait.

Roscoe devint flou puis réapparut clairement dans son champ de vision. Pareil pour le visage de Julian. Les toilettes des gares étaient des endroits fréquentés par des types qui habitaient en périphérie, des hommes furtifs avec femme et enfants, les « gays de banlieue » contre lesquels Charlie lançait souvent des coups de gueule. Des gens à la mesure de sa culpabilité, de sa haine de soi. Yale ne croyait pas un instant que Charlie avait utilisé des préservatifs. Ce que faisait Charlie, c'était du suicide. On ne met pas de capote quand on veut se suicider.

— Merde, dit Yale dans un souffle qui lui avait déjà échappé.

— Si ça peut te rassurer, je crois qu'il ne faisait pas ça dans, euh... notre communauté. Il ne ramassait pas des mecs au Paradise ou autre.

Yale se demanda si Charlie protégeait sa réputation, les sentiments de Yale, ou les deux. Il n'avait pas pu penser que ces types de banlieue seraient plus sûrs.

— Il faut que tu comprennes que c'est pour cette raison que je n'ai pas eu trop de scrupules. Enfin si, j'en ai eu, mais pas comme si je cassais quelque chose qui était intact, tu comprends ? Et je ne savais pas trop si tous les deux vous aviez un accord secret. J'imagine que non.

— Comment tu sais tout ça, d'abord ?

Yale voulait demander qui d'autre était susceptible d'être au courant, mais il n'était pas certain de pouvoir encaisser la réponse. Terrence avait vraiment semblé croire qu'il assistait à un incident isolé. Mais si Julian savait, Teddy le savait certainement aussi. Yale se demanda ce qu'il en était d'Asher, de Richard et de l'équipe de Charlie.

— Enfin, il s'est toujours plus ou moins confié à moi. Une fois, je l'ai vu à Montrose Street Beach, qui frappait carrément à la vitre d'un type dans une Audi. Après ça, il s'est mis à me raconter des trucs. Pas pour se vanter ou autre. Pour vider son sac. Cela ne lui plaisait pas. Je veux dire, pourquoi les gens font-ils ce genre de choses ? Soit tu t'éclates, soit tu le fais parce que tu te détestes. Et je n'ai pas le sentiment qu'il s'amusait.

Yale eut l'impression que bien des pièces s'assemblaient – des pièces dont il ignorait qu'elles étaient disséminées dans les recoins de son cerveau.

— Et tu ne m'en as pas parlé. Tu étais au courant, et tu ne m'as rien dit.

Si Fiona disait vrai, si personne n'appréciait réellement Charlie, pourquoi l'avaient-ils tous protégé pendant aussi longtemps ?

— Je... Je n'aimerais pas que les gens parlent de toutes les erreurs que j'ai commises. C'est la police du sexe qui fait ça, tu vois ? Je ne suis pas de la police du sexe. Hé, je suis vraiment désolé, hein ? Vraiment, vraiment désolé. Tu n'es pas... tu n'es pas contaminé, si ?

Les yeux de Julian se remplirent de quelque chose s'apparentant à de la panique, comme si cette idée venait juste de lui venir à l'esprit.

Yale répondit, parce que, de très loin, c'était vrai :

— Mon test est négatif.

C'était le cas en mai. Bon. Il était séronégatif à ce moment-là, alors que Charlie l'exposait peut-être depuis très longtemps à tout cela. Il se leva, invita Julian à l'imiter, le serra dans ses bras. Si celui-ci partait réellement dimanche, Yale ne voulait pas que leur amitié se termine par une dispute. Il pourrait être en colère plus tard, tout seul. Il pourrait tracer des cibles sur le mur, dessiner tous ceux qui l'avaient trahi, et jeter des fléchettes sur leurs visages. Mais il pouvait aussi tenir Julian dans ses bras pendant une seconde. C'était agréable.

— La police du sexe, ce serait génial, comme déguisement pour Halloween, plaisanta-t-il.

Il resta éveillé jusqu'à trois heures. La probabilité pour que Charlie soit contaminé après un seul rapport sexuel, et ensuite pour que Yale le soit après seulement quelques rapports avec Charlie était infime. Mais maintenant, ses statistiques réconfortantes avaient disparu. Il savait que le virus se foutait bien de la justice, des probabilités – pas de quoi le rassurer.

Yale se demanda soudain si Charlie l'avait vraiment fait, ce test, au printemps dernier. Ils avaient été reçus en même temps en consultation, mais les prises de sang avaient été réalisées séparément, et on les avait convoqués pour leurs résultats séparément aussi. Désormais, rien n'était hors de la portée de l'imagination de Yale, aucun niveau de tromperie. Charlie avait peut-être été trop lâche pour le dépistage, s'était peut-être convaincu qu'il allait bien jusqu'à ce que quelqu'un avec qui il avait couché soit contaminé.

Lorsque Yale arriva au travail vendredi, encore à moitié endormi, il trouva un mot à son attention : « Appeler Alfred Cheng. » Il lui fallut quelques instants pour faire le lien avec le Dr Cheng, celui qui n'était pas censé le contacter avant dix jours. Il sentit sa gorge se contracter. Il avait autant envie de rappeler tout de suite que d'attendre cent ans, mais il ne se voyait pas téléphoner du bureau. Et il ne pouvait pas non plus téléphoner de l'appartement. Julian avait prévu de rester toute la journée à la maison à regarder des feuilletons et à jouer avec Roscoe. Ce n'était probablement rien – un problème de facture, une question relative à son suivi médical. Il était bien trop tôt pour les résultats, et hormis les résultats, quelle autre mauvaise nouvelle pouvait-il y avoir ? Le test sanguin avait peut-être révélé autre chose. Du cholestérol. Carrément un cancer.

En fin de matinée, Teddy appela Yale pour savoir s'il avait vu Julian.

— Non, mentit-il. Mais je suis sûr qu'il va bien.

— Pourquoi irait-il mal ? Je t'ai juste demandé si tu l'avais vu.

Yale voulait que Teddy comprenne, se rende compte que Julian préférait passer du temps avec lui plutôt que d'étouffer sous sa surveillance. Il avait envie de lui demander s'il savait que Charlie couchait à droite et à gauche comme un ado toxicomane.

À midi, midi pile, il se dirigea vers la salle de concert sans son manteau. Il y avait des téléphones publics dans le hall. Ses mains tremblaient trop pour manipuler efficacement sa pièce de monnaie, pour feuilleter correctement le carnet d'adresses qu'il avait glissé dans sa poche. Tout en composant le numéro, il se maudit d'avoir attendu l'heure du déjeuner. Tout le cabinet médical était sans doute sorti. Quelqu'un jouait de la trompette quelque part – un morceau rapide et frénétique qui ne l'aidait pas à se détendre.

Mais la réceptionniste décrocha, et une minute plus tard, le Dr Cheng était au bout du fil.

— Eh bien, j'ai menti !

— Pardon ?

— J'ai menti quand j'ai dit que je ne vous appellerais pas pour l'ELISA. Il est négatif.

— Ah !

Yale flottait quelque part entre le sol et le plafond.

— Négatif comment ?

Le Dr Cheng rit.

— Très négatif. Les faux négatifs n'existent pas. C'est un résultat définitif.

Peut-être bien qu'il allait mourir là, dans le hall.

— Vous m'avez paru tellement anxieux, je ne voulais pas vous laisser vivre une semaine d'angoisse supplémentaire sans raison. Mais écoutez, ne parlez à personne de ceci, parce que sinon…

— Entendu, entendu.

— Et quand nous ferons de nouveau le test, dans trois mois, hors de question que je vous appelle avant. Je ne plaisante pas. C'est exceptionnel.

Yale se demanda si c'était vrai, ou si la scène se répéterait, et qu'il lui dirait que c'était la dernière fois.

— Bon, démenti officiel : cela signifie qu'il n'y a pas d'anticorps *pour le moment*. Vous m'avez dit que la dernière fois que vous avez eu des rapports avec votre conjoint, c'était…

— Ex-conjoint. Décembre. Donc, avant mars, rien n'est sûr, c'est ça ? Puis-je revenir en mars ?

— Évidemment. D'ordinaire, je vous inviterais à passer dans trois mois, mais nous pouvons partir sur mars. Et je vous encourage à vous protéger en toutes circonstances d'ici là, même avec un partenaire non contaminé et monogame. Mais… la probabilité pour que les anticorps se manifestent aussi tard est mince. À votre place, je me détendrais. Fêtez ça, d'accord ? De manière responsable.

— Et vous en êtes sûr ? Je veux dire, avec votre système de codes, et tout ?

— J'en suis sûr. Écoutez, je continue de penser que ce serait une bonne idée de consulter un psychologue. J'ai moi-même dû gérer beaucoup de culpabilité quand j'ai su que mon test était négatif.

— Je vais y réfléchir.

Comment se sentait-il ? Il garda la main sur le combiné après avoir raccroché, comme si le téléphone était en mesure de lui communiquer la bonne émotion. Il y avait de l'euphorie, certainement – et la sérieuse impression d'avoir esquivé, une fois de plus, une balle qui continuait de se diriger tout droit vers ses amis – mais dans quelles proportions ? Il ressentait essentiellement de l'adrénaline à l'état pur.

Deux étudiants entrèrent dans le hall munis d'étuis à violon. Yale quémanda une pièce à l'un d'eux et téléphona à Fiona. Elle n'était pas chez elle mais avait un répondeur.

— Je t'appelle juste parce que je suis d'humeur négative. Je me sens très, très négatif.

Elle entendrait son sourire.

— Je baigne dans la négativité. Je me suis dit que ça t'intéresserait.

Quand Yale regagna son bureau, Roman s'appuyait de tout son poids sur un perforateur à trois trous.

— Mettons de la musique, dit Yale.

Sa cassette de New Order était toujours dans le magnétophone. Il s'assit à son bureau, battant la mesure avec son stylo bille. Roman le regarda d'abord d'un air franchement inquiet, mais au moment du refrain, il se joignit à lui, tambourinant sa table comme un bongo. Lorsque le refrain reprit pour la troisième fois, ils chantaient tous les deux en chœur.

Yale s'attarda au travail afin de ne pas avoir à passer du temps avec Julian. C'était trop pour lui, il ne supporterait pas de le regarder dans les yeux en sachant qu'il était malade alors que lui allait bien. Il avait déjà vécu cette situation – avait-il eu un problème avec Nico, avec Terrence ? Mais là, c'était différent.

Lorsqu'il sortit du métro ce soir-là, au lieu de rentrer à l'appartement, il se rendit dans Hubbard Street, où il y avait quelques bars gays et un sauna sans enseigne. Il n'avait pas l'intention d'entrer dans ce dernier, et ne savait pas trop pour les bars – c'était juste plaisant de se promener dans le coin. De savoir qu'il y avait d'autres groupes d'amis dans d'autres endroits de la ville qui vivaient leurs propres crises, relations et rédemptions. D'être dehors et de se sentir en bonne santé. Il resta sur le trottoir en face de l'Oasis et regarda les gens aller et venir. Comme il était agréable de ne reconnaître personne. Comme il était agréable de ne pas savoir lesquels de ces hommes étaient en train de mourir.

À l'angle de LaSalle Street, un groupe arriva en faisant tout le boucan typique d'une soirée battant son plein, et pendant un instant, Yale aurait aimé se joindre à eux, se fondre dans le groupe et le suivre – jusqu'à ce qu'il se rende compte que Charlie menait la troupe. Charlie, qui ne venait jamais ici. En train de gesticuler ostensiblement, de débattre. T-shirt FRANKY SAY RELAX et veste ouverte. Yale resta planté où il était sans trop respirer, tel un lampadaire de plus.

Lorsque le groupe se dirigea vers la porte, Yale vit un type – qu'il ne reconnut pas, en tout cas pas de là où il était – murmurer quelque chose à l'oreille de Charlie, avant de se retourner et de regarder Yale droit dans les yeux. Mais Charlie, lui, ne se retourna pas.

Les pieds de Yale restèrent cloués au sol un bon moment. Le fait qu'il n'était pas contaminé atténuait les émotions qu'il aurait ressenties si cet incident s'était produit la veille. Désormais, il se rendait pleinement compte qu'il survivrait à Charlie, que ce serait lui qui, dans cinquante ans, reviendrait sur ces événements, raconterait l'histoire de Charlie comme Nora lui avait raconté celle de Ranko. Avec moins de nostalgie, à n'en pas douter. Il n'imaginait pas voir leur histoire comme le grand amour perdu de sa vie. Il voulait être invisible pour pouvoir suivre Charlie dans ce bar, voir s'il se noyait dans la bière. Au lieu de quoi il rentra à pied à l'appartement, se prenant le vent de face, et le temps d'arriver, sa peau était anesthésiée.

Yale passa le samedi à être mal à l'aise en présence de Julian, à trouver des excuses pour quitter l'appartement. Il se surprit à se dire qu'il avait été épargné – et s'il avait été épargné, qu'est-ce que cela impliquait pour Julian ? Qu'il avait été choisi ? Après quoi il se flagellait d'avoir nourri de telles pensées. Julian lui demandait alors s'il y avait un problème, et Yale répondait que tout allait bien. Il se rendait ensuite compte que sa phrase était vraiment stupide, car tout allait mal en vérité – simplement, cela aurait pu être pire.

Il faisait encore nuit quand Yale fut réveillé par du bruit, comme si l'appartement était cambriolé. Mais ce n'était que Julian qui remplissait son sac à dos. Debout dans l'encadrement de la porte, Yale regarda Julian à la lueur de la lampe, penché en avant, une bande blanche de peau dépassant de son pantalon. Roscoe était sur le lit, en train de pétrir la couette.

— À quelle heure est ton vol ? demanda Yale.

Julian laissa tomber son sac par terre, à l'envers.

— Merde, merde, merde, s'écria-t-il.

Yale ramassa le flacon de collyre qui roula jusqu'à ses pieds, récupéra des T-shirts et des chaussettes.

— Hé, respire un grand coup, tu veux bien ?

Julian s'assit par terre, le sac à dos entre les jambes.

— Tu ne vas pas rater ton avion. À quelle heure est le décollage ?

— Faut que je me casse.

— OK, dit Yale. Tu as pris quelque chose ?

Julian ne répondit pas, et Yale interpréta son silence comme étant un oui. Il lui tendit le collyre, et Julian observa le flacon comme s'il le voyait pour la première fois.

— Bon, est-ce que tu as ton billet ? Tout ce dont tu as besoin, c'est de ton billet, de ta pièce d'identité et de liquide. Montre-moi ton billet.

Julian le sortit de la poche extérieure de son sac à dos. Un vol United qui ne décollait pas avant neuf heures quatorze. Yale consulta le réveil sur la table de chevet.

— Tu n'as pas à partir d'ici avant une bonne heure. Et si...
et si on rangeait tes affaires ?

Yale s'assit à côté de lui. Il avait l'impression d'aider un petit
enfant, un gamin trop essoufflé par sa dernière colère pour
prendre des décisions. Il plia les trois T-shirt et les empila, aligna
les accessoires de toilette et trouva son portefeuille – rafistolé
à l'aide de ruban adhésif abîmé, tout gonflé de coupons, de
cartes de vidéoclubs et d'abonnements à des salles de sport.
Julian sortit chaque élément un à un et les disposa devant Yale.

— Celui-ci te donne droit à des frites gratuites. File-le à
Asher.

Yale savait que le fait de céder ses affaires, de distribuer ses
objets avec soin était l'un des signaux d'alerte du suicide – mais
il y avait ce billet par terre, près du genou de Julian. Il prendrait
l'avion. Il irait jusque-là, au moins.

Julian ramassa un boîtier blanc trapézoïdal de fil dentaire et
le tint dans sa paume.

— Pourquoi j'ai ça ? demanda-t-il.

— Pour... Parce que c'est important, non ? La plaque dentaire, et tout ça ?

Il espérait arracher un sourire à Julian.

— Non, Yale, vraiment, pourquoi j'ai mis ça dans mon sac ?
Je n'utiliserai plus jamais de fil dentaire.

— Bien sûr que si.

— Je te dis que j'ai décidé d'arrêter. Genre, à partir de maintenant. J'ai toujours détesté ça, et que va-t-il arriver à mes gencives dans les six prochains mois ?

— Tu as beaucoup plus de temps que ça.

— Tu penses qu'un dentiste acceptera encore de me suivre ?
Je n'ai plus de dentiste pour me gueuler dessus ! Je ne ferai
plus jamais de détartrage ! Je pourrai manger des cochonneries
sucrées le soir et ne pas me brosser les dents après.

Il laissa tomber le fil dentaire sur les genoux de Yale et lui
empoigna les épaules.

— Le gamin de dix ans que j'étais adorerait !

Et puis il éclata d'un rire frénétique auquel Yale ne parvint
pas à se joindre.

— Est-ce qu'au moins, tu sais quand tu as été contaminé ? Je veux dire, est-ce que t'as pu l'attraper un mois avant de faire le test ? Tu n'auras peut-être pas de symptômes avant des années. Et encore plein de temps devant toi après. Et à ce moment-là... Tu as toujours cru qu'on trouverait un traitement, non ? Il vaut mieux que tu continues à utiliser du fil dentaire, Julian.

— Bon, déjà, commença Julian en se redressant, sérieux. Il s'essuya le visage – il avait ri aux larmes.

— Je *sais* quand j'ai été contaminé. Été 1982. Il y avait ce metteur en scène que je suivais comme un chiot depuis des mois, et il a fini par céder. Il m'a baisé parce qu'il a eu pitié de moi. Il est mort peut-être un an plus tard, tu sais, d'un cancer de l'oreille ou autre. Et je suis allé à son enterrement en me disant, *Waouh, la mortalité, c'est triste, on ne sait jamais ce qui nous attend.* Et c'était déjà en moi. J'ai été si longtemps dans le déni, Yale. J'ai été dans le déni jusqu'à ce que l'infirmière me regarde dans les yeux et m'annonce que j'avais le virus. Elle a dû me le répéter trois fois.

» Alors oui, mettons que ça prenne quelques années. C'est maintenant. Je suis en haut du toboggan. J'espère que ça commencera par de l'herpès et du muguet en même temps, comme ça je ressemblerai à un dragon à langue blanche quand j'ouvrirai la bouche. C'est quoi, le truc qui te fait saigner des gencives ? Je veux ça, aussi. Mais rien que pour toi, Yale, lorsque j'écarterai mes lèvres fendues de croûtes pour révéler mes gencives sanguinolentes et le cheptel de mycoses que j'élève au fond de ma gorge, je me regarderai dans le miroir et, juste pour toi, je me passerai du fil dentaire.

Yale prit le boîtier de fil dentaire entre son pouce et son index.

— T'as pas dormi du tout ?

— Je pourrai dormir dans l'avion.

— Quand tu seras parti, au bout de quelques jours, est-ce que je pourrai dire aux gens où tu es allé ?

— Tu pourras raconter que tu m'as vu, que je ressemblais vraiment à un pauvre diable, et que j'ai demandé pardon. Tu peux leur parler de Porto Rico, parce que le temps que Teddy prenne un vol pour m'y retrouver, je serai parti.

— Et ta famille ?
— Je leur enverrai une carte postale.
Yale prit un stylo et nota son numéro professionnel ainsi que celui des Sharp dans un vieil exemplaire de *Simetierre*, le seul livre dans le sac à dos de Julian.
— Je vais te commander un taxi.

Ce soir-là, Yale détacha un bout du fil dentaire de Julian et le jeta, puis s'en coupa un morceau pour se nettoyer les dents. Le lendemain, il recommença. Seulement le soir – le matin, il utilisait le sien. C'était une façon de faire durer celui de Julian, mais aussi de repenser à sa journée. Un jour depuis le départ de Julian, deux jours, et qu'est-ce qui avait changé ? Qu'avait-il fait ?

L'absence de Julian ne créait pas de grand vide à proprement parler, mais environ une heure après son départ, tandis que Yale se débattait avec la machine à café compliquée des Sharp, il comprit soudain qu'un ami de plus venait de quitter sa vie. Nico n'était plus là, Terrence non plus, Charlie ne faisait plus partie du même monde à ses yeux, Teddy le jugeait, et voilà que Julian était parti pour se rouler en boule sous un palmier et mourir. Il restait Asher, mais il était trop occupé. Il restait Fiona. Il connaissait vaguement quelques personnes qui n'étaient pas complètement associées à Charlie – Katsu, par exemple –, mais ces derniers temps, les gens se blottissaient tous autour de leurs amis de longue date, ceux dont ils étaient le plus proches, et ne se bousculaient pas pour s'en faire de nouveaux. Il y avait Roman. Il parlait plus à Roman qu'à n'importe qui d'autre – ce qui n'était pas très difficile. Roman avait vu Alphaville en concert, et avait raconté à Yale que quelqu'un lui avait écrabouillé le pied. Roman portait un T-shirt « sous le signe du Poisson », alors ils avaient parlé astrologie. Yale essayait d'essaimer des exemples d'acceptation de soi dans leurs conversations : « Je ne suis pas allé au Mexique depuis 1972. C'est l'année où j'ai fait mon *coming-out*, au moins auprès de moi-même. » Une fois, alors qu'ils parlaient de nourriture, il avait lancé : « Mon ex ne savait cuisiner que trois choses, mais l'une de ses spécialités était la paëlla. » Roman n'avait pas creusé.

Yale se passa du fil dentaire la nuit où il trouva un bleu bien violacé sur sa cheville et fut de nouveau pris de panique.

Il se passa du fil dentaire le soir du jour où le bleu commença à se dissiper, à jaunir sur les bords.

Le soir où Bill Lindsey, tout excité, lui annonça que les experts de Soutine étaient de leur côté, Yale soupesa le boîtier de fil dentaire dans sa main et essaya de deviner combien il en restait. Il y avait sans doute un conte de fées dans le genre : l'histoire d'un roi dont le règne prendrait fin quand la bobine de ficelle magique se terminerait. Ça sonnait bien. Il n'allait pas se contenter de cinq centimètres de fil dentaire uniquement pour le faire durer, mais il n'allait pas non plus le gâcher comme Charlie, qui en utilisait un bras tous les soirs.

Le jour de la Saint-Valentin, il se regarda dans le miroir, passa le fil entre ses molaires et se dit qu'il survivrait jusqu'à la fin de la semaine, au moins. Il avait survécu au test et au malaise avec Roman, n'avait pas craqué et appelé Charlie, ne s'était pas jeté du haut du balcon, n'était pas sorti pour une session de baise suicidaire dans la cabine d'un vidéoclub et n'avait pas pleuré. Il avait fait son boulot. Il avait maintenu Roscoe en vie. S'il pouvait survivre à une semaine de plus comme celle-ci, puis à une autre – s'il pouvait être debout ici à la fin du mois et se féliciter à nouveau de s'en être sorti en un seul morceau, alors il pourrait continuer à le faire pour toujours.

Ce lundi-là, Roman débarqua tôt dans le bureau. Il lui restait quatre semaines de stage. Yale lui dit qu'il serait ravi de le garder encore pour le trimestre de printemps, mais Roman secoua la tête et évoqua vaguement d'autres plans. Yale ne pouvait lui en vouloir.

— J'ai trouvé des choses sur Ranko Novak ! s'exclama Roman.

Il exhuma de son sac à dos un épais volume de la bibliothèque doté du genre de couverture en toile brute que Yale détestait toucher.

— Il est une note de bas de page. Littéralement.

Roman contourna le bureau de Yale – il ne s'était jamais autant approché de lui depuis le Wisconsin –, et ouvrit le livre à l'endroit où il avait glissé la fiche d'emprunt. La note occupait la moitié de la page, et Yale dut se coller au livre pour voir la partie que Roman avait marquée avec un crayon.

— En gros, ça reprend tout ce qu'elle nous a raconté au sujet du prix, expliqua Roman avant que Yale ait eu le temps de tout lire lui-même. Enfin, ce n'est pas très flatteur. Il n'aurait vraiment pas dû gagner. Est-ce que ce ne serait pas ça, le pire ? Savoir que personne n'estime que vous le méritiez ?

Yale vit les dates, les noms des lauréats, l'information au sujet des trois places ouvertes cette année-là, le fait que le prix avait été reporté. *Despujols et Poughéon finirent par faire le voyage jusqu'à Rome après la guerre*, affirmait le livre, *tandis que les blessures de Novak, et finalement sa mort (1920) ne lui permirent même pas de recevoir son prix.*

— Montre ça à Bill. Attends, ne lui dis pas qu'il s'agit d'une note, en revanche. Peux-tu photocopier uniquement cette partie pour qu'on ait l'impression qu'il s'agit du texte principal ?

L'inclusion de Ranko comptait de plus en plus à ses yeux. À présent, c'était pour lui une question de principe – que ce pauvre Ranko, Ranko qui avait été enfermé dans le château sans récompense, puisse enfin avoir droit à son exposition aux côtés de grands noms de la peinture.

Bill parlait désormais de monter l'exposition à l'automne de l'année suivante. Une attente cruellement longue. Yale aurait aimé accélérer les choses juste pour que Nora puisse mourir en sachant que l'exposition avait eu lieu, mais selon Bill, l'automne 1987, cela leur laissait déjà très peu de temps. Ce serait sa dernière exposition – il avait été clair à ce sujet –, et il pourrait ensuite passer l'hiver à Madrid.

Roman s'attarda près de Yale plus longtemps que nécessaire. Yale se surprit à fantasmer que plus tard au printemps, lorsque le stage serait terminé, il proposerait peut-être à Roman d'aller boire un verre. Il ne le ferait pas réellement, mais il avait le droit d'y penser.

Le téléphone sonna. Roman sursauta, s'écarta et se dirigea vers son bureau. Puis, se rappelant le livre, sortit avec l'ouvrage sous le bras pour le montrer à Bill.

La voix à l'autre bout du fil était terriblement tonitruante.

— Monsieur Yale Tishman !

Une voix d'homme. Qui résonnait comme une accusation. Si Terrence était toujours de ce monde, Yale aurait pu imaginer que c'était lui en train d'imiter quelqu'un, de faire une blague.

— Chuck Donovan à l'appareil. Administrateur, promo Wildcat 1952. Je vous appelle du bureau de Mlle Pearce. De son téléphone. Mlle Pearce m'explique que c'est vous qui êtes responsable de la gestion de la succession de Nora Lerner.

Yale se leva, regarda autour de lui. Pauvre Cecily — le type avait tout bonnement pris le contrôle de son téléphone. Il se la représenta assise, les yeux clos, le bout des doigts posé sur les tempes.

— C'est exact, répondit Yale. Je coordonne...

— Parce qu'il semblerait qu'il y ait un malentendu. Ces peintures appartiennent en réalité à un ami à moi.

Yale souleva le socle du téléphone, essaya de tirer le fil jusqu'au couloir. Une fois le seuil franchi, il ne fit pas plus d'un pas. La porte du bureau de Bill était entrouverte.

— Pourriez-vous patienter, commença Yale.

Mais Donovan ne s'arrêta pas.

— Bien, Mlle Pearce et moi avions une entente bien précise, et j'aimerais qu'on m'explique deux choses. Premièrement, qui est responsable de ce malentendu, et deuxièmement, comment réparer cette erreur ?

Yale ôta sa chaussure gauche et la lança à travers le couloir contre la porte de Bill. Roman émergea, suivi de Bill. Ils regardèrent la chaussure, le sol. Yale leur fit de grands signes. Il demanda, pour qu'ils comprennent :

— Monsieur Donovan, êtes-vous en ce moment dans le bureau de Mlle Pearce ? Êtes-vous sur le campus ?

Bill se tapa le front avec la main.

— J'aimerais vous inviter à la galerie, et nous allons convoquer également notre avocat.

— Parfait, répondit-il. Parfait. C'est ce que je voulais entendre.

Il était dix-sept heures trente quand ils purent enfin réunir tout le monde. Roman était rentré chez lui, mais Bill, Yale,

Cecily, Herbert Snow et Chuck Donovan – Yale avait imaginé quelqu'un de bedonnant au visage rougeaud, et fut surpris de voir un homme grand et mince doté d'une moustache blanche soignée –, se rassemblèrent dans le bureau de Bill, où la stagiaire de celui-ci leur apporta un café que Yale ne put boire tant il était tendu. Entre-temps, il avait raconté à Bill la gaffe qu'il avait faite dans le Wisconsin. Il n'évoqua pas sa gueule de bois ni les autres sujets qui avaient contribué à le distraire ce matin-là.

— Je suis ravi de cette occasion de m'adresser à vous tous, déclara Donovan.

Avant qu'il puisse se lancer dans son discours, Yale intervint :

— Le legs est fait. Il est impossible de revenir dessus.

Herbert Snow y alla alors de ses termes juridiques, et pendant son intervention, Yale parvint à capter le regard de Cecily. On aurait dit une femme s'apprêtant à se retrouver devant le peloton d'exécution. Yale était passé la voir dans son bureau pour partager avec elle la bonne nouvelle juste après avoir appris que son test était négatif. Elle l'avait serré dans ses bras, lui avait tapoté chaleureusement le dos. « Maintenant, tout ce qu'il faut, c'est faire en sorte que le test reste négatif », avait-elle dit.

— On s'est payé ma tête. Je donne de l'argent à cette université, je suis membre du conseil d'administration, et ne reçois que très peu de remerciements en retour. L'une des seules compensations qu'on me promet en échange de mon temps et de mon travail significatif, c'est d'avoir un peu d'influence. Bon, je ne suis pas du genre à mettre mon nez dans les programmes. Je ne vais pas, par exemple, me plaindre si vous mettez des nus dans votre galerie. Mais je devrais être en mesure, en tant qu'homme de parole, de faire une promesse à un ami en sachant que je vais pouvoir honorer celle-ci. En étant assuré que mes demandes ne seront pas ignorées. Je passe désormais pour un imbécile auprès de mes amis, de mes associés, et franchement, cela me pousse à m'interroger sur ma relation avec l'université dans son ensemble.

Yale se demanda si Cecily allait parler, mais elle était assise là, complètement découragée. Il imagina qu'elle avait déjà dit tout ce qu'elle pouvait lorsqu'ils étaient dans son bureau.

— Je parle de mon problème à Mlle Pearce en pensant que quelqu'un s'en occupe. Et puis j'apprends de mon ami Frank qu'un accord a été conclu. Il est très contrarié, mais me dit : *Tu en as assez fait, c'est fini, laissons tomber.* Et alors. Alors ! Ce week-end, je reçois un appel de Frank qui a appris via sa fille que vous estimez ces œuvres à des millions de dollars !

— Monsieur Donovan, je comprends votre inquiétude, dit Bill. Mais ce sont trois millions de dollars qui sont désormais dans le capital de la Northwestern.

Yale toussa, essaya d'arrêter de tousser, essaya, avec ses yeux, d'empêcher Bill de dire ce qu'il avait déjà dit. Yale ne savait pas qu'il était question de *trois* millions. Cette information venait sans doute des experts de Soutine. Évidemment, les sourcils de Donovan se dressèrent là où aurait dû se trouver la naissance de ses cheveux.

Il tourna brusquement la tête en direction de Cecily.

— Vous ne m'avez pas communiqué ce chiffre.

— Je ne l'avais pas, répondit-elle.

— Il s'agit de trois millions de dollars qui reviennent de droit à mon ami Frank Lerner.

— Tout cela a créé beaucoup d'émoi, mais écoutez, cette collection nous enthousiasme énormément, dit Yale. Nous allons faire une annonce officielle d'ici une semaine ou deux, et vous avez la primeur du scoop.

Donovan l'ignora et s'adressa à Cecily :

— Si ces gens ne sont pas en mesure de régler mon problème, j'ignore pourquoi vous m'avez traîné jusqu'ici.

L'idée était-elle vraiment de Cecily ? Avait-elle donné le téléphone à Donovan en lui demandant d'appeler Yale ?

— Elle n'y est pour rien. Nora Lerner m'a contacté, et c'est moi qui ai géré l'acquisition. À vrai dire, à partir de ce moment-là, nous n'avons pas tenu Mlle Pearce informée de la suite des opérations. Elle vous a défendu, vous et vos intérêts, à chaque instant.

Cecily posa les mains sur ses joues, le regarda, et Yale ne savait pas trop si elle essayait de le mettre en garde ou bien de le remercier. Yale espérait que Bill dirait maintenant quelque chose pour le soutenir, mais il contemplait ses genoux. Herbert

Snow prenait des notes. Yale se rendit compte, avec un frisson, qu'il retranscrivait ce que Yale venait de raconter sur le court-circuitage de Cecily.

— Parce que vous vous êtes montré extrêmement compréhensif, peut-être pourrions-nous organiser une visite privée afin que vous et un groupe restreint d'amis puissiez découvrir les œuvres, proposa Yale. Cela pourrait être prochainement, ou bien quand l'exposition sera sur pied. Champagne et petits fours dans la galerie. Qu'en pensez-vous ?

Donovan se leva.

— Je vais rendre une visite au président. Et je crois que cette histoire intéressera beaucoup les gens. Il se trouve que j'ai des amis journalistes.

Yale se leva également, quelques secondes avant tous les autres. Il plongea la main dans sa poche, en sortit sa carte professionnelle.

— J'espère que vous avez compris que je suis à l'origine de cette acquisition et que nous avons agi en allant à l'encontre des instructions données par Mlle Pearce.

— Je suis inclus dans ce « nous », dit Bill. Si vous devez vous plaindre de quelqu'un, je vous prie de vous plaindre de moi personnellement. Yale n'a fait qu'agir...

Yale leva une main pour l'arrêter.

— C'était mon projet. Nous n'avons rien fait qui aille à l'encontre de l'éthique et de la loi, mais si on doit en vouloir à quelqu'un, c'est à moi.

Il serait déloyal que Bill paye à sa place. Surtout que c'était Yale qui avait déconné, qui avait été trop distrait par sa propre vie pour accomplir correctement son travail dans le Wisconsin.

Cecily ajusta ses épaulettes et suivit Donovan sur presque tout le trajet jusqu'à la porte. Elle s'arrêta et posa les yeux sur Yale avant de quitter la pièce, lui adressant le genre de regard que l'on jette à un homme en train de se noyer alors que l'on prend le dernier gilet de sauvetage.

Ce soir-là, chez Asher Glass, Yale resta assis par terre, l'air hébété, à côté de tous les gens qui n'avaient pas trouvé de chaise ou n'étaient pas parvenus à se caler contre le mur. La moitié de son salon était en fait son bureau, avec des tables, des téléphones et des caissons de rangement. L'autre moitié était occupée par un canapé élimé et une petite télévision. Le coccyx de Yale s'enfonçait dans le plancher, et d'ici, on voyait chaque mouton de poussières, et il y en avait beaucoup.

Asher leur promit que les pizzas n'allaient pas tarder, et se mit debout devant le téléviseur pour parler d'un fonds communautaire d'aide au logement, une caisse noire pour les gens qui ne parvenaient pas à payer leur loyer parce qu'ils étaient malades. Quelqu'un demanda si Asher pouvait garantir que l'argent resterait dans la communauté gay, ce à quoi il répondit :

— Bien sûr que non ! Nous n'avons pas le monopole de cette maladie.

S'ensuivit un débat animé. Quand Asher était exaspéré, les sillons parallèles au-dessus de ses yeux se creusaient tant qu'ils semblaient gravés dans sa peau.

Yale était libre désormais de fantasmer sur lui, libre d'imaginer non pas seulement un rêve, mais une vraie possibilité. Il pourrait rester tard, aider à nettoyer, poser sa main sur l'épaule d'Asher... Mais Yale n'avait jamais été du genre à faire le premier pas. Jamais de la vie, même en étant ivre. Et il doutait qu'Asher se rende compte de son intérêt à moins qu'il lui empoigne tout bonnement la queue.

De plus, sa vie était déjà bien assez mouvementée comme cela en ce moment. Il lui fallait une bonne période d'ennui, quelques mois pendant lesquels, si on lui demandait « Quoi de neuf ? », il puisse répondre « Rien de spécial, tout roule. » Il ne pouvait sacrifier son boulot et risquer d'être rejeté le même soir.

Mais non, tout irait bien à la galerie le lendemain matin. Le transfert de biens était en béton, l'avait rassuré Herbert Snow. Les choses allaient bien se passer, c'était obligé.

Rafael, le rédacteur en chef de Charlie, ne cessait de se rapprocher de Yale par terre, et finit par se retrouver juste à côté de lui.

— Quelle soirée pourrie ! mumura-t-il.

Yale avait nerveusement passé la foule en revue en arrivant, même si Asher lui avait garanti, lorsqu'il l'avait invité, que Charlie ne serait pas là. Il ne serait pas simple d'éviter l'homme gay le plus omniprésent de Chicago, mais Yale s'en accommoderait le temps que les choses refroidissent, qu'une croûte se forme. Teddy était appuyé contre le rebord de la fenêtre à côté de son ami Katsu. Yale n'avait pas parlé à Teddy ce soir, ne le ferait sans doute pas. Teddy et Katsu avaient exactement la même taille, et Yale plissa les yeux jusqu'à ce qu'ils ne soient plus que deux silhouettes identiques. Katsu leva une main, et quand Asher cria par-dessus le vacarme pour lui donner la parole, il dit :

— Pour ceux d'entre nous qui vivent avec...

Et Yale entendit à peine la question, quelque chose au sujet des droits des locataires. Il aurait pu deviner, mais il n'était pas au courant.

Quelqu'un posa une question au sujet de l'anonymat, et Rafael murmura :

— Il paraît que tu mènes la grande vie ! Quand est-ce que tu nous invites, nous, la plèbe, à une fête ?

Rafael avait un kéfié noué autour du cou, et il enfouissait son menton dedans comme une tortue.

— Je squatte, c'est tout, dit Yale.

Il avait pourtant l'impression qu'il vivait là-bas, dans une petite capsule au-dessus de la ville, tandis que par ici, la souffrance et les tragédies de tout le monde se poursuivaient.

Une minute plus tard, Rafael murmura autre chose :

— Charlie pète carrément un plomb. Tout le monde au bureau te réclame. « Merde, ramenez-nous Yale ! » Est-ce qu'il a toujours été dingue ? Et toi, genre, tu absorbais tout ça pour nous ?

— Il traverse des moments vraiment difficiles.

— Tu veux dire que c'est une catastrophe ambulante ! Est-ce que tu le nourrissais de force ? On a commencé à poser des trucs à grignoter sur son bureau, histoire qu'il mange.

Toutes les têtes se tournèrent en même temps vers la porte, et quand Yale en fit de même, il s'attendait vraiment à voir Charlie. Un cauchemar, un soulagement, un ange vengeur. Mais c'était Gloria, avec une pile de cartons de pizzas, qui demandait à l'assemblée de se calmer, de ne pas bouger avant qu'elle ait sorti les assiettes en carton et les serviettes en papier.

Yale laissa les sons autour de lui se fondre en un bourdonnement monotone. Il regarda Asher parler, gesticuler, se cogner
la main dans l'antenne de télévision. Il regarda Katsu et Teddy
appuyés l'un contre l'autre.

— Personne n'écoute, en fait. Tout le monde en a ras-le-bol
d'écouter, observa Rafael.

Le lendemain matin, il y avait des fleurs sur son bureau, un
bouquet de dahlias jaunes de Cecily. Accompagné d'un mot :
Je ne te remercierai jamais assez.

Avant qu'il n'ait eu le temps de s'asseoir, Bill était là. Il avait
ramené un café à Yale, même si celui-ci en avait déjà un.

— Il semblerait que notre ami soit en plein délire autocra-
tique, lança Bill.

Il s'arrêta, attendant que Yale lui demande quel était le problème, mais celui-ci n'avait pas envie de jouer le jeu, aussi Bill
se racla-t-il la gorge avant de poursuivre.

— Il est allé voir le président, ce qui... je ne sais pas ce que
cela va donner. Vraiment pas. Il convoque le conseil. Pas notre
conseil. Le conseil. Et pendant ce temps-là, Frank, le fils de
Nora, est en train d'intenter une espèce d'action en justice. Je
ne sais pas s'il s'agit d'un procès, mais vous avez un message
de Snow.

— C'est une immense perte de temps, déplora Yale.

— Oui, oui.

Le regard de Bill traversa Yale et se perdit de l'autre côté de
la fenêtre.

— Mais ce n'est pas très bon pour la galerie. Vous étiez si
noble, à lui donner votre carte et autre, et j'aurais préféré que
cela ne soit pas le cas. Vous savez que j'étais prêt à endosser
la responsabilité.

— C'est moi qui ai merdé.

En fait, la veille, alors qu'il ne trouvait pas le sommeil, il
s'était demandé pourquoi il avait agi de la sorte. Pour Cecily,
évidemment. Mais peut-être était-ce aussi une forme d'auto-
flagellation, une façon de se punir de... de quoi ? Eh bien, de
tout. D'avoir fricoté avec Roman. De priver Debra, et peut-être

même Fiona, des œuvres. D'avoir abandonné Charlie. D'avoir échappé à la maladie. Pas besoin d'un psy de génie. Il avait si facilement balayé d'un revers de la main l'aide psychologique que le Dr Cheng lui avait proposée, son appel à la prudence, et voilà. Il s'était engagé dans un autre genre de comportement à risques.

— Je pense que s'il vous reste des choses à boucler avec Nora, je veux dire, personnellement, puisque c'est vous qu'elle a choisi, il serait peut-être judicieux de profiter des prochaines semaines. D'une manière générale, je pense simplement au timing.

— Vous croyez que je devrais conclure mes affaires avec Nora.

Yale essaya de lire sur son visage.

— Eh bien, c'est juste que vous voudrez peut-être le faire.

— Dans les prochaines semaines.

Le pouce de Bill taquina la fossette qu'il avait sur le menton.

— Je n'ai pas de boule de cristal. Une possibilité serait que je dise à Donovan que vous n'êtes plus sur le coup, que je me charge personnellement de ce dossier, vous voyez ? Nous vous soustrayons à Nora pour voir comment se passe le reste. Et de toute façon, vous aviez terminé là-bas ! Mais je ne vous laisserai pas non plus gérer la recherche de subvention en lien avec l'exposition. La communication, etc.

— Bill, si je dois boucler d'autres dossiers, vous auriez tout intérêt à m'en informer.

— Oh ! Ce n'est pas ce que j'ai voulu dire ! Yale, nous ne pouvons vous perdre ! Je ne laisserai pas une telle chose se produire !

À la fin de la semaine, Bill eut rendez-vous avec Herbert Snow, et quand il sortit de son bureau, ses yeux étaient plus chassieux que d'ordinaire, son visage plus gris.

Allen Sharp téléphona.

— Des rumeurs circulent au sein du conseil consultatif, dit-il.

Yale dut tout lui expliquer. Allen sembla apaisé, mais il s'inquiétait de la réaction des autres.

— Les gens vont vouloir prendre leurs distances, dit-il. Tout ce qui n'est pas éthique... J'ai vu à quel point ces histoires pouvaient être explosives.

Yale n'eut aucun mal à se représenter la situation : l'article dans le *Times*, les cancans jubilatoires dans le milieu de l'art. Que Chuck Donovan ferait tout pour répandre, s'il le pouvait. Chuck se moquait bien des œuvres. Il se moquait même probablement de sa relation professionnelle avec Frank Lerner. Ce qui l'intéressait était de donner l'impression qu'il avait de l'influence.

Yale appuya son front contre la barre d'espace de sa machine à écrire.

À l'heure du déjeuner, Yale marcha jusqu'au lac, se mit sur l'un des monticules de glace juste au bord de l'eau. L'hiver était là depuis tellement longtemps que l'air ne faisait plus mal.

Les bords gelés du lac étaient la surface d'une autre planète, ondulée, fracturée et grise. Yale ne sentait plus ses doigts, mais attendit de ne plus sentir sa tête non plus.

Il rentra et se rendit dans le bureau de Bill. Il eut envie d'aller aux toilettes mais c'était juste nerveux.

— Appelez Chuck Donovan pour lui annoncer que vous allez me virer. Demandez-lui si cela arrangerait la situation, s'il peut arrêter Frank dans ce cas-là. Donnez l'impression de conclure un marché. Ça lui plaira.

— Je ne vais pas vous virer ! s'indigna Bill.

— Je démissionnerai avant.

C'était comme vomir tout ce qu'il y avait de mauvais dans son corps, comme si, quelque part, son acte n'allait pas uniquement remettre la galerie sur des rails, mais tout l'univers.

— Même si cette action en justice est absurde, vous n'obtiendrez aucune subvention tant qu'il en sera question. Vous ne pouvez demander au conseil...

— Yale, le coupa Bill.

Mais il semblait déjà plus serein.

— Téléphonez-lui, et voyez si ça marche.

Les épaules de Bill s'affaissèrent. Il regarda le plafond, posa sa main sur sa bouche.

— Vous savez que si on en arrive là, je vous écrirai une lettre de recommandation d'enfer.

Même si c'était ce que Yale avait voulu, le fait que Bill accepte était une vraie balle dans le ventre.

— Téléphonez-lui maintenant. J'attendrai dans mon bureau.

Yale ouvrit le premier tiroir. Il contenait au moins cinquante stylos bille, dont il avait pour la plupart hérité avec le bureau. Il en prit un et gribouilla une ligne sur son bloc-notes. Il ne marcha pas tout de suite. Yale le plaça dans la tasse vide à côté de sa main gauche, puis oublia ce qu'il était en train de faire et resta prostré à cligner des yeux. Il reprit ensuite ses esprits, piocha un autre stylo, l'essaya, et comme il ne fonctionnait plus, il le jeta dans la poubelle où il atterrit trop bruyamment. Les deux suivants étaient trop secs, celui d'après, bouché, celui d'après encore écrivait. Il les testa tous. Douze bons stylos. Deux avec le logo de la Northwestern, quelques Bic standard, deux stylos effaçables plus sophistiqués et quelques autres bas de gamme faisant de la publicité pour des compagnies d'assurance – ce n'était qu'une supposition, Yale ne parvenait pas à fixer ses yeux sur le texte qui était écrit sur les côtés.

Quand Bill entra dix minutes plus tard, Yale sut tout de suite en voyant son visage – l'air peiné et hésitant qui ne masquait pas complètement son soulagement – que le plan avait fonctionné.

— Je pense que ça va marcher comme prévu. Je veux dire votre... votre idée. Ce que je lui ai dit. Tout est une affaire d'ego avec lui.

— Je sais.

— Vous êtes un génie, Yale. En avez-vous conscience ? Et mon problème, maintenant, c'est que j'ai perdu mon génie. Quel beau panier de crabes... Il m'a dit qu'il avait l'impression d'avoir été entendu, et puis il a commencé à parler de quelque chose en lien avec l'école de musique. Nous verrons ce que ça donne. Peut-être pouvons-nous... peut-être qu'il passera à autre chose et que nous pourrons faire machine arrière.

— Non.

Yale perçut sa voix plate avec une clarté remarquable, comme sur une bande, un message qu'il aurait enregistré des années auparavant.

— Si ça marche, ne gâchons pas tout.

— Je veux d'abord que vous terminiez vos projets. Ce bureau ne peut être vide. Yale, je veux vous dire que...

— Si je ne suis pas indispensable la semaine prochaine, j'irai dans le Wisconsin.

— Oui ! Formidable ! Et prenez Roman !

Sa phrase donnait l'impression que le garçon était un lot de consolation. Lorsque Bill quitta le bureau, il prit ostensiblement le soin de refermer la porte doucement derrière lui.

Yale hésita entre son agrafeuse et le Rolodex, et choisit ce dernier. Il s'en empara et le projeta, de toutes ses forces, contre le mur.

Le mardi suivant, Yale loua la voiture la plus chère qu'il trouva, une SAAB 900 rouge, et profita aussi de sa carte professionnelle pour acheter des snacks. Il passa prendre Roman devant son appartement sur Hinman Street – Yale lui avait laissé la possibilité de ne pas venir, mais le garçon avait insisté pour l'accompagner –, et ils descendirent Lake Shore Drive pour récupérer Fiona.

Fiona les accompagnait pour apaiser Debra. Elles n'étaient pas proches toutes les deux, mais c'était Fiona qui avait téléphoné, qui avait expliqué à Debra que Yale avait été viré, attisant sa culpabilité comme elle le put. Elle lui avait raconté que Yale souhaitait dire au revoir à Nora, et qu'elle aussi voulait la voir, ajoutant qu'elle pouvait bien prévenir son père ou même la police si ça lui chantait, ils viendraient malgré tout.

— La fin n'était probablement pas nécessaire, commenta Fiona, mais comme je l'avais préparée, je l'ai sortie.

Yale pensa que la présence de Fiona rassurerait également Roman ; elle ferait tampon. Et son amie n'avait pas revu Nora depuis le mariage au cours duquel elle lui avait parlé de Yale et de la galerie pour la première fois. Celui-ci n'eut aucun scrupule à facturer une troisième chambre d'hôtel à la Northwestern. Il voyait cela comme un cadeau personnel de Chuck Donovan.

Yale avait passé la veille à contacter des donateurs, avait commencé à boucler certains dossiers. C'était son travail, mais aussi un moyen de renforcer son réseau. S'il atterrissait dans un autre musée dans trois mois, il voulait pouvoir encore appeler ces gens.

Ce week-end-là, il relut son CV et passa quelques coups de fil à d'anciens collègues de l'Art Institute pour tâter le terrain. L'un d'eux travaillait désormais au MCA. Et il y avait d'autres villes que Chicago. Pour la première fois depuis des lustres, il était libre d'aller vivre là où son travail pouvait le mener. New York, Montréal, Paris, Rome. Il essaya de voir les choses de cette façon, de voir les cadeaux qu'il venait de recevoir : sa vie, sa santé, la liberté de sillonner le globe.

Pendant le trajet, entre deux bouchées de chips de maïs, Roman raconta en détail l'histoire de Ranko à Fiona. L'artiste était la principale raison de leur déplacement, hormis le désir de Yale de dire au revoir à Nora. Si Yale venait de démissionner pour des dessins de Modigliani, il était idiot. Mais s'il avait démissionné pour sauver cette collection, et si cette collection demeurait complète, comme le souhaitait Nora, alors il aurait accompli quelque chose de bien dans sa vie, quelque chose de vraiment bien. Et relater l'histoire de Ranko, s'assurer qu'on la raconte – n'était-ce pas la raison pour laquelle Nora voulait que sa collection aille dans cette galerie ? N'avait-elle pas choisi Yale précisément parce qu'elle pensait qu'il comprendrait ?

Ils s'arrêtèrent à la station-service à côté de Kenosha, l'une de ces aires de repos boisées, et tandis qu'ils attendaient Roman, Fiona dit :

— Tu devrais appeler Asher. C'est son domaine, les licenciements abusifs.

— Je n'ai pas été victime de licenciement abusif. J'ai déconné et j'ai démissionné. Et Asher a d'autres chats à fouetter.

L'idée était tentante, pourtant – cela lui donnait une raison de passer du temps avec Asher, une raison tangible de pleurer sur l'épaule de quelqu'un, une épaule solide qui plus est.

— Je ne comprends pas pourquoi tu as fait ça, dit-elle. Tu ne peux pas sacrifier ta carrière simplement pour être noble !

Il imita sa voix :

— Tout comme tu ne peux pas simplement sacrifier tes études universitaires pour être noble !

Fiona eut soudain envie d'un soda. Lorsque Roman sortit, elle entra dans la station. Roman semblait si peu à sa place parmi les familles du Wisconsin aux manteaux matelassés disséminées çà et là que c'en était comique. Il portait un bomber noir par-dessus son T-shirt noir, et son jean, ses chaussures et ses lunettes étaient bien sûr de la même couleur. Tel un croque-mort diablement chic. Il approcha et se tint à côté de Yale, qui faisait semblant de lire un panneau historique sur Marquette et Jolliet. Il pensait encore à Bill, à Asher, et voilà que Roman lisait lui aussi le panneau, suffisamment près pour que Yale entende sa respiration. Au bout d'une minute, leurs bras finirent par se toucher. Leurs épaules, leurs hanches. Roman déplaça sa main comme s'il allait la poser sur le dos de Yale, mais celui-ci ne sentit jamais aucune pression. Le garçon sembla juste laisser sa main planer là, comme s'il se mettait au défi de la bouger.

— J'ignorais que Marquette était un prêtre.

— J'ai l'impression qu'à l'époque, tout le monde était prêtre, non ?

— Eh bien...

La chaussée explosa sous eux.

Ou plutôt, elle vola en éclats, des tessons tout autour, le béton toujours là, leurs chaussures et leurs pieds également.

Yale se retourna et vit une grosse femme aux cheveux crêpés et en veste en jean – elle les regardait mais se dirigeait vers les portes de la station. Une autre femme marchait devant elle en riant. Son amie, peut-être, gênée par la scène. C'était une bouteille qui s'était brisée à leurs pieds, une bouteille de soda. Les restes de boisson moussaient entre les fragments de verre.

— Vous me donnez la gerbe ! cria la grosse femme avant de courir pour rattraper son amie. Bande de pervers pédophiles !

Elles disparurent à l'intérieur.

Roman recula d'un pas, dans les débris. Il forma un petit « o » avec sa bouche et expira doucement.

— J'imagine qu'elle n'aime pas trop les panneaux historiques, plaisanta Yale.

Il tremblait, mais voulait que tout rentre dans l'ordre. Il se sentait responsable, comme si en faisant une branlette à Roman, il avait tout déclenché, avait rendu Roman ostensiblement gay. C'était absurde, il le savait.

Le garçon quitta la chaussée et essuya ses chaussures sur la neige dure.

— Elle ne voyait même pas notre visage. Elle ne voyait que notre dos.

— Ça va ? lui demanda Yale. Je suis navré. C'est...

— Ce n'est pas comme si je n'avais pas déjà entendu ce genre d'insulte.

— Oui, enfin, on est dans le Wisconsin.

— Ne faites pas comme si cet incident s'était produit parce que nous avons traversé la frontière du Wisconsin.

— Écoutez, n'en parlons pas à Fiona.

Laquelle, justement, arrivait.

Nora semblait plus en forme que la dernière fois. Son fauteuil roulant était devant la table de la salle à manger sur laquelle elle avait disposé en piles les lettres de sa boîte à chaussures. Elle se leva, instable, pour serrer Fiona dans ses bras, pour dire à Yale qu'il semblait fatigué. Debra les avait accueillis, avait froidement déposé un baiser sur la joue de Fiona et évité complètement Yale avant de partir faire des courses. Yale espérait qu'elle ne se contentait pas de cette vie – qu'elle voyait des amis, se roulait dans la boue, mettait ses bijoux au clou, quelque chose.

Yale expliqua à Nora qu'ils souhaitaient monter l'exposition en octobre de l'année prochaine, mais ne précisa pas qu'il était en train de perdre son travail. Si elle l'avait appris de Debra, elle n'en laissa rien paraître.

— On va te kidnapper et t'emmener en voiture à Chicago ! dit Fiona. On te promènera sur ton fauteuil et tout le monde devra s'écarter pour te laisser passer.

Nora se mit à rire.

— Les gens s'écartent généralement face à un fauteuil roulant, répondit-elle.

Yale lui expliqua qu'il s'agissait cette fois plus d'une visite de courtoisie.

— Et croyez-le ou non, nous ne sommes pas là pour vous cuisiner sur des dates. Nous voulons que vous nous parliez de Ranko. Nous sommes suspendus à vos lèvres.

Nora était ravie de leur raconter la suite, mais insista pour qu'ils se préparent d'abord des sandwichs. Sans le fauteuil, elle l'aurait bien fait elle-même. Ils trouvèrent du pain de mie sous-vide, du fromage et de la pâte à tartiner salée. De la laitue iceberg flétrie, dont Yale ne voulut pas entendre parler. Roman posa une feuille de salade sur son sandwich et la disposa de sorte que le vert apparaisse sur les bords.

Yale et Fiona retournèrent dans le salon avant lui.

— Il est chou, murmura Fiona. Peux-tu me donner une seule bonne raison de ne pas le séduire une nouvelle fois ?

Yale en avait plusieurs, mais ils avaient déjà rejoint Nora, et Roman arrivait.

— Vous avez de la chance que j'aie encore toute ma tête. Il se trouve que je me souviens de ce que je vous ai déjà raconté. Nous étions en 1919, n'est-ce pas ?

Fiona s'installa à table à côté de Yale, prit son bloc-notes et son stylo et écrivit : FAIS-LE. Il étouffa un rire, un rire de gamin de onze ans à la synagogue, en la voyant dessiner un accouplement de bonhommes bâton.

Roman enclencha le magnétophone qu'il avait apporté, et Nora se mit à parler de cet été, comment le fait de poser lui avait ouvert les portes de folles soirées et de longs dîners, lui avait permis d'intégrer un cercle d'artistes auquel elle n'avait pas eu accès en tant qu'étudiante de la gent féminine.

— Cinq années s'étaient écoulées. Je croyais vraiment qu'il avait survécu aux combats parce que plusieurs amis l'avaient vu à la toute fin. Pour la grippe, on ne savait jamais, bien sûr. Mais dans tous les cas, je le tenais pour perdu. Il était de notoriété publique qu'il n'avait pas réclamé son prix.

Elle leur parla de Paul Alexandre, un nom manifestement familier à Roman. Ce mécène louait une demeure délabrée qu'il prêtait aux artistes pour des fêtes durant des jours entiers.

— Il y avait beaucoup de cocaïne, dit-elle.

Fiona éclata de rire.

— Eh bien, ma chérie, nous venions de survivre à quelque chose de terrible, et nous étions désœuvrés. Modi était le centre magnétique, et m'emmenait là-bas. Il ne mesurait plus qu'un mètre soixante et avait perdu bon nombre de ses dents. Il piquait des colères noires – une conséquence de la tuberculose. Parfois, il se contentait de pleurer. Un jour, alors qu'il était en train de me dessiner, il a fait une vraie crise de nerfs au sujet de Braque. Il disait que Braque avait dépassé la ligne d'horizon alors que lui ramait encore. Je le dépeins comme un affreux personnage, mais il était incroyablement sexy. Nous étions dans la maison d'Alexandre, j'étais vraiment ivre, et quand j'ai levé les yeux... Ranko se tenait dans l'encadrement de la porte, tel un fantôme.

Roman, le souffle coupé, laissa échapper un cri de surprise, comme si rien dans ce récit n'avait laissé présager une telle issue.

— Sa main droite était enfoncée dans sa poche, et je n'ai pas compris que c'était parce qu'elle était complètement hors d'usage, qu'elle n'avait plus de nerfs. On ne lui avait pas tiré dessus, alors j'ignore ce qui avait causé de tels dommages. Peut-être était-ce psychologique. Il parvenait à bouger son auriculaire, mais pas les autres.

» Je ne me rappelle plus le début de notre conversation. Je me souviens juste qu'à la fin, nous étions tous les deux sur la pelouse, et Ranko me criait qu'il savait ce que cela voulait dire, que je sois un modèle. Bon, il avait raison. Tout à fait raison. Je n'ai jamais su lui expliquer que poser était la seule façon qui me restait pour être artiste. Et regardez, est-ce que cela n'a pas marché ? Après tout ce temps, mon exposition va avoir lieu !

Elle rit et tapa la table.

— Mais tu aurais encore pu être une artiste, non ? demanda Fiona. C'est seulement parce que tu n'étais plus étudiante ?

— Oh, ma chérie. Nomme-moi une femme dont tu connaisses le travail avant 1950, hormis Mary Cassatt. Mais ce n'était pas le seul problème. Honnêtement, je n'ai jamais été très douée.

Bon, j'aurais pu m'améliorer, si j'avais continué à m'exercer. J'avais besoin d'instruction. L'enseignement avait détruit Ranko. Moi, il m'aurait aidée.

— Berthe Morisot ! s'exclama Fiona, mais Nora était passée à autre chose.

— À l'instant où je l'ai vu, j'étais à nouveau amoureuse. Quelle chose étrange, n'est-ce pas, que de retrouver quelqu'un après tant de temps ! Votre cerveau reprend là où vous aviez laissé cette personne.

Elle regarda Yale avec intensité, comme si elle cherchait son assentiment. Il se demanda combien de temps il pourrait éviter Charlie, et ce qui se passerait si leur prochaine rencontre avait lieu dans cinq ans. Si Yale s'installait ailleurs, par exemple, et revenait à Chicago pour un enterrement. Le choc en voyant Charlie, décharné et pâle, à l'autre bout d'une pièce bondée. Mais non – dans cinq ans, ce serait fort probablement Charlie qu'on enterrerait.

— Il était tellement en colère contre moi qu'il est parti à Nice un mois entier. J'ignore à quoi il s'attendait. Il avait de la chance que je ne sois pas mariée et mère de trois enfants. Enfin, j'ai toujours imaginé que ce qu'il n'avalait pas, c'était que je fréquente ces artistes accomplis. Quand il est revenu, nous avons eu une dispute terrible. Et puis nous nous sommes réconciliés. Il a emménagé avec nous, dans l'appartement que je partageais avec mon amie Valentina. Mais je posais, et j'avais droit à des scènes de jalousie. Il a tenté de me faire peindre à sa place. C'était atroce : nous allions dans l'atelier d'un ami à lui, et il croquait une scène avec sa main gauche, de façon très sommaire, avant d'essayer de me diriger comme une marionnette. Il mélangeait les couleurs et me montrait où les appliquer, tout cela à l'aide de sa main gauche. C'était la torture absolue, et le résultat était digne d'un enfant. Je m'en serais mieux sortie s'il ne beuglait pas par-dessus mon épaule. Le… Je ne devrais pas vous le dire, mais je crois bien que j'ai déjà vendu la mèche… Le tableau…

— L'homme au gilet à losanges, devina Yale.

Sa tête se mit à dériver dans les airs comme une montgolfière.

— Vous nous avez dit qu'il datait d'après la guerre.

— Il est de lui, pas de moi ! Il voulait un autoportrait, et ceux qu'il avait réalisés ne lui plaisaient pas. Bien sûr, j'étais d'accord pour être ses mains. Et vous voyez les similarités stylistiques entre cette toile et celle qui me représente enfant !

Yale eut envie de ramper sous la table et de se rouler en boule. Plus tard, il faudrait qu'il demande à Roman d'effacer cette partie de l'enregistrement. Si Bill avait vent de cette histoire, il ne voudrait plus jamais entendre parler des toiles de Novak. Si quelqu'un d'autre l'apprenait – bon sang, cela perturberait toutes les authentifications. Cette toile... n'était pas un faux à proprement parler, mais presque. Yale n'arrivait pas à réfléchir.

— C'est Ranko ? Il avait cette tête-là ? demanda Roman.

— En fait, non. Le résultat final ne lui ressemble pas vraiment. Je crois avoir réussi à rendre ses yeux. J'en suis fière. Mais il est difficile de peindre alors que quelqu'un vous hurle dans les oreilles.

— Pourquoi as-tu toléré une chose pareille ? voulut savoir Fiona.

— La culpabilité, sans doute. Il avait vécu tant de choses. Et j'étais follement amoureuse de lui. Quand on est amoureux, on n'est jamais raisonnable.

La réponse ne parut pas satisfaire Fiona. Mais elle n'avait pas compris non plus pourquoi Yale avait supporté Charlie aussi longtemps. Tôt ou tard, cela lui parlerait – comment une personne pouvait changer, et pourtant, vous étiez incapable de vous détacher de la première idée que vous vous étiez faite d'elle. Comment l'homme qui avait été parfait pour vous un jour pouvait se retrouver piégé dans le corps d'un étranger.

À côté de Yale, Roman avait enlevé la tranche de pain au-dessus de son sandwich et le désassemblait. Il prit son carré de fromage, le plia en deux et l'enfourna dans sa bouche. Ni lui ni Fiona ne semblait perturbé par l'aveu de Nora.

— Bon, vous savez comment cela s'est fini pour Modi. En janvier, Jeanne est venue à Paris, enceinte. J'avais entendu qu'elle était en ville, alors je gardais mes distances. Il habitait juste à côté de La Rotonde, et cela me rend malade de penser que je suis allée m'asseoir là-bas plusieurs fois tandis que lui était en train de rendre l'âme à quelques centaines de mètres. Voici ce qui est arrivé : son voisin a fini par aller voir comment il allait, et lui et Jeanne avaient perdu connaissance à cause du froid. Ils n'avaient même pas de bois à brûler. Jeanne s'en est remise. Lui, non. Il est mort de la tuberculose, mais c'est le froid qui a porté le coup fatal.

C'était ce que Yale avait lu dans les livres.

Nora les regarda tous les trois en plissant les yeux.

— Avez-vous le cœur bien accroché ?

— Oui, répondit Fiona.

Roman sembla soudain mal à l'aise.

— Certains amis de Modi voulaient réaliser un masque mortuaire. Parmi eux, il y avait Kisling, le peintre, qui s'était rapproché de Ranko pendant la guerre. Et Lipchitz le sculpteur. Ils ne savaient absolument pas comment s'y prendre. Le troisième était astrologue. Et ils ont proposé à Ranko de regarder. J'étais jalouse, parce que j'avais envie de dire adieu à Modi, et c'est Ranko qui y est allé, alors qu'il le haïssait. Malheureusement, Lipchitz n'a pas utilisé le bon type de plâtre, en a choisi un qui était trop abrasif, alors lorsqu'ils l'ont enlevé...

Nora posa son regard sur chacun d'entre eux.

— ... sa joue et ses paupières ont été arrachées. Les hommes ont paniqué et laissé tomber le moule par terre. Finalement, ils l'ont reconstitué, et Lipchitz est parvenu à le sculpter grossièrement. Le masque se trouve désormais au musée de Harvard, et je n'ai aucune envie de le voir.

Fiona semblait tenir le coup, mais Roman paraissait pâle. L'imagination qui lui avait permis de se représenter Ranko avec autant de force ne devait pas l'aider en ce moment. Yale lui-même se sentait vaseux.

— Cette expérience a fait basculer Ranko, poursuivit Nora. Il était déjà en piteux état, mais je pense que voir quelqu'un... quelqu'un au talent immense, et je pèse mes mots, se transformer en squelette sous ses yeux... Bref, il est parvenu à me raconter cette histoire, mais c'est à peu près la dernière chose qu'il m'ait dite. Je suis certaine qu'il avait vu pire pendant la guerre, mais là, c'était différent.

» Et entre-temps, Jeanne s'est tuée à cause de Modi. Elle s'est jetée de la fenêtre de chez ses parents, avec son enfant qui n'était pas encore né. Je me demande aussi quel effet cela a pu avoir sur Ranko. Vous savez, quand ils nous appellent la Génération perdue... Était-ce une expression de Hemingway ou de Fitzgerald ?

— C'est... pardon, c'est quelque chose que Gertrude Stein a dit à Hemingway. Mais, oui, c'est lui qui l'a écrit, précisa Roman.

— Bon. Eh bien, je ne vois pas de meilleure formulation. Nous avions traversé une épreuve que nos parents n'avaient pas connue. À cause de la guerre, nous étions plus âgés qu'eux. Et quand vous êtes plus âgé que vos parents, comment faire ? Qui va vous montrer comment vivre ?

Nora promena son doigt le long de la boîte à chaussures.

— L'enterrement a été un vrai cirque. Quelle ironie terrible ! Il était mort dans le froid et la faim, et voilà qu'on l'enterrait en grande pompe au Père-Lachaise. Bien, Yale, dites-moi quand m'arrêter. Vous êtes venus jusqu'ici en voiture, et je vous gâche votre journée à tous. Je tiens à préciser que nous avons aussi connu la joie en abondance ! Mais quand on résume une histoire, il ne reste plus que le macabre. Toutes les histoires se terminent de la même façon, n'est-ce pas ?

Yale n'était pas certain de pouvoir encaisser une mort de plus, mais dit tout de même :

— Continuez.

— Vous connaissez le fait principal, à savoir que Ranko s'est suicidé. C'est arrivé le jour des funérailles de Modi. Après l'enterrement, un groupe s'est rendu à La Rotonde. Nous buvions, discutions, et je ne regardais pas Ranko. Quelqu'un m'a raconté plus tard l'avoir aperçu porter la main à sa bouche. Tout ce que nous avons vu, c'est qu'il s'est mis à trembler violemment, qu'il est tombé de sa chaise. Nous avons cru à une attaque. Mais il ne respirait plus, et des cloques sont apparues autour de ses lèvres. Je ne pouvais pas m'arrêter de hurler. Le temps que les secours arrivent, il était mort. Plus tard, on a déduit, à cause de la poudre sur sa main et dans sa poche, qu'il avait avalé du cyanure. En avait mis directement dans sa bouche. Pourquoi avoir choisi ce moment en particulier, je me le suis demandé toute ma vie.

— Du cyanure ! s'exclama Roman. Alors c'était... prémédité, n'est-ce pas ? On n'en trimbale pas juste comme ça sur soi.

— À votre avis, pourquoi a-t-il fait cela ? demanda Yale.

— Mon Dieu, les gens emportent leurs raisons avec eux, n'est-ce pas ?

Debra était de retour et refusait qu'on l'aide à porter les courses, mais traversa la pièce à grand fracas quatre fois.

Roman sortit fumer, et après son départ, Nora dit :

— Je suis sûre que vous me trouvez idiote de rester à ce point attachée à quelqu'un d'aussi difficile.

Ni Yale ni Fiona ne nia cette affirmation.

— Ce n'est pas comme si cela m'avait empêchée de vivre ma vie. S'il n'était pas mort, tôt ou tard, nos chemins se seraient séparés. Il aurait eu une existence dans le monde, en dehors de mon esprit. Mais quand quelqu'un n'est plus là et que vous êtes le principal garant de sa mémoire, se détacher de lui serait une espèce de meurtre, non ? J'avais tant d'amour pour lui, même si cet amour était complexe. Et où est censé aller tout cet amour ? Ranko n'était plus là, alors ce sentiment n'a pas pu changer, il n'a pas pu se muer en indifférence. J'étais coincée avec tout cet amour.

— C'est ce que vous faites de cet amour, dit Yale. La collection, l'exposition.

Fiona, se rendit-il compte, pleurait doucement. Il lui caressa le dos.

Avant que Roman revienne, Yale leur raconta que Nico, qui travaillait alors comme serveur à La Gondola, avait un jour pris en chasse sous la pluie deux clients qui étaient partis sans payer – il avait plaqué un homme deux fois plus grand que lui contre un lampadaire en attendant que le cuisinier vienne lui prêter main-forte. Yale et Charlie avaient observé la scène depuis l'autre côté de la vitre.

— On aurait dit un gamin. À sa façon de courir et de plaquer le bonhomme. Ses membres semblaient montés sur ressorts.

Fiona connaissait cette histoire, mais rit comme si elle l'entendait pour la première fois.

— Ce voyage est peut-être notre dernier avant un petit bout de temps. Mais vous pouvez m'appeler si quelque chose vous revient.

Yale nota pour elle son nouveau numéro.

— Et... Je veux que vous sachiez que la galerie va se développer au cours de l'année qui vient, et que mon rôle est susceptible de changer.

Nora ouvrit la bouche, et il craignit qu'elle lui demande des explications. Mais elle posa sa main, froide et très légère, sur la sienne.

— C'était écrit, dit-elle. Croyez-vous en la réincarnation ?

Yale jeta un regard à Fiona afin qu'elle lui vienne en aide, mais elle attendait sa réponse, perplexe.

— J'aimerais y croire, je pense.

— Bien.

Nora tapota la main de Yale.

— Si nous avons la possibilité de revenir, revenons tous en même temps. Vous deux, moi, Ranko, Modi, tous les gens qui savent s'amuser. Ce sera une fête, et nous ne laisserons aucune guerre stupide y mettre un terme.

De retour à la chambre d'hôtes, Yale et Fiona regardèrent les informations du soir dans le coin télévision. Roman disparut dans sa chambre.

— Qu'as-tu entendu au sujet de Charlie ? demanda Yale.

La question était peut-être malsaine. Il voulait savoir ce que traversait Teresa, comment se portait le journal, et s'il manquait à Charlie. Il voulait savoir si celui-ci continuait à rôder à travers la ville. Il voulait un schéma en couleur du cœur de Charlie, de toutes ses défaillances.

— Je ne sais pas grand-chose. Asher organise ce truc contre le cardinal Bernardin, et Charlie y participe. Je ne l'ai pas vu, à part... Bon, Teddy a fêté son anniversaire.

— Aïe.

— Non, enfin...

Yale rit pour se moquer de lui-même, mais cela faisait vraiment mal. C'était une blessure au troisième degré, une blessure primitive.

417

— Il y avait qui ?

— C'était un petit truc. Tu n'as rien loupé. Tout le monde n'a fait que parler de Julian. Il y avait Asher, Katsu, Rafael et son nouveau mec, et Richard. Et la bande de Teddy Loyola, des gens franchement très barbants. Et puis Charlie a ramené ce type costaud, là, avec qui il sortait à une époque, celui avec la barbe. Martin.

— Martin !

Ce détail particulier entra dans l'esprit de Yale plus comme un cancan choquant que comme un affront personnel. Il se demanda si cette relation était une nouveauté, ou s'il entretenait une liaison avec Martin depuis toujours.

— Tu manques à tout le monde. Enfin, tu m'as manqué à moi, et ton absence était palpable.

— J'imagine que je devrais être content.

— Attends, tu fais quoi pour ton anniversaire ? En mai, c'est ça ? Ça te tente, une fête ? Ou on organise un dîner ! On ira chez Yoshi !

Yale découvrit qu'il était incapable d'imaginer à quoi ressemblerait sa vie dans trois mois.

— Parfait, dit-il en souriant.

En rejoignant sa chambre, Yale s'arrêta devant la porte de Roman et frappa.

Le T-shirt de Roman n'était pas rentré dans son pantalon, ses cheveux étaient en bataille.

— Il faudrait partir tôt. Sept heures, c'est bon pour vous ?

— Oui. Écoutez, avec ce voyage, j'ai toutes mes heures de stage, n'est-ce pas ?

— Ah. Oui. Largement, je pense.

— Donc j'ai en quelque sorte fini mon travail à la galerie. Je veux dire, si cela vous convient, je n'irai plus.

— Moi-même, je n'irai plus vraiment.

Roman ôta ses lunettes et frotta la marque sur l'arête de son nez.

— Vous n'êtes plus mon superviseur alors.

Il n'y avait personne d'autre dans le couloir, mais Yale avait l'impression qu'il valait mieux chuchoter.

— Certes.

— Alors peut-être que vous pouvez entrer.

Roman recula, fit place à Yale.

La pièce était plongée dans l'obscurité et Roman sentait le miel et les cigarettes. Yale franchit le seuil comme s'il plongeait dans un navire englouti.

2015

À midi le lendemain, un e-mail sur l'ordinateur portable de Serge. Fiona ne se souvenait pas d'avoir donné son adresse à Fernand, le critique d'art, mais soit elle l'avait notée pour lui (prise de vertige à cause de l'alcool et du sang qu'elle avait perdu), soit Fernand l'avait demandée à Richard.

Voici ce que mon ami diligent a été en mesure de trouver, écrivait-il. *Mais sans beaucoup chercher. Il affirme que c'est en 1911. Ranko Novak est au troisième rang, deuxième homme en partant de la gauche. Si vous souhaitez d'autres informations, donnez-moi plus de détails. Ravi d'aider une amie de Richard. Mes respects à votre main blessée.*

Fiona cliqua sur le document scanné en pièce jointe. Un groupe triangulaire d'hommes à moustache – dix devant, sept à la rangée suivante, etc. –, qui se regardaient au lieu de fixer l'objectif. Un squelette était posé sur les genoux de ceux qui se trouvaient au premier rang. Sur un tapis devant eux, une femme nue, dont l'ample postérieur faisait face à l'objectif. Une photo humoristique, la version Belle Époque d'un portrait de groupe sur lequel tout le monde fait n'importe quoi.

Fiona déplaça son doigt sur l'écran jusqu'au troisième rang, jusqu'au deuxième homme. Boucles brunes, une longue fente en guise de bouche. Cheveux pommadés et raie au milieu. Un nœud papillon maigrichon et sans tenue.

Qu'avait-il eu de si spécial ? Fiona ne savait pas à quoi elle s'était attendue, mais à plus que cela. Ranko Novak valait soixante-dix ans de dévotion. Ranko Novak était irremplaçable, un trou au centre de l'univers de Nora. Et c'était ça ? Un visage, deux yeux, deux oreilles.

Eh bien, allez dire cela à quelqu'un qui est amoureux.

Elle zooma sur lui. L'image ne devint pas plus nette, juste plus large.

Sa liaison avec Dan avait commencé par une conversation après un cours de yoga, une balade jusqu'à l'endroit qui vendait des jus non loin de là. Une fois là-bas, il lui demanda son avis sur ce que le prof leur avait dit au sujet de se détacher de ce qui nous lie.

— L'argent est une chose. Si je voulais devenir moine, je pourrais renoncer à ma voiture, et j'en souffrirais pendant une semaine seulement. Mais les gens. Voilà ce qui est difficile, lui confia-t-il.

Ils restèrent assis un bon moment à parler.

— J'ai toujours trouvé les oies marrantes.

Comme Dan riait, Fiona développa son propos.

— Non, ce que je veux dire, c'est qu'elles restent avec le même partenaire toute leur vie, non ? Mais elles se ressemblent toutes. Elles sont toutes exactement pareilles ! Comment fait-on pour différencier deux oies ? Est-ce qu'elles ont des goûts musicaux différents ? Pourtant, une oie peut reconnaître son partenaire à des kilomètres.

— Et nous qui pensons être si spéciaux, répondit Dan.

Il avait compris, et c'est à ce moment-là que Fiona commença à craquer pour lui.

— Le véritable amour, et tout ça, poursuivit-il. Tu penses que c'est aussi arbitraire pour nous que pour les oies ?

— Eh bien, la tragédie, c'est qu'on a beau le savoir, ça ne change rien.

Et voilà. Une centaine d'années et des poussières auparavant, il y avait eu Ranko Novak. Un visage parmi les visages, une oie parmi les oies. Il n'était plus, Nora n'était plus, et qu'était devenue la passion qui les avait consumés tous les deux ? Si Fiona parvenait à s'en convaincre, ne serait-il pas merveilleux de croire que cette passion flottait autour du monde – sous forme de vestige désincarné ?

À quatorze heures, Cecily appela pour dire qu'elle avait changé d'avis. Elle était sur le point de prendre sa correspondance à O'Hare, et arriverait tard dans la soirée. Elle n'avait pas besoin d'hôtel. Une ancienne copine de fac habitait dans le quartier latin.

— Je ne serai pas dans tes pattes. Je vais m'occuper de Kurt. Et puis... tu penses que je devrais apporter des cadeaux ? Pour la petite ?

À dix-sept heures, Fiona enleva son pansement pour appliquer la pommade que le médecin lui avait prescrite. Sa main la faisait moins souffrir. La vitesse à laquelle on pouvait oublier la douleur physique était incroyable – très rapidement, on ne pouvait même plus se rappeler son écho.

À vingt heures, Jake téléphona. Serge lui avait donné son numéro. Est-ce que ça disait à Fiona de sortir manger quelque chose ? Elle répondit qu'elle était fatiguée, et parvint à raccrocher. Il faudrait qu'elle en touche un mot à Serge.

À vingt-deux heures quarante-cinq, allongée dans son lit, elle commença à entendre des sirènes. Bien trop nombreuses, pendant bien trop longtemps. À vingt-deux heures cinquante, son téléphone se mit à sonner. D'abord Damian, puis Jake – qui lui demandèrent frénétiquement, pour des raisons sibyllines, où elle se trouvait. Reste à l'intérieur, disaient-ils. Et puis Richard frappait à sa porte. Elle sortit dans le salon pour regarder les informations. Elle était en chemise de nuit, avait froid aux pieds. Serge faisait les cent pas en jurant. Richard était allongé sur le canapé.

Fiona s'obligea à respirer.

Les attentats étaient suffisamment loin de là où elle se trouvait pour essayer d'imaginer qu'elle était à la maison et entendait parler de quelque chose à l'autre bout du monde. Il était impossible que Claire soit sortie pour assister à ce qui ressemblait à un concert de heavy metal. Les goûts d'une personne ne pouvaient changer à ce point. Il était possible qu'elle soit dans ce restaurant, ou qu'elle marche sur ce trottoir, mais la probabilité était faible. Le stade de foot était à Saint-Denis, où Claire habitait. Mais elle avait un enfant en bas âge, et il était vraiment tard. Claire avait son numéro, au moins – mais pourquoi Fiona ne l'avait-elle pas tout bonnement forcée à lui donner le sien ? Elle n'avait pas non plus celui de Kurt. Hors de question qu'elle arpente la ville à la recherche de Claire. Il aurait fallu qu'elle aille se chercher un pull, mais elle ne voulait pas bouger.

Il n'y avait rien à faire hormis garder son calme. Cecily était dans l'avion, et avec un peu de chance, on autoriserait l'appareil à atterrir. Quelle était la probabilité pour que Claire se présente au travail le lendemain matin ? Quelle était la probabilité pour que la ville soit plongée dans un chaos tel que Fiona ne la retrouverait plus jamais ?

Fiona était surprise par sa propre torpeur, du moins face au carnage télévisuel, aux passants ensanglantés qui sanglotaient. Était-ce parce que ce n'était pas sa ville, ou parce que les rituels d'outrage, de chagrin et de peur lui semblaient si familiers désormais, si rodés ? Ou peut-être était-ce à cause des antidouleurs qu'elle avait avalés après le dîner pour sa main.

Elle fut frappée par la pensée égoïste que cela était injuste pour elle. Qu'elle était au milieu d'une autre histoire, d'une histoire qui n'avait rien à voir avec celle-ci. Elle était une personne qui cherchait sa fille, qui se rabibochait avec sa fille, et il n'y avait pas de place dans ce récit pour l'idiotie de l'extrémisme religieux, la violence d'hommes qu'elle n'avait jamais rencontrés. Tout comme elle était en pleine histoire de divorce quand les tours s'étaient effondrées à New York, faisant capoter les projets méticuleux des uns et des autres. Tout comme un jour elle avait été au cœur d'une histoire dans laquelle elle élevait son propre frère, elle grandissait avec son frère en ville, sans l'aide de personne, et essayait de s'en sortir, quand le virus et l'indifférence d'hommes avides avaient tout écrabouillé sur leur passage. Elle pensa à Nora, dont le travail artistique et l'amour furent interrompus par un assassinat, par la guerre. Des hommes stupides et leur violence stupide, saccageant toutes les bonnes choses jamais construites. Pourquoi ne pouvait-on pas juste vivre sa vie sans trébucher sur la queue d'un crétin ?

L'exposition de Richard. Personne ne savait si le vernissage pourrait avoir lieu lundi comme prévu. Son attaché de presse lui téléphona, ainsi que son agent.

— Il faut qu'ils se calment. Ils devraient avoir d'autres choses en tête.

— On est foutus. Le monde entier est foutu, déplora Serge. Voilà une heure et demie qu'il ne tenait pas en place.

— Je ne veux pas paraître insensible, dit Fiona, mais nous avons vécu ça aux États-Unis, et ce n'est pas...

— Non, la coupa Serge. C'est quoi, cent morts, je m'en fous. Cela aurait pu être un accident de bus. Ce qui m'inquiète, c'est que les gens vont voter à droite dans toute l'Europe. Et puis oui : toi, moi, nous tous, on est foutus. Tout le monde va agir par peur l'année prochaine, dans deux ans. Qu'est-ce qui arrive, selon toi, aux gens comme nous ?

Fiona se sentit sombrer.

— Demain matin, nous verrons peut-être les choses sous un jour nouveau.

Serge se tourna vers elle.

— Quand les gens ont peur, on a les talibans chrétiens. On les a ici, chez vous, et on est tous en taule. On est tous en taule.

Richard ne disait rien depuis tellement longtemps que Fiona se demanda s'il s'était endormi. Il leva les bras en l'air et s'écria :

— Serge, ça suffit !

— Je sors, répondit Serge en attrapant son casque sur le plan de travail. Je l'emmerde, moi, le couvre-feu de Hollande !

Fiona s'attendait à ce que Richard l'arrête, à ce que Serge s'arrête de lui-même, mais voilà qu'il était sorti. Le téléphone de Richard sonna, il l'ignora.

— Je ne voulais pas le vexer, dit Fiona. Je ne suis pas naïve, tu le sais bien.

— On attend toujours, n'est-ce pas, que le monde se désagrège. Quand les choses tiennent, ce n'est que provisoire.

1986

Roman avait une cicatrice sur son bras gauche à cause du vaccin contre la variole : un cercle dentelé composé de milliers de points minuscules. Yale pouvait y loger son pouce. Sa langue.

Roman était ivre lorsqu'il lui rendait visite. Pour réussir à venir sans le bagage de vingt-sept années de mormonisme, il lui fallait visiblement le renfort de l'alcool. Il appelait à vingt heures le samedi pour lui dire qu'il arriverait « bientôt », mais n'était jamais là avant minuit. Et pendant ce temps, Yale mettait de la musique à fond, commençait lui-même à boire. Parce qu'il ne voulait pas sortir et rater Roman, mais qu'il était pathétique de rester assis là sur le canapé à l'attendre en regardant des rediffusions à la télévision.

Roman avait des plombages argentés sur ses molaires, et il se mouchait systématiquement après avoir joui.

Roman arrivait comme la pluie, une fois tous les quinze jours, et restait jusqu'à quatre heures du matin, partant avant que la ville se réveille. Chaque fois, tandis qu'il remettait ses chaussures, il sortait : « Je ne sais pas ce que je fous. » Et Yale pensait, sans le dire, qu'ils étaient tous les deux perdus dans les bois. Seul Roman pensait que Yale connaissait le chemin pour en sortir.

Roman aimait le faire en petites cuillères, son torse contre le dos de Yale. Il les inondait tous les deux de sueur. Il gémissait, tout tremblant, dans les cheveux de Yale. Les premières fois, il fut trop rapide, trop empoté. Ensuite, il se détendit, apprit à ralentir, commença à avoir l'air de vraiment apprécier, comme si ce n'était plus un acte honteux à expédier au plus vite. Désormais, il s'attardait même après, parlait.

— Sans vouloir te vexer, euh... C'est une bonne chose, mais ta queue ressemble carrément à un poivrier. Je veux dire, je n'ai jamais vu... enfin, je n'ai pas vraiment..., dit Roman.

— Ne t'inquiète pas. Je ne vais pas essayer de te baiser, répondit Yale.

Yale lui demanda s'il pensait aller à la marche des Fiertés, qui avait lieu dans dix jours. Ils commençaient à dessoûler, il était trois heures du matin.

— Rien que le fait d'être comptabilisé, c'est important, expliqua Yale, qui eut l'impression d'entendre Charlie. L'année dernière, on était trente-cinq mille.

Roman se tourna vers lui et sourit. Sans ses lunettes, il avait des yeux de taupe.

— Donc, pour toi, la taille, c'est important, plaisanta Roman.

— Je dis juste qu'on veut le niquer, ce chiffre.

Roman rit, fit remonter l'un de ses doigts le long de l'aine de Yale.

— Ça serait bien, pour toi. Après avoir vu une drag-queen faire du pole dance sur le plateau d'un camion, là, en pleine rue, tu te demandes moins si tu n'as pas l'air un peu trop pédé quand tu reprends le boulot le lendemain.

Non pas que Yale ait repris le travail.

— En plus...

Mais Roman mordit le haut de l'oreille de Yale et remonta sa main sur son flanc.

— Ça t'apprend des choses.

— Toi, tu m'apprends des choses.

Yale était sans nouvelles de Roman depuis cette nuit-là, et entre-temps, il avait envisagé de faire l'impasse sur le défilé. Il prit un billet pour le match de base-ball opposant les Cubs aux Mets, qui ne débutait pas avant quinze heures trente, mais qui au moins lui donnait une excuse plutôt convaincante, à laquelle il eut recours quand Asher l'appela la veille du défilé pour lui demander s'il pouvait venir leur prêter main-forte sur le char de l'AIDS Foundation of Chicago.

— En fait, ce ne sont pas tes bras qui nous intéressent, mais ton joli minois. On sera habillés, pas en slip de bain. Sauf si tu le veux, bien sûr. Qui suis-je pour te l'interdire ?

Yale était prêt à faire beaucoup de choses pour Asher, mais il ne pouvait participer à une parade, il ne pouvait défiler dans la rue sur un char en passant devant tous les gens qu'il connaissait, ne pouvait tomber sur Charlie dans la zone de préparation.

Ross – le roux qui flirtait avec Yale au club de gym de Marina City depuis un mois – lui dit que s'il voulait traîner avec lui, des amis regarderaient le défilé depuis un escalier de secours au croisement de Wellington et de Clark en buvant des mojitos. Yale ne voulait pas donner de faux espoirs à Ross, mais le plan était tentant. Quand il s'était installé à Chicago pour la première fois, il était amoureux de tous les escaliers de secours, avait toujours l'impression qu'Audrey Hepburn allait peut-être apparaître sur l'un d'entre eux avec sa guitare et les cheveux enturbannés dans une serviette, lui chanter « Moon River » et l'attraper par la main pour l'emmener sillonner la ville.

Il avait en tête une liste de raisons de ne pas y aller : il voulait voir l'affrontement entre Sandberg et Gooden. Il n'avait pas envie de rester debout à fantasmer sur des hommes torse nu pour rentrer ensuite chez lui et se branler tristement dans la salle de bain. Il n'avait pas envie de se poser des questions sur son allure, de guetter en permanence dans la foule des amis et d'anciens amis. Il n'avait pas envie de voir passer le char d'*Out Loud*. De plus, tous les ans, il se disait que cette fois-ci, quelqu'un ferait sauter une bombe, ouvrirait le feu sur les gens. La veille, aux informations du soir, il avait regardé un millier de disciples du Ku Klux Klan remplir un parc dans un quartier noir du sud-ouest de Chicago. Hier, ils criaient des insultes raciales, mais ils avaient annoncé leur intention de se rassembler à nouveau dans la zone de libre-expression de Lincoln Park avant la Marche. Tout cela allait mal tourner.

Ces quatre derniers mois, il avait contacté tous les lieux possibles et imaginables, même l'aquarium et le planétarium, des petits établissements dans le Michigan, les galeries d'universités lointaines où il ne connaissait personne. Il avait un CV solide, mais personne ne semblait embaucher pour autre chose que des demandes de subvention. Il avait été remplacé à la Brigg, où il était allé pour la dernière fois début avril.

Cecily était toujours en poste. La galerie se portait bien. Il n'était plus question d'action en justice, et Chuck Donovan était passé à d'autres batailles d'ego. Yale appelait Bill sporadiquement pour faire le point. Il apprit que les travaux de restauration sur les Modigliani et le Hébuterne allaient prendre bien plus de temps que prévu. Bill commençait à douter que l'exposition puisse être montée l'année prochaine. Yale avait lui-même effacé le passage de l'enregistrement dans lequel Nora évoquait avoir peint pour Ranko. « Un petit pas sur le chemin vers ma métamorphose en Richard Nixon », dit-il à Roman.

Les Sharp étaient venus en ville une semaine en avril, et Yale s'était fait aussi discret que possible. Il cacha Roscoe chez Asher, où le chat devint ostensiblement plus gras. Allen, à cause de cet unique coup de fil passé à l'époque, se sentait personnellement responsable de sa démission, et ce en dépit de toutes les tentatives de Yale pour les rassurer tous les deux. Ils insistèrent encore plus pour qu'il reste chez eux. De toute façon, ils seraient à Barcelone pour l'été.

Le matin de la Marche, Yale essaya d'appeler Roman sous prétexte de le convaincre d'y aller. Lorsque celui-ci ne répondit pas, il éprouva une déception disproportionnée. Sans commune mesure avec l'affection limitée qu'il portait réellement au garçon. Roman lui permettait de s'amuser et avait peut-être une fonction thérapeutique, mais Roman n'était certainement pas le seul homme sur terre.

Raison de plus pour que Yale aille au défilé.

À onze heures le téléphone sonna.

— Résidence des Sharp, répondit-il comme d'habitude, même si personne ne semblait jamais appeler pour parler à ses amis.

C'était la plainte grave et paresseuse de son père, qui prenait des nouvelles. Comme aurait pu le faire une infirmière sous-payée passant une tête dans votre chambre pour voir s'il ne fallait pas vider votre bassin hygiénique.

— Je vais bien. Très bien.

— Je suis assis et je fais des mots croisés.

— D'accord.

— Je... Tu serais gentil de me trouver un mot de six lettres pour « Lépreux ». J'ai cru pendant un bon moment que c'était « Heureux », mais non, c'est « Lépreux ».

Son père était l'homme qui parlait le plus lentement au monde, une caractéristique qui rendait Yale complètement dingue quand il était adolescent.

— Je ne trouve pas.

— Tu fais quoi de beau en ce moment ?

Comment répondre à cette question ? Yale ne lui avait pas parlé de sa rupture, seulement de son déménagement. Il ne lui avait jamais avoué qu'il avait quitté l'Art Institute le printemps d'avant. C'était un lieu que son père connaissait, quelque chose qui le rendait vaguement fier, et même s'il avait probablement entendu parler de la Northwestern également, Yale avait pensé que cette nouvelle ne lui apporterait rien.

Il aurait pu lui parler du match des Cubs, mais à la place, il dit :

— Je vais à un défilé.

Parce que maintenant que la voix de son père s'enfonçait dans son oreille droite, maintenant que le fait d'aller à un match de base-ball lui aurait semblé souillé par l'approbation de son père, c'était vrai : il allait à cette parade.

— Quel genre de défilé ?

— Un défilé très gay, papa. Une grosse parade gay.

Yale lut dans le silence de son père une sorte de sarcasme. *Écoute-toi donc,* disait le silence. *Entends-tu à quel point tes propos sont ridicules ?*

— Du coup, il faut que je me dépêche.

Il pensait que son père raccrocherait, soulagé par ce rejet, mais à la place, il dit :

— Bon, tu as suivi ce qu'on raconte aux informations sur cette maladie ?

Yale se retrouva à étirer le cordon du téléphone jusqu'à la fenêtre juste pour pouvoir capter le regard incrédule de son propre reflet.

— Non, papa, je n'ai pas suivi. Quelle serait cette maladie ?

— C'est... C'est ironique ? Je ne suis jamais sûr.

— Tu sais, le défilé commence. Je dois vraiment filer.

— D'accord, alors.

Le temps d'arriver dans Clark Street, la rue était bondée et les premiers chars étaient déjà passés. Il serpenta entre les gens, cherchant quelqu'un qu'il connaissait. Une fois arrivé au niveau de Wellington Avenue, il essaya de trouver Ross et ses amis ainsi que l'escalier de secours, mais sans se donner trop de mal. Quelques centaines de mètres plus loin, il aperçut Katsu Tatami sur le trottoir d'en face, et après le passage du char des bières Anheuser-Busch, il traversa en même temps qu'un groupe. Yale ne connaissait pas les types qui étaient avec Katsu, mais vous pouviez toujours compter sur ce dernier pour vous prendre dans ses bras, vous accueillir chaleureusement.

— Jusqu'ici tout va bien ! dut crier Katsu dans son oreille. Tu veux mon soda ?

Il planta un gobelet McDonald entre les mains de Yale. Une pensée au sujet de microbes traversa l'esprit de celui-ci, qui se força à l'ignorer. Il but une gorgée et le regretta immédiatement : de l'eau chaude sucrée.

Un groupe de Harley passa, suivi d'un dojo lesbien – des femmes tout de blanc vêtues qui marchaient en fendant l'air du plat de la main, en donnant des coups de pied dans le vide. Miss Wisconsin Gay, des femmes d'âge moyen à l'air sérieux brandissant des pancartes de l'association PFLAG ; un immense lit en cuivre tiré par une décapotable, et occupé par deux hommes dont le torse nu dépassait d'un mince drap blanc et qui se pelotaient avec une ardeur exceptionnelle.

Yale demanda à Katsu comment il allait.

— Je deviens un véritable expert juridique.

Il expliqua en criant qu'il avait pris une nouvelle mutuelle deux ans auparavant. En janvier dernier, il se sentait très mal et avait fini par faire le test – et il l'avait, Yale était au courant ? Ouais, bordel, et il n'en avait même pas parlé à sa mère – et pour ne pas avoir à le couvrir, cette satanée mutuelle soutenait que le virus était une condition préexistante.

— Alors que j'ai pris cette mutuelle avant même que ce putain de test ne soit disponible ! Mais ils affirment que j'aurais dû savoir parce qu'il y a trois ans, j'ai été soigné pour du muguet. Une seule fois. Et ça suffit pour qu'ils me rejettent.

Il lui fallait de la pentamidine, et être soigné ailleurs qu'au County Hospital, putain, parce qu'il y était allé deux ou trois fois, et est-ce que Yale avait conscience de l'odeur qui flottait là-bas ? Ce n'était pas gratuit pour rien ! Du coup Asher l'aidait à s'inscrire à la sécurité sociale, condition préliminaire pour avoir accès au Medicaid, parce que, visiblement, c'est comme ça que les choses marchaient dans ce pays de merde.

— Et tu sais ce qu'on doit prouver ? Tu vas voir, c'est dingue. Il faut qu'on prouve que je suis handicapé. Ce qui est mon cas maintenant, puisque je pourrais travailler, disons, quatre jours par semaine, mais le cinquième, j'ai tellement la chiasse que je suis collé au sol des chiottes.

Ce qui était tenable pour son boulot à mi-temps à Howard Brown, mais pas pour son travail d'assistant administratif qui, avant, payait les factures et la mutuelle inutile.

— Mais la chiasse n'est pas listée dans les handicaps. Du coup, Asher me trouve un plaideur junior. Et voilà ce qu'il doit prouver à l'audience. Il doit prouver que je ne peux accomplir aucun travail sédentaire non qualifié dans l'économie nationale. Genre, dans toute la nation. Et si tu savais les exemples à la con qu'ils utilisent ! Tu veux entendre des exemples ?

Yale était épuisé rien qu'en écoutant Katsu, mais oui, bien sûr, il avait envie de connaître ces exemples. Juchée sur des talons aiguilles, une drag-queen déguisée en statue de la Liberté passa dans un halo de gaze et de sequins verts.

— Je ne déconne pas. Trieur de noix. Ce n'est pas un euphémisme, d'ailleurs. Lustreur de boule de bowling. Pas un euphémisme non plus ! Emballeur d'argenterie. Genre, le type qui reste assis à emballer de l'argenterie dans des serviettes. Tout le monde a envie qu'un mec qui a la chiasse à cause du sida manipule ses cuillères, non ? Poseur de gaufrettes. Ne me demande pas ce que ça veut dire. Le dernier, je te jure, c'est inspecteur d'hameçons en Alaska. Ils s'en foutent que je ne puisse pas aller en Alaska et que je ne puisse jamais décrocher ce poste. Ce qui compte pour eux, c'est que ce boulot fasse partie de « l'économie nationale ». Alors oui, ma survie dépend désormais de ma capacité à prouver que je ne peux pas poser des gaufrettes.

Un groupe d'hommes en cuir passa alors, avec une affiche sur laquelle on lisait : « Attachés avec fierté ! » Venait ensuite une espèce de club de jardiniers.

— Mais je vais intégrer tous les essais cliniques possibles, en attendant.

— Et Asher t'aide.

— Ouais. Asher. S'il veut trier mes noix, qu'il ne se gêne surtout pas !

Yale sentit son visage s'embraser.

— Oh, allez, tu le laisserais bien lustrer tes boules de bowling !

Yale tenta de rire avec désinvolture.

Grotesquement, alors que Yale ne s'en était pas encore remis, le char de l'AFC passa devant eux. Et Asher était là, saluant la foule comme un homme politique. Yale agita la main, mais ne capta pas le regard de son ami.

Trois hommes en short en jean et veste denim suivirent sur des monocycles.

Une salve de conseillers municipaux et de sénateurs d'État en décapotable, qui semblaient pour la plupart affligés.

Le char d'*Out Loud*. Un camion à plateau rouge. Yale recula d'un pas afin que Katsu ne voie pas son visage, afin de ne pas avoir à s'inquiéter des mouvements de ses yeux et de sa bouche.

Partout sur le char, des pancartes : « Battons-nous haut et fort pour la capote ! » « *Out Loud* dit : sortez couverts ! »

Six beaux gaillards torse nu – Yale ne les reconnut pas, hormis Dwight, le secrétaire de rédaction – déroulaient doucement des préservatifs sur des concombres inclinés au niveau de leur entrejambe, les enlevaient, recommençaient. Déchiraient avec leurs dents de nouveaux emballages tout en extorquant des encouragements à la foule.

Sur le côté du camion, Gloria et Rafael balançaient des capotes contenues dans un seau.

Yale ne voyait pas Charlie. Et soudain, si. Il avait rasé sa barbe. C'était lui qui tenait le gros radiocassette qui crachait « You Spin Me Round ».

Yale essaya de se concentrer sur l'ironie de la chose, mais son corps était occupé à réagir à une étrange combinaison de montée et de chute de tension.

Une capote toucha Katsu à la poitrine. Il l'attrapa et la donna à Yale.

— Je préfère la marque LifeStyles. Ça t'intéresse ?

Et même si Yale ne voyait pas dans quelles circonstances il aurait envie d'utiliser un préservatif fourni indirectement par Charlie, il le fourra dans la poche de son short. Il faudrait qu'il s'y habitue. Avant d'avoir refait le test, avant que le Dr Cheng lui ait annoncé que l'ELISA était de nouveau négatif – quoique, cette fois-ci, le médecin avait vraiment laissé Yale patienter deux semaines, comme promis –, Yale s'était à peine autorisé à éjaculer dans la même pièce que Roman. Ces derniers temps, depuis le second négatif, il avait laissé Roman le sucer – enfin, ces derniers temps, ça ne voulait pas dire grand-chose, tant tout cela était sporadique.

Yale voulait que le char d'*Out Loud* disparaisse, mais il continuait son lent cheminement dans Clark Street, et les capotes volaient toujours.

Quelqu'un le gratta entre les omoplates. Lorsqu'il se retourna, il vit Teddy qui souriait, sautillait.

— Regardez-moi qui est sorti de sa planque ! s'exclama-t-il.

Yale aurait dû se douter que Teddy se trouverait dans la bande de Katsu – et honnêtement, il était content de le voir.

Surtout que Teddy s'adressait à lui comme s'il ne le considérait pas comme un monstre.

Il les tint informés des activités du Klan dans le parc.

— Ils sont partis, maintenant. Ils ne voulaient pas vraiment voir tout ça, vous comprenez ? Ils sont partis juste avant le début du défilé.

— Je parie que la moitié d'entre eux traîne encore dans le coin incognito, dit Katsu. Je parie qu'ils sont en train de s'astiquer sous leur tunique.

— En fait, un seul type portait une tunique. Carrément décevant. Ils étaient équipés d'une espèce de matos de combat, avec de drôles de petits boucliers.

— Ils veulent quoi ? À part attirer l'attention ?

— Hum, d'après leur banderole géante, ils veulent *Mettre les queers en quarantaine*. Vraiment original. Bref, pendant un bon moment, ils ont gueulé, et nous aussi, et des lesbiennes se sont pelotées devant eux. Ensuite, ils ont juste plié bagage. Je suis resté pour discuter avec un journaliste. Quelqu'un veut un hot-dog ? Je crève la dalle.

Il était inutile d'espérer pouvoir se déplacer avant la fin du défilé, et quand ce fut enfin le cas, ils suivirent la foule jusqu'au parc pour le rassemblement. Katsu partit, et Yale se retrouva seul avec Teddy dans une file sans fin de gens qui voulaient acheter de quoi manger.

— J'espère qu'on est toujours amis, dit Yale.

— J'étais en colère contre toi, mais c'était passager. Je t'ai jugé parce que je trouvais que tu jugeais trop les autres. Ironique, non ?

— Je ne pense pas que je jugeais les autres. Je sais que pour toi, la nouvelle, c'était que Charlie était séropositif, mais pour moi, c'était qu'il me trompait. Peut-être que tout le monde était au courant, mais pas moi. Et ça n'allait pas très bien entre nous depuis un bail. En fait, on... Il m'a accusé d'avoir couché avec toi le soir de la fête pour Nico.

Teddy siffla entre ses dents.

— Ouais, je ne me rappelle pas t'avoir baisé.

Il rit.

— Ça ne devait pas être sensas' !

La file bougea, et Yale vérifia que les types derrière eux étaient des inconnus.

— J'ai l'impression que nous sommes tous piégés dans un immense cycle de jugement. On a passé notre vie à désapprendre à juger, et voilà où on en est.

— Le truc, c'est que cette maladie donne l'impression d'être un jugement. On a tous un petit Jesse Helms sur l'épaule, pas vrai ? Si tu l'as choppée après avoir couché avec mille mecs, on juge ta promiscuité. Si tu l'as eue en couchant une seule fois avec un type, c'est presque pire, c'est comme un jugement sur nous tous, comme si l'acte lui-même était le problème, et pas le nombre de fois où on le fait. Et si tu l'as attrapée parce que tu pensais que cela ne pouvait pas t'arriver, on juge ton orgueil démesuré. Et si tu l'as attrapée parce que tu savais que c'était possible mais que tu t'en foutais, on juge le fait que tu te détestes. N'est-ce pas pour cela que le monde adore Ryan White ? Comment Dieu pourrait-il avoir une dent contre un pauvre gosse affligé d'un problème sanguin ? Et pourtant, ça n'empêche pas les gens d'être atroces. Ils le jugent simplement parce qu'il est malade, même pas pour la façon dont il a contracté le sida.

D'ordinaire, Yale trouvait Teddy mentalement épuisant, mais cette fois-ci, il était d'accord avec lui.

De l'autre côté, au kiosque à musique, le maire de Washington avait commencé son allocution.

— En tant qu'homme de couleur ayant souffert de discrimination, disait-il, en tant que représentant d'un peuple qui a souffert...

— Il est bien, pas vrai ? lança Teddy. On a eu de la chance.

— Le temps qu'on sorte de cette file, ce sera l'heure de le réélire.

— Vise-moi les acteurs de *La Famille Addams*, là-bas.

Yale regarda mais ne vit rien.

— À trois heures, derrière le type au perroquet, précisa Teddy.

Il aperçut d'abord un brun avec un ara vert perché sur l'épaule. Il était avec quelqu'un et riait, et pendant une seconde, Yale eut du mal à détacher ses yeux de ce bel homme avec son bel oiseau. Mais alors, derrière lui, il vit un groupe de jeunes gens terriblement chic, tous habillés en noir. Parmi eux, Roman. Yale commença à le saluer. Il s'arrêta.

Il n'avait jamais rencontré les amis de Roman, et ne se les était pas représentés comme cela : deux beaux hommes, grands et pâles, qui étaient peut-être gays, ou pas forcément, mais qui, étant donné leur environnement, l'étaient probablement, et une jeune femme avec des cheveux blonds jusqu'à la taille et un anneau dans le nez. Qu'avait-il donc imaginé, bon sang ? À vrai dire, il ne s'était pas autorisé à trop y réfléchir. En général, plus il pensait à Roman, moins il y voyait clair. Il préférait que le garçon demeure une ombre qui venait dans la nuit, un écran vierge sur lequel il pouvait projeter ce que bon lui semblait. Roman n'était pas le genre de personne qui débarquait à la Marche, comme ça, avec des amis fabuleux dont Yale n'avait jamais entendu parler. Roman restait chez lui et bossait sur sa thèse.

— Je connais celui à lunettes, remarqua Teddy.

— Celui à lunettes ?

Le cerveau de Yale tournait au ralenti tel un gymnaste arthritique. Roman n'était même pas censé être là. Ce n'était pas Roman. Il essaya de changer d'angle pour mieux voir. Les lunettes de Roman, les épaules osseuses de Roman.

— C'est un sacré numéro.

— Tu le connais d'où ? demanda Yale.

— Eh ben...

Teddy haussa les épaules et rit.

— Non, sérieusement.

Combien de nuits Roman était-il venu à l'appartement ? À quel point Yale avait-il été soûl ? Que s'était-il passé exactement, sur quel lit et quand ? Il avait été prudent de son côté, avait protégé Roman. Ils n'avaient pas pris de précautions dans l'autre sens. Parce que Roman était vierge. Parce que Roman était vierge.

— Raconte-moi.

— Il n'est pas si sexy que ça, calme-toi. Je l'ai rencontré l'année dernière à la conférence de mon frère au Cultural

Center. Il se la joue artiste torturé, genre, tout à coup, il doit quitter la pièce et être seul.

— Ah !

Yale se détendit.

— Je croyais que tu l'avais rencontré dans un sauna ou autre.

— La vache, Yale ! Je fréquente d'autres endroits ! Enfin...

Il rit et se pencha vers lui.

— ... je l'ai labouré comme un champ neuf au printemps, mais on s'est rencontrés au Cultural Center.

Yale laissa Teddy avancer dans la queue. Désormais, le parc était plus en sons qu'en couleurs, plus vibrations que réalité. S'il ouvrait les yeux, il serait au lit aux côtés de Charlie, et ce serait l'été dernier. Il s'excusa auprès de Teddy et se dirigea vers le groupe de Roman, qui était toujours un peu loin. Il fallait qu'il voie que ce n'était pas Roman. Le maire parlait encore, une odeur de hot-dog embaumait l'atmosphère, et oui, c'était bien Roman qui se tenait là, l'air de s'ennuyer, comme ses amis qui étaient beaux et s'ennuyaient.

Yale aurait pu se précipiter à l'appartement et se cacher sous les couvertures, mais à la place, il dépassa une bande de lesbiennes en cuir, dépassa le type avec l'oiseau, et fonça vers Roman. Roman tenta de détourner son corps, tel un adolescent ne voulant pas que ses amis sachent que cette personne embarrassante était son père.

— Je peux te parler ? demanda Yale.

L'un des garçons en noir poussa un ululement, et un autre lança :

— C'est qui, celle-là ?

Roman ouvrit la bouche comme s'il cherchait à sortir une excuse pour refuser, mais s'essuya ensuite le front avec l'arrière de son bras et s'éloigna en compagnie de Yale. Teddy pouvait bien les voir ensemble. Au point où il en était, Yale s'en foutait pas mal.

— Ce sera rapide. As-tu donné une fausse image de toi ?

— Pardon ?

— J'aurais dû être... J'aurais dû te poser davantage de questions. J'aurais dû te faire passer une sorte d'examen écrit. C'est ton truc ? Te balader en te faisant passer pour un mormon paumé ? Comme un jeu de rôle ?

— Qu'est-ce que tu racontes ? demanda Roman.

Ses amis les regardaient en ricanant. Ils étaient trop loin pour les entendre.

— Je suis mormon. Ça n'était pas un mensonge.

— Mais tu es un mormon qui couche avec des tas d'hommes. Et depuis longtemps.

— Eh bien, non. Pas des tas. Enfin, avant, oui. Je m'essayais à la monogamie.

Pendant une seconde, Yale pensa que Roman voulait dire qu'il s'essayait à la monogamie avec lui, que leurs rendez-vous vaporeux de minuit étaient censés être une espèce de relation stable, mais cela ne tenait pas la route. Et Roman continua à parler.

— Ou plutôt, moi j'ai essayé, et ensuite, lui... s'est senti étouffé, j'imagine. Il a cherché à se débarrasser de moi, ou en tout cas, c'est ce que j'ai cru. Il a voulu que je sorte avec toi, et moi, je n'en avais même pas vraiment envie. Je ne dis pas que je ne suis pas attaché à toi, simplement... je ne sais pas... Mais ensuite, après cette première fois dans le Wisconsin, il a su, et soudain, il a été terriblement jaloux. Il a voulu que je démissionne.

Yale essaya de comprendre qui était ce petit ami qui connaissait son existence, qui savait pour le Wisconsin, et puis il comprit, il comprit.

— Si tu es en colère parce qu'il t'a viré ou genre, moi aussi, ça me fout en rogne, mais ce n'est pas à cause de nous. Je veux dire, en fait, t'as démissionné, non ? Il t'apprécie ! Il était sérieusement emmerdé quand tu es parti. Écoute, il t'a demandé de le faire ?

— Pardon ?

— Puisqu'on discute... Je me suis toujours posé la question, et ça ne me vexera pas. Est-ce qu'il t'a demandé de me faire des avances, la première fois ? C'est tellement bizarre, il voulait me repousser, et puis, depuis que c'est arrivé, il est devenu carrément possessif. Il est toujours... Je ne sais pas. Tu crois que je devrais le quitter ?

Yale avait trop d'informations à traiter, et le soleil tapait trop fort, et son ventre était trop vide, et il fallait qu'il rentre chez lui et retrouve son putain d'agenda pour refaire tout le calcul infernal. Et cela devrait être plus simple cette fois-ci, il devrait se sentir plus fort car il savait qu'il avait déjà évité une balle, mais cela ne serait pas plus simple car il n'avait pas l'impression d'être confronté à une balle mais à un boulet de canon.

Roman le regardait toujours, attendant sincèrement un conseil. Il avait été honnête de bout en bout, c'était vrai. Toutes les choses que Yale avait pu projeter étaient entièrement de son fait.

— Oui, tu devrais le quitter. Putain. Il est marié à une femme et il pue la naphtaline. Je dois savoir si tu as fait le test.

— Quoi, genre, le... Ah ! Ça ! Je ne sais pas, je n'arrête pas de lire des trucs comme quoi ce n'est pas vraiment fiable. Et puis, aussi, je ne fais pas ce genre de choses.

— Pardon, de quoi parles-tu ?

— Tu sais, les aiguilles, le fist, les ruelles.

— Les aiguilles, le fist et les ruelles ?

— Tu m'as compris.

Yale lui tourna le dos sans lui dire au revoir, et n'alla pas non plus retrouver Teddy. À la place, il prit en direction du sud et non du nord en passant par le parc, même s'il aurait dû se rendre directement au cabinet du Dr Cheng. En fait, non : c'était dimanche, et c'était la Marche, alors il n'y aurait personne là-bas.

Il longea le port puis le lagon, erra à travers le zoo et arriva dans la serre. Il n'y avait pas mis les pieds depuis des lustres : une bulle de verre de plantes tropicales, avec des cascades pour tout son, le soleil qui filtrait pour toute lumière.

Il se rendit dans la troisième salle, la plus tranquille, la plus déserte, et s'assit au beau milieu du sol.

2015

Fiona ne ferma pas l'œil de la nuit mais patienta jusqu'au matin. Pendant que Richard était sous la douche et ne pouvait pas l'en empêcher, elle sortit dans les rues sinistrement calmes. Le tournage du film était suspendu ; les camionnettes étaient toujours en place, les barrières empilées contre les immeubles. À presque tous les coins de rue, il y avait des paras coiffés de bérets rouges et armés de mitraillettes, comme si un enfant avait déversé un bac de petits soldats sur Paris. Elle fut surprise de trouver un taxi. Le chauffeur devait être éthiopien ou somalien. Il ne parla pas. Il la conduisit à l'adresse qu'elle lui avait indiquée, celle du bar de Claire, et lorsqu'elle vit le rideau tiré, le mot écrit à la main sur la devanture, elle lui demanda de la ramener exactement à l'endroit où il l'avait prise.

L'avion de Cecily avait atterri juste après le début des attentats, et elle se trouvait au retrait des bagages quand elle avait appris la nouvelle. Elle parvint à joindre Fiona à une heure du matin, et en début d'après-midi, elle était dans l'appartement de Richard, ôtant ses chaussures dans l'entrée. Fiona ne l'avait pas vue depuis dix ans, et ne savait pas dire quels changements étaient imputables à l'épuisement et lesquels étaient dus à l'âge. Cecily ressemblait à une grand-mère. À soixante-dix ans, on pouvait être grand-mère. En revanche, d'après Fiona, une femme de cinquante et un ans devrait encore être meneuse d'allure dans les cours de *cycling* et rentrer à pas d'heure le soir.

— Qu'est-il arrivé à ta main ? demanda Cecily.

— Stigmates, répondit Fiona.

Cecily ne rit pas. Bon, elle n'avait jamais eu un grand sens de l'humour.

Fiona lui apporta un thé et lui raconta sa rencontre avec Claire en gommant l'humiliation.

Cecily s'assit sur le canapé de Richard, le corps orienté vers la fenêtre.

— Je n'avais jamais vu Paris. Quel drôle de moment pour arriver ici.

— Je déteste que nous soyons obligés de vivre au milieu de l'histoire. Comme si, individuellement, ce n'était pas déjà assez le chaos comme ça.

Cecily sourit.

— Tu m'as manqué.

— Richard te passe le bonjour. Il est allé dans son atelier. C'est marrant, je suis sortie aujourd'hui, mais j'ai peur que les autres sortent. Richard ne peut pas courir s'il y a un problème, tu vois ?

Cecily comprenait. Fiona lui expliqua qu'elle n'avait aucun moyen de contacter Claire.

— C'est normal de s'inquiéter, mais je suis sûre qu'elle va bien.

Jusqu'à cet instant, il n'était pas venu à l'esprit de Fiona de s'inquiéter pour Kurt également. Il était plus probable que Kurt sorte la nuit. Elle ne le voyait pas aimer le heavy metal, mais tout de même.

Serge franchit alors le seuil, cheveux hérissés de sueur et yeux cernés. Il leur adressa à toutes deux un hochement de tête et se faufila dans la chambre.

— J'ai l'impression de m'imposer, avoua Cecily, et Fiona lui assura que ce n'était pas le cas.

— Nous sommes tous en situation de crise, ici, mais pour des raisons différentes. Écoute : on devrait aller chez Kurt. Étant donné la situation, peut-être qu'il acceptera de nous donner le numéro de Claire. Maintenant que je l'ai vue.

Cecily examina ses ongles sans vernis.

— Mieux vaudrait que j'y aille seule, tu ne trouves pas ?

Peut-être. De plus, ils voudraient de l'intimité. Fiona n'aurait pas aimé qu'il y ait une tierce personne lorsqu'elle avait revu Claire pour la première fois.

Et donc, après le repas, Fiona sortit dans la rue avec elle, lui héla un taxi, et Cecily décolla pour le Marais. Elle promit de lui téléphoner dès qu'elle aurait la moindre information.

Lorsque Fiona remonta, Serge était dans la cuisine avec son ordinateur portable.

— Je t'ai gueulé dessus hier soir, dit-il.

Elle comprit qu'il s'agissait d'excuses.

— Ta fille n'est pas sur Facebook ?

Elle faillit rire. Comme tout aurait été plus simple si cela avait été le cas ! Un message dans sa boîte plutôt que des avions et des détectives.

— Non, et moi non plus.

Damian l'était, en revanche, et avait vérifié de façon obsessionnelle ces dernières années.

— Alors, deux choses. Premièrement, les gens peuvent se signaler en sécurité, comme ceci.

Fiona regarda par-dessus son épaule, vit une liste de noms et de visages, des amis de Serge qui s'étaient déclarés vivants.

— Mais ici, poursuivit-il en cliquant sur autre chose, c'est un forum pour demander des nouvelles des gens. J'écris un message, d'accord ?

Elle hocha la tête et il se mit à écrire.

— Claire comment ?

Elle prit le bloc de papier qui servait à noter les courses et le stylo à côté de la cuisinière et écrivit : Claire Yael Blanchard.

— Elle utilise peut-être Pearce. En nom de famille.

Fiona écrivit également ce nom.

— D'accord. Posté. On attend.

Bon sang, c'était exactement ce qu'Arnaud lui avait dit, il y avait mille ans, lui semblait-il. *On attend.*

Damian appela et elle lui donna les dernières nouvelles.

— Tu crois qu'elle a peur ? demanda-t-il.

— J'espère que non. Je veux dire, pas plus que tout le monde. Ce n'est plus une gamine.

— Mais elle est mère, observa Damian.

— C'est vrai. C'est vrai.

— Peut-être que ce qui s'est passé va nous permettre de la ramener à la maison.

Fiona en doutait. Le chaos du monde n'avait jamais été son allié auparavant. Qu'il puisse l'aider maintenant lui paraissait absurde.

— N'en demandons pas trop, répondit-elle.

15 juillet 1986

Le lac Michigan, incroyablement bleu, la lumière du matin se réfléchissant vers la ville.

Le lac Michigan gelé par strates sur lesquelles on pouvait marcher, mais sans jamais oser le faire.

Le lac Michigan, gris de l'autre côté de la fenêtre d'une tour, impossible à distinguer du ciel.

Du pain tout chaud sorti du four. Ou même rassis dans la corbeille du restaurant, sauvé par du beurre salé.

Les Cubs qui gagnent un jour la série de championnat. Les Cubs qui gagnent un jour la série mondiale. Les Cubs qui continuent de perdre.

Sa chanson préférée, pas encore écrite. Son film préféré, pas encore réalisé.

La profondeur d'un coup de pinceau sur de la peinture à l'huile. Les fenêtres bleues de Chagall. L'homme bleu à la guitare de Picasso.

Le Dr Cheng lui dit : « Je vais noter tout ce que je vous dis afin que vous puissiez le relire plus tard. »

Le bruit d'une vieille porte qui s'ouvre en grinçant. Le bruit de l'ail qui rissole. Le bruit de quelqu'un qui tape à la machine. Le bruit des spots publicitaires dans la pièce d'à côté, pendant que vous êtes dans la cuisine en train de vous servir un verre. Le bruit de quelqu'un d'autre qui termine sa douche.

Eux tous qui vieillissent sur le yacht pour Vieilles Tantes dont Asher parlait tout le temps en plaisantant. En face des Belmont Rocks, disait-il. Et paire de jumelles pour tout le monde !

Des lampadaires Art nouveau. Des ascenseurs avec des grilles.

Fiona avec des enfants. Jouer les oncles de substitution, offrir des pulls, du chewing-gum et des livres à ses gamins. Les emmener au musée. Dire : « Votre oncle Nico était un artiste doué, et peut-être le serez-vous aussi. » Si c'était une fille, la laisser lui passer du vernis à ongles. Si c'était un garçon, l'emmener voir des matchs de base-ball. On pouvait aussi le faire avec une fille.

Le Dr Cheng lui dit : « Vous êtes jeune et vous êtes fort, et vous allez prendre grand soin de vous. »

Un bon café turc bien épais. Un déca Sanka avec trop de crème après un long dîner. Le café tristounet et lavasse du bureau.

L'année 2000. La dernière fête de 1999.

Le vin rouge. La bière. Des vodka tonic une journée d'été.

Noël, qu'il commençait tout juste à vraiment aimer.

Aller en Australie un jour. En Suède. Au Japon.

Le Dr Cheng lui dit : « Je me doute parfaitement que vous n'avez aucune envie de faire une prise de sang aujourd'hui, mais nous allons demander une numération de vos lymphocytes T. Comme nous savons que la contamination est toute récente, je m'attends à ce que leur nombre soit très élevé. Comme ça, une bonne nouvelle viendra recouvrir la mauvaise. Nous allons réaliser cette prise de sang ici. »

Arthrite. Cheveux gris. Sourcils broussailleux, comme ceux de son père. Dentiers, cannes, problèmes de prostate.

La vingt-cinquième réunion avec les anciens du lycée. En dépit de tout, il y serait peut-être vraiment allé.

Un chien qu'il pourrait promener au bord du lac.

Le Dr Cheng lui dit : « Vous n'aurez peut-être pas envie de parler au début, mais je vous note les renseignements relatifs au groupe de soutien du Test Positive Aware Network. C'est en bas de la première page ici. »

Le vent brutal sur le quai du métro. Cinquante personnes agglutinées sous la lampe chauffante. Des pigeons qui s'attroupent à leurs pieds.

Avoir une maison à lui. Peindre la porte pour pouvoir dire à ses amis de chercher la porte violette.

Les aliments qui n'étaient pas encore arrivés jusqu'en Amérique. Les choses auxquelles il n'avait pas encore goûté et dont les gens raffoleraient dans dix ans.

Ce à quoi ressemblait Chicago depuis le hublot d'un avion qui arrivait de l'est. La seule fois où l'on pouvait réellement voir le visage de la ville.

Le Dr Cheng lui dit : « Nous ne savons absolument pas quels progrès nous attendent. À mon avis, c'est une question de temps. Parce que, quelque part, un meilleur médicament existe. Une fleur venue d'Amazonie, qui sait ? Peut-être demain, ou l'année prochaine. Il n'y a aucune raison de ne pas croire qu'à un moment, il y aura des survivants. »

La plage en béton près de Bryn Mawr, le pied psychédélique que quelqu'un y avait peint.

Le prochain Harvey Milk. Le premier sénateur gay, le premier gouverneur gay, la première femme Présidente, le dernier député intolérant au Congrès.

Danser jusqu'à ce que le sol ne soit plus qu'une zone d'atterrissage optionnelle. Danser en sortant les coudes, danser les bras en l'air, danser dans une mare de sueur.

Tous les livres qu'il n'avait pas commencés.

L'homme chez Wax Trax ! Records qui avait de beaux cils. L'homme assis tous les samedis chez Nookies, qui lisait *The Economist* et mangeait des œufs, et dont les oreilles étaient étrangement rouges. La façon dont sa propre vie aurait peut-être croisé la leur, s'il en avait eu le temps, l'énergie, dans un univers meilleur.

L'amour de sa vie. N'était-il pas censé avoir un amour de sa vie ?

Le Dr Cheng lui dit : « Notre thérapeute est là aujourd'hui. Je vais demander à Gretchen de vous accompagner dans le couloir et d'attendre avec vous le temps qu'il soit disponible. »

Son corps, son corps stupide, lent, velu, les désirs ridicules de son corps, ses aversions, ses peurs. La façon qu'avait son genou gauche de craquer quand il faisait froid.

Le soleil, la lune, le ciel, les étoiles.

La fin de toute histoire.

Les chênes.

La musique.

Le souffle.

Le Dr Cheng lui dit : « Oh là, attention, allongez-vous. On va vous aider à vous allonger. »

2015

Serge annonça que le réseau téléphonique était saturé dans toute la ville. Ce qui expliquait peut-être que Fiona n'ait eu de nouvelles ni de Claire ni de Cecily, laquelle s'était absentée toute l'après-midi.

Au fil de la journée, Fiona fut à la fois plus et moins paniquée. Moins, parce que l'identité de nombreuses victimes avait été diffusée, et que les noms de Claire et de Nicolette n'étaient pas apparus. Plus, parce qu'elle n'avait toujours aucune nouvelle. Moins, encore, lorsqu'elle prit conscience du problème téléphonique. Plus, chaque fois qu'elle prenait le temps de réfléchir à toute cette histoire.

À dix-huit heures, Cecily sonna enfin à l'interphone.

— Il est avec moi, dit-elle.

Il était difficile de savoir à quel point Cecily et Kurt s'étaient réconciliés entre-temps – si toutefois ils s'étaient réconciliés. La présence de Kurt n'était certainement pas anodine. Mais ils arboraient le même air inquiet, et Fiona eut plus l'impression de voir deux personnes se portant mutuellement secours pendant une crise que d'assister à de touchantes retrouvailles mère-fils. Ils s'assirent à bonne distance sur le canapé. Fiona savait que cela devait être douloureux pour Cecily – pourtant, en tant que mère, elle n'imaginait pas être la personne ayant rompu le contact, la personne ayant renoncé. Non : il ne fallait pas confondre le cas de Cecily avec ce que ses parents avaient fait à Nico. Cecily s'était protégée après que Kurt l'avait volée et lui avait menti, encore et encore. Elle n'avait pas rejeté un adolescent sans défense. Mais tout de même.

— Je lui ai laissé trois messages, dit Kurt.

La voisine qui partageait sa cuisine avec Claire aurait trouvé un moyen de le prévenir si quelque chose de grave s'était produit, si Claire n'était pas rentrée à la maison.

— Je suis inquiet, mais je n'ai aucune raison de l'être. Et impossible qu'elle soit sortie aussi tard.

Fiona ne voulait pas crier, mais elle parla trop fort :

— Tu ne peux pas tout simplement aller là-bas ?

— Ce n'est pas notre... Nous avons un accord. Pas un accord légal, mais si je débarque alors que ce n'est pas mon jour, c'est fini. Elle me l'a fait très clairement comprendre.

— Mais dans une situation d'urgence, intervint Cecily.

— Non, répondit Kurt.

Une sirène hurla de l'autre côté de la fenêtre. Ce fut court – peut-être la police signalant à une personne se trouvant à un croisement de s'écarter de son passage. Quoi qu'il en soit, tous trois sursautèrent, et le cœur de Fiona se mit à battre comme celui d'un hamster.

— Donne-moi l'adresse, demanda-t-elle. Je dirai que c'est quelqu'un du bar qui me l'a donnée. Et si elle ne le croit pas, je dirai que je t'ai piégé. Que je suis entré dans ton appartement par effraction et que j'ai trouvé l'adresse sur une enveloppe.

Cela ne serait pas très éloigné de la vérité.

— Non, je dirai que le détective l'a trouvée.

Cecily posa une main sur le genou de Kurt.

— Ne serait-ce pas la meilleure solution ? Comme ça, tu saurais qu'elles sont en sécurité.

Kurt sembla se détendre et non se crisper au contact de Cecily.

Si rien de bien ne ressortait de tout cela pour Fiona, au moins, elle serait à l'origine de la réconciliation de la famille Pearce. Cecily pourrait peut-être lui envoyer des rapports hebdomadaires sur Nicolette, parce qu'elle aurait l'occasion de la voir grandir alors que Fiona serait seule à Chicago.

Elle tendit son téléphone à Kurt.

— Rentre juste l'adresse sur mon GPS, dit-elle. Pour autant qu'elle sache, je ne t'ai pas vu depuis des années.

Kurt soupira et prit le téléphone.

Dès qu'elle le récupéra, Fiona attrapa son sac à main.

— Si vous voulez attendre ici, vous pouvez, leur lança-t-elle.

Kurt serra l'épaule de Fiona de sa main géante.

C'était le bazar à Saint-Denis, où de nombreuses rues étaient barrées. Le chauffeur de taxi lui avait demandé trois fois si elle était sûre de vouloir aller là-bas.

— J'attends d'être sûr que vous êtes bien rentrée. Vous en avez pour longtemps ? Je reste ici et je vous ramène ensuite.

Fiona lui répondit qu'elle en avait pour quelques minutes. Elle espérait sortir d'ici peu pour lui dire qu'il pouvait partir, pour lui donner un pourboire.

Un jeune homme se dirigeait vers la porte juste devant elle, alors plutôt que de se coltiner le casse-tête de sonnettes et de noms, elle le suivit dans l'étroit couloir. L'endroit était labyrinthique, mais elle finit par trouver le numéro huit. Devant la porte, il y avait un seau rouge et une pelle en plastique.

Elle frappa à la porte de sa main gauche blessée – un geste déplacé qui lui sembla de mauvaise augure.

Claire ouvrit en laissant la chaîne.

— Putain, je le crois pas !

— Ma chérie, juste...

— Non, ça ne me va pas.

— Je n'avais aucun autre moyen de te joindre.

— Ça ne me va pas.

Ses cheveux étaient attachés négligemment. Elle donnait l'impression de ne pas avoir beaucoup dormi.

— Tu es hors de danger ?

— On dirait bien.

— Je vais bien, moi aussi, si jamais tu t'inquiétais.

— Écoute, c'est l'heure de sa sieste.

La voix de Claire s'était légèrement adoucie.

— C'est juste... Là, tout de suite, ça, je peux pas.

— Je comprends.

— Je n'en suis pas sûre.

— Pourrais-tu au moins me donner ton numéro ? Afin que je n'aie pas à venir te traquer au travail ?

— J'ai ton numéro.

— Écoute, quel mal y aurait-il à cela ?

— Ben *ça !*

— D'accord.

Fiona leva les mains pour rendre les armes.

— Tu es en vie, ta fille est en vie, c'est tout ce que je voulais savoir. Je m'en vais.

Claire laissa échapper un grand soupir de colère que Fiona fut parfaitement incapable d'interpréter.

Fiona eut envie de partir en claquant la porte, mais toute l'idée de ce voyage à Paris – elle et son psy, ensemble, l'avaient très clairement formulé – était de s'exposer. De garder les bras ouverts même quand Claire croisait les siens.

— Appelle-moi quand tu veux, dit-elle. Je t'aime, ma puce.

Claire referma la porte sans rien dire, sans même la saluer d'un geste de la main.

1986

En septembre, Katsu Tatami tomba dans la rue. Quelqu'un l'emmena aux urgences du Masonic Hospital, où il fut pris en charge dans l'unité réservée aux malades du sida. Teddy raconta que Katsu clamait préférer mourir avant que son état de santé se stabilise assez pour qu'on le renvoie au County Hospital. Mais son état se stabilisa, et il fut donc transféré là-bas.

Yale savait qu'il devrait lui rendre visite tôt ou tard. En partie parce que c'était ce qu'il fallait faire, et en partie parce que, dans le pire des cas, lui-même finirait également dans cet hôpital, et qu'il avait besoin de le voir, de se débarrasser de cette question.

Un soir, il tira sur le fil dentaire de Julian, et le dernier bout sortit, juste assez long pour qu'il puisse s'en servir. Il essaya de ne pas prendre cela comme un mauvais signe, mais c'était le sentiment qu'il avait. Il décida de rendre visite à Katsu le matin suivant, avant qu'il ne soit trop tard.

Il avait été finaliste pour un emploi à l'université de Saint Louis, et était toujours en lice pour un poste de chargé de développement à DePaul, ici, à Chicago, mais pour l'heure, il était au chômage. Le Dr Cheng l'avait encouragé à prendre le premier poste proposant une couverture santé. « Plus l'entreprise est grande, mieux c'est, avait soutenu le médecin. Vous vous noierez dans la masse. » En attendant, Yale continuait à cotiser à son ancienne mutuelle, qui ne tarderait pas à avoir raison de ses économies. Il pourrait payer jusqu'en janvier, tout juste, et ensuite, il devrait choisir entre avoir une assurance santé et manger.

Le Dr Cheng n'intégrait pas les résultats des tests dans le dossier médical de Yale. À sa connaissance, son patient n'était venu le voir que pour un mal de gorge. Quand Yale prendrait une nouvelle complémentaire, on lui demanderait s'il avait contracté le sida – pas s'il était porteur du virus. « Vous ne mentirez pas en répondant non, avait expliqué le Dr Cheng. Et alors, un mois après avoir été accepté par l'organisme de santé, vous reviendrez faire le test. Officiellement. » Mais c'était risqué, et si on le découvrait – si le gouvernement se saisissait des résultats des tests, aussi anonymes que le Dr Cheng prétende les avoir gardés, ou si Yale était victime d'un accident, qu'on lui ponctionnait du sang à l'hôpital, etc. –, on pourrait lui refuser à jamais une couverture santé. Il finirait comme Katsu, à devoir prier que l'un des lits du County soit disponible quand il en aurait besoin.

Yale téléphona à Asher en espérant entendre des propos rassurants, mais son ami lui dit : « Trouve-toi vite un boulot. »

Pour ne rien arranger, il ne pouvait plus obtenir de lettre de recommandation de Bill Lindsey. Et le fait que Yale ait travaillé moins d'un an à la Northwestern ne donnait pas une très bonne image de lui.

Juste après son test positif, Yale avait envoyé un mot à Roman via le courrier du campus, avant d'en adresser un autre à Bill au bureau :

Une bonne raison me porte à croire que, si ce n'est déjà fait, vous devriez envisager de faire le test du HTLV-III, le virus connu pour transmettre le sida. J'espère que vous encouragerez votre femme à en faire autant ; soyez assuré que je ne l'ai pas contactée et que cela n'arrivera pas.

Pendant des jours, il avait pensé à Dolly Lindsey, à comment la joindre. Il en avait discuté avec Asher, avec Teddy, avec Fiona. Il fut surpris de les voir tous secouer la tête d'un air sceptique et de les entendre dire : « Je ne pense pas que tu puisses vraiment faire une chose pareille. » Teddy lui avait balancé du Kant, avait développé une argumentation particulièrement convaincante. En août, Yale apprit de la bouche de Cecily que Dolly avait quitté Bill. « Je l'ai croisée en ville. En train de faire des courses et autres. Vraiment, Yale, ils ne couchaient même pas ensemble, si ? » Mais il n'eut jamais de réponse de Bill, à l'exception d'un mot rédigé de son écriture en pattes de mouche qui accompagnait une pile de courrier vaguement personnel que la galerie lui transmettait : *Ravi d'apprendre que vous êtes retombé sur vos pieds !* Yale n'avait nullement mentionné une chose pareille. Donna, la doctorante, lui apprit que Bill n'évoquait plus son départ à la retraite.

Sa visite au County serait de courte durée ; Katsu était assommé par les médicaments et Yale voulait à tout prix sortir de là. Les lits se trouvaient tous dans une seule et unique pièce immense où, pour toute cloison, des draps avaient été étendus entre les patients, si bien qu'on était entouré par les bruits et les odeurs de malades tous à des étapes de la mort différentes. Comment pouvait-on dormir dans un tel endroit ? Comment pouvait-on entretenir le moindre espoir ? Yale l'ignorait.

Katsu lui dit – enfin, marmonna :

— J'ai mal aux aisselles. Pourquoi ai-je si mal aux aisselles ?

Yale lui avait apporté un milk-shake qu'il laissa sur son plateau, pour quand il en aurait envie. Il tenait de Teddy que Katsu rangeait son Walkman sous son oreiller pour qu'on ne le lui vole pas, mais personne ne volerait un milk-shake, n'est-ce pas ? En tout cas, certainement pas l'infirmière qui avait même évité de croiser son regard en changeant la poche de sa perfusion.

Yale voulait qu'Asher vienne remuer ciel et terre. Mais que pourrait-il réellement accomplir ? Yale avait donné procuration à Asher le mois dernier, avec la certitude qu'au moins, son ami saurait gueuler sur les bonnes personnes.

— Tu peux leur demander d'éteindre les lumières ? demanda Katsu.

Mais les lampes, énormes, fluorescentes, couvraient tout l'espace, et Yale savait déjà qu'ils ne les éteignaient jamais, même la nuit. Il plia deux Kleenex ensemble et les posa sur les yeux de Katsu, un masque de repos de fortune.

Quand il rentra chez lui, une chose des plus étranges se produisit : il trouva une lettre à son attention écrite de la main de Charlie. Les drôles de « E » de Charlie, trois barreaux flottants sans soutien vertical. Papier bleu clair, encre bleu foncé.

Il avait appris, disait la lettre. Teddy, Asher et Fiona lui avaient tous trois assuré qu'il n'était pas directement responsable. Mais il voulait l'entendre de la bouche de Yale. C'était horrible, écrivait Charlie, de rejeter la faute sur les gens plutôt que sur le virus ou sur les structures de pouvoir qui le laissaient prospérer, mais il ne pouvait s'en empêcher et voulait savoir. Même s'il était, au minimum, indirectement responsable. Il voulait l'absolution, comprit Yale. Une chose que celui-ci n'était pas prêt à lui accorder.

Yale ne répondit pas à son courrier, mais ne le jeta pas non plus. Six mois auparavant, il aurait pu le brûler. Il le lissa et le posa sous le bol en étain qui se trouvait sur la commode, celui dans lequel il mettait ses pièces de monnaie.

Il prit Roscoe dans ses bras et le porta jusqu'à la fenêtre. Posté derrière la vitre, il regarda le fleuve en contrebas, le bateau touristique qui glissait sur l'eau avec une lenteur incroyable. Peu de temps après, il était passé.

2015

— Pour danser, le top, c'était le Paradise, dit Richard. Je suis sûr qu'il n'existe plus depuis longtemps.

— Accroche-toi, répondit Fiona. C'est un supermarché Walmart, maintenant.

— Non !

Il se détourna de l'évier de son atelier, les mains ruisselantes. Serge, assis sur le fauteuil inclinable dans le coin, écoutait d'une oreille amusée. Cecily était installée avec Fiona derrière la grosse table en bois. Elle portait un pull à col roulé beige, lequel, par sa banalité solide, donnait l'impression qu'elle était protégée – du chaos de la ville, des fléchettes empoisonnées de la famille.

— On dirait qu'ils ont cherché à être symboliques, dit Fiona. Au moins, ce n'est pas l'un des QG du parti républicain ou autre. Richard, écoute, il y a un Starbucks au croisement de Belmont et de Clark. C'est… ce n'est pas aussi stérile que ça en a l'air. Chaque hiver, il y a une sorte de « soupathon ». Tu vas de restaurant en restaurant, et tu manges de la soupe. Il y a de tout : des gays, des couples hétéros, des bébés dans des poussettes. Et de la soupe. C'est beau. Tu ne voudrais pas que ce soit pareil qu'avant. Parce que l'ambiance, avant, était celle d'un endroit où vivaient les outsiders, et il y avait… Tu sais, le désespoir était partout. Même avant le sida.

— Donc, c'est devenu un lieu pour les adultes.

— Fini, Boystown et ses garçons ! s'esclama Serge. C'est « Man's town » et ses hommes maintenant !

Sa plaisanterie ne fit rire que lui.

— Ça t'arrive de penser que tout cela ne durera pas ? demanda Richard.

Non, jamais. Pas vraiment. Fiona avait du mal à imaginer un retour en arrière, une régression.

— Parce que moi, si. Je suis sûr que je roulerais des yeux en voyant l'embourgeoisement. Mais écoute, ma chérie, je suis vieux et j'en ai vu, des merdes, alors crois-moi : profitons-en tant que ça dure. Parce que ce n'est pas *Un, deux, trois, soleil !* On n'avance pas toujours. Je sais que c'est l'impression qu'on a en ce moment, mais tout cela est fragile. Peut-être que dans cinquante ans, tu repenseras à maintenant et tu te diras : *C'est la dernière fois où nous avons été heureux.*

Fiona se couvrit les mains en tirant sur ses manches. Il était tellement tentant de considérer les feux de ses vingt ans comme la grande lutte historique de sa vie – maintenant que cela appartenait au passé. Même son travail à la boutique, le lobbying et les levées de fonds n'étaient pour elle que les suites de ce combat. Les gens mouraient encore, juste plus lentement, avec un peu plus de dignité. À Chicago, du moins. Fiona estimait que l'un de ses grands échecs moraux était que, tout au fond d'elle-même, elle ne se souciait pas aussi viscéralement de la crise du sida actuelle en Afrique. Cela ne l'empêchait pas de donner de l'argent à des associations, mais elle trouvait perturbant de ne pas ressentir les choses dans ses tripes, de ne pas pleurer en y pensant avant de s'endormir. Un million de personnes étaient mortes du sida l'année dernière, et elle n'avait pas versé une seule larme. Un million de personnes ! Elle passait beaucoup de temps à se demander si elle était raciste, ou si c'était à cause de l'océan Atlantique qui mettait tant de distance entre ici et là-bas. Ou peut-être était-ce parce que, là-bas, ce n'était pas la communauté gay qui était en première ligne, que la maladie ne tuait pas seulement des garçons jeunes et beaux qui lui rappelaient Nico et ses amis. Bien sûr que tout altruisme était d'une certaine façon égoïste. Et peut-être aussi n'avait-elle eu de place dans son cœur, dans cette vie, que pour une seule grande cause, pour l'orbite d'un seul désastre. Claire l'avait vraisemblablement ressenti en grandissant – que le plus grand amour de sa mère se focalisait toujours sur quelque chose qui se trouvait juste de l'autre côté de l'horizon du passé.

— C'est la différence entre optimisme et naïveté, déclara Cecily. Personne dans cette pièce n'est naïf. Les gens naïfs n'ont pas encore connu de véritables difficultés, alors ils pensent que cela ne pourra jamais leur arriver. Les optimistes ont déjà traversé des épreuves. Et nous continuons à nous lever le matin, parce que nous croyons pouvoir empêcher que cela se produise à nouveau. Ou alors nous nous forçons à y croire.

— Toute croyance est un leurre, remarqua Richard.

— Personne en France n'est optimiste, dit Serge.

L'atelier de Richard était en forme de L, avec des écrans, des appareils photo et des lumières d'un côté, des bureaux, des ordinateurs et du bazar de l'autre, et au milieu – où ils se trouvaient tous en ce moment – un coin où s'asseoir, une kitchenette. L'endroit avait été décimé par le transfert des œuvres au musée, et le sol était jonché de câbles d'alimentation et de chips de polystyrène. Fiona n'était pas venue ici pour voir les vidéos. Elle avait été formelle – ce n'était pas le bon moment.

Il était quatorze heures, un dimanche. Demain devait avoir lieu le *vernissage* de Richard, mais tout était encore en suspens. Une chasse à l'homme pour retrouver l'un des suspects des attentats était en cours près de la frontière belge. Dès qu'ils avaient franchi le seuil de l'atelier, ils s'étaient barricadés à l'intérieur. La radio sur le plan de travail diffusait les informations de la BBC trop bas pour qu'on puisse entendre, et Serge n'arrêtait pas de mettre à jour son fil Twitter, mais il n'y avait pas grand-chose de neuf. Richard attendait l'appel du centre Pompidou – décideraient-ils d'ouvrir et, a fortiori, de maintenir les festivités ? Même si l'événement avait lieu, il n'y aurait pas grand-monde. Le centre Pompidou était situé non loin du Bataclan, qui était encore une « scène de carnage » d'après les informations, même si les seules photos que Fiona avait le courage de regarder montraient des tas de fleurs, des ours en peluche. Quelques-uns des invités les plus éminents n'étaient pas à Paris, et on ignorait complètement le sort réservé à leurs vols, leurs trains.

Tard la nuit précédente, Damian avait téléphoné. Claire lui avait envoyé un mail à l'université. Juste cinq phrases pour dire qu'elle allait bien et qu'il ne fallait pas qu'il s'inquiète. Il lui dicta l'adresse de Claire – que Fiona n'était pas censée utiliser, bien entendu –, et lui lut deux fois le message. Pas d'excuse, mais pas de colère ni de raideur non plus. Rien à voir avec les deux conversations tendues que Claire avait eues avec Fiona.

Certes, les problèmes de Claire étaient essentiellement liés à elle, pas à Damian. La psychologue pour enfants l'avait expliqué, des années auparavant : les enfants se déchaînent sur le parent avec qui ils vivent, le parent sûr. Et il était apparu au cours des séances que Claire avait compris bien plus de choses sur la liaison de Fiona qu'ils l'avaient espéré. « Elle croit, expliqua la psychologue, que vous recherchiez une autre famille, une famille qui serait mieux. »

Fiona rangea le bout de papier avec l'adresse e-mail de Claire dans le tiroir de sa table de nuit. Elle l'avait déjà mémorisée.

Le téléphone de Richard finit par sonner, et il se retira dans son bureau pour parler en faisant les cent pas. À son retour, il secoua la tête.

— Ce n'était pas Pompidou. S'ils appellent maintenant, je vais refuser. J'ai envie d'attendre une semaine. Lundi prochain, vous en pensez quoi ? Ils peuvent laisser entrer le public quand bon leur semble, mais si *vernissage* il y a, nous ferons les choses comme il faut. Bon, écoute, Fiona. Bonne nouvelle. Je t'ai dit qu'il y avait une surprise pour toi. C'était prévu pour demain soir, mais... tu sais.

Fiona se prépara psychologiquement. Richard avait parfois des idées étranges sur ce qui ferait plaisir aux autres, et s'il s'apprêtait à lui montrer une vidéo de Nico, elle ne serait pas capable de gérer.

— C'était ça, le coup de fil, dit-il. Va attendre près de la porte, tu veux bien ? Deux minutes. Tu vas voir.

— Seulement moi ?

— Seulement toi.

Fiona lui adressa un regard sceptique mais sortit dans le couloir et se rendit dans la petite entrée, où elle voyait la rue à travers la porte vitrée. Elle avait le ventre en vrac. La tête aussi. Un brun en manteau bleu passa en consultant son téléphone, revint sur ses pas et se plaça face à la porte. Il lui sourit.

Il avait à peu près son âge, avec de drôles de pommettes, un visage qui, en quelque sorte, clochait, était déformé, brouillé.

Et puis ses traits se réassemblèrent, une fois, deux fois, et au lieu de lui ouvrir et de le faire entrer, Fiona recula d'un pas, parce qu'elle regardait un fantôme.

Ce ne pouvait être lui, et pourtant, c'était bien Julian Ames.

Et parce qu'il lui souriait encore – parce que, quel choix avait-elle ? –, elle finit par faire un pas chancelant en avant, par trouver la serrure et essayer de pousser la porte avant de comprendre qu'il fallait tirer, qu'il fallait qu'elle aplatisse son corps contre le mur pour libérer le passage.

Il serra les bras de Fiona, rapprocha son visage du sien.

— Eh bien, qui vois-je ? dit-il.

1988, 1989

Charlie avait une paupière infectée. C'était ce qu'Asher lui avait révélé, avant d'ajouter :

— Je ne vais pas te tenir au courant du moindre petit truc, mais je me suis dit que j'allais t'en informer, et puis que j'allais aussi te demander à quelle fréquence tu voulais avoir des nouvelles. Pour résumer, d'après les médecins, on peut maintenant parler de progression rapide.

La Chevette d'Asher roulait sur Lake Shore Drive, et ils devaient crier pour être entendus par-dessus le bruit du moteur. Les transports en commun, les microbes sur les rampes, les postillons dans la toux des gens rendaient Yale nerveux. Il les empruntait de temps à autre, mais il était fatigué aujourd'hui, et à cause de l'AZT[1], il avait les jambes en coton. Cela ne lui déplaisait donc pas qu'Asher le ramène chez lui après le groupe de soutien. De plus, c'était le premier jour de printemps où l'on pouvait conduire vitre baissée, et le lac ressemblait à une falaise vitreuse, comme si en marchant jusqu'à la ligne d'horizon on pouvait se jeter du bord du monde.

— Les gens m'ont surtout parlé des drogues. Comme si j'étais censé prendre un plaisir pervers à entendre tout ça.

Asher mit la radio, mais il n'y avait que des pubs.

— J'ai envie de l'étrangler. Il pourrait faire tant de bien avec cet argent.

Environ un an auparavant, grâce à la prolifération soudaine des numéros surtaxés et des entreprises prêtes à dépenser de

---

1. Premier médicament antirétroviral à avoir été utilisé pour traiter le VIH.

l'argent pour en faire la publicité, le journal de Charlie était devenu, pour la première fois, lucratif – jamais Yale n'aurait imaginé qu'un journal gay puisse l'être autant. De plus, Charlie avait vendu l'agence de voyage, et avait récupéré tout l'argent de la vente dans l'idée de passer le temps qui lui restait à vivre dans le luxe, ou tout au moins de manière confortable. Et puis, apparemment, il avait tout dépensé en cocaïne. Ce qui surprit Yale car dans le passé, Charlie avait été un consommateur de drogues extrêmement sélectif. Et en même temps, cela ne le surprit pas du tout. En attendant, le journal se désagrégeait – ou en tout cas l'équipe se délitait. Rafael était parti chez *Out and Out*, Dwight était mort, et Gloria était toujours là, mais n'adressait plus la parole à Charlie. Il y avait de nouvelles têtes, qui, d'après ce que Yale avait entendu, détestaient Charlie, et c'était réciproque. Globalement, c'était l'horreur.

L'un des effets les plus étranges de la consommation de cocaïne de Charlie fut qu'après une longue pause faisant suite à la première lettre, il s'était remis à écrire à Yale de folles missives de huit pages, environ une fois par mois. Yale soupçonnait qu'il n'était pas le seul à recevoir ces courriers, mais il était vraisemblablement le seul pour qui Charlie dressait des listes obsessionnelles avec des titres tels que « Rêves dans lesquels tu étais », et « Voici tous les livres que tu as laissés ». Certaines entrées étaient sombrement drôles. Dans « Façons dont je me suiciderai si les Républicains gagnent cet automne », l'un des scénarios prévoyait que des sangsues boiraient tout son sang avant d'être servies en amuse-bouche au bal d'investiture.

Charlie ne proposait jamais qu'ils se voient. Après cette première lettre désespérée, il ne demanda jamais rien. Yale était devenu un personnage dans un exercice d'écriture, un souvenir statique sur lequel Charlie faisait rebondir ses sentiments. Il ne présenta jamais ses excuses non plus, pas de façon explicite. Il y avait juste les listes et puis, dans une écriture irrégulière qui s'incrustait dans la page, des comptes rendus méticuleux de ses journées : ce qu'il mangeait, son poids, ses problèmes digestifs, les intrigues de films qu'il avait vus. Il suivait un régime strictement végétarien, et le Dr Vincent l'implorait de manger davantage de protéines. Teresa avait pris un appartement tout près de chez lui, et Martin semblait être un appendice permanent, même si Charlie épargnait à Yale tout détail concernant leur vie sexuelle – notamment s'ils en avaient une. Il arrivait que Charlie ne parle pas du tout de lui-même. Une fois, sans aucune raison intelligible, il y eut cinq pages au sujet de Wanda Lust, une drag-queen qui était morte avant même que Yale s'installe à Chicago.

Yale avait tendance à attendre quelques jours avant d'ouvrir ces courriers. Il finissait par s'asseoir le samedi avec un café, puis, après avoir considéré l'épaisseur de l'enveloppe, il glissait un doigt sous le rabat. Il n'avait jamais répondu. Pas tant par méchanceté ou par obstination que parce qu'il ne savait absolument pas par où commencer.

Les lettres l'avaient attendri à l'égard de Charlie, un peu en tout cas. Grâce à elles, ce dernier apparaissait moins comme le méchant de l'histoire que comme le pitoyable idiot que Yale avait toujours su qu'il était.

Au cours de ces deux dernières années, il avait vu Charlie de loin à plusieurs reprises. Il imaginait que lui aussi l'avait vu de loin, des jours où Yale était trop absorbé par autre chose pour le remarquer. Il imaginait que Charlie reprenait son souffle, tournait les talons et trouvait une excuse pour quitter la soirée, le bar, la réunion – comme Yale le faisait toujours.

Yale essaya de se représenter une paupière infectée. *Gonflée*, certainement. *Rouge*. Il en eut les yeux humides.

Ils quittèrent Lake Shore Drive, et au moins, le moteur était plus discret maintenant.

— Je pense qu'il a peur, dit Asher. Je... Bon, je me lance. Il veut te voir.

— J'en doute.

— Non, il me l'a confié. Plusieurs fois. Je suis censé te dire qu'il veut te voir.

Yale voulut donner un coup de tête de côté dans la vitre, mais vu que celle-ci était baissée, sa tête bascula dehors, dans l'air qui se rua contre son visage.

— Réfléchis-y. Moi, je ne fais que planter une graine.

— S'il veut me présenter ses excuses, c'est une chose. Je... je peux envisager de lui permettre de tourner la page. Mais hors de question que je déboule pour lui tenir la main.

— Je sais.

Asher avait l'un de ces tampons « GAY $ » et de l'encre rouge dans son cendrier central, et Yale se demanda s'il continuait à estampiller tout son argent. Il prit le tampon, promena son pouce le long des lettres. C'était du Asher tout craché d'avoir ce genre d'accessoires dans sa voiture pour pouvoir faire de la protestation civique dès qu'on lui rendait sa monnaie au drive du McDonald's.

Yale aurait au moins des sujets à aborder avec Charlie, des informations avec lesquelles remplir le vide. N'ayant jamais répondu à ses courriers, il avait de quoi alimenter indéfiniment la discussion. Charlie ne saurait peut-être pas encore que Fiona avait été acceptée à l'université – elle ne l'avait appris que la semaine dernière. Les gens avaient dû lui dire que Yale était désormais chargé de collecter des fonds à DePaul, mais n'avaient peut-être pas évoqué l'insipidité de ce poste qui tournait exclusivement autour de l'argent – pas d'art, pas de beauté. Yale avait passé l'entretien avec la mutuelle en transpirant, avait répondu non à la question sur le sida. Le Dr Cheng avait fait la première demande de remboursement d'AZT cinq mois auparavant, et elle était toujours à l'étude. L'organisme de santé voulait connaître le nom de tous les médecins qui l'avaient soigné ces dix dernières années, et Yale craignait qu'ils essaient de lui faire la même chose qu'à Katsu : qu'ils trouvent une maladie bégnine remontant à plusieurs années ou le seul dermatologue que Yale avait omis de mentionner dans sa liste, puis l'accusent de fausse déclaration. Les assurés avaient un an pour tout rapporter, et pendant ce temps-là, Yale payait des milliers de dollars de sa poche, en espérant qu'au final, on le rembourserait. Mais au moins il avait un travail, un bureau auquel se raccrocher.

Il pourrait dire à Charlie que Bill avait reporté l'exposition de Nora au plus tôt à l'automne 1990, et que même si Yale était en grande forme, merci de poser la question, il craignait de ne jamais y assister. Il pourrait lui apprendre que Nora les avait quittés l'hiver dernier, et que, à défaut de pouvoir la faire entrer en fauteuil roulant dans la Brigg comme ils en avaient rêvé, il avait vraiment espéré pouvoir au moins lui envoyer des photos de l'exposition. Bien sûr, Charlie ne se souviendrait peut-être même pas de qui était Nora.

Il pourrait dire que ses ganglions étaient enflés l'été dernier, mais qu'ils avaient retrouvé une taille normale, que ses lymphocytes T étaient au top, qu'il buvait des cocktails vitaminés et faisait de la visualisation positive. Il pourrait lui dire que Roscoe était parti vivre avec Cecily et son fils quand le Dr Cheng lui avait vivement déconseillé, sous quelque circonstance que ce soit, de garder le chat et sa litière dans son appartement. Il pourrait lui dire qu'il avait fini par quitter les Marina Towers et vivait dans une sous-location à Lincoln Park, que la peinture s'écaillait mais qu'il y avait une machine à laver dans l'appartement.

— Je t'emmène à la réunion de DAGMAR[1] le week-end prochain ? demanda Asher.

Yale n'avait jamais bien compris la mission de ce groupe, en partie parce que le « R » ne renvoyait jamais à la même chose : les lesbiennes et les gays contre Reagan, ou contre les Réactionnaires, les Républicains, la Répression. Chaque fois que vous posiez la question, ça changeait.

— C'est les Rutabagas, maintenant, n'est-ce pas ?

Il pressa le tampon d'Asher contre sa paume gauche, une infime trace d'encre rouge se déposa sur sa peau.

— Ça te fera vraiment du bien. Tous les gens que je connais qui ne sont pas politiques, ne le sont pas parce qu'ils n'ont pas puisé dans leur colère. Une fois que tu le fais, ça te semble juste. Écoute, l'action directe – l'action directe procure le troisième meilleur sentiment au monde.

— Quel est le deuxième ?

— Enlever un maillot de bain mouillé.

— Bof.

À vrai dire, Yale avait envie d'accepter la proposition d'Asher, mais ce qu'il ressentait en sa présence était intenable. Ce n'était pas bon pour ses nerfs. Sans compter que d'après ce qu'il avait vu de l'action directe, il fallait s'allonger dans la rue, il y avait des

---

1. DAGMAR : acronyme de « Dykes And Gay Men Against Racism and Repression ».

bombes lacrymogènes, on se faisait menotter et embarquer dans un panier à salade – et en été, ils fermaient les portières des fourgons et montaient le chauffage. Il n'avait même pas été capable de se défendre contre les autres garçons dans les vestiaires en cinquième. Comment était-il censé faire le poids, devant Asher Glass, contre des flics de Chicago issus de famille où l'on était policier de père en fils depuis trois générations ? Yale répondit qu'il allait y réfléchir. Il était pas mal occupé au boulot, prétexta-t-il.

Il voyait régulièrement Asher au groupe de soutien. Asher se présentait systématiquement avec une demi-heure de retard, cravate dénouée. Si Yale était parvenu à garder un siège à côté de lui – généralement en laissant traîner son manteau dessus l'air de rien avant de l'enlever comme s'il se souvenait soudain de l'avoir posé là – Asher s'y installait, pressant la nuque de Yale en s'asseyant. Sinon, il restait debout à l'extérieur du cercle, déclinant la proposition du thérapeute prêt à récupérer pour lui l'une des chaises encore pliées contre le mur. Quand Asher parlait, c'était pour faire un discours – pas pour partager quoi que ce soit sur lui, sur son propre diagnostic ou ses conséquences. Il n'avait jamais été en faveur du test, mais l'année précédente, il avait perdu du poids, son estomac s'était rebellé, et son médecin avait insisté pour vérifier ses lymphocytes T. Il en avait moins de cent. Environ une fois par réunion, il s'emportait contre le prix de l'AZT. Comme si c'étaient eux, dans la salle, les responsables, comme s'ils y pouvaient quoi que ce soit. Il commençait par gueuler que c'était le médicament le plus cher de l'histoire. « Vous pensez que c'est un hasard ? Vous pensez que ce n'est pas de la haine pure ? Dix mille dollars par an ! Dix mille dollars, putain ! » Il n'était jamais du genre à éclater en larmes, à sangloter à cause de la mort de ses amis, de la mortalité ou de la culpabilité du survivant.

Après les réunions, Asher disait à Yale qu'il devrait se mettre en couple avec quelqu'un du groupe. Il y avait eu une brève passade avec Ross, le rouquin des Marina Towers – leurs échanges s'étaient plus ou moins limités à des dîners parce que Ross, qui faisait le test le premier lundi tous les trois mois, était terrifié d'aller au-delà des baisers –, mais depuis, Yale vivait dans la chasteté la plus totale.

— Ce Jeremy, là, avec le menton, lui avait un jour dit Asher alors qu'ils prenaient un café après une réunion. Il n'a pas de casseroles, il a ton âge, et des bras incroyables. Enfin, j'extrapole à partir de ses avant-bras. Vous êtes tous les deux séropositifs, il vit à une centaine de mètres de chez toi et il est financièrement indépendant. Je ne te parle pas d'emménager avec lui, je te parle d'échanger des fluides corporels et du bien que ça te ferait.

Les fluides corporels étaient la dernière chose à laquelle Yale avait envie de penser.

— Et s'il y a des souches différentes ? Certains pensent que...

— Connerie totale ! Ils veulent contrôler ta sexualité. Et même une fois qu'il est trop tard, ils veulent la contrôler encore plus. Il n'y a aucune raison d'arrêter de baiser. C'est juste que maintenant, quand tu dragues, ton terrain de chasse n'est plus le même, avait répondu Asher.

Dans la voiture, Yale se demanda si Asher l'invitait à la réunion DAGMAR uniquement pour le maquer avec quelqu'un là-bas. Il voulait lui poser la question, et lui demander s'il devait se sentir offensé ou flatté qu'il s'intéresse toujours autant à sa vie sexuelle, sans pourtant s'être jamais porté volontaire pour y participer. Non que Yale lui ai déjà fait des avances. Non qu'il en soit capable.

— Tu me dois une faveur en échange de ce trajet, dit Asher. Soit tu viens à la réunion, soit tu rends visite à Charlie.

Il détacha ses yeux suffisamment longtemps de la route pour regarder Yale, dont le visage se crispa en des mimiques involontaires. Il fit de son mieux pour sourire avec désinvolture.

— Je vais peut-être contacter sa mère.

— Est-ce qu'il finit vraiment par aller quelque part ? demanda Asher

— Quoi donc ?

— L'amour. Est-ce ça disparaît ?

Yale contempla sa propre main posée sur le tableau de bord pour se stabiliser chaque fois qu'Asher freinait brusquement.

— Eh bien, on n'a jamais envie qu'il disparaisse. Mais ça arrive, n'est-ce pas ? répondit Yale.

— Pour moi, c'est la chose la plus triste au monde : l'échec de l'amour. Pas la haine, mais l'échec de l'amour.

Il n'alla pas voir Charlie ce soir-là, même si ce fut peut-être à ce moment qu'il sut qu'il finirait par lui rendre visite. Il ne le vit pas pendant un an et demi, pas avant octobre 1989, quand Charlie, bien que cela soit sans rapport avec la paupière infectée, devint aveugle.

Teresa vint le retrouver à l'ascenseur. Elle avait vieilli d'un million d'années.

Yale s'était rendu au Masonic pour quelques examens, mais il n'était pas remonté au service 371 depuis son unique visite à Terrence des années auparavant. Ses connaissances qui avaient atterri là-bas, comme le secrétaire de rédaction de Charlie, Dwight, n'avaient pas été des amis assez proches pour qu'il passe les saluer.

L'endroit paraissait avoir pas mal servi, mais dans un sens positif. Des affiches de Broadway ornaient les murs, et la pièce était décorée pour Halloween. Un homme en blouse d'hôpital était appuyé contre le poste des infirmières et discutait, les pieds dans des chaussons jaunes qui peluchaient, les bras recouverts de lésions. Il y avait un panneau avec des polaroïds de l'équipe et des bénévoles, dont le nom était écrit au marqueur sur les bandes blanches. La grande différence cette fois-ci était que Yale savait qu'à moins que sa mutuelle le lâche et qu'il termine au County, il avait sous les yeux l'unité dans laquelle il mourrait. Ce serait sa dernière demeure, et les visages de ces deux infirmières qui passaient seraient, en temps voulu, peut-être ceux qui lui seraient le plus familiers au monde. Il connaîtrait chaque détail de ce lino, chaque luminaire.

Il serra Teresa dans ses bras et lui demanda des nouvelles.

— Ils l'ont déplacé dans une chambre individuelle, et je ne pense pas que ce soit une bonne chose, et toi ? Je veux juste dormir. Il est... Écoute, on lui a donné pas mal de sédatifs ces derniers temps, et ils ont dû lui administrer une dose supplémentaire de calmants ce matin pour sa bronchoscopie. Il est encore dans les vapes. Je ne sais pas s'il comprendra que tu es là, par conséquent. J'aurais dû te rappeler pour te le dire, mais j'espérais qu'il serait déjà remis. Sauf que voilà, ce n'est pas le cas – même sans les tranquillisants, il n'est pas tout à fait avec nous. J'aurais dû te prévenir.

— Ce n'est pas grave. Ce n'est pas grave.

Yale la suivit, et en entrant dans la chambre, il ferma les yeux. Il les ouvrit, doucement, et aperçut quelqu'un qui n'était pas Charlie. Il voulait dire à Teresa qu'elle ne l'avait pas emmené au bon endroit, que ce fœtus ratatiné sur le lit, il ne le connaissait pas. Mais Teresa caressait le crâne de cet homme, et quand la bouche de celui-ci s'ouvrit, Yale vit les dents de Charlie. C'était un extraterrestre, un squelette d'Auschwitz, un oisillon tombé du nid. L'esprit de Yale n'arrêtait pas de chercher des métaphores, parce que ce simple fait – que c'était Charlie – était trop.

La distance entre la porte et le lit était infime, mais Yale la parcourut aussi lentement qu'il le put. Il s'agrippa à l'armature du lit, regarda les cartes scotchées aux murs.

Teresa était fatiguée, et Yale lui dit qu'il pouvait rester, qu'elle pouvait rentrer chez elle pour se reposer. Elle l'embrassa et partit.

Yale ne savait pas s'il devait parler. Il pourrait expliquer qu'il était là, guetter une réaction sur le visage de Charlie. Mais avec les sédatifs qui faisaient encore effet et avec la cécité de Charlie, Yale était pour l'instant protégé par l'anonymat – un abri dans lequel il se sentirait en sécurité, au moins aujourd'hui.

Plus tard, si la lucidité revenait, Yale pourrait dire à Charlie tout ce qu'il avait voulu lui dire. Les bonnes choses, en tout cas. Il pourrait lui dire, ne serait-ce qu'une fois, qu'il lui pardonnait. Et même si Charlie ne se réveillait jamais vraiment – eh bien, il le lui dirait tout de même. Peut-être que cela compterait malgré tout.

Il s'assit sur la chaise à côté du lit.

L'infirmière entra et montra à Yale une petite éponge rose au bout d'un bâton, lui montra comment il pouvait le porter aux lèvres de Charlie pour lui donner de l'eau.

Il le fit un peu, puis promena son pouce sur le poignet de Charlie, écoutant le tambourinement contre la paroi.

Il lui donna de l'eau, goutte à goutte.

Il le sentait, tout autour de lui : comment dans ce couloir, et dans d'autres couloirs d'autres hôpitaux de Chicago et d'autres villes paumées du globe, un millier d'autres hommes faisaient la même chose que lui.

2015

Cela n'avait pas de sens. Ou peut-être que si. Obligatoirement. Elle était réveillée, et on était en 2015, et il y avait un homme, très vivant, dont les yeux, les gestes et la voix étaient ceux de Julian.

Fiona s'assit sur le sol en ciment de l'atelier, la tête appuyée contre un placard. Julian leur expliquait à tous ce que Fiona avait bégayé dans le couloir.

— C'est quoi la réplique de Mark Twain sur les rumeurs concernant sa mort ? Richard, devrais-je être insulté que tu ne parles jamais de moi ?

Serge trouvait toute cette histoire hilarante, traita Julian de zombie, se moqua de l'expression sur le visage de Fiona. Cecily ne connaissait pas Julian. Elle apporta à Fiona une serviette en papier humide pour son front.

— Fiona, je l'ai moi-même retrouvé il y a seulement deux ans. Nous savions que tu ignorais où il était. C'était ça, la surprise. Mais si j'avais imaginé un instant que tu pensais qu'il était... Écoute, je ne t'aurais jamais balancé ça comme ça.

Fiona avait-elle vraiment beaucoup parlé à Richard ces deux dernières années ? Pas du tout, à vrai dire. Elle lui avait envoyé un e-mail pour lui demander si elle pouvait venir. Avant cela... eh bien, elle avait l'impression de lui avoir parlé, mais ce n'était que parce qu'elle voyait son nom apparaître très souvent autour d'elle, et qu'ils étaient de si vieux amis.

Julian se tenait au-dessus d'elle, désarmé, passant son pouce sur son menton. Elle observa son visage, les changements qui s'y étaient opérés. Au-delà des transformations normales liées à l'âge, il avait ce qu'elle identifiait comme une perte de masse faciale due à l'AZT, et – elle en était certaine –, des implants au niveau des joues pour combler la perte de graisse. Pas très réussis. Quelques-uns de ses bénévoles à la boutique avaient des joues semblables. Et son visage s'était élargi – les stéroïdes, certainement –, si bien que Julian paraissait mastoc, sculpté. Toujours beau, mais profondément différent. Comme si on l'avait reconstitué à partir d'un portrait-robot.

— Je travaille à la compta chez Universal. On tourne juste dans la rue de Richard. Non pas que j'aie l'occasion d'aller sur les plateaux. Ils m'ont fait venir il y a seulement trois jours, et je suis dans un petit bureau triste.

— Où est-ce que, d'habitude...

Mais Fiona n'avait pas les mots pour la suite de ce qui aurait dû être une question facile.

— Je suis à LA. Je t'ai cherchée sur Facebook, tu sais. Plusieurs fois !

— Ha.

— Hé. Je suis désolé.

Elle ne savait pas vraiment pourquoi il lui avait dit cela, mais elle se demanda avec inquiétude s'il n'avait pas lu dans ses pensées : Pourquoi, s'interrogeait-elle, devait-ce être Julian Ames, entre tous, qui apparaissait tel un fantôme devant la porte ? Pourquoi pas Nico, Terrence ou Yale ? Pourquoi pas Teddy Naples, qui avait échappé au virus, tout ça pour mourir, en 1999, d'une crise cardiaque devant ses élèves ? Pourquoi pas Charlie Keene, d'ailleurs, qui était un connard mais avait fait tant de bonnes choses ? Elle avait aimé Julian. Vraiment. Mais pourquoi lui ?

Elle s'obligea à sourire, parce qu'elle ne l'avait pas encore fait.

— J'ai vraiment essayé de te retrouver. J'aurais dû demander à Richard.

Sa voix était la même. La voix de Julian.

— Tu m'as demandé en fait, tu te souviens ? L'année dernière, à LA. Et je t'ai dit que j'allais te donner son e-mail. J'ai oublié, bien sûr.

— Ce n'est rien, assura Fiona.

— J'ai l'impression d'être un pignouf, lâcha Richard.

Ils se dirent qu'ils avaient tous besoin d'un bon sandwich, et on envoya Serge en chercher. Le temps qu'il revienne avec un sac en papier rempli de cinq jambon-beurre emballés dans du plastique, ils étaient tous assis autour de la table, et Richard avait adroitement désamorcé le malaise avec une histoire sur la fois où Yale Tishman avait organisé une fête d'anniversaire pour son coturne du Masonic Hospital, un homme qu'il venait de rencontrer et qui n'avait personne en ville pour lui rendre visite. Yale leur avait demandé à tous de ramener des petits cadeaux, et Fiona, pour rigoler, avait acheté un exemplaire de *Playgirl* en chemin, tout ça pour apprendre en arrivant que le type était hétéro. Un toxicomane bourru du sud de l'État.

— Cela ne l'a pas amusé, dit Richard.

Fiona se sentait encore détachée, en suspension, perdue. Elle n'arrêtait pas de regarder ses mains. Si ces mains étaient celles qu'elle avait depuis le début, alors il n'était pas impossible que Julian Ames soit assis ici en face d'elle, en train de déballer son sandwich et de demander à Richard s'il avait des serviettes.

Il y avait des événements dont elle avait cru, pendant des années, être la seule gardienne – alors que tout du long, ces fêtes, ces conversations, ces blagues étaient restées vivantes en lui aussi.

— Être parti est l'un des plus grands regrets de ma vie, Fiona. Je veux que tu le saches. Je pensais m'enfuir pour épargner tout le monde, alors qu'en réalité, je les abandonnais. Je n'avais jamais imaginé qu'ils pourraient s'en aller avant moi. Absolument jamais. Et je sais, Richard me l'a raconté… je sais que tu as pris soin de Yale en particulier. Ça aurait dû être moi. J'aurais dû être là pour lui.

— Cecily était là aussi.

La voix de Fiona sortit rauque comme si elle n'avait pas parlé depuis une semaine.

— C'était moi et Cecily à l'hôpital. On se relayait.

— C'était surtout toi, précisa Cecily.

— Mais il est mort seul.

C'était la chose la plus cruelle que Fiona puisse dire, pas seulement à Julian, mais à Richard et à Cecily également. Et à elle-même.

— Il est mort absolument seul.

Julian posa son sandwich et fixa ses yeux sur elle jusqu'à ce qu'elle lui rende son regard.

— Richard m'a raconté, dit-il. Je sais, et je sais que ce n'était pas de ta faute. N'importe qui aurait pu mourir seul. Tu sais, en pleine nuit, si...

— Ce n'était pas en pleine nuit.

Cecily posa sa main fraîche sur la nuque de Fiona.

Serge articula en silence quelque chose à Richard, et celui-ci lui répondit de la même façon. « New York. » Serge avait dû lui demander où il se trouvait au moment de la mort de Yale. La carrière de Richard explosait à ce moment-là.

Fiona, pour changer de sujet, parvint à demander à Julian de raconter ses trois dernières décennies.

— Si ta question est de savoir comment je suis encore en vie, commença Julian, je n'en ai aucune idée.

Mais il le savait, à vrai dire. Il était parti à Porto Rico en 1986 et y était resté une année, à vivre aux crochets d'un vieil ami, à vendre des T-shirts sur la plage et à se défoncer en permanence.

— J'étais tellement sûr d'être prêt à mourir, expliqua-t-il. Et alors, quand j'ai entendu parler de l'AZT, ça a été comme... comme si vous essayiez de vous noyer, mais que quelqu'un vous lançait une corde et que vous ne pouviez vous empêcher de l'attraper.

Seulement, Julian n'avait pas de mutuelle, et le médicament coûtait plus de la moitié de ce qu'il gagnait à Chicago l'année d'avant. Alors il était rentré chez lui à Valdosta, en Géorgie, où sa mère, qui croyait ne jamais plus le revoir, fut ravie de le laisser vivre dans sa chambre d'enfant, de dépenser l'assurance vie du père de Julian et de réhypothéquer la maison pour son benjamin.

— Quelle sainte ! Une vraie grande dame du Sud. Bâtie pour l'église et le thé de l'après-midi, mais aussi pour les crises, s'est-il avéré.

Pendant un temps, elle l'obligea à continuer de travailler – il décrocha un boulot chez un producteur de films du coin – parce qu'elle avait la conviction qu'il survivrait, et qu'une fois guéri, il ne voudrait pas de trous dans son CV. (Fiona se souvint de l'optimisme touchant de Julian avant son diagnostic, sa façon d'être toujours certain qu'un jour, on soignerait la maladie, d'être convaincu qu'il serait bientôt célèbre. Il devait tenir ça de sa mère depuis le début.) Sa mère eut beau prendre soin de lui, il fut de plus en plus malade, développa une résistance à l'AZT.

— Il ne me restait plus qu'à peu près la moitié d'un lymphocyte T. Je pesais cinquante-quatre kilos.

— Et c'est à ce moment-là que je t'ai vu, intervint Richard.

Fiona savait que Richard était tombé sur Julian à New York à un moment au début des années 1990, que Julian était allé là-bas avec un ami pour voir un ou deux spectacles avant de mourir. Il était en fauteuil roulant. Ce fut à cette occasion que Richard prit ce dernier cliché de lui, la troisième photo du triptyque. Richard appela ensuite Fiona, qui à son tour appela Teddy pour s'émerveiller de l'incroyable longévité de Julian.

— Bien. Et ensuite, je suis resté à l'hôpital une bonne année. Avec le recul, ce voyage à New York était une mauvaise idée.

— Et puis quoi ? demanda Serge.

Il était le seul à avoir terminé son sandwich.

— Et puis on était en 1996 ! Soudain, les bons médicaments sont sortis. Il y a quelques mois dont je ne me souviens même pas, tellement j'étais à l'ouest, et quand le brouillard s'est levé, j'étais de retour à la maison. Je pouvais lever mes bras et manger de la nourriture. Et puis, ni une ni deux, voilà que je fais mon jogging. Je veux dire, ça n'est pas arrivé du jour au lendemain, mais c'est l'impression que j'ai eue.

» Pendant longtemps – tu le comprendras, Fiona – pendant longtemps, je me suis demandé si j'étais un fantôme. Un vrai fantôme. J'ai pensé que j'avais dû mourir et que c'était une espèce de purgatoire ou de paradis. Parce que comment était-ce seulement possible, tu vois ? Mais ensuite j'ai pensé : si je suis au paradis, où sont tous mes amis ? Cela ne pouvait pas être le paradis si Yale, Nico et les autres n'étaient pas là. Alors j'imagine que c'est juste notre bonne vieille terre. Et je suis encore dessus.

Serge s'excusa pour aller répondre au téléphone. Il avait passé la journée à envoyer des textos, et même si toutes ses connaissances semblaient avoir été localisées, ce n'était pas le cas de toutes les connaissances de ses connaissances, et il y avait encore des sujets urgents et inquiétants qu'il fallait aborder.

— Mon mari a plus ou moins eu la même expérience, poursuivit Julian. Il appelle ça sa seconde vie. Pour moi, ça fait trop chrétien évangélique, mais lui n'a pas grandi dans le Sud. Il a raison, cependant : c'est ce que l'on ressent.

Il y avait un anneau, une alliance de mariage en or, à la main gauche de Julian.

Comme il était étrange que Julian puisse avoir une seconde vie, toute une vie entière, alors que Fiona vivait depuis trente ans dans un écho assourdissant. Elle s'occupait seule du cimetière, sans se rendre compte que le monde avait avancé, que l'une des tombes avait toujours été vide.

— En parlant de mères, dit Julian, et en parlant de Yale Tishman, Richard, est-ce que je t'ai raconté que j'avais rencontré la mère de Yale ? Il y a douze ans, peut-être.

Fiona posa ses mains à plat sur la table, se redressa. Si Julian était bel et bien un fantôme, il était du genre à vous tourmenter. Il se tourna vers Fiona et Cecily.

— Je travaillais pour ce pilote de sitcom intitulé *Follywood*. Ça ne vous dira rien, le feuilleton n'a jamais été retenu, Dieu merci. Et elle jouait le rôle du médecin. Je n'aurais pas su reconnaître son visage, mais je connaissais son nom. Jane Greenspan. Vous vous souvenez ?

Fiona se souvenait du nez de cette femme, exactement le même que celui de Yale, et de sa large bouche. Elle l'avait vue en pixels des centaines de fois, et dans la vraie vie, seulement une, brièvement. Ce spot pour le Tylenol fut diffusé pendant quelques années, et Fiona avait lentement mémorisé son visage, le connaissait assez pour la reconnaître lorsqu'elle était apparue dans d'autres publicités au fil des ans. Pourquoi ? avait-elle déploré auprès de tous sauf de Yale. Pourquoi était-ce ce parent-là qui était parti ? De tous les parents de tous les gays qu'elle connaissait ? Une mère actrice aurait compris un fils gay, non ? Qu'elle ait exclu Yale pour des raisons qui n'avaient rien à voir avec sa sexualité paraissait juste excessif, pervers.

Richard demanda à Julian s'il lui avait parlé.

— Pas de Yale. Cela m'aurait semblé cruel. Je veux dire... Déjà, comment tu amorces la conversation ? *J'étais un bon ami du fils que vous avez abandonné.* Et puis j'ai pensé : et si elle ne savait pas qu'il était mort ?

— Elle le savait, répondit Fiona, et sa voix était du verre brisé.

Elle avait du mal à respirer. Même si elle n'avait pas envie de sortir dans la rue, elle s'apprêtait à dire qu'elle avait besoin d'un bol d'air frais. Mais Serge revenait après être allé ouvrir à Jake Austen.

Et alors Fiona se retrouva coincée car tout devait être expliqué, l'histoire devait être racontée de nouveau : le malentendu, les retrouvailles étranges, le chagrin de Richard, toute la vie de Julian.

Jake sourit comme s'il n'avait jamais rien vu d'aussi cool au monde.

— OK. J'avoue avoir le sentiment que justice a été faite. C'est pour cette raison que je voulais t'interroger au sujet du triptyque, Fiona. Parce que j'ai vu une version plus récente. Je veux dire, tu me semblais si sûre de toi, du coup j'ai pensé que j'avais peut-être mal compris.

Fiona était perdue, et Richard lui expliqua que l'année dernière, quand Julian était passé à Paris, il avait pris une nouvelle photo de lui. L'une des œuvres de l'exposition était un ensemble mis à jour de quatre photos.

— Un quadriptyque, expliqua Richard. Un mot qui ne glisse pas vraiment sur la langue.

— Tu le crois ? s'exclama Julian. Après tout ce temps, voilà que je pose de nouveau !

Et cette façon de dire les choses était tellement typique de Julian Ames, tellement conforme à ce qu'il aurait dit à vingt-cinq ans, que Fiona marcha jusqu'à lui et déposa un baiser sur son front.

— Je suis tellement contente que tu sois là. Je suis tellement, tellement, tellement, tellement contente.

1990

Même s'ils se contenteraient de marcher, et ne s'enchaîneraient pas à des lampadaires ou autre, Yale et Fiona avaient écrit sur leurs bras au marqueur indélébile le numéro de téléphone de Gloria, ainsi que celui du cabinet d'Asher – bien qu'Asher ait plus de chances qu'eux deux de se faire embarquer au poste. Gloria s'était foulé la cheville mais avait proposé à une bonne dizaine de manifestants différents d'être leur garante pour la caution, et Yale craignait que si on les arrêtait tous, elle manque d'argent et le laisse croupir en prison.

— Gloria est la personne la plus responsable que j'aie jamais rencontrée, remarqua Fiona.

C'était vrai. Charlie disait souvent qu'elle était la seule journaliste au monde à ne jamais rater une échéance. Gloria avait quitté *Out Loud* et travaillait désormais comme journaliste au *Chicago Tribune*. Mais juste au cas où, Yale écrivit aussi le numéro de Cecily. Lui et Fiona portaient des bandanas qu'ils avaient noués sans trop les serrer autour de leur cou, même si Yale doutait que les foulards soient efficaces contre le gaz lacrymogène. Il avait l'impression d'être un cowboy stupide.

Ils prirent le métro, direction le quartier du Loop, et Yale tâcha de ne pas montrer à Fiona à quel point il était terrifié. Il avait participé à la veillée aux chandelles devant le Cook County Hospital samedi soir jusqu'à deux heures du matin, mangeant de la soupe et partageant une couverture avec Fiona, Asher et les amis de celui-ci venus de New York, mais cela lui avait paru moins risqué. Les bougies lui évoquaient un service religieux, et au bout d'un certain temps, tout le monde s'assit. Juste quelques centaines de gens, des guitares. Une espèce de défilé de mode loufoque à un moment. Une manifestation où l'on marchait, c'était différent, et le type trop zélé de la chaîne téléphonique Act Up qui l'avait appelé tard la nuit dernière lui avait recommandé de dire à des amis et à des gens de sa famille où il serait. Il lui avait suggéré de porter un deuxième sac à dos rembourré à l'avant. « Parfois, ils aiment bien manier la matraque, avait-il expliqué. Donc, tu fous juste des pulls dans ton sac, ou des trucs du genre. » Mais Yale n'avait qu'un seul sac à dos. Dans lequel il mit un sweat-shirt, un bandana de rechange et une bouteille d'eau. Il rangea son inhalateur dans l'une des poches de son pantalon et un sachet plastique avec ses médicaments pour trois jours dans l'autre, au cas où il irait en prison. Quatre-vingt-cinq comprimés, d'une valeur de soixante-dix dollars et des brouettes, merci mon Dieu pour la mutuelle.

Le métro était rempli de banlieusards du lundi matin, des hommes en costume, des femmes en blazer, quelques gamins en uniforme d'école privée. Tout avait commencé à huit heures au Prudential Building, siège social de la compagnie d'assurances du même nom, mais il était déjà huit heures quarante-cinq, et ils devraient sans doute se joindre à la foule qui remontait Michigan Avenue en direction des locaux de la mutuelle Blue Cross. Yale avait une photocopie de l'itinéraire dans sa poche. Une immense boucle qui vous faisait, lui semblait-il, beaucoup trop marcher. L'American Medical Association était le prochain arrêt important, suivi d'un autre organisme d'assurance santé, puis retour à Daley Plaza où ils se planteraient devant le Cook County Building pour protester contre la fermeture de la moitié des lits réservés aux malades du sida au Cook County Hospital, et contre le fait que le service refusait de prendre des femmes.

Fiona trouva une place assise et insista pour que Yale la prenne. Il se sentait bien, vraiment, mis à part que son estomac lui jouait des tours depuis quelques jours. Pas les mêmes tours que ceux en réaction aux médicaments – il s'agissait de crampes aiguës, de gargouillis. Cela pouvait être le début de tout, ou bien juste nerveux. Quand il fut assis, elle lui dit :

— Bon, j'ai un problème. Je suis amoureuse de mon prof de sociologie.

Yale rit.

— Chapardeuse ! C'est un amour à sens unique ou bien ta moyenne a augmenté ?

— Ben, il me téléphone. À la maison. Mais on n'a pas... Ce n'est pas illégal ou autre !

— Dis-moi qu'il n'a pas soixante ans. La vache, il est marié ?

— Non, et non. Il a ton âge peut-être.

— Mais tu es son élève.

— Voilà. Enfin, je l'étais. Les exams ont lieu cette semaine.

— Tu devrais être en train d'étudier.

— La ferme ! Bon, je passe l'examen, et quoi, après ?

Fiona était rouge. Si elle essayait de garder un visage impassible, cela ne marchait pas. C'était beau à voir : une Fiona heureuse, Fiona amoureuse.

— Attends peut-être que les notes soient enregistrées dans les dossiers. Par décence. Et ensuite, tu sais.

— Vraiment ? Je pensais que toi, tu me ramènerais sur le chemin de la raison. Théoriquement, tu es mon ami le plus sensé.

— Chapardeuse, tu demandes conseil à quelqu'un qui a de plus en plus conscience que la vie est très courte. Attends ta note, va dans son bureau et descends sa braguette.

Il parlait doucement, mais Fiona cria :

— C'est tellement gay comme scénario, Yale !

Personne ne regardait ; si les gens avaient entendu, ils devaient tout simplement penser qu'elle utilisait ce mot comme une insulte générique.

— Je suis presque convaincu que ça marche aussi sur les mecs hétéros. Sérieusement. Combien de vies as-tu ? Combien de fois auras-tu vingt-cinq ans ?

Fiona haussa un sourcil. Ses sourcils étaient plus foncés que ses cheveux, et Yale adorait que cela lui donne un air éternellement sardonique.

— Est-ce que tu appliques tes propres principes ?

— Je suis sur le point de prendre part à un soulèvement de masse, non ? Est-ce que cela ressemble vraiment au genre de trucs que je fais d'habitude ?

— Pas du tout. Mais je sais ce qui te motive. Ce n'est pas que la vie est courte. C'est que tu es amoureux d'Asher.

Il s'apprêtait à protester, mais le sang lui était monté aux joues et aux oreilles si rapidement qu'il l'entendait circuler, et il serait encore plus gênant d'essayer de nier maintenant. Après tout, Fiona l'avait vu à la veillée, musardant, se demandant avec inquiétude si Asher couchait avec son ami de New York, observant comment la bougie éclairait le visage de l'avocat par en dessous.

— Eh bien, ses arguments ont su me convaincre, dit Yale.

Il n'était ni plus ni moins amoureux d'Asher qu'il l'avait toujours été – en d'autres termes, s'il se l'avouait à lui-même, ce qu'il était enclin à faire ces derniers temps, il avait toujours été profondément amoureux d'Asher. Ce n'était pas qu'il passait plus de temps avec lui qu'auparavant, mais il avait davantage d'occasions de se poser et de l'observer – quand Asher parlait à des soirées caritatives, présidait des réunions de la communauté, lorsqu'il passa à la télévision à l'occasion de l'exposition du Memorial Quilt[1] au Navy Pier, ou lors de son arrestation –, et Yale s'autorisait enfin, à cette distance, à regarder une chose dont il avait toujours su qu'elle lui brûlerait les yeux.

Asher avait passé une heure entière lors de la veillée à convaincre Yale de prendre part à la manifestation d'aujourd'hui. « Foutre la honte à quelqu'un aux infos de six heures, n'est-ce pas carrément plus efficace qu'écrire une lettre ? Rien d'autre de ce que tu feras n'aura un tel impact. Et ça, ce sera notre grosse manif. On y est », avait-il dit. Son accent new-yorkais ressortait dans toute sa splendeur. Il avait enfoncé son doigt trop fort dans la poitrine de Yale, et puis s'en était excusé.

DAGMAR avait rejoint les rangs de la branche d'Act Up Chicago, et Asher était l'un de leurs principaux avocats, ce qui ne l'empêchait pas de se confronter aux bombes lacrymogènes. La plupart des manifestations mobilisaient vingt ou trente partisans, mais celle-ci était nationale – des gens venant de partout

---

1. Œuvre collective et monumentale de patchwork réalisée en mémoire de personnes décédées du sida. L'ouvrage, qui ne peut jamais être exposé dans son ensemble étant donné ses dimensions hors-normes, pèse plus de cinquante tonnes et pourrait couvrir une surface de plus de cent vingt mille mètres carrés.

dans le pays pour s'en prendre au QG de l'American Medical Association et dénoncer son opposition à la sécurité sociale. Et aussi à l'hôpital du comté, aux compagnies d'assurances, et à Dieu sait quoi d'autre. Tout cela perturbait Yale, mais d'après Asher, plus c'était gros, mieux c'était. « Si nous ne nous battons pas pour de pauvres femmes noires qui ont besoin de lits à l'hôpital du comté, nous ne valons pas mieux que ces salauds de Républicains. On ne s'engage pas là-dedans en ne pensant qu'à sa pomme. Et Yale », avait-il dit, et Yale fut un peu surpris qu'il se soit rappelé sa présence, qu'il se soit rappelé qu'il n'était pas juste en train de faire un discours adressé au ciel, « je pense que tu seras génial là-dedans, sur le long terme. Peut-être en coulisses, mais nous avons besoin de toi. Il nous faudra de nouveaux leaders tout le temps. Le problème de ce mouvement, c'est que ses leaders n'arrêtent pas de mourir. Nous avons besoin de remplaçants. »

Une goutte de cire coulait le long de la bougie d'Asher, se rapprochant dangereusement de sa main. Yale avait tendu la sienne et arrêté la coulure avec l'ongle de son pouce. Ce fut certainement à ce moment-là que Fiona comprit, si ce n'était déjà fait.

La foule avait commencé à avancer quand Yale et Fiona se joignirent à la masse, affluant en direction du nord sur le pont de Michigan Avenue. Certains manifestants portaient, détail sympathique, une blouse blanche, et la plupart brandissaient des pancartes – « Mort par vide juridique », « Argent sale », une autre arborait un slogan recherché au sujet de George Bush qui avait un « Tsar de la drogue[1] » mais pas de « Tsar du sida » – et Yale eut l'impression de n'être qu'un insipide numéro de plus. Personne ne portait de double sac à dos, pas un seul manifestant. Il était content de ne pas être venu avec la dégaine d'un gamin qui s'est trop préparé pour une sortie.

Mais Fiona entonna avec enthousiasme les slogans, et une fois que Yale l'imita, il trouva que le rythme de ses pieds sur le

---

1. Surnom donné à l'influent directeur de l'Office of National Drug Control Policy, organe fondé en 1988 pour lutter contre le trafic de drogues à l'échelle nationale.

bitume s'accordait à celui des paroles qu'il scandait, et bientôt son cœur fut synchrone, comme à l'époque où il sortait danser.

Une femme criait dans un mégaphone :

— Les personnes atteintes du sida : attaquées ! La solution ?

Et tous ensemble, ils tonnaient :

— Act Up ! Riposter !

Yale chercha des têtes familières, mais il allait devoir s'armer de patience ; il y avait des milliers de manifestants, et à vrai dire, c'était chouette que ces visages ne ressemblent pas tous à celui de quelqu'un qu'il avait croisé dans Boystown pendant des années mais ne remettait pas vraiment. C'était chouette de faire partie d'une horde, d'une vague d'humains.

Un slogan faiblissait avant de s'arrêter, comme stoppé par un chef d'orchestre invisible, puis un autre remontait la rue dans leur direction, indistinct au début, et Yale l'écoutait attentivement une fois avant de l'entonner à son tour. Lorsqu'ils passèrent devant la Tribune Tower, sous les yeux de touristes éberlués : *La santé ! Est un droit ! La santé est un droit !* Devant l'immeuble de la mutuelle Blue Cross, en plein Magnificent Mile : *Les queers sont là ! Et pas pour du shopping !* En descendant State Street, la foule désormais plus dense, plus bruyante : *Hé, AMA ! Combien de morts aujourd'hui ?*

Pendant un moment, trois adolescents marchèrent à côté de Yale et de Fiona en mimant une danse efféminée grotesque à laquelle personne n'accorda d'attention. Quelqu'un balança un paquet de cigarettes vide de la fenêtre d'une voiture, et le déchet rebondit sur l'épaule de Fiona.

Yale aperçut Rafael d'*Out Loud*, qui se déplaçait avec une canne, mais il était trop loin pour qu'il puisse lui parler. La police était partout, donnant des coups de sifflet, gueulant des choses que Yale n'arrivait pas à comprendre, mais pour l'instant, personne ne semblait être en état d'arrestation. Personne ne se faisait cravater.

Avant d'arriver au bâtiment de l'AMA, Yale sentit son ventre se liquéfier. Il annonça à Fiona qu'il fallait qu'il trouve des toilettes, et elle lui dit qu'il était pâle.

Ils se faufilèrent dans un hôtel, où, heureusement, personne ne les arrêta, et Yale parvint à entrer dans des toilettes individuelles au bout du couloir derrière le comptoir du concierge. Fiona monta la garde devant la porte. Yale lui assura qu'elle pouvait partir, et elle lui répondit que c'était hors de question. Elle se précipita à l'extérieur pour trouver un Walgreens et revint avec de l'Imodium et du Gatorade, même si Yale commença à se sentir mieux avant son retour. Il prit son temps, resta assis là-dedans pendant quinze, vingt minutes, craignant de trouver une foule de spectateurs perplexes à sa sortie des toilettes. Lorsqu'il émergea, il n'y avait que Fiona, assise en tailleur contre le mur, et il s'empressa de refermer la porte derrière lui.

— Je me défendrai comme ça s'ils m'arrêtent. Il suffit que je chie dans mon froc. Je serai comme un putois ou une pieuvre.

— Tu te souviens de la BD de Nico sur Hot Todd qui avait la chiasse en plein rendez-vous galant ? demanda Fiona.

Yale s'en souvenait. À la fin de la BD, Todd se précipitait chez lui en abandonnant sur le trottoir son rencard de rêve qui se demandait ce qu'il avait fait de mal.

Fiona souriait comme si elle s'apprêtait à lui présenter un cadeau.

— Tu sais qu'il t'aime bien aussi, dit-elle.

— Qui ça ? demanda-t-il, alors qu'il savait ou espérait savoir.

Yale avait eu froid et s'était senti vidé de son énergie, mais voilà que son sang et son souffle affluaient de nouveau dans son corps.

— Il l'a dit à Nico. Et Nico me l'a dit.

— Ha. Du coup, ça date.

— Oui. Mais les gens ne lâchent pas ce genre de sentiments. Et j'ai discuté avec lui après ta rupture avec Charlie. Je l'ai encouragé à tenter sa chance.

Yale avait beau lui signifier de murmurer, elle continuait à parler trop fort – bon, le hall d'entrée était presque vide et la famille à l'accueil semblait avoir d'autres chats à fouetter.

— Et il ne l'a pas tentée.

— Le problème, c'est qu'il n'est pas monogame, et qu'il savait que c'était ce que tu souhaiterais.

— Bon sang. Mais enfin, je n'y crois plus non plus, à la monogamie. C'est la seule raison pour laquelle je suis malade.

Fiona pencha la tête sur le côté.

— C'est genre le contraire de ce qui s'est passé.

— Pas vraiment, répondit-il.

Yale était en colère, excité et désorienté. Rien de tout cela n'était très bon pour son ventre. Il voulait plus que jamais rejoindre la manif, et ignorait plus que jamais comment il tiendrait le coup.

Lorsqu'il fut enfin prêt, lorsqu'ils se levèrent doucement, il fut submergé par ce qu'il prit d'abord pour un déjà vu – mais non, c'était un vrai souvenir : lui sortant des toilettes chez Richard, descendant les escaliers et ne trouvant personne au rez-de-chaussée. Et si cela se produisait de nouveau ? Et si, une fois dehors, c'était une journée normale dans une ville normale, et que les manifestants avaient marché dans le néant ?

— Allons directement au County Building. On attendra tout le monde près du Snoopy.

— Près de quoi ?

— Près du Snoopy dans un mixeur. Tu sais, la statue, là, dit Fiona.

Il fallut une seconde à Yale pour comprendre.

— La vache, Fiona ! C'est un Jean Dubuffet.

Abstraite et blanche, avec des lignes noires. Une sculpture qui demandait à être escaladée.

— Je ne suis pas la seule à l'appeler comme ça. Et on ne peut pas tous être calés en art.

Il aimait l'idée de se faufiler à l'intérieur de cette œuvre, de regarder la manifestation, de regarder Asher depuis une coquille sculpturale.

Ils arrivèrent avant tout le monde hormis quelques organisateurs qui, mégaphone le long du corps, s'affairaient avec des porte-bloc. L'un d'eux leur apprit qu'il y avait eu des arrestations à l'AMA, des types qui avaient bloqué l'accès à l'entrée de l'immeuble.

— Maintenant, la police montée est là, leur dit-il.

Ils s'assirent, s'adossant au Dubuffet.

— Ça s'appelle le *Monument à la bête debout.* Comme ça, tu sauras comment le désigner la prochaine fois.

— Non, ça n'arrivera pas. Jamais. Hé, tu veux bien être mon cavalier au vernissage de Nora, hein ?

— Tu viendras peut-être avec ton prof de sociologie !

— Yale, il y aura mes parents !

— C'est un bon argument. Mieux vaut que tu te montres aux bras d'un gay venu d'outre-tombe. Ton père adore.

En février – dans près de dix mois – l'accrochage de la collection de Nora aurait enfin lieu à la Brigg. Après de sempiternels retards, des inepties sans fin. Bill avait vraiment déconné, promettant de prêter les Foujita au musée Ohara au Japon avant que la galerie ait eu l'occasion de les exposer. Yale était toujours dans la liste de diffusion de la galerie, et il avait remarqué avec inquiétude que dans la présentation de l'exposition, tous les artistes hormis Ranko avaient été listés. Même Sergey Mukhankin y figurait. Yale avait appelé la galerie en se faisant passer pour un journaliste d'*Out Loud* – pourquoi pas ? – et avait demandé à la femme à l'autre bout du fil si un certain Ranko serait présenté. « Je ne le vois pas », avait-elle répondu. Et Yale avait basculé la tête en arrière, menton et pomme d'Adam pointés vers le plafond jusqu'à ce que son cou se retrouve endolori.

Au moins, Nora était morte en pensant avoir donné à Ranko son exposition, mais la part de Yale qui croyait en un au-delà (il essayait d'y croire, en tout cas, ces derniers temps) avait le sentiment d'avoir complètement trahi sa promesse. Elle lui avait fait confiance, lui avait confié à lui, et à lui seul, l'héritage de Ranko, et il avait échoué. Et c'était son travail à elle aussi, même si elle n'avait pas envisagé les choses de cette façon. Yale avait voulu, plus que tout, voir le portrait que Nora avait réalisé de Ranko sur le mur de la galerie, à côté du portrait que Ranko avait réalisé d'elle – un triomphe secret que seuls quelques-uns comprendraient. Et voilà que tout cela était relégué dans les réserves. Quand il y pensait, il en avait la gorge nouée. Il n'avait pas encore appris la nouvelle à Fiona – ce serait comme le dire à Nora.

Yale et Fiona restèrent assis au pied du Dubuffet pendant encore une demi-heure, et puis ils entendirent tout le monde qui arrivait de Clark Street, et voilà qu'ils étaient là avec leurs pancartes battues par le vent, couverts de sueur, la voix éraillée.

George Bush, arrête de te planquer ! De génocide, t'es accusé ! Il y avait désormais des équipes du journal télévisé, qui couraient à reculons devant la masse. Il aperçut Asher presque en tête de cortège, ainsi que Teddy. Teddy faisait un post-doctorat à UC Davies, en Californie, mais était revenu pour l'événement, et lui et Yale avaient discuté lors de la veillée. Il était bronzé et heureux, et avait pris quelques kilos, mais cela lui allait bien.

Yale et Fiona entonnèrent avec tout le monde : *La santé ! Est un droit ! La santé est un droit !* S'il avait perdu un peu de son élan à cause du détour par l'hôtel, il le récupéra bien vite.

Quand est-ce qu'il avait gueulé pour la dernière fois ? Il avait gueulé au match des Cubs. Il avait gueulé contre Charlie quand ils s'étaient séparés. Mais il n'avait pas gueulé à cause du sida. Il n'avait pas gueulé contre le gouvernement. Il n'avait pas gueulé contre les forces qui avaient refusé une couverture santé à Katsu Tatami, contre l'hôpital du comté qui avait obligé ce dernier à attendre un lit pendant deux semaines alors qu'il ne pouvait plus respirer, et qui l'avait laissé crever dans une salle embaumant la pisse. Il n'avait pas encore gueulé contre ce nouveau maire et ses promesses en l'air. Il n'avait pas gueulé contre l'univers.

Fiona lui prit la main, le guida au cœur de la mêlée, et ils se frayèrent un chemin vers Asher. Asher était occupé à crier dans son mégaphone, mais il leur adressa un clin d'œil, et lorsqu'il baissa son porte-voix, il demanda à Yale :

— Ça va ?

— Tu sais l'impression que j'ai ? C'est comme si je faisais à nouveau mon *coming out*. Je suis au cœur de la ville, et je gueule des trucs sur le fait d'être gay. Sur le sida. Et c'est fantastique.

— Reste avec moi, OK ? T'en veux ?

Asher plongea la main dans sa poche et en sortit un rouleau d'autocollants « Silence = Mort ».

— Fous-en partout. Un ami à moi en a collé un sur un cheval !

Teddy bondit et leur apprit que derrière, à l'angle – Yale ne voyait pas aussi loin, mais entendait le mugissement, les sifflets et les cris en provenance de là-bas –, des femmes avaient balancé quinze matelas dans la rue pour représenter les lits qui restaient vacants faute de personnel. Elles s'allongeaient dessus, improvisant une salle d'hôpital féminine.

C'est alors que Fiona pointa son doigt en l'air, et bientôt tout le monde fit de même : cinq types sortaient par une fenêtre du County Building et arrivaient sur la corniche du bâtiment. Ils attachèrent rapidement leur banderole sous le drapeau de l'État du Michigan : POUR L'ÉGALITÉ DE L'ACCÈS AUX SOINS MAINTE-NANT ! » Asher se mit à sauter sur place en criant leurs noms.

— Ils étaient habillés normalement tout à l'heure. Ils avaient des chemises ! expliqua-t-il à Yale.

Ils portaient maintenant des T-shirts Act Up.

Il fallut bien deux minutes entières avant que la police se matérialise derrière les hommes et en déloge deux d'entre eux. Les trois qui restaient levaient un poing victorieux au son des slogans. *Le monde entier regarde ! Le monde entier regarde !* Et même si Yale n'arrivait pas à imaginer que c'était vrai – est-ce que cela leur vaudrait plus qu'un sujet de trente secondes aux infos ? –, cela faisait du bien de le crier. Lorsque les flics revinrent, les trois derniers se cramponnèrent au rebord, à la hampe du drapeau, à la banderole. Ils semblaient prêts à escalader tout l'immeuble comme Spider-Man. Fiona enfouit son visage dans le T-shirt de Yale. Lui aussi avait envie de détourner les yeux, mais il s'obligea à regarder tandis que la police les tirait par les jambes pour les obliger à rentrer. Ils délogèrent le dernier en le cravatant tant bien que mal.

En bas, la police montée avançait en repoussant tout le monde. Le moment était venu, apparemment, de s'asseoir dans la rue.

— Vous pouvez partir, dit Asher. Vous voulez ?

Mais Yale n'en avait pas envie. Fiona non plus.

— T'as un garant ?

Yale hocha la tête, sans préciser que Gloria était chez elle, dans son appartement, et non ici, prête à le suivre en prison.

Ils nous disent de nous pousser ! criait la foule. *Mais nous on va riposter !*

Yale espérait juste que son ventre tiendrait le coup. Il sortit l'Imodium de son sac à dos et en avala. Beaucoup trop, mais il gérerait les conséquences plus tard. Ils s'assirent, prenant place dans une chaîne d'une vingtaine de personnes qui occupait la largeur de la rue comme au jeu du gendarme et du voleur : Yale était encadré par Asher et Fiona, Teddy se tenait de l'autre côté de celle-ci. Derrière eux des gens étaient debout, scandaient des slogans, filmaient et criaient contre les policiers.

Les chevaux étaient bien trop près, et il était difficile de savoir ce qui se passait – difficile de voir, difficile d'entendre. Dans la chaîne, une rumeur circulait : quelqu'un s'était pris un coup de sabot dans la tête, l'une des sirènes entendues une minute auparavant était une ambulance. Les policiers obligeaient en permanence leurs chevaux à se retourner pour que leurs jambes arrière se retrouvent à une trentaine de centimètres des visages des manifestants. Ils étaient assez proches pour qu'on distingue leur odeur. Lorsque leurs sabots frappaient la chaussée, Yale sentait le sol trembler.

Un organisateur courut le long de la rangée :

— S'ils vous arrêtent, partez comme ça ! cria-t-il en croisant les poignets.

Yale demanda pourquoi mais personne ne répondit.

— Ne vous affaissez pas ! Ils vous feront tomber sur la tête !

— T'as peur ? cria Yale au creux de l'oreille de Fiona.

Elle secoua la tête, ses boucles passant sur son visage.

— Je suis trop en colère pour avoir peur ! Putain, ce que je suis en colère ! Et toi ?

— Oui, j'ai peur ! Mais de toute façon, j'allais mourir !

Quelqu'un criait sans s'arrêter : « Pas de violence ! » Mais ce n'était qu'une voix, pas un slogan.

Une nuée de policiers se rapprocha. Ils attrapèrent une femme en bout de chaîne et la transportèrent, tandis qu'elle hurlait, dans un fourgon. Ils revinrent pour récupérer son voisin, puis le voisin de celui-ci. Ils avaient des gants en plastique bleu. L'un d'eux portait un masque en papier.

Il y avait encore des caméras, mais les équipes de télévision s'étaient toutes déplacées sur le côté. Les gens qui traversaient les premières lignes avec des caméscopes étaient des manifestants qui filmaient la scène pour la postérité. L'un d'eux s'arrêta devant Teddy.

— Dis un truc ! lui demanda-t-il.

— Leurs gants ne sont pas assortis à leurs chaussures ! cria Teddy.

La foule reprit le slogan, un vieux classique : *Vos gants ne sont pas assortis à vos chaussures ! Vous le verrez aux infos !* La caméra se déplaça vers Yale.

— Dis un truc ! demanda le type. Tes impressions ?

Il eut la sensation de ne plus vraiment être Yale Tishman. S'il avait eu le restant de ses jours devant lui, il aurait pu considérer cela comme le tout début de quelque chose de nouveau, le moment où il découvrait enfin la personne qu'il était censé devenir. Mais parce qu'il ne disposait plus de ce délai, il prit cet instant pour ce qu'il était : un pic de courage et d'adrénaline qui ne serait peut-être jamais égalé dans le temps qu'il lui restait sur terre. Il détacha son bras de celui de Fiona et se tourna vers Asher, attrapa sa nuque et l'embrassa. Peut-être qu'Asher ne faisait cela que pour la caméra, Yale s'en moquait, mais il lui rendit complètement son baiser, ses doigts dans les cheveux de Yale, sa langue sur la sienne. Yale sentit le goût du sel sur ses lèvres, sentit l'épaisse barbe de trois jours sur son menton plus lisse, alors même que toute la ville s'évanouissait autour d'eux.

Lorsqu'ils se détachèrent finalement l'un de l'autre, Yale prit conscience que Fiona poussait des cris de joie et que Teddy les applaudissait en faisant de même. Asher lui souriait en soutenant son regard, mais à ce moment-là, quelqu'un dans la chaîne cria de s'allonger.

Yale fit passer son sac à dos devant lui, reprit le bras de ses voisins et s'allongea sur le bitume froid. Il ferma les yeux et se prépara à la suite. Il n'avait pas envie de se lever et d'aller dans le panier à salade. Il voulait rester allongé immobile, un cadavre passif qu'il fallait transporter, comme des gens un peu plus loin dans la chaîne l'avaient été. Léger comme une plume, raide comme une planche.

Les cris se rapprochèrent, ainsi que les sifflets, et les hurlements aussi.

Il entendit Fiona hurler quand Teddy fut emporté, et une minute plus tard, il sentit que le bras de son amie lui était arraché. Il tendit la main vers elle, et elle n'était plus là. Il garda les yeux fermés.

Lorsqu'ils le saisirent, ce fut par les vêtements. Par le col de son T-shirt, par le sac à dos, par la taille de son treillis, par ses chaussures. Il essaya de ne pas se ramollir, en vain. Il regarda l'obscurité derrière ses propres paupières. Il pensa au fait que le week-end prochain, il était censé aider Teresa à vider l'ancien appartement. Il était censé récupérer ce qu'il voulait dans les affaires de Charlie ainsi que dans les siennes, qui avaient croupi là pendant quatre ans. Ce week-end, il ferait ci, le suivant, il ferait ça. C'était probablement plus facile ainsi.

C'était comme s'endormir sur le canapé quand on est gamin, le corps tout mou tandis que votre mère vous transporte jusqu'à votre lit.

Mais il atterrit sur le sol, brutalement, le souffle coupé, et ils le retournèrent, sa cage thoracique sur le sac à dos, sa joue contre l'asphalte, un genou dans le dos. Tant de voix autour de lui criaient. Ils tirèrent ses bras derrière lui et serrèrent quelque chose autour de ses poignets, et il ne pouvait plus du tout bouger, ne pouvait plus respirer correctement, et pourtant ils gardaient le genou posé sur lui.

Il entendit la voix d'Asher, sans pouvoir dire si elle venait de loin.

— Pourquoi lui faites-vous ça ? Monsieur ! Monsieur ! Pourquoi faites-vous ça !

— Il a résisté.

— Il n'a pas résisté ! Monsieur, il n'a pas résisté !

Il ouvrit les yeux et vit un sabot de cheval ainsi que la robe marron au-dessus, assez près de lui pour qu'il puisse sortir la langue et lécher l'animal. Il ferma de nouveau les yeux.

Il sentit une chaussure sur sa tête qui le maintenait contre la chaussée. Il sentit le flacon d'Imodium dans le sac à dos, s'enfonçant bien trop dans ses côtes gauches, tout en bas. Il sentit quelque chose craquer à cet endroit. Une douleur liquide et cuisante.

— Monsieur ! Vous n'êtes pas obligé de faire ça ! Monsieur, il n'a pas résisté !

Yale voulait qu'ils se dépêchent. Il voulait être dans le fourgon avec Fiona. Il voulait être chez lui avec une poche de glace.

Il voulait savoir que ses intestins se retiendraient. Il voulait qu'Asher continue à crier, il voulait continuer à entendre sa voix. Son esprit le ramena au baiser. Il pourrait y vivre longtemps. Là-bas, il faisait chaud, et c'était bon.

2015

Depuis sa chambre, Fiona contacta sa psychologue sur Skype. L'image d'Elena n'arrêtait pas de se figer mais le son continuait, si bien qu'on avait l'impression que des phrases entières sortaient de ses lèvres serrées, ou que des questions sérieuses émanaient d'une bouche ouverte pour rire.

— C'est déjà difficile en général d'attendre quelque chose. Et là, il y a de nombreux facteurs de stress.

Voilà trois jours qu'elle avait frappé à la porte de Claire, et elle n'avait aucune nouvelle depuis.

— Je me sens tellement bête de rester là à attendre. Et d'avoir fait venir Cecily, alors que nous n'allons peut-être jamais rencontrer notre petite-fille.

— Cecily a-t-elle revu Kurt depuis ?

Elena était figée, tête baissée, ses boucles noires emplissaient l'écran.

— Je ne pense pas. Je ne m'en mêle pas trop. Elle est partie pour la journée avec son amie, celle qui l'héberge.

— Et vous aussi, vous renouez avec de vieux amis.

— J'ai l'impression qu'on m'a piétinée. Et il faudrait que je reste encore six jours pour assister au vernissage de Richard ?

Julian serait alors revenu, au moins. Il avait dû se rendre à Londres en avion, mais serait de retour lundi, juste à temps.

— Si Claire ne m'a pas contactée d'ici là, je partirai tout de suite après.

— Comme ça ?

— Eh bien... Je pourrais d'abord glisser une lettre sous sa porte. Cela ne serait pas une terrible violation, n'est-ce pas ?

— Je pense que c'est une bonne idée.

— J'ai tout gâché en allant là-bas. Ce n'est vraiment pas juste. J'ai merdé tout du long en n'étant pas assez présente pour elle, et maintenant, je merde en l'étouffant.

Elena prit une profonde inspiration. Fiona l'entendit plus qu'elle ne le vit, puisque sa psychologue était figée, les lèvres retroussées. Elle dit :

— Quelque chose m'est venu. Nous avons beaucoup parlé du fait que vous êtes responsable de certaines choses, et du fait que Claire a également sa part de responsabilité dans cette histoire.

— Je...

— Et je sais que cela a été difficile pour vous. De lui reprocher des choses. Mais je me demande si le moment n'est pas venu de laisser tomber cette notion de responsabilité.

Cette phrase ramena brutalement Fiona à des centaines de conversations qu'elle avait eues des années auparavant. Asher Glass se lançant dans des diatribes sur « la responsabilité et la honte », les deux fléaux indissociables qui trottinaient derrière le virus.

— Je l'ai déjà envisagé, confia Fiona. Le problème c'est que si vous arrêtez de faire des reproches aux autres et que tout est toujours aussi merdique, il ne vous reste plus qu'à en vouloir au monde. Et quand vous en voulez au monde entier, quand vous avez l'impression que la planète entière vous rejette, et que si Dieu existe, il vous déteste... c'est pire que la haine de soi. Vraiment.

Elle s'attendait à ce qu'Elena lui dise qu'elle se trompait, que la haine de soi était la pire chose qui existe, mais le silence lourd de sens de la thérapeute dura trop longtemps pour augurer quoi que ce soit de bon.

— Allô ? dit Fiona.

La main d'Elena était figée près de sa joue. Elle n'était plus là.

Il faisait encore nuit mercredi matin quand le téléphone de Fiona sonna, et elle crut d'abord que quelqu'un l'appelait des États-Unis. C'était Claire.

— Bon, je voulais te dire que je vais bien. Le truc en cours est à cinq rues de chez moi, je crois. Mais nous allons bien.

— Que se passe-t-il ?

Fiona avait sauté sur ses pieds.

— C'est une intervention de la police. Pas un autre attentat. Mais il y a des coups de feu.

— Oh ! Attends, es-tu... Merci de me téléphoner, ma chérie. Merci. Tu es chez toi ?

— Ouais, un policier est venu. On est plus ou moins confinés.

Claire semblait anormalement calme. Fiona aurait presque pu croire à cette voix assurée, mais elle savait que Nicolette était certainement en train de dormir à ses côtés – et quelle mère pouvait rester calme en de telles circonstances ? Elle eut envie de traverser la ville à tire d'ailes.

— Tu n'es pas à proximité d'une fenêtre, si ?

— Eh bien, l'appartement est petit.

— Tu peux déplacer une bibliothèque devant la fenêtre ?

Claire ne dit rien et Fiona craignit de l'avoir vexée.

— Ouais, peut-être.

— Les portes sont fermées ?

— Bien sûr.

— Et tu as de quoi manger ? Tu es sur Twitter ? Le copain de Richard s'informait sur Twitter.

Et parce qu'elle n'était pas assez réveillée pour se retenir, Fiona lâcha :

— C'est un signe, Claire. Il faut que tu rentres à Chicago.

Elle eut alors la conviction que c'en était fini, que Claire raccrocherait.

Mais sa fille se mit à rire.

— Tout le monde ici est terrifié par Chicago. Les gens n'arrivent pas à croire que j'aie survécu dans cette ville.

— Ou alors on te trouvera un endroit plus sûr où vivre à Paris. Dans un meilleur quartier. Ton père et moi pourrions participer financièrement.

Fiona essayait littéralement d'acheter l'affection de sa fille. Bon, d'abord sa sécurité, et ensuite son affection. À cinq heures du matin, avec une fusillade en toile de fond.

— Maman, dit Claire. Retourne te coucher, d'accord ?

— Est-ce que tu me rappelleras plus tard ?

— Évidemment. Mais ne panique pas si tu n'as pas de nou-velles, d'accord ?

— Ma chérie, je paniquerai. Mais tu pourrais encore envoyer un e-mail à ton père, et il pourrait me transmettre le message. Il était content d'avoir de tes nouvelles.

Fiona alluma la télé dans le salon – sans le son, parce que de toute façon elle ne comprenait pas le français qui était débité à toute allure –, et mit CNN sur l'ordinateur de Richard.

À midi, Fiona était sans nouvelles de Claire, mais apprit aux informations qu'ils avaient attrapé et tué le dernier suspect. On ne rapportait la mort d'aucun civil à cinq rues de là.

Elle eut l'idée de regarder si son téléphone avait enregistré le numéro de Claire lorsque celle-ci avait appelé. « Numéro Masqué », lut-elle sur l'écran.

Fiona prit son déjeuner puis téléphona à Jake. Elle voulait le revoir, lui dit-elle. Lui aussi resterait au moins jusqu'au ver-nissage de Richard ; sinon, son article ne serait pas complet et son amie – laquelle, d'après Fiona, commettait une grossière erreur – continuait à l'héberger. Il demanda à Fiona si elle vou-lait se promener, et elle répondit que non, elle préférerait baiser, s'il trouvait un endroit où le faire.

Il la rappela avec une adresse, un petit immeuble à Saint-Germain qui abritait des bureaux, et l'emmena dans une pièce vide et exiguë avec une fenêtre, une table, une chaise et des affiches d'architecture sur les murs.

— Désolé. Je pensais qu'il y aurait au moins un canapé.

L'endroit appartenait au colocataire du petit ami de sa copine, un type qui avait visiblement tout de suite compris et lui avait passé la clé. Peut-être que tout le monde en France comprenait ce genre de choses.

— C'est parfait, dit-elle.

Elle installa Jake sur la chaise, déboutonna sa chemise et l'enfourcha. Heureusement, c'était une chaise sans accoudoirs.

Ils la calèrent entre le bureau et le mur pour l'empêcher de pivoter dans tous les sens. Fiona souleva sa robe, fit glisser sa culotte sur le côté et s'abaissa vers lui. Il grogna, rabattit son soutien-gorge, et très vite, anormalement vite, ce fut terminé. Tout cela n'avait été qu'un frisson, un éternuement, un tour rapide et involontaire joué par leur corps. Jake enveloppa le préservatif usagé dans une feuille de papier à imprimante.

— Ne le jette pas dans la corbeille, dit-elle. Balance-le dehors.

Elle était allongée par terre et étirait son dos. Jake posa la boulette de papier sur la chaise et s'allongea à ses côtés.

— Ça va ?

— J'ai juste une drôle de façon de gérer mon stress.

— Hé !

Jake promena un doigt le long de son menton, de son cou.

— À ton avis, pourquoi on s'est rencontrés ?

— Parce que tu étais bourré dans un avion ?

— Je veux dire, d'un point de vue cosmique. Les gens n'entrent pas comme ça dans la vie des autres sans raison. Pourquoi l'univers nous a-t-il réunis ?

— Tu as dit « d'un point de vue cosmique » ?

— Ne fais pas semblant de ne pas y croire. Rien n'est dû au hasard, c'est impossible. Les gens que nous rencontrons, les gens avec qui on atterrit, pas vrai ?

— Je ne vais pas finir ma vie avec toi. Ce n'est pas le destin.

— Ce n'est pas ce que j'ai voulu dire. Je philosophe juste. Tu ne te poses jamais ce genre de questions ? Où va-t-on quand on meurt, etc. ?

— Putain, Jake, il est deux heures de l'après-midi.

— Je pense que c'est comme dormir, poursuivit-il. Mais tu aides en rêvant le monde. Et donc, quoi qu'il arrive sur terre, l'ensemble des événements étranges qui se produisent, une éruption volcanique ou autre, ce sont les rêves collectifs de tous les gens ayant jamais vécu.

— Donc, ces attaques terroristes... des tas de gens morts les ont rêvées.

— Oui.

— Hum...

Fiona se mit à rire.

— Ouais, non. C'est du grand n'importe quoi.

— Je n'y crois pas vraiment. Mais c'est chouette de le penser. Et le monde est tellement bizarre parfois que c'est la seule théorie qui tienne debout.

— Tu penses que les morts nous contrôlent.

— Oui.

— Je vais te confier un secret, dit-elle, et il se mit sur le côté.

Elle tritura le bord de la bande toute neuve qui entourait sa main.

— Nous sommes responsables d'eux. Tu vois, mon ami, Julian ? Lorsque je le croyais mort, toutes les choses que nous nous sommes dites, tous mes souvenirs de lui, ils étaient à moi. L'un des trucs les plus curieux qui soient arrivés quand je l'ai revu, c'est que quelque chose m'a quitté. Comme de l'air qui s'échappe d'un ballon.

— C'est un soulagement, ou bien ça te rend triste ?

— Pas triste, ce serait ridicule.

— Tu as fais le deuil d'un deuil. Ça reste un deuil.

— Merci, docteur Seuss, dit Fiona en se redressant.

— Quoi, j'ai appuyé là où ça fait mal ? Hé, reviens !

Une fois dans la rue, lorsqu'elle alluma son téléphone, elle avait un message de Claire : Tout allait bien. Et peut-être que demain, Fiona et Cecily, ensemble, pourraient faire la connaissance de Nicolette et la garder une heure, pendant que Claire était au travail, le temps que Kurt traverse la ville pour la récupérer ? Sa baby-sitter l'avait plantée.

1990

La côte cassée ne permettait pas à Yale de s'activer autant qu'il l'aurait souhaité dans l'appartement. Teresa insista pour qu'il s'asseye sur le canapé pendant qu'elle faisait défiler des caisses et des caisses d'affaires devant lui. Des vêtements de Charlie, dont Yale ne voulait pas. Des livres de Charlie, dont il ne voulait pas non plus. Des ustensiles de cuisine qui lui avaient appartenu un jour, mais qu'il avait remplacés depuis longtemps. L'écharpe orange à rayures de Nico. Yale n'en revenait pas. Il passa ses doigts sur les franges. Il la roula en un gros cylindre. Il la rendrait à Fiona, enfin. Il y avait son sweatshirt de l'université du Michigan, qui sentait la crypte. Il se demanda si Charlie l'avait gardé volontairement, ou si le pull était juste resté enseveli quelque part sans qu'on le remarque. Il y avait la carte de Chicago sur laquelle Nico avait dessiné, illustrant les endroits où ils étaient allés ensemble – un minuscule Richard avec son appareil photo sur les rochers de Belmont, un minuscule Julian avec un plateau de nourriture devant la sandwicherie dans laquelle il avait travaillé, Yale coiffé d'un béret à l'Art Institute. Ça, il le garderait.

Alors qu'il tendait le bras pour récupérer la carte, Teresa lui dit :

— Arrête de t'agiter. Si tu ne respires pas à pleins poumons, tu finiras avec une pneumonie.

Cela faisait du bien d'être materné. Et maintenant que Charlie n'était plus là, Yale ne se sentait pas coupable de prendre le maigre reliquat d'énergie maternelle que Teresa avait encore à sa disposition. Alors il resta allongé sur le canapé qui, malgré les années, se ramollissait toujours naturellement en prenant la forme de son corps, et il la laissa lui apporter un thé au miel, il la laissa remplir deux gros cartons avec des objets qu'il n'était pas sûr de sortir un jour de leur boîte.

L'appartement était bizarrement le même. Charlie n'avait même pas revu un peu la décoration, n'avait rien ajouté sur les murs. Les mêmes aimants sur le frigo, les mêmes plantes tristes sur le rebord de la fenêtre. Yale était content. Cela lui aurait fait mal, d'une façon inexplicable et injustifiable, de voir des preuves physiques que Charlie était passé à autre chose. Ou peut-être était-ce parce qu'il voulait croire en un monde dans lequel son appartement existait encore, où on était en 1985 pour toujours, où la porte pouvait s'ouvrir à n'importe quel moment, et il y aurait Julian avec un carton d'invitation à une fête, Terrence avec de la bière, Nico avec une nouvelle BD pour Charlie.

— Tu ne vas pas retourner au boulot, hein ? lui demanda Teresa. N'y passe même pas en coup de vent. Tu sais comment sont les gens : tu viens voir si tout va bien, et ils te remettent une montagne de papiers. Dis-moi que tu comptes rester chez toi à paresser et ne plus rien faire d'autre.

Il lui assura qu'il prendrait le temps nécessaire. Ce qui était génial avec DePaul, c'était que l'investissement affectif que Yale mettait dans son travail était infime. En ce moment, ils levaient des fonds pour la construction d'un nouveau parking à étages.

Il ne pourrait pas ramener ces cartons chez lui, même en taxi, alors il promit à Teresa de repasser la semaine suivante, lorsqu'elle rentrerait de Californie. Elle faisait la navette depuis la mort de Charlie en décembre. Yale aurait préféré qu'elle aille passer un mois aux Caraïbes à prendre le soleil et à dormir.

— Le fait que cette plante ait survécu montre bien que tu en as trop fait, remarqua Yale.

Il appela Asher, qui avait proposé de venir le chercher. Ce serait la première fois qu'il le reverrait depuis la manifestation, depuis le baiser. Yale avait été le dernier à entrer dans ce panier à salade, et donc, même si Asher avait été arrêté une minute plus tard, il ne le vit plus – en partie parce que, grâce à Fiona qui n'avait cessé de gueuler des choses au sujet d'avocats, Yale fut envoyé à l'hôpital, plutôt qu'en détention provisoire.

Asher pouvait être là d'ici cinq minutes. Yale fit basculer sa tête en arrière sur le canapé, huma le tissu. Teresa faisait le tour de l'appartement avec l'aspirateur à main.

— J'ai une anecdote à propos de cette carte, dit-il.

Il parlait de celle que Nico avait illustrée. Teresa arrêta son ménage, s'assit par terre devant le canapé, les genoux repliés sous le menton.

— OK, tu vois la petite voiture qu'il a dessinée, par ici ?

Yale la montra du doigt.

— Nous étions dans la voiture de notre ami Terrence, et nous devions aller vers le sud via la voie express, mais nous nous sommes retrouvés à prendre l'autoroute Eisenhower en direction de l'ouest. Terrence n'avait aucun sens de l'orientation. Ce qui est bizarre pour un prof de maths, non ? Alors nous avons quitté la route, nous avons carrément fait demi-tour, et avons atterri dans ce quartier horrible.

Yale se souvenait qu'ils s'étaient tous affaissés sur leur siège, comme si cela suffisait à garantir leur sécurité.

— Mais nous avons fait une grande boucle et, finalement, nous sommes tombés sur ces rues qui portent le nom de présidents, ce qui nous a rassurés parce qu'elles suivent l'ordre chronologique des mandats et vont jusqu'au centre de la ville, jusqu'au lac. Charlie se plaignait toujours de ne pas se repérer dans Downtown parce qu'il ne se souvenait jamais des présidents. S'ils avaient choisi des membres de la famille royale britannique, ça aurait été. Alors nous suivons les rues aux noms de présidents, tu sais, Madison, Monroe, Adams, Jackson – et dans cette partie de la ville, avant Van Buren, il y a une toute petite rue qui s'appelle Gladys Avenue. Et Charlie demande : « Il y a eu un président Gladys ? » Il ne plaisantait pas. Eh bien, Terrence ne l'a jamais oublié ! Il inventait des faits sur l'administration Gladys.

Teresa laissa échapper un petit rire creux.

— Je ne la raconte pas bien.

— Non, elle me plaît, ton histoire. Beaucoup. Il avait vraiment de bons amis, n'est-ce pas ? Il avait une famille, ici.

Puis la sonnerie grave de l'interphone retentit, un son venu du passé lointain de Yale. Il déposa un baiser sur la joue de

Teresa, qui lui répéta de se déplacer avec prudence, de respirer à pleins poumons.

Asher n'avait pas sa voiture.
— Il fait trop beau pour conduire.
Yale promit que cela lui allait de marcher, et Asher suggéra qu'ils se promènent jusqu'à St Joe's, où il avait un rendez-vous à quatorze heures.
— Une fois là-bas, je te commanderai un taxi.
Yale était trop nerveux pour parler normalement. Il se retrouva à bavasser puis à rester muet pendant de longues périodes. Asher devait passer par Halsted pour trouver un distributeur automatique. Alors qu'il mettait l'argent dans sa poche, il dit :
— T'es au courant pour le Cook County Hospital ?
Non, Yale n'était pas au courant.
— Le Cook County Hospital... – roulement de tambours, svp ! – prend désormais officiellement en charge des femmes atteintes du sida !
— Tu es sérieux ? Aussi vite ? Genre, grâce la manifestation ?
— Tu ne pensais pas que ça marcherait, hein ? Écoute, Yale, je ne l'ai pas inventé. Ce genre d'action fonctionne ! Je veux que tu continues à t'investir.
— Je vais y réfléchir.
— J'ai un truc à te dire.
Ils reprirent Briar, même s'il y avait des itinéraires plus rapides jusqu'à St Joe's.
— J'ai repoussé le moment de l'annoncer aux gens, et en particulier à toi. Mais je vais m'installer à New York.
— Ah.
Cette annonce lui fit l'effet d'une douleur dans la côte, alors qu'il ne s'était pas retourné, ne s'était pas penché. Ils étaient de nouveau devant l'appartement, devant le lieu où, quatre ans plus tôt, on lui avait brisé le cœur, alors pourquoi ne pas le lui briser une nouvelle fois au même endroit ? Il avait des picotements dans les joues. Pas dans les yeux, mais dans les joues – vraiment bizarre. Asher s'arrêta et se mit face à lui.

— Il y a des choses que je peux entreprendre au niveau national là-bas avec Act Up New York, des choses qui auront un plus gros impact que ce que je peux faire à Chicago.

— C'est vrai, Chicago, c'est naze.

— Yale.

— Non, désolé. C'est bien. Vraiment bien.

— Écoute, c'est comme si j'étais né pour me battre. Je suis né en colère. Je détestais mon père, je détestais le monde, je me bagarre avec des inconnus, tu vois ? Et quand je regarde en arrière, je comprends pourquoi : je suis peut-être né pour ça. Peut-être que je deviens croyant ou autre, mais j'ai l'impression d'être ici pour une raison.

Yale regarda tout sauf Asher, hocha la tête.

— Tu sais ce que Charlie a dit un jour à ton sujet ? Il a dit que si nous ne t'avions pas, il aurait fallu t'inventer.

Asher rit.

— Eh bien, tu m'as. Tu m'avais. Tu m'as toujours, juste...

— Ne t'en fais pas.

Ils se remirent en route. Yale pourrait lui demander de rester. Il pourrait l'embrasser de nouveau et lui dire qu'il ferait tout ce qu'il voudrait pour qu'il ne quitte pas Chicago. Mais cela ne fonctionnerait pas. Asher lui rendrait peut-être son baiser, mais dans aucune version de l'avenir Asher ne choisissait l'amour – l'amour passager, fragile, lourd de maladie – plutôt que le combat. (Et qui essayait-il de tromper ? Ce n'était pas de l'amour. C'était de l'attirance. C'était une graine qui aurait pu grandir dans un sol meilleur, avec plus de soleil.) Quelle que soit la suite de l'histoire, Asher avait raison. Il ne fallait pas qu'il reste ici juste pour que Yale soit heureux un an, trois ans, jusqu'à ce qu'ils tombent tous les deux trop malades pour que cela soit compatible avec le bonheur de quiconque. Sa place était à New York, à tambouriner à des portes et à faire l'actualité. D'une certaine façon, Yale lui avait déjà demandé lors de la manifestation ; il avait déjà reçu sa réponse.

Ils étaient devant la maison, celle que Yale s'était choisie pour lui un millier d'années auparavant, le bout de la ville qu'il était censé posséder.

— Arrête-toi une seconde, demanda Yale.

— Quoi ?

Il se mit face à la maison, ferma les yeux et posa sa main sur la manche retroussée de la chemise d'Asher. Pendant cinq secondes, il voulait baigner dedans, dans l'avenir qu'il pourrait être en train de vivre s'il n'y avait pas eu tout ça. Il se serait séparé de Charlie, certainement. Celui-ci se défoncerait à la coke dans un appart de Downtown, et Yale posséderait cette maison, et lui et Asher seraient ensemble. Il en était sûr. Asher allumerait le barbecue dans le jardin derrière la maison. Fiona, Nico et Terrence étaient en route. Ils ne tarderaient pas à les retrouver pour le dîner. Julian, tout juste rentré d'une répétition, se prélassait sur la véranda en buvant un verre.

— Ça va ? lui demanda Asher.

Yale ouvrit les yeux et hocha la tête.

Ils marchèrent vers l'est et arrivèrent juste en dessous de Belmont Harbour, puis traversèrent le parc en empruntant le sentier.

Ils parlèrent de Richard, dont l'exposition se tiendrait cet été dans une galerie du Loop.

— Qui aurait cru que Richard ferait un jour une vraie exposition ? demanda Asher. Je pensais que ce n'était qu'une excuse pour rencontrer des mannequins.

Ils parlèrent de l'endroit où Asher habiterait à New York (Chelsea), de la date de son départ (dans deux semaines) et de la fréquence à laquelle il reviendrait à Chicago (rarement, essentiellement pour le travail).

Ils parlèrent de la côte de Yale, du stupide flacon d'Imodium qui l'avait cassée, du fait qu'il s'en foutait, et que si c'était à refaire, il n'hésiterait pas.

Yale lui raconta que Bill avait exclu l'artiste le plus important de l'exposition de la tante de Nico, l'homme qu'elle avait aimé toute sa vie.

— C'était le but de cette exposition. C'était le but de tout, déplora Yale.

Asher lui dit qu'il valait mieux qu'il donne procuration à quelqu'un d'autre.

— Il te faut quelqu'un qui peut être tout de suite à l'hôpital. En étant à New York, je ne peux pas prendre de décisions pour toi. Tu devrais demander à Fiona. Je rédigerai les documents.

Yale aurait pu répliquer qu'il fallait autant de temps pour faire le trajet en voiture depuis Madison qu'en avion depuis New York, et il aurait pu dire qu'il n'avait pas le courage d'imposer une chose pareille à Fiona, mais Asher avait raison. Et il ne restait personne, personne en qui il ait autant confiance.

— Elle aura terminé ses études le temps que tu tombes malade. Tu as beaucoup de temps.

— Avant j'avais peur que Reagan appuie sur le bouton rouge, tu sais ? Et je craignais les astéroïdes, et tout. Et puis j'ai compris un truc. Si tu devais choisir quand, dans la chronologie de la Terre, tu devais vivre, est-ce que tu ne choisirais pas la fin des temps ? Comme ça, tu n'aurais rien loupé. Si tu meurs en 1920, tu passes à côté du rock'n'roll. En 1600, tu rates Mozart. Pas vrai ? Je veux dire, les horreurs aussi s'accumulent, mais personne ne veut mourir avant la fin de l'histoire.

» Et avant, je croyais vraiment que nous serions la dernière génération. Lorsque je réfléchissais à la mort, si je m'inquiétais à son sujet, c'était à nous tous que je pensais, à la planète entière. Et maintenant, je me dis non, c'est juste toi, Yale. C'est toi qui vas louper des choses. Je ne parle même pas de la fin du monde – espérons qu'il ait encore un milliard d'années devant lui –, juste les trucs normaux.

Asher ne répondit pas, mais il prit la main droite de Yale dans sa main gauche et entrelaça ses doigts avec les siens. Ils continuèrent à marcher comme ça, le cœur de Yale telle une boule de flipper dans sa cage thoracique cabossée.

Si Yale n'était pas dans l'incapacité de faire l'amour en ce moment, si Asher ne venait pas d'évoquer la douleur dans ses jambes et la nausée qu'il ressentait encore à cause de ses médicaments, Yale aurait pu nourrir l'espoir que l'après-midi se finirait dans le lit de quelqu'un. L'affaire d'une fois. En l'état actuel des choses, se tenir la main était une fin en soi. Une reconnaissance, une baignade dans le même univers parallèle que celui que Yale avait épié devant la maison de Briar. Et au final, l'amitié était-elle si différente de l'amour ? Si vous ôtiez à celui-ci la possibilité du sexe, ce n'était de toute façon qu'une affaire d'instant. Être ici, maintenant, dans la vie de quelqu'un. Faire de la place pour quelqu'un dans la vôtre.

— Mate-moi ces deux-là !

Une voix d'homme, juste derrière eux. Asher serra plus fort la main de Yale avant que celui-ci ait eu le temps de réfléchir.

— Hé, Louise ! Mate-moi ces deux-là !

— Ne te retourne pas, murmura Asher.

Yale pensa que son ami voudrait peut-être lâcher sa main, mais bien sûr, ce ne fut pas le cas. Il n'accéléra même pas le pas.

Une voix de femme, un peu plus loin derrière eux.

— Bert, arrête de jouer les trouducs !

— C'est pas moi qui aime les trouducs ! Hé, les filles ! Vous auriez deux minutes à m'accorder ? J'ai quelques questions.

— Bert !

— Écoutez, les filles. Attendez !

Mais les voix étaient plus lointaines maintenant ; Louise avait peut-être retenu Bert.

Au loin :

— Mate-moi ces deux-là !

Asher et Yale ne dirent plus rien pendant le reste du trajet.

Yale promit de prendre un taxi, mais n'en fit rien. Il marcha jusqu'au métro. Il voulait être près d'autres passagers, serré contre eux. Il voulait voir la ville d'en haut, passer suffisamment près des fenêtres des gens pour voir les tables dans leurs cuisines, leurs disputes.

Le monde était un endroit terrible et beau, et puisqu'il ne serait plus ici très longtemps, il pouvait faire tout ce qu'il voulait, et la chose qu'il souhaitait le plus au monde, en plus de courir derrière Asher, était d'arranger les choses pour l'exposition de Nora, de rendre justice aux peintures et aux dessins maladroits de Ranko Novak, en dépit de leur piètre qualité.

Il pensa aux gens qui pourraient l'aider. Il y avait les Sharp, mais après tout ce qu'ils avaient fait pour lui, il ne pouvait leur demander un seul service de plus. Il ne connaissait presque plus personne à la Northwestern. Il ne pouvait certainement pas replonger Cecily là-dedans. Debout en face de lui dans le métro, il y avait une adolescente avec une rangée d'anneaux en argent remontant le long de son oreille. En la voyant, Yale pensa à Gloria. Gloria était au *Tribune*. Gloria l'aiderait. Il ne savait pas du tout comment, mais elle, elle le saurait.

À l'arrêt juste avant le sien, un homme entra en titubant dans le wagon, et alors que Yale croyait qu'il allait s'affaler sur ses genoux, il ouvrit un sac en toile.

— Je vends des chaussettes, marmonna-t-il d'une voix traînante à Yale et à la femme assise à côté de lui. Un dollar la paire. Trois dollars pour deux. J'ai la taille qu'il vous faut.

Il sortit un petit sachet en plastique contenant une paire de chaussettes de sport toutes propres avec des bandes jaunes en haut. Elles semblaient incroyablement épaisses et confortables.

— T'as des trous dans tes chaussettes ?

Cette question s'adressait à Yale.

— Avec celles-ci, tu te sentiras mieux. Avec de bonnes chaussettes, on se sent vraiment mieux. Un dollar, vraiment mieux.

Yale trouva un dollar et le donna à l'homme, qui révéla un sourire édenté et lui tendit les chaussettes. Yale se leva pour son arrêt et serra le sachet en plastique.

Un cadeau de la ville, eut-il l'impression. Quelque chose de doux à mettre entre lui et la terre.

2015

Fiona et Cecily prirent le taxi jusqu'à Montmartre, un trajet douloureusement long jusqu'au petit square arboré où Claire leur avait dit d'attendre. Dans toute la ville, il y avait de terribles embouteillages : les automobilistes étaient de retour sur les routes, mais les choses n'étaient pas rentrées dans l'ordre sur celles-ci. Fiona se demanda si les camions des journalistes bloquaient encore la circulation, ou si les gens conduisaient juste en ayant la tête ailleurs, fébriles.

Le square Jehan-Rictus était une extension de trottoir rectangulaire qui serpentait au milieu des arbustes, entouré de grilles et de murets en brique. Les bancs verts, s'ils n'avaient pas été maculés de fiente d'oiseaux, auraient été des endroits charmants où s'asseoir avec un livre un jour d'été.

Il y avait du soleil mais il faisait frais, et Fiona se demanda avec inquiétude si Nicolette n'aurait pas trop froid. Elle se demanda aussi si Claire et Nicolette viendraient tout court.

Cecily consulta sa montre.

— Ça aurait dû être la salle d'attente de l'hôpital. Nous deux en train d'attendre la naissance du bébé. Mieux vaut tard que jamais !

Elles marchèrent dans l'allée, dépassèrent la minuscule aire de jeux. Elles s'arrêtèrent devant la fresque qui se trouvait juste à côté, un mur brillant imitant un tableau en ardoise orné de mots écrits en blanc et de petites touches de rouge.

— Je crois que ce sont des *Je t'aime*, dit Cecily.

Il y avait un *Te amo* quelque part, une main faisant le mot « amour » en langue des signes ailleurs, et la plupart des inscriptions étaient incompréhensibles pour Fiona : du thaï, du braille, du grec, et une langue qui devait être du cherokee. Au-dessus de tous ces mots, une peinture représentant une femme en robe de bal, avec, dans une bulle, le texte suivant : *aimer c'est du désordre... alors aimons !*

Fiona eut l'impression, comme sur le pont, que Paris ou ses fantômes plus espiègles lui adressaient directement des messages. Mais ce n'était pas cela du tout ; c'était simplement une ville qui parlait d'amour, qui reconnaissait son invasion constante, le désordre qu'il charriait. Qu'adviendrait-il de Chicago, pensa-t-elle, si on la recouvrait de choses comme celles-ci ? Si on remplissait le pont de Clark Street de cadenas peints ?

Cecily lui serra le bras, l'invitant à se tourner vers l'allée : une fillette blonde remuait les jambes dans une petite poussette. Au-dessus d'elle, Claire souriant de façon hésitante. Nicolette sauta par terre et se précipita jusqu'à l'aire de jeux en passant devant elles sans s'arrêter, son manteau rose ouvert, ses bottes de pluie tentant de s'échapper de ses pieds.

Fiona et Claire se donnèrent une accolade pleine de raideur, et Claire et Cecily se serrèrent la main avec encore plus de raideur. Avec tout ce qui se passait, Fiona ne s'était pas dit avant cet instant qu'elles ne se connaissaient pas. Fiona avait sûrement porté Claire sur sa hanche les quelques fois où elle était allée voir Roscoe, le chat, et prendre des nouvelles de Cecily – mais ces visites s'étaient rapidement étiolées. Quel que soit le lien qui s'était imposé à Fiona et Cecily dans la chambre d'hôpital de Yale, il n'avait pas duré. Le traumatisme n'était pas toujours le meilleur ciment qui soit.

Fiona se tourna pour regarder Nicolette gravir rapidement les marches et traverser le petit pont qui menait au toboggan. Elle l'eut pour elle toute seule, juste avant qu'il soit pris d'assaut par d'autres. Elle ressemblait moins à Nico que sur la photo, et plus à Fiona, à vrai dire.

Claire l'appela, et elle revint en courant du pied du toboggan, enfouissant son visage entre les jambes de sa mère.

— Tu peux dire bonjour ? Tu peux dire bonjour à Fiona et à Cecily ?

Cela sonnait bizarrement, mais si tout se passait bien, elles pourraient toutes deux se choisir des noms de grand-mère. Mamie, Nana, Mimi. Même mémère. Elle accepterait Fifi, un nom qu'elle avait rejeté toute sa vie, mais qui pourrait bien sonner dans la bouche de sa petite-fille française. Elle avait envie de serrer Nicolette contre elle, de promener ses mains sur ses joues toutes lisses, mais elle ne voulait pas lui faire peur, pas plus qu'elle ne voulait faire peur à Claire.

Celle-ci leur tendit un sac en toile avec le goûter et le jus de fruit de Nicolette, ainsi qu'un change et quelques livres d'images. Elle leur dit que Kurt arriverait dans une heure et demie.

— Et en cas d'urgence, vous pouvez venir au bar.

Il ne se trouvait qu'à quelques centaines de mètres de là.

— Elle est propre ? demanda Cecily, comme si elle se souvenait soudain d'un texte appris des années auparavant.

— Bien sûr ! Elle n'aura pas besoin de passer aux toilettes, c'est un vrai chameau.

Claire s'en alla après leur avoir laissé encore quelques instructions, embrassé rapidement Nicolette – qui, une fois sa mère partie, regarda ses deux grand-mères avec intérêt, sans peur aucune dans les yeux. Elle devait avoir l'habitude d'être gardée.

Fiona s'assit sur l'un des bancs à côté de l'aire de jeu et sortit ce qu'il y avait dans le sac pour que Nicolette puisse voir les biscuits, le gobelet de jus de fruit, les livres de Pénélope – une petite souris qui jouait à un jeu avec des couleurs dans l'un des albums et apprenait les saisons dans un autre. Mais Nicolette semblait se contenter pour l'instant du toboggan, de courir vers les deux femmes en souriant tandis qu'elles l'applaudissaient, de faire une boucle et de tout recommencer à zéro. Ce n'était pas encore le moment de l'appeler, de voir si elle accepterait de s'asseoir sur les genoux de quelqu'un, si elle leur parlerait en anglais ou en français.

— Elle est tellement belle, dit Cecily.

Que Fiona se plie en deux pour pleurer à ce moment précis n'était pas vraiment surprenant, aussi absurde que cela était : c'était la première fois que Cecily manifestait la moindre émotion, et les canaux lacrymaux de Fiona semblèrent prendre cela comme une invitation. Elle sentait que Cecily la regardait avec inquiétude, et quand elle leva les yeux, elle vit que Nicolette avait arrêté son circuit et se tenait devant elle, fronçant ses petits sourcils.

— Tu es tombée ? demanda-t-elle dans un anglais tellement parfait et limpide que Fiona pleura encore plus.

— Elle va bien, ma chérie, dit Cecily. Elle est juste triste à cause de quelque chose.

— Elle est triste à cause de quoi ?

Quelle question.

— Je suis triste à cause du monde, parvint à sortir Fiona.

Nicolette regarda autour d'elle comme si le problème venait du square.

— Ma copine a un globe ! s'écria-t-elle.

— Ne t'inquiète pas, mon cœur. Ça va aller pour Fiona.

Cela suffit à convaincre Nicolette, qui repartit et se mit à faire des bruits de chat. Cecily posa une main sur le dos de Fiona.

— J'ai renvoyé sa mère, dit Fiona.

C'était ce qu'elle ne s'était pas autorisée à révéler à Julian dans l'atelier de Richard l'autre jour, ce à quoi elle s'était interdit de penser quand elle avait appris que Claire avait accouché sans elle, ce qui avait vibré en basse fréquence sous chacune de ses pensées concernant Claire depuis sa disparition, et avant cela aussi. Ce qu'elle n'avait mentionné qu'une seule fois à son psy, et encore, en changeant assez l'histoire, l'atténuant assez pour qu'elle passe presque inaperçue auprès d'Elena.

— Je ne comprends pas.

— La mère de Yale.

— OK. Yale ? T'as fait quoi ?

— Je l'ai... À la toute fin. J'étais là, et toi, tu devais être en Californie.

— Oui, Fiona, tu ne peux pas...

— Non, écoute. Tu devais être en Californie, ce qui n'était pas de ta faute, et moi, j'étais enceinte de Claire.

— Je sais.

— Non, tu ne sais pas. OK, donc j'avais procuration. Et c'était quand il était... quand il y avait tout le truc du poumon.

— C'était atroce, dit Cecily, plus comme si elle confirmait le souvenir de Fiona que si elle le revivait. Je me rappelle qu'il pouvait à peine sortir deux mots. Et son écriture illisible. Cela me contrariait : son écriture avait toujours été si appliquée. Et il écrivait ces mots que je n'arrivais pas...

— Il y avait des jours meilleurs, aussi.

Fiona s'en voulait de lui couper la parole, mais il fallait qu'elle sorte tout ça tant qu'elle était sur sa lancée.

— À la fin, et peut-être était-ce quand tu n'étais plus là, on aurait dit que les traitements commençaient soudain à agir sur le truc du poumon, et il arrivait à parler, vraiment. Mais alors ses reins ont lâché à cause de tous les médicaments qu'ils filtraient, et le liquide s'est accumulé... Je ne me souviens même plus, mais ensuite, ça a été son cœur. Yale s'est noyé. C'est ce que j'ai sorti aux médecins qui m'ont dit que non, ce n'était pas tout à fait ça, mais je sais ce que j'ai vu. Il s'est noyé.

— Tu as tout géré tellement bien. J'ai du mal à imaginer ce que tu as vécu, mais tu as pris la bonne décision, en refusant l'assistance respiratoire. C'était ce qu'il voulait.

Nicolette n'était plus sur le toboggan et faisait consciencieusement un tas de petites feuilles mortes. Fiona inspira aussi profondément qu'elle le put, essaya de reprendre.

— Pour moi, il y a eu deux années entières, dit-elle, au cours desquelles il a été vraiment malade.

Yale avait eu sa première pneumonie au printemps 1990, après cette stupide côte cassée lors de la manifestation sur les services de santé. Ça c'était amélioré, mais pas vraiment ; tout d'abord, il avait eu de l'asthme, et par conséquent la pneumonie l'avait encore plus affaibli. S'ensuivit un autre souci, puis un autre, et Yale finit par dire en plaisantant que son corps était une boîte de nuit pour infections opportunistes et qu'il avait donné à ses quelques lymphocytes T restant le nom des joueurs de l'équipe des Cubs.

— Et à la fin... Bon.

Fiona posa ses mains sur ses genoux, les bras raides.

— Quatre jours avant sa mort, sa mère s'est pointée à l'hôpital.

Le visage de Cecily se figea.

— Je l'ai reconnue grâce à cette pub pour le Tylenol. Chaque fois que le spot était diffusé, j'observais son visage pour essayer de la comprendre. J'imagine que son père... Tu te souviens, son père est venu quelques fois, mais il se contentait de rester planté là. C'était tellement gênant.

— Je ne m'en souviens pas.

— Eh bien si, et Yale ne pensait pas qu'il était vraiment en contact avec sa mère, mais apparemment c'était le cas, ou alors il a trouvé comment la contacter, et elle a débarqué. Elle portait cette robe d'été jaune, et semblait vraiment nerveuse. C'était un soir. Il dormait.

Elle arborait une expression tellement semblable à celle de Yale lorsqu'il était nerveux – un air qui avait toujours évoqué un lapin à Fiona. Cela aurait pu contribuer à ce qu'elle adore cette femme, de même qu'elle adorait Yale, mais à la place, elle lui en voulut encore plus. Que l'un des traits qu'elle préférait chez son ami vienne de quelqu'un qui l'avait abandonné.

— Et donc, tu l'as renvoyée.

Fiona laissa échapper un sanglot qui poussa Nicolette à lever les yeux de ses feuilles. Ses cheveux translucides dans la lumière du soleil.

— Je n'étais pas encore mère, pas vraiment. Je... Je me suis juste dit que cela pourrait le perturber de la voir. Mais je me suis montrée possessive aussi, je le sais, maintenant. Il était à moi, et voilà que cette femme arrivait, et je n'ai pas cherché à comprendre ce qu'elle traversait. Ou ce que cela lui avait coûté d'entrer dans cette pièce. Je me suis dit que cela le tuerait. Je me suis dit qu'il serait terriblement bouleversé, et je l'ai ima-ginée gêner le traitement, essayer de prendre les choses en main comme mes parents l'avaient fait avec Nico. Et je détestais telle-ment ma propre mère. Je l'ai raccompagnée jusqu'à l'ascenseur et j'ai appuyé sur le bouton pour elle, en lui racontant que Yale avait dit clairement ne pas vouloir la voir.

— C'était vrai ?

— Eh bien, oui. Oui. C'était l'un des sujets que nous avions abordés ensemble. Mais j'aurais pu lui en parler à son réveil. J'aurais pu lui demander ce qu'il voulait faire. Et je ne lui ai jamais dit. J'allais lui dire. Je n'ai pas arrêté d'être sur le point de lui dire.

Le travail avait alors commencé, voilà ce qui s'était passé, et ensuite, quand les choses s'étaient sérieusement gâtées, elle avait eu sa césarienne, avait été arrimée à son lit par les perfusions, les médicaments et la douleur, à l'étage juste au-dessus de celui de Yale, mais n'avait pas été en mesure de traverser le couloir jusqu'à l'ascenseur. Alors que Cecily n'était pas encore rentrée, qu'Asher était à New York et qu'il ne restait plus personne pour veiller à son chevet. Elle avait pensé appeler des connaissances pour leur demander de passer le voir, mais il était plus proche des infirmières que de vieux voisins choisis au hasard, et ces infirmières savaient ce qu'elles faisaient : elles avaient bien souvent tenu la main pendant des heures à des hommes qui mouraient seuls. De plus, il fallait que Fiona récupère afin de pouvoir redescendre au troisième étage et prendre soin de lui.

Mais entre-temps, Yale tomba dans un coma profond, et Fiona dut prendre les décisions médicales par téléphone, sous le regard inquiet des infirmières de la maternité. Elle envoya Damian à l'étage du dessous encore et encore avec des messages pour Yale, même si ce dernier n'entendait probablement rien. Lorsque Damian remontait, elle lui demandait de lui décrire son ami. « Il y a tellement de tuyaux qui sortent de son corps. Sa couleur ne me dit rien qui vaille. Fiona, j'en sais rien. Je suis si fatigué. Je redescendrai pour toi s'il le faut, mais chaque fois que je suis là-dedans, j'ai peur de m'évanouir. » Gloria, la vieille amie de Yale, et sa copine, se relayaient à son chevet, mais seulement l'après-midi. Quand Nico était mort, trop de gens avaient voulu entrer dans sa chambre, se positionnant dans la file, se battant pour le rôle de soignant, de teneur de main, d'endeuillé en chef. Et maintenant il n'y avait personne. Yale avait été là pour Nico, et Terrence, et même pour ce putain de Charlie, et il ne restait plus personne pour lui, pas vraiment, et cela la tuait.

Claire avait trente-six heures et ne tétait pas au sein, et Fiona, qui s'était préparée pour la déchirure d'une naissance par voie basse, n'en revenait pas de la douleur folle qui parcourait tout son corps quand elle essayait de redresser son torse, de s'asseoir toute seule, ne serait-ce qu'un peu. Elle avait des vertiges et tombait en arrière, aveugle. Pendant les cinq minutes que la sage-femme spécialisée en méthode Lamaze avait accordées aux césariennes, jamais elle n'avait évoqué la douleur, l'aspect handicapant. Fiona parvint à se rendre aux toilettes en donnant le bras à une infirmière, puis s'évanouit presque. Elle demanda si on pouvait la faire descendre en fauteuil roulant dans l'unité sida. La première infirmière répondit qu'elle allait devoir demander au médecin, mais ne revint jamais. La deuxième infirmière répondit que cela serait envisageable le matin. Fiona aurait pu se battre davantage, mais elle souffrait trop, les médicaments lui fermaient les yeux, et le matin, tout serait plus simple.

Claire resta à la nursery toute la nuit, et Fiona ne se réveilla pas de bonne heure. Lorsqu'elle ouvrit les yeux, elle vit le visage du Dr Cheng. Il était venu à l'étage. Quand elle distingua l'expression sur le visage du médecin, elle poussa un cri si primal, si fort, que si elle ne s'était pas trouvée dans une maternité, tout le monde aurait accouru.

C'était arrivé tôt ce matin, lui expliqua le Dr Cheng. Debbie, l'infirmière de garde, avait été à ses côtés.

Mais cela ne suffisait pas.

Et si Fiona n'avait pas renvoyé sa mère, Yale aurait pu entendre sa voix à travers le brouillard. Il aurait pu trouver du réconfort au niveau infantile le plus profond.

Nicolette s'était approchée d'elles et ouvrait le petit paquet de biscuits. Cecily tapota sur le banc et elle grimpa, s'assit en balançant ses jambes au bord.

Fiona toucha les boucles blondes, d'une douceur inimaginable.

— Ce fut la plus grosse erreur de ma vie, Cecily. Je pense qu'on me punit pour ça maintenant. J'ai rejeté ma propre mère et j'ai renvoyé celle de Yale, et tout cela m'est revenu en boomerang et me frappe au visage.

— Tu habites en Amérique ? demanda Nicolette.

Fiona sécha ses yeux sur sa manche.

— Oui. Est-ce que tu sais que je suis la maman de ta maman ? Et que Cecily est la maman de ton papa ?

Les yeux de Nicolette allèrent plusieurs fois de l'une à l'autre, comme s'il s'agissait d'une vaste blague, comme si on lui avait dit que l'une était le lapin de Pâques et l'autre la petite souris.

— Ta maman est sortie de mon ventre, et ton papa est sorti de celui de Cecily.

— Montre-moi ! demanda Nicolette, et Fiona souleva son pull pour révéler la pâle cicatrice.

— Juste là, dit-elle, et Nicolette hocha la tête.

— Mais t'as pas eu bobo ? demanda-t-elle.

— Pas du tout.

Nicolette mâchouilla son biscuit, et Cecily dit à Fiona :

— J'ignore si cela t'aidera, mais chaque fois que je me sentais coupable à cause de quelque chose quand j'étais jeune, ma mère me disait : « Comment peux-tu te rattraper ? Qu'est-ce que tu pourrais faire pour te sentir mieux ? » On croirait Fred Rogers, je sais, mais ça me ramène toujours sur terre quand je suis contrariée.

— Je pourrais m'installer à Paris, dit Fiona, et elle plaisantait jusqu'à ce qu'elle entende ses paroles et se rende compte que non.

Nicolette voulait ses livres maintenant. Cecily la prit sur ses genoux et lui lut les histoires de Pénélope, raconta à quoi elle et ses amis animaux s'amusèrent avec leur coffre rempli d'habits de couleur.

1991

Fiona les attendait juste devant la porte d'entrée de la Brigg.

— Sauvez-moi de ma famille ! s'écria-t-elle.

— Aide-nous d'abord, dit Cecily.

Il y avait une rampe d'accès, mais la bande de caoutchouc de la porte s'accrochait aux roues. Cecily dut mettre le fauteuil dans l'autre sens et Fiona se saisit des accoudoirs pour le faire avancer. Yale se cramponna et tâcha de rester collé à son dossier afin de ne pas basculer vers l'avant quand elles le reposeraient.

L'atterrissage le secoua, enfonça la réserve d'oxygène dans sa colonne vertébrale. Mais ils étaient à l'intérieur. Fiona l'aida à ôter son manteau.

— Nous avons exactement une heure, dit Cecily.

— En fait, j'ai deux heures d'oxygène, corrigea Yale. Elle joue la prudence.

— Eh bien, elle a raison ! répondit Fiona. S'il y avait un terrible embouteillage sur le chemin du retour ? Je n'en reviens toujours pas qu'ils t'aient laissé sortir.

— Pour info, dit Yale tandis qu'elles poussaient son fauteuil dans le hall en direction de la galerie, si jamais on vous pose la question dans un tribunal, ils ne m'ont pas laissé sortir, et le Dr Cheng ne nous a jamais aidés à voler l'oxygène et le fauteuil.

— Bien sûr que non.

— Il te passe le bonjour.

Rebecca Makkai

La galerie était déjà bondée. Yale n'était vraiment pas assez
habillé pour l'occasion – tous les autres hommes portaient une
cravate et lui un vieux pull qui, avant, lui allait à merveille, et qui
aujourd'hui pendouillait comme une tente – mais ce n'étaient
pas ses vêtements que les gens regarderaient de toute façon.

Warner Bates de *ARTnews* le salua et le montra du doigt à
quelqu'un. Il était venu l'interviewer l'automne dernier, juste
après la publication du premier article de Gloria dans le *Tribune*.
Il était venu avec un photographe qui avait pris un cliché de
Yale assis sur son canapé, en train de rire avec Fiona. Yale
était gêné d'être au cœur de l'attention, qu'on insiste sur son
rôle. Le récit de Gloria avait porté sur la collection elle-même.
« Après soixante-dix ans, disait le titre, un artiste réclame son
prix. » Le papier incluait de nombreuses citations utiles d'un
Bill Lindsey ignorant que le sujet principal serait Ranko Novak.
L'article n'était pas malhonnête ; il n'était jamais écrit noir sur
blanc que les œuvres de Novak feraient partie de l'exposition.
Mais en évoquant longuement ses œuvres, sa vie et sa mort, il
le sous-entendait. Yale était cité : « Elle voulait qu'il ait son dû.
Elle voulait qu'il ait sa place à côté de Modigliani. » L'article
en soi n'aurait peut-être pas suffi à forcer la main de Bill. En
revanche, la demi-douzaine d'autres qu'il généra dans la presse
spécialisée, si. Et soudain, le nom de Ranko s'était retrouvé partout dans les communiqués de la galerie évoquant l'exposition.

Yale aperçut Bill debout à quelques mètres devant lui dans
la galerie, et lorsque celui-ci remarqua Yale, il parut terrifié. Il
se tourna vers la femme à qui il venait de dire au revoir, lui
demanda quelque chose, s'empressa de la conduire dans une
autre direction. Bill ne semblait pas malade. Cecily l'avait dit
à Yale, lui donnait des nouvelles tous les deux ou trois mois
en s'excusant presque, comme si Yale voudrait que Bill soit
contaminé.

Problème lié au fait d'être en fauteuil roulant : derrière les
gens, Yale ne voyait rien pour l'instant. Il reconnut un coin de
la chambre d'Hébuterne.

Il avait imaginé, dans une autre vie, pousser le fauteuil roulant
de Nora dans cette galerie afin qu'elle puisse visiter l'exposition.
Il avait imaginé la pousser devant les gens amassés.

520

Les Sharp étaient là, et se frayèrent un chemin vers lui. Esmé se baissa pour le serrer maladroitement dans ses maigres bras. Esmé et Allen avaient été de véritables saints, l'appelant régulièrement pour savoir s'il ne manquait de rien. Lors de son premier long séjour à l'hôpital, Esmé lui avait apporté une pile de romans. Ils ne seraient jamais des amis proches, ils ne bavarderaient jamais ensemble autour d'un brunch, mais ils s'étaient portés volontaires pour former un filet de sécurité en dessous de lui.

— On visite ? demanda Esmé.

Et donc, tandis que Fiona était coincée avec un type qui voulait lui expliquer par le menu comment il avait connu le mari de Nora, Cecily et les Sharp lui firent faire un tour de la galerie, demandèrent aux gens de le laisser passer.

L'exposition était installée sur un petit labyrinthe de murs. Les œuvres étaient organisées par artiste, plus ou moins chronologiquement, et Cecily proposa de commencer à la fin du circuit. Il y avait beaucoup d'explications écrites pour chaque groupement. Des lettres et des notes encadrées entouraient le texte critique consacré à Foujita. Là, contre le champ enneigé du mur de la galerie, se trouvait son dessin à l'encre de Nora en robe verte.

Dans les années qui s'étaient écoulées depuis que Yale les avait admirées, les pièces avaient acquis l'aura d'œuvres célèbres. Importantes parce que vous les aviez vues auparavant et que votre cerveau leur réservait déjà un créneau. Un vieil ami sur lequel vous tombiez des années plus tard au coin de la rue. Votre manuel d'histoire du lycée que vous retrouviez, et qui, dans sa familiarité distante, prenait une dimension sacrée.

Esmé poussa son fauteuil près d'un groupe incluant les parents de Fiona, qui ne regardèrent pas dans sa direction, et de Debra, qui le fit. Cependant, elle posa des yeux complètement vides sur lui, et Yale se demanda si elle l'avait reconnu. Elle avait elle-même changé – elle était plus ronde, un peu plus lumineuse. D'après Fiona, elle sortait avec un banquier d'affaires à Green Bay. Pas la vie follement aventureuse que Yale aurait souhaitée pour elle, mais c'était déjà ça.

Warner Bates *de ARTnews* le surplomba soudain, lui bloquant la vue, et lui présenta un couple de gens âgés qui considèrent Yale sans cacher leur effroi. Il ne leur tendit pas la main, il ne leur imposerait pas ça.

— Yale, c'est un triomphe, déclara Warren. Vous avez de quoi être heureux !

— Et je le suis. J'ai du mal à croire que l'exposition soit sur pied !

— C'est entièrement grâce à vous, vous savez.

Warner se tourna vers le couple.

— C'est l'homme grâce à qui tout ceci est possible.

Ils se frayèrent un chemin jusqu'au début de l'exposition. Il y avait une section consacrée à Ranko, enfin : les deux tableaux, les trois dessins de vache. Fiona, qui les avait rejoints, serra la main de Yale.

— Eh bien, les voici, dit Esmé.

Yale aurait aimé que cela soit plus spectaculaire, mais tout était joliment encadré, et les cartels consacrés à Ranko détournaient agréablement l'attention de l'insipidité des vaches. Le tableau de Nora représentée sous les traits d'une petite fille triste était plus lumineux grâce au travail de restauration, et le bleu de sa robe était d'une nuance bien plus intéressante que dans le souvenir de Yale.

Et enfin, Ranko dans le gilet à losanges. Yale ne l'avait pas revu en vrai depuis qu'il avait appris qu'il s'agissait de Ranko, depuis qu'il avait appris que c'était Nora qui avait tenu le pinceau. Il s'intitulait *Autoportrait*. Yale avait au moins transmis cette information. Il semblait vraiment émaner de la main du même artiste, du moins aux yeux de Yale, mais peut-être, maintenant qu'il y regardait de plus près, y avait-il quelque chose de plus hésitant dans les lignes ; c'était l'œuvre de quelqu'un cherchant désespérément à bien faire quelque chose. Ce tableau-ci était aussi plus éclatant grâce à la restauration. Il ne s'était pas rendu compte jusque-là qu'à l'origine, les œuvres avaient dû être en piteux état. Yale remarqua une étincelle argentée dans le nid de cheveux bouclés de Ranko. Il rapprocha son fauteuil, ce qui ne fonctionna pas, alors il le recula.

Il n'était pas fou : c'était un trombone. Pas la première chose que l'on notait, mais maintenant qu'il regardait, oui, il y en avait un autre, aussi, plus près de son front. Les formes se distinguaient bien, et sur chaque trombone, elle était parvenue à créer un effet de reflet. Les trombones avaient-ils été son idée ou celle de Ranko ? Avait-il porté à nouveau sa couronne ce jour-là pour poser ? Les avait-elle ajoutés après sa mort ? C'était tellement étrange, et, de façon impénétrable, tellement bouleversant : des trombones.

Yale eut envie de rire, de le crier à la galerie, d'expliquer les choses – mais il ne pouvait en parler qu'à Fiona. À Esmé, il se contenta de dire :

— C'est mon préféré.

Un homme à côté du fauteuil de Yale dit à sa femme :

— Il parait qu'ils ont été obligés de tout inclure. C'était stipulé dans le testament de la dame.

Pourtant, la toile était accrochée là, et c'était une œuvre de l'amour. D'un amour certes désespéré, voué à l'échec, égoïste, absurde, mais y avait-il jamais eu un autre genre d'amour ?

Cela faisait une heure et cinq minutes, et Cecily se précipita dehors pour démarrer sa voiture. Esmé refit le chemin à rebours jusqu'à la sortie, et il eut une dernière occasion de regarder la galerie. Les gens dans leurs beaux vêtements, les bords et les coins de tableaux et de dessins.

— Oh, punaise, il a neigé ! s'exclama Esmé.

Il y avait un bon centimètre sur le sol ; les chaussures de Cecily avaient imprimé de légères traces jusqu'à la voiture.

Yale serra Fiona dans ses bras, lui conseilla de regarder de près l'autoportrait de Ranko. Il dit à Allen Sharp :

— Si ses parents s'approchent d'elle, feins une attaque ou quelque chose dans le genre.

Allen courut devant eux, déblayant la neige sur le trajet du fauteuil roulant avec ses chaussures de ville.

Allen et Esmé le hissèrent ensemble sur le siège passager, calèrent la bouteille d'oxygène entre ses jambes.

— Il est et quart. Yale, je n'aime pas du tout ça.

La nuit était déjà tombée. Cecily remonta Sheridan Road bien trop vite. Des flocons de neige illuminés les frôlèrent telles des flèches.

— Ralentis ! Ça ne vaut pas le coup d'avoir un accident pour ça.

— Si on a un accident, ils nous emmèneront à notre destination, de toute façon. Et plus vite.

— Ça va aller, dit Yale. Ça valait le coup.

— Tu trouves ? Tu es content ?

Elle examina son visage.

— J'ai bien aimé les œuvres de Ranko. Vraiment.

— Elle l'aimait, lâcha Yale plutôt que de la contredire, plutôt que de lui dire que ce n'était pas grave si cela ne lui avait pas du tout plu. Même si elle n'aurait pas dû. Je crois que c'est ce genre d'histoires d'amour dans lesquelles on n'arrive pas à se défaire de la première impression qu'on a eue de quelqu'un.

— C'est quelque chose dont on ne peut jamais se défaire, soutint Cecily. Je veux dire, même pour des parents... Ce n'est jamais « pas ton bébé », tu comprends ?

— Je crois que tu as raison.

Plus il était malade, plus il pensait aux gens en ces termes-là : à Charlie, bien sûr, et à tous les autres qui étaient encore là ou les avaient quittés : pas comme la somme de toutes les déceptions, mais comme chaque début, chaque promesse qu'ils avaient un jour incarné.

— Je crois que ton horloge avance, remarqua Yale tandis qu'ils roulaient sur Lake Shore en direction du sud.

Sept heures quarante-neuf. Il restait onze minutes, mais si l'oxygène venait à manquer, Yale pouvait tenir encore un peu. Tout le monde conduisait prudemment ; impossible pour Cecily de doubler.

— Cette horloge retarde, corrigea-t-elle. Et tu n'as même pas de montre.

Il ferma les yeux, inclina le siège de quelques centimètres.

L'horloge indiquait sept heures cinquante-six quand ils se garèrent devant le Masonic Hospital.

Le Dr Cheng était debout sur le trottoir enneigé, frigorifié dans sa blouse blanche, avec une bouteille d'oxygène toute neuve.

2015

Le lundi 23 novembre, exactement une semaine après la date initialement prévue, le vernissage de *Strates* put finalement avoir lieu à Pompidou. L'exposition ouvrirait au public mercredi, avec une semaine de retard, en dépit des dates annoncées sur la gigantesque affiche en toile devant le musée, et qui étaient inscrites au-dessus de la photo d'un Richard plutôt jeune qui tenait un Brownie de Kodak contre son œil. Le nom CAMPO s'étalait sur toute la largeur du panneau.

Fiona avait réussi à convaincre Claire de venir. Elle aurait aimé croire que sa fille avait accepté pour elle, pour faire amende honorable, pour qu'elles passent du temps ensemble, mais Claire connaissait Richard depuis qu'elle était petite, et était toujours artiste, ou voulait toujours le devenir. Et elle avait une baby-sitter : Cecily avait clairement dit qu'elle préférait garder Nicolette que mettre des talons et essayer de parler français.

Fiona était arrivée angoissée, avec quarante minutes d'avance. À l'heure du déjeuner, elle avait débarrassé le plancher pour laisser à Richard l'espace de se préparer, et s'était installée dans un café. Maintenant, elle errait dans la boutique du centre Pompidou, où elle avait dit à Claire de la retrouver. Elle regardait des spatules aux couleurs vives, des gros colliers et des livres d'art. Elle voulait trouver quelque chose pour Nicolette.

Elle examinait une bouteille d'eau à rayures lorsqu'elle sentit un menton sur son épaule. Julian. Il ne lui avait pas fait cela depuis trente ans, mais c'était sa barbe de trois jours, sa façon d'arriver par-derrière et de se blottir contre vous.

Fiona se retourna pour l'embrasser.

— Eh bien, quelle histoire, hein ? s'exclama-t-elle.

— Tu es rayonnante ! s'écria-t-il.

Puis, en murmurant :

— Serge m'a raconté que tu baisais ici, mais quand même, ouah !

Fiona lui donna une petite tape avec la bouteille.

— Je suis rayonnante de stress.

Elle avait passé le week-end à chercher des locations à Paris, des baux d'un, deux ou trois mois. Elle n'aurait aucun mal à sous-louer son appartement à Chicago.

Hier matin, en prenant son petit déjeuner avec Cecily, elle avait lancé :

— Et si on s'installait ici toutes les deux ? On serait colocs ? Et si on... je ne sais pas... les mamies à Paris ? Ça ressemble à un titre de film ! On pourrait le faire, vraiment. Pourquoi gâcherait-on tout ce concept d'études à l'étranger en le réservant aux jeunes ?

— Non, avait répondu Cecily en secouant la tête de façon intransigeante. Envisages-tu vraiment cette idée ?

— Eh bien, jusqu'à ce que Claire accepte de rentrer à la maison. Ou jusqu'à ce que... Je n'en sais rien. Mais écoute, quand on était jeunes, on plongeait simplement dans l'avenir sans se prendre la tête, pas vrai ? En tout cas, moi. J'ignore quand ça s'est arrêté.

— Tu n'as pas un chien ?

— Et un travail. Mais... je me débrouillerais.

— Est-ce qu'au moins tu serais la bienvenue ?

— Aucune idée.

Elle expliqua ensuite tous les problèmes qu'elle avait à moitié résolus la nuit, lors de ses plages d'insomnie. Elle pourrait travailler pour Richard – ne disait-il pas qu'il lui fallait un assistant ? Elle pourrait garder Nicolette, aider Claire financièrement, la pousser à emménager dans un meilleur quartier. Claire pourrait travailler pour Richard, en fait !

Elle ne détailla pas à Cecily toute sa réflexion : comment ce serait un nouveau départ, lequel s'était drôlement fait attendre. Comment elle n'avait jamais réellement quitté Chicago. Madison ne comptait pas vraiment, étant donné ses incessants retours en ville, ses attaches là-bas. Comment, trente ans après la mort de Nico, le moment était enfin venu de lâcher prise. Comment, peut-être, elle pourrait, qui sait, confier son sort au monde avec autant de facilité que Jake laissait son portefeuille sur le comptoir d'un bar en sachant qu'il lui reviendrait toujours.

Cecily avait soupiré, rit, tapé sa fourchette sur le bord de son assiette.

— Eh bien, je viendrai te rendre visite !

La nuit dernière, Fiona avait écrit un long e-mail à Claire pour lui exposer son idée. « Inutile de me répondre. Nous pourrons discuter demain. »

Et donc, voilà qu'en plus de l'angoisse sociale liée à ce vernissage, en plus d'appréhender le visionnage des images tournées par Richard dans les années 1980, elle se tenait là, dans la boutique du musée, à attendre d'être ouvertement rejetée par son unique enfant.

— Il me faut ce coussin ! dit Julian. C'est quoi, un Kandinsky ?

Fiona ne sut jamais de quoi il parlait parce que Claire était là, vêtue d'une robe noire en coton, des bottines noires aux pieds, les cheveux légèrement ondulés. Elle semblait plus détendue qu'au bar ou au parc. Peut-être que cette occasion lui faisait moins l'effet d'une invasion, ou peut-être s'était-elle habituée à l'idée de voir sa mère. Dans tous les cas, elle ajusta son sac, gratifia Fiona d'une brève accolade, balaya du regard le rayon d'articles ménagers comme si elle s'attendait à ce qu'il se passe autre chose.

— J'aimerais te présenter Julian Ames, dit Fiona.

Claire lui adressa un hochement de tête et lui serra la main.

— Julian était un ami de ton oncle Nico, expliqua-t-elle.

Comme il était étrange de qualifier Nico de la sorte alors qu'il n'avait jamais été l'oncle de personne. Mais Fiona avait testé cette dénomination pendant toute l'enfance de Claire. *C'était la table à dessins de ton oncle Nico. Ton oncle Nico non plus n'aimait pas le jaune d'œuf.* Et maintenant, songeait Fiona, Nico était grand-oncle. Non mais, grand-oncle Nico ! C'était qui, ce type ? Un vieillard avec des lunettes double-foyer ?

— Ta maman s'est occupée de nous tous, expliqua Julian.

Fiona vit les épaules de Claire ébaucher un mouvement de recul.

— Je sais. Sainte Fiona de Boystown.

Julian jeta un regard à Fiona. Celle-ci se demanda soudain si la secte avait rendu Claire intolérante face à l'homosexualité, lui avait enseigné que le sida était la colère de Dieu ou quelque chose de cet ordre-là. Elle n'imaginait pas sa fille croire à de telles sornettes, mais qui savait quoi que ce soit au sujet de cette inconnue ?

Claire prit l'une des assiettes en mélamine ornées de reproductions de Magritte. Sur celle-ci, il y avait son « Ceci n'est pas une pipe » sur fond vert printemps. Elle la fit tourner, l'observa.

— Je raconte des histoires aux gens au sujet de ta mère depuis des années. Elle pensait que j'étais mort, et pendant ce temps-là, je parlais d'elle comme d'une espèce de Paul Bunyan. Et en plus, je n'étais même pas au courant de la moitié de ce qu'elle faisait. J'ai quitté Chicago, et elle a continué.

Claire sourit sèchement à Julian.

— Eh bien, c'est à cause de moi qu'elle a arrêté.

Fiona essaya de déchiffrer le sens de ses propos.

— Je suis née le jour de la mort de son ami. Vous le saviez ?

— Elle veut parler de Yale, murmura Fiona, même s'il était inutile de murmurer.

Et puis elle ajouta tout haut :

— Non, c'est faux. Tu es née le jour d'avant. Claire, écoute, as-tu raconté à Kurt que j'avais dit que c'était le pire jour de ma vie ? Parce que je n'ai jamais...

— Ça m'a toujours tuée, poursuivit Claire.

Elle ne s'adressait qu'à Julian, comme si Fiona n'était pas là. Julian, il fallait le reconnaître, ne semblait pas paniqué de se retrouver au milieu de tout cela. Peut-être savait-il ce qu'il était : un vide, un baromètre, une présence nécessaire.

— Une part de moi a toujours pensé que si seulement j'étais née après sa mort, elle aurait cru que j'étais lui, réincarnée, ou autre. J'aurais pu moi-même y croire. J'aurais aimé être née à cet instant exact.

Même si Claire ne la regardait pas, même si elle avait les yeux rivés sur Julian et sur l'assiette Magritte, Fiona dit :

— Cela n'a jamais été une compétition, ma chérie.

— Ha ! s'écria-t-elle trop fort, mais personne n'écoutait. C'est vraiment très drôle.

Peut-être était-ce bien. Il fallait que Claire balance les choses les plus méchantes possible, qu'elle les extériorise plutôt que de les garder en elle. Pourtant, la seule réaction qu'envisageait Fiona était de pleurer, ce qui ne servirait à rien, alors elle parvint à se retenir. Julian s'avança vers Fiona, posa une main sur son dos.

Claire reposa l'assiette et en prit une autre, celle-ci d'un bleu ciel éclatant avec le chapeau melon. *Usage Externe*, disait la légende du chapeau.

— Je sais qu'elle a fait du mieux qu'elle a pu, dit Julian.

— J'essaie de faire de mon mieux en ce moment, dit Fiona. Maintenant que tu es mère, est-ce que tu...

Mais Claire la coupa.

— La seule raison pour laquelle elle veut s'installer ici, c'est parce qu'il y a eu une catastrophe. Ce qui l'intéresse, c'est d'être proche de la tragédie.

Julian parut perdu.

— J'aimerais être proche de ma fille et de ma petite-fille. J'aimerais me faire pardonner d'avoir peut-être été une mère dépressive et merdique en étant une bonne grand-mère. Je ne demande rien en échange.

Claire retourna l'assiette comme pour regarder le prix. Silence pensif et résigné.

— Vous ne résoudrez peut-être pas tout ça dans la boutique du musée, remarqua Julian.

— Je ne peux pas décider de l'endroit où tu vis. Si tu emménages ici, tu emménages ici.

Fiona ne pouvait en espérer davantage de Claire pour l'instant.

— Puis-je m'exprimer pendant que nous nous dirigeons vers les escalators ? Car il est probablement temps de nous diriger vers les escalators, intervint Julian.

Claire cligna des yeux et reposa l'assiette, et ils sortirent dans le vaste hall.

— Tout le monde sait à quel point la vie est courte, poursuivit-il. Fiona et moi le savons tout particulièrement. Mais

personne ne parle jamais du fait qu'elle est longue. Et c'est...
vous me suivez ? Toutes les vies sont trop courtes, même les
plus longues, mais les vies de certains sont aussi trop longues.
Je veux dire... peut-être que vous ne comprendrez que quand
vous serez plus âgées.

Il fut le premier à prendre l'escalator, puis se retourna pour
être face à elles.

— Si nous pouvions juste être sur terre au même endroit et
au même moment que tous les gens que nous avons aimés, si
nous pouvions naître ensemble et mourir ensemble, tout serait
si simple. Et ça ne l'est pas. Mais écoutez : vous êtes toutes les
deux sur cette planète en même temps. Vous êtes au même
endroit maintenant. C'est un miracle. C'est tout ce que je veux
dire.

Claire était derrière elle, alors Fiona ne voyait pas son visage,
mais percevait son énergie – elle en avait eu tellement l'habitude, et tout lui revenait. Au moins, elle sentait que Claire
n'était pas agacée, ne roulait pas des yeux en se demandant qui
était ce connard avec son bla-bla de développement personnel.
Fiona, pour sa part, était reconnaissante. Elle ne se souvenait pas
de Julian comme de quelqu'un de particulièrement fin, mais à
l'époque, elle non plus n'était pas particulièrement fine. Trente
années pouvaient changer beaucoup de choses.

Ils approchaient du haut de l'escalator.

— Retourne-toi, dit Fiona à Julian, sinon tu vas tomber.

1992

Pour la première fois en trois semaines, il pouvait respirer. Pas bien, mais suffisamment pour pouvoir sortir plusieurs mots à la suite, plusieurs pensées, plusieurs phrases. Alors qu'il avait eu la conviction, la veille seulement, que c'était fini, qu'après chaque souffle, il n'en restait plus qu'un ou deux. Une part de lui se disait qu'il fallait garder en réserve chaque respiration, l'économiser pour le lendemain, mais il voulait surtout parler tant qu'il le pouvait, dire les choses qu'il ne pourrait pas exprimer plus tard.

Fiona était assise sur la chaise à côté du lit. Enceinte de huit mois, tout juste, et toujours tellement menue – avec une chemise assez large, c'était insoupçonnable. Quand elle en serait à son neuvième mois, lui avait-elle promis, elle ne prendrait plus le risque de faire la route depuis Madison. Mais la semaine dernière, il était devenu de plus en plus clair qu'elle ne retournerait peut-être pas du tout là-bas avant la mort de Yale.

La canule chatouillait son nez et il parvint à l'ajuster sans éternuer. Éternuer aurait été douloureux. C'était soirée pizzas – le restaurant Pat's régalait le service toutes les semaines –, et Fiona mangeait une part de pizza pepperoni. Yale n'avait rien avalé de solide depuis des semaines, mais c'était la première fois qu'il se sentait un peu jaloux en regardant quelqu'un d'autre manger – un bon signe. Ou bien cela aurait été un bon signe s'il ne savait pas pertinemment qu'il se sentait mieux parce qu'on avait changé ses médicaments et qu'on lui injectait à nouveau de grosses doses de pentamidine et d'amphotéricine – l'arrêt de ces produits ayant été responsable de la détérioration critique de l'état de ses poumons –, mais que ces traitements finiraient par avoir raison de ses reins et de son foie. Le Dr Cheng ne le lui avait absolument pas caché. L'un des bénévoles lui avait raconté il y a longtemps que chaque fois qu'un patient prenait un bon petit déjeuner, c'était fini – il ne lui restait plus que quelques heures. Yale n'allait pas prendre un bon petit déjeuner, mais ces vraies respirations lui paraissaient tout aussi nourrissantes, de tout aussi mauvais augure. Les types qui coupaient les cheveux étaient passés aujourd'hui. Avec leur aide, il s'était même assis pour qu'on le coiffe, et ils avaient rasé sa nuque, avaient massé ses tempes avec un truc au parfum de menthe.

— Tes yeux ont l'air tellement mieux, remarqua Fiona.

— Ils étaient comment, avant ?

Ceci dit, il n'avait pas envie de le savoir, parce que bientôt, ils ressembleraient de nouveau à ça, ou pire.

— Tes pupilles étaient super dilatées. On avait l'impression de regarder quelqu'un piégé dans une citerne d'eau. C'était sûrement l'impression que tu avais.

Elle soupira, se pencha maladroitement pour masser ses chevilles enflées.

— Tu veux la chaîne relaxation ?

Rafael arriva à ce moment-là. Son déambulateur se coinça dans la porte et Fiona dut se lever pour dégager sa roue.

— Livraison ! dit Rafael. J'ai posé le vernis pour toi, comme ça, il est brillant.

Il parlait du petit mandala fait avec des graines pour oiseaux qu'il tenait contre la poignée de son déambulateur avec son pouce, celui que Yale avait confectionné un mois auparavant dans la salle d'arts plastiques. Il n'y avait pas de place pour le déambulateur de Rafael entre le lit et le mur, alors il tendit l'objet à Fiona afin qu'elle le donne à Yale.

— La salle d'arts plastiques n'est plus la même depuis que tu n'es pas là pour passer tes groupes britanniques atroces et tristes. Ce type, là, Calvin, a pris le contrôle de la stéréo, et maintenant, on n'a plus le droit qu'à de la putain de techno.

Yale tint le mandala, même si tenir le moindre objet était un supplice pour ses bras. Il ne savait pas ce qu'il en ferait. Il l'enverrait à Teresa en Californie, peut-être. Elle lui écrivait toujours une carte postale une fois par semaine.

— Ce soir, c'est le grand soir ! s'exclama Rafael. J'ai mon autorisation de sortie, et Blake passe me chercher dans une heure.

Fiona applaudit avec enthousiasme, et Yale se demanda où elle puisait toute cette énergie.

— Tu es prêt ? lui demanda-t-elle. Tu as tout préparé ?

— Open Hand[1] est déjà chez moi en train de remplir mon frigo, et je me sens très bien sans la perf.

Yale était content que Rafael ne raconte pas tout cela en s'excusant. Il avait été un voisin de chambre idéal. Avant Rafael, Yale avait partagé sa chambre avec un grand homme prénommé Edward, qui ne cessait de répéter qu'il n'avait jamais été aussi heureux que dans cet hôpital, que l'unité 371 était le premier endroit où il s'était senti à sa place. Avant Edward, il y avait eu un hétéro mal à l'aise, Mark ; avant Mark, un certain Roger, entouré de son énorme famille catholique irlandaise, que la LEMP avait privé de contrôle moteur et de l'usage de la parole, mais dont les fonctions cérébrales étaient restées intactes, du moins pendant un temps. Lors d'un séjour au tout début de sa maladie, Yale avait partagé sa chambre avec un type qui avait aligné sur le rebord de la fenêtre dix gobelets en plastique dans lesquels il avait planté des glands. Il essayait de les faire germer avant sa mort afin de pouvoir offrir des chênes à dix de ses amis.

Et après tous ces gens, un jour, alors que Yale était allongé dans son lit et se remettait d'une ponction lombaire, on fit entrer quelqu'un en fauteuil roulant de l'autre côté du rideau, et il entendit les bruits habituels – les infirmières expliquant des choses sur les perfusions, sur les boutons d'appel, donnant des informations relatives à la terrasse fumeurs. Et puis Yale entendit : « Vous savez ce que je veux comme motif pour mon panneau du Memorial Quilt ? Juste un paquet géant de Camel ! »

Même avant de prononcer le nom de Rafael et que l'infirmière ait tiré le rideau, Yale savait que c'était lui. Personne n'avait dû s'installer dans sa chambre de l'unité 371 avec autant de bonne

---

1. Association LGBT livrant des repas aux malades du sida.

humeur, mais Rafael avait ses habitudes, ses infirmières préférées. Il savait quels bénévoles pouvaient vous tirer le tarot si vous le demandiez. Cette fois-ci, il était venu avec un sac rempli de cassettes VHS pour la salle commune, et avait apporté une pile de photos pour décorer le mur. Pour lui, c'était comme rentrer à la maison, ou du moins, il faisait comme si c'était le cas, et Yale sentit que si Rafael n'avait pas été rattaché à des perfs, il aurait bondi hors de son lit pour lui mordre le visage.

Pendant les quelques semaines durant lesquelles Yale respirait encore, ils avaient discuté tous les soirs. Vieux ragots, politique, films. Lorsque d'anciens collègues d'*Out Loud* rendaient visite à Rafael, ils faisaient semblant d'être là pour Yale également. Et puis un matin, Yale avait rêvé qu'il nageait au fond de la piscine de Hull House, qu'il regardait vers le haut sans pouvoir remonter à la surface – et lorsqu'il s'était réveillé, il avait lutté pour respirer dans une chambre privée d'air.

— Tu vas me manquer, dit Yale.

Rafael haussa les épaules.

— Ben, c'est pas comme si je n'allais pas revenir, remarqua-t-il.

Yale se sentit fatigué après son départ, mais ces derniers jours, il avait peur de s'endormir. Il ne craignait pas de mourir dans son sommeil – au point où il en était, il l'accepterait volontiers –, mais de se réveiller de nouveau sous l'eau. Il ne craignait pas de fermer les yeux sur sa dernière journée, mais de les fermer sur sa dernière bonne journée. Alors pour l'heure, il les gardait ouverts, faisait parler Fiona. Il lui demanda de lui chanter « Moon River » et elle lui répondit qu'elle ne connaissait toujours pas les paroles. Mais elle y arriva, en se bidonnant du début à la fin.

— Nico aurait adoré cet endroit, dit-elle. La salle d'arts plastiques ! T'imagines ? Je crois que je visualise une version de lui qui vivrait un peu plus longtemps. S'il tombait malade maintenant, avait de bons médicaments, tout ça. Parce que bon, ses infirmières à lui refusaient de le toucher. Et ici, tu as des massages.

— Bon, avant, oui. Avant d'avoir des tuyaux partout. Mais ouais. Ça lui aurait plu.

Elle semblait si fatiguée. Ses cheveux étaient plats et gras, son visage enflé. Elle aurait dû être chez elle, en train de prendre soin d'elle-même, de se reposer avant l'arrivée du bébé – pas en train de dormir sur le flanc, dans le lit de camp d'une chambre d'hôpital. Même les membres de la famille ne faisaient généralement pas ça pour leurs proches. Yale lui demanda si elle allait bien.

— J'ai juste mal au dos.

— Tu n'es pas obligée de dormir ici.

— Je le veux.

— Fiona, je déteste t'obliger à revivre ça. Je m'inquiète de ce que ça te fait.

Elle se frotta les yeux, s'efforça vaguement de sourire.

— Bon, ça fait remonter des souvenirs à la surface. Et ça me tue que ce soit toi. Tu es ma personne préférée. Mais je suis plutôt solide, dit-elle.

— C'est justement ce que je veux dire. Je n'arrête pas de penser aux histoires de Nora sur les types qui se sont repliés sur eux-mêmes après la guerre. C'est une guerre, ça, vraiment. C'est comme si tu avais été dans les tranchées pendant sept ans. Et personne ne le comprendra. Personne ne te remettra de médaille.

— Tu penses que je suis en état de choc ?

— Promets-moi juste que tu prendras soin de toi.

— Je trouverai un psy à Madison. Vraiment.

Puis d'ajouter :

— Y a-t-il quelqu'un... quelqu'un qui n'est pas venu ici et que tu aimerais voir ? Je pourrais appeler ton père, si tu veux. S'il y a des gens de ta famille, de vieux amis... Même quelqu'un avec qui tu ne te sentirais pas forcément à l'aise. Si j'avais une baguette magique. Tu penses à quelqu'un ?

— Je n'ai pas envie de parler de la pluie et du beau temps avec mes cousins.

Fiona semblait contrariée.

— Y a-t-il une personne que tu voudrais voir, même si tu pensais qu'elle n'en a pas envie. Personne ?

— Bon sang Fiona, en t'écoutant, j'ai vraiment l'impression de ne pas du tout avoir d'amis. À moins que ta baguette magique puisse ressusciter les morts, non. Tu ne vaux pas mieux que l'aumônier.

L'aumônier n'arrêtait pas de demander si Yale avait besoin de quelque chose, s'il avait envie de discuter. « Non », répondait systématiquement Yale, du moins quand il avait le souffle pour parler, « et je suis juif ». Yale l'avait un jour surpris qui se préparait avant d'entrer dans la pièce, prenant son expression la plus triste et pieuse possible, regardant d'un air dépité la bible qu'il avait dans les mains. Peu de temps après cela, il vit le Dr Cheng faire exactement l'inverse. Yale était dans le couloir et attendait qu'on vienne le chercher pour une bronchoscopie. Le Dr Cheng était devant la porte d'un patient et parcourait ses notes d'un air découragé. Ce n'était pas une expression que Yale avait déjà vue sur son visage. Pour la première fois, Yale se rendit compte que le Dr Cheng devait tout juste avoir son âge. Le médecin abaissa alors ses notes, se redressa, prit une inspiration que Yale entendit à plusieurs mètres et redevint le Dr Cheng qu'il connaissait. Puis il frappa à la porte.

Fiona laissa tomber ses questions et s'empressa de se rapprocher de lui pour masser la peau entre ses sourcils. C'était le seul endroit où il supportait encore qu'on le touche, et ce point précis marchait. Il ferma les yeux.

— Quand j'étais gamin, dit-il, je fermais les yeux lorsqu'on était dans la voiture à dix minutes de chez nous. Et j'essayais de le sentir, ce dernier coin de rue qui était notre allée. J'essayais de ne pas compter les virages, juste de sentir qu'on était à la maison. Et généralement, j'y parvenais.

— Je faisais exactement pareil.

— Et quand je n'arrivais plus à respirer, je l'ai fait aussi, mais avec... la fin des choses. Et je sais que je vais me retrouver à le refaire. Je serai assis ici, les yeux fermés, avec cette impression : *OK, ça y est. On y est sûrement.* Sauf que ce ne sera pas la fin.

— Parfois, c'était comme ça en voiture aussi, dit Fiona. Ça ne t'est jamais arrivé ? D'avoir l'impression d'être parvenu à destination, et d'ouvrir les yeux pour voir que ce n'était qu'un feu rouge.

— Oui. Ouais, c'est comme ça.

Il était content qu'elle ne lui reproche pas d'être morbide.

— La lueur d'un feu rouge, dit-elle. Tu te souviens comme c'était magique, la lueur d'un feu rouge la nuit ? Quand tu étais gamin ? Le simple fait d'être dehors après la tombée de la nuit.

Il s'en souvenait.

Yale crut qu'il allait se mettre à sangloter, que son corps allait être ravagé par des larmes sèches, mais Fiona cessa de lui caresser le front, et lorsqu'il ouvrit les yeux, il vit qu'elle pleurait, et cela l'arrêta.

— Ça va, le rassura-t-elle. Ça va.

Sauf qu'elle secouait rapidement la tête, et il vit, en tournant les yeux vers elle, qu'elle s'agrippait fermement aux barreaux de son lit. Son visage était devenu tout pâle alors même que ses joues étaient rouges.

— Fiona. Quoi ?

— J'ai mal au dos.

— Au dos ?

— Je crois...

— Hé, hé, ça va aller.

Elle prit une inspiration comme si elle avait retenu son souffle, ce qui avait peut-être été le cas.

— Le problème, c'est que j'ai des spasmes toutes les deux minutes. Mais dans le dos.

— Ça ressemble à des contractions, ma petite Chapardeuse.

— C'est sûrement des fausses, des Brixton bidules. Mais je n'arrête pas de me dire que je devrais peut-être, genre... Non, arrête !

Yale avait appuyé sur son bouton d'appel.

— Pourquoi t'as fait ça ?

— Peut-être pour que ton bébé ne naisse pas dans l'unité sida.

— Je n'accouche pas... C'est dans quatre semaines.

— Et moi je n'étais pas censé mourir avant mes quatre-vingts ans.

Debbie, l'infirmière, se tenait déjà dans l'encadrement de la porte.

— Pas pour moi cette fois-ci, lui lança Yale.

— Tout va bien, dit Fiona.

— Ça ne se voit pas, répliqua Debbie.

— Est-ce qu'il y a... Il y a une maternité ici, n'est-ce pas ? Ou bien il faut que j'aille aux urgences ?

— Mon Dieu ! Eh bien oui, nous proposons ce service. On va vous trouver un fauteuil roulant.

— Ce n'est pas si douloureux que ça, en plus, dit Fiona. Enfin, comparé à ce que j'ai vu dans les films, où les gens hurlent ou autre. Elles ne sont pas si fortes. C'est juste que... elles se succèdent rapidement.

— Voilà ce qu'on va faire, proposa Debbie. Je vais contacter la maternité, on vous escorte là-haut, pas de passage aux urgences pour vous, et pendant ce temps-là, Yale patiente sagement avec moi à ses côtés toute la nuit. Peut-être qu'à votre retour, vous serez bien plus mince ou peut-être que vous aurez pris quelques grammes. D'accord ?

Et Fiona, qui semblait retenir de nouveau sa respiration, serra la main de Yale et hocha la tête.

— Mais ils... Pourrez-vous me donner des nouvelles ? Si je reste là-bas un moment, je veux qu'on me tienne informée. J'ai toujours sa procuration, hein ? Même en étant là-haut ?

— Nous pouvons vous appeler, et sachez que je n'ai pas mon pareil pour faire cavaler les aides-soignants.

Elle faisait déjà signe à quelqu'un dans le couloir, décrochait le téléphone de Yale pour appeler la salle de travail de la maternité.

Quand Yale se réveilla à cause de sueurs nocturnes, Debbie était toujours là. Fiona se reposait, disait-elle, et ils essayaient de retarder l'accouchement. Son mari était en route depuis le Canada, où il participait à une conférence. Dès qu'il y aurait du nouveau, Yale en serait informé. En attendant, Debbie allait changer ses draps.

Son cœur n'allait pas bien. Yale sentait qu'il trimait, tel un poing essayant de transpercer un mur. Et c'était exactement ce que le Dr Cheng avait dit qu'il arriverait : « Le problème quand on a plusieurs agents pathogènes concurrents, c'est qu'on va tous les traiter, mais que les traitements ne vont pas forcément bien s'entendre. Et cela fait beaucoup de médicaments, beaucoup de perfusions, beaucoup de fluides. Le risque est de mettre votre cœur sous pression, plus qu'il ne l'est déjà. » Le résultat le plus inévitable étant, en bref, l'insuffisance cardiaque congestive – ce qui avait tué Nora. Comment avait-elle pu traverser tout ça en semblant si sereine ?

Le matin, c'était encore pire. Debbie était partie, et Bernard l'avait remplacée. Bernard changea la poche d'urine, et Yale essaya de demander des nouvelles de Fiona, mais ne parvint qu'à prononcer son nom.

— Oh, là, elle téléphone au poste des infirmières toutes les dix minutes ! dit Bernard. Elle voulait savoir quand vous vous réveilleriez. Toujours pas de bébé.

Le Dr Cheng passa.

— Vous prenez du poids, et, pour une fois, ce n'est pas une bonne chose. Il y a du liquide dans votre abdomen. Ce qui signifie que vos reins et votre foie ne se portent pas très bien.

Yale avait des picotements dans les doigts à cause du manque d'oxygénation, et il n'était pas sûr de sentir ses orteils. À chaque battement, son cœur escaladait une montagne.

En CE1, Mme Henry avait été hospitalisée à cause d'une pneumonie, et son remplaçant, un homme qui passait son temps à leur raconter des anecdotes sur l'époque où il était dans le Peace Corps, avait essayé de leur expliquer ce dont souffrait leur institutrice : « Prenez la plus grande inspiration possible, et ne la laissez pas sortir », leur expliqua-t-il. C'est ce qu'ils firent. Il ajouta alors : « Maintenant, inspirez de nouveau. Sans laisser sortir cette première bouffée d'air. » Ils essayèrent. Certains enfants déclarèrent forfait et expirèrent en émettant un bruit de framboise mouillée, tombèrent de leur chaise en riant, mais Yale, qui faisait toujours ce qu'on lui demandait, parvint à continuer. « Maintenant, prenez encore une autre inspiration. Cette troisième inspiration vous donne une idée de ce que l'on ressent quand on a une pneumonie. »

Il y avait quelque chose de réconfortant dans le fait de savoir qu'il avait été prévenu si tôt. Qu'assis là, avec son petit corps sain et fort, il avait senti, pendant une seconde de sa vie de sept ans, comment les choses finiraient.

Le Dr Cheng dit :

— Vous allez juste hocher la tête ou la secouer. Si je ne vous comprends pas, nous irons voir Fiona, OK ? Je veux savoir si j'ai votre accord pour arrêter le pentam et l'amphoterrible. Ce qui veut dire que nous commencerons officiellement les soins palliatifs. Je veux vous mettre sous morphine.

C'était l'une des choses que Yale appréciait chez le Dr Cheng – il se permettait de surnommer le médicament amphoterrible.

Yale mobilisa toutes ses forces pour que son « oui » soit le plus clair possible lorsqu'il hocha la tête.

Il se réveilla après un laps de temps indéterminé et vit un jeune homme très grand planer au-dessus de son lit. Il avait du mal à avoir une image nette. Le visage était trouble. La morphine était un tapis, un tapis chaud et anesthésiant qui était sur lui et en lui.

— Salut, c'est Kurt, se présenta l'homme. Je suis le fils de Cecily.

Yale essaya d'inspirer pour dire quelque chose, mais il toussa beaucoup plus d'air qu'il n'en avait absorbé, et chaque fois qu'il toussait, c'était comme un coup de botte dans ses côtes atténué par la morphine.

Debbie était là. Ce devait être de nouveau la nuit. Maintenant qu'il y pensait, il avait su que Debbie était là. Il l'avait sentie à ses côtés depuis un moment déjà. Elle connaissait le point entre ses yeux.

— Hé, désolé. Vous n'êtes pas obligé de parler. Ma mère voulait que je vienne voir comment vous alliez et je...

Yale vit, de façon brumeuse, Kurt jeter un regard à Debbie pour obtenir sa permission. Il ouvrit le sac marin qu'il transportait.

— Je vous ai amené Roscoe.

Un éclair de gris. Yale avait pris Roscoe sur ses genoux chaque fois qu'il était allé dîner chez Cecily, et chaque fois, Roscoe s'y était installé comme s'il savait exactement qui était Yale.

— Maman rentre de Californie vendredi.

Yale ignorait totalement si vendredi était dans longtemps.

Kurt resta à proximité du lit, mais ne posa pas Roscoe dessus. On ne l'avait sans doute pas préparé à autant de tuyaux, de machines. Il avait peut-être imaginé Yale adossé à une pile d'oreillers, en train de bouquiner.

— Je sais qu'il apprécie ce que tu fais, mon chou, lui assura Debbie. Tiens, laisse-moi l'approcher de lui pendant une seconde.

Elle prit Roscoe, qui n'opposa aucune résistance, et souleva la main de Yale qu'elle reposa dans l'épaisse fourrure du chat. Yale était conscient, en déplaçant ses doigts autant que possible, que c'était la dernière fois qu'il touchait la fourrure d'un animal, la dernière fois, en fait, qu'il touchait autre chose que son lit et que les mains de gens.

— Bon, il vaudrait mieux que j'y aille, lâcha Kurt.

Pauvre gosse. Yale voulait lui dire que ce n'était pas grave, qu'il ne lui en voudrait pas de prendre ses jambes à son cou.

Après son départ, Yale parvint à produire le son « F » avec ses lèvres, et Debbie comprit.

— Elle est en plein travail. Elle va avoir un beau bébé en parfaite santé. Dès qu'on saura, je vous le dirai.

Il était conscient de rêver, mais on aurait dit un rêve qui ne se terminerait jamais.

Fiona, toute seule dans la rue. Sauf que parfois, il était Fiona, qui regardait la poussette devant elle, une poussette d'abord vide puis occupée par des jumeaux puis de nouveau vide. Au bout d'un moment, il n'y avait plus de poussette. Et parfois, il regardait Fiona, était derrière elle, au-dessus, tendant la main pour toucher ses cheveux.

Fiona, seule sur Broadway, marchant vers le sud. Une nuit d'été épaisse et chaude, des fenêtres illuminées autour d'elle, mais des rues désertes. Les fenêtres, désertes, les parkings. Broadway et Roscoe. Broadway et Aldine. Broadway et Melrose. Broadway et Belmont.

Des avions traversaient le ciel, et au loin, la circulation était dense, mais ici, là, il n'y avait personne. Fiona jouait des épaules pour se frayer un chemin à travers des masses d'air froid. Sentant le vent sur son cou, elle dit : « Ils respirent sur moi. Ils sont partout autour de moi. » Elle aperçut la faible lueur d'un adolescent qui, assis sur le banc d'un arrêt de bus, écrivait dans son journal avec un stylo plume à l'encre bleue. Elle se retourna et il avait disparu. Elle dit : « Oh, il n'avait que... » et Yale – parce qu'il était là maintenant, curieusement, il était derrière elle – essaya de lui dire que non, elle se trompait, le garçon était mort il y avait bien longtemps, dans les années 1960, au Vietnam, et il y avait là d'autres fantômes plus âgés aussi. Mais Yale ne pouvait émettre aucun son car il n'était pas réellement là.

Fiona était désormais sur School Street, une rue que Yale ne connaissait pas vraiment, mais dont le nom lui avait toujours plu. Les rues charriaient leurs histoires avec elles : Yale les aimait bien. Y avait-il toujours une école dans School Street ? Bien sûr. Elle était là, abandonnée et recouverte de mousse. Elle s'étendait sur des centaines et des centaines de mètres, et Fiona baissa les yeux vers la poussette, vers bébé Nico. Parce que oui, c'était Nico, elle avait donné naissance à son frère, et ce dernier n'avait plus qu'à recommencer. Il était emmailloté dans son écharpe orange. Il arborait une couronne de trombones. Fiona dit : « Il est encore trop jeune pour l'école. » Elle dit : « Tu devras attendre jusqu'en 2000. »

Mais n'était-ce pas bientôt ? Ils étaient de nouveau sur Broadway Street, et l'an 2000 était tout proche. C'était pour cette raison que tout finissait. Le réveillon était la date d'expiration. L'expiration. Le dernier gay expirerait ce jour-là.

Et bébé Nico ? « On le fera passer en douce », dit Fiona sans s'adresser à qui que ce soit en particulier. « Comme bébé Moïse. Mais il devra jouer au base-ball. »

Broadway et Briar. Broadway et Gladys Avenue. Pauvre Gladys, perdue du mauvais côté de la ville. Une statue du président Gladys.

Fiona détacha des flyers collés aux poteaux téléphoniques, les mit dans la poussette. C'était son boulot de nettoyer les rues.

Elle arracha des affiches sur des vitrines, des enseignes devant des magasins, des menus à l'entrée de restaurants. Elle entra dans un bar désert et renifla un demi resté sur le comptoir.

Et même si elle était toujours seule, Yale pouvait lui parler à présent. « Que vont-ils faire de tout ça ? » demanda-t-il.

Lorsqu'elle le regarda, il vit que la vraie réponse était qu'elle allait vivre ici pour toujours, seule, qu'elle nettoierait les rues à jamais. Mais elle dit : « Ils vont en faire un zoo. » Et il savait que cela aussi était vrai.

Elle s'assit au milieu de la route déserte, parce qu'aucune voiture ne passerait jamais par là. Elle dit : « Quel animal s'installera chez toi ? Tu as le droit de choisir. »

Et parce qu'il avait très, très chaud, tellement chaud qu'il avait l'impression d'avoir été tricoté dans un millier de couvertures, et parce que la chaleur remplissait ses poumons alors même que quelque chose en lui était froid, se transformait en fait en glace, Yale choisit les ours polaires.

2015

Ils furent accueillis à l'entrée de la Galerie de photographies par un homme qui portait un plateau recouvert de coupes de champagne. Fiona en cueillit une comme une fleur alors que Julian passa son tour.

— Sobre depuis vingt-quatre ans et huit mois, dit-il en souriant à Fiona.

Ils étaient en avance ; il y avait une vingtaine de personnes, dont la moitié trimballait d'énormes appareils photo et du matériel d'éclairage, et prenait avidement des clichés des premiers invités.

Serge était posté près de l'entrée. Fiona lui fit une bise sur chaque joue mais ne vit pas Richard.

Elle retint son souffle et suivit Julian en s'assurant que Claire était toujours derrière elle. Celle-ci se rendit directement vers le mur, directement vers la photo de la bouche géante dont on avait tant parlé. C'était la bouche d'un homme, avec une barbe naissante sous la lèvre inférieure. En noir et blanc, les lèvres juste entrouvertes. Cela aurait dû être banal, une image qu'on aurait pu trouver dans une exposition de photos réalisées par des lycéens, mais c'était l'une des choses les plus saisissantes et sexuelles que Fiona ait vues. Une impression de mouvement, comme si la bouche était sur le point de s'ouvrir plus, de dire quelque chose. Comment pouvait-on deviner que la bouche allait s'ouvrir et non pas se fermer ?

Fiona n'y avait pas pensé depuis des années, mais elle se souvint soudain et avec un florilège de détails, du vernissage de la collection de Nora à la Brigg, le premier vrai vernissage de sa vie.

Elle avait tendance à penser plus souvent aux fois où elle avait emmené Claire admirer l'exposition permanente de ces œuvres dans ce qui était désormais l'énorme Brigg Museum, un lieu de renommée mondiale. Elle lui parlait de Soutine et de Foujita ; elle lui montrait les œuvres de Ranko Novak et lui expliquait : « Elle l'a aimé toute sa vie. Si longtemps. » Et, songeait-elle alors, peut-être n'était-il possible d'aimer quelqu'un aussi longtemps que si ce quelqu'un n'était plus de ce monde. Pouvait-on aimer un humain vivant et pétri de défauts pendant autant d'années ? Elle lui racontait comment Yale avait obtenu les œuvres, avait été à l'origine de l'exposition, avait permis à Ranko de rester dans la collection, et elle disait : « C'est de là que vient ton deuxième prénom ! Yale était à l'étage juste en dessous quand tu es née, envoyant de bonnes ondes pour t'aider à venir au monde ! Et quand tu as quitté le ciel pour nous rejoindre ici, tu as laissé la porte de là-bas ouverte afin que lui puisse sortir. » Ses propos ne lui avaient pas semblé si terribles à l'époque, mais elle voyait maintenant comment, oui, un enfant aurait mal compris, aurait entendu la culpabilité dans la voix de Fiona et en aurait endossé la responsabilité. Que lui était-il passé par la tête ? Peut-être n'avait-elle pas pensé du tout à Claire en disant cela, peut-être que ces mots étaient ceux d'un conte qu'elle avait besoin de se raconter.

Fiona aperçut Corinne et Fernand au centre de la pièce, tenant salon. On les prenait en photo.

Claire était toujours devant la bouche ; Fiona lui laisserait de l'espace. Elle craignait de moins en moins qu'elle quitte la galerie en courant.

L'œuvre qu'elle avait sous les yeux était bien plus postmoderne, bien plus multimédia – Fiona regrettait de ne pas disposer du vocabulaire adéquat pour la décrire – que toutes les autres créations de Richard qu'elle avait vues jusqu'à présent. Une grande photo montrait un polaroïd posé sur une pile de papiers. Le polaroïd, pour sa part, montrait un homme assis sur une chaise, le visage enfoui dans ses mains. Cela ressemblait aux années 1980 ou au début des années 1990 – quelque chose dans son T-shirt blanc, ses chaussures bateau –, mais Fiona ne le reconnut pas. À côté était accrochée la photo d'une façade d'immeuble dont trois fenêtres étaient recouvertes d'un « X » tracé à la peinture rouge. D'après le cartel, Richard avait réalisé ce cliché en 1982, mais n'avait ajouté le « X » que cette année. Fiona se dit que le titre de l'exposition, *Strates*, évoquait cette superposition d'ancien et de nouveau.

Elle trouva la série *Julian* amendée – avec le Julian de 2015 qui souriait malicieusement. Sauf qu'aucun visage sur une photo de Richard Campo ne se contentait d'exprimer une seule émotion. Julian semblait gêné, mais également triomphant.

Elle faillit entrer en collision avec Jake Austen.

— Oh, ma biche !

Elle tapota sa poitrine.

— Je ne suis pas ta biche, Jake. Mais ça me fait plaisir de te voir.

C'était réellement le cas. Ces dix dernières minutes, Fiona avait eu le sentiment de ne plus savoir quelle foutue année on était – l'année de l'exposition de Nora, l'année de la disparition de Julian, l'année où elle avait emmené Claire pour la première fois à la Brigg, l'année de la naissance de celle-ci –, et voilà que cet être qui vivait et respirait lui rappelait qu'on était en 2015.

— Regarde ! Le type du film.

Il pointa le doigt à l'autre bout de la galerie, là où se trouvait l'acteur, celui que quelqu'un dans la rue avait appelé Dermott McDermott.

Mais personne ne le regardait. Tout le monde avait les yeux rivés sur Richard, qui venait d'entrer dans la pièce. Pantalon slim gris, T-shirt corail à col V, les joues roses de tant d'attention. Son ami célèbre. Comme la vie était bizarre.

Le temps que Fiona parvienne à contourner la cloison, Jake trinquait avec de jeunes Britanniques tapageurs et Julian avait fait le tour de l'exposition.

— Tout va bien avec ta fille ? demanda ce dernier.

— Dieu seul le sait.

— Ça va aller. Je le sens. Je sais ces choses. Et bon sang, qu'est-ce qu'elle te ressemble !

Fiona rit.

— Elle ne me ressemble absolument pas. C'est tout le problème.

— Tu rigoles ? Tu as oublié comment tu étais ? Tu étais la pire tête de mule qui... Tu étais quasi sauvage ! Tu te souviens quand tu as dit à tes parents que tu grimperais dans le cercueil de Nico si nous ne pouvions pas tous venir à la veillée ?

— Il n'y avait pas de cercueil. Je les ai menacés de me lever et de dénoncer tout haut cette injustice.

— D'accord, mais tu vois ce que je veux dire.

— C'était une question de survie.

Julian sourit.

— Ce n'est pas mal, d'être comme ça. Dis donc, tu vas vraiment t'installer ici ?

— En fait, oui, je crois. Pour un temps. Je n'en reviens pas de ce que je dis, mais oui.

— Eh bien, je suis fier de toi. Hé, tu l'as vu ?

— De quoi parles-tu ?

— Je parle de deux choses, en fait. Non, trois ! Tu m'as vu ? J'ai pas l'air trop mal ?

— Je t'ai trouvé incroyable, Julian.

— OK, encore deux autres choses. Ça.

Il empoigna ses épaules et les tourna vers un caisson lumineux phosphorescent accroché au mur, et dont chaque centimètre était recouvert de tirages contact en noir et blanc. Une boîte de la taille d'une baie vitrée. Certaines bandes de photos étaient disposées à la verticale, d'autres à l'horizontale. Parfois, elles se croisaient. L'œuvre s'intitulait *1983*. Des loupes, vraiment puissantes, se trouvaient de part et d'autre de l'installation – génial, car Fiona n'avait aucune envie de repêcher ses lunettes au fond de son sac.

Elle commença de façon arbitraire par le coin en haut à gauche. Une bande montrant une soirée. Il y avait trop d'hommes dans chaque case pour qu'on puisse les distinguer les uns des autres. Une bande avec un visage. Katsu Tatami, pensa-t-elle. Quatre tirages à la suite de ce qui ressemblait à la Marche de cette année, des hommes agitant des drapeaux. Il y avait ce très grand type qui vendait des cigarettes à l'unité sur Halsted. Il y avait Teddy Naples. Ils s'embrassaient, dansaient, paressaient sur des canapés, portaient des vêtements ridicules, faisaient sauter des crêpes et prenaient des bains de soleil sur des rochers.

Elle espérait y voir Nico, mais non.

— Regarde, dit Julian.

Elle était là, un bras autour de Terrence. Dans un restaurant, sans doute. Elle ne se rappelait pas du tout avoir été aussi jolie, aussi heureuse. Claire n'était qu'un ovocyte dans un ovaire, une chose de plus que Fiona n'avait pas encore gâchée. À la gauche du cliché se trouvait Yale, bouche ouverte, parlant à quelqu'un hors-champ. Un miroir derrière eux, dans lequel se reflétait une pièce remplie de tables, des gens en train de dîner, et Richard, avec le flash de son appareil en guise de tête.

Elle voulait grimper dans le cliché et dire : « Stop, restez où vous êtes ! »

N'était-ce pas ce que l'appareil photo avait fait, au moins ? Il les avait figés à tout jamais.

Restez là, pensa-t-elle. *Restez là.*

Julian lui laissa une minute avant de dire :

— Je réfléchissais à *Hamlet*. Tu sais que j'ai joué dans cette pièce à trois reprises, et que je n'ai jamais interprété le rôle de Hamlet ? À vrai dire, c'est Horatio que j'avais à l'esprit. Je n'ai jamais joué son rôle non plus.

À cet instant précis, Fiona se sentit remplie d'un amour absurde et irrationnel envers Julian, pour les mots, quels qu'ils soient, qu'il allait prononcer, car elle sentait Nico à ses côtés, et Yale, Terrence, eux tous, qui roulaient des yeux parce que Julian ramenait cela à lui, parce qu'il cabotinait, ce qui était tout lui, et ils l'aimaient malgré tout, et elle aussi l'aimait encore.

— Toute la pièce montre comment Hamlet essaie de venger la mort de son père, de dire la vérité, n'est-ce pas ? Et puis quand il meurt, il confie cette responsabilité à Horatio. *Exhale ton souffle pénible dans ce monde rigoureux pour raconter mon histoire.* Tu vois, j'aurais fait un grand Hamlet ! Mais quel poids. D'être Horatio. D'être celui qui porte le souvenir. Et qu'est censé en faire Horatio ? Que fait Horatio dans l'acte VI ?

Fiona colla son front contre celui de Julian. Ils restèrent debout comme cela pendant un moment, tête contre tête, nez contre nez. La chaleur de la peau de Julian imprégna tout le corps de Fiona, descendit jusque dans ses pieds.

Elle avait toujours la loupe dans la main, la tenait fort. Elle voulait appeler Claire pour qu'elle vienne, elle voulait lui montrer ces photos, lui répéter ce que Julian venait de dire, essayer d'expliquer ce qu'avait été sa vie – ou en tout cas entamer une explication. Lui dire que cette exposition allait peut-être commencer à l'exprimer, le palimpseste de son cœur, la façon dont un texte pouvait en recouvrir un autre sans que celui-ci soit jamais effacé. Elle ne serait tout bonnement jamais une page vierge.

Mais rien ne pressait. Claire était toujours là et n'irait nulle part, et Julian l'attirait au cœur de la galerie. La loupe lui échappa des mains, se balança sur sa petite chaîne.

— Voici la troisième chose, annonça-t-il.

Les installations vidéo. Deux écrans tout au fond, éloignés l'un de l'autre. Il la mit devant celui situé à gauche.

— L'autre montre des drag shows. C'est celui-ci qu'il faut regarder.

On voyait une foule sur un trottoir, qui se tenait bien immobile.

— Le Bistro. Tu te souviens du Bistro ou tu étais trop jeune ?

— C'était la boîte de nuit, c'est ça ? Je me souviens que tout le monde en parlait comme d'un paradis perdu.

— Eh bien oui. C'était juste un endroit où on était vraiment heureux. Non pas qu'il n'y en ait pas eu d'autres. Mais je ne sais pas si nous avons jamais été plus heureux que là-bas. Ça montre le jour où ils l'ont démoli.

Fiona avança d'un pas. Il y avait du son, mais il fallait se tenir juste devant l'enceinte pour l'entendre.

Un homme dans la foule disait : « C'était géant, c'était le meilleur endroit. »

Un autre « C'était notre Studio 54. Non, attends. C'était notre lune. C'était notre lune ! »

Un autre encore : « Est-ce que quelqu'un va lui parler de la Femme à Barbe ? Quelqu'un lui explique l'histoire de la Femme à Barbe. »

Et là, il y avait, oh mon Dieu, Yale Tishman et Charlie Keene. Charlie avec sa veste bomber et ses pin's. Yale en chemise, incorrigiblement BCBG. Ils étaient si incroyablement, si invraisemblablement jeunes. Quelqu'un avait-il jamais été aussi jeune ? Se mouvant avec aisance, leurs membres souples, leur visage rond. Et là, maintenant, juste derrière eux, Nico. Ses cheveux ébouriffés par le vent. Fiona en eut le souffle coupé.

Yale : « Je n'arrête pas de me dire qu'en fait c'est une blague. »

Charlie, à la caméra : « C'est ici que je l'ai emmené quand il est arrivé en ville. »

Yale : « Je n'arrivais pas à croire qu'un endroit pareil puisse exister. »

Charlie : « Tu veux connaître l'état de cette ville, savoir dans la poche de qui est la mairie, regarde ça. Tu penses que ce n'est pas un acte politique ? Tu penses que c'est un accident ? »

Yale : « Ils avaient ces canons à paillettes, et ils... Une fois, les canons ont tiré des étoiles en mousse. Je ne sais même pas comment ils ont fait. »

Nico : « Je me traîne une gueule de bois depuis la soirée de fermeture. Et c'était il y a quatre jours. »

Sa voix.

Sa voix voyagea le long du cou et des bras de Fiona.

Le bâtiment, petit et sans défense.

Une voix hors-champ : « C'est les chefs de la mafia qui démolissent cet endroit. »

Un autre : « Bon, j'en sais rien. »

Charlie : « Ils vont construire un foutu parking ! »

Yale : « Regardez. »

Mais il ne se passa rien. Plan de l'immeuble, qui se dressait là, c'est tout. Statique.

Nico : « Là. Regardez. »

La boule de chantier qui se balançait, qui entrait en collision. Pas l'effondrement qu'on attendrait, pas l'effondrement d'un gratte-ciel. Juste un nuage de poussière occultant, et, quand il se dissipa, un trou.

Puis un autre.

Quelqu'un qui criait : « Bouhhh ! » comme par obligation.

Une minute lente, embarrassante de boule de chantier, et de visages qui réagissaient. Le visage de Yale. Le visage de Charlie.

Fiona sentit Julian qui lui prenait la main. Elle avait oublié où elle était, oublié la galerie, le musée et tout Paris.

Il y avait une coupure dans le film ; du temps s'était écoulé.

L'immeuble : détruit. Le lieu entier : abattu. La clairière de poussière. Les gens qui partaient.

Le bruit du vent.

La voix de Charlie : « Y a intérêt à ce qu'il soit dément, ce parking. »

Yale : « Oh, la vache, regarde ! »

Yale à genoux, en train de chercher quelque chose dans le caniveau.

Yale entouré des gens encore présents, leur montrant quelque chose dans ses mains.

Yale montrant à la caméra : une poignée de poussière.

« Y a des paillettes dedans ! », s'écria-t-il.

Un homme que Fiona ne connaissait pas regarda par-dessus son épaule. « Ce ne sont pas des paillettes. Où ça ? »

On aurait juste dit de la poussière. Yale se retourna et l'étala sur le T-shirt de Charlie.

Yale, Charlie et Nico qui riaient de façon hystérique. Charlie frottant la poussière entre ses doigts, la saupoudrant sur le trottoir. Nico qui l'étalait sur la manche de la veste de Charlie.

Un homme qui s'en badigeonnait le visage, une femme qui disait : « C'est de l'amiante, à tous les coups. »

Charlie, qui riait encore, à n'en plus pouvoir : « On va en ramener à la maison, c'est sûr. »

Plan sur le caniveau rempli de poussière. Vrai, il y avait des reflets étincelants là-dedans, mais ce pouvaient être de minuscules éclats de fibre de verre. C'était sûrement ça. Fiona essaya vraiment de croire que c'était plus que ça.

La voix de Nico, une fois de plus, désincarnée : « Je suis prêt pour mon gros plan, monsieur Campo ! »

Le caniveau, et un long silence.

Fiona s'attendit à ce que le film se termine là, mais à la place, tandis que les rires se dissipaient, la caméra s'attardait assez longtemps pour créer un malaise sur un homme qui rassemblait ses longs cheveux noirs en une queue-de-cheval. Sur une femme qui marchait au milieu des derniers badauds, tirant son jeune fils par la main. Sur Yale et Charlie qui s'éloignaient sur le trottoir, si clairement en couple – à quelques centimètres seulement l'un de l'autre, mais sans se toucher. Autour d'eux, un silence aussi grand que la ville.

Et puis le film reprenait depuis le début. Ils étaient tous là, debout, le Bistro toujours entier. Des garçons, les mains dans les poches, qui attendaient que tout commence.

Note de l'auteur
et remerciements

Si ces personnages et leurs vies sont fictionnels, je me suis efforcée de rester le plus fidèle possible aux endroits et aux événements publics réels, ne prenant des libertés que lorsque cela était nécessaire. Quelques-unes de ces libertés : afin d'éviter de parler de personnes ayant réellement vécu, j'ai réinventé la presse gay de Chicago ; aucune des publications mentionnées dans ce livre n'est réelle. Si la Brigg Gallery partage quelques points communs avec le Northwestern's Block Museum, il ne s'agit pas du même lieu. La compagnie Wilde Rumpus n'a pas existé, mais des compagnies de théâtre gays comme Lionheart fonctionnaient sur le même principe. Certains événements de la manifestation AMA de 1990 ont été compressés. Et si le restaurant Ann Sather a inlassablement soutenu la communauté gay de Chicago et accueilli de nombreuses collectes de fonds, il n'y a pas eu là-bas, à ma connaissance, de soirée caritative au profit de Howard Brown en 1985.

Je m'en voudrais de ne pas préciser que l'enclos des pingouins du zoo de Lincoln Park est spectaculaire, et que les oiseaux y semblent heureux ; aujourd'hui, cet espace n'a rien de sordide ni de déprimant.

Il n'y a pas tant de matière livresque et cinématographique consacrée à la crise du sida à Chicago que je l'espérais lorsque j'ai commencé ce projet. Heureusement, je peux vous recommander quelques sources excellentes si vous souhaitez en apprendre davantage sur la question. MK Czerwiec a écrit un beau roman graphique, *Taking Turns*, sur l'époque où elle était infirmière dans l'unité 371 de l'Illinois Masonic réservée aux

553

malades du sida. Elle a été une véritable amie pour ce livre, et une lectrice inestimable dès les premières étapes de mon roman. Le film documentaire *Short Fuse*, sur la vie du fondateur d'ACT UP Chicago Daniel Sotomayor, est difficile à trouver, mais mérite absolument qu'on le visionne. Deux écrivains, Tracy Baim et Owen Keehnen, ont accompli un travail titanesque pour raconter l'histoire gay de Chicago. Leurs écrits journalistiques et leurs livres m'ont été incroyablement utiles, et je les remercie en outre de m'avoir accordé leur temps. Owen a été l'un des premiers lecteurs de ce roman, et a brillamment rempli ce rôle. Si vous êtes de passage en ville, allez le voir à la librairie Unabridged Bookstore.

Les archives en ligne et les récits oraux disponibles via le *Windy City Times* – des archives que l'on doit grandement à Tracy Baim – sont un trésor. Le *Windy City Times* a commencé à paraître en 1985, et je remercie la bibliothèque Harold Washington d'avoir conservé ces premiers numéros. (En parlant de Harold Washington, j'en profite pour signaler de façon digressive que les mots que je lui attribue dans ce roman à la Pride de 1986 sont vraiment les siens.) La bibliothèque Gerbert/Hart est une formidable mine d'informations sur les problématiques et l'histoire LGBT, et m'a fourni une aide et une matière essentielles. À l'heure où j'écris ces mots, on trouve sur YouTube des séquences filmées de la manifestation d'avril 1990 devant les locaux de l'AMA, et je recommande vivement leur visionnage. Le meilleur récit écrit que j'ai trouvé de cette manifestation s'appelle « The Angriest Queer », dans le numéro du 16 août 1990 du *Chicago Reader*. La série de photographies de Doug Ischar, *Marginal Waters*, documente magnifiquement la vie gay sur les Belmont Rocks dans les années 1980 ; et tandis que le travail que j'imagine être celui de Richard Campo est différent de celui d'Ischar, je remercie ce dernier, ainsi que d'autres photographes à l'origine de clichés à vocation artistique ou journalistique, d'avoir donné vie à cette période pour moi.

Ce projet s'est accompagné d'une grande réflexion, de bien des débats et des inquiétudes au sujet de la ligne entre inclusion et appropriation – une ligne qui sera sans doute perçue différemment selon les lecteurs. J'espère sincèrement que ce roman conduira les plus curieux à lire des témoignages personnels et de première main sur la crise du sida – et que si je me suis parfois trompée en relatant certaines choses, cela incitera les gens à raconter leur histoire.

Quelques remerciements concernant le monde du livre : Kathryn Court et Victoria Savanh ; Nicole Aragi, Duvall Osteen et Grace Dietshe ; Eric Wetcher ; Francesca Drago. Grâce à l'université DePaul, j'ai été entourée de trois stagiaires intrépides : Felipe Cabrera, Megan Sanks et Natasha Khatami. Gina Frangello, Thea Goodman, Dika Lam, Emily Grey Tedrowe, Zoe Zolbrod et Jon Freeman ont été des premiers lecteurs essentiels. Des passages de ce roman ont été écrits dans les résidences d'artistes Yaddo, Ucross et Ragdale. Ce livre, comme tant d'autres, n'aurait pas été possible sans le soutien de l'agence fédérale National Endowment for the Arts.

Immenses mercis à Maureen O'Brien, Patty Gerstenblith, Adair McGregor et Cassie Ritter Hunt sur les questions relatives à l'art, à l'héritage et aux galeries d'université ; et à Paul Weil, Steve Kleinedler, Todd Summar, J. Andrew Goodman, Michael Anson, Amanda Roach, Amy Norton, Charles Finch et Edward Hamlin pour les discussions et les présentations trop variées pour que je puisse les énumérer.

Lydia et Heidi, merci de vous être si bien amusées toutes seules pendant que j'écrivais et que je retravaillais ce roman.

Plus important encore, mes remerciements infinis pour leur temps, leur patience et leur soutien à tous ceux qui ont traversé cette épreuve et se sont assis autour d'un café, m'ont invitée chez eux ou envoyé des e-mails sans relâche, pour évoquer dans de nombreux cas des expériences personnelles et traumatisantes. En plus des écrivains mentionnés précédemment, merci à Peggy Shinner, TB, Justin Hayford du Legal Council for Health Justice (une inépuisable source d'informations et l'un de mes premiers lecteurs), au Dr David Moore, au Dr David Blatt et à Russell Leander, qui ont fait de l'unité 371 un bel endroit ; à Bill McMillan, qui était là-haut, sur cette corniche avec cette banderole ; à l'inimitable et invincible Lori Cannon ; et à la mémoire de tous les hommes extraordinaires dont vous m'avez parlé. J'ai fait de mon mieux.

Dernières parutions

Rosa Ventrella
Une famille comme il faut

Karen Viggers
Le Bruissement des feuilles

Clemantine Wamariya
La Fille au sourire de perles

Domaine français

Catherine Bardon
L'Américaine

Harold Cobert
Belle-Amie

Carine Fernandez
Un jardin au désert

Dominique Fortier
Au péril de la mer

Nicole Giroud
L'Envol du sari

Brice Homs
Sans compter la neige

Lola Nicolle
Après la fête

Pour suivre l'actualité des Escales,
retrouvez-nous sur
www.lesescales.fr
et suivez-nous sur les réseaux sociaux

 Editions Les Escales

 @LesEscales

 @LesEscales

MIXTE
Papier issu de
sources responsables
FSC® C003309

L'éditeur de cet ouvrage s'engage
pour la préservation de l'environnement
et utilise du papier issu de forêts gérées
de manière responsable.

Achevé d'imprimer par
Normandie Roto Impression s.a.s.
N° d'impression : 1905360
Imprimé en France